中国短篇小说年度佳作

ZHONGGUO
DUANPIANXIAOSHUO
NIANDUJIAZUO

年度佳作

2016

孟繁华

主编

MENGFANHUA
ZHUBIAN

山东人民出版社

全国百佳图书出版单位 国家一级出版社

图书在版编目（CIP）数据

中国短篇小说年度佳作 2016 / 孟繁华主编 . —— 济南：山东人民出版社，2017.3

ISBN 978-7-209-10371-8

Ⅰ．①中… Ⅱ．①孟… Ⅲ．①短篇小说－小说集－中国－当代 Ⅳ．① I247.7

中国版本图书馆 CIP 数据核字 (2017) 第 007420 号

中国短篇小说年度佳作 2016

孟繁华　主编

主管部门　山东出版传媒股份有限公司
出版发行　山东人民出版社
社　　址　济南市胜利大街 39 号
邮　　编　250001
电　　话　总编室（0531）82098914
　　　　　市场部（0531）82098027
网　　址　http://sd-book.com.cn
印　　装　山东新华印务有限责任公司
经　　销　新华书店

规　　格　16 开（170mm × 240mm）
印　　张　23
字　　数　420 千字
版　　次　2017 年 3 月第 1 版
印　　次　2017 年 3 月第 1 次
ＩＳＢＮ　978-7-209-10371-8
定　　价　46.00 元

如有印装质量问题，请与出版社总编室联系调换。

目录

冰 雕

陈昌平

酒店的大堂是完全通透的。安达曼海湾的风黏黏糊糊地吹来，涨满了宽敞的大堂。冬季是这个国家的旅游旺季，不时有游客熙熙攘攘地出入，或搽着防晒霜踌躇满志地外出，或晒得红光满面地回来。门口的红白蓝三色国旗，软软塌塌地摆动着。身着泰国传统筒裙的服务员，带着永不疲倦的微笑，向每一位客人双手合十问好，柔声细语。一只白色鹦鹉伫立在门口的悬架上，标本一般一动不动，偶尔会机械地转动一下脖颈，或者突然张口来一句"恭喜发财"——竟然说的是汉语。

下午三点多，一辆白色冷藏车停在宾馆门口。一辆小巧的叉车从车厢里托出一方罩着帆布的货物。货物被置放到平车上，酒店来了几个工作人员，连拉带拽——看样子这货物有点重量啊——把货物推入大堂，停放在大堂东侧的回廊边上。

掀去帆布，冷气骤然弥漫——帆布下露出了一块庞大的冰块。冰块呈长方体，一米多高，凛然耸立，全身通透，没有一丝裂痕，没有一个气泡，如同一块晶莹的巨大水晶。阳光透过椰树和芭蕉阔大的叶子，在冰面上跳跃、闪烁。

燠热的大堂蓦然出现这样一方冰块，就像寒冷的冬夜里燃起了一把火，一下子就吸引了所有人的目光。一个男孩儿最先看见了，兴奋地跑了过去，张开胳臂，用娇嫩的巴掌拍打冰块……男孩儿一声尖叫，他的双手被寒气逼人的冰面蜇了一下，灼伤一般。孩子的声音引来了他的父母——一对穿着情侣T恤的夫妻。

女人跑在前面，急忙把孩子拉开，心疼地察看孩子的手掌，还放在嘴边吹了吹。男人则径直踱到冰块跟前，把墨镜推到脑门上，好奇地审视着。这时候，一个大肚便便的中年白人也凑了过来，圆口衫前面印着醒目的钻石形超人标志。一个夹着滑板的金发青年则径直走到冰块跟前，用袒露的前胸轻吻一般贴了一下冰面。清凉的感觉一定不错，他快活地嬉笑起来……几个人都被这块巨大的冰块吸引住了。

一个中年厨师走过来。他面色黛黑，方脸高颧，长着一副典型的东南亚人面孔。醒目的是，他戴着一顶素洁的高顶厨师帽，身着干净的双排扣白上衣，连领口的扣子都整齐地扣着。他来来回回搬运了三趟，很快，脚下便摆满了一溜儿工具——做冰雕用的工具。这里既有传统的平铲、圆铲、角铲，也有现代的电钻、电刨和电磨。他掏出几个三角形的木塞，分别顶住平车的轱辘，以防滑动，用一个长长的插线板，接过电源，然后围着冰块，缓缓走了几圈，默默地端详着，还用冰锥在冰面上勾勒了几下。

这时候，厨师掏出香烟，点上，不紧不慢地吞吐开来。

他显得太自信了，太从容了。他甚至努起嘴唇，朝冰块上吹了几口烟。吸烟至少耽误了五分钟时间。不得不说，如果知道后来发生的一切，他一定后悔不迭。

直到穿着绛紫色西装的大堂副理笑吟吟地过来，厨师才捏掉香烟，麻利地掏出小巧的 iPod，选好歌曲，戴上耳塞和一副轻潜眼镜，抄起电锯，小心翼翼地对准了冰块的一角……这时候，厨师还友善地看了一眼周围，还特地对着男孩儿做了个鬼脸。那意思似乎是：我要开始啦。

一块纯洁的大冰，一排琳琅满目的工具，恰似名角荟萃，人们有理由期待厨师导演出一部精彩的影片。

电锯骤然开启，马达鸣响，锋利的锯齿切在冰面上，迸射出一扇银白色的冰碴儿。冰碴儿像细碎的花瓣，溅落到瓷砖地面，瞬间融化，散发出惬意的凉意，黏滞的空气似乎也轻灵起来了。

电锯声又吸引来了几个游客。一个黑人小伙子随着电锯的声音，有节奏地摇摆着胯部，一对日本夫妻则站在稍远一边，表现出含蓄的好奇，有点拘谨地观望着。

这时候，一个中国旅游团进门了，十几个人吧，吵吵嚷嚷地围拢过来了。他们一律是休闲散漫的装扮，穿着印有旅游公司标志的圆口衫，戴着有旅游公司标志的遮阳帽，洋溢着初出国门的兴奋与好奇。

大堂副理是一个精干的中年人，见此情景，支使几个服务员搬来椅子。椅子是摞在一起的，一把骑着一把。副理麻利地抽出椅子，围绕着厨师，呈半圆形摆开。副理灵活地操着不同的语言，招呼人们坐下来观赏。

现场有了小剧场的感觉，嘈杂声弱了下去。厨师的雕刻即刻有了表演的意思。显然，他很享受他的工作。瞧吧，他结实的肌肉在洁白的厨师服里蠕动着，粗壮的脖颈随着耳机里的音乐节拍惬意地晃动着。

旅游团的导游是一个泰国小伙子，操着一口流利的汉语，举着一面绿色三角旗。他用导游特有的职业语气介绍道：现在我们看到的是冰雕，在热带非常少见，一般只有在盛大的婚礼和重要宴会上才会出现；我们今天能够看见，真是非常幸运啊！

这是要雕什么呢？中国游客七嘴八舌地问。其实，这是在座的每个人的共同疑问。

是啊，他要雕什么呢？导游略带神秘地说，反正还有时间，我们为什么不坐下来看看呢？

这是一个不错的主意。在炎热、慵懒的下午，夜生活来临之前的这段空闲时间，躲在略微清凉的宾馆大堂，享受着冰块和冰屑散发的阵阵凉意，欣赏着厨师灵巧的技艺，期待着冰块里游出一条鱼或者飞出一只鹰。嗯，这的确是个不错的主意。人们一边观赏，一边闲散地忙着别的事情。有人在发短信，有人交流购物经验，有人用新款的苹果电脑玩游戏……一对情侣搂抱在一起，十指相扣，不时轻柔亲吻，啧啧作响。

宾馆对面的海滩，空无一人，沙滩椅与遮阳伞摆放得整整齐齐，整齐得像幸福的道具。棕榈树热得摇头晃脑。热带碧绿的海面上，洁白的游艇像一只熟睡的鸭子。

在这儿待着有什么意思，我们出去溜达溜达吧？男孩儿的爸爸说。

女人淡淡地说：想去，就自己去。

我一个人溜达，有什么意思。

你不是喜欢独处吗？

你这是什么意思？

于是，两人不说话了，继续看厨师的雕刻。

电锯之后是平铲，这时候，冰体上出现了一个粗略的形状。准确地说，这只是一个大致的弧线。但是，这个弧线已经蕴含着某种造型了。只是，人们还不能确认这个造型属于哪一类物体，或者哪一种动物。

最有意思的话题，自然是猜测雕刻内容了。几个中国人早就在争论了。

——我看是一只天鹅，这是天鹅翅膀。

——我看像海豚，这是海豚尾巴。

——我看分明是大象，这是大象耳朵。

——我看一准是鲸鱼，这就是鲸鱼的鳍。

——瞎掰啊，鲸鱼哪有鳍啊。

——它为什么不能是一只海燕呢？高尔基的《海燕》，知道吗？在苍茫的大海上，狂风卷集着乌云……我现在还能背下来！

旅游的兴奋加剧了他们争论的热情。其中两个人还打了赌。为了彰显实力与决心，两人赌资不菲。

厨师脚下满是细碎的冰块和融化的冰水。他一边雕刻，一边不时地收拾脚下的冰块。观看的人多了，他也有点紧张，绷着脸，咬着下唇，动作的频率也加快了。

那么，让我们做个游戏吧——猜猜这位先生雕刻的是什么东西。导游因势利导。他的倡议得到了中国人的积极响应。

接着，导游又跟旅游团之外的其他观众进行了沟通。他把这些观众也发动起来了。他向团员们依次介绍道：这两位是来自台湾的，这位小朋友是他们的儿子；这位是美国人，来自纽约的超人；这两位是日本人，来自北海道，听他们说的英语就知道他们是日本人了；这位先生来丹麦，这个季节他们那里只能滑冰吧……导游的幽默介绍惹得中国游客哈哈大笑。

导游都有点导演的素质。他从包里摸出一个木制佛像挂件，说，这是一个小纪念品——手工佛像，开过光的哦——谁猜对了，我就把这个贡献出来，作为本次竞猜的奖品！说罢，他找出一张白纸，按照人数撕出若干纸片，再一一地分发到每个人的手里。

怎么没有这位小朋友的选票啊？男孩儿的爸爸拍着儿子，佯怒道。

忘了，忘了。导游马上撕下一张白纸，双手递给男孩儿，嬉笑道：好，给你最大的一张选票。

虽说是游戏，但大家都很在意、很用心。也许是身在异乡吧，每个人都很随和地入乡随俗了，像学生一样听话地面对这个游戏。

人们掏出笔，在纸条上填写着。男孩儿很认真地在报纸上勾画着什么，而且撒娇地遮挡着，不让爸爸和妈妈看见。

显然，每一个人都有一个属于自己的答案。男孩儿的爸爸瞥了一眼妻子的纸条，撇撇嘴，耸了耸肩膀。显然，他们的猜想可能不一样。

男孩儿拿过白纸，在手里玩来玩去。众人填写"选票"的时候，他竟然折叠出一架纸飞机。他开始在回廊里掷飞机了。也许是投掷角度有问题，开始几次，孩子的飞机总是飞不起来，刚一出手，就栽倒在地。男人见了，把着孩子的胳膊，演示了一下。这回，男孩儿调整了出手的姿势，飞机在半空中滑翔开了，一圈又一圈，有爬升，有俯冲。

突然，孩子指着地面喊道：蛇，蛇。人们顺势望去，融化的冰水顺着地面瓷砖的间隙流动，确实像一条急速爬动的蛇。

纸飞机滑落在地，沾上了水。无论男孩儿怎么调整姿势，飞机总是一头栽倒。

导游把纸条收集上来，还绘声绘色地读了一遍。猜想真是五花八门啊，除了前面说过的天鹅、海豚、大象、鲸鱼之外，还有椰子树、帆船、飞机、恐龙，甚至还有读出来之后让人啼笑皆非的风车、灯塔、寿桃和洲际导弹……导游每读一张纸条，都会激起一片笑声。

怎么可能是洲际导弹呢？这一定是哪位军火商填的吧？导游打趣道。

自然，导游也没忘记孩子的纸条。他拿起孩子折叠的飞机，展开，夸张地笑了起来。他把孩子的纸条高高地扬起，展示给人们观看。

孩子的纸条上，画着三个小人和一个小动物。依照身高，应该看得出这是一个三口之家——两个大人牵着一个小孩儿。小孩儿还牵着一只小动物，因为过于潦草和简单，我们只能把它看作一只小猫、小狗或鸭子之类的动物。

显然，男孩儿的答案与雕刻更加毫无关系。人们宽厚地笑起来了。几个中国人用相机和手机不断地照相，而且频频要求与厨师合影。开始，厨师还能配合，除去眼镜，摘下耳机，微笑着摆出一个姿势。但是后来，他有点儿不耐烦了。他重新戴上耳机，背转身子，用后背冲着这群不请自来的观众。显然，他不希望有人干扰他的工作。

相对于厨师要雕刻的作品，无论是动物还是植物，这个冰块都是过于巨大的。就是说，厨师必须去除绝大部分的冰。很快，刀砍斧凿之下，四方四角的冰块已经变得圆圆墩墩了。高温之下，冰面开始滴滴答答地淌水了，平车早就湿透了。厨师一边干活，一边还要手忙脚乱地清理脚下的冰屑和积水。这时候的厨师已经全然没有了开始的镇定与从容。直挺挺的厨师帽被飞溅的冰碴儿打歪了，前胸湿透了。更倒霉的是，他还滑了一跤，手指碰在桌角上，磕出了一个口子。草草地包扎之后，他继续工作，闷着头，吭哧吭哧地忙碌着。

最要命的是，凶悍的阳光从柱子后面绕过来了，居高临下地劈在冰面上，几乎是在一口一口地舔食冰块了。本来温度就高，再加上阳光直射，冰块融解的速度明显加快。这时，为了躲避阳光，厨师似乎想移动一下平车的位置，或者往大堂里面走走，或者绕到柱子的另一边。只是，一圈一圈的观众限制了他。他只能选择加快进度了。

厨师的表情阴沉起来了。他躬下身子，交替使用小角铲和弧形刀进行细部造型。显然，他有紧迫感了。很快，冰块上半部出现了一个大大的 V 型，像两只张开的翅膀，也像海豚、鲸鱼的尾巴，或者像鼓起的风帆。有人面露喜色。显然，他们认为冰雕正在向着自己猜想的方向发展。

如果说初始阶段的高温是在舔食冰块，那么，现在就是在狼吞虎咽了。融化的速度接近于流淌。谁都看得出来，无论厨师雕刻的是什么，他真正的敌人都是这热带的阳光。这时候，"超人"几步跨到柱子旁边，希望用身子遮挡阳光。接着，滑板青年和黑人也站了过去。他们或举起滑板，或张开衣物，极尽所能遮挡住强悍的阳光。一个中国人找来了笤帚和拖布，手脚麻利地打扫厨师脚下的冰屑和积水……一个姑娘不识时务地给厨师送上了矿泉水。

但是，谁都明白，没有人能减缓冰块融化的速度。气氛异常凝重。人们焦急地看着厨师。普通话、粤语、英语、日语……人们用不同的语言喊着加油。语言不同，但节奏铿锵一致，汇聚出一个奇特的声音。人们一致的心愿就是希望厨师完成这件作品，不管他雕刻的是天鹅、海豹或者帆船。

现在想来，厨师的雕刻思路也许做了调整。当融化速度加快的时候，他或许想把一只亮翅的天鹅改作别的什么动物了。确定无疑的是，他把先前已经接近雕刻完成的翅膀裁掉了。是的，他在修改自己的构思，以便完成一个相对简单的冰雕。现在，从形状上分析，这很可能是一头憨厚的海豹、海狮，或者是一头可爱的北极熊。这些动物比起展翅的天鹅——姑且称之为天鹅吧，雕刻难度显然小了许多。虽然海豹、海狮什么的有点儿辜负冰块的体积了，但谁会否认那也是一件冰雕作品呢？

没有人说话了。所有人的目光都聚集在厨师的手上。

厨师的动作加快了，胳膊上酱紫色的肌肉快速地挥动着，手下的声音匀速而密集，咔嚓咔嚓，如同秒针。他拿起一把弧形铲，小心地对付着翅膀下面一个凹处的部分。他的头部贴近冰块，动作轻微得像挖耳眼儿一般。只是，阳光和气温再也不给他这个机会了。"吧嗒"——一个不大的声音，未完成的冰雕从中部猝然断裂，旋即稀里哗啦地倒下了。

人群爆发出一阵惊呼。人们用各种语言表达着震惊和遗憾。

此时，太阳一寸一寸地缩进浩瀚的海面。漫天的晚霞正在给蓝天绿海拉上终场的帷幕。被阳光晒酥的冰体倏忽之间化为一地清水。厨师颓然坐地，目光低垂，一脸愧疚，冰水与汗液湿透了全身。高耸的厨师帽歪斜了，软塌塌地坍在头顶。

目睹此景，经理虽然脸上依然微笑着，但是肢体语言就不那么客气了。他指指戳戳地用本地话责骂着厨师。最后，子弹一样迸出一句粗口：Shit！

现在，没有人知道他要完成什么样的雕刻，也没有人看到自己心中的冰雕了。现实难于接受，生活还得继续。人们悻悻地站起来，三三两两地散去了。只有那些空落落的椅子，依然呈半圆形排列着，似乎在等待下一场演出。

男孩儿玩累了，安静地睡在妈妈怀里，手里攥着瘪瘪的纸飞机。女人抱着睡熟的孩子，一脸落寞。男人嘘口气，把脑门的墨镜往下一扒拉，戴上墨镜，然后轻轻拍了拍妻子的肩头。女人眼圈一湿，肩头一摆，抖落了丈夫的手，站起来，抱着孩子，径直朝电梯间走去。超人则踱到酒吧，兀自坐在那里，攥着一瓶啤酒发呆。滑板青年板着脸，吹着口哨，走向黄昏的海滩。日本人像看完了一场演出，还冲着发呆的厨师鞠了一躬。

导游把手里的一沓纸条随手揉了揉，扔进了垃圾桶。两个中国游客依然在高声争议，并且希望倒霉的厨师给他们一个答案——到底是天鹅还是椰子树呢？毕竟，这涉及他们不菲的赌资嘛。

导游劝解道：晚上还要看歌舞呢，这可是泰国最好的节目啊，谁想看赶紧到我这里报名啊！

厨师慢慢从地上爬起来，疲惫地归置好工具。保洁员过来了，把地面打扫一遍。门口又来了一辆旅游大巴，车门打开，吐出了一群东张西望的游客。寂静的大堂瞬间喧闹起来了。

夜幕降临，海滩开始苏醒。关于冰雕，关于那个冰块里翅膀形状的造型，都云散在晚霞里了，被即将开始的灯红酒绿的夜生活冲淡并磨灭。这时候，户外的饭店、酒吧霓虹灯闪动。沿街叫卖的小贩在欢快地兜售着物品。色彩艳丽的嘟嘟车播放着欧美流行的嘻哈音乐。大堂里人影绰约，无数轻快的步履匆匆掠过回廊，奔向门前的海滩。一场流动的欢宴已经开始了。

电梯门无声地打开，男孩儿的爸爸风风火火地冲了出来。他径直来到宾馆门口，一招手，上了一辆出租车。片刻之后，另一部电梯下来了，男孩儿的妈妈牵着孩子出来了。她先是来到大堂酒吧，搜寻了一圈，然后在回廊和大门之间犹豫了一下，便朝着海滩的方向跑去。

高跟鞋发出急促的咔咔声。女人快跑到门口了，蓦然发觉孩子没跟上来。她回过身，发现孩子蹲在地上，伸出指头，正在玩弄着什么。

孩子蹲的地方，正是白天冰雕的场地。女人喊了几声，孩子没有回应。女人气恼地返了回来。她来到孩子身边，发现孩子正在用指尖拨弄地上的什么东西。她发现，地面瓷砖的缝隙里，竟然残留着一片轻薄的冰片。在清凉的夜风和昏暗的灯影里，这片透明的薄冰历久不融，像一小截折断的刀尖，弥散着清冷而孤独的寒光。

《作家》2016 年第 1 期

翻　墙

黄咏梅

　　陆老师终于在阳台上看到了新租客。一个多月前大楼的保安就告诉他，隔壁那个做推销的女人总算搬走了。过了半个月，又告诉他，隔壁租出去了，好像是在阿里巴巴上班的。陆老师心宽了。不管来的是谁，只要不是那个来敲门的女人就好。陆老师和他的老伴儿，都不希望隔壁住着一个随时会来敲门的邻居。

　　在这栋大楼里，201 和 202 挨得最近。当初决定买这套房，陆老师唯一觉得遗憾的就是跟隔壁挨得太近。只要轻松地翻过阳台栏杆，穿过那条一米多的廊道，就可以坐到别人家阳台上喝茶，如果那里的阳台门没关，就可以走进去，坐到别人的沙发上，甚至坐到别人的马桶上。三楼以上的房子，一梯四户，东南西北，楚河汉界，分割得很自然。二楼因为是最低层，考虑到难以出售，建筑设计师为了惠利买家，整层只隔出了三套，一套东南朝向的大房，两套西北朝向的小房，这两套小房可以共享大楼一个五十平方米的露台。他们挑了 201。202 不知道后来被谁买走了，租客换了一个又一个。

　　新租客还像个大学生的模样。陆老师看到他在阳台出现的时候，他其实已经搬进来快一个月了。

　　"是个孩子。"陆老师对老伴儿描述这个在阳台上看到的新租客。两人都松了一口气。"他是不会来敲门的。他连阳台都不怎么去。"陆老师让老伴儿看隔壁的阳台。除了晒着几条内裤，几双袜子，阳台上冷清清的，唯一热闹的是地面那几串脚印，盖在厚厚的灰尘上。

　　这样，陆老师和老伴儿就可以舒适地坐在阳台上相对饮茶，可以面朝露台上他们用各种植物搭起来的"绿地"，安静地做一套完整的八段锦。而在做这些的时候，不会冷不防地传来那个女人的声音——爷爷奶奶，你们可以试一下我们公司新研制的养生茶；爷爷奶奶，明天我给你们送一套拉筋凳，对治疗颈椎腰椎病很有效，免费试用三个月哦……

相反的，因为隔壁太安静了，所以陆老师对那个阳台反而起了好奇。他会长时间地坐在阳台的藤椅上，或者爬下自己加装的那几级铁梯子，走到露台上去，给"绿地"里的植物浇水、捉虫子，他的耳朵和余光都在等待那里有点儿动静。

一个午后，陆老师坐在藤椅上，喝他午睡之后第一口醒神茶。他又看到了他。他手长脚长，站在阳台上伸懒腰，扭动了几下身体，并发出些咿呀声，就像清晨还在被窝里开蒙的孩子。陆老师心里长出了一双手，去轻轻拍打那孩子的脸。

"爷爷，你好啊！"

那孩子好像心情很好，突然开口，陆老师被骇了一下。

"爷爷，那些是你种的？"还没等陆老师回答，那孩子又问，"那是南瓜？南瓜爬上的杆子边，那几棵高高的树是什么？"

"那不是树，是秋葵。可以吃。"陆老师咧开嘴笑了，认定这是个急躁的孩子。

"噢，那就是秋葵啊，没见过。"那孩子认真地看着那几棵高高瘦瘦的"树"。

"孩子，你今天不上班？"陆老师不想就此结束他们的对话。他好不容易才等到他。

"周末哎，只有门卫才上班。"

"噢，今天是周末。我都不记日子的。我们每一天都是周末。"

"唉，真羡慕，不知道什么时候才能退休。"那孩子的脸现在正对着陆老师了。

他们都站到了阳台的栏杆边。这是他们最近的距离了。

哈，退休？

陆老师顺着跟那孩子谈起了他的工作。

"我在阿里巴巴上班。"那孩子隐藏不住得意，又加了一句，"我的老板是马云。"

"哦，哦，阿里巴巴。"陆老师其实并不很清楚他的工作状态，他尽量很肯定地点了几下头。

聊天快结束的时候，陆老师客套两句："有空来玩儿啊。"

那孩子瞄了瞄陆老师阳台上那两张藤椅，调皮地眨了眨眼睛，"很简单，翻一下栏杆就过去了。像过马路一样。"

"这小徐蛮好玩的，说话像炒黄豆。"跟那孩子在阳台上的每一次聊天，陆老师都会向老伴儿汇报。

跟陆老师不一样，老伴儿不常到阳台去，她最喜欢坐在卧室那间向阳的窗台下，低着头绣十字绣。家里每一面墙上都挂着老伴儿的杰作，山水、花鸟、书法，类型不一，复杂程度也不一。眼下，她在绣一张桌布，图案是天女散花，看得陆老师眼晕。陆老师从不去干涉她，就像十字绣是她的信仰，她在某种坚信里获得了暮年的强力支撑。

他们对这个新邻居很满意。他从没麻烦过他们，既没有让他们帮签收快递，也没有进门来翻过阳台回家找钥匙。他真的从来没敲过他们的门，一次都没有。

陆老师有一次说起，竟然有点失落了："这个小徐工作太忙了，他看起来只懂得叫'芝麻，开门'。"失落的感觉，是伴随着隐隐的希望而生的。那么，陆老师的希望是什么？

过去多少年来，陆老师和老伴儿都希望能听到敲门声响起。最早的时候，他们希望他们的儿子敲门。那个清瘦得稍微有点儿驼背的儿子，背着行李站在家门口，连拍门带喊叫——爸，爸，妈，妈。这个情景一度成为幻觉、幻听，后来变成了梦境，噩梦般拍醒他们。不记得有多少次了，他们从梦里醒来，觉得现实比梦残酷得太多。渐渐地，他们希望能听到邮差的敲门声，好让他们能从字里行间找到那个清瘦得稍微有点儿驼背的儿子。最后，他们希望能有谁来敲门，是的，不管是谁，来跟他们说说，有关儿子在那个夏天的一些事情。可是，二十五年过去了，他们的儿子，留在了他二十四岁的那个夏天里，他的模样、声音、呼吸，都不曾有半点儿改变。"爸，暑假不回去了，我跟同学留在这里。"儿子就真的留在那个暑假了。

没有人来敲他们的门。现在，陆老师和他的老伴儿，最害怕听到敲门声。他们之所以卖掉老房子，搬到近郊，与其说是为了躲清静，不如说是为了躲那些希望中的敲门声，或者说躲那些幻觉里的敲门声。二十五年过去了，他们现在最需要肃静。他们经历了震惊、哀恸、疑惑、绝望，如同已经经历了生、老、病、死，他们在已经毫无意义的生活里摸索到了与儿子最近的距离——肃静。肃静里能看到儿子的脸，肃静里能听到儿子的声音，肃静里能知道儿子的方向，甚至，在这绵长的肃静里，他们能背出儿子曾经写下的从未给他们读过的诗句。

"你看，那朵睡莲在发光。"陆老师躺在蚊帐里，指着墙上那张十字绣。

"黑咕隆咚的，你看到那花了？"老伴儿也盯着墙上的那个位置。

那个位置，天亮的时候，的确是有一朵洁白的睡莲，但现在什么也看不见。

要不是那个爷爷跟徐梦龙说，他有个跟他一样大的儿子，徐梦龙也不会想到阳台上去站站，那里连一张板凳都没放。

"我有个儿子，就是你这个年纪，二十四岁。"

徐梦龙看着这个白头翁爷爷。跟自己老爸相比，他老得不是一点儿。"那么爷爷，我该喊你叔叔还是什么？反正好像不能喊爷爷吧……"

陆老师一时不知怎么回答。他从没想过这个问题。留在记忆中的儿子不会长大。事实上，他跟眼前这个孩子的确整整差了一辈，可是，他又该怎样去跟这个孩子说说中间那消失了的一辈？

"我姓陆，你可以叫我……"

"老陆？"徐梦龙没等陆老师说出口。工作之后，他总是喜欢"老徐，老徐"地喊他老爸。

"呃，你可以叫我陆老师。退休前，我教数学。"他只是个小学老师，教简单的加减乘除和应用题。认识的人这么叫他，只是出于他的职业，而不是别的。儿子出事之后，老伴儿一直鄙视他，自己的儿子都没教好，还算什么老师？这是陆老师身上的一颗子弹，藏于此，伤于此，痛于此。他只是个教基础数学的小学老师，负责任地把儿子的功课辅导得工工整整，直到把他送上大学。他从没告诉过任何人，对儿子他早就看不懂了。他也看不懂这个世界，因为儿子消失在了这个世界里。

等到徐梦龙下一次再问起儿子的时候，陆老师就郑重其事地吩咐徐梦龙，关于儿子的事，"别跟任何人说"。他还让他明白，这个任何人也包括自己的老伴儿。

徐梦龙很懂事，的确没再提，过几天，他忍不住给他老爸打电话："老徐，告诉你一个八卦啊，我隔壁住的那个老爷爷，有个跟我一般大的儿子，私生子哎，把老奶奶都蒙在鼓里。""瞎讲。你怎么知道人家的私生活？"听得出来，老徐其实很感兴趣，不过，关于那个"私生子"，徐梦龙知道得没有更多了。"老徐，很羡慕吧？你啥时也给我整个弟弟出来，我一定负责好好虐待他哈。""什么乱七八糟的，我警告你，自己一个人在外边住，可别乱来啊……""老徐，你是想说乱搞吧？"于是，老徐在电话那边，开始了他漫长的训话。徐梦龙故意惹他，因为只有这样，老徐的话才会多起来。不知道是不是距离的缘故，徐梦龙现在开始有点舍不得老徐挂断电话。

从小到大，徐梦龙就被老徐像教训员工一样教训，也不管他是否能听进去。在整个训话过程中，只要徐梦龙中途提出一句异议，都会让老徐气急败坏，仿佛他讲的那些大道理，是用纸皮糊起来的墙，一戳就担心破。徐梦龙自认长大成人的一个明显标志是——他开始在心里嘲笑老徐那一套，不仅嘲笑，还觉得那个气急败坏的老徐，实在傻得可爱。

徐梦龙第一次跟着陆老师爬下那几级自装的铁楼梯，到露台的"绿地"上摘秋葵。他们聊了很多，都是关于老徐。

"老爸去年刚做了五十大寿，那时我还在见习期，头一回领工资，把所有积蓄都快花光了，给老爸买了台苹果一体机。"徐梦龙得意地向陆老师炫耀。看得出来，陆老师并不太了解什么苹果一体机。"一万三千多呢。"徐梦龙及时地补上了一句。

"喔，这么贵啊。"

陆老师的反应让徐梦龙很满意。他兴致很高地给陆老师详细解说了一下那台苹果一体机的好处。陆老师听不太懂。他只知道，电脑是用来上网的，而网上什么东西都有。他只在手机上上过网，是那年在电信局缴手机费的时候，年轻的营业员捣鼓半天教会了他，还负责任地把上网方法写在一张小纸片上。那张小纸片一直夹在那本薄薄的电话本里，好几次老伴儿搞卫生，从沙发的缝隙里捡到了它，又把它夹回去。

"小徐，你爸爸是做什么的？"

"以前是公务员，后来做小老板，没多少钱。我老爸赚不了大钱，胆子太小。"

"做什么生意呢？"

"开打印店，兼设计招牌、海报之类的，好在他做得比较早，在我们老家几所大学附近，开了五家分店。你知道的，做学生生意比较保险。"

"那他应该很忙吧？都没空来看看你。"

"每天发微信，烦都烦死了。他其实也没那么忙，都有店长在管理。他有空就上网，看论坛，嘿嘿。"徐梦龙忽然凑到陆老师跟前，低声说，"告诉你啊，我老爸最喜欢翻墙出去看论坛，化名跟帖，在上面骂这个骂那个。他以为我不知道，连我老妈都知道。'往事如烟'，这么恶心的网名，笑死我了，呵呵呵……"徐梦龙高声爆发出一阵狂笑。

"翻墙是什么？"陆老师觉得这个老徐的确有点好笑。

"翻墙你不懂？"

看起来，上网是徐梦龙的兴奋点，就像有谁朝他喊了一声——芝麻开门！他的大门朝任何一个人敞开了，即使面朝着一个快八十岁的老爷爷。

凭借一个小学数学老师的逻辑功底，陆老师从小徐的啰里啰唆以及夹杂着的很多听不懂的词语中，迅速理出了一条关于翻墙的应用题——

问：你要寄信给某人，地址、门牌、收件人都写清楚了，但是邮差告诉你，此地址无法投递，原因有多种，地址出错、查无此人，甚至邮差休假……总之邮差就是不帮你送达；那么，你该怎么重寄这封信？

答：翻墙——就是从围墙翻出去，绕过通常路径，走一条少有人走的羊肠小道，目的在于绕开邮差官道。

"正确，加十分！"徐梦龙没想到陆老师这么容易就听明白了。

"可是我从家里寄信，为什么要翻自己的墙出去？难道不是翻进对方的墙里送信？"

"呃……"徐梦龙被问住了，他的眼睛转了好几下，也没搜索出答案。"嗨，也就是打个比方嘛，说白了，翻墙就等于不从画好的斑马线上过马路，而是抄近道跨栏杆，被交警逮到是要罚款的。"

"违法？"

"总之是被禁止的。因为翻墙出去，能看到很多我们平时不能看到的东西。"徐梦龙暧昧地朝陆老师眨眨眼睛。

"能看到什么？"陆老师心里跳了一下。

"呃，很多福利。福利，你懂吗？"陆老师从他的神情里猜出十之八九。

"不过，老爸说，还能看到很多信息。"

陆老师点点头，转过身去，在那片"绿地"的瓜棚下，走过来走过去，就好像在检查他的劳动成果。

徐梦龙跟在他身后，还在无休止地唠叨着关于翻墙和他那个爱在网上骂人的老爸。在一株秋葵前停下的那一刻，陆老师听到徐梦龙最后说了一句："老爸其实还是个愤青，一个愤青大傻瓜。"

大傻瓜？陆老师忍不住笑出了声，又赞同地点了点头，仿佛他见过并且认识老徐。

陆老师一笑，徐梦龙显得很兴奋，一下将一颗成熟的秋葵拧断了，两只手上顿时沾了些黏黏的汁液。陆老师赶紧让他用肥皂冲洗，他知道，那些迫不及待流淌出来的汁液很快会产生奇痒无比的后果。那种难受的滋味，他尝过。

是不是这个年纪的孩子，都会那么急躁？因为急躁所以才显得胆子大？陆老师想起了自己的儿子。记忆中的那个孩子，一点儿都不急躁，似乎还遗传了自己的慢条斯理。每晚临睡前，会自己将书包和衣服理得整整齐齐，每天放学回家，会自觉地写好作业，然后捧起一本比他脑袋还大的书，慢慢地一页页翻看。读大学的时候，放假回家还懂得安安静静地帮老伴儿择豆芽，剥毛豆。儿子一点儿都不急躁。

陆老师戴着手套，用剪刀慢慢将那些饱满的秋葵剪下来，并将它们整齐地排在篮子里。

"网上说，秋葵能壮阳呢。你看，它们像不像一颗颗子弹？"徐梦龙使劲挠着那几根已经发红的手指。那些汁液终究还是弄痒了他。

陆老师的心情变得有点儿糟糕，没再接话，任那孩子蹲在他身边自言自语。

"陆老师，我有一个问题。为什么秋葵不是秋天生的？"这个多话的孩子并未觉察到陆老师的心情，没头没脑地还在问。

"是啊是啊，秋葵为什么会在夏天生？"陆老师抬眼望了望天空，六月的太阳烈得像一坛刺鼻的劣酒，危险，还比任何季节都接近人。

陆老师这两天没到阳台去坐。国庆黄金周，隔壁的阳台上挂出了一件胸罩，以及一条比巴掌宽一点儿的小短裤。陆老师还听到了他们在阳台上的嬉闹声。那女孩的声音很尖，可以钻到陆老师的卧室里去。

"徐梦龙，那些是什么树？"

"壮阳树。"

"神经病！"

女孩儿笑得一点儿不含蓄。陆老师猜她很年轻，也许还很瘦，因为只有瘦的人，声音才会那么透亮，仿佛从鼻腔到口腔到胸腔是三间空荡荡的房间。陆老师一直听着他们的嬉闹声渐渐远去，直到消失。他并没有出去跟他们打招呼。现在，在自己和那孩子之间，出现了一个外人，陆老师感到有点儿不适应，就像他不愿意自己的那片"绿地"有谁闯入。上一次，住在楼上的一个胖女人，从大楼的消防通道爬上了露台，像个观光客，向陆老师问这问那，甚至指出他种的那些西葫芦和洋葱，要施点"大肥"，因为"大肥"是还魂土，可以把奄奄一息的植物救活。她最终被陆老师无礼地"送客"了。

后来，阳台上的嬉闹声没了。如果没猜错，那孩子一定是跟女朋友出门旅行去了。那只鼓鼓的胸罩和那条薄薄的小短裤一直晾在那儿没人管，即使在一个傍晚，狂风大作，也没有人出来收下。

无端端的，陆老师对那个出门的孩子有了些记挂。普陀山刮起了几十年难遇的台风，那孩子会不会被关在岛上了？张家界发生了山体滑坡，那孩子在不在山上？内蒙古机场被沙尘暴袭击，乘客被迫滞留，那孩子是不是乘客当中的一员？电视上每一条不好的新闻，陆老师都担心跟那孩子有关。

"你最近怎么啦？"老伴儿邀请他到阳台上喝茶。

"大概出门旅行去了。第四天了。"陆老师指指对面，对老伴儿说。

老伴儿背对太阳坐。只有在绣十字绣的时候，她才会坐在太阳的眼皮底下。她的脸陷在一种含混的暗光里，而满头的白发却完全暴露在阳光中，那里几乎找不到一根黑发。

老伴儿好久都没说一句话，但陆老师知道她肯定要说的。这么多年来，他们的上一句和下一句总会隔着相对长一点儿的时间，先前是出于谨慎，而现在，陆老师觉得他们是因为迟钝。

"你想儿子了？"老伴儿脸上细密的皱纹堆起了那些熟悉的忧伤。

"儿子？跟他一点儿也不像，他是个外向的人。"陆老师仿佛看到了儿子，高瘦得略带驼背，头发几乎要披到肩上了。

"说不准。儿子其实也有外向的一面，你不记得了？幼儿园那个秦老师说，我们儿子在小朋友中间很有号召力。"老伴儿抿着嘴笑了笑。

陆老师也想跟着笑一笑，但他没能做到。这个时刻他特别想哭。

"我们要不要也出门，去旅游？"陆老师不想再提儿子。

老伴儿沉默了一小会儿，回房间了。

陆老师其实只是随口说说，旅游这个念头他此前一直没有。退休之后，他和老伴儿只出门旅游过一次，跟着旅行团，港澳台七天六夜游。第一站是香港。第一个晚上是看维多利亚港夜景。码头上人山人海，都是来排队看夜景的。他们两个一度被人群冲散，好不容易在导游旗子的引领下才会合。游船久等不来，他们被挤在人群中间，变得很烦躁。那些跟他们一样来看夜景的游客，不是拖儿带女，就是携父拉母。也许是这些人刺激了老伴儿，她哭出了声。陆老师腾出一只手，轻轻拍打着她的背。渐渐地，她控制不住了。她开始放声大哭。

老伴一闹，他们的身边变得宽敞了许多。她坐到了地上，哭得随时有昏厥过去的可能。

那个举着他们团队旗子的导游看起来被吓住了。她用蹩脚的普通话问陆老师："要不要 call 白车？"陆老师从她的神情里，猜到了她是要叫救护车的意思，顿时紧张起来。他拼命向导游解释，请求导游立即终止他们的行程，并安排车把他们送回家。在匆忙的协商中，他们缴纳的参团费折成了机票费。

当他们的团友在游船上，拍下维多利亚港两岸那些巨幅的霓虹图案，并且张大嘴巴观赏着天空中长达十分钟的烟火时，陆老师和他的老伴儿，已经坐上了通往深圳罗湖关口的地铁。

回到家，老伴儿终于完全平静了。此后，她在十字绣的信仰里，得到了恒定的平静。

这平静也普照着陆老师。他在露台建起了他的"绿地"，有花卉，有蔬菜，有瓜果，一派繁荣富强。春天的时候百花争艳；夏天的时候瓜果累累；秋天的时候金桂飘香；冬天的时候，一场大雪像剧终的幕布掩盖了过往，仿佛那些繁华不过是一场闹剧。

他们把自己关在了这平静里，没有人来敲他们的门。

茶凉了，陆老师为自己换了一泡新的铁观音。茶叶稍微放多了，有点涩，但香味扑鼻。他朝隔壁那个空空的阳台望过去。在那个空无一人的地方，他看到了儿子，二十四岁，血气方刚，轻松地跨过那个形同虚设的栏杆，走向了自己。

"爸，我们喝一杯？"这是陆老师每次端起酒杯都会在耳边响起的一句话。印象中，他是没跟儿子喝过酒的，就连啤酒也没喝过。

"小徐，什么时候教我翻墙？"陆老师每次见到徐梦龙，几乎都要这么问。

他不见得很想学，但是他觉得这是自己跟那孩子的一种约定，有了这种约定，他们的关系就不仅仅是在阳台上邂逅那么偶然。

"没问题，不过得先买电脑。"徐梦龙每次都答应得很爽快。他开始时是很当真的，但问得多了，他的回答变成了一种礼貌，他认为陆老师只是说说而已。对于一个老爷爷，就算他再时髦，电脑又能提供给他些什么？电脑又不是保健品。

陆老师倒是真的考虑过买电脑。苹果一体机，不就是一万三千多嘛。这个世界上，他和老伴儿唯一的财产就是这套房子，他们死后，这套房子无人继承，所以，陆老师的习惯性思维就是把这套房子折算成钱，花销在各种用途上，比如进养老院的费用，比如生病进 ICU 的费用，比如买公墓的费用。现在，他算了一下，这房子至少能买下一百台苹果一体机，用一百台苹果一体机翻墙，按照小徐的说法，他一个八十老汉，就能一下翻到一百个人们难以去到的地方，那感觉像不像孙悟空？真好啊，真好啊。"为官的，家业凋零；富贵的，金银散尽；有恩的，死里逃生；无情的，分明报应。欠命的，命已还；欠泪的，泪已尽。冤冤相报实非轻，分离聚合皆前定。欲知命短问前生，老来富贵也真侥幸。看破的，遁入空门；痴迷的，枉送了性命。好一似食尽鸟投林，落了片白茫茫大地真干净！"这是陆老师的"心经"。总是在不知道什么时候，他的心里就会念起来。往往这段经一念完，他的很多念头也就绝掉了。那一百台苹果一体机也是被这段心经绝掉的。他不知道怎么跟小徐解释这些，也不可能念这段心经给他听，他跟他，隔着整整一辈人，等于隔着一道难以翻越的厚墙。

有一天，徐梦龙告诉陆老师，他的老爸将要杀过来了。

"哦，爸爸来看儿子了，应当的。"

"是来查房。"徐梦龙的表情既像烦恼，又像是在笑。

除了阳台之外，陆老师没看过小徐的房间。他想象过：凌乱的单人床，凌乱的书桌，墙上贴着一些画和人像，也许还在那面紧靠着床的墙上，用铅笔抄着一些诗句。他是按照儿子从前的房间去想象的。

"老爸就是想来看看我女朋友，跟他解释多少遍了，我们才刚认识几个月，他非要那么当真，嘁，真是的……"

"那姑娘人不错吧？"

"你见过？"徐梦龙感兴趣地问。

"我猜的……总是不会错吧。"陆老师有点儿窘。他只听到过她的声音，并且看到过——那鼓鼓的胸罩和薄薄的短裤。

"嗯，还不算很了解，早着呢。"徐梦龙似乎真的拿不准。自从老爸知道他跟一个女孩子结伴旅游后，每次打电话都会问起那女孩儿。他甚至还给他上起了伦理教育课。择偶的要素、婚姻的准则、伴侣对事业的影响，等等，绕来绕去，他知道，老爸无非是怕自己年轻无知，做出了男人要负责的事情来。

徐梦龙一贯认为，老爸之所以成就不了大事业，不能成为他老板这样的人物，最致命的弱点就在于胆小怕事。从徐梦龙有记忆开始，他们家但凡有窗户的地方都装上了铁栏杆，栏杆之间的缝隙，仅仅比拳头大一点儿，总之，谁的脑袋都伸不出去，当然也伸不进来。记得小时候有一次趁家里没人，他搬了张小凳子站到窗边，东蹭西蹭，试图把脑袋从铁栏杆伸出去，结果被卡在铁条中间，疼得嗷嗷大哭。老爸和老妈想了很多办法，准备报警请消防队员来撬栏杆，正好邻居过来帮忙，在他的脸上涂了很多肥皂水，才一点点儿地把他的脑袋弄回来。

长大以后，徐梦龙跟老爸聊起这件印象深刻的童年逸事。"又没有恐高症，为什么总要装那些难看的铁栏杆？"老爸理直气壮地说："开玩笑，如果没有这些，你迟早会从窗户掉到楼下。小孩子总是喜欢爬窗户的，他们总是迫不及待地要到外面的世界去。"不过，徐梦龙并不相信，事实上，直到他长大成人，那些难看的铁栏杆都没拆掉，他只是判断出，老爸是个强烈缺乏安全感的男人。无论徐梦龙做什么，只要没跟他商量过，他就会狠狠地抛出一句话："你要想清楚，做稳妥，不然，后果自负。"仿佛这个世界上，后果是人人都会吃到的毒果子，而他就是曾经中毒的那个人。

徐梦龙很多次用语言甚至行动反驳过老爸，后果并不可怕，因为后果的前面还有很多——如果。他想过建一个"逆袭网"，专门替那些失败者寻找逆袭的路径和机会，既然这个世界上有那么多吃了"后果"的失败者，那么就必须有个生产"如果"的"逆袭网"，就像世界上因为有那么多购物狂，淘宝网才得以壮大，芝麻是因为欲望而开门的，阿里巴巴并不是神话。他并不是在空想，这是他青年时期的理想和目标，他要积攒资源，好比积攒第一桶金。他设想过很多，他还想到，等到自己的"逆袭网"做大做强，他会带着很多的钱去感谢老爸，感谢他那些关于后果的话给了他灵感与动力，嘿嘿，到那个时候，不知道老爸是会气急败坏，还是会恼羞成怒？想到老爸那时的表情，他有一种报仇般的快意，他甚至笑了出来，仿佛这事已经做成了。

那幅宽大的天女散花图在阳台上晾起的时候，老伴儿宣布完工了。

洗掉画图的痕迹之后，布面上只剩下老伴儿一针一线绣上去的色彩。身材曼妙的天女端着锦簇的花篮，她的裙子上、头发上都是花，而她的身边、脚下，还是花。"正好五十朵，不多不少。"老伴儿观赏着自己的作品，有点儿得意。阳光正穿过那些密密的针脚，五十朵花就在布面上浮突了出来。

"比我种的花鲜艳多了。"陆老师不知道老伴儿怎么能绣出这么复杂的东西。

"假的花当然要鲜艳才好看。"老伴儿对陆老师种的花从来都不怎么上心，她似乎喜欢假花多一些。"假的花永远不会凋谢。"老伴儿提醒陆老师，"还记得我们以前一起看过的电影吗？《永不凋谢的玫瑰》。"

陆老师不记得那部电影的内容了，但他记得这个名字。多么遥远又多么浪漫的名字啊，如果有一朵玫瑰真的能永不凋谢该多好啊。可是现在老伴儿告诉他，只有假的玫瑰才能永不凋谢。他们相继活到快八十岁的时候，真话能变成真理。

"我想到那个地方看看，儿子消失的那个地方。"老伴儿突如其来的又一个宣布，陆老师有点看不懂，就像看不懂那幅天女散花好看在哪里。"再过三天，就是我们儿子五十岁生日了。"老伴儿伤感地低声说。

老伴儿是计划好的。陆老师明白过来了，老伴儿是在完成一个仪式——十字绣完工的仪式，儿子五十岁生日的仪式，或许，也是他们生命中最后一次出门远行的仪式。

"三天之后，我们的儿子就五十岁了。他来到这个世界上，竟然有半个世纪了，我的天啊……"老伴儿默默地流着泪，但她说起话来，竟然一点儿也不受影响。她的语调依旧那么平静，连一丝哽咽的音调都捕捉不到，仿佛那些眼泪仅仅是屋檐的滴漏。

陆老师不会忘记儿子的生日。在过去的每一年，要是老伴儿不提，他就在心里给儿子过生日。"爸，我们喝一杯。"这些声音就是他给儿子唱起的生日歌。相反的，他们从不会去纪念那个儿子死去的日子，他们买回新日历的第一件事，就是把那一页撕掉。

陆老师陪着老伴儿流泪。事实上，这几天，他在阳台的藤椅上，背着老伴儿已经抹过几次眼泪，每一次，他都害怕隔壁那个男孩子会突然出现。

"去那个地方看看。"陆老师是被老伴儿催促着上路的，他几乎一点儿都没插手，一切就准备好了。这个平日里行动迟缓的老太婆，忽然变得敏捷、利索，到银行取钱，到菜市场旁边的售票点买飞机票，收拾行李包，安眠药、救心丹、降压药、降糖药、藿香正气丸这些药品被她打包到一个药袋里。她准备得那么充分，好像是去赴约。

十八号，是个不用上班的周六。陆老师照着机票日期翻到了那天的日历。他给露台上的"绿地"浇了很充分的水，在阳台上站了好一会儿，他期待能碰到隔壁的那个孩子。可是他一直没出现，或许还在睡懒觉。后来，他又坐在藤椅上，磨蹭地重新泡了一壶铁观音，直到他的老伴儿在卧室里喊他。

老伴儿从早上开始就在翻自己的衣柜。她似乎找不到合适的衣服出门。陆老师走进卧室的时候，她正裸着上半身，奇怪地向前倾斜着，陆老师都害怕她会闪了腰。很快，陆老师就明白了，那样做是为了能让那两只干瘪的乳房完整地垂挂下来，然后再将它们装起来。陆老师不记得上一次看到它们是在什么时候了。

"帮我扣上。扣很久都没扣上。"

陆老师接过那只软塌塌的胸罩，帮老伴儿穿进去。一左一右，正好兜起了那两只乳房。

老伴儿已经很多年没穿胸罩了。刚开始，她借口说自己肩周炎发作，双手无法绕到后背，后来，她干脆说那些胸罩使她白天就开始做噩梦了。平日里，隔着衣服，陆老师能看到那两只乳房垂挂下来的形状。他觉得这些形状是很残酷的。而且，当陆老师艰难地找到胸罩上那些扣子，眯着眼睛，艰难地将那几个扣子搭上的时候，他觉得那简直就是一种酷刑。

"是不是太紧了，还能呼吸吗？"

老伴儿站直身体，做了个深呼吸。"可以吧，就是这种感觉。"她实在已经不适应这些束缚了。她在衣柜里翻了半天才翻出这只胸罩，试图自己给自己穿上，可是，她已经失去了手感，背后那几个扣眼，对她来说，比十字绣的针眼小多了。但她却执拗地要戴上它。

"你这个架势，好像是在穿一件战袍。"陆老师掂了掂老伴儿的乳房，试图调皮地戏弄她一下，就像年轻时候他们做过的。没想到，老伴儿猛地转过身，紧紧抱住了他。

"老头子，我现在很害怕。"

"怕什么？"陆老师快喘不过气来了。

"万一在那个地方，遇到我们的儿子，怎么办？要是他认不出我们了，怎么办？"老伴儿的身体开始战栗。

陆老师被她的战栗弄得有点儿紧张。他不知道怎么回答她，他甚至有点儿生气了，很想推开她。但他最终没那么做。他用手一点儿一点儿地揉着那皮包骨的背和肩膀，就当是那些地方的旧患导致了她的战栗。

陆老师开始无比后悔这次出门。这个主意本来就不是他出的。他懊恼地看了看隔壁，人影都没一个。他寻思着，是不是要翻过阳台，或者去敲敲隔壁的门，至少要告诉那孩子一下，他们出门去了，要过几天才回来。

十一点的时候，老伴儿将行李包拎到门边，提示他现在必须要出发了。

在转身离开阳台的时候，陆老师听到"嗒"的一声响。他回头望向隔壁，只见一个男人，腆着大大的肚皮，站在栏杆前，正低下头点一根香烟。陆老师被这个突然出现的男人吓了一大跳，他几乎是条件反射地往房间里钻。站在阳台与房间的交接处，他屏住了呼吸。

"确实距离太近啦，明天我们去搬几盆金钱树来隔一下，徐梦龙，这里的花卉市场有多远？"

"徐梦龙，徐梦龙，你在干什么？"

"徐梦龙，你网瘾又发作啦……"

男人扯着沙哑的嗓子大呼小叫。很快，那种气急败坏的声音跟着脚步声走远了。

陆老师站在原地，一动不动。

老伴儿走过去，听了听。什么也没有。"谁在那里？"

"大傻瓜！"陆老师呼出一口气，嘴角浮现出一种奇怪的笑，仿佛终于听出了一个熟人的声音。

《作家》2016 年第 1 期

会飞的父亲

刘建东

　　"我想和你说说我老爸，可以吗？"委婉、央求，这是童丰收的语气，他拿不准能得到什么答案，怔怔地看着那个人，手指关节处酸酸的，像是被灌进了稠稠的原油，而他的手指就是不通畅的管道。桌子底下的手悄悄地伸了伸。

　　那个人坐着，旁边还有一张椅子，是空着的。那个人手里玩着一支中华牌铅笔。童丰收看不清那支铅笔是哪个型号的，HB？2B？或者2H？铅笔在那个人的手里来回转动，一会儿快，一会儿慢，略微纤细的手挡住了显示型号的那部分。那个人咳嗽了一声，"有什么意义呢？"

　　童丰收的声音高了八度，略带一丝的亢奋，"是的，对我来说很重要。"

　　那个人向窗外看了看，从那里可以看到远处的火炬，它在燃烧，火焰呈一种柔和的心形，小而坚定。那个人看了看旁边空着的一张椅子，目光回转时，盯着童丰收，轻描淡写地说："随你便吧。"

　　"谢谢。"童丰收松了口气，如释重负。

　　"我爸他喜欢飞翔。"童丰收说出这一句话时，陡然间心情很愉悦。而那个人的反应只是一瞬间，眉头皱了一下，内心肯定有一星半点的惊诧，但是那个人没有说话，仅此而已。

　　童丰收接着说："你一定会问我，我爸他怎么可能会飞呢。除非是在梦中，不是，在梦里，他从来不会飞，他的飞翔是在现实中，在生活里，在我们身边，在窗外，你看，就是那里。"他把头转向窗户，火炬光像是静止一样，在湛蓝的天空中显得有些虚假。手抬起来，手指竟然没有了僵硬的感觉，他灵活地指向那个白昼的光亮。顺着他手指的方向，那个人机械地转动头颅，表情呆板严肃。

　　"我爸是炼油厂的元老。火炬竖起的那天，他是参与者之一。之后，每两年，他都会和他的伙伴爬上去一次，更换火炬头，维修长明灯。你知道火炬有多高吗？105米。三十多层楼那么高。火炬的直径从90厘米至110厘米，加上盘旋上升的塔架，最大的直径也不过 160 厘米。在那么空旷的天空中，火炬显得太瘦弱，太细了。我不知道你有没有站在火炬单元下面，抬头向上望过。我是因为工作的关系，所以经常会去火炬系统那儿。别看平躺在地面上时，火炬的身体庞大无比，可我每次向上看的时候，都感觉像是一根细长的筷子，插向无边无垠的天际。看得久了，就能感觉到它在晃动。但是那是视线的一种错觉，那么一个铁家伙，你根本看不到它在晃，在左摇右摇。"童丰收晃了晃头，仿佛他现在就站在火炬下面，随着火炬的摇摆而晃动。

那个人听得有些乏味。他站起来，到旁边的桌子续了一杯水，坐下来，他喝水的声音很大。在他起身和回来的过程中，那支中华铅笔都没有离开过他的手。

童丰收看着那个人的喉结上下蠕动，这让他想起那年河间原油管线泄漏的情景，原油汩汩地向外冒。"我爸他第一次登上火炬顶时，三十岁。那时候我才五岁，可是我记得从火炬上下来的兴奋不已的爸爸，他把我举起来，做出飞翔的姿势，一圈又一圈，把我转得晕头转向，俨然他已经学会了飞翔。我爸他很喜欢那种感觉，在空中，向下看时，他能看到脚下的鸟儿。之后的多年时间里，我爸都作为检修火炬的主力，经常爬上百米火炬，享受那种飞翔的快乐。在我成长的过程中，爸爸有关飞翔的讲述总是陪伴着我，比如他说攀登的过程中，身体会随着塔左右摇晃，实际上，塔的摇晃可能是极其轻微的，可是在他的描述中，那摇晃成了一种飞翔的姿势。火炬之巅，站在那里，会强烈地感觉到棍子一样的火炬摇摆的幅度更大，飞翔的感觉也更真实。每一次，在火炬的顶部，他都能听到自己的身体的响声，他说那是翅膀想冲破身体的束缚破壳而出。老爸说，他相信他是有一双巨大而有力的翅膀的。直到有一天，他的飞翔突然停止了。那一年，他四十六岁。那一年我在石油大学上大三，没有在家里，不知道发生了什么事。不知道为什么那么喜欢攀登火炬的一个人，就如此决绝地告别了飞翔。那年暑假，当我提出要去火炬下面看看时，我爸一反常态地没有作答。他的脸色瞬间变得灰暗无比。妈妈把我拉到一边，警告我，以后再也不许提火炬。我问妈妈原因，妈妈没有告诉我，她也不让我问。从那以后，火炬、火炬之上飞翔的美妙感觉，就此离开了我爸的生活。他变得郁悒，少言寡语，总是低着头，目光向脚下看。整整十七年，我就感觉他没有昂起过头，没有说到一次火炬。"说到这里，童丰收依稀能看得到当年失落的父亲，看到几乎把头埋到身体里的父亲，他的情绪有些忧伤与失落。那个人仍在转动着铅笔。"你了解一个失去了人生最大乐趣的人的悲伤吗？你懂得一个没有了目标的生命是一种煎熬吗？"

那个人停止转动铅笔，没有迎接他的目光，摇了摇头，不知道要表达什么内容。

"我也不了解，不懂。"童丰收说，"我从来就没有读懂过爸爸。对我而言，爸爸像那个高高的火炬，你永远不知道，他经历过什么样的风雨雷电，经历过什么样的岁月摧残。但是现在，我爸他六十六岁了，老了，病了。虚弱的身体像是一片无光泽的叶子，病痛像虫子一样一点点儿地蚕食着他。他突然把头抬起来了，他开始仰头向上看，目光转向了火炬。"

那个人打了个哈欠。

童丰收已经完全进入了对父亲的追忆情景之中，那个人的心不在焉并没有影响他的情绪，他不像是在对那个人讲一个父亲的故事，而更像是对他自己说。"三年前他的身体出了状况，按医生的说法，他最多还能活三年。从医院回来，他突然向我提出了一个要求，那天，我记得清清楚楚，在他的卧室里。母亲在厨房里忙碌着，我们能听到水龙头流水的声音，切菜的声音。光线很强，打在他的脸上，他的脸早就没有了棱角分明的轮廓，鼻子、嘴巴和眼睛，像是一团荒草。目光突然从混沌的荒草中飞出来，盯着我，'我要上火炬！'这就是他在六十三岁时最让我震惊的一句话。我曾经设想过老爸会有什么要求，我都会尽量地去满足，比如他想回一趟抚顺老家，去看看他从小生活过的地方，见见他的老朋友，因为他无数次地向我和兄弟们提起过那些人，在他的讲述中，那些故人都是血气方刚的小伙子，义气，重友情，有酒量；再比如，他可能想去祖国的大好河山转转，尤其是南方，他从来没有去过黄河以南的地方，南方，在他的梦境中曾经出现过，让他既向往又害怕。可是，他偏偏提了一个不可能实现的想法。他把头转向窗户，他以为他像我一样，坐在一个六层楼的房间里，一扭头就能看到火炬。他不能，他看到的只是我们窗外那一棵歪歪扭扭却依旧顽强的香椿树。每年春天，老爸都用一个长长的铁钩子，从上面拽下碧绿的香椿树叶子，他让我妈用滚沸的水浇到上面，再撒点盐，很长时间里，他都吃着香椿叶子，香椿叶的味道会在家里飘很久，那是典型的北方的味道。我看着老爸，他好像是一夜间就变得如此衰老，他坐在卧室的床上，瘦弱得犹如一棵秋天的苇子。但是他看着那棵香椿树，照样能想象得到火炬的高度。他的眼里是满满的渴望。他说，我一定要再登上去。他说得很坚决。我的第一反应是激烈的、敏感的，打消他不切实际的念头，于是我说，爸，你刚刚出院。他的胳膊上到处都是输液留下的痕迹。爸爸轻轻摇着头，他仍旧看着那棵香椿树，我的身体我知道。我说，你好好休息几天，我放下手头的工作，带着你和我妈，我们一起回一趟东北，去抚顺。要不就去我姑那儿，成都，你不是也很想去吗？我老爸，他倔强得像个孩子。他几近哀求地说，让我活得有点尊严好吗？老爸的眼里竟然涌出悲伤的泪滴。尊严，当老爸说出这个词时，我并没有当作一回事，我急于要回车间，焦化车间抢修调度会在等着我这个车间主任呢。我匆匆地离开老爸的家，在随后的调度会上，在紧张的工作中，很快就把老爸那句哀求抛在了一边。"童丰收停下来，喝了口水。

那个人站起来，显得有些焦躁，来回走了几步，然后看到了报刊架上的报纸，他把报纸拿下来，走回自己的位置，坐下来，目光盯着报纸。中华铅笔被报纸遮盖住了。

显然是讲到父亲那句话，童丰收口干舌燥，心里冒火："你知道为什么我爸他会那么渴望再上一次火炬塔吗？是死亡。是越来越近的死亡，他能看得到那死亡的阴影就在他床前徘徊。这是他说的，他说，在医院里，他看到了死亡的影子，那个影子不是别人，而是一位故人。故人的名字叫黄大波。这是个多么陌生的名字啊。他早就淹没在时间的长河中了，可能只有我爸，一个垂暮的老者，还在念着这个叫黄大波的人，而且，这十七年，这个名字不知道在他的心里已经默念了多少次。那天晚上，妈妈焦急地打来电话，说爸爸不见了，他说到楼下坐一会儿，可是晚饭的时候，妈妈下楼看到只有马扎在那里，而爸爸却没有了踪影。妈妈几乎要哭出来了，她说，他不好好养病，能跑到哪里呀！我匆匆忙忙地赶回去，在周围找了个遍，也没有爸爸的身影，他的身体是不适于长久地活动的，他不可能走得太远，我安慰着妈妈，心里却七上八下。我找遍了两个生活区、子弟学校、俱乐部广场、医院，甚至通向四面的乡村公路我都走出去了几里地，可是都没有找到爸爸。当我站在秋风瑟瑟的田野之中时，突然感觉到周边的黑暗是那么强大，那么恐怖。我不禁身体抖动着。老爸啊，你会到哪里去呢？你永远不会想到，三个多小时，在我和妻子、儿子几乎跑断了腿而一无所获时，却意外地找到了他，我的让人揪心的爸爸。对面楼上六层的一家，装卸油车间的王工，他偶然向窗外看时，发现了一个人影。老爸就在我们家的楼顶，他一直待在那里。我火急火燎地爬到楼顶时，才发现，通向楼顶的天窗是打开着的。黑暗中，他就坐在楼顶，任秋风吹拂着。我把一件外套披在他身上，任何埋怨的话此时都是不恰当的。

"老爸仍然像雕像一样钉在那里，他遥望着远方，火炬的方向。我叫了一声'爸'，他一动也不动。他说，你让我看看吧，我已经有十七年三十八天没有好好看看它了。那天晚上，老爸第一次向我说到了他逃离火炬的原因，深秋的月光淡淡的，像是有一层透明的薄膜包裹着虚弱的爸爸。是恐惧，对死亡的恐惧。他说，整整两年，他都不敢抬头看火炬，只要瞥见火炬的影子，他就战栗不已，头冒虚汗，闭上眼，那个影子就清晰地浮现在眼前，赶也赶不走。老爸提到的那个人名，黄大波，对我来说是个多么陌生的名字呀。我根本不知道，在十七年前，就是我上大三的那一年，那个高昂的火炬会有一场悲剧上演，而我老爸，正是那场悲剧的见证者。他看着火炬，穿越深秋的夜色，火炬的光焰冰冷凄美。那一天上午，火炬早就熄灭了，爸爸说，作为检修火炬的主力，他和黄大波是最早爬上火炬塔的两个人，他在前，黄大波在后。这是惯例，以前检修时也是这样。到一半的时候，老爸就能感觉到火炬的摇动，腾空一样，虽然踩在盘旋上升的梯子上，但脚下总是空的，向下看，除了看得到黄大波蓝色的安全帽，就是天空，爸爸说，向下的视线中天空是空荡荡的，广阔无垠。越往上走，摇晃感越强，飞翔的感觉也就越真实。多少次，他都想张开双臂，扔下束缚在身上的安全带，真正地融化在那蓝天之中。可是，老爸盯着那几乎是静止的火炬的光，说，那个勇敢地飞翔起来的人并不是我，而是黄大波。那天艳阳普照，刚跃到火炬塔架顶层的老爸觉得一下子就被阳光拥抱住一样，暖暖的。爸爸还未来得及抖落身上的暖意，黄大波就站到了他旁边。一百米，这是与地面的距离。老爸说，他也是大意了，在从准备到整个爬塔的过程当中，他一直就没有注意到，黄大波异乎寻常的沉默。往年，他们向上攀登，在中间休息的时候还聊聊天，可是这次他一句话也没有说。为什么我就没有觉察到这一点？如果我早一点儿发现他心神不宁，也许，悲剧就不会发生。老爸不住地埋怨自己。黄大波留给爸爸的印象是一个快速下坠的影子，看不到他的脸。黄大波立足未稳，便纵身一跃，跳了下去。爸爸看着那个倏忽即逝的黑影，先是一愣，然后才发现，身边的黄大波已经不见了，他扶着栏杆向下看时，那个影子已经变成了飞翔的鸟，急速地向下飞翔，快速地变成一个越来越小的黑点，然后静止了。几乎没有任何的响动，他飞起来了，老爸说，轻轻地，真的像一只鸟。"

此刻，那个人才被他的叙述所吸引，但他只是从报纸上抬起头来，看着童丰收，"他死了吗？"

童丰收点点头。"是的。一百米啊，钢铁人都得散了架。那年他三十五岁，比我爸小十一岁。老爸说他是对生命产生了极度的厌倦，他的孩子从小就是弱智，老婆得了精神病。他失去了活着的动力，没有了活下去的勇气。可是他平时看着也乐呵呵的，不像是个心事极重、悲观厌世的人。老爸说，如果早看出他有了轻生的念头，他就会留意，就会看紧黄大波。可是，老爸哪里知道，一个抱着必死决心的人，任何人都是无法阻止的。黑暗里，老爸陷入了长久的沉默之中，他也许还能够看到那个飞速下降的黑影，在夜空中一闪而过，就像是流星。我劝他走下楼顶，回到二层的家里。老爸好像没有听到我的劝说，他自言自语，'从那以后，我再也无法爬上火炬，再也不知道飞翔是什么了。'那长达十七年的时间里，老爸都在学着忘记，忘记火炬，忘记痛苦的飞翔，忘记一个人的名字。老爸是一个恐惧、悔恨、深深自责的男人。每一天，他醒来，都会对着墙枯坐半天，不像其他的人，会在室外，在绿树成荫的院子里，享受美景。因为他知道，火炬，就是炼油厂的眼睛，无论你在哪里，它都能照耀着你，看到你。爸爸成了一个闭门不出的人，下了班，老爸尽量地待在家里，即使出门，他也显得匆匆忙忙的，低着头，怕见人似的。那个深秋的夜晚，六层的楼顶，在无边的静寂和寒意之中，老爸的追忆到此告一个段落，他在我和妻子的搀扶下，艰难地从天窗爬下去，我真的不知道，他是如何爬上去的。"

那个人面前的报纸始终是在那一页，他也许根本没有看到什么内容，他想到了那支中华铅笔，把手伸到报纸下面，抓住了它，他把那支笔拿在手里，仿佛就抓住了内心的安宁。童丰收仍旧看不到铅笔的型号。那个人说："你爸……我应该认识他吧？也许，我真的认识他。"

"老爸飞翔中止的故事我知道了，仅此而已。我只是知道了当初他突然不再喜欢火炬的原因。十七年，这样的疑问也早就沉睡于时间的河流之中，像是一块朽木，变沉变硬，对于忙碌的我来说，早就失去了它的吸引力。我在应付着工作，应付着爸爸的病，也在应付着爸爸不切实际的要求。在以后的三年时间里，我一直在和老爸周旋，在回避着他的要求。我告诉他，我不能以权谋私，让火炬再次成为一个被动的杀手。我告诉他，爸，你明明知道的，就算是一个完全健康的人，在登火炬前都要到医院去做全面的检查，血压、心脏，各项指标都得正常，你觉得你能像当年一样吗？老爸给我说到了医院，说到了飞翔是如何回到他的身体里的，说到他身体里正聚集着的能量。他说，躺在医院里，他能看到自己的生命从身体里飞出去，轻盈得像一只鸟，它飞出了病房，飞跃了树梢，越飞越高。我爸说躺在病床上的他竟然看到了火炬，十几年后，头一次，他摆脱了对火炬的恐惧，他说，那只鸟就是以前的他。"童丰收说着，他感觉自己的身体也变得轻飘飘的，有了一种要飞升的欲望。

"那是因为他看到了死之将至，反而不害怕了，恐惧还有什么意义呢。"那个人转动着铅笔。

童丰收惊奇地看着那个人，他有些激动，看来，他没有白费口舌。"那么，他渴望重上火炬，是为了什么呢？"

"是因为……"那个人说到这里，像是突然醒悟似的，他白了童丰收一眼，"这关我什么事。他总不会像那个黄大波，爬上去，再飞下来吧。"

童丰收摇摇头。"他才不会那么干。三年时间里，我爸他都在证明自己能够登上火炬。他把已经生锈的哑铃从地下室翻出来，偷偷地练习臂力；做下蹲动作，以增强腿部的力量。实际上，他的气色在一天天地好起来，这让我妈感到很宽慰，所以她并没有阻止他。他还去看望了黄大波的老婆孩子。那女人一年有大半时间都在精神病院里，而黄大波的儿子，已经长成了一个壮壮的小伙子，留着光头，穿着一件破破的警服，每天在大街上充当警察。我跟在爸爸的身后，走到光头小伙子身边。他在认真地比画着手势，很传神，表情冷峻。爸爸热泪横流，他对我说，小伙子和黄大波长得一模一样。他激动地走上前去，像是要和小伙子说句掏心窝子的话，共同怀念一下黄大波。他刚走到小伙子面前，小伙子就看到了，小伙子面色严厉地伸手挥了挥，示意他远离马路中心，我爸犹豫了一下，继续迈步向前。小伙子急了，更激烈地挥动手臂，而且对着他吹口哨，掏出一张红牌，对着他使劲晃了几下。我拉着他走开了。我劝爸爸，他什么也听不懂，他只是徒有黄大波的外貌，他不是黄大波。我想，爸爸是把那个沉浸于警察假象中的小伙子当成了黄大波，那个从火炬塔上飞翔的黄大波。他垂头丧气地跟在我的身后，走得很慢，突然开口说道，你说，他飞下去时，会不会痛苦？老爸以前是一个沉默寡言的人，从医院回来之后，变了一个人，想说话，想与人交流，爱追忆往事。而我，却觉得他唠叨，每当他和我提起往事，我都是敷衍了事，这一次，我对他说，他痛不痛苦，只有天知道。我始终认为，爸爸把太多的思想集中到那些往事上，对他的病情不利。他老人家很不满意我的回答，生气地甩下我，独自蹒跚着回家。有好几天，他都不理我。他对我的态度越来越不满，想要重新登上火炬的念头牢牢地占据着他所有的生活，尤其是今年，医生的审判日期日益临近，他的心情就更加迫切。实际上我知道，不管他多么努力地想要强壮身体，为登火炬做足了准备，他的身体也已经是日薄西山，没有这种可能了。我只是等着他被自己打败，被自己的身体打败。可是，在生命的最后一程，那执拗的想法就像是加足了马力的泵，不断地给他孱弱的身体提供着源源不断的动力，他在心里跟我较劲，他知道靠他自己的能力，他根本无法靠近那个火炬。这让妈妈忧心如焚，她流着泪央求我说，给他一次机会吧，不然他死不瞑目。妈妈的眼泪让我彻底地妥协了，我安慰她，我只好不顾一切地犯一次错误。你知道，今年又是检修年，熄灭的火炬看上去像在沉睡。这是爸爸说的，他说他们登上火炬就是在打扰它的梦境。那天，吃完晚饭，我决定向老爸摊牌，我告诉他，我准备违背原则，违反规定，冒着被处分的危险，在检修的间歇，让他登一次火炬。我看着坐在沙发上的老人，问他，你准备好了吗？爸爸略显紧张，他迟疑了片刻，才抑制住内心的激动，说道，我已经准备了二十年，你说我准备好了没？"

那个人问："你父亲，他最后登上火炬了？"

童丰收低下头，沉默良久，抬起头来的时候，眼里闪着泪花，"没有。我想，从此以后，我的一生都会因此而自责、愧疚。我算好了检修的空隙，让车间的安全员、工人们做了所有的预案，以防万一。安全员还因此有些顾虑，他说，这会不会出问题？我说，出什么问题有我扛着呢，只要让他上了火炬，就是把我这个车间主任撸了也认了。老爸是想飞，而我是抱着死的决心的。一旦把确切的时间定下来，爸爸反而显得心情沉重，失去了开始时的兴奋。我看着他日渐地委顿，身体也一天不如一天，于是我试探着说，爸，其实你已经战胜了内心的恐惧，能够正视过去，不惧怕火炬，你已经做得很好了。躺在床上的他眼睛突然放光，坚定地说，不，我还是以前的我。想要时光倒转的老爸，却最终没有越过心理和身体的双重压力，在最后一刻功亏一篑。时间定在八月的一天下午，天气并不是很热，有一丝南风吹在火炬上。我布置好了一切，就等着妻子把他送到火炬区的检修现场。可是从下午三点一直等到黄昏，从黄昏一直等到黑夜降临，他们连影子都没有。我踩着夜色回到家里，客厅里漆黑一片，我刚要伸手拉灯绳，被一只手抓住了，妻子小声说，别开灯。我的眼睛适应了屋内的黑暗后，才看到坐在沙发上的爸爸，他的影子虚幻而模糊。我吓了一跳。妻子把我拉到卧室里，悄悄告诉了我原委。原来，妻子和爸爸从家里出来，要去火炬那儿时，在路上遇到了一起车祸。那天下午，黄大波的儿子，照例在大马路上指挥着交通，他太过投入，以至于没有看到从背后驶来的一辆汽车，他倒在车轮下的身体还保持着手臂指挥通过的样子。爸爸正好目睹了那场车祸。他一下子瘫软下去，倒在了马路上。妻子匆忙把他送回家。他回去后就一直坐在沙发上，没动过。他坐在那里，呆呆地发愣，他不让妈妈开灯，也拒绝和任何人交流，一直到天明。我试图劝他回到床上，让睡眠平息一切，可是爸爸痛苦的脸在黑暗中显得十分狰狞，他摆摆手，示意我离开。一夜，可能等于二十年。第二天一早，他便彻底崩溃了，他被再次送进了医院，在他的病床边，看着人事不省的爸爸，妈妈啜泣着，埋怨着：都是火炬。我紧紧攥着她的手，只能让沉默慢慢化解她内心的忧伤。"

"他醒过来了吗？我是说现在。"那个人手中的笔停止了转动，他紧紧地握着那支笔。

"没有。"童丰收说，"他还在医院里，他恐怕熬不过这个月了，这是医生说的。"

"你是不是觉得特别轻松？"那个人突然发问。

这下让童丰收有些猝不及防，他抬起头，呆呆地看着那个人，那个人目光狡黠，暗藏着一丝奚落。童丰收急忙收回目光，低下头，"为什么？"他茫然地问道。

"因为你不用再因为冷落了父亲而内疚，你也不用再担心，因为违章让一个局外人登上火炬而承担巨大的责任。如果那件事发生了，你以为你这个车间主任还能当下去吗？你以为拿一个人的生命当儿戏，赔上整个企业的安全指标，厂长会当这个冤大头吗？"那个人自我感觉看透了一个人隐秘的内心世界，而嘴角微微翘起。

　　童丰收为了掩饰内心的慌乱，扭头向窗外看了看，火炬的光还在，仿佛它是一个提示，只要他能看到，那火焰就一直在那里，等待着他。那天下午的等待似乎就在眼前，开始，他布置好了一切，安全员、起重工、铆工、焊工，他甚至还找来了厂医院的护士小白，剩下的只有等待，等待父亲的到来。他仰头看了看火炬，那一刻，他突然感觉有些失落，巨大的挫败感呼啸而来。他想到了父亲即将终结的生命，更多的想到的是自己，"我要干什么？"他问自己。

　　"我想替我爸做件事，爬一次火炬，替他还愿。"

　　"你上去过吗？"

　　"没有，从来没有，我都是安排工人们上去。我从来没有。对我来说，这也是一次挑战。"

　　"你觉得你能爬上去吗？即使你爬上去，你能体验到飞翔的感觉吗？"那个人眼睛里闪烁着怀疑的光。

　　童丰收躲避着他锐利的目光，"我不知道。"

　　这个时候，门响了，进来一个人，看了看他们俩，直接走到那个人旁边的椅子上，坐下。那个人急忙站起来，拿起报纸，放到了报刊架上，童丰收注意到，那支中华铅笔终于完全地显露在他的视线中，他看清楚了，是一支 HB 的中华铅笔。那个人给后来的人倒了一杯水，自己也坐下来，先是对后进来的那个年岁稍大的人解释说："刚才我们聊了一些无关紧要的事。"然后端正了一下自己的坐姿，换了一副面孔，严肃地对童丰收说："好吧，我们开始吧。你先讲讲这次抢修事故的过程吧，死了一个人，谁也交不了差。请注意，不要遗漏任何细节。不要推卸责任。"

　　童丰收下意识地又扭头看了看火炬，他觉得火炬开始移动，离他越来越远。

《青年文学》2016 年第 1 期

酋 长

周李立

酋长要回南方了。艺术区很长时间都流传着这消息。人们想，得为酋长送行啊，商量着什么送行的方式才适合酋长。自然没谁能说服谁，毕竟那是酋长。该如何为他送行呢？

酋长倒是事不关己的样子。他说他的部落需要他，所以他得回南方，娶个老婆（该叫压寨夫人），生一堆孩子，少数民族可以不受计划生育限制，生育随意。酋长的部落在南方深山。他说那是北宋时期便有的，历史悠久，桑田沧海，历数朝不湮灭。他爷爷的爷爷就是酋长，所以他也会是酋长。这是没有悬念的事。他的子民在等待他。

可是，酋长的工作室，怎么办？

他说那也没什么。酋长不富裕。他的工作室是与小向合用的。小向画壁画，自然要占据四壁，可是小向是有野心的，四壁之内，他还需要空间制版，做一些看不出是什么内容的丙烯画。酋长画油画，他没什么野心，连丙烯颜料都不愿意尝试。他在民族学院学了四年油画，坚持认为亚麻油和油画帆布能让他想起自己的部落。那里的深山，据说也出产蓖麻油和手织布。所以酋长一直画油画，一直用同一品牌的亚麻油与同一粗细的油画布。他在很多事情上都坚持着自己的想法，难以改变，包括他回南方部落的打算。

酋长在艺术区五年了。他现在二十九岁，他说三十岁是到头了，必须回去了。

三个月前，他在乔远的工作室，第一次说出这样的话。乔远的女朋友娜娜，那时还未满三十岁，听见这样的话，未免觉得惊心动魄。她问为什么，三十岁并不老啊，生命刚过三分之一，如果运气好长寿的话。

酋长胖胖的圆脸显得安详。他不经常刮胡子，因为没有电动剃刀。他只在胡子长到可以用剪刀剪的时候，随意剪两下。头发也是自己用剪刀剪，那把剪刀也被他用来剪油画布边角处那些零散的线头，剪方便面里的调料包和火腿肠的包装纸。酋长在很多事情上都是将就的人，他不需要为这些东西各自分派一把剪刀。

那天他便这样摩挲着几根明显属于漏网之鱼的胡子，告诉娜娜和乔远，一字一顿，很有酋长气度："在我们部落，三十岁还没有娶个女人生个孩子，是不能当酋长的。"

"为什么非要当酋长？"娜娜穷追不舍地问，"你在北京，上过大学，会画画，我的意思是，还不错，是吗？"

酋长于是挤出一些似是而非的笑容。他们都知道，在艺术区，有人可以卖画或卖别的一切好卖的东西，能够生活得好一些；但也有人什么也卖不出去，他们的生活难免捉襟见肘，像世上所有的小户人家，总不知道明天在哪里安身；也有曾经富足后来败落的艺术家，愤愤不平于这世界上竟然不再有识货的知音；自然还有原先穷困后来发达起来的，这样的人，看上去更随和，他们笃定地相信明天，就像相信自己的才能一样。

酋长和小向都属于一直未见起色的那一类。最开始他们在艺术区分别租了工作室，后来房租涨起来，两人便"合并同类项"，住到一起去了。

两个单身男人，各自一张单人床。酋长的床略大，为承受酋长宽胖的体型。小向的床略小，但整洁干净。床单是浅浅的蓝色，印有白色的小花，像女孩儿的床铺。两张床放在同一间卧室，有相濡以沫的样子。

酋长总是嗤笑小向在生活细节上的女性化倾向。但小向认为自己只是爱干净罢了，这有什么好笑的呢？小向是浙江舟山人，在艺术区五年了，没有回过浙江。回家对他来说，是一段过于漫长的旅程。他在坚守艺术区这件事情上的决绝，倒是很有男子气概。

谁都没想过，他们两人中先离开的会是酋长。

艺术区的人们都听酋长讲过他的部落。那是一个神话般遥远的地方，贵州重庆交接之地，崇山峻岭之内。酋长说部落有人家百户、高山丛林数座，民风彪悍，喜欢打猎、酿酒。也有人不相信的，毕竟这样的描述听起来太像非现实的传说。

还是春天的时候，他们聚集在乔远工作室外的院子里，相邀来年一起去酋长的部落，旅游也好，写生也好。那些青绿山水，那些穿黑色服装的部落女孩儿，皮肤也像酋长一样黝黑、臀部像酋长一样宽阔肥大——这些，对艺术家们而言，都是极大的诱惑。

他们兴致勃勃地探讨，该如何在酋长的部落撒欢儿。那可能是天然适合他们撒欢儿的地方，那里没有物业房租，没有画商画廊，没有昂贵又坏脾气的模特，没有时不时来巡视一番的警察，多自由。更何况，他们的哥们儿，是那里的酋长。

酋长就是领袖。他们这些人里，从来没有出过一个可以统领一方的领袖呢！有人又说，那里也没有网络，没有酒吧夜店，没有二十四小时的便利店和随叫随到的外卖。

没人接话，酋长也只是含笑点头，像他一贯的态度，温和地看着这些人，这些穿着随意、侃侃而谈的醉鬼们。他就像看着自己部落的子民一样看着他们。

"酋长的部落有酒吗？"

"有！苞谷酒，自酿的，一斤苞谷酿半斤酒，大碗来喝，多少碗都不醉。"酋长介绍。

"不醉还有什么意思啊？"娜娜问。

"醉了生事，酋长操心。"有人替酋长解释，想当然的。

又有人问："酋长的部落有美女吗？"

酋长笑而不语。

又有人想当然地说："有，原生态的，两个女的里有一个是美的，大胸大屁股，最大的那个，留给酋长做老婆。"

人们笑起来，想起酋长回部落后，是要娶妻生子的。酋长的老婆会长什么样子呢？酋长没告诉大家。他说他也不知道，"在我们部落，酋长的婚事都是老酋长，也就是我爹，给定的。"

人们唏嘘一番。几个单身汉不免羡慕这样的包办，他们也想让自己的老爹给自己找个女人做老婆，但可惜他们不是酋长。

小向最是愤愤不平，他指责这样的婚配方式，说好歹酋长是在北京念了几年书的人，又在艺术区混了这么久，怎么还能接受家里安排的女人当老婆呢？

小向声音尖细，像某种动物在惊恐状态下发出尖叫。人们并未对他的异议表示附和，倒是取笑着小向，认为他吃酋长老婆的醋啦。艺术家们似乎都默认了小向和酋长之间的亲密。不是吗？在同一间工作室住了这么些年，偏偏两人在任何方面似乎都不算一类人，但还能住到一起去。在眼下的北京，寻常男女怕也没有他们这样长久相处的经历了。

小向生气了，像他家乡的带鱼一般，直通通地把干瘦的小身板绷紧，成为一个巨大的感叹号。他尖声骂着众人，情绪似乎很激动，他嚷着："你们懂什么？你们以为酋长真愿意回部落，再娶个只会生孩子的女人吗？"

艺术家们只得沉默。小向的身影继续像个感叹号一般在四周晃动。他们一直以为，酋长跟他们是一样的人。在艺术区，他们以艺术或梦想这类鬼东西的名义混在一起，事实上却仍不过是每天为生计发愁、为五斗米折腰，能卖画的时候自然好，不能卖画的时候也需要别的临时工作。赚来的钱转手交给房东。空闲下来的时候算算年头，只觉得快到可怕。他们一事无成，又相信自己终会成就一些事。就这样，不断地尝试再尝试，像厨师永远在试验不知味道如何的新菜式。生活和艺术一样，暧昧又不确定。

唯一确定的，是他们虚长的年岁。这些年岁，都是他们在艺术区共同消磨掉的。这大概算是其中最美好的部分了。这期间，自然是有人离开的，也有人搬进来。一个征战的军营，老兵不断退役。有功成名就走的，也有两手空空走的。他们早该习惯了这样的聚散。

可是，没人想过酋长也是会走的。他看上去那么笃定，哪怕在凌乱肮脏的床铺上抱着笔记本电脑看电影，也有一种如打坐一般的安稳自在。

没过多久，到夏天的时候，酋长就说自己要走了。但他们都还没去过酋长的部落，酋长已经等不到来年了。

酋长走之前，没有太多要交代的事情。他说那些画框、画布和颜料，大家可以随意来取。反正也带不走，况且他以后也不会再画画了。乔远画国画，不需要那些东西。油画家于一龙倒是去看过，只是他没看上酋长的画具。于一龙正是春风得意的时候，他的画作比酋长卖得更好。其实这么说也不准确，因为酋长在艺术区五年来，统共只卖过两幅画。第一幅是在一次十人联展中以凑数的名义卖的。那幅画没人看明白，只有娜娜觉得好看。她在四川的山区长大，说那幅抽象的油画，像是山峰倒悬的样子。艺术家们并不在意一个女孩儿的评论，毕竟她在艺术区的身份不过只是国画家乔远的女朋友、咖啡店的服务生，无论哪一点说起来，都和油画没有直接的关系。

但是没多久，一部叫《阿凡达》的电影上映了。那电影里的山，竟然真是浮空、倒悬的。艺术家们依稀想起酋长卖出的画，觉得也许还是有些意思的。他们相约一起去看了《阿凡达》。酋长觉得无趣。他说那电影里，不过是一些蓝皮肤的人，飞来飞去的，而那些倒悬的山峰，跟他的艺术追求更是没有半点关系。

于是人们渐渐不再谈论酋长的画。他后来又悄悄卖过一幅画，当然是贱卖，差不多刚好够木画框和油画布的成本而已。那天他大概心情不好，而酋长一般看上去都是心情极好的。他喝了一瓶二锅头，抽很多的烟，烟雾在卧室里缭绕不散，有些像《阿凡达》里那些山峰间弥散的云雾。娜娜进去了一下，被烟雾给挡了出来。她回头告诉乔远，酋长想他的部落了。

乔远也这么想，因为他是酋长，酋长就该在山间云海里生活。他好多年没有回过他的部落了，他一直在艺术区属于他的那张小床上，当他的酋长。

娜娜说："酋长其实就像《阿凡达》里那些人，跟我们不在一个空间。"她刚刚看过《阿凡达》，很是喜欢那些成人版的蓝精灵，她近来的眼影和指甲油都是那种蓝色的。

乔远笑道："可惜酋长不会飞。"

娜娜笑起来，举起两只涂有纯蓝指甲油的手，做出飞翔的动作。可是谁会飞呢？娜娜不会，乔远不会，酋长也不会，他们都不是阿凡达，只能在艺术区，过人类的日子。

娜娜想去安慰酋长，毕竟酋长还没有这般沮丧过。他没有固定收入，画又卖不出去。他有时候给一个胖乎乎的外国老头儿当摄影助理，按天算钱。酋长身材壮硕，却不懂摄影用光。他当摄影助理的多数时候，都是为那老头儿背摄影器材。老头儿还有另一个助理用来打光，反光板可比器材轻便多了。那个负责打光的助理还兼任老头儿的翻译，老头儿讲的大概是意大利语，小语种，没人懂。有一次老头儿去拍慕田峪长城。酋长背着两书包的镜头、照相机爬长城，实在费劲，出的汗最后都变成黑色了。这样的时候，他也没有沮丧过。但现在，酋长贱卖了自己的画作，换了酒来喝——看起来真是不开心呢。

娜娜喜欢安慰这些艺术家们。他们多数是容易受伤的，敏感、自尊，时常自怨自艾。娜娜觉得，他们更像小孩子，或者某种小宠物，一些称赞他们的好话，便很容易让他们开怀。

可是，娜娜的称赞对酋长没有用处。酋长说要去找小姐。

娜娜吓坏了，她问他，你说的小姐，是不是那样的小姐？

还能是什么小姐啊。酋长连脾气都不好起来。

乔远在旁边听不下去了，娜娜是他的女孩儿，凭什么被酋长呵斥，哪怕他的确懊丧，也不该这样无礼。于是乔远过去把娜娜拉到一边来，娜娜听话地在小向有白色小花的蓝色床单上坐下。

乔远从酋长的床上捡起一个空酒瓶，倒过来，几滴残存的白酒沿着瓶壁缓慢下落。乔远盯着那酒滴的轨迹看，看了一会儿发现不对，透过二锅头透明的酒瓶，他看见酋长脸上的眼泪，大颗大颗的，也这样缓缓地，落下来了。

连乔远也被吓住了，没人见酋长哭过。谁见鲁智深哭过呢？而鲁智深哭的时候，才真正动人心魄。酋长曾经帮娜娜追小偷，小偷抢了娜娜的提包，娜娜喊起来。酋长刚好在，便一路绝尘飞奔过去。他奔跑起来并不慢，身手也依然是敏捷的。小偷碰翻了路边的自行车，一排自行车像多米诺骨牌般倒下去。酋长来不及停下，被倒地的自行车绊倒在地。膝盖和下嘴唇都在流血，大概是被自行车上什么零部件刺破了。但酋长还是追上了小偷。在给娜娜还手提包的时候，他在手提包上留下了一些带血迹的指纹。那次之后，娜娜觉得酋长真是英勇，是"真的男人"。

可是，酉长现在哭了。

"哭什么啊？是因为找不到小姐吗？"乔远开着玩笑。

酉长抹了抹脸，又随意地在床单上擦了擦手，很快恢复了平日的样子。他说，不找啦不找啦，等我回我的部落，要多少女人就有多少女人。

乔远笑起来，想起酉长终究是酉长，怎么会像艺术区的其他人——比如小向——那样婆婆妈妈呢？

"想家了？"乔远问。

"想女人了。"酉长倒是直言。

那天傍晚，喝醉的酉长在艺术区内四处闲逛，人们后来知道，是小向找女朋友了，他们准备在那有白色小花的浅蓝床单上亲热，酉长只得回避。没人去揣摩酉长的心事，这样的事在艺术区本就是平常的。酉长四处坐坐，抽支烟，又要茶来喝。什么茶都行，酉长不挑剔。天真正黑下来的时候，酉长便回去了。

酉长没有女朋友，不是现在没有，是从来没有过。起初还有人想给酉长介绍一些女孩儿认识，毕竟艺术区从来不缺慕名而来的姑娘。很多年以前，艺术家们把那些追随摇滚乐队四处流浪的女乐迷们，称为骨肉皮，是英文 Groupie 的简称。骨肉皮们和摇滚乐队成员们终日厮混，也为他们提供艺术灵感，自己并不搞艺术。艺术区也有类似这样的骨肉皮，她们比当年那些女孩儿们更多样。艺术家们宠爱她们，却又不真的爱上她们。她们是艺术区的骨，艺术区的肉，艺术区的皮，骨肉皮——他们说。

酉长倒是不让女孩儿们讨厌。他胡子头发杂乱丛生的样子，很符合女孩儿心中对画家的想象。她们不喜欢于一龙这种画家，干净的衬衣、金边的眼镜，一板一眼地讲着话。如果不是于一龙手里的钱，她们谁也不会理会他的。倒是酉长，女孩儿们在很多次的聚会痛饮之后，都会抱住他圆乎乎的肚子。她们号称那是一个温暖柔软的肚子，像妈妈一样，适合用来当枕头。酉长倒也大方，让女孩儿们轮流拿自己的肚子当枕头。她们喝醉的时候睡在酉长的肚子上，醒来又依偎在于一龙的怀抱。没有一个女孩儿对酉长有想法，就像酉长对她们中任何一个都没想法一样。

渐渐地，人们也习惯了酉长没有女朋友的状态，不再有人费心为他介绍了。何况酉长在艺术区的年头也长了起来，该认识的女孩儿都认识了，却从未真正有过一个女朋友。这就像长年摆在超市货架上的东西，一年卖不出去，往后便再也不会卖出去了。这样的比喻是小向说的。他说完后，大概意识到这话很不厚道——他和酉长一样，工作室里摆满了卖不出去的画，以至于天长日久，工作室越来越拥挤。偏偏两人的艺术创作成果，都是很占地方的版画和油画。于是酋长便把自己的画重重叠叠地堆到一起，小向的画仍然四平八稳地挂在墙上。酋长给小向腾出了更多的空间。酋长总是厚道的。小向于是又补充说道："其实酋长一个人过得挺好的，他不需要骨肉皮，他部落里的女孩儿，可是任他挑的。"

小向说完又埋头沉思，心事万端的样子，因为他的女朋友已经离开他了，骨肉皮是需要用钱养的。他和酋长一样，都没有养骨肉皮的本钱。这样倒也好，他依然和酋长住同一间卧室，不再需要在对方不方便的时候出门回避片刻。当然，小向和酋长住在一起还有别的好处，酋长帮他交房租，很多次。

可是酋长哪里来的钱？

小向说是部落里寄来的。酋长在北京多年，部落里的家人一直在供养他。小向不无羡慕。大家却觉得小向未免无情了些。这些人二三十岁，用家里的钱这种事，只会让所有人不齿。但那是酋长啊！小向强调着。"我家很穷，三代渔民，好不容易出了我这么一个大学生。如果我家也是酋长……"小向没再说下去。人们却都开始想入非非起来——如果我家也是酋长这样的世家，生活该是会不一样的吧！

酋长依然宽和应对众人的想象。他提醒大家，他跟所有人，也没有太多区别呀！他说上大学在食堂打饭的时候，他也是要仔细看看每样菜的价格的。那时他觉得毕业之后，一切都会好起来的。现在才知道，原来有个可以算计菜价的食堂每天吃饭，才是最好的时候啊！

"你还可以回去做酋长的嘛！"于一龙说道，他不喜欢酋长诉苦。"我们都有过吃不上饭的时候。"于一龙这话倒是真的，在他拥有现在的小名气之前，他在艺术区过得还不如酋长呢！

酋长只是默默地离开了，面带佛一般的笑容。听说酋长其实是很刻苦的，只是方向不正确。他大学学油画的时候，老师让他学习列宾。现在，谁还会喜欢列宾那样的风格呢？但酋长不愿意尝试别的，他仔仔细细地画自己的画，像在部落里仔仔细细地照顾自己的子民。那些画，如今都是他的子民。面对子民，他拥有酋长的傲慢。任何意见他都是可以忽略的，所以他一直画着那些倒悬的山峰，重重叠叠、迷障重重，让那些强迫症患者总忍不住想从中画出一条通往山外的道路来。艺术需要酋长这样的自信，可是艺术市场又不需要。这真难办。

转眼就到秋天，闲处光阴易过。这个夏天烦闷炎热，所有人都提不起兴致来。月饼和大闸蟹上市的时候，大家终于打起精神来。再聚在一起的时候，不免说些"一年又过完了"这种让人垂头丧气的话。

酋长在夏天里又胖了些、黑了些，他的创作没什么进展，这已经没什么好说的了，反正他是要离开的。秋天过去，春节之前，酋长就必须回南方了。

他们后来没去南方的部落，而是去草原了。坝上草原离北京不远，秋天正是去草原的季节。"去草原玩儿一次，给酋长送行。"这主意是小向说的，他身边现在又有了一个新的女孩儿，大家都没见过的，不知道该不该算是那种长年混迹艺术区的骨肉皮。她或许比骨肉皮更开放一些，身上巨大的 T 恤上写着同样巨大的字母——Fuck me。她一开口，人们听出来是东北口音。她和小向像两块扯不开的橡皮糖一般依偎在一起，她是其中更大更黏的那块橡皮糖。人们都感觉古怪。

再看酋长，他说也想去草原，去骑马。他离开部落之后，可是再也没有骑过马了。

几辆车一起出发了，就在他们这样商议之后的第二天早上。一路上，乔远和娜娜都听着小向和他的东北女孩儿讲草原上的事，肥美的烤羊、大碗的烧酒、奔驰的马群，他们预感这是一次极好的旅行。小向不是浙江舟山人吗？他又没有去过草原。但是，"我可以想象，我是画家啊。"小向得意地讲。这一次，他把身体蜷缩在汽车后座上，像一个问号。

酋长对这趟旅行表现得很激动，但又时不时表示出歉意。他们在高速休息站抽烟，酋长给每个人递上一支烟的时候都说："很不好意思，让大家都陪我出来。"

乔远觉得他太客气了些，于是把话题转向小向的东北女朋友。乔远始终觉得，去草原的想法，是那个女孩儿的，她自己想去，然后鼓动了小向。

酋长没说是，也没说不是。他说小向也不容易。在艺术区，他们谁又容易呢？乔远说起那女孩儿，似乎不懂艺术，也不喜欢艺术，吃饭的时候会把烟头和用过的餐巾纸随手丢在地上。"小向这么爱干净的人，怎么忍受呢？奇怪。"乔远随口说。

酋长却说："她也有她可爱的地方。"

娜娜悄声告诉乔远：原来先认识这女孩儿的，不是小向，是酋长。她姓何，姑且就叫她小何好了。酋长是在给胖老头儿当摄影助理的工作中认识她的。小何是茶水工。

"小何看上去对酋长也不错，她还帮他洗衣服呢！"娜娜神秘地说。

可是，小何不是小向的女朋友吗？这三个人的关系太复杂，乔远觉得这是不宜深究的事。"酋长反正是要回南方部落的呀！"娜娜这样劝着乔远。酋长终究是会离开的，所以倒不如独身一人走，干干净净。

"小何倒是挺委屈的呢！"娜娜说。

"就是啊，既然喜欢，何必管那么多呢！"乔远不太想讨论下去了。

去坝上的路比他们想象中要远一些。临近黄昏时分，夕阳在汽车后车窗上镀上一层暧昧的玫瑰色的光。他们隐约可以看见道路两侧相似的招牌，丑陋的红色油漆字都写着差不多的内容：骑马、住宿、烤全羊、射箭……这些简陋的招牌，就像那种太急切的妓女，招摇热情，反而让他们失了兴致。一天的路程后，大家不再如出发时兴奋，他们一直轮流开车，在车上讨论太空人或者冰川纪这种遥不可及的话题。

但他们总算看见草原了，还有马，多数是棕色的马，三五匹或七八匹，都静悄悄地待在一起，有时它们轻轻把马头碰在一起，进行着微妙的倾诉。夕阳让草原泛出光泽。斑驳的深浅不一的草色，犹如水彩画上晕染的色块。

车在路边停下来了。酋长坐在于一龙的别克车上，别克车一直开在最前面。

酋长说随便找一家吧，这些做旅游的地方，看上去都差不多。他们也许已经不是牧民了吧。

"兼做旅游。跟我们一样。"乔远跟在他们后面，停了车。下车的时候，他说。自从艺术区的游客多起来之后，他们都时常这样自嘲——我们画画，兼做旅游。大家疲倦地笑起来。后面还有两辆车，但现在还没到。他们往路的南方看过去，硕大的太阳让视线模糊，什么也看不清楚。

他们抽烟，又等了一会儿。后面的两辆车也到了。小砖房里走出一个黝黑的男人，也许是这些马的主人。男人穿着灰色的西服，西服大了两号，夸张地支棱在肩上。他问他们，要骑马还是吃饭？

酋长说，都要。

小何已经站在马群旁边了。马的主人吼起来，嘿，别站在马屁股后面。

小何伸出的手又缩了回来。她大概是想去摸其中的一匹小白马。只有这样一匹白色的马，不是太干净，但因为是白色的，所以也显得出众。

马儿们意兴阑珊，都背对阳光站着。透亮的眼睛像晶莹的玉石。

小何要骑那匹白马，但她不敢一个人骑，要小向陪她。

"两个人骑一匹马，你们也真够了！"于一龙阴阳怪气地说。

"有什么呢！他们还睡一张床呢！"有人说。

小向一边帮小何上马，一边又得意又不屑地答："就是啊，男人最后不都得跟女人睡一张床吗？男人不都得结婚吗？男人不都得走到这一步吗？"他两手合掌，托着小何的腿，费力地把她送上马背。"他现在是走到送自己的女人上马这一步啦！"有人嚷着。

"男人就不应该结婚!"酋长狠狠地说。

"酋长发威了!"大家嘻嘻哈哈。

"都结婚生孩子,跟死人差不多。嘿,你看哪,嘿,你看哪!"酋长指着挤在那白马背上的小何和小向。

人们都狐疑着,不知道酋长到底是为男人都会结婚这件事生气,还是为小向两人的亲昵动怒。不过,酋长肯定是不开心的,酋长也是要回南方去结婚生孩子的。他是不是也对自己愤怒呢?

小向倒是没有生气。他坐在小何身后。小何像一个巨大的玩具熊,刚好卡在小向的两条瘦胳臂中间,羞涩又不安地笑。她没穿那件写着 Fuck me 的上衣——那肯定会让场面更古怪。

小向拉着缰绳,身体不免向一侧倾斜着,因为他的胳臂明显不够长,他大声喊着:"死人又怎么样啊!我们都是会死的!结婚也死,不结婚也死!还不如结婚了死呢!"小向的声音越来越小,他骑着马,渐渐地离众人众马远去了。他带着他的姑娘远去了。

"小崽子!"酋长忙不迭地也上了马,大概想去追小向。这让骑马这件事突然有趣起来。追逐啊,奔跑啊,总比慢悠悠沿着规定的路线亦步亦趋前进,要有意思多了。

可是有趣是需要付出代价的。酋长高估了自己骑马的本事,上马之后,不知怎么就大喊一声,从马背上摔下来了。

大家起先还笑着。毕竟这算是糗事,值得一笑。后来见酋长在草地上躺着没动,又惊呼起来。有人已经骑马远去了,又不知道怎么让马掉头回来,啊、哟、吁地叫了几声,马反而越跑越快、越跑越远了。

乔远和娜娜没有骑马,因为娜娜不敢。她不是胆小的女孩儿,只是对马这种动物格外害怕。她还为自己不敢骑马这事找到一个不错的理由,因为她属鼠,而鼠和马,在十二生肖里是相克的!

酋长让大家别怕,他没事,看,还能说话。

乔远和娜娜跑过去,看见酋长平躺的身子上方,一张扁平的圆脸,胡子上沾了些泥土草根,竟然有种英雄落寞的无奈。

"天啊,吓死我了!"娜娜说,"还以为……"她又停住了,但他们都知道她后面的话是什么。

"以为我死了吗?哈哈,死不了……"酋长说。突然出现一阵奇怪的沉默,这世界变得诡异起来。

又过了一会儿,乔远他们才听见酋长的声音,他说:"我才三十岁,还不想死啊，哈哈哈哈……"

酋长躺在草原上，天空一半铺满霞光，另一半已完全黑沉下去。他就这样躺在明暗交接的天空之下，细小的眼睛眯缝起来，很快又完全闭上了。这时他开始失声大笑，笑声越来越大，听起来凄厉恐怖，像是老旧的汽车刹车片发出的声音。

乔远和娜娜想扶酋长起来，但他摆手拒绝了。胖乎乎的酋长，终于不再笑了，而是两手各抓了一把草，握得紧紧的，好像那些草，是他最后拥有的东西。

娜娜紧张地问他："酋长，感觉怎么样？从马上摔下来，这可不是闹着玩儿的。"

酋长说没事。"别叫我酋长！我就是个球！连马都不会骑了！"说着，他突然起身，动作显出一种和身材很不匹配的敏捷。"在部落我是酋长，在外面我就是个球！"酋长哈哈笑着。

娜娜扭过头不解地看向乔远，乔远用眼神暗示她：没关系，酋长只是有些恼火，这样的时候，谁都会恼火。但乔远不知道娜娜能不能理解，什么是"这样的恼火"。乔远自己也会有"这样的恼火"，在怀疑自己画画的才能的时候，在等待着一件也许重要的事情即将发生的时候，在很多的时候。

酋长骑的那匹棕色小马，仿佛知道自己犯了错，仍然温顺低头，待在酋长身边。酋长一把上去拉住缰绳，抬腿打算再骑上去。

"嘿——"乔远想制止他，张了张嘴，却什么也没说出来。他想，酋长是真的想骑马呀！酋长本就应该是骑马的人啊！

酋长终于上了马，又前后调整了一下马鞍的位置。刚才摔落的时候，马鞍松动了一些。他的两腿踢了踢小马的肚子。马先是试探着前行，后来脚步越来越快，并终于轻轻地跑起来，向着小何和小向远去的方向，也去了。

从乔远和娜娜的角度看过去，酋长像个圆形的气球，迎着太阳下落的方向，随马蹄的节奏上下抖动，并越来越小，最后只剩下模糊的一块黑影。他似乎重新适应了这匹马，看上去不再让人担忧会再度跌落了。乔远看着那团黑影，他知道，那是酋长绝尘而去的背影，感到一阵没来由的难过。

那天晚上，他们在老板家的小砖房里吃烤肉。草原的秋夜很凉，他们不能在户外吃饭了。这与所有人的想象都有些不一样。这破旧又刷得雪白的小房子，像这世界遗留下的最后一座方舟。他们拥挤着坐在同一张圆桌前，仍然感到不可思议的寒凉。乔远以为这会是一个畅饮到天明的夜晚，但事实不是。疲倦和难以言说的情绪，让他们只是尴尬地吃着东西，偶尔自顾自地喝一口很苦的酒。大家不再像在艺术区的夜晚那样随意，彼此开着过分的玩笑。一时之间，场面竟有些难堪。睡觉前，他们均分了此行的费用。

这一切是因为什么？乔远不知道。他告诉自己，也许是因为酉长要离开了。这样的事，总是让人难过的。酉长不愿离开艺术区，即使他离开后会成为酉长——乔远现在对这一点竟是无比确定。可是，"不愿"的事情那么多，谁又能顾得上呢！

在第一场雪下来前，酉长就已经回南方去了。

他的被褥、衣服都没带走。他说那还是他大学时代的东西，不能再用了。小向把那些东西卷成一大卷，扔掉了。小何住进了酉长和小向曾经的卧室。这也在所有人的意料之中。

起初大家还会提起酉长，但没有一个人有酉长的消息。"他的手机都停机了。""因为是北京的号吧？他回去之后会买张新的手机卡吧？"后来人们只在某些时候才会说起酉长了。"酉长还说过，春节时要给我们寄部落的酒和腊肉呢！"没有人收到过那些东西。酉长真的消失了。

"酉长富贵了，忘了我们了。"小向说道。人们觉得他是最不应该说这话的。

"我如果回县城，就算当不了酉长，也能当个公务员吧，喝茶看报纸，结婚生孩子，三室一厅和五千的工资，嘿嘿……"有人不合时宜地这样讲。这样的话，真是让人不安啊。

又到春天的时候，娜娜给衣箱换季，看见酉长帮她追回来的那只手提包，上面隐约的血迹还在。那是酉长的血。

娜娜突然大叫："乔远，如果有血、有 DNA，是不是可以找到酉长了呀？"

"理论上，是吧！可是，酉长又没死，干吗要用 DNA 找啊？"乔远答。

"不知道他现在过得怎么样。"娜娜看着手提包，小心翼翼没有去碰那些陈年的血痕。

她说："他叫什么名字啊？酉长？"

乔远想了很久，也没有想起酉长到底叫什么名字。后来，他只好说："他就叫酉长吧！"

苔列娜纸牌

周瑄璞

被手机闹铃叫醒，母女俩躺在一间只比床大了一半的房间里。床不大，是那种宽一米二，长一米八的。香港的阳光，从墙的上方有两个电脑屏幕大的窗户挤进来，为了这个所谓"有窗户"，房间多掏二十元。女儿迅速起身，进到卫生间冲澡。女人暂且躺着没动，浑身困疼，心里"哼"一声，你要是学习有这样的劲头，明年夏天就皆大欢喜了。

只几分钟，女儿出来，催她快快起，"我们必须要在十一点到达美术馆门口取票。"

"来得及啊，现在才九点多。"

"你确定地方没有错吗？"

"没错，百度地图显示这里离美术馆只有八百六十米，我们就是变成蜗牛，半个小时也能到。"女人从卫生间出来，想再回到床上躺一会儿。

"妈，我再最后跟你说一遍注意事项。"女儿盘腿坐在女人面前。

"不用说，我都记下了，参观时不能大声说话，不能掏出手机，给你买周边的时候不能表现得对价格吃惊。"

"嗯嗯，虽然我也觉得它很贵，但你还是不要表现出来。"

"好，我花五百块的时候就像是花五毛钱一样，面带微笑，小意思啦。"她脸上配合做出表情。

"对对，就是这个样子，反正今天半天，你就听我的，一切按我说的来，就半天，好不？本来那周边一套是六百块的，里面有一个小黑人的小挂件，就要一百，实在是没用，我就不要了。"说这话的口气好像她给妈妈省了多少钱似的。

事实上，她们十几分钟就走到了美术馆所在的十字路口。

一个日本歌星的画展，将各地文艺女青年吸引而来，偶有中老年女性，姹紫嫣红而悄无声息地聚集、排队。好像要成为那人的粉丝，必须得具备某种素质一样。刚来到的女粉丝们，与先来的会合，她们老远发现对方，脸上表情喧嚣着，欢闹着，嘴张得大大的，却不发出声音，扑过来拉手、拥抱也是无声，用默片形式表达热烈情感。

正如女儿所说，很多日本女性追随着偶像，全世界哪里有他的画展和演唱会，她们就飞到哪里。看到了大楼上美术馆的牌子，女儿的脸上似有被金光照耀的灿烂。女人对此没有感觉，她体会到的只是，空气里的湿润度，迎面吹来的风，温腻腻，轻丝丝，像绸缎拂在脸上。昨晚飞机一再晚点，降落已是午夜一时，被出租车拉到家庭旅馆，来到那小屋子里，已是两点，随便洗了一下，倒头便睡。这时才有机会感到，她们来到了另一个城市。如此好地方，大家都想来，怪不得当年英国人看上，细心经营，使这里人口密度变成世界之最。两人观察地形，找到了领票的地方。但凡女人站下仰头张望，表现迟疑，女儿都拉她往边站，用表情提示她不要挡别人的路；或快点走，不要像迟钝的内地妇女般停下来发呆。几次之后，女人心中不快，路是大家的，谁挡谁呀，看女儿那样子，倒像个惊弓之鸟，走着也激动，站下也局促，好像内心有巨大波澜，需要矫枉过正地克制，才能维持表面的平静，不知道怎么办才好，只好将不安的情绪倾注到母亲身上，任何一件小事都让她做出夸张的警告表情，将自己变成一个惊叹号，用责怪的语气，红着脸儿，附在母亲耳边，一会儿抱怨，一会儿指导，一会儿催促，好像当妈的做一切都不对，突然变成了乡下人。

在大楼的墙根处，有一个帆布篷小房，里面有几台取票机，众女文青拿着手机排队进入，输入密码取票。女儿穿长裙的背影印在大楼的蓝色玻璃墙上，学校规定的厚墩墩的短发之下，一截洁白的脖颈，是个标准的文艺女青年了。女人从那玻璃墙里看到自己的脸。不不，不是这样的。她迅速回身，给蓝色大玻璃一个背影。女儿在她面前，继续跟着队伍向前移动。吹来一阵海洋的风，将十七岁少女的蓝色长裙拂起，她带着天使般的娇羞与恼怒用手按住裙子，每一个步子，每一个眼波都故作着大人的模样，扭捏而深沉，就好像她从某一个队伍里脱颖而出，昨天扔到家里的校服已经完全与她隔绝了。女人隐约觉得自己已经完成一个使命，她将要放手，她不得不放手，将自己的女儿交付出去，交给世界，交给岁月……交给男性。她也已经将自己的脸像推倒的麻将牌一样，用手揉抚过，彻底清洗好，码规整了，应该像些样子了，再次回转身，装作不介意地向玻璃上的自己看去。深深的确凿的绝望再次罩住了她。那张脸松弛而呆滞，下跌的线条显出中年女性的平庸与灰暗，像极了一个操碎心的高中语文教师，被无趣的文本和令人费心的孩子折磨成稀薄的抹布片。刚才临出门前，用价格不菲的旅行套装，细细抹了好几层的，一道工序都没有含糊，还淡淡地涂了口红，对镜独照，也算说得过去。

南国润泽的空气，使她的脸半丝水分都没有流失，护肤大军服帖而忠诚地坚守职责，用手触摸，仍然柔腻腻的，觉得自己尚被保护之中。可是这面资本主义制度的蓝色玻璃无情地告诉她，到了怎么弄都不好看的时候了，变换发型也不能拯救，衣服换个式样也不管用，尤其在这群二十岁上下的女孩子中间。她站在那里的样子显得怪异、粗陋。立即灰心丧气，觉得此次香港之行对她来说真没意思，好像她是来自找伤害的。

从镜子前走开，备受打击和屈辱。茫然无措的，她走进了厨房，拉开几个抽屉，打开几个柜门，翻找出这样那样的几种小袋子。

照镜子，走在大街上看身边的玻璃，成为检视自己衰老轨迹的习惯性动作。每次都不相信这是真的，但镜子一次次告诉她，这，就是真的。连自家的镜子，朝夕相处，都不留一点儿情面。

黑米行吗？花生米行吗？红小豆行吗？大枣行吗？就像赌徒俯于案桌前，将手里不多的筹码一个个拍出来。将四者分别抓了一些，放在碗里，接上水泡着，为晚饭做准备。乌云压城，兵临城下，命运对女人的清算开始启动，一早埋下的咒语将要兑现，女人展开守卫工事，虽然最终必败，但还是不愿轻易就擒，就像被鱼贩子从方形铁皮大盆中捉住的鱼儿，总要试图挣扎几下，以一种决绝的力量，身体拍打地面，最终被那凶狠的手猛力摔死。拿出红糖袋子，冲了杯红糖水，两手捧着，再次来到镜子前。

是那种从来没有出现过的褶皱和色泽，一种最崭新而最陈旧的纹路，潜伏多年，终于在一个秋天的下午撕开帷幕，登堂入室，阴险地横亘脸颊，细如发丝却强大无比，足以击垮任何女人，让之前苦心经营与悉心维持的那个世界瞬间破产。她从前看到脸上有这种质地和纹路的女人，只会在心里说俩字，毙了。而现在，她也呈现着毙了的状态。经期，剪坏的头发，不想洗澡。负能量集中，列强环伺，合力羞辱她。出来混，总是要还的。是人，早晚会有这一天。她用一种自己都嫌弃的表情呆呆地看着那张脸，需要付出称之为勇敢的力量。一片呆滞暗黄之中，只有眼睛慢慢激烈、变红。每喝下一口，就是咽下一个屈辱。喝完那杯红糖水，到床上去，用被子蒙住自己，蜷缩起来，左眼的泪流进右眼，两股热泪汇成一条线，向枕上漫洇。

你受了别的伤害与屈辱，总有说理的地方，有申诉的借口，而衰老这件事，最是无处可躲，无以诉说。大家都一样，生也平等，老而同步，你有什么可诉说的呢。

这是一个流失的过程，血液在流失，力量在流失，记忆在流失，睡眠在流失，而不愿跟着它们配套流失的，是爱欲和期待。"她的大腿已经失去了劲头，胸脯已经失去了弹性，她已经疏远了男人的爱抚，可是心里还很狂热"，马孔多小镇上的苔列娜注解着这世上女人的命运，她手里那副纸牌早就算出了一切。

轮到女儿进入那小房子，女儿回过头来，示意她跟上去。她赶忙上前一步，两人进去，并肩站在取票机前。女儿对着手机上保存的密码，熟练地输入，那样子好像她每天都操作无数遍这个机器一样，莫不是在梦里，一回回演示？取了票，从另一个小门出去。离十二点进场时间还早。在周围转一转，商量先吃饭还是看完再吃。刚才两人在旅馆房间，吃了昨夜飞机上发的点心，这会儿还不饿。也不敢走太远，在附近转了一会儿，有一些商店还没有开门。

两个月前，女儿突然宣布，她要去香港看画展，已经在网上接手了网友转让的两张票，让爸爸按对方提供的账号，将一百七十元打过去。

"票倒是不贵，可是咱俩来回香港一趟，你知道要花多少钱吗？"女人说，"你还得去办港澳通行证。"

"还有两个月，提前订机票，会很便宜噢，咱们去住家庭式旅馆，也不贵的，大不了，几千块钱嘛。"女儿说。

那倒也是。可是画展并非周末，高三学生请假去香港看一个日本偶像的画展，未免有点离谱吧。可女儿态度坚决，就要去，必须去。她想了想，已然高三，学习程度都已经基本定型，断不会因为请两天假就成绩大幅下滑吧。

香港也不例外，或许地球之上皆是如此，到处可见中年女人，还没有完全干枯，可也不再丰润，面相告诉世人，她们正在与内分泌和生理周期做着不厌其烦却终将要放手的斗争，最是一个女人敏感与难堪的时期。出门之前要做许多修整和涂改工作，稍有忙乱或者马虎，就会露出马脚。脸颊上点点暗沉，片片斑点，医学术语把它们叫血气不活。她诠释为，那是闺帏倦怠，那是喧嚣过后的沉渣积淀。没有斑点，皮肤光洁的那些，又现出对情欲的陶醉与贪婪，营养丰富到有些浮肿的样子，乐陶陶的，未免显得轻贱，更让人生出厌弃。比较来去，还是斑点显得可敬一点儿吧，宁缺毋滥，将自己的身体长期闲置，她们宁可血气不活。青春已逝的女人都有着阿Q精神，总要给自己找到理论支撑，竟将脸上斑点描画为朵朵桃花，看到斑点女，在心里默默致敬，惺惺相惜。

才十一点半，女儿就催着回到美术馆门口去排队。

"这才几步路，五分钟就走到了。"

"万一来不及呢？万一呢？"万一，是女儿这两天最常说的词，万一赶不上飞机，万一身份证忘了带，万一钱包丢了，万一找不到美术馆……女人想起十七年前，她抱着几个月的女儿，怎么看都觉得惊奇，竟然是这么小的一个人儿，她不敢到阳台上去，害怕自己万一精神错乱，把孩子丢下去。

女儿拉她来到那个巨大的易拉宝跟前，标志性海马图案下，各类迷妹们依次照相，有的摆出造型让别人拍照，有的举着自拍杆。女儿静静站着，微微脸红，表演自己的矜持，等轮到她时，手机交给女人，她跑过去，站在海马面前，开心地伸出右手的两个指头，做出胜利的手势。或许她并不想做这个毫无艺术含量的手势，可众目睽睽之下，她这个介于大人和孩子之间的人，这无所适从的少女，只能这样做了。然后跑过来，严厉地从女人手里拿过手机检查，随时准备着看到拍坏的画面，好批评母亲。两人拉着手，来到小广场上排着的队尾。女儿脸儿红红的小声地说："我有一个网上小伙伴，前几天刚在这幅画下拍过照片。"

"你的偶像十几天前，也拍过呀。"女人说。

"哎呀，不要说出来嘛。"女儿用一种恋爱般的口气，陶醉而激动地说。

女粉丝们排了四条队伍，静静地等待。旁边的海马前边，络绎不绝的迷妹，雀跃着上前留影，身材娇小的，个子胖大的，花裙子的，牛仔短裤的，美丽惹眼的，丑得动人的，脸上一律绽放着同一种表情，前赴后继地站在那幅招贴画下面。一个身高足有一米七，体重一百五以上的女子，举着自拍杆，仰头做虔诚而沉醉的表情。这样强大的人，也需要给自己弄个偶像吗？可她脸上的表情分明是，需要，需要嘛。女人至此也不知这位日本歌星的名字，女儿或许说了几次，她都不往心里去，一开始她甚至搞不清是画展还是动漫展，现在她若开口问，女儿定会恼怒地说，天哪，到现在，你还没记住他的名字！记不住他的名字，好像是大逆不道的事情。女儿一定要她将买周边的五百元钱单独放，不能跟别的钱放在一起，好像这样才显得郑重。站着无聊，女人挨个检视排队的女人。偶有几个男士，是陪女伴来的。一位年长女人，六七十岁了吧，抹着比年轻人都明艳的口红，眼里闪着日本女人特有的泪光般的眼波，耳语般地跟陪伴她的男人说话，蜜糖般唇彩装饰的定是动听话语；另一个年轻日本女子，包上和脖子上系了同样的丝巾，脸上的粉毛茸茸的，似冬瓜皮上的白毛。她发现，所有女人，不论美丑，无论老幼，都非常自信。臭美！她在心里说。女儿和大家一样，早早地把手机端到手里，打开二维码的页面。"早着呢，还没开始进。"她小声说。"哎呀，你别管嘛，我说了今天听我的。"女儿脸上表情剧烈，咬牙切齿的样子。唉，她叹口气，这么多人像高热病人一样，一律端着手机，心甘情愿地圈在铁栏杆里，站得脚疼。又来一位，鞋跟高得整个脚就像立了起来，小腿肚子聚成一个疙瘩，非常难看，走路就像瘸子一般，欢喜地与海马合完影后，加入到队尾来了。

近一年来，女儿经常问一个问题："妈，抛开咱俩的感情，站在普罗大众的立场上，你诚实地回答我，我的长相是属于好看的呢，还是难看的？"她答："抛开咱俩的感情来说，你的长相中等偏上，84.5分吧。加入感情色彩嘛，你就是世上最漂亮的女孩儿。"此刻，她站在世上最漂亮的女孩儿的身边，完全不能融入眼下的氛围，一会儿将要进去参观的画展，跟她没有一点儿关系，她也不关心那人是三四郎还是小野君。一次次被各种镜子与玻璃打击与伤害，她对现实中诸多事件心灰意冷，她没有心情充当谁人的粉丝，她青春已逝，她朱颜改变，她的人生沿着一个下坡路迅速滑去，至于女儿，她作为五斤二两一团小鲜肉从她身体里剥离出来，就成为另一个人，她只是暂时在她这里寄存罢了，时辰一到，她将离去。她的前途命运，幸与不幸，那是她自己的事，她将很快成为一个女人，过一种不可知的崭新的生活，她的一切一切说到底跟自己又有什么关系呢？她再也插不上手，她也不想再为她操心，她只能作为一个旁观者，见证她的人生。她现在与母亲夸大其词的摩擦与纠纷，就是咬破茧壳之前的挣扎与扑动。

那些用正确的人生观指导出来的文字，总是将有女初长成的母亲心态写成欣慰与幸福，它们阴险地忽略或干脆屏蔽掉她们的沮丧与失望。此刻她的心情，完全就是要揭穿那些文字谎言的愤怒，就像每一个重大事故的新闻报道，总是要用"死者家属情绪稳定"来收尾。得要多么冷血的人才能写出这样的结论呢？同样，给出欣慰的母亲形象的人，该是怎样浅薄与无知。真正的母亲，站在生殖力渐次枯竭的山岭，艳阳西坠，更多的是酸楚和落寞，挫败与不甘。渐渐明白，人生无非是一个失望和无奈的过程，命运赐予你的，一寸寸收回，而你，一步步退守。女儿长大和你老去，是命运捆绑销售给你的产品，你必得全盘接受。

在一个有月光的晚上，女人与一个人亲密地走在一起，她被一个话题逗笑，继而说，哎呀，让你看到我眼角的皱纹了。那人说，女儿都这么大了，有皱纹才是正常的啊！她立即心中不快，她本希望对方说，哪里有皱纹呢？没看到啊！可男人，总是不懂女人的心，她觉得那晚的美好情境被破坏掉了，她本可以更加奔放一些，屏开一种类似于艳情的场面，可她渐渐收拢自己的羽毛，最终关闭了某一处通道。皱纹，激情，这两者放在一起，会使女人觉得可耻。

一个月前，女儿突然说，她想要一条长裙，打到脚踝的，一走路扑啦扑啦甩着的那种，她已经在网上打开几个页面，让妈妈帮忙挑选。下单后，女人又打开柜子，找出一条缀满珠子与亮片的花色长裙。"当时看了非常喜欢，一激动买下来了，回到家发现，个子矮的人穿长裙不好看，就放到柜子里等你长大了穿，终于等到这一天了。"

"那时我多大？"

"七八岁吧。"

"天哪，都十年了！"

"好衣服永不过时，当时挺贵买来的，你看这些珠子亮片，全都是手工缝上去的。比你刚才网上那个好多少倍。"女儿穿上那条裙子，在镜子前照了照，"哎呀，穿这裙子是体力活，挺沉。"跑到客厅里转圈，让大裙摆舞起来，标准身高的女儿，才撑得起这条沉睡十年的裙子。

此时，穿长裙的女儿在她身边，袅袅婷婷，像只小天鹅，更加照出她的灰暗与枯萎。女儿没有穿妈妈给的那条华贵的裙子，而是自己在网上买了便宜货，因为这代表她偶像的颜色。闸门打开，工作人员手持仪器，扫描每人手机上的二维码，就像挨个检验她们的忠诚。还有近百个才能被扫到的人，也都小心翼翼地捧着手机。那远在大海另一边的偶像，过去、现在与未来，都不可能跟她们中的任何人有任何关联，何以将这么多桀骜不驯的文艺女青年驯服得如此恭顺？忠诚到可怜巴巴的样子。女人心里涌上一句篡改的诗：你们排队看画展，我在队伍中看你们。她相信她是唯一的旁观者。她早上在来美术馆的路上，甚至有一个恶作剧的想法：女儿被那个网友骗了，出让给她的票是假的，她取不出票，美术馆门外也没有票贩子；女儿伤心哭泣，她好心地安慰她，没关系的，我们来香港看画展这个行程实现了，只是没有进去看嘛，人生重在过程，风景在路上，这对你来说也是一次宝贵的经验噢……嘻嘻，那样，她将省去五百元买周边的钱，除了一个小时的画展，一切既定项目顺利进行，后天上午乘飞机回家，不是也挺好。

两人跟着人群一起进去，先按照指示上楼买周边。又是一队人，乖乖地每人手拿着钱排队，因为不接受刷卡。她怀疑，提出再苛刻些的规定，大家或许也愿意接受。到了柜台前，交出钱。只是一个纸袋子，一件 T 恤，一本画册，几张偶像画画时使用的白纸。

下到二楼来参观画展。她心里的打算本是，陪着女儿在里面走一遭，滥竽充数，似看不看，挨过一个小时，完成任务算事，什么画展，什么偶像，去你的吧。不能拍照，不能摸，不能凑太近。画作真迹极少，大多是复印的，翻拍的。一群雌性动物，像一团蚂蚁，慢慢挪移，对着每一幅画伸长脖子细细观看，那表情堪称膜拜，好像每张画上都有偶像的眼睛，与她们深情对视。有的女子落在队伍后面，站在某幅画前，久久不动，想要从上面找出什么秘密似的。交流也是相互凑在耳边，小声音地说。上百人收容在一处，基本没有声息，所有的脉搏为着同一个人跳动。女人很快被那些画吸引了，随即明白这世上没有随随便便的成功，某个人从芸芸众生队伍里走出，来到一处高地，必定有他的道理。国外画家批评中国写意画的诚意，轻轻几笔，几分钟内，就算大作完成。绘画界有一个自嘲的说法：画山水，胡日鬼。眼前这些诸多人物画，不论写实还是荒诞，每一个都是用了大量时间，一点点精工细描出来，繁复之上，透出简洁，貌似无序，实则穿透力强，震撼人心，人物形象、街景、静物，几可乱真，在荒诞之下，又有强大写实性。女人站在画前，陷入一些漫漶的思索。她觉得一个小时，有点少了，不能够更好领略。女儿拉她往前走，再次提醒，时间快到了，前面还有好多没看呢。她心里说，我这不正在欣赏嘛，能将几幅看到心里就好，为什么非得走马观花，每幅都要看到。唉，每件事都不能达成统一，即使亲生母女，也常常意见相左。更何况大千世界，人性复杂，艺术多样。

从美术馆后门出来，两人为到哪里吃饭又起争执，女儿说就在刚才路过的那个茶餐厅，女人说既然来香港，就应该吃地道的香港特色。可是，特色在哪里呢？街上走一走，找一找啊。可是，走一走，找一找是很累人的呀。走了几分钟，看不到她们想要的特色，于是听了女儿的，去了她们上午路过的茶餐厅。

"怎么不开心了？"女儿小心观察妈妈的脸色，问。

"没有不开心啊。"当妈的说。

"那怎么沉着脸？"

"我累了。"女人又回到她的情绪里，用莫测的表情扭开头去，看窗外的景色。

十年前一次出游，在火车软卧包厢里，女人洗漱后对镜梳妆，女儿凑上来搂住她的脖子，两人一起面对门后的大镜子，小女孩儿沮丧地扭开头去，趴到床上。妈妈问："怎么了？"

"我都没你好看。"小小的孩子，怀着明确的嫉妒与忧伤。

"你也好看呀。"

"没有我想象的好看。"

"你想象自己应该很好看，是吗？"

"嗯。"

"等你长大了，就会好看的。"女人怀着胜利者的宽容和强者的仁慈，安慰弱者，那时她还以为，美丽的永远美丽，年轻的总是年轻，而衰老，是别人的事情。

强与弱的角色，已然悄悄转换。

旁边桌子上有一对母女，那女孩子一直往这边看，终于走过来，与女儿说话："嗨，你也是来看画展的吗？我看到了你的纸袋。"女儿突然脸上绽放了幸福，连连点头。女人赶快提醒女儿："往里面坐，让姐姐坐下来。"女儿红着脸，在卡座上往里面让了让，那女孩儿坐下来。两个同好迷妹并肩而坐，相对笑笑，都有点紧张，不知道说什么好。女人掏出手机对着两张灿烂的笑脸拍了照片，问那女孩子从哪里来："上海？""你妈妈陪你来的吗？""是的。""也住附近吗？""是的。""也是专门来看画展的？""对呀。""你上大学了吗？""不，高三。""噢，你俩一样啊。"女人帮女儿完成了和小伙伴的交流。那女孩子开心地起身，回到自己桌子那里，与妈妈一起走了。女儿伸出两个手指，做出胜利的手势，"耶，勾搭同好成功！下午去玩，背着这个纸袋子，还会有人来勾搭的。"

"你只能是等着别人来跟你说话，你是不敢主动与人说话的是吗？"

"不是你教我的嘛，不要与陌生人说话。"

第二天，两人睡到自然醒，赖在床上，看自己的手机。直到快十点，女人催促，快收拾出去玩。"难道我们来香港，就是为了在这个小屋子里睡懒觉吗？半天时间都要过去了。"

乘地铁到那个著名的港湾——星光大道走一遭，俯在栏杆上看对面的景致，有点海市蜃楼的感觉，于是女人想到海的那边去看看，女儿想在海这边找她要去的一个商场。两人在码头赌气，最后女人说："好吧好吧，去你那个渡口百货，反正这两天是陪你玩的。"

"是渡边百货。"女儿更正，"老记不住，咱们住的是旺角，老说成旺仔，我吃的是肯德基里的嫩牛五方，却说成牛角五包，唉，真拿中年妇女没办法。"女儿夸张地摇头。女人想起多年前，自己对母亲的种种嫌弃，那时母亲隐忍不吭，不知心里做何感想，反正她现在是满心恼怒，又没有合适的理由发作。手机地图上显示，还有一千二百米，打车要二十多港币。划不来，走着去吧。女人拿着手机，看到她们一点点接近目的地。穿长裙的女儿背着跟鞋子一样图案的布包，好像那里面装着多少钱似的，她非要去渡边百货的决绝姿态，倒好像她要去一掷千金，买什么贵重的东西。当妈的几次问，你要去买什么，她说，去了你就知道了嘛，现在说了你也不懂。可她那个矫情的小布包里，一个虚张声势的彩色人造革钱包，只有一百零几块钱。昨天女儿说，你每天给我发一百块钱好不？要不我这钱包里，只有不到几块钱，也太可怜了。昨天给的一百，在弥敦道的路边小店里，给小伙伴们买了明信片、挂链什么的，大多是从内地工厂运去的，美其名曰香港买的。她用少女那种急切而作态的步履行走着，脸上挂着为赋新词的忧伤和对母亲的不满，一步一款心事，一步一个景致。所谓少女的忧伤，就是拥抱生活的热望和对现实缺乏经验的无措，急于摆脱又随时需要的矛盾，梦想多多钱包瘪瘪的困窘。上身换了昨天买来的印有海马图案的 T 恤，腰肢从校服里解放出来，有模仿女青年随意扭动的蠢态，却又不敢过于放松。女人在一边将她的心事看在眼里，想起自己当年情态，仿若昨日，真不知要怎样嗔怒，怎样疼惜才好。可因着刚生过气，也不拉她的手，只由她在前边相距两步长裙飘飘地走着。

两天来，两人一会儿因小事恼了对方，赌气不理，甩开手自己走路，几步一回头看看，不要丢了，忽一会儿又和好，挽上胳膊或拉上手，比先前更亲。总有一个人问另一个，怎么不开心了？怎么又不高兴了？总是一个安慰另一个，哄对方高兴。多年来没有这样日日夜夜地厮守，在陌生的城市里捆绑在一处，必须时刻在对方的视线里，她们空前地在意对方，又空前地不满对方，恨对方总是不能按自己想的来，一个要东，一个要西，一个想看衣服，一个要看小玩意儿，但又不能走散。女人倒罢了，有的是耐心，女儿看明信片时，她在一边静静坐着，刚好歇脚；女人看衣服时，女儿就在一边瞪她，噘嘴，她问哪件她都说好看好看，要买就买，不买快走。女人事后觉得她的几次刷卡行为有点仓促了，那衣服买得有点不值，还应再细挑一下，再搞搞价，于是怪女儿不懂事。

几年来，两人开始穿同一件衣服，昨天买衣服时，每一件两人都试，发现那些灰暗色调、简洁式样的，再也不能给她加分，穿在女儿身上，却立即显出生机。于是说，唉，这一件是你的，我得挑个带点花色的。女儿说，就是嘛，这衣服，得一个年轻肉体穿。

突然几位日本少女欢笑着向她们走来，指着女儿的T恤，围着她们搭话，日语、英语、汉语、轮番上阵，完成了简单的交流，原来她们也是专程从日本来看画展的。迷妹们散落在香港街头，提着纸袋子，穿着T恤，像动物凭借气味与颜色，寻找自己的同类。

渡边百货的大门已经看到，女儿停下来，与她对视一眼，嗔怒地一哼，不再生气了，两人又拉上手。女人累坏了，走到卖皮包的区域，在沙发上坐下休息。女儿立即又不高兴，站在一边瞪她。女人示意她也坐下来歇会儿，她就是不坐，弯腰在她耳边说："你不买人家东西却坐在这里，你觉得合适吗？"

"这有什么不合适的？这凳子就是让人坐下歇的呀。"

"那我走了，你坐着吧。"

"你去你去，买你的东西去吧，我在这儿等你。"

女儿佯装走开两步，回头站下看她，女人又觉得不放心，起身跟了上去，问："你到底要买什么呀？"两人在豪华的商场里穿行。女儿故作神秘，不说话。少女秘密多，好像这也是秘密的一种。或者纯属赌气，你问了，我偏不说。就那样气鼓鼓走着。其实她的脸上，渐渐显出虚弱，她被商场里的气氛震住了，被一个个标签打败了，脸上有了惶恐，就要现出孩子的原形。本就是纸老虎嘛，毕竟包里只有一百多块钱。女人看到服装，要扑过去，女儿拉住她，说要找的东西在地下二层。两人一起乘扶梯下降，一派馨香温情呈现眼前，少女渐渐缩回到大儿童的躯壳里，地下二层是食品区域。迈下电梯，女儿彻底现出原形，一步跨回儿童时代，瞪大眼睛对着各式蛋糕、面包看过去，什么矜持，什么清高，通通扔一边了。

女人的心也渐渐酥软，俨然慈母地跟着。女儿终于雀跃着向一个盒装蛋糕扑过去，用发现了宇宙真理的惊喜说："就是这个！就是这个！"女人一看标签：38元。"嘁，以为你要买什么大不了的东西呢，就这？"付了款，又找到一个出售冷饮的地方，要了喝的，在靠墙位置坐下，你一口我一口地吃，算是再次和好，像恋人般相互保证再也不跟对方生气了。

经过了一百回的赌气与和好，地铁上倒来换去，收拾东西退掉房间，一次次查看手机里的导航，被许多指示和箭头引导，两人终于坐在登机口，等待那架将她们运回现实生活的飞机。骄傲的少女变回乖顺的女儿，心从偶像和他所有周边那里收回，交还给母亲保管，觉得妈妈几天来为陪伴自己，奔波来去，忍气吞声，之前那些赌气和责怪真是不好，凑近来说："妈妈，我们一起来听歌吧，这个歌词写得特好。"两人单只耳朵里塞上耳机，打开手机，演唱会的画面呈现出来，一个长发日本女人。"是小野丽莎？"女人问。

"哪是啊？小野丽莎都五十多了。"女儿不屑地说，那口气分明是说，我怎么会喜欢一个五十多岁的歌星呢？她说了另外四个字，女人完全陌生。

"这女人身材不好，没有胯，直溜溜下来了。"女人说。

"人家瘦嘛，只有四十公斤，你听歌呢，还管人家有胯没胯。"女儿说。

可是，没有胯的女人，有什么意思呢？她的身体像一支铅笔，基本没有任何凸凹，难道是为了弥补这个遗憾？扭动的幅度很大，化妆近于欧式，表情也偏于火热，好像她被烫伤了。极力想挣脱东方女性的形象，再也没有小野丽莎的轻柔和清秀，唱的嘛，不知所以，在女人看来，比小野丽莎差了一些。

她为了配合女儿，认真地看着，渐渐被歌词打动。最后，两句歌词定在屏幕上：要想看到希望，就得对黑暗有足够的了解。

两人静静地靠着，女人感到一个灼热的身体。"好像发烧了。"伸手摸去，女儿额头有些温热。几天来不知经历了几多内心波澜的少女，终于用高温的形式，完成生命的再一次剥裂与泄洪。"坚持几小时，回家量体温。"

"嗯。"彻底变成了乖乖女。

"那天我给老师发短信请假时发现，你好像每过几个月，就得烧一次。但愿这是你十八岁之前最后一次发烧。"

"哎呀，咋办呀？要是真发烧了，明天还得请假，不想再请了嘛。"

"回去再说吧，实在不行，我给老师发短信说，这次，是真病了。"

《作品》2016年第2期

灰　鲸

须一瓜

晚上吃什么？

简单点吧——哦，曼虹带孩子来参加钢琴比赛。晚上陈远他们要请吃饭，我可能推不掉。

哪个人？……谁啊？

电话里传来丈夫轻微叹息的声音：我们的班花杨曼虹啊。

妻子点头。电话里看不见她的点头，只传递出意义不明的无语。丈夫说，陈远也有叫你……

妻子说，今晚我要去健身，我的年卡快过期了。

丈夫的叹息，变化成一个波澜不兴的深呼吸，浅浅慢慢地吁了出来，他说，好累啊。

妻子有感触地微微点头。电话空白了一会儿，彼此都接收到一种体贴与默契。他们就不再说什么，一起挂了电话。

这是一对平常夫妇。平常的工作，平常的样貌，平常的生活态度，平常的生活品位，经济状态也很平常，儿子上的也是平常的大学。

灰鲸却是不平常的。尤其是西太平洋雌性灰鲸，因为全世界只有三十多头。不比东太平洋灰鲸，西太平洋灰鲸雄雌合计，也不过一百三十多头。作为鲸类研究者，那位妻子的先生，他一直以为这辈子不可能见到灰鲸了。十个月前，那只大灰鲸的尸体横"海"而出时，他的同事小吴触摸着灰鲸布满藤壶的身壁，泪水满眶。他倒没有这么显露的情感，但是，他心里有惆怅：从业二十年，终于见到真身了；从今往后，这辈子，是不可能再看见灰鲸了。他的手掌也在大灰鲸粗糙的皮肤上，情感复杂地摸抚着。二十七吨重灰鲸的体表上，长着当地渔民叫火山口的、学名叫藤壶的小贝类。灰鲸庞大的身躯上，尤其是头胸部，藤壶星罗棋布，这成为灰鲸著名的身体花纹。所有海洋动物，恐怕只有灰鲸，能够容忍小贝壳们在自己皮肤上安营扎寨。而灰鲸的天敌——虎鲸，就没有人敢去太岁头上动土。即使虎鲸不动杀机，它身上黑白两色的色块，也足以令人不安。是不是这样，你就对随和的灰鲸印象良好？

其实不是的，谈不上谁好谁坏了。

杨曼虹又问，那么，灰鲸是吃素的？

不不，它吃鲱鱼卵、群游的鱼类，也吃海胆、海星、寄居蟹……

杨曼虹的声音是她全身唯一没有变老的部分。遥想当年，他一听到她的声音，就会掌心出汗，如果，声源就在他身边，汩汩出汗的掌心仿佛连接着滴水泉。他对自己失控的手掌，沮丧胜于尴尬。其实，这有什么呢，但这就是他的沮丧之处：他从来不觉得那是爱，他只是被她天籁般的声音惊扰了。当然，如果对方即时回访，是有可能会演变成小爱情什么的，但对方自然没有。直到岁月流逝，他更确信当年不过是年少易惊罢了。现在，他的掌心已经干涸。很多人事，都不再令他掌心潮湿了。很多人很多事，永远不见也永不想念。大学同学会，他都意兴阑珊，何况高中同学会。接到陈远的电话，说了老家三十年高中首次同学会的策划。陈远兴致勃勃地介绍了组织筹划情况，他要他用短信发去准确的地址和电话，以建立同学通讯录。他觉得这好像是遥远的无聊之事，但他一直点头，说，好，好的，好，好的。

睡觉的时候，他对妻子说，陈远叫你也去呢。他老婆也去。说四个人正好开一辆车。三小时车程也不累。

神经病。妻子咕哝了一声，我又不是你同学！

他知道，妻子一直不喜欢发达嚣张的陈远。

他睡意蒙眬的时候，听到妻子说，还有兴致搞高中会，真是神经病，都是老嘎嘎的大肚汉、黄脸婆，相见不如不见呢……

妻子的话，像闪光灯，一激灵把他从睡眠的沉沦中突然曝光出来，他有吓一跳的感觉，但瞬间又沉沦而去。耳边依稀有声音在念叨：他不就是要召集同学们，看看现在他是多么有钱多么成功吗？他那个老婆，天还不冷就穿过膝的貂毛大衣，耳朵吊的、脖子挂的、手腕戴的、指头套的、脚踝圈的，哎呀，这人就是个移动当铺，见一次烦一次……

声音像远方的雾气，缥缈迤逦，他仿佛记得他有低声回应那个雾气一样的声音：……嗯……人家也不容易，一个高中生……打拼房地产……

但其实，妻子没有听到他任何回应，她知道他睡过去了。她自己也很快睡去了。

他是一个人和陈远夫妇回到熹城，参加了同学会。

同学会在熹城一中旁边的、正在申报五星级宾馆的熹晟国际大酒店举行，这是一个同学的阔佬舅舅新投资的项目。在一个教室大小的会议室内，本地的同学还张罗了个大红横幅："熹城一中高二（6）班的三十年大聚会"。

班主任是被同学们用轮椅推来的。数学老师、英语老师，因为健在，也都衣着整齐、颤巍巍地来了，表情就像孩子过年。有两个女人小心翼翼地踩在墨绿色的吸音地毯上，用眼神窃窃交换了第一次进这么高档的场所的不自在。三三两两进来的女人们，让身为鲸类专家的他，暗自诧异。进来的大多是陌生妇女，因为知道她们是同学，所以他就在记忆的大海里勉力打捞，这样才能在她们的脸上，找到一星半点过去的时光中的少女影子。这些中年女人几乎都变得异常活泼，主动招惹出击男同学；而那些男同学们几乎也都形体松如发糕，不是眼皮浮肿就是臀肥乳厚，不是头发稀疏无神就是目光稀疏无神，一个个远不是当年骨骼轻健、肌肉紧实的高中男生。除了阵阵夸张的寒暄问候之外，放眼都是一派西风凋碧树的感伤景致。杨曼虹坐到他身边的时候，如果不是她令人心醉的嗓音未变，他绝不能相信她就是杨曼虹。她就像一棵被三十年的时光腌制的大头菜，当年与她婉转的声音相辅的黑眼睛，不只眼角下挂，还透着一种活泼的凶光，抑或是不耐烦，里面流转的波光早已风干，还有那个曾经精美逼人的下巴，陷落在仿若发面似的脖子与下颌间。那条依然挺秀的小鼻子，却毫无作为地混迹于平庸的脸上。不过，她的身形大抵还行，胸臀有致，虽然第一眼也知道她耿直着的脖颈子挺拔得过分。其实，也不单是杨曼虹，几乎所有的女同学们的下巴颏，都发酵似的膨松了，有的人直接变成了由字脸、冬瓜脸。一张张无力的大脸，透着对生活的厌倦与妥协。当然，这种久别重逢的兴奋也是真实的。

鲸类专家选了一个角落位置，安静地看着活跃的陈远在热烈接待中。看来本地高中同学也不是经常见面，所以，他们彼此寒暄得也非常热烈。而一进来，本地组织者就在开篇告知大家，本地同学扣除两个在服刑，一个被那个（枪决），一个出差，一个病逝，其余的都来了；在外地工作的十一个同学，除了出国的三个，中风偏瘫的一个，也都来齐了。也就是陈远在开场白时说的，能来的全都来了，高二（6）班的同学们！我们大团圆啦——

迟到的杨曼虹直接走向他的座位，坐在了他的旁边，随手的小夹包还快乐地打了一下他的头。那种只有同学才有的欢心的亲切，其实也令他有点感动。杨曼虹告诉他，梁柳莉最惨，也最蠢！你想不到吧，一个小小的科级，居然受贿七百多万！回头看，真可悲。杨曼虹说，她受贿那么多钱，不过就是让她老公儿子在澳大利亚逍遥，现在只剩她自己在监狱里哭！一个女人，图什么呀！杨曼虹又说，那天整理家，我竟然看到了曹子祥给我刻的印章，他给我刻的是寿山石啊，可不是普通的橡皮擦。他是偷他爸爸的石头！你还记得吧，那时他特喜欢刻印章，好像给全班的人都刻过橡皮擦印章——他有没有给你刻过？鲸类专家还没来得及追忆，杨曼虹就接着说，我就是不理解，你说，他那么一个文静忠厚的人，心怎么会那么狠？就算你遭遇了城管啊、工商、居委会呀什么的，很不公平的待遇，你也不可以拿放学的小学生报复社会呀！七八个小孩儿当场就死了，受伤的十几个，这不是疯了吗！所以，他枪毙的时候，我没有去看望他的妻子孩子，我觉得他太狠了。我反正不能原谅他。柳莉被判刑的时候，我去看了她爸爸妈妈，我觉得柳莉是个愚蠢可怜的女人。

鲸类专家一直点头。他没有看杨曼虹，是出于对那些在发言的同学们的尊重，一直点头，也是对杨曼虹的悄然呼应。杨曼虹也知道他虽然只盯着桌上的茶杯，但一直在专注地听她说话。当知道他的工作性质后，杨曼虹压低嗓子问了他很多问题。她说她的孩子非常喜欢鱼类，但鲸类专家马上就忘了她的孩子是男孩儿还是女孩儿。他反复告诉她，鲸是哺乳动物，不是鱼类。她也一样马上忘记，还是问鲸鱼怎么的又怎么的又又怎么的。同学们在轮流讲话，话筒由一个同学颠东跑西地快乐传递。三位老师讲话的时候，同学们还是比较安静，之后，是同学们自由发言。陈远他们规定每人发表感言不得超过五分钟。但拿起话筒，总有人忘记时间，有人有莫名地空洞激情，尤其是个别有职场管理经历的人，一见会议的阵势，就不由自主地话痨；也有人有了一些参与各类社团的经验，要大家和自己分享这个分享那个，然后不断合掌感恩；更多的人不知所云、拉拉杂杂地漫谈，总之，滥用配时也无人制止。所以，一些感到发言无趣的同学们，就会与邻近者悄声说着久别重逢的小话。

同学们忽然哄堂大笑，陈远可能说了个黄段子。在杨曼虹不提问的时候，鲸类专家支着耳朵，听了几个同学的发言。这几个男女，都是傻笑着接过前面同学用完的话筒，也基本在复述前面人的话：今天我特别高兴；看到大家心情很激动；我也不知道说什么好；祝老师同学们身体健康、心情愉快、心想事成，合家幸福、万事如意！云云。后面接过话筒的，也大致这么说，或者，换一句祝词。再后面，接过接力棒的同学，也大同小异地这么说。

三十年过去，这些人好像变得脑子简单、表情拘谨，或者是比本来的木然与羞涩更加木然羞涩。三十年前的青葱年华里，一个单纯羞怯的表情，会赢得好感和寄望，而三十年后，生活已经把你腌制如咸菜，若依然还是一副简单羞涩的纯真表情，那不是迟钝吗？再怎么着也有两句被生活针砭针灸过的酸甜苦辣的味觉痛觉啊，至少你有磨砺过的复杂与斑驳。

哎，你刚才说，杨曼虹压低嗓子，那只大灰鲸的标本做了四个月？要这么久吗？

不是四个月，是十个月。光分离灰鲸的尾部骨肉，就用了三四十个小时。

你是说，用那个高温电箱烤化它的皮肉？

只融化肉。皮是我们先用解剖刀一点儿一点儿剥下来的，真皮加表皮，都小心翼翼地剥离下来。后来我们做了两个标本，一个是皮囊的，一个是全骨架的。

那多难弄回来呀，十四五米长，要多大的车呀！

不，不，是拆开运回来的。骨头一块块的，我们回来再重新组装；皮，经过浸泡、脱脂后拿回来，也是一块块缝制起来的。一般人看不出来。

真想带孩子去看看啊！哎，你刚才说它的脂肪很厚，脂肪不就是鱼油吗——噢！那是不是就是营养品深海鱼油啊？

哦，不是……

有人在大喊，全班同学冲着他们笑。有个外号叫赞比亚的热心女同学，把话筒塞在他手上。有几个声音在交错地呐喊，美女！美女！美女！更多的声音在爆笑，大家又回到了高中时光。有一个声音在高叫：我是为了认识太阳而来的！立刻有更多的声音在响亮地重复这句话。欢叫声此起彼伏，屋子里到处都是太阳波光。三十多年前，好像还是初中，他的确说过这话：我出生，是为了认识太阳来的。当时，他非常喜欢这一句，出于虚荣心，他并不告诉同学们，这是从一首诗上看来的。既然是他的原创，自然就招惹同学们更有兴趣的、欣赏式的嘲笑。三十多年过去了，还是有人没有忘记它。

陈远在主持桌上，敲着鲜花铺满的桌子：喂！同学们！从一进门，那两个美女就一直在开小会，嘀嘀咕咕不停。晚上是不是该罚酒？！

大家都叫嚷着——要！！

美女，是他高中时的外号。那时候，只要有人叫，他就恼羞成怒，但他个子小，没有反抗和教训人的实力。他当然不是美女。学生时代的绰号，大多都是羞辱调侃人的。他的确有一双比女人还美的眼睛，睫毛又浓又密，尾梢还带翘，再下面是细腻有致的颧骨，但是，再下面，就是一张肝破裂一样的厚黑大嘴，门牙缝还大得可以双向进出蚂蚁。他的下半张脸，虽不说一副肮脏相，但也的确乏善可陈，自己看着都经常生厌。所以，当同学叫他美女的时候，他有强烈的被嘲讽感。当然，这是三十年前的感觉了，现在，这些都不能让他情绪起伏了。就像，要让他再手心出汗，已经是一件比较不容易的事。

他拿起话筒，环视着大家，其实，他谁也没有定睛细看，他知道他细看也看不出更多的什么。他有礼貌地笑着，最后把眼光虚停在陈远的秃顶上。他说，三十年变化真大，我知道我们大家内在的改变，远比外面看到的还要大，因为有的同学看上去永远不老（一片夸张的笑声，彼此在半开玩笑地恭维身边人），他让大家胡闹了十秒钟，接着说，我当然也不是三十年前的我了，那个时候，我以为我来这个世界，就是为了认识太阳的（同学们看到了他的自嘲的笑，又是一片哄堂笑声）。现在，我早已不这样想了。所以，我想，同学聚会最大的好处，就是像标杆一样，帮我们确认我们的改变。好吧，我祝愿大家，节哀顺变，力争越变越自在——"哀"字用重了，我的意思你们懂的。

杨曼虹瞪大了她的眼睛，她推了鲸类专家一把，看起来有点娇嗔。这亲昵的任性举动让他几乎起了些微排斥。这一丝反感又立刻让他内疚慈悲。他想，如果时光倒转三十年，他的手心肯定要汩汩出汗的。生活的流年过去，回头看，满地都是水草、泡沫块与肮脏陈旧的珊瑚尸骸，谁的身后还有干净的海滩，撒满退潮后的美丽洁白贝壳？

杨曼虹后来说，她先打他的电话，因为她想带儿子在比赛前先看看他们研究所的灰鲸馆。后来，饭桌上，那少年说，他需要去问候一下灰鲸，考试才能发挥好。结果，他没有如愿。所以，他考得一般。可是，考前，鲸类专家的确没有接到她的电话。那几天，他都在海上，在做例行的野外海洋调查。按说，海上通信讯号还是稳定的，能通话，能接发短信，只是他们在海上四个队友，两两一组，轮流在观测台观察、记录，注意力都比较集中，所以，都不会玩手机，但电话是会接的。但是，电话确实没有接到。他不明白为什么接不到她一直打的电话。也不好把困惑摊给她看，不然她只会更费解。

那几天天气不算好。风大，忽阴忽阳的。海洋调查，每月必须至少一个航次，一个航次就是在海上四五天，观测范围要覆盖整个南甲海湾，包括东港、石舫岛、安水湾和连云群岛的大片海域。当然没有灰鲸，主要就是白海豚。本来上旬他们小组出海了，但是，第二天就忽遇不测的暴雨风，观测船就近靠岸。随后气温骤降，冷空气南下了。野外调查暂时搁浅，一直拖到下旬，直到前几天，一头白海豚浮尸海面。那是谁？资料库里一比对就查出来了。这么多年每月观察记录积累的数据不是放着玩的。他们很快就辨认出来了：青灰底、头部右腹部有雪花斑点、背鳍有小缺刻，没错，南湾种群的一头青年白海豚，NJ037。新机场的爆破清礁，位于安水湾海域的建设用地，处于白海豚保护区。所长怒发冲冠。建设单位说，协议好的，施工方必须使用国际最先进环保的疏浚工艺，使用绞吸式挖泥船挖岩，保护海洋环境，不知怎么落了空，他们还是使用了破坏力最大的炸礁方式。NJ037是一头活泼的家伙，没想到就这样夭寿了。去辨认尸体的时候，他以为小吴会哭。结果还好，他只是鼻子红了，恶狠狠地一句连一句地咒骂粗话。五大三粗的小吴，偏偏生了一颗林黛玉的心。南甲湾这五十多只白海豚，每一头海豚的个体特征都有详细档案。而对于小吴，它们仿佛就是他豢养的宠物。第一次发现新人小吴情感脆弱，是第一次带他去野外调查的时候。那天风浪并不大，新人却吐得抱着船上棕色的塑料桶不放，小组老人都以为他没力气折腾了，这时候，在天猫屿附近，他们看到了一群白海豚。开始以为它们在嬉戏，一头纯白的海豚，一直用自己的背部，把一只幼海豚托出水面。其他成年海豚似乎也在为这个游戏助兴，甚至帮忙托出小海豚。他们在望远镜中观察了不到两分钟，就取得了共识：是海豚妈妈在救小海豚，而且，能够判断，小海豚已经死去多时。这一个种群，不是在嬉戏，也不是进行葬礼，而是在努力救援，它们不承认小海豚已经死去，至少，海豚妈妈不同意，所以，它们集体坚持着，以帮助小海豚浮出水面呼吸。

　　小吴扔下塑料桶，挤上观察台，抢过望远镜。最后，他们的观测小船慢慢靠近了这群海豚。那个距离，肉眼都看得很清晰了：那只深灰色的小海豚，显然才出生几天，能看得出它小小的躯体正在腐烂边缘。他们的船小心靠近后，一个人把那只依然在妈妈背鳍上的小海豚取了下来。他已经忘了是谁帮忙取下的，但记得是小吴接过了那只软塌塌的小尸体。那个牛高马大的新人，来不及说什么，跪下来就吐得泪眼婆娑。再相处一段，风雨同舟，野外小组成员就都知道那天他的呕吐物里，不仅有胆汁还有些泪花。这个专业的人，比一般人更亲近自然动物吧，但是，伟岸的身躯突然来了个林妹妹的心，大家还是有一点儿冷不防的感觉。那天，观测船带着小海豚，带着白海豚种群的心愿，告别海豚群，慢慢驶远。野外小组成员海葬了那只小海豚。整个过程，所有人都一声不吭。伙伴们都是默契的。小吴似乎一直在呕吐，抑或垂泪。

　　就是那个时候起，身为老鲸类专家的他，觉察到自己的老态。十几年前，他应该也会兴致勃勃、情绪饱满，那是呕吐摧毁不了的、超越风浪的"我与你"的连接。现在呢，有点疲惫了，见惯不惊了，有点淡漠了。甚至灰鲸来到。不过，灰鲸那天出现的时候，大家看着发到所长手机里的求证照片，都被惊喜震骇到了：灰鲸！这是灰鲸啊！

　　连续驱车四五个小时，野外小组连夜赶到了邻县的大渔村，并于凌晨来到了大灰鲸的身边。它的熟人来了。抚摸、感慨。解剖、去脂。处理好的大灰鲸，被迎回来的时候，得到了一个以它为主的隆重聚会，就像为它置办的一个人间派对。这起于他们所长的花哨意志。其实就是一个隆重的葬礼，但所长不好意思承认。它这条生命可不容易，所长说，它死于当地渔民在海里安置的定置网。被定置网缠住的大灰鲸，窒息而亡。解剖结果也证实了。它的肺部有水。

所长是这么开始致辞的。鲸类专家一直不讨厌也不喜欢那个嗜酒如命的所长，他不讨厌也不喜欢所长酒后自恋轻狂，他也一直不讨厌所长酒后对女人、对美、对其他物种生命珍视把赏的奇崛姿态，但他一直觉得，酒醒的所长是虚张声势、天真郑重的。但是，这次，所长要给灰鲸一个告别仪式，或者说一个不知所云的仪式，他内心是宽慰的，说正中下怀也可以。他甚至认为自己一直是蛮喜欢所长的。所长似乎代表了所有那些，他喜欢的、但不敢冒犯的做派。

聚会仪式在新办公室二楼的大会议室进行。大灰鲸的遗骸摆在职代会主席台的位置，都是标本散件，骨骼、皮肤、须板，摆出了它生前十四米八的长度。环绕灰鲸的是，一大圈随意铺放的怒放的鲜花，百合、康乃馨、松针之类。灰鲸头部骨骼前，还点燃了三支杯口粗的奶黄色的艺术蜡烛。所有研究所人员，都被办公室短信提示：请穿深色正式服装，但不勉强。本地所有的媒体都偷偷来了。他们认定这是灰鲸追悼会。

所长穿黑色西服致辞。

大灰鲸：

你好。对于一辈子只能见面一次的相遇而言，见面即永别，是一件残忍的事。我们以这个方式聚会，令人悲哀。我谨代表人类，向你表示沉重歉意。

除了比人类篮球场还大的蓝鲸，你们是最壮观的地球生命；在这个世界上，你们还是迁移距离最长的伟大动物。可是，沿海港湾两万公里的洄游，每天近两百公里的跋涉，北上、南下，沿途有多少渔网在等着你们啊。一个伟大的海洋动物，竟淹死于大海——真让人羞于公布你的死因。地球是我们的家园，更是你们的家园。

作为西太平洋朝鲜种群，你们比尚存两万多的东太加州种群更濒危。国际捕鲸委员会AWC宣布灰鲸为全球最为濒危的大型鲸类种群。我们甚至至今没有找到你们的繁殖场。我们只找到你们夏季在萨哈林岛的摄食场。偌大的地球上，你们仅剩一百三十多头。今夕一见，此生再难。

再见，大灰鲸。

沉痛致礼，让我们，向一个伟大的生命——致礼。

所长放下稿纸，走出致辞台，向地面的大灰鲸深深鞠躬。

记者堆里有个"扑哧"的笑声弹出来，尽管忍俊不禁者立刻嗓子刹车，但是，全场还是有点凛然地寂静了一下。他也想笑,但又笑不出来。他看到所长鞠躬动作的僵硬与笨拙。也许他这辈子第一次使用鞠躬大礼。他看到所长的西服腋下后侧沾满白色狗毛。所长有两只银狐犬,一年换两次毛,据说,每次换毛季,他们家都很像是在过圣诞节,客人闻风而逃。鲸类专家的笑意像一个水中的气泡,上升着,但还没有升上水面,就消遁无踪了。他领会着狗毛与笨拙鞠躬后面的真诚。此外,还有一种氛围,也许和弥漫低回的音乐有关,会议室里始终弥漫着雾气般的、哀伤难言的背景音乐,这音乐让他呼吸破碎。正痛苦地琢磨着是谁布置了这么贴题的旋律,就听到一个像是记者模样的小个子,正和魁梧的小吴窃窃私语,他们在谈论的也是背景音乐,那记者恍然大悟地说:啊,《远离地球》?谁的曲子?

他就走了出去。拔着头发离开地球。他脑子里突然冒出这句话。

包间里,陈远夫妇坐在一边,杨曼虹和那个十三四岁的少年坐在餐桌另一边。他因为迟到,反而坐到了主位,后来那个少年和妈妈换了位置,和他相邻而坐。因为少年要和鲸类专家一起坐。陈远太太说,你夫人怎么又不来?见她比见市长难。他笑笑说,在加班,赶报表呢。

陈远太太笑,说,他夫人很像朱莉安吉娜。

真的耶?!杨曼虹表情很夸张,说,班会的时候,我求他给我看他老婆照片,他竟然说他手机里没有!——原来是怕我们吃醋啊!

就是!陈远太太说,她嘴巴!嗯,那嘴唇特别像!

陈远说,所以嘛,他总是舍不得把夫人带出来。

鲸类专家随他们说笑,脸上也配合着愉快的表情。他心里知道,其实说的人、听的人都知道不是这么回事。他妻子和朱莉有云泥之别。嘴唇是厚的,而且经常忘记闭拢,露着一小块整齐的门牙。这是他很不喜欢的,和性感完全扯不上。他喜欢自然闭合的嘴巴。但是,想到自己肝破裂一样的嘴,便也没有了五十步对一百步的纠正之心。

杨曼虹的这个孩子是二婚还是三婚的结晶,他模糊了,反正同学会就说过了,他也不好再问,也没那个好奇心。少年的钢琴比赛成绩似乎很糟糕,杨曼虹不愿接陈远太太反复牵起的话头多谈钢琴赛。对于钢琴比赛,少年满不在乎,说他发挥很好,就是水平比其他参赛者差。他毫不见外,居然劝杨曼虹想开点。他甚至说,他根本不是来参加什么破比赛的,他就是来鲸鱼馆看大灰鲸的。少年宣称:我出生就是为了来问候鲸鱼的,因为它是地球上最了不起的动物!知道虎鲸吗?少年问所有人,最后把葵花子似的小眼睛,盯在他脸上。他点头。少年说,虎鲸最大的特点你知道是什么吗?海上一霸!超级群居!

少年撇着嘴巴,态度倨傲:海洋唯一霸主!没有之一!如果世上有我妈说的轮回，那我下辈子就当虎鲸！

大家都笑。受到鼓励的少年说，虎鲸是超级话痨！这点像我。因为没有文字，所以它们就经常开会，信息通报会或问题研讨会。话不投机，它们就吵架，还会讥讽挖苦。你们科学家还分析出，虎鲸会骂粗话；你们科学家还分析出，如果年轻的虎鲸，合作不到位导致捕猎失败，技术娴熟的虎鲸就会满嘴都是：呼——啾啾——咻！翻译成人类的语言，就是——SB！虎鲸的声音可以传播百里，所以，协调围捕的时候，满大海都是虎鲸的命令、咒骂声——了不起吧！波澜壮阔吧？

他也笑，假装知道是这么回事地笑着，其实，他对此一无所知，就像在听虎鲸的八卦。杨曼虹歪着头，以少女的神态看他求证：真的吗？

少年代他回答：当然！这是科学研究发现的！

我再给你们说灰鲸。很奇怪的，鲸类肯定是人类的远古亲戚，除了误伤，所有鲸类，几乎都不吃人。人类多好吃啊，随便弄一个尝尝，都是自带调味品的。但它们不吃。相反，只要人类救了它们，它们就很眷恋人类。呃——去年吧，东南海边有几个渔民救了一头搁浅的小灰鲸，费了九牛二虎之力，潜水员啊、冲锋舟啊，他们好不容易把小灰鲸推回深海时，那小灰鲸居然又游回岸三次，一副眷恋感恩的样子。

他依稀记起多年前有这个事，是在某本专业杂志上看到的花边，似乎没有少年描述的生动。但少年接下来说的，他又一无所知了。少年说，灰鲸语言很单调，只会"哼哼"，有时一小时哼五十多下，二十到二百赫兹，频率强度达到一百六十分贝！哼什么呢，听上去是叹息和嘟囔。你们科学家就分析说，是群内交流信号，或气象预报，还有就是失偶、失恋的叹息，要不就是愤懑发泄。灰鲸的天敌是虎鲸，知道吗，如果灰鲸一家子遭到虎鲸围剿，爸爸必定战死。为什么呢？因为灰鲸很奇怪，它们是——男的疼女的，男女疼小的，然后，女的、小的都不疼男的。所以，灰鲸群一旦发生危机，雄灰鲸一定会奋不顾身勇救雌灰鲸、小灰鲸，但是，一旦雄灰鲸落难，就无人来救了，除非它有好基友。

一桌人又笑了。你懂什么好基友！杨曼虹佯怒地拉人来疯的亢奋少年坐下。陈远太太说，我看辛达雨才是真正的鲸鱼专家呀。少年腾地从座位上站起，军人般以手碰额：NO！辛雨达！

陈远摇头叹息：哥们儿，原来我们都是雄灰鲸啊，一年到头忙来忙去，女的不疼，小的不爱，一有危险，死得最快。

死得最快？陈远太太笑着，我们还在解放路居民楼的那次，半夜小偷进屋，是谁用被子盖住头，悄悄说要看你去看的？谁是雄灰鲸呀？

少年大拇指按鼻孔，四指朝下猛烈扇动，驱屁似的，对陈远做了个无比蔑视的表情。杨曼虹一掌盖打在少年的后脑勺上，出手真重，少年的头前送了一下，又故作洒脱地弹起。这回杨曼虹是真的发怒了。陈远有一点儿难堪，但很轻微，因为夫妇俩经常调侃这个话题，他们一次次回到这个话题，太太的笑容包容慈爱，陈远的笑容诙谐宽厚。陈远太太可能也感到自己有点过分，便嬉皮笑脸地对少年说，你陈叔叔也喜欢鱼，我们家养过金鱼、锦鲤。噢，还有更可笑的，知道吗——陈远太太是真的觉得好笑了，而且她的目标受众是大人。她想消除刚才对丈夫损害的影响。她巡看着桌上的大人们，春风拂人地笑道，你们知道吧，昨天我们家保姆在清理视听室时，陈远突然拿起本来要丢弃的一堆唱片中的一张，放进CD机，然后，就反复播放其中的一首歌。保姆转了一圈提着垃圾袋回头，说，那这张就不扔了？陈远说，扔！就是要扔我才再听两遍的！我们家保姆说，你好像就听一首歌啊。陈远说，不，我就爱听里面的一句歌词——你们知道他听什么？陈远太太尖声尖气地唱出来：我像只鱼儿在你的荷塘，只为陪你守候那皎白月光……

哦——杨曼虹夸张地拖长音：看不出啊，陈远还有这么浪漫的一面，他为谁守候皎白月光呀！

陈远拿起酒杯，示意少年喝一口，说，小伙子，你看，我曾经也是有梦想的一条鱼呢——干杯！

少年满不在乎地喝了一口，说，我是可以喝酒，但我老妈不让！

大家又笑。

少年站起来，转而向他敬酒。虽然是相邻，但少年还是郑重地起身正对他：叔叔！我最崇拜的就是鲸类专家！

他跟那个少年碰杯。少年把杯子里的可乐一起喝光，又亮杯底给他看。他有点喜欢上这个大脑门、眼小如葵花子的臭显摆的单纯少年了。本来今晚真是一点儿都不想出来，但是，这个少年让他的应酬感不那么强烈了。

城市的另一头，那鲸类专家的妻子，在天尚未黑的时候，进了小区。丈夫的同学夫妇叫吃饭，她从来都不想去，虽然同城就他俩是高中同学。说起来，人家夫妇也从未待她不好过，平时挺客气的，也爱招呼吃饭，有时还送优质大米、进口干果之类的。聚会了几次，她都尽量逃避。没有什么原因，就是她自己看不惯人家。反正就是不想去，她也知道丈夫是不乐意去的。这一周，他搞海上调查，在租来的渔民小船上，吃的都是面包、方便面；她正好在赶报表，加班总是晚归。所以，最近夫妻俩都吃得潦草没营养。今天，本来计划弄点鲜鱼、时蔬，做一顿可口干净的菜，也可以小酌一点儿红酒，但是，又不能了。他自然是推脱不掉，还是去了，她也不拦，人家有那个班花呢。上次同学会大聚会回来，看得出丈夫有些微的惆怅：大家都在岁月中变丑、变老、变乏味。彼此都是镜子，照出大好年华都过了保质期。结实有力的身体、披荆斩棘的理解力、灵敏的感觉、过剩的精力、美好的好奇心——说不清哪一天起，就一样一样通通蛀蚀光了，像一篮子迟早要坏掉的蛋。

妻子开门的时候，预想起丈夫聚会归来的困顿失落的小眼神，不由得笑了一下。不过，这只是心底里的微澜，但对门邻居顾姐，却站在家门口，迎接了她心里的笑。顾姐一手拿着煎饼锅子，一边笑吟吟地说：我马上要做韭菜鸡蛋摊饼了，等一会儿，送你们尝尝！

不不不，我马上要出去！谢谢了。她连忙摆手，另一只手在急促地掏钥匙，因为着急，门锁对了好几次才对准。一进门，她马上毫不客气地关门。她知道，稍微慢一点儿，芳邻顾姐就会很自然地进屋，很自然地跟她谈安利的新产品，就像她以前很自然亲切地让他们夫妇俩买走两份养老保险一样。说起来，这是全小区对她最友善最温暖的人，可是，她一见到她就想躲避。

进门前，她就想好了，先做饭。很简单，西红柿蛋包饭，燕丸葱花酸汤。冰箱里有备料，现成的。然后，把两人堆积一周的衣服，涂一下衣领净，塞进滚筒洗衣机慢慢洗去。饭后，她要去嘉庚公园边的那个静心堂别墅，练练瑜伽。她买了年卡，已经快过期了，却总共才去过六七次。今天要去拉拉筋、出出汗。

推门而入，一股不算好闻的，但也绝不难闻的家的气味，扑面而来。她感到自己很想摊手摊脚地歇歇，就像藏身于无人打搅的子宫。今晚就她一个人，有大把的时间呢，可以稍微休息一下吧。不要马上出去，说不定顾姐大门还没关，想着堵她再卖点安利什么的。这样想着，她去更衣室换了宽松的起居服，顺手抄起扔在床头柜上的iPad，窝进了客厅大沙发里。先休息十分钟吧。上上网，看看微博，放松一下心身。只是她没想到，从iPad上再抬头时，窗外已是乌漆抹黑，居然一下过去了半个多小时了。房间里，只有iPad在荧荧发亮，她得去开灯，可是，开关在门那里，真懒得起来了。晚饭呢，计划好的西红柿蛋包饭，好像也没有那么想吃了。算了，叫外卖吧。还有衣服！唉，还有一大堆脏衣服没有洗啊。

说起来，这些天加班，吃外卖真有点腻味了，觉得吃了很多地沟油之类的化学毒物。不过，吃外卖可以省下不少时间，吃了还要去练瑜伽呢。练瑜伽也不能吃太饱，弄一份沙县小吃的扁肉汤拌面就好。这么想的时候，她发现自己的手机在电视地柜上充电，要叫小区外面的那家沙县小吃送餐，必须起身去拿电话。必须爬起来，必须走三四米去拿，唉，算了算了，她给了自己一个懒动的理由：让手机再充一会儿吧，免得去练瑜伽，电不够用。

她又心安理得地拿起荧荧发亮的iPad。屋子里只有那一点儿荧光勾勒着家具线条，还像闪光灯青森森地映照着她的大白脸。时间不知不觉地又被刷掉二十多分钟。好玩的微博、熟人的微博，都看完了，没多大意思，一个脚印都不留；新闻也看完了，包括最容易让人匪夷所思的社会新闻，真的是无聊透顶了，连 iPad 的荧荧屏幕光，她都觉得扎眼了。她闭起眼睛，有气无力地揉了揉太阳穴：真累呀。要不要叫外卖呢？其实也不饿，不吃晚餐也没什么不好，养生呢，再休息一下，我直接去练瑜伽吧。再赖几分钟，就起来换衣服，走。练完瑜伽回来，再一起洗衣服吧。

又好几分钟过去了，沙发好像一个柔软的吸盘，牢牢地吸附着她懒洋洋的身子。她有点怜惜自己起来，我真的是累的，没日没夜，键盘敲得我手臂都抬不起来，颈椎僵直，也许我该去牵引了。练瑜伽也是很累人的，老师们总说累得舒服，她没有感觉。有个老师结束的时候，总要学员围坐分享感受。那些汗如雨下的学员们，总是像个心灵大师，分享自己身、心、灵的种种变化与觉悟。她没有。好不容易，那个星期天的早晨，老师让他们把瑜伽垫子直接铺在院子里的草地上，在最后十分钟仰躺在草地上放松冥想的时候，老师在她的两只眼睛上，各盖上了一片树叶。分享的时候，她发言说，这个叶子感觉太好了，扶桑叶的气味，让我想起童年，希望每次都这样结束。老师宽容地微笑着，点头。她不明白老师为什么不欣赏这些话，她又想到每次练完筋骨的疼痛与酸胀。其实，练瑜伽是个受刑的活啊，想到这一层，她发现自己其实是不太愿意去练的，是不是正是这样，她才会快过期了，还没有去过十次。累呀，心里烦躁得很。不过，前几年，工作压力比现在大，为什么还没有这种焦躁感呢？一个月不过才忙这几天，前两年，工作量是现在的三倍呢。唉，再躺一会儿起来吧。今天本来是想和丈夫一起吃点干净的东西，如果他在，两人一起吃了饭，再一起看两集英美剧，有点事做，也就过去了。一个人闲着，好像不行，闲着就生锈了。爱疲倦、总焦躁、懒应酬，见什么都烦。是什么毛病吗？反正不是抑郁，她上网做过抑郁测试，她不是，她也从来没想到自杀什么的，甚至每年单位组织的体检，也没查出什么大毛病。

已经又是一个半小时过去了，她既没有去取手机，也没有去叫外卖。其间，仿佛听到过敲门声，是那种很礼貌的、有节制的敲门声，咚、咚、咚，当然，也许是错觉。她总觉得顾姐不会轻易放过她的。她完全可能虚掩着门，等着她"马上出去"的身影。说不定还有一大盘煎好的韭菜鸡蛋饼？舌下与腮间，涌出一点儿津液，她觉得是有点饿了。但她依然不想动。是啊，不吃晚饭也没有什么，就当减肥清肠胃吧。很多养生的人，都不吃晚饭呢。有很多出家人过午不食，人家也活得好好的。唉，再休息五分钟就起来吧！

她换了个卧姿。等一会儿就起身吧，去个厕所，打开灯，需要立刻去厨房接一杯水喝。是挺渴的，怎么这么渴呢？这么想的时候，她的手指还在刷屏。她又换了个蜷卧的姿势。之所以换姿势，是因为膀胱已经压力大得不行了。就在这时，电视地柜上充电的手机响了，是电话，不是短信。在黑灯瞎火的这段时间里，短信提示音已经响过七八次，她懒得接，但是，电话响，她不能不接了，怕单位、怕丈夫有什么急事。

一骨碌爬起来，爬得太急，还趔趄了一下。抄起手机一看，竟然是婆婆的。

真是太讨厌啦！她抑制住满心的不耐烦，接通了电话。

喂，她皱着眉头。

菲呀，我摘了点八角丝瓜，趁新鲜啊，你赶紧过来拿去吃！婆婆笑呵呵的，听得出非常开心。她重重拔下充电器：不用不用！我们都不在家做饭的！

不值钱的，你跟我们客气什么！

不！真不需要！她气鼓鼓地去门边开灯。灯光有点扎眼。

公公婆婆在天台种了七八个泡沫箱的有机绿色蔬菜，每天种菜收菜、翻土施肥捉虫，自得自豪得不亦乐乎。要是送了点菜，就好像给了人多大好处似的。这会儿，她恨透了这个恩惠。

少在外面吃。婆婆在电话里说，自己做饭健康。这些菜是绿色有机……

妈！谢谢了。我好多事呢……她想挂电话，但努力克制住：你和爸爸留着吃吧，我们真不用。要不送别人吧，邻居也行。她看了下时间，八点十五分。没想到已经这么晚了，就是去瑜伽房也练不了多久了，而且也没有健身的心了。不出门了！没时间啦！还有一大堆衣服没有洗！她把怒气没来由地怪罪到婆婆的电话上。但暗暗地又有点轻松，等下就有正当理由,回到沙发上了。也许看两集英美剧？

邻居他们哪有少吃我们的菜啊，这次的又……

婆婆的固执，非常非常可恶。她觉得自己要尿失禁了。她的声音有点大声了：

真的不用了！最近很忙，天天加班……或者您先放冰箱，我让你儿子有空的时候过去拿吧。她尽量克制自己的冷淡与烦躁。

婆婆仍然沉浸在大丰收的喜悦中：丝瓜放久了就老啦，要不这样吧，我让你爸给你们送过来，等一下给你打电话，你到楼下来拿一趟就行了。

哎！不用不用！妻子有些惊慌了，我这会儿不在家！

没事，我们有你们家的钥匙，让你爸爸直接给你们放到家里。

她完全傻了。

挂了电话，妻子发了几秒钟呆，心里充满怨恨。同时，她也非常清醒：她必须迅速出门，立刻离家。因为，骑电动车的公公，最晚十五分钟，肯定进门。这大晚上的，她狼狈地逃离自己的家，这太荒谬了，但似乎又是当下唯一的选择。

外面有些冷。这么晚了，到处弥漫着一股烧塑料垃圾的臭味。她不知道该去哪里，选着树影灯暗处走着，怕公公或什么相关熟人看见。她心里空落落地生恨。路过小区大门外的沙县小吃店的时候，她发现自己并不怎么饿。她更担心在里面吃面，万一被眼尖的送菜老头儿看见，才真叫倒霉。走着、想着、烦躁着，感到越来越冷，应该带件外套的！她的手指头都冷得有点发麻。该死！今天是计划好要练瑜伽的，应该去的！如果现在直接开车过去，晚课最多迟到一点点，可是，刚才惊慌出门，没有带年卡，也没有带瑜伽服。再折回家取也来不及了，公公随时会出现在家里。

她非常懊恼，极度愤恨，想吼又吼不出来。她不明白自己的生活，为什么好端端就遭到摧毁。她怒火中烧，却不知道该对谁发脾气。踽踽独行的她，在横过小区门口的不明不暗、不冷清不热闹的大路上走了两圈，她不知道公公进她家没有。为保险起见，还是再等等再回去。大街的两边，很多店面已经关门，即使开张着，也都是无趣的小店。五金水暖、电气设备、升降衣架、办公文具、装修瓷砖，还有一个永远点着灰溜溜日光灯的便利店。都是很无趣乏味的破店。混杂其中，略微光亮的就是靠小区大门口的沙县小吃店。店外的水池边，一个女孩儿，就着昏昏的路灯光，恹恹地洗着一大捆葱。也许是尾市收来的烂葱。她看着那恹恹的女孩儿，觉得更冷了。她身子一紧，打着响亮的喷嚏。翻了一遍手机上的通讯录，竟找不到想与之聊天的人。她深深吸了一口带雨雾的气，又吐出了一口浊气，她闻到自己肺部深处逸出的难闻的化工气息。

下雨了，难怪天比傍晚时冷。她把袖子和领子扣子全部扣上，还是冷。如果是白天，就能看出是那种阴沉沉让人想钻被窝、吃火锅的阴惨雨天。雨倒是一直不急，但阴冷茫茫绵绵不绝，把人的热气慢慢抽光。刘海儿已经湿了，肩膀也潮潮的发冷，后颈因为寒气生痛僵硬。她只好靠在一个打烊的什么店的卷闸门前避雨。开过去的车前灯光，不断照亮她靠的那个卷闸门，多辆车的灯光，照明白了卷闸门上用喷漆写的狂乱大字：愁你个鬼。她满脑子里想着，等丈夫回来，她一定要歇斯底里发火，狂风暴雨地发作一下：

告诉你妈，再也不用送菜来了！浑蛋！我不要她那些破菜！鬼菜！我不稀罕！！她心里想着丈夫被自己骂了不敢回嘴的样子，感觉舒服了一些。

在冷飕飕、阴沉沉的昏暗路边，又坚持了半小时，她决定回家。她想好了，老人肯定走了。而万一他腿慢，正好和她遇上，她一身风雨，刚加班回来，也说得过去；如果，他比她还晚进门，那她就可以嚷嚷说，哎呀，这么晚！早知道不如我下班拐过去一下，省得您这么辛苦！——太冷了！再不回去，非感冒不可。

赶紧回去!

家里居然没有人,和她匆忙撤退时一模一样。她从客厅找到厨房,找到阳台又找进冰箱,到处都没有发现公公送来的菜。还不及她发怒,就在这当儿,她听到门外有钥匙开门的窸窣声。她想也没有想,拔脚直接窜进卧室,几乎是身体的自作主张,她躲进了衣柜。拉柜门的时候,因为动静大,吓得她能听到自己好一阵明显的心跳。

进来的动静,停在客厅。肯定不是丈夫,他总是懒得自己掏钥匙开门,虽然,丈夫进门也是一声不吭的。她凭直觉知道,就是公公送菜来了。她竖起耳朵,又悄悄拨开一点儿柜门,能捕捉到公公在客厅走动的声音,他似乎把雨伞弄倒了,有啪的一声响,闷闷的。脚步声似乎走进了厨房,很快又退出,然后,好像在客厅盘旋着。她听到茶几抽屉拉开的声音,那两个大抽屉,一个放茶,一个放些糕点小食品。抽屉被很重地关上了,这个熟悉的声音,她确定公公开了他们的抽屉。她很不快,但几乎同时,那个脚步声,正在往卧室而来。她一下子停止了呼吸,骤然笼罩的恐惧与慌张,让她脑子一片空白。脚步声进来了,他会不会开衣柜的门?

灯亮了。做儿媳的女人死死抓住脖颈,严防死守自己几乎控制不住的尖叫。但脚步声停止了,也许它的主人在巡视他们的床,或者墙上的风景画。那个脚步声,一直是停止状态,而这泯然无声的时间里,一秒钟简直长于一日。柜子里的女人,被这个莫测的寂静,快给逼疯了。

实际上,脚步声的主人,只是停留了一分钟多一点儿,那个令人窒息的脚步,终于把它的主人带向了客厅,最终,随着大门开启与哐当闭合,它彻底消失在了大门外。

柜子里的女人,从柜中"嗷"地扑到自己床上,随即弹起,奔向客厅。丝瓜在厨房灶台上。突然,她想起公公进屋时,会发现屋子里客厅、厨房、阳台开着灯。我们不是都没有回家吗?公公会怎么想?难道他刚才开茶几抽屉、越界进入卧室,是在抓小偷吗?她心里堆积着又惊又气、羞愧又沮丧的情绪,嗯,还是很不痛快的愤怒。

她回到厨房,拿起那兜子丝瓜,直接走向后阳台,手起包落,一整包丝瓜,连着尼龙袋子,一起被甩下了楼。那是一片配电房杂草地。

酒店外夜雨蒙蒙,马路两边的路灯下,都团着白雾。

葵花子眼睛的少年,突然跟他说,叔叔,明天上午我就走了,你带我去看看你们的灰鲸馆好不好?

他瞠目结舌。杨曼虹反应很快：想死啊你！光想着玩！人家叔叔不要回家休息了？！

他说，不不，我没关系，只是展馆人员五点半就下班了，我们进不去的。

咦，不是你们研究所自己的展馆吗？拿钥匙开门进去呗。少年说。

杨曼虹又打了他的后脑勺一掌，气势粗野，但少年只当风吹帽，根本不看他老妈一眼：我非常非常想看看灰鲸，叔叔！我非常非常——

呵呵，理解。只是，展馆部和我不是一个部门的，我不知道钥匙在哪里，也没有那边负责人的电话……

叔叔！我到这个世界上，就是来向大鲸问好的！

他看着少年似笑非笑。众人都觉得他的表情苦涩而推诿，却不知鲸类专家被少年少不更事的一句话，魂魄依稀回到自己青涩饱满的旧时光，他发现自己手心有点潮了。

少年沮丧垂头，马上又亮起小眼睛：叔叔！那带我去看看你的办公室！少年竖起一根细长的指头，目光殷切而狡黠：看一眼就好！就一眼！然后我打的自己回酒店！就一眼！我死而无憾！

少年又开始满嘴过山车一样说话。果然，后脑勺又吃了他妈妈一掌。少年照样无感。看起来，母子经常这样不对称地交流，母亲粗鲁溺爱，儿子轻蔑自负。鲸类专家说，走，跟叔叔走吧。

少年和鲸类专家，冒着霏霏细雨走进海洋研究所大楼前的木麻黄林荫道。昏暗的木麻黄林荫道上，陈远夫妇的车灯雪亮地远去。他们把杨曼虹送回酒店。门岗老阿伯并不诧异这么晚了有人进院子，但是，三栋大办公楼，几乎都是黑的。少年说，那个，灰鲸的追悼会是在这个楼开的吗？

他摇头，手指另一栋楼：那边。少年说，哈，你看过《海豚湾》吗？

他一时没反应过来。少年说，就是那个偷拍日本人疯狂捕杀海豚的——没看过？少年收住脚质询他。哦，是在日本和歌山县太地町吗？美国人路易·西霍尤斯拍的？最后那些勇敢的志愿者把偷拍的片子直送到联合国会议现场的——是不是？

少年赞许地点头，收回了一触即发的蔑视：我说呢，你不可能不关心这个——哼，不算鲸，日本人每年杀死海豚就有两三万条，在那个小小的太地町每年要杀掉一千五百多条！海水都红了。

你喜欢钢琴，喜欢鲸类，还喜欢什么？

最讨厌钢琴！我只喜欢鲸。

能来参加比赛，应该是学得不错啊。

那是当然。有天赋，没办法。但我是被逼的。我老爹老妈附庸风雅。这就是你的办公室？！你们鲸类专家的办公室就这么小？

还可以啊。

长手长脚的葵花子眼少年，仔细巡看办公室墙上的鲸类照片、进化图表，随后又弯下腰研究他们摞在柜子边的一摞采样箱。鲸类专家打开一件礼品纸箱，抽出了一个有机玻璃相框，那是专家们拍的各类海洋生物照片，他送给那少年。少年接过礼品，表情却十分无赖：叔叔，带我进展馆吧！我想看真正的大灰鲸！

你看到的，隔壁大楼都是黑的。进不去。

求你啦，叔叔。此生只为这一天！

少年对他激烈拱手：明年我就初三了，想来也不可能了！叔叔！

这一个晚上，他感到自己一直被少年牵着鼻子走，但隐约又觉得是走在二三十年前熟悉的小道上。就在妻子郁闷地在小区外昏暗的大街上焦躁游走时，他和少年拿着手电筒，来到了灰鲸展馆所在的大楼。楼道是有灯的，他原本计划只是看看是否能从窗子里照进去，也许能满足少年的欲望。就在他们挨着窗子，拿着强光电筒，往里面照时，意外发现拉窗没有扣死。两人爬了进去。

一千多米的展馆灯，包括各种射灯，被全部打开了。

少年在巨大的骨架标本和巨大的真皮标本之间，兴奋得来回嗷嗷叫。他甚至趁主人不注意，翻进标本护栏，奔向大灰鲸。那只擅弹钢琴的超长巴掌，飞快地摸了一把长满藤壶的灰鲸皮，还提了一下搁置在地上的骨色巨大鲸须板。在鲸类专家来不及反对之际，他拥抱了一下灰鲸，又迅速跳出护栏，若无其事。

不要触摸！！他臭着脸，厉色地瞪了少年一眼。少年嬉皮笑脸，说：手感不错，不知道含不含真皮层？

他轻微点头。少年看自己触摸过灰鲸的手，搓捻自己的指头，仿佛追忆追捕着刚才的触感。少年食言了，他并未真的看一眼就走，在触摸了灰鲸的真皮标本之后，他又在大灰鲸巨大的骨架标本前，连续绕圈子，嘴里念念有词，有几次偷眼看鲸类专家是否注意他。他估计他稍有疏忽，少年就会再跳进围栏，去抚摸灰鲸骨头。

对它，你们有什么研究发现吗？少年老练地问讯。

有的。他答，我们发现它有独特的基因型。这个基因型在西太平洋种群中，还没有发现过。

是和东太平洋种群串了？

唔，有可能，也有可能是过去采样的样本量不够。总之，在学术上，这个发现，是个很重要的补充。

鲸类专家忽然意识到自己像在论文答辩。而少年也真像个导师一样，闭着葵花子眼，庄重地点头。鲸类专家由衷笑了。

少年狐疑地看着他。他目光狐疑的时候，孩子气尽显：你笑什么呢？

鲸类专家说，以后你就懂了。

灰鲸专家回到家的时候，妻子已经穿着睡衣在看《唐顿庄园》。

怎么吃饭吃那么久啊，快十一点啦。妻子说。

是啊。真累。他准备去洗澡。

你今晚脸色不错呢。喝的什么酒？妻子说。

我没怎么喝。

你爸妈送他们种的八角丝瓜来了。我直接送人了。反正我们有很多。

嗯。好。他说，然后就去了浴室。

妻子把电视关了。她觉得自己心里又有一种堵滞的感觉，今晚过得沉闷而空虚，非常空虚，可是，那么空虚，为什么又那么有滞重感呢。她丈夫一回来，那种沉闷感变得很压抑人。她不知道怎么办。

她到浴室门边，怕他在里面听不到，所以用加大的音量说：叫你爸妈不要再送菜来啦！！下雨天，阴冷得很！！

听到里面似乎"嗯"了一声。她又大声说：你们吃了饭去唱歌了吗？

里面的声音说：什么？没有，我带那孩子去了灰鲸馆。

半夜去灰鲸馆参观？晚上不是闭馆了吗？

妻子觉得心口又胀又闷，她抓起洗漱台上的简梳，梳自己的头发。她喊：晚上不是闭馆了吗？你们怎么去看啊！

浴室里传来的声音说，爬窗。

妻子梳理着自己开始发白的头发，说，班花爬得进吗？

里面没有声音回答，只听到莲蓬头"哗哗"的水声。

你要帮她，她才爬得进去吧。

什么？

妻子突然大声喊问：她爬得进去吗？

里面说，我们都是爬进去的……

浪漫啊……妻子在外面轻声说，真是浪漫啊。

里面又没有声音了。

等他吹干头发，回到卧室，妻子已经上床了。面朝里而睡。他本来想跟她聊几句那个有意思的少年，但看妻子已经睡着的样子，便把手机调了闹钟，关灯睡去。感觉他自己快要睡着的时候，妻子的声音突然响起，又是那种吓一跳的感觉，仿佛被人从悬崖边猛力拽回，他说，什么？

妻子说，没想到呢，你这么不浪漫的人，居然……

没觉得啊……怎么还不睡啊。

妻子在意他的回答，所以，一时之间，她琢磨不出怎么回应他好。就这点空隙，男人又在睡意中迷蒙远去，像风筝一样飘远了。突然，他的腰上多了一条腿，这条腿带着怒意，显得很重。他翻了个身，想离开一点儿，但身上反而又多一条腿。……快睡吧，我困了……他含糊不清地嘟囔着。

妻子觉得自己疲乏得毫无睡意，胸腔里有股若有若无的浊气无处发泄。今天这一个晚上都是怎么了？她也不明白自己。懒得见人，懒得起沙发，懒得吃饭，懒得喝水，懒得小便，懒得做瑜伽，懒得接受八角丝瓜，懒得见公婆，懒得见自己。这还不够，还有不对劲的地方，是的，她不可告人地贪污了一段涉及别人的历史，这不单单是懒得说的问题。真是烦躁疲惫啊。为什么我们住这么偏远的小区，市政的灯，到这里都是暗的；如果不是刚才用热水猛冲，今天肯定会感冒；瑜伽老师的身材非常好，看她年龄也不小了；班花长没长白头发？身材是不是真的像水桶？水桶还能爬墙翻窗吗？他怎么还有这么浪漫的时候呢？一起生活这么多年了，看不出这些呢。

妻子伸手按开了灯。

他的眼皮呼吸都没动。她便又推了他一把。没怎么反应。这对普通夫妇，像夜色中所有普通夫妻那样，是都该入睡入梦了。可是心里有些杂草丛生的妻子，就是不舒服。她当然了解自己丈夫平淡无奇的模样与情怀，就像了解自己的平淡无奇一样，这份彼此的平淡无奇，建立了彼此毫无想象力的信任感。怎么不是过呀，日子一天是一天，乏味的平安也是福报呀。她宽慰着自己，终于让自己起了些睡意。她重新关灯，像猫一样，蜷缩在丈夫若有若无的鼾声里，她最后意识清晰的是，想起了他们唯一的浪漫往事。

那真是莫名其妙的浪漫。这么莫名其妙的浪漫，一度让介绍人以为他们一见钟情，其实，他们自己知道，根本不是这么回事。像他们这样的普通男女，哪有什么一见钟情的本钱，无非就是那一个时间段里，他们同频共振了。

浪漫的底牌，真不浪漫。就是那天，介绍人带着他到女方家，女方的妈妈正在将一个五公斤的方形白油桶里的茶油，分装到几个一斤装的小瓶子里，娘儿俩老是瞄不准，油多次要漏出来，只好赶紧停住。油桶又非常重。小伙子进来，这个粗笨体力活自然就由他来援助。小伙子提抱起油桶倒，姑娘扶地面小油瓶。一切准备就绪。没想到，小伙子很费力地提抱着油桶，正斜着大油桶，对准小油瓶口，敛气专注地要往里倒，姑娘突然"扑哧"一笑。这一笑，小伙子手控的那个茶油细流就歪洒了，小伙子赶紧住手放下桶。

　　两人清清嗓子，严肃地再来。好不容易上下都对准了油瓶口，双方都屏声静气，大油桶也斜得角度很稳了，那姑娘突然又笑了。是那种憋不住的、喷出来的笑声。小伙子立刻又岔气，连忙住手。姑娘为自己不负责任的行为开脱说，我就是觉得会瞄不准……结果，再来。再再来。每次对准了，还没开始倒，她就爆笑。最后，小伙子自己忍不住笑，两人跟轮流爆胎似的，总有一个止不住。到后来，两人只要一抱起油桶，就笑场。地下接油的小瓶子也碰倒了。这个相亲的序幕，没有任何语言，就是反复笑场。有一次，他们彼此肃穆坚定，油已经准准倒入小油瓶有十来秒，但是，姑娘的阵线又垮了，她到底没绷住，她一笑，油立刻歪洒到瓶口外面了，姑娘笑得歪坐在地上。

　　最后，连介绍人、姑娘姨姨等一拨严肃而困惑的人马赶将过来，考察、整风、助势，没想到，也是看那上下油瓶对准的架势一眼，那些气势凛然的人们中，就总有一个人"扑哧"而笑，最后一个个笑得靠门扶膝，刚裹挟而来的满怀魄力，立刻分崩离析。小伙子再也无法提抱起大油桶，尽管他一再振作精神，但只要一提抱起油桶，必定有更多的人憋不住笑，哪怕没有声音出来，那个快乐发抖的肩头，也会有开心的超声波荡出来，大油桶就怎么也瞄不准那个油瓶口，阵线就垮掉了，结果，好不容易屏住气的人们，又一个个哈哈、呵呵、嘎嘎，仿佛突然都进入了生命不可遏制的喜悦狂欢中。

　　谁也没有想到，一对普通人的普通婚姻，就这样匪夷所思地笑成了，甚至介绍人还没有出手。

　　所以，成为夫妇的那个妻子有时会发问：哎，如果那天，我们家不是正好在倒油，你说，我们会走到一起吗？

　　鲸类专家每次都会在心里回答：不会，肯定不会。但是，他一般还是会自欺欺人地说，会吧，我们有缘。妻子往往会说，我觉得不会。因为，我们都太平淡了。我们这种人，看上去一点儿意思都没有。

　　有时候他就会接着说，那为什么倒油就可以呢？难道我们彼此都变得不平淡了吗？

　　女的就说，是呀，我们都在笑的样子，可能很有意思吧。你笑的样子，让我感到贴心合辙。结婚十多年后，她才告诉他，那天，我妈妈给你和介绍人陆老师煮了酒酿蛋花汤。我把你的碗和我们家的碗，叠在一起放进洗碗池洗。陆老师的最后洗。

　　他听出来，这是说，笑过之后，她对他就毫不见外了。但是，结婚十年的妻子又说，嗯，也许那天，随便一个男人，只要他和我一起那么笑，我可能都会把他用脏的碗和我的碗放在一起洗，也许，我都会愿意嫁给他吧。

他听了也败兴。但反过来想想，不正是那个无穷无尽的笑场，让他毫不设防地接受了女人的平凡平淡，甚至，那个他一贯蔑视的、总不闭拢的厚嘴唇，他也始终没有一点儿敌对意识升起。如果没有那场上帝安排的笑呢？天知道，他们彼此也知道——两散的结果。

这个细雨霏霏的夜晚，妻子心里总是憋闷，总想和丈夫说两句。她蜷缩在丈夫并不伟岸的后背，脑子里盘旋了一句：哎……你说，二十年前，如果，大油桶倒小油瓶，我们很严肃，倒得很准，你说，我们会结婚吗？

可是，她还是懒得问了。

两人渐渐起了均匀的睡眠呼吸声。丈夫一个翻身，一把卷走了大部分的被子，她在拉扯被子中，隐约听到一声含糊的咕哝：灰鲸……

《花城》2016 年第 2 期

小 满

艾 伟

　　白天，隔壁赵老板家的姨娘会来大屋坐一会儿。喜妹不喜欢她来，她一坐下，就会讲主人家的事。

　　"我们家女主人昨晚和赵老板吵了一宿，"隔壁姨娘神情诡异，"晓得伐，赵老板又换了个小姑娘，才十六岁，都有了。"

　　喜妹的心沉了一下，目光不由得看大屋墙上的照片。照片里的年轻人微笑着，俊美的脸光亮亮的，好像上面涂了一层金子。

　　隔壁姨娘顺着喜妹的目光看过去，表情也变得严肃起来，"你家太太——啧啧，什么年代了，叫太太，亏你叫得出口——你家太太快五十了吧？"

　　喜妹老派，一直叫东家为先生和太太。这是娘教她的，娘以前也是做姨娘的。先生开始不适应，说叫老白就可以，但喜妹坚持这样叫。太太倒是坦然接受了这叫法。

　　喜妹一脸茫然，难过地转向窗外，好像照片上的孩子这会儿正在窗外明亮的天空上看着她。二十年前，她来到大屋做姨娘，孩子是她一手拉扯大的，她在他身上花的心血比亲生儿子国庆还多。

　　"你们家先生是好人，不像我们家赵老板，花花肠子，只是可惜了，白白留下这万贯家产，以后给谁呢？"隔壁姨娘说。

　　这话喜妹不爱听，先生家的不幸轮不到隔壁姨娘来说三道四。

　　隔壁姨娘并没察觉到喜妹的不悦，她看着墙上孩子的照片，"含着金汤匙生出来的人，可惜没福消受。"

　　说完，站起身夸张地掸了掸袖子，走了。袖子上并没有灰尘，好像这屋子里有晦气，怕沾染上她似的。

　　太太心情不好，先生带着太太去塞班岛散心了。喜妹一个人守着大屋。伺候人惯了，突然闲下来，心里面空落落的。她每天打扫大屋三遍，打发时间。有一天打扫孩子的房间，她偷偷翻看一本相册，看到相册里一张孩子吃奶的照片，当即瘫倒在地。照片里那个喂奶的人只是个局部，孩子不会知道，他叼着的是她的奶子。当年她抛下自己的儿子，把奶水都给了这个孩子。她看着他长大，长得那么漂亮，可突然就不在了。喜妹一直清晰地记得孩子吸她奶头的感觉，心里面格外疼爱这孩子。她替先生难过，中年丧子，谁能受得起这打击？

敲门声把她吓了一跳。她赶紧擦掉眼泪，来到大门前，透过猫眼，她看到一个瘦高个儿站在门口，由于猫眼变形，他身上的西服看上去像一件长衫，显得吊儿郎当。

她紧张地打开门，国庆鞋也不脱，大步进屋，然后一屁股坐在沙发上。

"你怎么来了？叫你不能来大屋的。"每次，儿子进城，她总是让儿子住在小旅馆，然后做贼似的去看他。

"白老板又不在，你怕什么？"

"谁告诉你的？"

"你以为我是傻的？"

国庆从口袋里掏出皱巴巴的劣质纸烟，摸了摸口袋，没找着打火机。

"这屋里不能抽烟。"

国庆没来过大屋，但他仿佛熟识这里的一切，他径直走进厨房，打开煤气灶，灶火很猛，他侧着头，点着了烟。在灶火的映照下，她看到儿子苍白的脸上有一条若隐若现的伤痕。

"又打架了？"

国庆皱了一下眉头，沉闷地吸烟，不说一句话，也不瞧一眼母亲。

"输了多少？"

国庆伸出一个指头。

"一万？"

"十万。"

"什么？你不是说会改好的吗？你怎么又去赌！"

这次喜妹再也控制不住了，她拿起拖把，打儿子。

"你个败家子，我打死你。"

国庆站在那里一动不动，任母亲打，好像他早已习惯了棍子。

最终是喜妹崩溃了，她无力地把拖把丢在一边，气得浑身发抖。

"他们在等我，"国庆指了指远处，"你不给我钱，他们会弄死我。"

"我哪里有那么多钱！你当我在挖金矿？让他们弄死你，我也好省省心。"

国庆沉默不语，嘴上的烟火亮了一下，烟头上长长的烟灰落在地上。国庆看了看大屋，指了指墙上的照片，"他和我同岁？"

喜妹低头不语。

"看起来比我年轻多了。"

国庆把烟蒂扔在地上，狠踩了一脚。

喜妹容不得屋子被弄脏，"你别乱扔，这不是乡下。"她拿起拖把擦了一把，然后去卫生间放好。出来时，儿子已经不在了。

她的心突然揪紧了。这不像国庆的做派。平常要是没从她这儿抠出钱来他是不肯走的。这反常倒让她不安了。十万块，她不吃不喝得做五年，儿子去哪里弄这么多钱？

她的脑子里出现儿子走投无路的情形。她不敢想象他们怎么对待他。

第二天，喜妹收拾孩子的房间，发现放在抽屉里的一只金表没有了。她站在那儿，有半天缓不过气来。

一个月后，先生和太太从塞班岛回来了。太太晒黑了一些，气色也好多了。

喜妹见到主人，不由得紧张。那只丢失的金表让她觉得自己像一个小偷，做姨娘的最重要一条就是要手脚干净，要是主人发现了，她怎么说得清，一辈子的清白都没了。

这天晚餐，喜妹烧了不少太太爱吃的菜，先生和太太吃得很香。看得出来，太太的悲伤减轻了些。太太吃的时候，不时看着喜妹，眼睛亮晶晶的，还带着笑意。喜妹却不敢正眼瞧太太。

晚饭后，喜妹刚收拾停当，太太就把她拉进房间。先生出门去了，屋子里只有她俩。喜妹的心怦怦跳，难道太太发现金表丢了吗？如果太太摊牌，她不知道该如何解释。

太太没问表的事，竟问起喜妹老家的情况。太太很少问喜妹的家事，喜妹担心太太是绕着弯子，最终会说到金表上。

太太说出自己的用意时，喜妹一时没有反应过来。不过喜妹是聪明人，很快明白了。喜妹长长地舒了口气。喜妹马上想到了小满，同太太说了小满的情况。太太点点头。

"明天，我们去看看。"

那个死了儿子的疯女人站在村头的香樟树下奇怪地打量着她们，脸上挂着仿佛是看透一切的笑容。喜妹对太太说，每年春天，她都要发作，很可怜。

喜妹没把太太带到家里，直接去了小满家。

　　小满家在一座山脚下。老家是穷地方，小满家更穷，屋子是用石块垒起来的，然后用黄泥抹了一下，屋顶的瓦也好久没整了，歪歪的，遇到刮风下雨，肯定漏水。小满有一个哥哥，三十多了，在不远处的一棵树下，面无表情，奇怪地瞅着她们。

　　快到小满家时，一个女孩子从屋子里出来。她穿着一件白底红色细格子衬衣，下着一条灰长裤，身材饱满，脸蛋圆圆的，脸上有一块健康的红晕。

　　喜妹对太太说："她就是小满。"

　　太太站住了，上下打量小满。

　　小满大概知道有人瞅着她，红了脸，低下头。喜妹叫了她一声："小满，不认识姑了？"小满吃惊地抬起头来。她的眼很大，和善的目光里有那么点慌乱。乡下姑娘见到陌生人都这样。看到这双眼睛，喜妹就踏实了。小满没变，还是从前的样子。毕竟是只有二十岁的姑娘。

　　小满见是喜妹，腼腆地笑了笑，轻轻地答道："姑，你回来了。"

　　喜妹点点头，向她介绍太太："这是我家主人。"

　　小满笑笑，笑得很天真，站在那里，有些局促。

　　太太比任何时候都和善，笑眯眯地看着小满，还拉住了小满的手，说："这孩子，真水灵。"

　　小满不适应这亲热，她显得既害羞又有些迷惘，一会儿看喜妹，一会儿看太太。喜妹说："小满，你放心吧，太太只是夸你。"

　　小满点点头。

　　太太对小满很满意，对喜妹交代了一番后，提早走了。

　　喜妹留在了老家。儿子还是不在家。喜妹问他爹，国庆究竟哪里去了？怎么老是不回家？老头儿一脸讨好地对喜妹笑，不回答。喜妹讨厌他这样子，同儿子一模一样，真是有其父必有其子。喜妹知道老头儿想要她兜里的钱。喜妹不给他。他一旦拿到了钱，那张脸就拉长了，像个债主，好像她这辈子都欠了他似的。喜妹知道他心里面对她挺不满的。喜妹叹了口气。

　　"我担心国庆。他这样下去总有一天要吃牢饭。"

　　老头子还是笑眯眯的，抽着卷烟不说话。

　　"你还有心思笑，他来大屋偷了主人家的金表，你知不知道。"

　　"我知道。"老头儿抽了一口烟，"他当了，值钱，回来给我买酒孝敬我呢。"

　　"当了？天哪！"

　　傍晚，喜妹找到小满爹，把太太的意思说了。昨天晚上，太太同喜妹谈，喜妹没敢告诉太太，小满是她远房侄女。她怕太太认为她有小九九，肥水不流外人田。现在，太太满意，这就不是问题了，亲戚反而好说话。

"二十万元不是小数目，有了这笔钱，你们家就发了。你这房子也得翻修了，你儿子等着娶老婆呢，再拖下去要耽误了。"喜妹晓之以理。见小满爹沉默不语，喜妹又补充道："事情顺利的话，我家主人还会再加的。我家主人出手很大方的。"

不出所料，小满爹答应了。毕竟有这么一大笔钱，付出这点代价也是值得的。

"得问问小满。"小满爹说。

"小满孝顺，你做主就成了。"喜妹说。

喜妹觉得自己做了一件好事。这事儿可以解决先生一家的问题，也可使小满一家受益。喜妹想，她这是在积德吧。积德总是好的，菩萨看得到的。

"事情完了，谁也看不出来的。小满还像从前一样，你们家发财了，这样的好事哪儿找去。"

按预先安排好的，喜妹把小满带到了城里，把她安顿在大屋附近一间二居室的小房子里。小满很茫然，看得出来她对接下来要发生的事心里没有底。

喜妹说："小满，你住这儿，你不要慌，姑会来照顾你的。"

小满点点头。

喜妹不知道这件事别人怎么看，她觉得先生真是个大好人。这世道，她见得多了听得多了，有点钱的人哪个不坏呢？像先生这样的男人不多了。这个小区都是富人家，姨娘们说起主人的事来，那真是让人讲不出口。有些男人还占姨娘的便宜呢！不过喜妹从不说主人家的事。做姨娘的怎么能在外面嚼主人家的舌头呢？

只有像先生这样的好人，才会想出这个办法。太太虽然老了，先生却从来没有花心思。本来嘛，这件事情要简单得多。要生一个孩子还不容易吗？先生有钱，先生正是盛年。但是先生要绕一个大弯子。喜妹不懂医，太太同她说时，才知道生孩子还有那么多花头，这样的事，乡下人想也想不到。太太说，医生将把先生的种和太太的种结合了，再弄到小满的肚子里。

先生、太太带着小满去了一趟上海，喜妹也跟着去了。可是到了医院，小满突然反悔了，死活不肯做，好说歹说都不听劝。她坐在那儿，低着头，死死盯着地面，好像目光变成了一只桩子，把她固定在了那儿。喜妹第一次感到小满的固执，她感到脸上有些挂不住，觉得小满太不懂事了。喜妹一把抓住小满，把小满拖进手术室。喜妹说："你家等着钱盖房，给你哥娶老婆呢！"

手术做完后，喜妹和太太进去，先生留在门口。小满躺在床上脸色苍白，疼得满头大汗。看到喜妹，小满就大哭起来，无比悲伤，"姑，我要死了，我疼死了。"

喜妹紧紧抱住小满，"小满别担心，一会儿就好了，没事的。"

小满也抱紧喜妹，哭得喘不过气来，喜妹听到了小满的呜咽："姑，我一个大姑娘，以后怎么还嫁得出去啊。"喜妹觉得自己的心被揪了一把。

小满在医院住了三天。喜妹照顾她。小满起床，大概因为下面痛，走路都有些异样。喜妹觉得罪过，小满还没碰过男人呢，可已经不是处女了。

医生确认成功后，小满就从上海回来，住在那二居室小屋里。太太叫喜妹不要干别的事了，照顾好小满就好了。太太买了红枣、银耳、莲子等一大堆营养食品，让喜妹做给小满吃。

小满毕竟是乡下姑娘，心思简单，从上海回来后，已平静了，不再想太多，反倒是惦记起自己的肚子。

"姑，我一点儿反应也没有，肚子空空的，医生会不会搞错了？"

喜妹也担心这事。她不希望这件事搞砸，不希望小满这二十万元泡汤。二十万啊，去哪里赚？老实说，就是做一辈子姨娘也积不了那么多钱。小满拿到这笔钱，也该知足了。喜妹生过孩子，虽然是件苦差事，可女人健忘，你去问生过孩子的女人，哪个在乎生产的痛？若还像小满这般年纪，这好事她也愿意！

喜妹让小满不要担心，住在这里当享福好了。小满点点头。

小满没有什么好照顾的。乡下人，肚子里有货了，还得去农田劳作，哪里来这么多讲究？小满肚子里虽然有先生的种，但是小满还是小满，她不是千金小姐。不过做姨娘的，得听主人的话，主人把小满托付给她，喜妹得照顾好。

小满是识相的人，争着要干活儿。喜妹让她坐着，不要动。小满说："姑，你这样侍候我，我哪里担待得起。"

"我不是侍候你，我是侍候你肚子里的种。"喜妹说。

每天吃得这么好，睡得这么足，一个星期后，小满就胖了，脸变得细白滋润了。

"姑，一辈子没人这么宠过我。"

喜妹笑笑。

小满又问："他们真的会给我这么多钱吗？"

喜妹不高兴了，冷冷地说："不会少你的。"

小满是会察言观色的，见喜妹不高兴，讨好地说："如果他们真给我这么多钱，姑，我给你一万。"

喜妹的脸拉长了，"姑不要你一分钱。"

小满露出难堪的表情，站在一边可怜巴巴地看着喜妹。喜妹知道小满心地好，只是有些傻，所以原谅了她。喜妹笑着说："只要你日子过得好，姑就开心。"

一天，喜妹从菜市场回到大屋，隔壁姨娘跟了进来。

"喜妹，这些天你神出鬼没的，到哪里去了？"

喜妹说："我天天在。"

隔壁姨娘目光明亮，好像眼睛里装了一盏探照灯。

"我听说你家先生养了个小的？你在照顾那小的？"

喜妹吃了一惊。原以为这事捂得严严实实的，但终究还是传出去了。传出去倒也罢了，没什么见不得人的，可这些八婆，什么事到了她们嘴里都会走样。

"别胡说八道，没有的事。"

喜妹不想解释，越解释闲话越多。喜妹把隔壁姨娘推出门去，"我得干活了。"

隔壁姨娘没走，从她脸上的表情知道她有话说。喜妹猜到隔壁姨娘肚子里积了一肚子赵家的私事。喜妹能管住自己的嘴，但她还是喜欢听的。喜妹假装不理她，擦桌子，但耳朵竖着。

"我们家老板外头得罪人了。昨晚回来脸都破了，身上都是血。"

"赵老板怎么了？为女人的事？"

"要是女人的事就好了。这些有钱人，你以为随随便便能发达的？都有事。"

隔壁姨娘看上去很忧虑，说话吞吞吐吐的，不如往日爽快。看来是真说不出口。隔壁姨娘目光明亮地看了喜妹一眼："听说你家主人是做古董生意发起来的？"

喜妹不会讲主人家的事。

"古董怎么来的知道吗？坟头挖来的，伤了阴德。"隔壁姨娘看了看墙上的孩子，"难怪儿子出这种事，好端端的，被汽车撞死。"

听了这话喜妹不高兴了。她听不得别人这样议论孩子。这次，她板起脸，说："别胡说了，不作兴在大屋说这话。"

隔壁姨娘撇了撇嘴，讪讪地往门外走。

屋子暗了一下。门口出现一个高瘦的身影。喜妹抬头一看，是国庆。好久没见到儿子了，喜妹愣了一下。国庆这次穿得很体面，上身的衣服是金色的，亮得刺眼，还戴了一副墨镜，左手中指上套了一个大大的金戒指。

隔壁姨娘问："你是谁啊？"

国庆抽了一口烟，吐到隔壁姨娘脸上，"你管得着？"

隔壁姨娘用手扫了扫眼前的烟。等隔壁姨娘走远，喜妹才说："你终于来了，我到处找你。"

"找我干吗？"

"我怕你变成死鬼。"

国庆不吭声，走进屋子，抬头瞧了瞧那年轻人的照片。

"你收拾收拾，跟我走。"

喜妹看了眼儿子，他脸色十分严肃，有些装腔作势，似乎他转眼之间成了一个大人物。

"为什么要跟你走？"

"我养你啊。我发了，你不用再做姨娘了。"

"拉倒吧。瞧你那样子，跟你走我只能吃西北风。"

国庆皱了一下眉头。

喜妹伸出手，"还我。"

"什么？"

"金表啊，你偷走的金表。"

"我没偷。"国庆微笑着撇了撇嘴，指了指墙上的照片，"是他手上的那块？"

"你要是不还回来，我怎么向先生太太交代？"

"有你什么事，又不是你偷的。"

喜妹气得浑身发抖。这事儿她落了心病了，总觉得对不起主人家。

"你怎么这么说话？你还要不要脸？"

国庆冷冷地看了看喜妹，把烟屁股丢到窗外。

"你真不想跟我走？"

喜妹一脸悲伤，"我怎么生了你这个无赖。"

国庆不高兴。他阴沉着脸，又看了看墙上的孩子，回头淡淡地说："你难道想在白家待一辈子吗？我告诉你，有钱人没一个好东西。"

那块金表成了喜妹挥之不去的心病。有一天，喜妹见太太在孩子的房里整理床铺。喜妹进去，泪流满面。太太问，怎么啦？喜妹把丢了金表的事讲了出来。太太一脸迷惑，说："我记得那只金表是随葬了的啊。"喜妹愣了一下，不再吭声。

小满的担心是多余的。四十天后，小满就激烈反应了。

她看见什么都觉得恶心，什么也不想吃。她时不时冲进卫生间，对着马桶，差点把苦胆都吐出来了。

"姑，先生太太待我这么好，我没福气，把一个月吃进去的都吐出来了。"

"傻丫头，做女人都这样的，熬一熬就过去了。"

喜妹把喜讯报给太太。太太很高兴，当即要去看小满。

太太进门时，眼睛是亮晶晶的，盯着小满的肚子看。小满的肚子当然还是瘪瘪的，没那么快的啊。太太坐在椅子上，让小满过去，然后伸出手去摸小满的肚子。小满的肚子上起来一层鸡皮疙瘩，汗毛一根根竖起来。

太太说："你想吃什么,尽管说,你不想吃,也要吃点下去,吃下去才有营养。"

小满点点头。

"这件事辛苦你了。你一定要把肚子里的孩子照顾好。好在我们是亲戚,有什么话都可以沟通。我和老白真的非常感谢你,小满。"

小满被太太的诚恳打动了,眼中有雾一样的东西洇开来。

喜妹连忙说:"小满你可别哭,要高高兴兴的,当心动了胎气。"

太太似乎真的过意不去,幽幽地说:"我年纪大了,生不出来了,实在是没办法,让你受苦了。"

先生也来看过小满一次。先生独自来的,她们没有任何准备。小满只穿了件棉毛衫,因为是在孕期,小满的胸有些胀,没戴乳罩,小满的胸绷在那里。小满难为情了,慢慢地把身子缩进被窝里。她大概怕自己形象不好,下意识地去理乱蓬蓬的头发。小满的发质真是好,乌黑闪亮,一理就整整齐齐的。

先生一直看着小满的肚子,没有说话。先生在大屋话也不多。不过他是个温和的男人,脸上总挂着淡淡的笑意。喜妹喜欢先生的笑容。喜妹见到先生的笑容就有满心的暖意。

先生走了之后,喜妹和小满经常谈论先生。喜妹喜欢谈论先生,喜妹觉得先生什么都好。以前先生会瞒着太太偷偷塞点钱给她,她受宠若惊,幸福得颤抖。先生品性好,乐善好施。有了一个话头,日子就好打发了。

"他做什么生意?"

"先生做的生意大了去了。洋房、商店、服装,什么都做的。我也说不清。"

"那他是不是百万富翁?"

"他哪里只有百万,他如果只有百万,他会给你二十万?"

"他有多少钱啊?"

"我不知道,我听隔壁的姨娘说,我们家先生比香港的大老板还有钱,城里最高的大楼就是我们家先生的。"

小满叹了口气,说:"天哪,这么多钱。"

"哪天我带你去看看大楼。"

"先生就住在大楼里吗?"

"有钱人不住大楼,住小洋房。"

"要是我就住大楼,最高一层,可以看得很远,兴许能看到我们村子呢。"

"傻瓜,怎么看得见。"

小满像是被自己的想象迷住了,独自傻笑起来。

"先生以前也是很穷的。我听太太说,先生以前帮人做古董生意,刮风下雨去乡下收集古董，虽然很辛苦，但也只得到一点儿工钱，大钱都让老板挣去了。后来才做起生意，发了。"

小满听得入迷，看着喜妹，希望喜妹说得更多。

"先生苦出身，所以很节约的，连吃剩的菜都舍不得倒掉。"

"他赚了那么多钱，吃也舍不得，要那么多钱干什么？"

"我不知道。有时候我想先生是个小气鬼，可有时候又觉得先生也是挺大方的，他捐了好几座学堂呢！"

"先生这么好心啊。"

"如果不是好人家，我会把侄女介绍给他们吗？"

小满不自觉地露出受宠若惊的表情。

"等你把孩子生下来，先生高兴了，让他出钱给村里造一条马路。"

"嗯。"

有一天，她们谈起先生的时候，小满问："先生多大了？"

"五十多了吧。"

小满惊叹道："天哪，真看不出来，他好年轻啊。"

喜妹给小满带去先生年轻时候的照片。

"先生年轻的时候还挺好看的噢，帅小伙呢。"小满由衷道。

"这人吧，有没福分，面相上是看得出来的，小满你以后找男人，要找面相周正的，跟着贼头贼脑的男人，肯定要吃苦的。"

此刻喜妹脑子里浮现出儿子的面容，叹了口气："姑是过来人，见多了。"

虽然先生太太让喜妹只要照管好小满就可以了，但她还是两头跑着，一头也没有落下。

赵老板家进了"小偷"，把隔壁姨娘给杀死了。是太太告诉喜妹的。太太说，邻居们都在传，是仇杀。赵老板早先得罪过人，黑道找上门来了。

"隔壁姨娘很忠心，死活不肯放过小偷，结果被捅了几刀。"

这天，太太有点儿恍惚。太太坐在沙发上，手握遥控器一次次换台。平时太太可不是这样的，她喜欢看戏剧台，电视机总是飘出京腔。做姨娘的平时不好看电视的，但喜妹喜欢老戏，在干活时这样听听也是好的。太太今天是怎么了，她这样换台弄得喜妹也心神不宁起来。

一会儿，太太说："最近这地儿老是出事。"

太太看了看喜妹，欲言又止。

太太又换了一遍台，然后关了电视，转头问喜妹："你相信报应吗？"

喜妹点点头。她不清楚太太为什么问这个。太太看上去心事重重，脸上又出现了孩子刚死时的那种阴郁。

喜妹替太太找来小满后，太太和喜妹的话比先前多了，有事也找喜妹商量，所以喜妹斗胆问："太太，有心事吗？"

太太拉住了喜妹，说："我想去一趟寺院，但我不懂怎么拜佛，你教教我怎么做。"

喜妹点点头。

太太是知识分子，城里人，不知道佛事的规矩。喜妹从小看着娘做的，知道这一套。

"求什么呢？"

太太摇摇头，说："我心里慌。"

准备去寺院的祭品时，太太断断续续同喜妹讲了一些过去的事。

太太说："先生早年同人做古董生意时，曾遇到过一件怪事。一个下雨天，是晚上，先生一个人在山路上走。夜很黑，连雨丝也是黑的，先生打着手电。这时，有一个人突然跟了上来……"

喜妹听到这儿，不知怎的想到了鬼，她问："是谁呢？不会是鬼吧？"

太太愣了一下，先是点了点头，然后又摇头，说："那个人要抢先生的东西，和先生打了起来，后来那个人从山谷滚下去了。"

"死了吗？"

"不知道。"

"后来呢？"

"后来，先生常常觉得那人跟着他。"

不知怎么的，听到这儿喜妹汗毛竖了起来。她说："我们挑个好日子，去寺院拜拜吧。"

小满听说喜妹要陪太太去寺院，也想跟着去。虽然喜妹每天傍晚陪小满在屋外走，但大多数时间还是在屋里，日子长了闷得慌。喜妹同太太说了，太太爽快地答应了。

先生的司机开车送她们去寺院。小满本想坐在前排，太太却一定要小满同她一起坐在后排。山路不太平，汽车有点颠。太太的手紧攥着小满，唯恐小满动了胎气。太太要司机开得平稳一点儿。喜妹说："小满，太太就是对你好。"小满乖巧地点点头。

寺院在离城不远的一个山谷里面，香火很旺。喜妹喜欢闻香火气味，闻着觉得自己的经脉都疏通了，满心欢喜。太太的脸上有些恍惚，又有些盼望。喜妹让太太和小满在寺院门口等着，自个儿去买香具和香火。喜妹觉得白家备个香具是好的。

拜佛的时候，太太显得很笨拙，小心地模仿着喜妹的动作行礼，生怕有一点儿差错。这让喜妹感觉很好，仿佛在佛爷面前她成了太太的东家，一下子气势逼人了。小满倒是挺熟练的，拜得虔诚，头都磕出了红印子。喜妹不知小满在求什么，她只求小满肚子里的孩子健康出世，最好生个男孩儿，这样白家就有香火了。

有一个小和尚来到她们边上。小和尚一眼看出三人中太太最贵。他对太太说，刚才大和尚路过，大和尚有话和太太说。

太太不知如何是好，惊慌地看着喜妹。喜妹笑眯眯道："好事儿，太太的心事和尚会点化的，会会大和尚是好的。"太太不愧是太太，这会儿的表情是喜妹熟悉的模样儿了，压得住阵脚。喜妹想，这表情做姨娘的一辈子也学不来。

她们跟着小和尚穿过一道狭长的回廊，再向左穿过一个小天井，然后到了一座小楼。一个大和尚闭着双眼在那儿打坐，四方脸，大耳垂，肤色红润细腻，宝相庄严。

大和尚见三人进来，态度和蔼。大和尚让她们坐下，然后说："刚才看见你们，想同你们说几句话。"

太太客气地说："请师傅指点迷津。"

大和尚呵呵一笑，道："你家先生身体不太好，让他看开些。"又指指小满，"这肚里的孩子可了不得，将来大富大贵。"

小满听了这话，脸上放出光来。她不自觉地摸了摸自个儿的肚子。小满的肚子还没显出来，这和尚竟看出来了，必定是高人了。太太是亦喜亦忧的表情，想对师傅说什么，又欲言又止的样子。喜妹明白太太不想当着她和小满的面讲，喜妹就对小满说："我们出去吧。"

大和尚也没留她们，态度和善地站起来送喜妹和小满。小和尚也跟着出来，然后轻轻关上了门。

走到半道，喜妹发现忘了带装香具的香袋，刚才进小楼时她放在门外的，就折了回去。刚到小楼前，就听到太太在哭泣。喜妹隐隐约约听到太太在和大和尚说先生的事，那个雨夜，从山谷滚下去的是先生的老板，先生拿走了老板的东西。

喜妹听得心惊肉跳，连声说"阿弥陀佛"。

过了半个钟头，门又开了，太太出来了，她的目光有些闪烁，没有和喜妹交集，脸上的表情像做梦一样，好像她的灵魂被那大和尚掳走了。

她们快出寺院时，太太站着愣了会儿，说："我再去烧炷香。"

小满有些不解，说，刚才不是烧过香了吗？喜妹说，太太自有她的道理。小满不再吭声，跟着去了。

这次太太熟练多了，礼佛的动作有模有样。跪拜完毕，太太往功德箱里塞了厚厚的一沓钱。

上车时，太太比来的时候平静多了，还是要小满坐在她边上。汽车在山路上开，一路无话。坐在前排的喜妹通过车内后视镜看到小满摸着自己的肚子，神秘地笑着。

小满的肚子终于隆了起来，眼睛里开始流露出做娘的样子。她站在镜子前，把衣服撩开，转来转去地看，眼睛亮晶晶的。她看着微微隆起的肚子，对喜妹说："姑，大肚子也蛮好看的噢。"

"丑死了。"

"姑，你说我儿子会像谁？"孕检时，医生已告知是个男孩儿。

"他不是你儿子。"

"你说会像谁嘛。"

"当然像先生啊。"

"也许像我呢。"

"你别胡说。"

正说着话，小满突然捧着肚子，一动不动，然后一惊一乍道："姑，动了，动了，小东西踢我呢。"

听说小满有了胎动，先生在太太的陪同下，过来了。这是先生第二次来小屋。

那天先生的眼睛放着光，似乎又有点儿不好意思。太太让先生去听小满的肚子。先生显得有些束手束脚。小满倒是大方，站在那里，笑吟吟地撩起自己的睡衣，露出雪白的大肚子，连奶子都露出半只。喜妹连忙把小满的奶子遮住。

"听到了吗？"太太问。

先生摇了摇头。

这时，肚子里的小家伙踢小满了，大肚子鼓出一团。小满一脸幸福，说，他踢我呢。先生看到了，在一旁竟流出眼泪来，连声说，好，好，小满是白家的有功之臣。看到先生这么高兴，喜妹也差点掉泪。

先生从口袋里拿出一个玉手镯，递给小满。一旁的太太有点儿吃惊。太太手上戴着的一只玉镯，和先生送给小满的一模一样。太太不解地看了看先生，有些不悦。小满不好意思接受，看着喜妹。喜妹说："小满，这么贵重的东西，要不得。"先生硬是塞给了小满，小满怯生生地接受了，看得出来她的喜悦，只是遏制着。喜妹是有些嫉妒的，自己在大屋辛苦了快二十个年头，先生没送过她这么贵重的东西。

那天，先生和太太走后，她们又议论了先生半天。喜妹说："小满，你生下这个儿子后，你以后也是贵人了，先生不会亏待你的。"小满一脸憧憬地点点头。

有一天，喜妹和小满闲聊。小满说起那次寺院之行，小满说："姑，和尚说我肚子里是个贵人，你说我儿子将来会干什么？"

"小满，我告诉你，肚子里不是你儿子。"

"瞧你，你就是认真，不就是这样说说吗？我知道啦——姑，你说他将来会干什么？"

"他啊，是含着金汤匙来世上的，干什么都不用我们想的。"

"你说他会当县官吗？戏里的县官老爷多威风啊。"

"白家的孩子，将来当市长也不奇怪。"

"天啊，当市长？这么多人都归他管，那他要忙死了。"

喜妹发现小满戴上了玉手镯后一举一动学着太太的模样，不过学得不像，喜妹觉得有些可笑。太太有一次来小屋，见到小满这模样，脸黑了。不过太太就是太太，说话依旧是笑眯眯的，她说："小满，同你商量个事，这玉镯虽然是先生送你的，不过原本是我从娘家带来的……"

没等太太说完，小满当即从手上把玉镯摘下来还给太太。太太一时尴尬起来，推托了一下，但最终还是收起来，太太说："家里还有一对南红的，我过几天拿来送你，也很值钱的。"

小满沉着脸，低头不语。

过了几天，太太送来一对南红。小满把南红放在一边，再没戴上。有一天，喜妹看到垃圾桶里有一对砸碎了的南红。喜妹感到惋惜，这么好的东西，小满不识货。不过她假装没看见。

下午，小满对喜妹说："姑，我不喜欢太太。"

"要死了，我们做姨娘的不可以这么说主人的。"

"你是姨娘，我不是。"

"太太待你这么好，要记恩。"

"我不喜欢她，我替先生憋屈，守着这么个老女人。这女人命硬，把自己亲生儿子克死了。我担心以后对我儿子不好。"

"小满，不要乱讲，肚子里不是你儿子！"

小满突然生气了，她端着架子说："姨娘，我想吃红烧狮子头。"

"反了你了。"喜妹说。

一次，喜妹替小满整理床铺，发现在小满的床头下压着先生的照片。喜妹慌了，心里直叫罪过。这是最要不得的，做下人的不可以有这样的心思。小满真不懂事，她是来挣钱的，不是来动感情的。不过，几个月来，她们成天谈先生，先生毕竟是个男人，小满又怀着先生的种，小满有些想法也是正常的。以后不能再谈先生了。

可能是小满吃得太好，肚子大得吓人。小满担心自己怎么把这么大家伙生下来。喜妹安慰她："肚子大不一定孩子大，里面都是水。"喜妹还说，"我从前生国庆时，倒不是太显肚子，后来生出个大胖小子。"

也就是在那几天，喜妹接到国庆他爹的电话，说国庆被人打残了一条腿，没把命丢掉算万幸。喜妹想，她整日整夜担心的事还是发生了。她急得不行，回了一趟老家。国庆一条腿打着石膏，脸上也都是伤痕，头发还沾着好多血迹。看到国庆这个模样，喜妹挺内疚的，长年在城里做姨娘，真的没好好管教过儿子。喜妹泪流满面，可说出来的却是狠话：

"为什么不被人打死，打死了就用不着我操心。"

时间过得飞快，转眼就到了冬天，小满怀孕也有八个多月了。小满提出想去大屋看看。喜妹知道小满一直有这心思，她很想知道先生家是什么样子，想知道肚子里的孩子以后住什么样的地方。喜妹犹豫了一下，答应了。反正先生和太太也不在家，要是邻居问起来就说是亲戚。

先生家的豪华超出了小满的想象，把小满吓着了。那天，小满一进门就显得有点儿畏畏缩缩的。

"天哪，这么大，就他们两个人住？"

"马上会有宝宝住到大屋里来了。"

后来小满坐在先生家的客厅里，沉默不语。偌大的客厅里，她几乎是蜷缩在那里，既暗淡又渺小，好像这会儿她变成了客厅里看不见的尘埃。看着她这样子，喜妹有点儿可怜她，但转眼一想，也好，省得她有什么痴想。

喜妹没想到太太回来了，看到小满，脸色大变。她把喜妹叫到一边："你怎么能带她来？她以后找上门来怎么办？"

喜妹没想到太太想得这么深，一脸愧疚。

小满惊骇地朝她们看。喜妹想，太太刚才的话她一定听到了。

回到小屋，小满一副闷闷不乐的样子。那天中午，喜妹做年糕给小满吃。小满不吃。喜妹命令道："白家的宝贝可在你肚子里，不能饿了他！"

小满白了喜妹一眼，犟道："我饿死他。"

喜妹教训小满："别说不吉利的话，对你有什么好处？你记住，白家只是花钱买了你的肚子。"

小满不服气："他是我儿子！"

喜妹说："你昏了头了。"

小满说："他就是我的宝宝。"

喜妹回了趟大屋，回来后发现小满不在小屋里。喜妹急死了，她在小区四周的街巷，附近的公园，满世界找，没有小满的影子。喜妹只好回家等着。直到天黑，小满才回来。喜妹长长地松了一口气。

小满生孩子的日子到来之前，天下起了雪。过了一夜，整个城市白皑皑的一片。先生安排小满住进了妇儿医院的一个包间。这包间非常安静，外人也进不来。小满搬进去那天，天气很好，雪已停了，太阳照在雪地上，整个世界亮得晃眼，亮得让人心里暖和。想起一个孩子将要降临到这世上，喜妹就欢喜。想当年，喜妹生儿子时是多么欢喜啊。她不知道小满是什么感觉，小满看上去似乎有些惊恐。

一切顺利，小宝宝顺顺当当生了下来。喜妹跟着先生和太太进入产房。是个大胖小子，躺在医院的一只育婴盒里面，先生和太太看着小孩儿一脸欢喜。喜妹看到先生太太这么满意，比什么都高兴。先生和太太的注意力都在婴儿身上，喜妹看到小满疲倦地躺在床上，喜妹说："小满，你立功了。"小满闭着眼睛，不说话。这时孩子哭了，喜妹连忙把孩子抱起来。小满睁开眼，让喜妹把孩子放在床边，也不顾先生在，拿出奶子让孩子吃。孩子在奶子上拱了会儿，叼着奶头，不哭了。小满又闭上眼睛，不再看任何人。

太太原本想另请一个奶娘来乳孩子，让小满回家。喜妹怕新来的奶娘取代她，对太太说："小满年轻奶水足，换一个人未必有小满好。再说小满总归要坐月子的，现在回老家给人说三道四也不好。"太太想了想，决定让小满乳一个月。

先生和太太每天来小屋看孩子。他们一见到孩子就欢天喜地，眼里除了孩子，就没别人。中年得子，有谁不是这样的呢？小满不服。小满说："先生高兴的时候还看我一眼，那黄脸婆一眼都不看我，不把我当人。"头一个礼拜，小满还忍着，只是脸拉得长长的，看上去既落寞又不甘。后来，每次先生和太太来，小满就乳孩子，太太想抱抱也不能，抱起来，孩子就大哭，只好交给小满，弄得太太老大不开心。喜妹知道小满是存心的，先生和太太回家去后，喜妹骂道：

"小满，你这样让我怎么做人？"

"我不喜欢她，不许她碰我儿子。"

"你搞搞清楚，这孩子同你没有一点儿关系，他是先生和太太的种。"

小满一脸不屑，"我不信，她生得出为什么自己不生？"

"你脑壳敲瘪了是吧？你瞧瞧，孩子眉眼同太太一模一样。"

"我没看出来，他像我。"

小满抱着孩子，在孩子额头亲上一口，"宝宝像我，像妈妈，嘻嘻。"

喜妹听得汗毛一根根竖起来。

小满毕竟年轻，身体好，坐月子闷死她了，快满月时，小满想抱着孩子去外面走走。要抱孩子出门，喜妹绝不同意，孩子是白家命根子，万一有个闪失，谁担当得起。喜妹警告她："不好好坐月子，当心落下病根。"小满反倒攻击起喜妹来："你每天做的什么菜，猪都不吃，还说这个营养好，那个催奶。"喜妹说："你嘴吃刁了，太太都没你挑剔。"

小满趁孩子睡着，去外面逛。也不知她去哪里，喜妹也不去管她。喜妹是寸步不离孩子，即使孩子睡着也要有人守着。有一天太太来时，刚好小满不在，也顾不得孩子在熟睡，当即抱在怀里。太太那个慈祥，那个满足，喜妹是多年未见了。后来太太要抱着孩子去外面转转——太太又有了个儿子心里一定是骄傲的。喜妹想跟着去，太太说她想一个人和孩子静静待一会儿。

那天小满回来，买了一堆甘蔗。小满说一个冬天没吃甘蔗了，馋死了。喜妹说冷东西，月子里不好吃的。这时小满看到婴儿床上孩子不在了，脸色大变，"宝宝呢？宝宝哪里去了？"喜妹说："你急什么呀，太太抱着去外面了。"

小满像一只没头苍蝇一样，奔下楼，在巷子里高声喊："宝宝，宝宝。"

喜妹跟着小满。小满的叫声引来路人好奇的目光。喜妹说："小满，你不要叫，你是不是脑子搭牢了？"

小满不理，还是叫。

这时深巷里传来婴儿的哭声。小满耳朵竖起来，辨认哭声的方向。小满说："我的儿，我的宝宝。"

小满朝哭声奔去，太太背对着她们，在哄孩子。小满一把把孩子夺过来，拿出乳头就喂，"哦，宝宝饿了，妈妈给你吃哦。"一点儿不顾太太的脸色。

太太虽然大肚大量，但终于也忍不住了。太太觉得不能再留小满了，她把喜妹叫到一边，让喜妹收拾小满的行头，明天就送小满回乡。太太说话的时候，原本和善的目光变得像一根刺。喜妹很不自在，连连点头。

喜妹带着小满回到小屋。小满太过分了，喜妹不想再理她。喜妹黑着脸，不声不响地整理小满的行头。小满抱着孩子，蜷缩在沙发上，目光一直打量着喜妹。一会儿，行头整好了，喜妹放到桌上。

"姑，我要走了吗？"

喜妹没回答。小满低着头，盯着地板，显得既无助又固执。喜妹想，总有这一天的，小满应该想得通。

既然明天要走了，喜妹打算从菜场买点好吃的回来，给小满好好做一顿饭。看到小满刚才可怜的样子，喜妹有点儿于心不忍，月子都没坐满呢，算是给小满送行吧。

喜妹从菜市场回来，发现小满和孩子不在了，喜妹的心都跳出来了。喜妹坐在房子里，静静等着。她清晰地预感到小满不会再回来了。这段日子小满这么反常，应该想到呀。这怎么向白家交代呢？不过小满的行头还留在桌上，喜妹存着侥幸，也许小满只是抱着孩子去外面走走。到了傍晚，小满没回家，喜妹只好报告先生和太太。

喜妹带着先生太太到了老家。小满没回去过。小满爹急得不行，拉着喜妹问："小满出事了吗？"喜妹冷冷地说："小满这孩子，真不懂事，偷了孩子跑了。"小满爹说："喜妹，我好好的一个人给你，钱没见到一分，人不见了，这事怎么说？"

一个星期后，警察找到了小满和孩子。小满躲在永江边的一间废弃的闸门房里，正是冬天，小满穿得少，孩子倒是被她包裹得很紧。她把身上的衣服都脱给了孩子，整个人在瑟瑟发抖。江风很大，孩子细嫩的脸红扑扑的，皮肤都被吹皱了。见到先生和太太，小满紧紧地搂着孩子，像一只母老虎保护着幼崽，眼中带着敌意。

先生叫来厂里的保安，把小满绑了起来，然后带走了。喜妹不知道先生把小满弄到哪里去了，听说去医院了。喜妹心里不踏实，耳边全是刚才小满的尖叫。第二天，先生说，要把小满送回老家，让喜妹陪着一起去。

先生亲自开车去的。小满坐在车上，比昨天安静不少，不过神志有点儿不太清醒。可能是躲在闸门房那一周，她的脑子有些搞坏了。那些日子她吃的东西都是从别人家里偷来的，几次被人当作小偷抓住，免不了被揍，吃了不少苦头。喜妹想，过些日子小满就会平下心来的。

先生的车在快到老家时停了下来，村路太窄，车开不进去。先生从汽车后备箱内拖出一只麻袋，扛在肩上，向村子走去。乡下的雪比城里的厚，雪地上留下三串歪歪斜斜的脚印。村头那个疯女人不在了。以往即便在冬天她也是安静地立在村口的，对所有人微笑。后来喜妹听人说，那疯女人死了。

先生到了小满家，迅速打开了麻袋。喜妹这才知道里面装的都是钱。小满爹第一次见到那么多钱，把他的眼睛都刺痛了，他微闭眼睛，眼缝里露出一丝少见的光亮来。小满爹咽了一口水，好像他此刻渴得要命。他愣在那儿不知如何反应。

先生把麻袋推给小满爹，让小满爹收下这钱。

"以后就是亲戚了，有什么困难来找我，找她姑也可以。"

先生看了小满一眼。小满一直安静地在旁边傻笑，好像那堆钱在她看来非常滑稽。

送走小满后，太太担心小满会来大屋，决定换地方住。"好在我们还有别的房产。"太太说。

喜妹跟着先生太太搬到了城西。

白家又有了欢乐，这欢乐是小家伙带来的。他真是个可爱的宝宝，皮肤白里透红，眼珠子黑漆漆的，乍一看还真有点儿像小满呢。但在这屋子里小满是一个禁忌，没有人提起。

国庆又来城里了。自从被打残了一条腿，他老实了许多，不再来白家。喜妹去他住的旅店看他。一见到国庆，她就知道国庆又在赌了，国庆的目光里又有了贪婪的盼望。喜妹心痛得像被针扎了一样。喜妹想，国庆这辈子改不好了，他会死在赌桌台上。她真是觉得做人没有意思。

喜妹照例在给钱前骂了儿子一通。儿子也随她骂，不回嘴。骂够了，娘儿俩闲聊了一阵。国庆竟说起小满来。

"娘，小满现在每天站在村头。"

"为什么？"

"她脑子搭牢了，她爹管不住。"国庆说，"村里的孩子捉弄小满，小满就说，我儿子将来要当县官老爷的，你们可得待我好一点儿。"

喜妹一时不能接受，她慢慢把脸转向窗外，眼中酸涩。

远大前程

吴　君

　　刘红宇是大年初五跟父亲吵的架，原因是父亲说的话不中听。

　　平时老刘喜欢喝两口，儿子刘红宇高兴的时候还会陪着。今天儿子没有陪他，主要是因为孙子的辅导老师来了。一看见老师，老刘侧过身子，举着酒杯说，大过年的，老师还不休息，又过来给孩子上课，让人过意不去啊！他举起手里的酒杯说，坐下来喝一杯吧。辅导老师笑着说，不喝不喝，等会儿还要上课。老刘显得有些失落，不再说话。他眯缝着眼睛，给自己碗里夹了块冰凉的鱼肉，放进嘴里，感觉无滋无味。于是，他放下筷子，眯起了双眼。儿子刘红宇知道，父亲又要说话了。

　　刘红宇知道父亲的特点，尤其是最近，每次说到他自以为重要的话都会低头先想一会儿，然后清嗓子，表情严肃，似乎有大事要宣布。刘红宇咳嗽了一声，意思是让父亲快点吃，不要端个架子，摆出大吃大喝的样子，影响孩子接下来的事情。老刘的孙子马上中考，功课却总是跟不上，老师多次劝说复读，他们担心会拖累班级的成绩，最终影响自己的奖金和职称。这让刘红宇和老婆很是头疼，也想不出好办法。刘红宇的老婆每次在牌桌上想到儿子的学习，都很生气，如果这个时候别人说到自己孩子如何争气的事，刘红宇的老婆就得变脸，早年绣的眉毛颜色越发显蓝，整个人阴森森的，不再说话，空气顿时变得紧张。她有时还会把脾气发到牌友身上，引得对方不高兴。这样的时候，刘红宇就不能睡了，坐在沙发上熬着，直到他们打完，把钱装进袋子里。这个时候，刘红宇会站起来，他得开车去送客人。因为老婆不开心，所以肯定是不送了，甚至连招呼都不打，尽管这些人是她开车接到家里的。有时送完客人天都快亮了，刘红宇会把车在街上停一会儿，看看灰蒙蒙的天，和缓缓变化的云彩。刘红宇这一刻想家了，肝肠寸断地想。街上有微风吹过，有些凉意，北方的春天也是这样，夜深的时候还能听到树木拔节的声音。刘红宇觉得南北方在此刻还是一样的，他总是用这种方法解决想念的问题。他在家里、在单位都不会这么做。白天的时候他又能缓过来，像个没有任何想法、早就忘本的人那样，和南方人一起吹牛，吃大排档，用半生不熟的粤语谈论房子、股票，再也不会说到他曾经喜欢的那些话题。他不想让别人发现自己的内心，包括父亲也不明白他的心。尤其是最近一段时间，他总是感觉父亲有些不正常，好像有什么心事。

老刘认为自己是个从大处着眼的人，绝不会婆婆妈妈。儿媳妇不喜欢北方，每次儿子回北方，都是一个人。再后来儿子干脆就不回了，改成打电话。老刘心里不舒服，但也能理解，还会安慰自己，这些都是小事，不必计较，在儿子的事业前途面前，实在不值一提。

今天，老刘想和儿子刘红宇聊聊。他环顾了整个客厅，目光停在了巨大的灰色冰箱上。那里面什么都有，许多东西是他十年前没有见过的，比如车厘子就能把他吓得说不出话来。这不就是樱桃嘛，像是放大了五六倍才变成这样，他不相信是进口的，分明就是樱桃，变了种而已，跟那些吃了激素的大头婴儿一样，太红太大，如同塑料做的玩具。红木沙发，还有摆件，每个房间里都有计算机，电视落了灰，早就不看了。所有这些东西，在眼前变了形，老刘有种想流泪的感觉。真是不敢想啊，这日子好到了这个程度，比自己想象得还要好。有了大房子和车子，每天吃鱼吃肉，海鲜也是应有尽有。老刘有点晕车，不然的话，他会跟儿子一起去红树林，儿子说那边可以看见海，海的对面就是香港。老刘说，不急，以后有的是时间。儿子还花钱让他去外地玩过，是去贵州，黔东南，只是老刘在山上犯了心脏病，差点没回来。他躺在宾馆里，过了很长时间才缓过来。躺在床上，他下定决心，和儿子摊牌，把家底交出来。他反复想了下自己的人生，总的来说很圆满，尤其是儿子在自己的教育下，非常成功，也必将有一个远大的前程。儿子不让他这么说，可老刘觉得儿子太老实，太过低调。他相信，整条街上，没有人比得上自己儿子吃的苦多。这让老刘更加相信自己不给儿子钱，小小年纪就出来闯世界，吃各种苦，靠自己白手起家是对的，尽管老伴儿总骂他对儿子不近人情，太狠了，再说家里又不是真的缺钱。老刘反驳道，我这是为他好，他吃过苦，受过累，尝过生活的艰难，就会更加努力，只有这样，他才会成功。老刘在矿上算是有点文化，教育方法也比别人多，在同事和朋友中还是很有威信的，至少儿子在深圳工作生活就算是最好的广告。因为刘红宇富足的生活，老刘也算是一个成功人士了。

尽管儿子多次劝他说，不要炫耀，自己的事情不值一提，也不要说家里的事，尤其不要提到他，但老刘管不住自己的嘴，不提儿子提谁呢？这辈子，儿子刘红宇是自己的骄傲，他不就是等这一天吗？老刘忍不住要把自己的幸福生活告诉老伙伴们。可惜他们中的很多人都不在了，尤其这两年，连招呼也不打就相继离去。有时老刘突然得知谁又走了，他会连续几天无精打采。连广场上跳舞的也是新人，老刘觉得跟谁都没有话讲，共同的熟人、共同的话题都没有了。有时候他坐在公园和他们打扑克，玩累了，说："今天我请客，等会儿去吃饭。"没有几个人应他。后来有两个跟了过去，临走时把钱放到桌子上说是自己那份。老刘很失落，自己有钱，也不想再装穷，却没人愿意捧这个场。他真想那些徒弟还有同事，他们总是跑到他的家里，就着咸菜也能喝一晚上。也正是因为这次生病，老刘急着和儿子谈一次，把该说的说了，该做的做了，免得将来后悔。

老刘想对孙子说话的时候，通常会喝点酒，不然总是不知道怎么开口。老刘很喜欢这个孙子，只是孙子对他没兴趣，也不亲热。很多时候，老刘忍不住要摸摸孙子鼓鼓的脸，想趁他睡着，去亲亲孙子。他有时发现孙子长得像自己，有时又觉得更像自己的老伴儿。这么想着，他会抬头看儿子刘红宇，然后再看看孙子，不住地点头说，嗯，像，像。吃饭的时候，老刘忍不住说了出来，儿媳妇听了，沉下脸，摔掉筷子，不吃了。自那以后，儿媳妇总是很晚才回来，直到饭菜冷了。那一次，孙子也没说话，站起身，回房了。

老刘不知道哪儿说错了。老刘对孙子一口一个"我们深圳人"这种说法不太满意。老刘说，等你大了，回北方看看，老家什么都有。老刘觉得孙子还小，不懂事，也没有去过北方，他想继续开导："跟过去不同了，到时候你就知道，北方的姑娘小伙可好看了，个子高高的，鼻梁也高高的。"老刘心里想的是老婆年轻时候的样子。

"有什么好看，又穷又脏。"孙子看都没看他。

老刘不知道怎么接孙子的话了。

"你看马云、王思聪都是北方的。"老刘知道孙子崇拜王思聪，他一脸讨好地说。他跟家里的老哥们姐妹们描述过孙子，他说孙子也爱老家，总说要回来看看呢。老刘心里盘算着得慢慢做思想工作，然后找个机会带孙子回去一趟，免得人家总说他吹牛。

"不过姓王的那小子不像他爹那么稳重，太不会过日子。"见孙子没理他，老刘自言自语了一句。他说的还是王思聪。他总是想拉近和孙子的距离，他希望在孙子用鼻子哼一声之前，把话说完。

孙子看了他一眼，没说话。

他看着孙子碗里的饭，掌握着自己说话的节奏。见孙子半碗饭下到肚子里，老刘开始把想好的词在大脑里过一遍。他怕忘了，让孙子笑话。他这辈子没有在正式场合讲过话，所以认为即使在孙子面前也是一次公开讲话，不能说错了。他知道有人在听，因为孙子的嘴巴已经停止了动作。

他抿了口酒，把酒杯放在离自己稍远的地方说："你爸是咱们刘家的骄傲，吃了那么多苦，终于成功了。"他看了眼不远处的儿子，喝了口酒，他发现儿子刘红宇也在看着他，这让老刘有点儿慌，竟然连鼻涕也流了出来。今天不知是怎么了，他想起儿子对他的多次提醒。

他突然觉得自己对不起儿子，让他在外面受了不少苦。他有点儿说不出话来，他赶紧喝了一口，并用袖口挡了下脸。

"爷爷知道你也很争气，你肯定能考上北大清华，为我们刘家争气。"话说到这个地步，老刘不想再等了。之前，他一直在等人到齐的时候，把自己的意思表达出来。自己这么大年纪了，不留给后代留给谁呢？再说，自己还没有为孙子做过什么呢。

孙子看着他，冷冷地说："我考不上，你还是指望别人吧。"

老刘急了："你怎么考不上了，做人要有志气，要像你爸那样。"

孙子把半空中的菜放回原处，缓缓转过头，看了眼刘红宇，意味深长地说："他是很有志气，不过他那种志气，我没有，告诉你，我这辈子也不想有！"最后一句，孙子的声音很大，他把筷子很响地丢在台上，用力把眼前的碗推到桌子中间说："饱了，不吃了。"随后孙子站起来，鼻子哼了声，看了一眼老师，老师也很有默契，迅速随着他走进了另一个房间。

老刘坐不住了，孙子竟然这样说话，尤其还当着外人的面。以前他也见过补课老师，有次还聊了几句，他知道对方也是老家那边的，老刘挺高兴，他不断地说，谢谢，还是老乡好啊，老乡见老乡两眼泪汪汪，你以后要多来家里啊。那个老师笑了笑说，我仅仅祖籍是那边，没什么印象，也很少回去。

"不回也是那里的呀，就是到了外国也一样。"老刘表现出不高兴。

这个时候，他看见儿媳妇回来了。她提着一个小包，这小巧的皮包把她的人衬得更加肥胖。儿媳妇化着浓妆，在灯光不是很亮的过道里显得有些瘆人。老刘总是感觉这个女人比儿子大很多，只是不敢问。儿子迎上去给老婆取拖鞋。老刘有点儿不高兴，心里说，太贱！还像不像个男人了？儿媳妇的态度和以往不同，像是听见了之前的话。她说："爸，你说得挺好呀，继续说。我真希望您的孙子考上北大清华，然后再去牛津哈佛，最后当个国家总理什么的。"前面几句还好，到了最后一句，老刘听出儿媳妇的话里带刺，有点儿不对劲儿。

接下来，儿媳妇绷起脸，不再说话，直接回了房。老刘不知道该说什么。他看儿子一双眼睛正茫然地对着墙上的画。儿子对他说，这画是老婆的朋友送的，市场上最少要卖三十万。儿媳妇有时帮人介绍些工程。关于这些东西老刘一概没有发言权，他不明白，这日子是怎么突然变成现在这样的，连过渡都没有，一夜之间，变得让他不认识，一张画也能卖几十万，他不知道去跟谁聊聊这些事。他的老朋友现在都在哪儿？连老婆也离开了，这让他越发没有安全感。

大过年的，老刘认为自己说的都是吉利话，哪句说错了呢？他伸出手，从桌子上慢慢把酒杯、碗拢到眼前，放整齐了，然后慢慢站起来，跟不远处一个进门不久的客人笑了下说："吃饱了，下去遛遛。"

他蹲下身子穿鞋的时候，发现自己的手在抖，跌跌撞撞下了楼，走了一会儿，他感觉自己有些糊涂，平时不是朝这个方向走的。到深圳几个月了，他还是分不清东南西北。这时，他发现儿子从后面追上来。他以为儿子是送吃的给他。平时，儿子会趁别人不注意，捎点东西给他。"带着吧，晚上吃。"老刘心里偷笑，原来儿子都记得。儿子懂事后，老刘常常提到自己到了井下，经常饿得头晕眼花，半夜要吃点东西，才有力气。他这么说的目的，就是让儿子知道，不奋斗只能到井下挖煤。忆苦思甜，任何时候都不能忘啊！

这一次儿子的手是空着的，他快走了几步，追上老刘，皱着眉头说："爸，你能不能管住自己的嘴，少说点。什么叫北大清华，谁能去那里呢？你这不是成心为难他吗？"

"怎么不能了？只要努力，用功，你看老师都上门帮咱复习，还不行吗？"

"那是每小时三百元请的，你知道吗？"儿子说。

老刘气愤了："凭什么要钱？"

儿子也不客气："真是笑话，不要钱，那他干吗过来，难道他吃饱了撑的呀？！"

"你知不知道，那可是咱们老乡啊。"老刘语重心长地说。

儿子用鼻子"哼"了声，不屑地说："什么老乡，没有钱，谁会给你补习？"

听到这儿，老刘情绪低沉，不说话了。他低着头向前走了一段，路上老刘看见有人跟他打招呼，这是他刚刚在小区认识的人。老刘跟对方摆着手，笑着，只是脚上的步子比平时迈得大了些。

老刘的儿子还跟在身后，儿子有些跟不上老刘的脚步。

老刘也不看儿子，对着黑茫茫的前方说："我看不上你对老婆那副样子，就差提鞋了。"

儿子看了看四周，说："爸，您还别说，如果她让我提，我也会乐意。"

老刘的脸已经气得发青，他觉得这真不像自己儿子说的话，分明是在气他。哪怕骗骗他，安慰他两句也行呀。老刘说："你回去吧，别跟着我。"

刘红宇想拉住父亲，老刘没理，快走了几步。儿子追上来说，住的地方不在这边，你要往那边走。老刘到了深圳之后，儿子说老婆是深圳人，规矩多，分开住更方便，于是给他在小区里租了套房子，说环境不错，尤其早晨起来可以听见鸟叫，楼下还有大树，夏天可以乘凉。儿子说暂时住着，过节放假的时候再让他过来吃饭。老刘觉得这样也好，房子虽然有些旧，在一楼，但是进出很方便。他问了价，也算过，还不算离谱，能接受。如果儿子愿意，老刘就花钱买下来，送给他们，将来就是孙子的，这也是他这个做爷爷的一份心意。

老刘说："这你就别管了，我去转转。"

儿子说："转什么，这么冷的天。"

儿子又说："你是不是想我妈了。"

老刘愣了下，没说话，在他心里，老伴儿根本就没走，每次回到房里，他都和她说话。"喂，你说，咱中午吃芹菜怎么样，降压的。对了，你知不知道公园北角有一大堆野葡萄？我没告诉别人，每次和别人走到那里，我的眼睛都望向别的地方，就是不想让别人看见那玩意儿，我觉得跟回到了家一样，特别亲。"

天有些起风了，把街道两侧的树叶吹得哗哗响，老刘觉得深圳这边的风阴险得很，深不可测，呼啸的声音像是在草原上，带动着窗户上面的吹风机一起叫，如同要掀翻这座城市。每次听见这样的声音，老刘都会想家，也不是想家里的哪个人，家里的风不会这么不知根底、无情无义。他想起小时候的家，星星、月亮、小河沟、大树、小鸟，他暗自高兴，儿子竟然和自己一样，喜欢这些。只要闭上眼睛，这些东西就全回来了。老刘的心里藏着很多秘密呢，比如他见过鱼冲他眨眼睛，他还发现地下室的猫会把他丢的东西找回来。那一次，老刘的老花镜不见了，喂猫的时候，这猫很不听话，一直乱走，老刘在后面很着急，跟着它，骂："再走我就摔着了，你想累死我呀。"结果猫把他带到了小区楼下的草丛中。在那里，老刘发现了自己丢了很久的一副眼镜，这是老伴儿临走前帮他配的呢。当时，他的心怦怦乱跳，像是拿了别人的东西一样。他捡起来放起裤袋里，快速离开那个地方。他弄不清自己的东西，为什么好端端会跑到这个地方。还有一次，他在自己家门口捡到一条活鱼，黑色的，两条长长的胡须正摆来摆去。自己的门口离海很遥远，附近也没有鱼塘，怎么回事呢？他走了一段路，又回来了，他觉得这个家伙分明是在和他打招呼。想到这儿，他变得心慌意乱，从别人家的信箱里抽出一张报纸，把鱼包住，托在胸前。那鱼像个婴儿一样，呼吸着，贴着他的身体。老刘屏住呼吸，不敢细想。他跑回房里，把它放进水桶。到了晚上，他像个做贼的人那样，从床底下拿了水桶，离开家，走了很远的路，把这条鱼送到公园的人工湖里。这是他的秘密，没跟别人分享，连老伴儿也没有。老伴儿活着的时候咋咋呼呼，爱交朋友，随便和街道上的人都能说上话，没心没肺，这让老刘不放心，他觉得把自己的秘密说出来，老伴儿很容易传给别人，就不灵了。如果心里没有了这些，他会觉得生活少了些许多。想到这里，老刘突然发现自己很孤独，到深圳这么久了，儿子好像有意躲着他，两个人还没有好好说过话。

他认为如果老伴儿还在，会和他一样喜欢深圳，向往深圳。天气好、干净，哪里都是新的。老家有的菜这儿都有，老家没有的菜，这里也有。公园里一年四季都有人，不像北方到了秋天就冷了，街道上连赶路的行人都很少，不像这里，总有太阳。老刘为了这个太阳，还跟老家的朋友说，深圳太好了，可惜我过来太迟，不然，我能晒到多少太阳啊，一想起北方的冷我就害怕，那不是人住的地方。他认为听电话的朋友肯定生气了，不然不会沉默那么久。老家的房子放了几十年，终于升值了，加上多买的一套，都被政府征了，老刘这回是发大财了，老邻居都这么说。老同事们劝他，你不用去深圳，照样可以过得很好，过自己想过的日子，还可以再找个老伴儿，过一段好日子。可是他不想一个人好，他要把这个钱交给儿子才放心。从小到大，他故意装穷，为的是让儿子吃苦，磨炼意志，让他明白寒门出贵子、不是猛龙不过江这个道理。儿子在深圳磨炼过，必定会有大成就、大作为，通过自己的努力，成为人上人。老刘在报纸上读过很多这类励志故事。

听见他这么说，有同事会羡慕他，说深圳是个人才济济的地方，改革开放的前沿，个个都是能人。老刘自豪地说："可惜我没权，要是有权力，有钱，让你们这些老哥们都过来玩。"说这话的时候，他像是深圳的主人那样。他跟那些人说："街上到处都是好看的人。高楼大厦，看着都舒服。儿子每个月挣一万多，家里房子、车子应有尽有，过着我们想不到的日子。还有，过去我们说过的香港，其实离这里特别近，走几步就过去了，真像做梦呀！"老刘感慨道。

"老刘啊，你这才走了几天呀，就说这话，好像咱们老家有多苦一样。"老朋友不高兴了。朋友很不理解老刘为什么把房子卖掉，不给自己留条退路。朋友说："现在老家和深圳差不多，你要是不走，都住进别墅了，快点回来吧。"

老刘说："不回不回，他们不让我走，儿子、孙子一天到晚腻着我，哪儿也不能去。我只能在这儿养老了。"说完这些，老刘觉得累得走不动了。老刘发现，儿子最近不愿意和他说话，即使说话也是训斥，让他不要这样不要那样，像是要在老婆面前请功。老刘能理解。儿子是单位的人，说话做事都要讲规矩，不能随随便便，有时见到老刘在门口跟人说话，儿子也会不高兴："你招摇过市什么呢，我不就是个小办事员嘛，又不能帮人办什么事，更不能收人家钱。"老刘不想解释，他猜测儿子工作太累，心烦，又找不到人说，才对他这样撒娇呢。儿媳妇更少和他说话，有时儿子拿东西给他，或者留他吃晚饭，也要看儿媳妇的脸色。

"爸，别走了。"他听出了儿子在求他。

老刘说："没事，我吃多了，消化消化，你快回去吧，别让他们等着你。"

刘红宇说："没人等我。"

老刘笑着说："怎么会呢，你是一家之主，成功人士。"

"爸，你笑话我了，我就是个打工仔，混成现在这个样子，我知道你看不起我。"

老刘摆出一副客气的样子，说："不敢不敢。"老刘的确没有帮过儿子，希望儿子靠自己出来闯天下，而不要像其他人那样啃老。他觉得自己这么说话，一是因为喝了点酒，二是因为他现在有底气了，除了存款，拆迁赔的那一大笔钱，还有儿子这些年偷着汇给他的那些，他一分也没乱花，都存了起来，包括自己工伤理赔的那一大笔钱，都用来买房了，像是有内线，知道要升值似的。而这些钱，他都是为了留给自己的后代，当然不是自己的两个女儿，她们毕竟是嫁出去的外人。他为自己有这样的眼力又能沉住气而暗自骄傲。他想对儿子说，我没有乱花你的钱，而是帮你攒着，到时还给你。这些话他放在心里，他盼着这一天早日到来，他要跟儿子、孙子讲讲自己的这番用心。老刘认为，这是他平生干得最漂亮的一件事。为了不暴露自己的真实情况，给孙子封的红包都是用的儿子事先装好的。为此，刘老得意了好几天，觉得自己厉害，沉得住气。有这样的父亲，儿子怎么会不成功呢？老刘心里想。

此刻，刘红宇说："爸，我也看不起自己，行了吗？"

听了这话，老刘脸黑了，说："我辛辛苦苦、省吃俭用养活你，供你读书，加班加点，就是为了让你出人头地，混出个样子，你这么说话让我生气！"说完话老刘扭转头，直奔自己住的地方，把儿子甩得远远的。

上楼的时候，他知道这么说儿子太重了，年还没有过完呢，可是话就赶到这儿了。他知道儿子这些年不容易，当年可能连租房的钱都没有。可那也是必经之路啊，哪个成功的人不是这样走过来的。虽然儿子娶的这个老婆有点儿老，长得也不好看，但那个女人在龙岗村里还有分红，哥哥在街道是个官，帮刘红宇把工作也解决了。听儿子说，那一大家子有权有势，过年过节，儿子都是在那边过，到了初五，快上班的时候才回来。想到这儿，老刘觉得自己不应该对儿子那么凶，毕竟之前自己啥也没帮到，没资格挑剔这些，再说这些也都是小事。老刘走进洗手间，洗了一把脸，坐下来，便听见了门铃响，老刘吓一跳，这个房子很少有人过来，除了水管子漏了什么的。他从猫眼里看见儿子，还像小时候那样。小时候就是这样，犯了错，被老刘打，不许吃饭，儿子只能可怜巴巴地被关在门外，不论多冷的天。

老刘打开门，也不看儿子，掉过头便走。儿子笑着跟在后面，把手从裤袋子里掏出来，多了一瓶白酒，他说："还没过完年呢，再喝两杯。"

老刘说："你不是认为我醉了吗？"

儿子说："你那酒量我还不知道？谁醉你也不会醉。"

老刘听了，绷着的脸松下来，"我是酒桶呀？"老伴儿活着的时候就是这么说他的。

"不是这个意思。"儿子笑了，搓着手，坐下来。

儿子从厨房端出一盘花生米，自己先喝了一口说："爸，你知不知道我小时候还挺崇拜你的。"

"我有什么好崇拜的。"老刘心里热乎乎的。

"你把我们都拉扯大了，受了很多苦，将我们培养成人，不容易啊。我常常想起你当年那些话，说得非常好。"儿子感慨道。

老刘说："所以，我想跟我的孙子好好谈谈，让他考上北大清华，比你还要强。"

"爸，我让您失望了，好了，咱不说这个。"儿子说。

"那说什么？"老刘有些不满意儿子的态度。他盯着儿子的眼睛，"咱们家现在什么都有了，只缺个北大清华的孙子。"

"你别忘了，我就是个煤矿工人的后代。"

老刘不满儿子总是答非所问，他纠正道："我后来当了副矿长，咱家什么时候钱都够花。"

刘红宇没有理睬父亲，继续说："如果不到深圳，我在那个地方就是一名矿工，或是下岗的工人，有上顿没下顿，或者为了吃饱饭成了贼，进了大牢，我们这种人，跟北大清华有什么关系呢？尽管她没有什么文化，但是我很感谢她，如果没有她，也许我还在影剧院后边那间出租屋里过着有上顿没下顿的生活。我到了深圳这个城市十几年了，除了身上的病，什么也没有。有时我看着街上的高楼大厦想，这里有多美跟我有什么关系呢？你觉得我风光，可我心里是虚的，连见到一个城管我都会发抖。这些年，我失败的次数太多，心里全是害怕。你知道吗？这些年，我夹着尾巴生活，就是希望自己的孩子能过上好日子，不要重复我的生活，爸，你知道我在说什么吗？"

"理解理解。"老刘喝了口酒，突然说不出话。他拉着儿子的手，想对他说点什么，可是半天也讲不出一句，他不知道从哪儿说起。老刘后悔之前对儿子的怨恨，他变得语无伦次："没事没事，我没有生谁的气。这些年你不回家，我也不会怪你，再说你也忙。我不会怪她，你这个老婆对我不错，对咱家也算够意思，也算咱们家的功臣了。"

儿子有些不满意父亲的回答，他说："作为男人，你在讽刺我吗？"老刘不知道儿子的意思，他说："你看，过年的时候还给我一个红包。"老刘把红包从口袋里拿出来，放在桌子上。接下来，老刘准备把实情告诉儿子：从头到尾家里都没有那么穷，不用再为钱发愁，事情还不仅如此。想了一会儿，老刘说："儿子，我知道这些年你受苦了，不过，今后你不会再这样，需要什么，爸爸都能支持，只要你开开心心地生活。"

儿子听了，摇着头，说了句"不用了"，便已经哽咽得说不出话。

见到儿子这个样子，老刘也变得温和起来，他说："是不是怪我来得太晚了，我们很久没在一起说话了。"

刘红宇再也不想忍了，他说："没错，深圳是个好地方，可是，请你好好看看，在这个地方，有什么是我的？也包括那个孩子！"

前面这句话说得太过用力，刘红宇像是伤了元气，他用手捂住了自己的脸，陷进沙发里。

《上海文学》2016 年第 3 期

牧　者

文　珍

> 我好奇的事情就在于人在何等情况之下动心起念。
>
> ——题记

他和她年纪相差不过七年，但七年时间，足够让一个极出色的学生硕博连读，留校成为助教、讲师，再顺一点儿就像他，一路直升副教授。她认识他后好像一直在拼了命逾越这看不见摸不着的七年。但也只是好像。

第一次见面是在二教 104 的阶梯教室里，她读研后的第一堂课，就是他的文学史。没人说过他的课比别人的更好，她也是看舍友都报，随大流。从哲学系转来中文，虽然考研分数高得惊人，但是毕竟没正经上过什么专业课。

只是没想到选这个孙平的课的人这么多。是阶梯教室，九月初的北京午后热得让人呼吸困难，上课前的教室满坑满谷，黑压压一片人头像睡着了的海浪，窗外蝉鸣维持在某个低音音频上聒噪，让人发疯。她为新学期第一堂课专门穿了一件湖蓝色新 T 恤，图案是亮橙色的透明翅膀小仙女，是这一季 ebase 的迪士尼限量版；下面一条军绿色的热裤，两条笔直白皙的长腿懒洋洋地伸出去，也像漫画里的美少女。上课铃响起的那一刻，旁边的一个明显超过三十岁的旁听生正艳羡地打量她暑假在家里新烫的栗色卷发——上午刚洗过，蓬松随意地搭在肩头——他问：韩国留学生？

她又诧异又好笑地看了他一眼。怎么就断定她是外国人？难道就因为染了发？但不管怎样，她从路人的眼中认可了自己的形象引人注目。她对那人不甚礼貌地做了个"嘘"的手势，对自己的疑似留学身份不置可否。

孙老师来了，年轻，貌不惊人。但平静许久的海面顷刻间风云变幻，三分之二的学生在底下骚动起来：原来孙是本校明星讲师。博览群书，又写得一手好评论，挥斥方遒、见微知著，光看文章会以为再不济也有魏晋风度，逸兴遄飞时可以持酒击节，对月高歌。但此时看上去，不过一个寻常的小个子。她还全然不知他的来龙去脉但已经震惊：怎么会？这人如此瘦小，不像麻辣教师GTO，更不是日后来自星星的都教授。

她几乎是昏昏欲睡地坐在最后一排混完了整节课，因为旁边那个旁听大叔一直试图搭讪，没几个字听进耳内，只不耐烦地在笔记本上运笔如飞：无聊无聊无聊。间或听到讲台上传来的几个字，又写：孙平孙平孙平。

他叫孙平。连名字都平淡，声音也不大，大多数时候传不到最后一排，让她第一堂课除了对那个骚扰者之外毫无印象。考研复习了那么久，几乎是一入校她就感到了某种理想轰然破灭的失望，但连彼时只有二十一岁的她都知道：命运本来就没有答应过什么，一切道路都是自己选的。

第二堂课是一周后。她坐在宿舍里想了很久到底去不去，最终仍然对如此一个年轻教师广受爱戴至此迷惑不解，拖拖沓沓背着书包在上课后五分钟才赶到104。这次人比上次更多，但她幸运地发现第一排有一个被人占的空位。还是她外形占了便宜，那个帮人占位的人刚看到她出现在教室门口就示意她过去。我占位的人应该不会来了。她坐下后占位者解释说。但话音甫落门口就出现了一张气喘吁吁的脸，邻座尴尬地冲外一笑，那人似笑非笑地转身走开。

周围爆发出一阵低微的哄笑声。到底是美女啊，美女就沾光，占便宜，吃得开。她假装没听见那些窸窸窣窣的动静，目不斜视地看往前方。

因为是第一排，她由此可以清楚地看到孙老师的脸，个子不高，表情严肃。每一句话都说得缓慢谨慎，逻辑无懈可击，但是对学生的提问反应极其敏捷。才刚上完半节课她就明白了孙何以得民心：他可以对自己说出来的每一个字负责。说出来的每一个字串起来都是好文章，用词考究漂亮，起承转合熨帖。她已经失望了整整一个礼拜，却在第二次听他的课时感到了迟到的惊喜。

下课后她脑子空空，耳边却依然听得到那低沉悦耳的声音，像魔咒。这是天生适合布道的人，一堂课下来，百分之八十的人都变成俯首帖耳的子民，切慕溪水的小鹿。在大多数年轻老师靠与时俱进哗众取宠、老教授同样心思活络的今日，能遇到这样敬业的传道者显然不是易事。

第三次课在期待中到来。她这次提早了半个小时去占位，还是坐在了上次第一排的位置。正在讲台下方，一抬头就可以看见他微仰起的下巴，看上去没比台下的他们大几岁，脸上却有一种不知来自何处的理想确凿的光。她越盯着那脸看，越感到一种不能够言传的迷惑。

课后她找来了所有他的书来读。不过就是比她大七岁而已，已经出了四本专著。年轻老师大都课业重，她几乎可以想象他课后反锁在书房手不释卷、笔耕不辍。这就是她想象中沉静、内敛的学者之风，这就是她向往的清明理性的生活。她尤其喜欢他在一本诗歌论著中间穿插的诗，应该是自己写的吧，只言片语，却展示了和平时不尽一致的私人温度：原来他也爱林下美人，也爱吃芝士蛋糕，深夜也会失眠、做噩梦，也年轻过并仍不算老，一样也有求不得的向往与自嘲。

常有人课后去问问题。她坐在位置上看他答得耐心专注，被学生称颂得太厉害，脸微微泛起红晕。连这不知所措的茫然她也喜欢，以及他不那么标准的南方普通话。

终究吃了本科不是中文的亏，她追赶得相当吃力。女生扎堆逛街，她每晚自习恶补。他课上布置的参考书目太多，去图书馆借了一摞又一摞，到期还没看完又得借新的，只能囫囵吞枣不求甚解。她差一点儿就因为无端的傲慢与偏见而放弃他的课，不过幸好那次偶然坐在了第一排。后怕之余，才发现大多数老师的课勉力听下来，其实都有可取之处，只是没有一个人像他。"谦谦君子，温润如玉"是熟语，但是熟语往往最贴人心。第二节课她就在上次写的"孙平孙平孙平"旁边写下了这八个字。

她那学期文学史得了惊人的 97 分，其实也有投其所好的成分：论文写的就是孙平每次上课时反复必提的几个作家。别人也许也留意到了，但是未必看完了所有论著和指定书目。她写完就料定分不会低，只是没想到会那么高。即使是不那么重要的学期论文这分数也相当罕见，更何况出自一向以严格著称的孙平。

她看到成绩时忍不住独自微笑良久，像面对面得到了热情洋溢的表扬。基本从他援引的理论出发，但相当巧妙地转换了视角，不无锋芒地提出了个人意见，等于在论文里和他做了一次渔樵问答。她当然知道孙平的沉静之下有令人吃惊的热烈，但第一次领教仍然觉得受宠若惊。

更受宠若惊的还在后面。寒假还没开始，她突然接到了一个陌生的座机来电，接通却听到了熟悉的声音，是他。

徐冰同学吗？我是孙平。你这学期交的论文相当出色，提出的观点对我也有启发，但一些阐述其实还可以再细化。你有空的话，可以来一趟我办公室，文科楼 209。

她甚至都没想起来叫他老师，乱中只问：什么时候可以？

今天下午就行。下午两点。

上了一学期课，她没和他说过一句话。她甚至都不太确定他是否注意过自己，虽然一直坐在他眼皮子底下，但世人皆是灯下黑。一点五十分她就到了文科楼，一直到两点整才敢上去敲门。他打开门，像打开冰箱门陡然放出来一股新鲜的冷气。他的房间竟然比过道温度更低。

仔细看才发现正对门的一扇窗玻璃全碎了，可以直接看见窗外发黄的草坪，掉光了叶子的元宝枫，穿着笨重的学生正匆匆地从校道走过。

从他疏离的微笑看不出来是否对她有印象：你就是徐冰？请进，请进。

她笑着说，孙老师好。一边悄悄地打了个寒噤。他敏感道：我这个屋子的窗户坏了，是学生踢球时不小心踢坏的，坏了两个礼拜了。

一直也没叫人来修？

忘了。他抱歉地笑，就好像是给她造成了麻烦而不是给自己：反正暖气也没坏，窗户开着就开着吧，我是南方人，喜欢房子透气。

知道，您是江西人。她说。

你怎么知道？你是哪儿的人？他吃了一惊。她心想这将不会是她唯一让他吃惊的地方。

我家在福建。来这边读书也觉得暖气太干，受不了。这样敞着窗很好。

他笑道：要实在冷，咱们就转战泊星地喝咖啡去。

她那天衣服确实穿少了，但是咬牙说不用不用。他手忙脚乱地招呼她坐下，过了一会儿才想起得打一壶热水招待客人。他去水房打水的时候她趁机打了两个喷嚏，又从桌上偷偷抽了张纸巾。他回来时并没发现：没想到你年纪小，文笔却老辣。我教书这么多年，第一次遇到论文写得这么漂亮的——说句托大的话，很像当年的我。

那么他欣赏她也是一种自恋了。她抑制不住地靠在沙发上笑起来，手里紧紧握着那张团起来的纸巾。

那天聊到后来也就不觉得冷了。午后的阳光一点点移到房间，虽然有风，但总归有一点儿似有还无的暖。她端坐在那暖意的正中央，从耳根子慢慢烫起来，热度一直保持着，脸都烧红了，但鼻尖是冷的，像喜悦的小狗。乐莫乐兮新相知，言语一不留神就说到很深的地方去。童年，大学，在人间。她提起他新近写的诗，他看上去又吃惊又高兴。她也给他看她的豆瓣 ID，上面有些读书笔记。他说她的文字比自己当年的更好，日后学术前途不可限量——谈得兴起，他甚至主动建议她转到他门下，她现在的老师是另一个方向的，未必适合她。

她再次有感激涕零又头晕目眩的知遇感。不是没接触过别的老师，但别的老师最多只注意到她年轻刻苦讨喜，很少有人真正提及她的才华。才华这件事，自己完全没有发言权，就和美貌一样，基本建立在他人的认同上，否则毫无意义。二十二年了，她从没这么被肯定过——凡事都是物以稀为贵。

此刻她渐渐习惯了这个房间，自信到甚至敢于坦承自己的生理感受。她有一点儿爱娇地说：孙老师，我好像要感冒了。

他这才注意到她冻得发红的鼻头，紧张起来：是我大意了，我们这就去泊星地吃个便餐？

在咖啡馆他给她拉开了椅子，又让她先点菜。学校咖啡馆里照例提供淡而无味的咖啡，和不必抱期待的简餐。她想都没想就要了肉酱意大利面，他说：一样。两个人眼睛都望着对方笑，说话时不断辅以手势表情，视周围走来走去的人群如无物。中间有一两次她想，也许会被其他人看到传闲话的。不知为何，她竟然感到某种征服者的荣光。

饭后他送她回宿舍，就像最寻常的男生送女生。他其实有一米七五以上，但太瘦，不显个儿。她穿着赭色保暖袜的两条长腿轻快地套在棕色亮皮靴子里，和他闯迷宫一样轻巧地穿行在校道横七竖八地停着的自行车间，高兴得忘了形，随手指一指远处：每次这样晴朗的冬夜就想一直走到颐和园，去看看昆明湖水结冰了没有。

他问，结冰了又怎样？

就可以顺着冰面一直走到南湖岛上去。

假如我年轻五岁，大概还能陪你翻墙。他笑道。但是能不能只在一边看看？万一你掉下去，总得有个人拉你上来。

一朵喜悦在她心底轻轻炸开，遥远的也许是昆明湖的天际亮了一瞬。她平时很少说这样没意义的话，但关键是这样的傻话他肯应和。

他俩在宿舍门口郑重作别。他走到自行车棚外回头，见她还在原地笑着招手。寒假考虑一下转导师的事。他突然大声说，根本不管其他人听不听得见。

她笑着说，再会，孙老师。

他略一点头，不再回头地走了。

这次见面比她想象中还要成功。在一起的时间超过了六个小时，一整天的四分之一，她在他面前相当自在地展露关于自己的一切，他则用尽各种语词肯定她的才华。寒冬夜行人，此刻他又是在怎样的心绪中独自回到几条马路外的教工宿舍？她想着，立刻飞奔到阳台去看，即将放假的校园空空荡荡，那个瘦高背影早已消失在夜色里。

　　她想起他每天在那个窗户破了的办公室里埋头写作，不由得设想他感冒了，病得很重，她陪他去校医院看病，照顾他。从小父母离婚，她跟着母亲，一般的家常菜都会做。在那一刻她相信他太太绝对没有自己那样怜惜他。是的，他是有妻子的，可是他提到时只轻描淡写地笑着说：想做学术，就别学他结婚那么早，去美国读个博士再出口转内销，回来会混得开一点儿，不至于一说到福柯、德里达就被当成土鳖高攀，再受学生欢迎也没用，四年副教授转不了正。其实他当年也不是没有机会拿奖学金出去，说到底还是自己不愿意，嫌太迂回。他太太也在北京，听说是个律师，工作非常忙。

　　她当然有理由相信他说结婚早的话是一种隐晦的调情，并因为这自怜转而怜人。那天晚上她睡着也一直梦见他独自待在那个冷风飕飕的房间里。醒来后她发现自己果然重伤风，惆怅地想，孙平会知道她全是为了他才一直撑着不走吗？

　　恋爱就像感冒。她先病倒，事后才觉不像好兆头。

　　没多久就放了寒假。他一改完期末试卷就和太太孩子回了老家过年。她回福建前一天，去学校废园里折了一枝满是骨朵的蜡梅，从二楼露台顺着狭窄管道小心翼翼侧身走过去，再从破窗敏捷地翻进他办公室——她从小就是假小子，摸高爬低是常事。先找到一个空瓶子盛满水插上，又用他办公室的座机给学校工程处打电话，自称是他的助教，告诉工程处文科楼209的窗子坏了，最好在放假前修好。

　　蜡梅可以插很久，这样他开学回来，可以闻到满屋子蜡梅香，又不会再被寒风吹得感冒。

　　她知道他的生日在寒假，想办法在系里办公室查到了他的身份证号码，知道确切日子，再发信息给他说要寄本书。他告诉地址，她在网上订了一个抹茶蜜豆芝士蛋糕和书一起寄过去——那天在咖啡馆里问到的，他最爱芝士，又喜欢抹茶。蛋糕不便宜，用掉了她一篇文章的三分之一稿费——她听从他的建议，已经开始给报纸写书评了，起初是他帮她投稿，后来就是人家约稿。这也算是某种意义上的羊毛出在羊身上。

　　他接到蛋糕当即回了信息：这是我收到的最大的生日惊喜！她笑着，还没想好怎么回，过了五分钟他补发一条：蛋糕很好吃，我太太和孩子都喜欢，也祝你寒假开心！

　　她想了很久，回了一句：君子既喜，我心亦夷。

　　他没有再回。也不知道他太太是不是看到了这条信息。

　　也许是从接到蛋糕的那一刻开始；也许从这句有歧义的回复开始。她不能够分辨他到底是在哪个时间节点突然感到了危险，但开学两个月之后，他并没有再找她。她只是依然接连不断地接到各个报刊的约稿，都说是他的朋友，认识的编辑，本来请他写个什么稿子，结果他推荐了她。他在兴师动众、唯恐天下不知地帮她，但没有重提转到自己门下的事。

她最终也并没有去问。

春天终于缓慢而明确地来了。她每天都看着手机等一个未知的电话。因为这联系来得过于延宕，她开始怀疑起自己来。他显然并不足够当她是知己，至少也没有知己到超过自己的家庭：事业成功的太太，外加一个满地玩耍的孩童，大到已经可以消化芝士蛋糕了。

迎春花开过之后，就是玉兰。文科楼前面就有一棵玉兰，从他的房间望出去，应该正好可以看到那满树饱满的骨朵。她每天经过那草坪都要抬头看一眼那玉兰，窗户是早已经修好了，时常敞着。但是他既然一个冬天窗户坏掉都可以不修，那么她也有足够理由相信即使是开着窗，人也未必在里面。他对那枝蜡梅又有什么反应呢？会知道是她送的吗？

第二学期她并没有选他的课。偶尔去系里，遇到没教过她的张老师，也说：你是徐冰？孙平说你功课好得很，怎么从来不选我的课？

连她的导师都问：你和孙平很熟啊？她想起孙平曾经建议她换导师，避嫌道：也就是选过他一学期课。

导师点点头，没说什么。

她终于再次得以坐在他屋里往窗外看时，大半个春天差不多都快过去了。还是她忍不住给他发的信息，说想向他借一本图书馆里找不到孔网上也没有的旧书。亲临其境才发现玉兰花并不像她想象中那样正好遮住窗，一两枝斜斜飞过窗边，凄艳非常；事实上树离窗户还远，最多远远看得到两三朵将谢的发黄的花，像几只鸽子随时准备振翅离开这视线的牢笼。

人生若只如初见，这次见面他俩都变得比第一次更拘谨陌生起来。他先问她最近在忙什么，她说在准备其他课的学年论文。他说他最近也忙。对坐了二十几分钟，竭尽力气，两个人才慢慢找回第一次的默契熟稔。她为了找话题，笑着给他看手机上的一张照片，他因为距离太远看不清，主动愉快地从沙发对面走过来看。她没想到他的手会很自然地摸了一下她的头发，浑身一僵，他立刻放开了。

那一刻从她心底浮起的感情竟然是惋惜，太快了，这种关系太确定也太没想象空间。两个聪明有趣的好人，饮食男女之外还有千百种交流模式，为什么一定要掉到最无聊的一种呢？

她的身体一排拒，他便知趣地站直了身体。看完照片评论完，他若无其事地回到座位上坐下。中间依然隔着茶几，两人互望，她继续维持着礼貌的微笑。

又聊了一刻钟，她起身告辞，他没有挽留。走在校道上她猜想他大概会从窗户里看自己远去的背影，不免走得心事重重。结果还是归结为肉身的诱惑，这诱惑将永远大于思想和感情。但是她没办法不替他们的关系感到可惜，是悬崖勒马之后的惊惧，也是谜底揭开的无趣。如果他再进一步，那将如何？她又当如何？如果真转到他门下才暴露真相，日后如何相处？

还是后怕。人心何其复杂，她看不透。

是夜无眠，惊起乱梦无数。她由此知道不但权力是春药，才华也是。

但如果在他眼里她仍然只不过是个年轻好看的女人，那么相貌的因素依然大于才华。她无法甘心。

之后她和孙平不再联系。研一下学期，她甚至半真半假地接受了一个大马生的追求。也是上学期在孙平的专业课上认识的，追法很老土也很有效，只有一个套路——每节课想方设法坐在她后面，快下课了轻敲一敲她椅背，向她借她手里正在看的书。并不真看，书还回来时必然夹一封信，一笔一画的繁体字，字迹有点笨拙，竖行从右往左写。一米八六高高大大的一个男孩子，皮肤黝黑，笑起来露出一口可以去做广告的白牙，眼神是大陆生中少见的单纯。信里说"我一直不明白我穿越太平洋来到这个到处饭菜都很辣、冬天风很大、每个城市都有雾霾的地方是为什么。现在明白了。原来这里有你"。告诉她祖籍广东，又告诉她这是他的初恋。"见到你之前我还一直以为我是 Gay，只是没有遇到愿意掰弯我的男仔。"也并不乏幽默感。马来西亚再是弹丸之地也有三千万人口，她抵御不了一举战胜八百万马来妹的巨大虚荣，终于答应他去五道口喝酒。

大马生叫张士明。张士明二十二岁，天蝎座，吻起来让她相信他真的是初恋，因为笨拙得实在费解。跟着她傻乎乎在偌大的北京城里走来走去，看到什么都说："哇，真系好劲！""It's crazy！Unbelievable！"他除了英文，最流利的是广东话，因为祖籍广东台山。他还认真教过她说粤语的一二三四五六七，她总学不会那个"七"的摩擦音，两个人在宿舍里笑得前俯后仰。

因为他一口广普，她总爱叫他广东仔，虽然知道其实不是。她问他：喂，广东仔，你到底喜欢我什么？

张士明说，你知道，大马哪有你这样皮肤白又不化妆的女生。大部分就知道买买买，学英文，玩脸书（Facebook），满大街逛街吃冰，又喜欢去仙本那儿玩深潜——

深潜？

就是深海潜水啦。她们浪漫的嫌我老土，上进的嫌我浪漫，太浪漫的女生其实我也吃不消，大马鬼佬又多，出国又方便，好多朋友都觉得我选择来中国发展好奇怪。可是其实大陆女孩子很会照顾人，又不会太物质，对我来说刚刚好。

她感激他不是简单地说"因为你长得够美"，而是说了一车有的没的理由。虽然她知道多半还是因为她不难看。

大陆女生都那么好，干吗非得找我？

因为你读书够叻——叻你懂吧？就是成绩好。张士明做了个夸张的表情。从小到大，我见过上课最认真的女仔就是你，简直有仪式感！你们大陆不是有一句话很流行吗：明明可以靠脸吃饭的，结果偏偏要靠用功。哗，别人怎么看我不管，反正这一点迷死我。

他大概是指她总在课上不停地记笔记。但是他不知道有些时候她也只不过是在写"人似秋鸿来有信，事如春梦了无痕"。

她带他去草场地、798、美术馆，看完画展，就逛王府井大街。她也带他去吃这边的Buffet，从西餐吃到日料，他一折合成马币就咂舌摇头，说中国物价太高。她笑他小农意识怪不得没女生缘，他很认真地问：什么是小农意识？她很费劲地解释清楚了，他说："不是啊，吉隆坡吃米其林餐厅也就这个价啊！有机会带你去吃槟城的娘惹菜、巴生港的肉骨茶，马来西亚别的没什么好的，就是美食如云！"

她听得直咽口水，又真真假假地问他几时带她回去。整个研二上学期，就在这种风花雪月的气氛里飞快地过去。因为终于有人陪她虚度时光，所以她期末去豆瓣书单回顾自己一学期看过的书，竟然比研一少了一大半，立刻痛感昨是而今非，深怪张士明拖她后腿。研二下学期一开学，她发现孙平又开了一堂选修课，叫"新时期文学的思想脉络梳理"，虽然是常规课程，但她知道他一定会有他的独到见地。迟疑片刻，还是选了。

张士明没选，说孙平的课超过他中文程度太多，听不懂。她其实也暗地里希望他不要选。

这次她没有再刻意坐在第一排。但是孙平上到第二次课就发现了她，正上着课，脸上陡然露出喜悦神情，隔着许多人向她微微一笑点头。她坐在课下也笑得沧海桑田，再继续听课就有点儿听不进去。下课后发现纸上又重新写满"孙平孙平孙平"，像魔咒恢复。

隔一段时间，孙平说换小教室上讨论课。第一次讨论她难得地当众发了言，紧张得脑子短路语无伦次。孙平一直用鼓励的眼神看她，她终于渐渐找到思路，发言渐入佳境。讨论课坚持听下去的学生不多，因为讨论时间太多，所以很多学生都怕发言。到了第八次课时人数已经只剩下一多半，孙平突然正式宣布本学期结业，为了表扬大家一直坚持到现在不易，顺便邀请大家一起去他家喝咖啡，教工宿舍离学校也不远。大家自然欢呼雀跃，立刻就有男生自告奋勇分头去订廿一客的蛋糕和去超市买啤酒。

她走出教室就给张士明打了电话：今天不能和你吃饭了。

张士明在那边茫然地说：不是说好晚上去看电影的吗？

她说，对不起，真对不起。

孙平的家比她想象中要更合乎她的趣味。也许因为太太不进书房，所以书房尤其有一种清教徒的气息。四面都是书墙，绝没有挂婚纱照的余地。原色的木地板一尘不染，茶几上放着的一本书正好是她在第一次讨论课上提到过的，帕慕克的《纯真博物馆》。孙平说他自己其实不大爱看小说，不知道这是不是巧合。

他招呼大家喝咖啡，"现磨的 illy 豆"。学生们一阵尖叫，说老师果然好品位。他反身坐在工作椅上，一群人或坐椅子或坐蒲团，也有好几个人一起挤挤挨挨挤在单人沙发上的。有女生轻车熟路去泡茶。她在人群中被推来搡去到处碍事，渐渐局促起来，觉得比课上离他更远，完全插不进话，又嫉妒原来有这么多人可以明目张胆地爱戴他，莫名其妙就有了受冷落的负气感。刚拿出手机准备发短信给张士明说一会儿影院见，孙平突然在人群中说：徐冰。

她隔着人群远远地，奇怪地看他。

徐冰，你在我左边书架上找一本书，马泰·卡林内斯库的《现代性的五副面孔》。上次你说想看，图书馆又借不到。

他竟然还记得她一年前想找的一本书，简直恍如隔世。她应了一声。在书架上翻了半天没找到，却无意间瞥到隔得很远的另一面玻璃柜里好好地搁着一枝枯枝。她过一会儿假装无意地踅过去，才发现是一枝枯了的蜡梅，细小的赭色骨朵还在，没有全开。她浑身一震，如遭雷击。这是她去年翻窗送进去的那枝吗？

那天怎么离开孙平家的她记不真切了。大概是留下来和大家一起做饭吃，几个女生抢着洗了碗。她没抢赢，只能坐在书房一角低头看书，却怎么也看不进去，眼前影影绰绰总有人走动，欢声笑语一下子都变得极遥远。她发现自己一直在走神。张士明晚上问她要不要过来接她，她倒是反应很快地说了不。

三个礼拜后她和张士明正式分手。理由是张士明将来一定会回吉隆坡，她又不愿意跟去。矛盾无法调和，那么趁大家都还没太当真的时候分开，长痛不如短痛。其实这所谓不可调和之处刚在一起时就知道了，只是爆发的时间点很突然。分手那天张士明问她：是不是因为孙平？

她悚然一惊。这个大马男孩子没她以为的那么不了解她，是她以前一直轻视了他，把他当大玩伴。但是这种事原本不可理喻，一切也已经来不及挽回了。那么，就这样吧。

研二学期结束，一个去哈佛的交换名额像块大馅饼莫名其妙砸到了她头上。她的确随大流申请过，但压根没想过自己真能申中。导师告诉喜讯的时候，不免惊大于喜。导师只说让她好好准备，还是别的老师说漏嘴：是孙平在系里竭力为她争取，甚至自动放弃和张老师竞争系里今年唯一一个副教授转正名额，只要他也投她票。但这事她心知和谁都不能说，最好烂在肚子里。

回宿舍后舍友含酸问道：听说你和孙平很熟？

没有，就是上过他的课。

另一个舍友哈哈笑起来：要去哈佛的高才生和哪个老师都熟，端的是光天化日，真材实料。

她在床帘后默不作声。马上就要离开一个学期了，这些明枪暗箭，只能当作临行欢送。如果没法在哈佛留下来，回国多半还得在一个宿舍里，没有鱼死网破的必要。

只是没有想到孙平会这么帮她，而且还肯为之付出私人代价——如果她不曾为之付出代价，那么总得有个人付出。系里三百个学生，多少一等奖学金得主虎视眈眈的大好机会，被她一个二等奖学金易如拾芥捡了个漏。连张士明知道了都专门打电话来恭喜：怪不得你以后不和我去大马，原来是有更好的去处。

她说，我也是后来才知道的。

他不听她说完：听说有人居功至伟。这事得亏孙平不是你导师，如果是你导师，还真不一定帮得成。我打听过，比你绩点高的竞争者就有三四个。但是你要当心，师生恋在大马是很严重的，不知中国的学校怎样……

她挂断电话。

挂断电话后也忍不住沉沉地想，难道就是因为要替她争取这个机会，孙平才没有坚持让她转投自己门下？如此也算得上是深谋远虑了。可是为什么是她？凭什么？

几个舍友无意间往这边瞥一眼，不知为何哧地一笑。她望过去，人家脸早转开，连自己都觉得风声鹤唳、草木皆兵，心底渐渐生出懊恼，甚至开始后悔一年前四月的那天。其实也许什么都不会发生，何苦反应那么剧烈？他那天顺手一摸，也可能是情不自禁——当然她拒绝他也不光因为他有家室，还因为她一直和上进心强的男人一样怕麻烦，又怕自己拿不起放不下。

下学期就要出去了。六月底放假之前，她一直在想要不要去当面道谢。想了很久，始终下不了决心，总觉得再见面会发生点什么，又害怕自己太主动显得轻浮。他越不避嫌疑，她越不得不矜持——但是她知道自己这样，大概很不识好歹。

行李收拾停当，回厦门前的一天，她终于决定去他办公室当面谢他。手机短信拟了几次，始终觉得很难。他和她那么像，那么敏感又多心，虚文客套是最伤害彼此关系的蠢行，还不如当面锣对面鼓——到底要她怎么谢？非要报这知遇之恩，真上一次床也不是不可以。此念一出，她被自己吓了一跳。怎么最后还是回到身体政治学上面去？她一向最鄙夷女生靠这个混饭吃，临到头想不到自己也一样。可自己还有什么？又还能失去什么？

那天下午她就是这样怀着一肚子委屈直接去敲了209的门。这一次来，和前年冬天那次站在门外的天真喜悦完全不一样了。她已经得了他太多好处了，无以为报——这念头不是不放荡的，但是她也不明白自己何以至此。也许还是因为对象是他。

门没敲开，打电话关机，短信没回。但是她本以为他还在学校里，因为昨天下午还听人说他在给本科生监考。

她原本在心里打了无数次腹稿。官方的：谢谢你，孙老师。认识你，也是我读研究生期间最大的福气。之后要真在美国申请正式学位，还请多多关照——其实也不是要再请他帮忙，只是想不好该怎么说，怎么说都显得生分，不高级。形而下的：万一他再动手动脚怎么办？怎么才能劝他发乎情，止乎礼？说到底她也许还是想安全长久地利用他。她不免鄙夷自己。

通往二楼露台的大门也锁了，听说是有贼从露台进去偷过几个老师办公室，所以加了锁。这样像上次一样翻窗户进他办公室也不可能了。

她呆呆地站在办公室门口，心里一阵空落。他走了。他一定是回家吃晚饭了。孩子两年前就可以吃芝士蛋糕，现在估计都上幼儿园了。她下学期直接从厦门坐高铁到深圳，再过境从香港直飞波士顿，万一真的申请留哈佛成功了，此生将永远没有再谢他的机会了。

其实这人情欠了就欠了，但她总觉得他们之间不该就此画上句点。太突兀了，就算是虚假的电影，好像也应该有一场正式的告别才落幕。

过了好长一阵子信息才回：在外校开会，什么事？

她告诉他明天她就要走了，想当面道谢，不知道孙老师还回不回学校。

过了一会儿信息回来了：散会我回来送你，你等我。

这话说得不对，暧昧。

她想起当时和张士明在一起为什么没有结果了。那么开朗明快的一个人，却无论如何无法驱逐掉她心头一个瘦高的黑影。他几乎是无处不在：课上，梦里，思绪深处，和张士明接吻时。她偶尔想起系里的 C 老师和 X 老师，不也是一对学术良伴？智识趣味相当，也就堪比神雕侠侣，不管在一起时多么狼狈不易，日后只要不离不弃，总有一天有机会成为江湖佳话。他那么欣赏她，至少是把她当成了学术上可倚重的后辈。这点她虽受宠若惊，却也颇感知遇。真和他在一起，将来的路会更顺还是更坎坷？她不知道。但是至少两个人可以像柳如是和钱谦益，再不济，也是黄萱之于陈寅恪。

她突然想起她还没回话：好，我就在你办公室门口。

夏天的白昼漫长，六点多天光还大亮。学生都放了假，学校老师也走得差不多了，系办公大楼空空荡荡。她一个人在走廊里焦躁地走来走去，听自己的脚步声嗒嗒嗒嗒，不像小马而像困兽，再矫情点就是迷途的羔羊。空前困顿卑微，又生出点儿荒唐快活的期冀。

和孙平是因为不可能才念念不忘吧。她想。

张士明条件那么好，外形年纪都般配，死心塌地追了她半年，说扔开手就扔开手。问题是她和孙平之间还根本没什么，连那次轻轻摸头，她现在都怀疑也许是自己的幻觉。还有那枝干枯而没被弃的蜡梅，那又真的能代表什么？

而且他摸了一下立刻就放开了，甚至没有给自己留下一点儿不堪的可能性。她的表现太清坚决绝，现在想来是可笑的——并且太自以为是。

七点已过。走廊尽头的窗户落日熔金，楼道里渐渐黑了。她走到楼梯拐弯处，在楼梯上坐下来，眼看窗外天色一点点沉下去，沉下去，光影莫测之间，看到自己的心事变了又变，一会儿一个主意反复不定，她无数次想：再等不到他就走吧。

但她终究没走。

差不多两小时之后，走廊灯应声而亮。

仿佛携带大光明而来，又似乎是舞台上被追光灯追逐着的罗密欧，孙平孤零零站在那里，穿着开会的正装衬衣，脸颊微微发红，额头晶晶有汗，远远看去，也就是个刚发育好的半大孩子，说不出的可怜可笑。

他同时也看到了她，站在那里对她笑：徐冰同学，好久不见。

六月闷热的楼道里不知从何处吹来一阵冰凉的晚风，像是从十八层地狱浩浩荡荡直接吹上来的。但是谁说撒旦不能收获快乐？等太久了，她几乎没有犹豫地奔向他，奔进他怀里。

他没有推开她。并没有。他只是轻轻拥着她，屏住呼吸，动作很轻，继而发觉她满脸是泪：你怎么了？别这样。

她咬着牙不说话。实在也没什么可解释的，这种处境。

他说：有什么事进办公室再说好不好？

不要。就在这里说清楚。

和她的眼泪一同轰然落下的是这夜晚的大幕。走廊里的声感应灯灭了。黑暗徐徐地笼罩住这一对无法定义关系的男女。

你是为了出国的事来找我的吧？他说。我不找你，还以为你多半也不会找我。但我其实是遗憾自己当年没出去。你很像我，心思不光在拿高分上，是真的有志学术。我见你第一次就知道，你极聪明，也不是没野心。不要辜负你的才华，哪怕为我。

黑暗里她静静面朝她的牧者。连她也不知道自己是真的爱他，还是爱他背后可以给她的一切。下学期她就要去美国了，去哈佛。日后的天高海阔何止她，大概连他都很难完全想象。她此时是在恋恋地守着曾经的偶像和一场求知的旧梦，更准确的说法也许是感激，但感激和爱到底区别何在？

后来我就想，你不用转到我门下，我可能更好帮你一点儿。系里已经有人在说三道四了，但都不用理会。我们之间光风霁月，就坐实了我偏心也没什么。本来你也实在出色。你是男生，我多半也会帮你，只是不是这么个帮法。平时还可以一起喝喝酒，聊聊天，甚至一起去外地开学术会议。说实话我也遗憾你是女生——而且太好看。

她心里面咯噔一下。美貌在学术这层面是无用的。美貌就意味着花瓶，性贿赂，靠男人。

过了一会儿他又说：我是不是说得太多了？但我知道那枝蜡梅是你送的，我一直留着。

是我送的。

她再次无法解释自己的行为，眼泪一滴滴落下来。比起第一次见面聊学术的侃侃而谈，两个聪明人面对面承认彼此之间有性的吸引力更是窘迫。但是她内心有个地方其实很欢乐，模糊的漫漶的，无法解释的形而下的欢乐。他为她终于也吃了苦头——她很坏，其实只是要他为她吃苦头。但是其实光传闲话两个人都更惨，因为徒有虚名。

他又在说话。他问：你去美国打算怎么办？

她终于能够开口了。她镇定地说：先在哈佛把交换课程读完，然后看有没有机会申一个短期研究班，如果真的能留下，就读个 PHD 再回来。

他说，和我猜的一样。怪不得你上学期托福和 GRE 考得那么高，交换生根本不需要那么高，足够在国内直接申了。你肯定早就有出去的打算，才准备得这么充分。当然能先出去更稳妥，一是递材料方便，二是也能直接找到导师，这是最顺的一条路。万一你读完想回来，直接回本校可能难，可以先去 Q 大。那边系主任是我同门。

一回到这个领域他又重新变得自信起来，又开始像在课堂上一样滔滔不绝：哈佛在国内是 W 先生最有名气，但东方语言文化系还是有其他几个教授，申请的难度略小……纽约大学和哥伦比亚大学也不是完全不能考虑……还可以帮你找人写几封推荐信。但是最好及早确认自己感兴趣的方向，不要申了又临时改，很被动。

不知道为什么，一说到严肃话题，两个人再靠那么近就显得奇怪。她放开他，后退一步，只借走廊尽头窗户过来的一点点微光看他。他开完一天会，模样在暗中并不显疲惫，但是声音已经先累了。她伸手轻轻触碰他的面孔，顺着额头、鼻子、嘴、面颊慢慢一样样摸下去，一直到下巴，恋恋地，停下。

他渐渐不安起来，握住她的手，拿下去。

刚才也是她跑过去。老是她主动，这事好像也不太对。她抽回手。而他也不动，继续刚才的话。

读书时听左小祖咒的歌：我不能悲伤地坐在你身旁……他对她取笑自己的饶舌。那么多女生，独独你让我感到紧张，赶紧送出去，一了百了。总之到了国外好好用功，也替我看看美国，告诉我哈佛到底是怎么一回事。

其实他比她还要向往外边得多。自由、学术、花花世界。一定要证明他看好她没错，替他完成无限的可能性。她像他本人的替身，类似一种错位的、无稽的父爱。

老师。她开始叫他老师，不加姓。如果我们走在街上，别人大概也就当我们是普通的一对。没那么多禁忌，也没那么多步步为营和闪躲。

别招惹我。他压低声音道，像说体己话。我们这一类人，太自私了，根本不配谈爱情，也真的没必要。那次摸你头，事后很后悔。我想过了，什么都没有，更干净，也更长久。我还等着你学成归来和我同事。

一股电流从她心底蜿蜒曲折穿过，像大西洋之下绵延几千公里的电缆。走了那么远，考了那么多试，读了那么多年书，上了那么多堂课，熬夜写了那么多篇论文，等那么久，终于等来了这个词：同类。如此这般一个好人，慷慨地纳她为同类。她说：那万一长路漫漫我不小心动心了怎么办？

外面轰隆隆打起雷来，是雷阵雨。一个闪电路过，间接照亮他脸上的茫然，还是课上的旧神气，单纯得可爱。她很想吻他，但当然并没有。

走廊的灯突然又亮了。

伴随着光明大作，窗外的雷声也热闹非凡，像天堂终于压倒地狱，上帝战胜魔鬼。舞台上两个人同时睁不开眼，像烈日之下无法遁形的吸血鬼。

是院里的值班保安站在走廊另一头，像插科打诨的丑角刚上场，习惯性恭敬地叫一声：孙老师。

另一张面孔从保安后面闪出来，脚步过于轻快，有点滑稽。是同系的张老师，估计是要回办公室拿什么东西，保安怕他临走忘了关办公室灯，一路殷勤地跟上来。就是那个和孙平争唯一一个副教授名额的张老师。孙平最后让了他，因为她。

张老师高声道：孙老师这么晚还没有走。她蓦地想起第二次听课时，门口那个被她占了座位的男生的似笑非笑的表情。他们什么都明白，就是不明白一切没那么简单。可是他们明不明白，也就那么回事。

但是孙平显然不这么想。

他蓦地转过身，向光明处大步流星地走过去。随便解释点什么，或者保持尊严一个人走掉。她被她的牧者留在身后大片大片雪白刺眼的荒凉里，一个人。一切表面结果也许都不会改变，但是他们和世界的关系在这一明一灭间永远不同了。还有他和她的关系。她口干舌燥想说点儿什么，但是也并没有真的说出口，因为声感应灯就在这时候全熄了。所有人的面孔瞬间隐没在黑暗里，保安，张老师，楼下暗沉沉等着看好戏的全世界。只剩下孙平一个人单调而轻悄的脚步声，正渐渐远去。

陪 床

哲 贵

一

病室来了新病人。

病人躺在推床上，身上盖着床单，微微隆起，每一次呼吸，床单随着一降一升。病人一头白发，没有血色的脸更白。他紧闭着眼睛，眼眶深深凹陷下去，嘴唇紧紧抿着，好像在极力忍耐着什么。看不出年龄，病人都这样，很难从他们呈现出来的外貌猜测出真实的年龄。

陪他一同住进来的是个年轻女人，圆脸蛋，上半身像个高压锅，腿有轻微罗圈，像个括弧。她的手掌和手指很短，却厚实，可见这双手经常参加劳动，而且是有一定强度的体力劳动。她的手跟她的身体是匹配的。她的脸蛋红扑扑，像红富士苹果，一看就是个精力旺盛的人。圆脸的女人比较招人喜欢，圆脸三分笑嘛。女人脸上没有笑容，但也没有悲戚。进来后，她先把病人的脚移到病床上，然后俯在病人耳边说一句什么，病人的手能动，他用手撑着，试图将屁股抬高，试了几次，最终还是放弃了。她又在病人的耳边说了一句什么，抱住他的头，轻轻把身体挪过来，像挪一件易碎的瓷器。

她没有提出让同病室的人帮忙，别人当然不会主动，于她来说，大概是不好意思开这个口。新来的病人，底细不明，肯定是忌讳的，在没有摸清情况之前，最好的办法是按兵不动，一动就被动了。其他人呢，因为忌讳，加重了好奇，正在探测新来的他和她，恨不能将眼睛伸到他们脑子和身体里看个明白。这种探测是小心翼翼的，是不动声色的，躺在病床上的病人都是眯着眼睛，似睡非睡，异常清醒。陪床的人低头忙自己的事，表现得很忙，无暇顾及其他，可是，眼角的余光一直在关注新室友的一举一动，一边观察，一边猜测。

二

病室共三个床位，新来的病人住三号床。住进来后，护士在病人床头贴上卡片，他叫吴瑞安，病名是骨质增生。

二号床病人叫麻其步，床头卡上写的病名是肠炎。麻其步戴一副巨大黑框眼镜，遮住大半个脸。眼镜度数大约很高，能看到镜片里一圈接一圈，层层叠叠。他的嘴唇总是噘着，显得心事重重。

一号床病人叫李泰顺，床头卡上写的病名是脂肪肝。李泰顺头很大，暴眼，脸上皮肤红润细软，像打了蜡。李泰顺长手长脚，是个瘦子，肚子大如鼓，像螳螂。

相对其他科室，这里的治疗程序简单一些，医师允许病人晚上回家睡。但三个病人都选择住在这里，没人说出理由，大家心照不宣。

入住没多久，吴瑞安的嘴唇抿得更紧。女人问他："又痛了？"

吴瑞安点了点头。

"我给你按一按。"女人给吴瑞安翻了个身，抚摩他的颈椎部位。

女人一出手，大家就看出来，她是专业的。她出手很轻柔，下手却很坚决，一摸到吴瑞安的颈椎，他立即发出嗯嗯声。听得出来，那是享受的嗯嗯声。女人的手指先在颈椎部位盘旋，沿着脊椎骨慢慢向下游走，手势越来越柔和，动作却是越来越快。虽然看不见吴瑞安的面部表情，但从他不断发出的嗯嗯声中，似乎能够猜想他的面部表情一定是舒展的，是无法言喻的。

女人先是侧身站在病床左边，按摩一刻钟左右，转到右侧按摩相同时间，然后给吴瑞安做肌肉放松。只见她手指在吴瑞安的背上，一会儿像蚯蚓爬行，一会儿如浪花翻滚，发出清脆的响声。

女人在给吴瑞安按摩时，李泰顺圆睁着双眼，瞪着天花板，但他眼角的余光如影随形。麻其步嘴唇依然噘着，他厚厚镜片后面的眼睛微微闭着，眼皮不时颤动一下，他的耳朵一直竖着，隔壁病床发生的一举一动都在他的听觉范围内。

另两个陪床的女人各自低头做事。麻其步的女人手里捧着一本书，书名是《安心才是喜乐》。李泰顺的女人在看 iPad，里面播放的是于正版的电视连续剧《神雕侠侣》。她们看得都不够专注，麻其步的女人一页书足足看了半个钟头，李泰顺的女人干脆关了 iPad。

女人给吴瑞安做完肌肉放松，帮他翻转过身子，盖好被子。

吴瑞安的脸色有了些许红润。他的眼睛原来一定很深很亮，因为黑仁很大。可惜现在黑仁变灰，但从他刚才看女人的眼神，能感受到他的温存和绵绵情意。

女人口袋里的手机振动起来。刚才给吴瑞安按摩时，手机已振动了三次，她没接。给吴瑞安盖好被子后，她对他说："我出去接一下手机。"

吴瑞安点点头，嘴角依然挂着笑意，看着她的背影消失在门口。

许久之后，吴瑞安缓缓把目光收回来，先看看二号床的麻其步，麻其步迟疑了一下，把头移开。吴瑞安又把头转向一号床的李泰顺，两人的眼光对了一下，点了点头。接着，吴瑞安把目光转向李泰顺的女人，女人的脸上连忙堆满笑容，对他说一声你好，她嗓门大，有回音。吴瑞安最后把目光转向麻其步的女人，她已从书本里抬起头，吴瑞安对她点点头，她冷冷地看了吴瑞安一眼，脸上没有表情。

病室里一片寂静，好像一开口就会暴露内心的秘密。

大约过了二十分钟，女人出现在门口，她先看一眼吴瑞安，吴瑞安正要张口，她微笑地摇摇头说："家里的电话，交代好了。"

紧接着，她把头转向另外两个女人。先跟一号床的女人点点头，李泰顺的女人对她咧嘴笑了笑，大幅度地点了点头。接着，她又对二号床的女人点点头，麻其步的女人没有把头从书里抬起来。

三

第二天吃完午饭没多久，李泰顺哎哟哎哟喊起疼来。李泰顺的女人叫来医师，医师观察后，给他注射了一针即效吗啡，李泰顺还是哎哟哎哟。李泰顺的女人对他的表现不是很满意，瓮声瓮气地说："李泰顺，你又不是小孩子，别只有一点点儿疼就喊天叫地的。"

"又不是疼在你身上，你怎么知道我只有一点点儿疼？"李泰顺的声音比她更响亮。

李泰顺的女人有点儿不屑地看了他一眼说："我还不知道你这个烧包，被蚊子叮一下也要叫半天。"

李泰顺说："胡繁枝，你这个女人怎么没一点儿同情心呀。"

"我还没同情心？"胡繁枝撇撇嘴说，"我要是没同情心，你早死翘翘了。"

李泰顺说："胡繁枝，你终于说出心里话，想让我早点死掉。"

胡繁枝见他这么说，"嗷"的一声哭起来："李泰顺，你的良心被狗咬走了，你每天喝酒，一喝就醉，一醉就哭哭啼啼，是我逼你喝的？你给我写了多少份保证书？每回都是偷偷喝。好了，现在喝出问题来了，反而埋怨我。我现在告诉你，你爱死不死，我才懒得管你呢。"

李泰顺见她这么说，也就收了话头，也不喊疼了，噘着嘴，睁着一双圆溜溜的眼睛不断朝吴瑞安这边看，眼神里透露出无助的样子。胡繁枝也朝吴瑞安这边看了一眼，抽搐了几下，也收了哭声，坐到床沿上，一副欲言又止的样子。

吴瑞安的女人走过去，问胡繁枝："如果可以，让我给李师傅做一下按摩，说不定能缓解一些疼痛。"

胡繁枝大概没料到吴瑞安的女人会有这样的举动，她一下从床沿站起来，大声说："你按摩，你按摩。"

吴瑞安的女人让胡繁枝帮她把李泰顺的身体翻转过去。李泰顺肚子里气还不顺，硬着身子不让女人翻身。胡繁枝手掌如鸡爪，力气却很大，她两手用力，推木头一样把李泰顺的身子转过来。

李泰顺很快就发出哦呀哦呀的叫喊声。吴瑞安的女人问："李师傅，我是不是下手太重了？"

李泰顺还没开口，胡繁枝接话说："不会不会，他哦呀哦呀表示很爽，哎哟哎哟才是疼。"停了一下，女人又说："他就是这副死相，夸张得跟十八岁小姑娘似的，动不动就大呼小叫。"

吴瑞安的女人笑笑，低头说："李师傅，如果觉得重你就说一声。"

李泰顺嘴巴没空，把手举到肩上摆了摆。

胡繁枝说："李泰顺，我求求你，声音轻点，隔壁的人以为我们在杀猪呢。"

吴瑞安的女人笑着对胡繁枝说："李师傅喜欢叫就让他叫，叫出来就舒服了。"

李泰顺哦呀哦呀的叫声响得像防空警报，女人不能伸手捂住他的嘴巴，急得哭笑不得，在边上骂道："李泰顺，女人生孩子也没你叫得这么响啊。"

四

按摩之后，吴瑞安的女人和胡繁枝的关系迅速拉近，有点患难与共的意思了。胡繁枝主动问她叫什么名字，女人犹豫了一下，说自己的名字叫王飞云。她们说话时，麻其步的女人不参与。

胡繁枝告诉王飞云，他们住进来时，二号床麻其步已经在了，她试图跟麻其步的女人套话，那女人总是冷冷地避开，很骄傲地低头看书。麻其步和他的女人都是"闷"性格，可以一整天不说话。麻其步一动不动躺在病床上，没说疼也没说不疼，好像身体不是他的。吃饭的时间到了，女人把饭菜打来，用力把床摇起来，她摇床很吃力，可表情和动作都很坚决，没有要人帮忙的意思。那女人另一个特点是整天看书，好像书里有灵丹妙药可以治疗她丈夫的病。还有一个怪癖就是在病室做跺脚运动，她先是左脚跺三下，换成右脚跺三下，然后又换回来，每天早中晚餐后半个小时开始跺，每次十五分钟。她使用的是苹果 6 手机，下载了跑步软件，每过五分钟提醒一次，十五分钟一到，跺脚运动戛然而止，绝不恋战。胡繁枝曾用眼神表示反抗。她无视。胡繁枝只好向护士反映，护士也深受其害，说楼下和隔壁的病人早有投诉，被她一日三次跺得脑袋瓜像上了发条，她跺一下，脑袋里就嘀嗒一声，根本没法休息。护士叫她别跺了，她当风吹过。制止无效的情况下，护士给她出主意，可以到楼下的花坛边跺，或者去楼顶跺。她没说行也没说不行，每天按时在病室进行她的跺脚运动。

吴瑞安住进来的第三天晚上，医师为他抽了血。吴瑞安这两天心情好，背上的疼痛也轻了许多，王飞云还是每天晚饭一个钟头后给他做按摩。

吃完晚饭，胡繁枝照例要回家一趟。胡繁枝走后不久，李泰顺对王飞云咧了咧嘴，还眨了眨右眼，变魔术一样从床头柜掏出一瓶啤酒，用牙齿咬开盖子，仰着脖子，深深灌了一口，半瓶啤酒就没了。剩下的半瓶，他没有马上喝，而是把鼻子伸进瓶口，长吸一口气，他原本巨大的肚子充进了更多气，好像可以听见咝咝响声。然后，李泰顺仰着头，闭着眼睛，似乎在等待什么。突然，他的喉咙咕咕作响，打了一个很响亮的嗝。这个嗝一打，李泰顺无声地笑了，脸上打了蜡似的皮肤更红更亮。接下来的半瓶酒，他是一小口一小口地抿。姿势和声势是不逊第一口的，但他用嘴唇把瓶口堵住，只用舌头舔一下瓶里的酒。每舔一下，都深深地哈一口气，眯着眼睛，脑袋摇来晃去。

李泰顺背着胡繁枝偷喝啤酒时，麻其步直挺挺地躺在床上，眼睛一动不动瞪着天花板。他的女人已经跺完脚，正在低头看书，已换成《人间有味是清欢》。

病室里只有李泰顺响亮的哈哈声和吴瑞安轻微的嗯嗯声。

这时，病室门口响起一阵高跟鞋的声音。第一个做出反应的是李泰顺，他身体一歪，迅速把手里的啤酒瓶塞进床头柜，塞到一半时停住了，他好像听出来那不是胡繁枝的脚步声。第二个做出反应的是麻其步的女人，她看见门口出现了一个打扮时髦的女人，像被针扎了一下，噌地从椅子上跳起来，尖叫着问："你来这里干什么？"

时髦女人没理她，径直走到麻其步病床边，拉过一把椅子，坐在病床边，看着麻其步。麻其步还是那个样子，身体一动不动，没有开口，眼睛依然直直地瞪着天花板。

麻其步的女人上嘴唇不停地颤抖，伸出右手，将食指戳向时髦女人，命令她："出去，你这个无耻的女人，给我滚出去。"

时髦女人没有听从指令，脸上也没有害怕的神色，眼睛也不看她，根本没把她放在眼里。时髦女人一进来就哭，坐在麻其步床边细细碎碎地说着话。

麻其步的女人见时髦女人无视她的命令，不知道接下来该怎么办了。她突然拿出苹果 6 手机，打开跑步软件跺起脚来，左脚跺三下，右脚跺三下。

时髦女人被她的举动吓了一跳，见她只是在原地跺脚，并没有进一步的举动，便转头继续对着麻其步哭诉。

进入跺脚模式后，女人的脸色就缓和下来了。她甚至闭上了眼睛，随着脚步的节奏，双手张开，身体做出左右晃动的舞蹈动作。

十五分钟一到，跺脚动作准时停止。她睁开眼睛，也不去看那时髦女人，脸上一派平静。

时髦女人又坐了一刻钟左右，离开病房时留下一串高跟鞋的声音和一阵好闻的香水味。

五

注射培制的血液后，医师说吴瑞安的免疫指标升高了，更可喜的是糖原指标降了下来。吴瑞安脸上比刚进来时多了些血色，每餐能吃东西，偶尔能够扶着王飞云的肩膀挪几步。当然，基本上是在原地踏步，让人替他着急，但能够下地终究是向好的迹象，让人欢欣鼓舞。

王飞云除了按摩，每天晚上给吴瑞安洗一次头，每天用热水给吴瑞安擦一次身体。王飞云擦身体的功夫一点儿也不比按摩技术差，她并不需要吴瑞安脱下衣裤（对于一个躺在床上不能动的病人来说，每一次脱穿衣裤都是一项巨大工程）。每次擦身体都是先从洗脸开始，连眉毛也是一根一根洗过来。洗完脸后洗脖子，脖子洗完洗双手，然后是身体，再然后是双脚。洗完正面，再洗背面。一身洗下来，要换五次水。洗头一次，洗脸一次，洗身体一次，洗屁股一次，洗脚一次。每次擦到吴瑞安私处时，王飞云的手总会迟疑一下，虽然最后还是擦了，但与其他部位相比，手上的动作有点生硬，明显是加快了节奏，显得慌乱和潦草。这不像王飞云一贯的做法。这种情况也出现在给吴瑞安处理大便上，每次吴瑞安大便后，王飞云要给他擦屁股，虽然动作是在被窝里完成的，但王飞云红扑扑的脸蛋更红了，脸上的笑容也变得僵硬。胡繁枝每次给李泰顺擦屁股，都是一边擦一边捏着鼻子说：臭死啦，臭死啦。如果李泰顺状态好一些，她就把李泰顺架进厕所，让他自己处理。麻其步的女人做什么事都没有表情，速度和节奏也没有变化，看不出内心起伏。

王飞云的另一个特别之处是手机来电多。从中午十二点开始一直到次日凌晨两点，一个接一个。王飞云已经习惯把手机调成振动，每次接听都跑到病室外面。这样跑进跑出，更突显她来电的频繁。

从王飞云的口音可以听出来，她不是信河街人。在胡繁枝的询问下，王飞云告诉她，她和吴瑞安来自信河街下辖一个叫安固的县城。她在县城经营按摩馆。按摩馆是她父亲创办的，父亲是当地有名的按摩技师。她学了父亲的手艺，也接手了按摩馆，目前已在县城开了两家分馆。

果然是专业出身。胡繁枝告诉王飞云，她和李泰顺经营着一家五味酒楼，已经做了二十多年，在信河街有不错的口碑，客人都说他们酒楼食材新鲜，菜味地道，待人真诚。食材是李泰顺每天凌晨三点去株柏早市进的，也是他掌勺。招待和收银归胡繁枝负责。胡繁枝说自己有一项本事，客人只要来过一次，她就能记住。她还有一招更厉害，能记住每个客人点的菜，下次再来，她能快速背出来。

胡繁枝告诉王飞云，她结婚前并不知道李泰顺有肝炎，他隐瞒了这个事实。隐瞒也就算了，李泰顺还好喝酒，原先喝白酒，一喝就是一斤，喝完就哭。后来改喝啤酒，喝六瓶才勉强过瘾，也会哭上一阵。李泰顺算不上酗酒，他哭归哭，但从来不耽误做生意，即使喝到凌晨两点，哭一阵，眯一觉，三点钟也会爬起来去早市进货。所以，胡繁枝并没有特意阻止他喝酒，每天那么辛苦，起早摸黑，还不让人喝点酒呀。另外，胡繁枝每年让李泰顺做两次体检，上半年一次，下半年一次，是顶级的基因检测，每一次的指标都正常。这样一来，胡繁枝在思想上慢慢放松了戒备，也没有对李泰顺日益肿胀的肚子引起足够重视，以为是缺少锻炼所致。再说，社会上像李泰顺这种有将军肚的人多得是，李泰顺的职业又是厨师，哪个厨师长得跟猴子似的？去年上半年去体检还是好好的，医师只是嘱咐李泰顺不要喝酒。一回家，胡繁枝马上对他进行全面制裁，一滴酒也不让他沾，他也再三保证不沾。让胡繁枝没想到的是，去年下半年的检测报告一出来，已经是晚期。马上赶到上海华山医院复诊，还是这个结果，已经转移了，没法手术。后来听说信河街人民医院有一个科室可以做生物治疗，便住了进来。胡繁枝既是对王飞云说又像是对自己说："有希望就不应该放弃，你说是不是？"

王飞云点着头说："是的，是的。"

<h1 style="text-align:center">六</h1>

医师通知麻其步的女人，新培养的血液在病人体内没有起到识别和打击癌细胞的作用，换一句话说，生物技术没有在麻其步身上发挥效果。

麻其步的女人正在看一本名叫《守得住才叫爱》的新书。医师把她叫到办公室，把麻其步的情况告诉她，她歪着头，眼睛盯着医师的脸，身体纹丝不动，脸上的表情也没有任何变化，医师刚刚说完，她立即接口："再试一个疗程。"

医师告诉她，已经试了三个疗程，从各项数据分析，不建议再试。她还用刚才的口吻说："再试一个疗程。"

她回到病室，麻其步的眼睛还是瞪着天花板，她在病室走了两个来回，站到麻其步床边。麻其步脸上这时居然泛起一丝笑意，眼睛瞪着天花板，轻声对她说："让我回家吧。"

"再试一个疗程。"女人毫不犹豫地说，没有商量的余地。

"你这是何苦呢。"麻其步苦笑了一下，眼睛从天花板移到女人脸上。

"我不管，再试一个疗程。"女人没有看他，说完之后，她拿出苹果6，打开跑步软件，闭上眼睛，在病室里一下一下跺脚。

麻其步苦笑一下，闭上嘴巴，把眼睛转回到天花板，一动不动地躺着。

两天后麻其步开始呕吐，先是吐一小口，隔半个钟头，再吐一小口。吐出的是黄色黏液，有一股腐烂的刺鼻味道。一个星期前，麻其步就停止进食，每一夜醒来，都会发现他瘦下去一圈，身上的皮肤越来越黑。

开始呕吐的那天傍晚，外面下着雨，有风，雨被刮到窗户的玻璃上，每一滴都被拉成一条长长的水痕。天黑得比平时早，病室里没有开灯，显得暗而闷。

王飞云刚给吴瑞安做好按摩。李泰顺对胡繁枝喊："哎哟哎哟，胡繁枝，疼死我了。"

胡繁枝问他："哪里疼？"

李泰顺指了指头，又指了指身体，接着又指了指脚说："这里，这里，这里，身上所有骨头都疼。"

胡繁枝笑着说："李泰顺，你祖宗的脸都让你丢光了，忍一忍不行吗？王飞云刚给吴师傅做过按摩，让她休息一下。"

王飞云笑着说："没关系，我给李师傅按摩吧。"

王飞云双手涂了精油，开始给李泰顺做按摩。胡繁枝站在边上笑着问："李泰顺，你这下爽了吧？"

李泰顺还是哎哟哎哟地叫。

胡繁枝说："李泰顺，别装了，赶快哦呀哦呀吧。"

李泰顺还是哎哟哎哟。

"李师傅今天情况不对。"王飞云停下来，看着胡繁枝说，"他今天的疼是真疼，平时我按到第三节颈椎骨他的肌肉就放松了，今天越按越硬。"

胡繁枝将信将疑，问李泰顺说："是真的疼？"

李泰顺抬了一下脑袋，又垂下去，发出低闷的声音："胡繁枝，是不是真的，换你来试一试？"

胡繁枝一听，马上跑去喊医师。医师来后，决定再给李泰顺注射一针即效吗啡。注射之后，李泰顺还是哎哟哎哟地叫。胡繁枝说："李泰顺，你到底真疼还是假疼？"

李泰顺这次没有叫胡繁枝来试一试，他疼得发不出声音了。胡繁枝用求助的眼神看着王飞云，王飞云点点头，和胡繁枝把李泰顺的身体翻过来，重新涂上精油，按到第三节颈椎时，底下的李泰顺就哦呀哦呀地叫起来了。

胡繁枝拍了一下他的屁股说："李泰顺，你能不能正经一点儿。"

李泰顺哦呀哦呀地叫，没空理她。胡繁枝又拍了一下他的屁股说："你还真上瘾了。人家王飞云累了一天，凭什么还要服侍你？"

王飞云还是笑笑说："没事，李师傅高兴就好。"

雨小了一点儿，天比刚才亮了。

时髦女人突然出现在病室门口，手里拎着一尼龙袋包裹，头上、身上和包裹上都挂着密密麻麻的雨滴。她进来后，也不管头上和身上的雨滴，直接走到麻其步病床边，把那个大包裹塞进床下，然后看着麻其步说："不管你开不开口，反正我这次要住下来。"

麻其步这时把脑袋朝她歪了过来，看了她一眼，张开嘴，时髦女人找到一个一次性纸杯去接。麻其步嘴巴张开，喉咙发出咕噜咕噜的响声，并没有东西呕吐出来。时髦女人刚要把纸杯拿开，麻其步的嘴巴又张开了，这次呕吐出一口黑色的黏液和一股树木腐烂的气息。时髦女人本能地伸手去捂鼻子，伸到一半又放下。

时髦女人进来时，麻其步的女人正在看书。她瞥了那女人一眼，霍地从椅子上站起来，张了张嘴巴，没有发出声音。接着，她伸手去拿苹果6，随即打开跑步软件。可是，当她看见时髦女人拿纸杯去接麻其步的呕吐物时，已经抬起的脚步突然停下了。她在原地站了很长时间，默默坐回椅子，把头转向窗外。

七

第二天是个晴天。

时髦女人第一个起来。她昨晚向护士申请了一张陪床，就铺在麻其步床边。睡了一夜，她回归到一个正常的晨起女人状态，头发凌乱了，眼睛迷离了，原本很白的脸色更白了，并且浮肿了。但她脸上的五官依然清秀和精致，这种凌乱和随意反而使她看起来别有一种风情，更加楚楚动人，更加叫人怜爱。她身材很好，睡了一觉后，生机勃勃，胸脯饱满，臀部浑圆，骄傲而且诱人。她拿着梳妆袋进了洗手间，出来时又回到原来那个时髦女人的模样了。她出来时，其他人也都起床了，时髦女人目光一直低垂着，只看麻其步一个人。李泰顺频频用眼睛瞟时髦女人，胡繁枝瞪他一眼，他冲胡繁枝咧嘴笑笑。

　　医师按例查完房后，麻其步的女人拿出苹果 6，开始她的跺脚运动。胡繁枝刚开始对她的跺脚运动意见很大，反映多次无果后，只好接受现实，每次见她闭着眼睛那么陶醉地跺脚，便摇头笑笑。

　　时髦女人坐在麻其步床边，握着他的手，看着他的脸。她手边放着一个一次性纸杯，麻其步差不多每隔半个钟头呕吐一次，吐出来的黏液颜色越来越黑，腐烂的气味越来越浓，越来越像粪便的气味。时髦女人一直看着麻其步，她脸上没有悲戚，反倒是脸颊绯红。那是一种幸福的红晕。

　　李泰顺不时用眼睛偷瞄时髦女人。胡繁枝用身体挡住他的视线。李泰顺只好闭上眼睛假寐。

　　麻其步的女人做好跺脚运动后，开始坐在靠窗的位置，背着阳光看书。她又换了一本新书，书名叫《从你的全世界路过：让所有人心动的故事》。

　　王飞云在给吴瑞安做按摩。她现在每天给吴瑞安做两次按摩，一次上午，一次晚上。每天至少给李泰顺按摩一次，有时李泰顺撒娇，她也给他两次待遇。

　　王飞云在给吴瑞安按摩时，胡繁枝向她诉苦，李泰顺住院后，酒楼的进货和掌勺交给了李泰顺的徒弟，可是，她每天都接到顾客反映菜做得不如以前，新鲜度也打了折扣，最要命的是营业额每个月都在下滑。王飞云安慰她说：“生意是人做出来的，你和李师傅不在，顾客会流失，你们一回去，顾客自然回头。”

　　正这么说着，病室门外来了两个女人，一个年龄大些，一个小些。她们五官相似，很漂亮，是那种华丽的漂亮，射出刺人眼睛的光芒。年龄大些的显得瘦弱，年龄小的健壮。瘦弱的走在前面，进来看了一圈，又退出去看看门牌，重新进来后，问站在李泰顺床边的胡繁枝：“吴瑞安是不是住这个病房？”

　　胡繁枝对趴在床上的吴瑞安喊：“吴师傅，有人找你。”

　　吴瑞安抬起头来，愣了一下，轻声问道：“你来干什么？”

　　她并没有回答吴瑞安的问题，而是盯着王飞云问：“你就是王飞云？”

　　王飞云停住双手问她：“你是谁？”

　　站在后面的健壮女人这时突然冲上来，一巴掌掴在王飞云脸上，骂道：“你破坏了我姐姐的婚姻，居然问我姐姐是谁。”

　　“哦，原来你就是吴师傅的前妻。”王飞云淡定地看姐姐一眼，伸手回了妹妹一巴掌。

　　姐姐见妹妹被打，上前一把揪住王飞云的头发，另一只手拍打她的脑袋：“说，吴瑞安到底给你多少钱？”

　　王飞云也伸手去揪对方的头发：“不是所有人都像你一样只认钱。”

妹妹揪住王飞云的头发，用力拍打她的脑袋说："老子今天打死你这个不要脸的鸡头。"

"你才是鸡头。"王飞云立即挥动双手还击。

她手上力道大，妹妹肚子挨了一掌，痛得弯下了腰，姐姐肚子也挨了一掌，退了好几步。两姐妹马上改变策略，同时扑上来，一个揪头发，一个抱腰，两人合力，死死将她按住。王飞云失了先机，头发被揪，像蛇被抓住七寸，想还击，双手被缚，只有挨揍的分。还有一个原因，病室空间太小，连个躲闪的地方也没有，双拳难敌四手，终于被两姐妹死死按在地上。

"别打了，你们别打了。"吴瑞安躺在床上起不来，嘴里发出咻咻咻的声音，"王飞云是我请来帮忙的，你们不能打她。"

两姐妹根本不听吴瑞安的咻咻声，继续打王飞云的头。吴瑞安用求救的眼神看胡繁枝，胡繁枝一动不动站在那里，嘴角挂着冷笑。

两姐妹抓着王飞云的头发，一拳又一拳捶她的头。她们捶一拳，地上的王飞云嘴里不屈不挠地回骂一句"鸡头"。

时髦女人用身体抱住麻其步，眼睛里全是惊慌。

突然，"嗷"的一声尖叫，麻其步的女人毫无征兆地冲过来，拿着手中的书朝两姐妹头上乱砸，一边砸一边哭，嘴里喊着："我叫你们打，我叫你们打。"

两姐妹被突如其来的一阵乱砸弄晕了头，松开王飞云，赶紧朝外跑。麻其步的女人一直把她们打出病室，停下来时，发现手中的书脊砸开了花。

病室里很长时间只有她大口大口的喘气声。

王飞云慢慢从地上爬起来，用手指梳了梳乱发，轻轻笑了笑。一条红色的蚯蚓从额头蜿蜒爬下来。她把理顺的头发拢到耳朵后面。吴瑞安看着她，轻声说："对不起。"

她笑着摇摇头，问吴瑞安："她们以前就是这样逼你离婚的？"

吴瑞安摇了摇头："离婚是我提出的，条件是两家眼镜厂都归她。"

王飞云愣了一下："为什么？"

"我这样的病，十家眼镜厂也不够治。"停了一会儿，他苦笑一下，"我只能拖累她。"

病室里突然沉寂下来，不断往下沉。

过了许久，王飞云伸手掖好吴瑞安的被角，轻轻拍了拍，笑着说："好了，没事了，你治好病后，别忘了付我工资就行。"

朋霍费尔从五楼纵身一跃

蔡　东

　　海德格尔行动筹划了已有半年，总是快成了，到底又没成。周素格透过玻璃窗往外看，大晴天，阳光从无云的天上浩浩荡荡地涌过来，阳台、花坛、泳池，到处积着白亮的光，看得她一阵眩晕，转回头来向着室内，眼睛里似蒙上了一层雾翳。

　　钟点阿姨负责清洁的最后一个地方是厨房，眼看阿姨晾抹布摘围裙了，周素格才下定决心，还是张嘴吧。

　　她把阿姨拉到卧室里，问，你再待两个钟头行吗？

　　阿姨警觉地扬起下巴，说，活儿干完了，瓷砖缝都用牙刷来回刷了。

　　再待两个钟头，不干活儿，看电视。

　　对方正犹豫着，她补上一句，这两个钟头也付给你酬劳。

　　阿姨朝门外努嘴，他呢？

　　他不跟我出去，你俩一起看电视吧。

　　你出门办重要的事情？

　　周素格点点头，是，有重要的事情紧着办。

　　她走到电梯口，盯着楼层显示器，电梯在十七楼停了一会儿，动了，每层一顿，她没再等，转身沿楼梯走下来。她步子急促地走出小区，穿过斑马线，进入路对面的公园，找到一张长椅，坐下来。

　　眼前是一块草地，网球场那么大。她望着草地，心里只有一种感觉，辽阔，太辽阔了。她塌陷进椅子里，身体本来像一把扎紧的线穗，这会儿，倏地全松开了。风是暖润的，阳光从树叶间漏下来，碎碎地落在身上。她向后仰着头，眯起眼睛，看到无云的天空像一张干净的没有皱纹的脸。

　　头顶的树叶，被阳光照耀成半透明的片片琉璃。她呼出一大口浊气，顿觉全身一轻，眼目也清明起来，目之所及，往常混沌沉闷的那一整块绿，活泛跳闪起来了，在初夏澄净的阳光里，各有各的意态。凤凰木、鸡蛋花、垂榕、香樟，她一一辨识了出来。

还有更多的树，绿得深浅不一，叶片形状各异。她有些惭愧，此前，她一直以为它们是同一种树。她沿着被树荫覆盖的小路往公园深处走，细细地看树干上的标识牌，绢柏、大叶紫薇、菩提、黄缅桂、木莲……远处的斜坡上，孤零零长着一棵树，正开着蓝色的花，一种恍恍惚惚的蓝色，花朵聚集在树梢，如一场场梦境般，浮在空气里。她走近了看，这棵树叫蓝花楹，它还有一个更美的名字，蓝雾树。

她倚着蓝雾树坐下，身下的草，在这背阴的地方，绿意更加凛冽鲜明。不远处，一个老太太领着一个三四岁模样的小女孩儿玩耍，小女孩儿看起来很不高兴，她一做状要哭，老太太就慌了，把她抱起来轻轻摇晃着。晃一会儿，老太太试探着把小女孩儿放下，小女孩儿不依，老太太就蹲下身子藏在灌木丛后，然后猛然露出头来，嘴里发出"叭、叭"的声音，小女孩儿嘻嘻笑了。周素格看到，孩子暂时得到安抚后，老太太转过身去疲倦地闭上眼睛，很快又睁开，眼皮奋力往上一努。她挤眉弄目，不断露出夸张的表演性的神情。周素格望着老太太，只觉得累，觉得伤心。再远处的花墙下，聚集着成堆的老人和孩子，好像大家聚在一起，度过一个下午就不那么艰难了。照看孙辈的老人大多是胖子，不是源自于单纯享乐的胖，是终日劳累精神紧张暴吃出来的那种胖，她们穿超市开架的廉价服装，兼之头发稀疏一脸横肉，看起来总有些不堪了。周素格知道，她们本来不是这个样子的，她感叹着，把目光从花墙处收回来。

老太太又神秘地消失在灌木丛后，露出头来时，小女孩儿没有笑。她只好抱起女孩儿，去了花墙那面。过了一会儿，一个年轻女人走过来，坐在蓝花楹树冠的阴影里，她看起来有些心神不定。很快，她的手机响了。她受了惊吓般从包里翻找出手机，她说，怎么了，我还在商场，衣服没挑好呢，回不去。她有些急，到底怎么了，你说呀。她说，你别把孩子送过来了，我回去吧。

周素格同情地看着年轻女人，电话那边儿应该是她丈夫，周素格猜测着，又是一个无比重要的女人，刚出来不到半个钟头，丈夫就通知她，孩子哭了闹了，也可能，没说孩子想妈妈掉眼泪了，就一句话，"你回来看看就知道了"，不祥的气息从电话里透出，女人心往下一沉，然而又觉得这情境甚是熟悉，未及辨认清楚嘴里已答应回去了。

年轻女人没有马上回家，女人把自己摊平躺倒在草地上，躺了一会儿才起身离开。

周素格看看表，她也是时候回家了。她走出浓荫，置身于夏日阳光的明亮中，明亮得像歌剧女演员的一长串高音。

路上，她想着美好的蓝雾树，想着发生在蓝雾树旁的两幕小小的悲剧，一步一步地往家里挪。

昨天晚上，她想出去散散步，没什么，就是出去散个步而已。她刚站起身来，他马上也跟着站起来。她看一眼他脸上的表情，即刻判断出，这会儿他不是成年人。她说，你先坐下，别动。她边往储藏间走，边回头看他，他动作迟缓地坐下了。

储藏间里放着一把椅子，楸木框架，布艺软包的靠背和坐垫，可折叠，最大角度一百二十度，真是一把宽大舒适的座椅。半年前，她找遍家具卖场才寻获到这样一把椅子，她掩饰不住自己的满意，以至于连九五折的折扣都没有要到。她以为自己早就准备好了，准备好做那件事了，工具齐备，具体实施时动作的步骤和要领也烂熟于心，或者说，她在意念中已完成过很多次。她甚至专门为那件事起了个代号，就叫"海德格尔行动"。

她坐在椅子上，椅子含着她，储藏间的杂物含着她。每次在储藏间待久了，看着木架上一层层放好的生活物品，就好像看到了一层层时间，云母片岩一般的时间。小小的杂物间盛放着过往那些有密度有兴致的生活，分类放置的用品，代表着过去某段时期在某个领域的阶段性狂热。她时常在清晨或午后的某些时刻讲究仪式感和器具之美：生活中需要这样的时刻，哪怕有些做作，哪怕心知肚明这不是常态。储物格里是软布覆盖的茶具，抽屉里是闲置的烤盘，角落里是蒙尘的长方形塑料盆——她喝茶、烘焙和种菜的残留，那些曾经热烈的过日子的兴头。

实施海德格尔行动所必需的工具，被她藏在储藏间最隐秘的地方，一个暗格里，跟她的白玉吊坠、珍珠手串和金饰放在一起。工具说平常也平常，但毕竟不是常见的家庭日用品，托老家的亲戚专门找了寄过来，颇费了番周折。

她抠开木板，往里头看，先看见的不是黄金珠玉，不是发光的黄金珠玉，是那件颜色暗沉的工具，一下子就扑到眼睛里。

她已经很久不佩戴首饰了，但始终记得首饰接触身体时的感觉。夏天戴上珍珠时那一瞬间的微凉，冬天热热的白玉坠子从毛衣里拉出来时胸口的虚空。

她抬起手来，准备取出工具。手缓缓地接近柜门时，她看见自己手上的皮肤变柔润了。有光透过玻璃窗，照进幽暗的储藏间，月亮出来了。

她挽起窗帘，重新坐回到椅子上。月光顺着黑暗淌过去，跟那天晚上的月光一样，柔软，轻逸，静静地在房间里漾着。得有十年了吧，那个夜晚，依然清澈地浮在无数个模糊晦暗的日子上面。

那晚，她走进卧房，摁下吸顶灯的开关，灯管沙沙两声还是熄灭了，房里却有光。她走到窗前，发现了天空中的月亮，月光沿着她散开的头发披拂而下。看到手臂上的光，她蓦地愣住了，仿佛是多年来第一次意识到夜晚还有月亮。清光湛湛，融掉了一大片黑夜，月亮周围，是冰环一般的莹白的清朗，接着，才是灰蓝色的夜空。他也走进来，跟她并排站着。她说，我想起来了，以前读过的古诗都活了，有自己的气息和体态了，我好像一下子能回到古时候，亲眼看见写诗的那些人了。你看看，唐朝的月亮，不也是这一个吗？他说，我知道，不用多说了。他们两人，心领神会，他们两人和月亮，也心领神会。久远古老的月光，雪一样轻盈地落在他们的身体上，又化成了水般流向地面。月亮是痴的，多少年它都没变。他们在月光下并排坐着。她全身松弛，只觉得安详，她在他脸上也看到了踏实和平静。那一刻，她确信，他们抓住了一点儿不变的东西。那是个安全和确定的晚上，每次世界又让她惊惶难安时，只要一想起有过那样一个晚上，她就觉得心里踏实了。总有一些不变的东西。

此刻，她坐在椅子上，为明明没做成的事歉疚着：你想做什么？你想对他做什么？她合上暗格的门板，使劲儿摁了摁，像是要把那个邪恶险峻的念头关在里面，关严了，封死了，直至化成时间的灰。

她走出储藏间，把他从沙发上拉起来，说，走吧，我们一起散步去。

他们沿着人工湖的步道散步，月光在湖面的开阔处随水波激激地晃荡。他跟在她身后，不像影子，像是长在她身上了，硬石头一般，磨着她，坠着她。

夜里躺在床上，他抓着她的手才能入睡。自从朋霍费尔被发现摔死在小区天井后，他的情况就更糟糕了，清醒的时候越来越少。熟睡时，他依然花着一部分力气攥住她的手，甚至嘟嘟哝哝地，抓起她的手指头来用力吮吸。她夜梦很多。有时候会梦见朋霍费尔，被他揽在怀中，直直向上的尖长耳朵，全蓝的圆睁的眼睛，使得它保持住一副惊奇的表情，相较于雪白细滑的长毛和秀丽的尖脸，他更喜爱它这副惊奇的表情，好像时刻对世界有所发现。还有的时候，她梦见自己坐在飞机上，看到绵延的山向着一条河倾倒下去，流水被压扁，渐渐停驻在河道里，不动了。

第二天，周素格请钟点阿姨在家里多待了两个钟头，她独自一人来到公园，认识了一种叫蓝花楹的树。

我出门有紧急的事情要办。周素格眼巴巴地看着钟点阿姨。

钟点阿姨在家里做了三年，名字她总记不住，只记得是姓张。试用的那次，张阿姨做完清洁，和扫帚、拖布一起并立在房间一角，喊准雇主出来检查。当着人家的面，周素格只随意扫了一眼，点头说好。等阿姨走了，她才蹲下去，伸长胳膊往电视柜里头摸，摸到最里面，看不到的地方，还是湿漉漉的，擦过了。谢天谢地，她在心里叫道。她俩年纪应该差不多，但周素格一直叫她阿姨。

阿姨说，你怎么又要出去办事？是上个月还是上上个月，不是办过了吗？

哪能是一桩事呀。你不用干活，就坐在沙发上看电视。咖啡、茶、想喝什么就喝什么。水果、鸡蛋卷、核桃酥，饿了就吃。

你出去多久？

三四个小时吧！

是三个还是四个？

四个。

那不行，待四个钟头就六点多了，我还要赶回家做晚饭，我男人——

这次酬劳加倍。是急事，阿姨，你当帮我个忙吧。

张阿姨用百洁布猛搓几下人造石台面，抬起头来说，去吧，你去吧。

为了节省时间，周素格选择乘坐地铁，转一条线再坐三站，就是博物馆了。

几天前的傍晚，潦草的饭菜又被端到油腻的茶几上，她招呼他过来吃饭。两人一边看电视，一边把食物塞进嘴里。就是填饱肚子而已，他们已很久没有坐在餐桌前，好好吃一顿晚饭了。

本地新闻依旧是高空坠物、涵洞抢劫、孩童出走，节目快结束时才播报了一条文化新闻，她听着听着，猛地抬起头来，盯住了电视画面。屏幕里像透出一道光，另一个世界的新异的光，一下子照亮了接下来暗淡的一日。她站起来在屋里走来走去，越想越兴奋。兰森，她脱口叫出了他的名字。

随即，她意识到了什么，脚步放慢了。暮色在这一刻步入房间，她沉默地坐下来，夕照的光犹疑无力地浮动，屋里明明暗暗，抖颤着，悬垂在白日的边缘，不知道什么时候，黄昏转了个身，不见了。天黑了下来。

夜里她睡不着，照例是精骛八极，心游万仞，头脑变得机敏异常。石器时代文物特展，石器时代，石器时代，她在心里默念着这四个字。她已经五十多岁了，却突然想到该去博物馆看看了，突然对石器时代的人怎么生活产生了兴趣。她也想跟他说说，像以前那样，无论多么复杂幽微的感受，也无论这复杂幽微是用多么破碎的语言表述出来的，彼此总是会意，不住地点头，并用欣赏的眼神看着对方。现在，她的高兴或悲伤，都没法邀请他品鉴了。

到底该怎样摆脱他呢？无数个想法像透明的汽水泡成串地升腾。第二天一大早，她下定决心，实施海德格尔行动。当然，上午一定要对他和善些，要忍住脾气少训斥他。她打算吃过午饭就取出木椅子和粗麻绳，捆住她的丈夫，确保他待在家里不会乱动煤气，也不会跑出去走丢了。她将拥有完整的一下午时间，想着想着，她就笑出声来了。

午饭是精心烹制的，红烧排骨，小白菜炒豆皮，西葫芦鸡蛋饼，海带汤，一一端上餐桌。吃饭的时候，因为知道海德格尔行动已矢在弦上，所以她对他就格外耐心，一脸笑模样，往他碗里夹排骨，轻声细语地让他多吃。落地镜映出餐桌和餐桌旁的两个人，她瞥了一眼，见镜中的自己正在微笑，只觉得别扭，镜中笑容蓦地消失了。她夹起几根豆皮，掉了一根，又瞥一眼镜子，心里有点儿发毛，怎么越来越不认识自己了，越来越拿不准自己了。说不清楚，真说不清楚。

他好像知道她是谁，眼神里没有茫茫的不安。她收拾碗筷时，他突然拉住她的胳膊，让她坐下。

她只好坐下，他慢慢从裤兜里掏出来一个什么东西，放在她手心里，郑重地压了压。她低头一看，竟然是一张皱巴巴的五十元钞票。

丈夫脸上带着讨好的笑，像献宝一样，给了她五十块钱。她想起了自己的母亲，母亲去世前的几年已不能走路，隔一阵子，歪在床上的母亲就跟犯了错一样地往外掏钱，她又急又气不知道该说什么好，母亲就讪讪地，把钱重新放回到枕头下面。

她把钱塞回到他手里，说，你是不是害怕什么？害怕我不管你？钱你自己收着吧。

他说，给你的。

她小心翼翼地问他，给我的，你知道我是谁吧？他低下头，攥紧了钱。

她叹了口气，说，我是周素格，你爱人周素格。你叫乔兰森，科大的哲学老师。咱家还养过一只猫，白色的安哥拉猫，你起的名字，朋霍费尔。

他认真听着，过了一会儿，他说，知道，我都知道。

周素格心里已然后悔，怎么又提起朋霍费尔了，万一他像上次那样拉着她到处找猫怎么办？她记得他遍寻不获的失魂样子。再度提起朋霍费尔，她心里是咯噔一下的，她忽然觉得有点儿不对劲，朋霍费尔是一只年届中年的猫，身手还算敏捷，经常上上下下地攀爬，五楼也不算高，它怎会落得如此下场呢？

无论如何，她都知道，博物馆是去不成了。一天天等着盼着，终于到了保洁日，她抓住钟点工来家里做清洁的机会，独自一人来到市博物馆。

一步就跨进了三百万年前。这里是另一个世界了，离她的生活足够遥远。她从未像现在这样渴望遁世，一瞥见几个中老年妇女在屏幕里晃动，她就烦躁不安，她对所有的时装电视剧都过敏。

第一眼看到石核、石球、刮削器，她呆住了。跟精巧无缘，但也绝不粗陋，她观察着小小的石球，一侧是毛糙的岩石粒，一侧光滑。它起起落落，砸开过多少颗坚硬的果实，她想象着那个场景。刮削器更让她惊叹，那磨过的一溜薄石片边儿，那一点儿非天然的弧度，现在这样看着，既叫人心生谦卑，又令人不禁后怕，那惊心动魄的一幕，到底是怎么发生的？要是没有那道灵光闪过，此刻我又在哪里？

旁边的展柜陈列着蚌饰和牙饰。她仔细一看年代，石球和蚌饰，竟然相距了两百万年，现在，它们只隔了一面玻璃。

她来到展厅中间的独立展柜前，里头是一块赭色的化石，它曾经是一只披毛犀的头骨。化石后面的背板上贴着披毛犀的复原图，还有一小段文字介绍。披毛犀是独来独往的猛兽，体长四米，鼻上一根长角，长毛垂地，皮厚得像铠甲。

石镞、陶鼎、纺轮、玉琮，每一样她都看得入了迷。最让她心动的是一支骨笛，用鹤的骨头制成的笛子，笛子的一头已有些残破。她久久地盯着这根被制成笛子的鹤骨，鹤骨娉婷，担在两块肥圆的石头上。笛声如一缕轻烟从笛孔里飘出来，淡青色的烟，淡青色的笛声，升到穹顶处，顿了下，散开了。她的身体猛然一抖，灵魂归窍。

展厅里渐渐暗下来。最后，她重新回到披毛犀的化石前，她把手放在玻璃上，轻轻摩挲着。她真想骑着这头长毛垂地的猛兽，穿过一片空阔的草原，进入密林深处。

走出博物馆时，傍晚的光线，像一声声叹息，拉得长长的落在红砖地面上。

在地铁上，她看到一个小女孩儿，嘴贴住芭比娃娃的耳朵说着什么，女孩儿不时地觑看父亲，警惕，防备。周素格暗自揣度着女孩儿的心思，觉得很有趣。父女俩下车后，她也快到站了，蓦地，想起家里的他来。

他会不会也需要一个人独自待一会儿呢？就像小女孩儿偷偷跟芭比娃娃说话，其实并不想被大人听到。她胸口一热，是悲哀涌上来了，微微的灼烧感。他出神想事的时候，她总是在他身边走来走去，就算他真需要一个人待着，她也绝不敢再给他独处的机会。

她在小区门口就见到了张阿姨，张阿姨手里攥着个布兜，焦急地站在门口张望。一看见雇主，她就快步迎上去，说，你可回来了，以后我可不给你看家了。你家老乔总问我是谁，告诉他了也没用，五分钟一问，他还，他还，你快上去看看吧。张阿姨一脸上当受骗的表情。

周素格问，你出来多久了？他跌倒了？张阿姨说，不是，你自己上去看吧。

她没再多问，一路小跑上去，慌慌张张地把钥匙插进锁眼，推门一看，他坐在沙发上，坐的位置跟她出门时一样。没有摔伤，不是脑溢血，这场景远没有她想象得那么可怕，她暗自舒了一口气。再走近看，她"啊"了一声，知道张阿姨为什么扭扭怩怩了。原来他尿裤子了，尿液顺着沙发淌，淌到地板上，汪着一摊。

她皱皱眉头，埋怨道，你傻啊，怎么不去卫生间呢？

他气鼓鼓地看着她。沉思了一会儿，他抬起手来指着她骂，第一句叫骂甚是响亮，接下来的几句却断续低弱，莫名地泄了气，很快没了声息。

她继续说，你会用马桶呀，你不会连这个都忘了吧？

她看到他半闭着眼睛，两只手掌放在大腿根处缓缓收拢成拳头。坏了，他开始运气了，他已经在运气了。她心里暗暗叫苦，根据以往的经验，他这是在酝酿下一波疯闹。她说，不要，不要，求求你乔兰森，你千万别闹。

忽地急中生智，她大叫一声，先于他躺倒在地上，开始翻滚。她抢占了客厅中心的空地，一边翻滚，一边念念有词。她辨认不出自己到底在念诵什么，形势所迫不及深思，任由喉咙里滑出念咒般富有紧迫感的一串叠声词。

她翻滚之余，密切观察着他的表情，果然奏效，他痴傻地张着嘴，木偶一般，已不是蓄势大闹的模样。她这才感觉到地板硌得肋骨疼，又不敢马上停下来，她的气息逐渐变粗，滚动得越来越慢，终致仰面瘫软在地板上。

完全虚脱了，身子一直往下掉，往下掉，掉了半天，掉进一大片棉花般暄和的黑暗里，睡意袭来，但没有就此睡去，地板、沙发、他，都处在紧急状态中等她前去解救，理性悄然滋长逐渐主宰了她的世界。她不是真傻了，真什么都不知道了，翻滚完明确了这一点，第一个感觉是想哭。此刻滑畅地通往了彼刻，她看到自己站在讲台上讲庄周梦蝶的故事，初中语文课本里唯一的哲学寓言，讲过很多遍，从来不动情，直到现在，她才体会到那种深切的悲哀和无力，庄周与蝴蝶必有界限，庄周醒来后的第一个感觉，会不会也是想哭呢？

她侧过身子，鼻尖几乎贴上了茶几旁的书报架。她略支起身体，从书报架上拿出一本书，翻开来找扉页上的一段话。不用找，其实这段话她早就背过了："林乃树林的古名。林中有路。这些路多半突然断绝在杳无人迹处。"大概是一年前吧，阿姨清洁书报架，她见抹布拧得不干就先把书拿下来，摞在沙发上，她偶然翻开一本书读到了这句话，愣怔了半天，心里有股说不出的惆怅。架上的书都是他曾经频繁取阅的，尼采的《论道德的谱系》、福柯的《疯癫与文明》……这些让她畏惧的书如今他也看不成了，但她始终没有把书收走，就陈列在架子上，常不等阿姨动手她自己就会细细掸去书上的薄尘，她幻想着，说不定哪天早晨醒来，就又见到他拿着铅笔在书上写写画画呢。

总算调匀了呼吸，她站起身来，挨着他坐下，轻声说，屁股难受吧，走，换条干净裤子去。

他神情呆滞，没理睬她。她看看窗外，自言自语道，那我先来拖地吧。

她先用报纸把尿吸了吸，吸得差不多了，就去阳台上接了半桶水，一手提着水桶一手拿着拖把走进屋。他抬起脚来，她赶紧来回拖，然后涮拖把，换一次水，再拖两遍。

她使劲儿闻闻，确实没什么味道了，便直起腰来，走上阳台归置拖把。放好拖把，她反手扶住身体站了一会儿，看到对面的楼上，灯一家一家地亮了，一群麻雀像树叶一样从半空中落下来。

以前，周末的时候，乔兰森喜欢坐在阳台的藤椅上跟学生聊哲学，他说话不紧不慢，很随意地引述原典，一派闲逸迷人的风度。恩柏多克利、休谟、老子、陆象山、维特根斯坦，人、独立、道德、自由、辩证法、绝对精神，全是高级话题。她在屋里准备茶水和糕点，听到这些宏大高深的词就摇头咧嘴。现在，她忽然能理解了，这些词一点儿都不大不深，对尘世生活来说，也一点儿都不隔。到底要不要把自己的丈夫绑起来？这也是一个哲学问题。

她记得很多美妙的瞬间。那会儿，他才四十出头，圆寸发型很精神，身材又瘦高，站起来在阳台上踱步时，一步一步，像风吹动起铜管风铃，连脚步声都是清脆的。即使当着学生的面，她看他的眼神里也掩藏不住爱意。他的爱徒是一个从西北来深圳读研的男孩儿，他们共同爱好着哲学和围棋，两样都是测试智商的东西。别的学生谈谈天就走了，西北男孩儿会留下来吃晚饭，再陪他下盘棋。她始终记得，丈夫食指在下、中指在上拈起一颗棋子的模样，还有棋子落在楠木棋盘上的声音，玎玲落子的一瞬，忽然生出寂静来。让她想起，半夜下起绵绵小雨时天地间的空明寂然，半夜醒来，听到雨声，只觉得寂静，听着听着又睡着了，睡得很沉很沉，再醒来时，心里全是满足。

他在屋里喊了一句，她听不清，含混答应着。转身进屋时，她又想起了博物馆里的披毛犀化石。她遐想着自己的结局：骑一头披毛犀，无声无息地，从五楼阳台走上天空，消失在淡金色的天边。

看着饭菜，周素格有些心虚，切成粗条的黄瓜码在盘中，木耳炒鸡蛋，六个脆皮肠，虽然脆皮肠仿照《深夜食堂》的做法，颇为花巧地煎成章鱼须的形状，但明眼人一看就知，这是一顿风格敷衍、只图省事的饭。她盼着能把这顿饭蒙混过去。他对菜肴的鉴赏力时高时低，有时什么都不挑，有时却是老辣的评鉴家，三言两语正中要害。

他嚼了一口脆皮肠，她感觉空气很紧张，像一面鼓，绷得紧紧的。

他说，没有肉，吃不饱啊。她说，脆皮肠不是肉呀。他说，要炒的荤菜，荤菜。

她翻翻眼睛，说，吃吧。她知道他想吃炒的猪肉片，青椒炒蘑菇炒土豆炒什么都可以，如果他还是他，她多想对他尽情宣泄，她对生猪肉的痛恨，她再也不想切生猪肉了，死去多时的肉，冰凉，滑腻，淡淡的腥气，会让人生出细小而具体的绝望感。

他又说，菜太少了。她说，三个菜呢。他说，炒鸡蛋不能算一个菜。

她很想闭着眼大叫，发脾气，话冲到嘴边却觉得没意思，吵架也要势均力敌才痛快，他的理解力和反应力都跟不上了，哪里吵得起来。她只能生闷气，挑衅地问自己，人为什么每顿饭都必吃？她总是被自己到点就来的动物般的饥饿感羞辱到。他肯定不知道，这两年，一日三餐带给她多大困扰，她把冰箱冷冻室里塞满各种半成品食物、速冻包子饺子，以便特别不想做饭时应个急，她也叫过一阵快餐，吃快餐竟吃得轻微厌世，又承受不了经常出去吃大餐的罪恶感，一看信用卡账单，钱基本都吃了，一顿饭连着一顿饭，难以置信，心如刀割，最可恨的是还吃胖了，接下来就开始处处俭省。为了省钱，也为口味计，她盘算好一周吃什么菜，带着他，拉着折叠车，跑农批市场。

说起来，她也算个热衷于家事的女人，兴头上跑几个超市买材料就为做一道程序烦琐的新菜。但现在大部分时候，她提不起兴致来，日子一天一天失去了柔韧性，心绪没来由就是恶劣无比。她听到了日子发出的声音，规律得让人听久了会发狂的声音。如果是她一个人，她更愿意将就，饿就饿，不严格按照饭时吃，而且，用馒头夹一块豆腐乳也可以是一顿饭。幸好还有桂格麦片，用水泡泡，早晨就不用开火了。她煞有介事地说，高纤维，降低胆固醇，健康食品，糊弄着他喝一碗。她暗暗感激着麦片罐子上的那个老头儿，他看起来真亲切，红润的好气色，微卷的银发在脸侧蓬松着。

虽然他指责这一桌"不算菜"，但这顿饭吃得还算顺利。她在心里默默感谢着各路神仙，并随即生出奇妙的预感：晚上的演唱会，她能成行。

一进门，张阿姨就强调，我是来打扫卫生的，半个月一次，合同上写得很清楚。

周素格心里一凉，本来还想诱之以利，但看阿姨的样子，是早有防备的坚决。

她只好说，我那不是有事要办嘛，不然不会麻烦你的。

阿姨眨着眼睛，说，办什么事？神神秘秘的。办事也可以带上他呀，他又不是小孩儿，也不会拖累你。

她也眨着眼睛，一字一顿地说，就是不方便。

阿姨没往下争辩，说，我在你家做了三年，也没见过你家的孩子，让孩子周末回来，你不就能出去，能出去办事了吗？

她说，孩子在加拿大，做飞机维修工程师。

阿姨拖着长音儿，"哦"了一声，说，孩子嘛，孩子嘛。

周素格想起，每次在电话里，亲耳听着儿子说话，也还是觉得那么远漠，儿子的呼吸声很粗重，他生活在一个严寒的、空气稀薄的地方。她越想越觉得黯然，真想摸起电话来，对儿子说，你回来吧，不指望你什么，就回来住上几天。

她到底没有摸起电话，而是摸起遥控器打开了电视。

阿姨俯低身子擦踢脚线，嘴里还跟她闲扯着，问她，护工请到第几个死心的？她说，请过两个就断了心思。阿姨又问，老乔认家吗？她说，搁板上的小物件该擦擦了。

阿姨不再说话，默默地干完客厅的活计，进了厨房。

周素格偷偷看了他一眼，他在家里呢，好好地坐着呢。她时常会吓出一身冷汗，他明明就在身边，她却担心他终有一日会失踪，在一个她不可能找到的地方流浪。

阿姨在厨房里喊，周老师，你过来检查检查，行了吗？

阿姨叫她进去看，多半是这次做得彻底想展示保洁的成果，烟机锃亮，锅具焕然一新，连盛放香料的玻璃瓶都挨个擦了一遍。她在客厅里说，肯定行，不看了。

送走了阿姨，周素格准备陪着丈夫，在回放里一集一集地找《天天饮食》看，看烦了就换成《西游记》。感谢电视，要是没有电视这几年她真不知道该怎么熬过来。谁知他说，不看，没什么好看的。

她说，要不，就睡会儿觉去？他茫然地摇摇头，说，我想做个木匠。

起病后，他说话就没头没脑的，但今天这句话还是让她愣住了。木匠？草青草黄做了三十年夫妻，她还是第一次听他说起，他想做个木匠。

她说，不对，你是学哲学的，你从小就喜欢哲学。

他说，我从小就喜欢做木工。

她看着丈夫，此刻的他，是裸露的，诚实的。借由脑部的萎缩退化，他再度成为十几岁的少年，那段幽密的记忆突然开始放光，纤毫毕现。

她点点头，我知道了，知道了，原来你是想做个木匠。

她看看表，已经五点多了。这些天，她的脑海里，总是时不时地浮现出公园花墙下的画面。老太太们把哭闹的孩子抱在怀里，"噢、噢"地哄着，声音里有一种不过脑子的机械感，表情是老猫般的漠然，还有一丝属于人的被理性管理着的情绪，管理后剩下的，至多算是无奈了。她们跟她一样，服着天地间古老而平凡的役，平淡无奇的劳累，理当如此的安排，没人觉得这其中有何难以忍受之处，更不会察觉到她们可能正身处绝境。她们活了这么久，铁做的一样，哪还有什么细致幽邃的感情呢？

她从来不敢细细地算，沦在这样的生活里，得有一千天了吧，还是更久？

她说，兰森，我等着给你买点儿做木工活的材料，眼下，我也——她犹豫着，到底要不要说出口。他一次次地回到过去并停驻在某个特定的场景中，他并不真正在这个房间里。

不管他是不是真正在房间里，能不能听明白，她还是说了。眼下，我也有自己想做的事，我想一个人出去待一待，放个假，放几个小时的假，你能听懂吧？

乔兰森点点头，他说，马颊河的木匠最好。

演唱会八点开始，她第一次看演唱会不熟悉情况，想着还是早去为好。她从暗格里取出麻绳，将几圈挂在胳膊上，又搬出木椅子，跟沙发并排放好，确保椅子跟电视机之间的距离合适。

他看到崭新的木椅子，很欢快地坐上去。她赶紧抻着麻绳，把他拦在椅子上，先系上一道。接着捆胳膊，木椅子棱多，很容易穿梭打结，最后是绑住两只脚踝。打结的扣是死扣，但绳子绑得松，怕勒疼了他。

熟练，迅捷，闪电行动。她半张着嘴，脑子里一片空白。所有的动作似乎都带着肌肉的记忆，所有的动作无须大脑参与，自己完成了自己。

看着她忙活，他一直笑，说，你先绑我，一会儿我还要绑你，什么时候换？

乔兰森终于被她绑在了椅子上。海德格尔行动，筹谋多时，大功告成。

她低声说，我寸步不离地看护你，时刻提着心，在超市里买袋盐也担心，往购物车里放完东西，一回身你已经不见了。

我真的受不了，受不了了，让我先做下，再找个小房间告解吧。

她拿起皮包，检查了一下演唱会门票。挎上包，换鞋，开门，她听见他的声音从身后传过来，你要走？

她说，我出去一下。他继续问，去哪里？她背对着他，说，你看电视吧，《猫和老鼠》。

她迅速关上门，乘电梯来到楼下。经过天井时，她的步子慢了下来。她控制不住地想象家里的画面。也许，乔兰森正低着头，身子往前挣，想从木椅子上挣脱出来。就算他从麻绳里挣脱出来又如何，他被幽闭在一个奇怪的地方，脸上是智识消失的蠢样子，不能思考，不能独立完成任何一件小事，经历过的往事也逐片剥离，弃他而去。

她猛然睁开眼睛，白猫侵入了她的行程，这次白猫出现的方式跟以往不同，它不是被抱在怀中的，也没有躺在地上的光斑里。白猫朋霍费尔从五楼纵身一跳，摔死在小区的天井内。这幅画面如此真切，就像她亲眼看到过一样，画面里，白猫没有回头，一跃而下。

上楼，打开防盗门，冲进客厅，站在椅子前面。她惶惑地站着，根本不知道自己怎么会出现在家里。他笑了，说，这么快就回来了？

她愣了一下，忽然想到什么似的。她回答道，好玩儿吧？今天就到这里，先不玩儿了，晚上我带你去看演唱会。

她俯下身子先解他脚踝的绳扣，解了一会儿，麻绳磨得手指热热的疼。她从茶几抽屉里扒拉出剪刀，冲着绳子剪下去，剪刀刚一接触到绳子，她突然停住，放下了剪刀。

她坐在地板上，把牙和指甲都用上了才把绳扣一个个解开来，解完呼哧呼哧喘了半天气。休整片刻，她捡起地上的绳子，团起来，放回储藏间的暗格里。

在体育场前的广场上，周素格把手里的票贱卖给黄牛，又从同一个黄牛手里买到两张奇贵的连号票。她牵住乔兰森的手，两人一起安检、进场、找座位。

钴蓝色的光笼罩舞台，拱形金属灯光架在夜色中发酵出浓浓的科幻感。体育场上方敞着口，露出一块椭圆的天，月亮靠过来，倚在树枝般的钢架旁，越发温软了。在舞台上表演的是一个外国乐队，她听不懂唱词，但她明白了一点，在演唱会上，亲吻是一件容易的事。大屏幕不断闪现着情侣亲吻的镜头，那么自然，那么动人。主唱忘情，观众也就忘情，蹦跳、拥抱、喊叫，欢呼声涌潮般赶着，赶着赶着就从开口处飞升上夜空。她伸手搂着身边的人，云遮住了眉月，夜色渐深，恍然间，她有点儿怀疑了，是他吗？你把他放出来了吗？

主唱的声音不是从低到高慢慢攀升的，而是突然炸响，带着暴烈的毁灭感直达顶点，并不破不裂地停留在那里，高亮而宽广。她感觉自己被声音托起，在空中悠悠荡荡。此后的几天里，这种感觉始终不曾消失。

她记得她亲吻了丈夫，她记得亲吻时，半是沉醉半是痛楚地闭上了眼睛，那一刻，万人体育场空旷无比，仿佛就剩下她一个人了。

《十月》2016 年第 4 期

分别少收和多给了十块钱

曹　寇

> 上帝对幼儿园的孩子是仁慈的。
> 对上学的要差一些。
> 而对成年人，
> 毫无怜悯，
> 完全不管。
> 有时他们必须匍匐在滚烫的沙地，
> 向救护站爬去，
> 浑身是血。
>
> ——耶胡达·阿米亥

　　一个在网上认识的女的跑来找我，我们吃饭，睡觉，然后她就该走了。出于礼貌，我送她去火车站，在入口（不是站台）我和她挥手告别。看到她消失于人群，我松了口气。在出站的时候，我遇见了自己的表哥。我的表哥是开面包车的，专门拉那些不远万里来到南京却不认识路的客人。无论这些客人捏在手心里的纸条上的地址有多近，我的表哥都会非常乐意地开车拉着他们在南京的大街小巷里绕个遍，并热情洋溢地向他们介绍南京的历史、名胜和饮食。没错，这很容易培养陌生人（表哥和乘客）之间的感情，让远道而来的客人有宾至如归的好感。最后，他当然会精准地将他们送到目的地，只是此时乘客总是会被他报出的车费吓一跳，无不脸色一沉，一路上好不容易培养出来的情感瞬间消失。有的乘客会捏着鼻子认栽。也有拒绝掏钱的，这样一来，我的表哥就会掏出手机，五分钟内，就会有四五辆同样的车出现在这些人的面前。还有哭穷的，一只手上捏着少得可怜的钱钞，另一只手则翻遍自己所有的衣兜，然后将那些衣兜的里子就这么翻在外面。我的表哥确实会看一眼那些鱼泡一样的衣兜里子，除了一些渣滓和一些被洗成碎末状的票据，他确实什么也没看到。遇到这种情况，表哥就会善心大发，少收他们十块钱。但总而言之，脸色一沉、拒绝掏钱和哭穷，终归都是一些无效的表情。这些事都是我坐上表哥的车后听他说的。我为什么会坐上我表哥的车呢？一方面我们好久没见，需要像一对合格的亲戚那样嘘寒问暖。而当他听说我还没有结婚并没有对象的时候，他震惊了，半晌都没有说话。然后他就发动车子，说要带我去一个地方。他说他有一个修无线电的朋友，恰巧这个朋友有个女儿，也没对象。他要放下生意不做，特意开车带我去找他的这位朋友，希望后者能够成为我的岳丈……

上述是我八年前写的一篇短篇小说，题目叫《爱谁谁》。按另一个小说家顾前的说法，他认为那篇小说极其下流黄色，给他留下了"深刻的印象"，经常在饭局拿出来作为铁证攻击我高洁的品质。我当然不以为然。不过我自己也不喜欢那篇小说，只是认为没写好罢了。后来出版小说集的时候，我本不打算收录。但审查部门在我的小说集清样中认为有好几篇东西都下流黄色，勒令抽去。为了保持体量，我只好将这篇在目前看来有过之而无不及的"极其下流黄色"的玩意儿给塞了进去，没想到居然顺利通过了。这是不是能够成为一则文坛趣闻呢？我的意思是说，从我上次见到表哥距今已有八年，而在这八年中，据说我已经成了一名作家。

为什么和表哥长达八年没见？这个问题我也觉得奇怪。总之，我认为这不是我们故意的，只是没有机会而已。在这八年里，我们整个家族里没有死过人，好像也没有结婚的和出生的人需要我们同时到场祝贺。我没有邀请过他来我家吃饭，他也没邀请我去看望嫂子。我对表哥的印象主要集中在很多年前，应该是20世纪90年代末，他手持大哥大腰缠BP机出现在防汛大堤上的形象。对，应该是1998年，百年不遇的洪水，"抗洪精神"一词产生的那年。宽阔的江面，混浊的江水几乎与大堤持平。一阵暴风雨，或一艘巨轮经过，波浪即会越堤而入，然后顺着大堤的内侧流淌到低矮的庄稼地里。那是一片西瓜地，我们这些被政府组织上来防汛的人主要靠这些西瓜解渴。我的表哥则对这些被江水浸泡的西瓜嗤之以鼻，后来我们也确实不再想吃那些被泡得瓜瓤都发白的西瓜了，只好去大堤下面一户安徽来种地的人家借水喝。这户人家既种田，也打鱼。每天天蒙蒙亮的时候，男主人就扛着小木船（具体而言只是一个大木盆，常见于农村杀猪时所用）从堤脚爬上来，然后放入江面，再整个人坐进去，一只小桨，几下他就划到了江心，在那里提网收鱼。这让当时还是学生的我感到极其羡慕，多次要求和他一起去江心，却都以木盆太小容不下二人而被拒绝。他还有一个正在念初中的女儿，虽然还小，但发育完美，经常在家里洗了头发就会爬上大堤让江风吹干，胸脯高耸，长发飘荡。我不止一次地想过，自己如果能够成为他们家的上门女婿该多好啊。看到我痴呆的神情，我的表哥则斥责为"没出息"。他甚至懒得搭理我这个还在校园宿舍床单上遗精的表弟，专注于他的通信工具。只见他小心翼翼地将大哥大高高举起，希望能够找到一些信号。但这是徒劳的。别说大哥大了，连他腰间的 BP 机自始至终也没有响过。或许可以这么理解，许多大买卖就这样在 1998 年与他擦肩而过，使他最终成为火车站一名黑车司机。

　　上个月，我要坐飞机参加一个活动，而机场大巴就在火车站附近。刚想进站，一辆东风标致 408 突然挡住了我的去路。车窗玻璃摇下，果然是我八年未见的表哥。"我老远就觉得是你。"他高兴地说。我也说了句"你也没变"。因为我还要赶飞机，所以我们的谈话极其仓促而密集。他不仅换了车，而且又买了套房，之前那套四十几平方米的现在租出去了。他老婆，也就是我的嫂子，就在我家附近某个超市里当货架清点员，至于我那个大侄子（我仅记得他两三岁时的样子），现在已经读高中了。不过，与八年前不同，他没有对我仍然未婚表示什么，而是就我写的小说侃侃而谈起来。"写得不错，不错，嘿嘿嘿。"是这样的，我虽然从来没有在亲戚之间谈过我的写作，也从来没有给过他们我的书，但他们通过各种渠道（比如看媒体报道、上网搜索，或直接买我的书）都知道我在干什么。有的还认为我发了大财并打算问我借钱。

　　你认识莫言吗？这是我们匆匆互留手机号码后他问我的问题。我给予了否定的回答后，发现他略有失望的神色。不过他还是隔着老远冲我喊，回来的时候给他打电话，他可以来接我。我只好微笑点头招手。啊，我亲爱的表哥，远远看去，他头发掉了不少。

　　为期数天的活动，我就不提了。此类活动都差不多，开会，吃喝，游山逛水，和一些本来不认识将来也可能不会认识的人互相扫一扫微信二维码，然后就各自回家。另外，在这为期数天的活动中，我也早已忘掉来的时候在火车站和表哥的巧遇。只是在返回南京的飞机上，我才突然想到，自己下了飞机，还是要坐机场大巴到火车站。会不会再遇到我的表哥呢？我不确定自己是希望看到还是不希望，我只是认识到这确实是个悬念。如果不出意外（飞机失事，或因为天气原因无法在南京降落），我下飞机再到火车站应是晚上十点左右。我的表哥是否每天都这时候还在火车站附近拉客？关于这一点，可能性太多：

　　他每天这时候还在拉客。他在那儿等着。

　　他每天这时候还在拉客。他已拉了一个客人正在市区乱转，所以不可能碰到。

　　他每天这时候还在拉客。但我出现的时候，他正好找堵墙去撒尿了，还是没有碰到。

他每天这时候已经自主下班。在家看电视或睡觉。

他每天这时候已经自主下班。在家监督儿子为将来考大学而苦读。

他每天这时候已经自主下班。正在外面和狐朋狗友喝酒、KTV 或嫖娼。

……

之所以有这么多可能性，是因为我对自己的表哥毫不了解。我们起码已有十几年没有任何生活上的来往。我们是有血缘关系的亲人，而实质上却是毫不相关的两个人。由此我想到，在他十六岁以前，一切可不是这样。我们两家住得很近，那时候我们的父母还都健全，经常在生活上互通有无互相帮助。我们上学放学总是一路，平时都在一起玩。我知道他屁股上有块胎记，也知道他的成绩不好。他那个当小学教师的爸爸对他很不满意，然后至死都一直对儿子表达着不屑之情。他妈妈则常年卧病在床根本就管不了他。在学校里，打架斗殴他也不出众。有一次我被人打了，找他，他说找他也没用，并坦承他也打不过那个打我的人。如果说他有什么优点，不知道唱歌算不算？他从小就爱唱，边走边唱，流行什么唱什么。不唱也吹口哨。他骑着自行车，我坐在他的后面，一路都是他嘴里发出的那些旋律。某年学校"一二·九"歌咏比赛，他上台唱了首黄凯芹的《晚秋》，而且是用粤语唱的。以我的标准来看，他唱得简直好极了。后来也听说他参加过一个歌唱比赛，获得了鼓励奖。但这是后来，我已说过，十六岁，初中毕业后，他就到社会上去混了，之后所有的事都只能是听说。这包括上文提到的大哥大和 BP 机，虽是亲眼所见，但我并不知道他当时在做什么。

你到底在搞什么？我坐在 1998 年的防汛大堤上问。

什么都搞。他说。

你想怎样？

我想怎样？你以为呢？

我不知道。

还能怎样？我告诉你，我要发财。懂了吗？

懂了。

下了飞机，到了火车站，一群黑车司机立即围了过来。没有我的表哥。我说不出是失落还是高兴，说成无所谓似乎也不那么准确。听出我的南京口音，以及我家地址后，黑车司机们纷纷散了。不散的表示没有五十块钱，他们不会拉我。我说，你们开玩笑吧，打车到我家也顶多十五块钱，最多二十。没想到此话一出，人群都笑了。这时候只有一个操苏北口音衣着寒酸的中年汉子走了过来，说，二十块钱，他愿意跑一趟。我只能宽慰自己，也并非所有的黑车都那么黑啊。

我跟着他朝停在一旁的车群走去，出乎我意料的是，他的车并非表哥和其他人那种价值十来万的轿车，而是一辆极其破旧的小面包车。车子启动后，不知道哪儿的问题，到处都漏风。就好像我的表哥八年前的那辆面包车转手给了他似的。这也不是不可能。

我说，现在黑车还跑面包车的很难得一见了，你怎么还开这种车？

他说，老板啊，你说得轻巧，难道我不想？没钱啊。

你们开黑车的，钱也不少挣吧？我以商量的口吻说。

别人不知道，我不行。

怎么？

说了你不信，我一个月只能跑一千多块钱，爱信不信。

我还真的有点不信，我说，这不太可能吧？再说了，你的车还可以帮人拉货呢，比如帮人搬搬家什么的。

不会。他说他不会使用电脑，没法把自己的信息挂在网上。他也不会玩智能手机，滴滴打车和优步，他也玩不了。他只能在火车站守株待兔，或者在大街上瞎转悠，希望有个保持着过去行为方式的人找他干活。没文化不行，他的结论是这个。他还说到他应聘招工，有些工作确实不需要文化。只是交了一百块报名费后，他还被要求去体检，体检也得花钱，所以招工他也不想去，去不了。

这个话题看来确实有点沉重。我想，换个话题聊聊他的家庭和孩子总归要好点。不过这个话题似乎更为沉重。他并非我所料想的那样老婆孩子都接过来了，而是全部都在老家。因为他没法在南京养活他们，他所挣的那点钱仅够他本人租房子和吃饭用，连烟酒都戒了才够。他的女儿即将高考，而儿子也快读中学了。他孤身一人在远离故乡的省会南京混得很差，不知道如何是好。

最后我只好再次转移话题，问他：嗨，你认识一个叫张德贵的人吗？他是我表哥，也开黑车。

考虑到真名实姓或许并不存在于他们的交往之中，我还描述了张德贵的体貌特征：一米七不到，短发，有轻微秃顶，小眼睛，穿一身假名牌，腋下夹着一个书本大小的皮包。

我注意到他认真想了想，说：不认识。老实说，我还真怕他说认识，那样我不知道接下来说些什么。于是我们只好闭嘴。

他很轻松地就找到了我所在的小区，原因是他住在我附近的一个村子里，对我所在的小区也很熟悉。不知道为什么，我下车后多给了他十块钱。给了钱，我就慌不择路地走了。我害怕他说声谢谢。但他还是说了，我很难过。就是这样。

　　我想说说他所住的那个村子。村了距离我所在的小区大概有三站路的行程，位于火车铁轨和居民区之间的那片荒地里。当然，这么说也不准确，那个村子肯定比四周的所有高楼大厦都古老，只是那里灯火昏暗，道路泥泞，房屋低矮破旧。进村那条道在高架桥下，隐蔽而曲折。无论你是乘坐公交车、火车，还是别的，一般都很少有人会注意到这个村子的存在。它很小，原先只有几十户人家。现在这些村民大概都搬走了，将房子租给别人。因为租金便宜，所以村里住满了外来务工人员，收破烂的，搬家公司的，水电工，包括这位开面包车的司机。

　　我之所以知道这个村子，是因为几年前的一天晚上。那好像确实是一个春天的夜晚，我和当时的女朋友吃过饭，也看了会儿电视。当时，我们的关系还不错，大概还没有料到我们之后的分手。她说，嗨，我们出去走走吧。我说，呵，好啊。于是我们就出去走了走。老实说，如果不是她，我从来没有想过在深夜出去走走。也就是说，我并不熟悉自己生活了十多年的小区及其周边的环境。托她所赐，我发现夜晚要比白天美丽。街面上行人车辆稀少，万家灯火下，人们看起来似乎十分满足。并非有意，我们后来就信步走到了这个村子。除了不远处铁轨上偶尔咔嗒咔嗒的火车（你甚至能看到硬座上的人正在看着你，而他们又当然看不到你），此外就是一片寂静。我们甚至能听到村内屋子里传送出来苦力劳工的鼾声，听起来他们也很满足。还有一些在夜色中的植物，它们在黑暗里散发着清香。

《青春》2016 年第 4 期

大师的爱情

界　愚

马延年的五十整寿看似随意，只在工作室的花园里摆了两桌，但请来掌勺的却是万福楼的大厨。就连席间所用的餐具，也由徒弟专门从景德镇定制而来。据说一窑只烧了三套。有幸出席宴会的除了几个最得意的入室弟子，大部分是省市两地的工商界人士。只有不怀好意的人才会在举杯时揶揄地说，今晚这一顿，都快赶上工商联的主席团会议了。

酒到半酣，马延年放在桌上的手机响了。冯丽娟侧脸看了眼，赶紧拿起来的同时，提醒说：是刘部长。

马延年脸上的笑容更加含蓄了，眼睛沿着圆桌扫了一圈后，接过手机，爽朗而不失恭敬地叫了声：部长。

花园里的人声开始变得安静，许多目光都停在马延年的脸上。看着他点头、微笑、道谢，一会儿又打起了哈哈。显然，那位刘部长是通过电波来为大师贺寿。

马延年的腰背是忽然挺直的，脸上的表情也随即变得肃穆起来，如同战士临危受命。在用力一点头后，说：请领导放心，这不光是任务，也是延年的荣誉嘛。

挂断电话，马延年这才发现那些停留在他脸上的目光，哈哈一笑，又恢复到云淡风轻的仪态。微微一摆手，仿佛对着眼前的空气说：非遗，明年的申遗工作又要开始了。说完，他马上意识到有点傲慢了，就笑着调侃道：都是些上面动动嘴，下边跑断腿的活儿。

宴罢，按照惯例是参观楼上的陈列室。自从名字列入《工艺美术大师名录》，马延年不仅把展品扩充了一倍，还在每扇窗户上加装了红外线的防盗系统。冯丽娟用了好一阵工夫才关掉那套系统后，像个讲解员那样把众人引导到一幅屏雕前，介绍说这是大师刚刚完成的新作，上面的山水与人物都脱胎于宋、元时期的古画。

其实，就算冯丽娟什么都不说，大家也知道，另外一幅一模一样的将作为国礼赠送非洲的博茨瓦纳共和国；这会儿，正在运往北京的途中。电视台为此还专门做了一辑专题，每天下午都在文化频道反复播放。

现在是国礼，将来没准就成了国宝。说这话的人一半带着奉承。

但有人不这么看。李总把酒后泛着红光的脸凑近屏雕，像是要跟上面的一匹五花马亲嘴那样，仔细地端详着。这位靠印刷宣传画册起家的企业家，刚刚转型搞起了文化产业。他直起身来，掷地有声地说：这样吧，老马，你说个实价，我明天就让人带支票过来。

马延年哈哈一笑，说了句玩笑话：李总，你这样子就像是我请来的托儿。

说完，在众人附和的笑声中，马延年走到屏雕前，无比爱怜地凝视了一会儿后，开始讲解创作这幅屏风时所用的雕刻技法，上可追溯至两千多年前的昭宣中兴时期。这可都是他在翻阅了无数的古籍后，整理与挖掘出来的，说是拯救了一项古老的木雕技艺也不为过。虽然，这些话马延年在电视片里都说过，但身临其境，让听者又增添了别样的感佩。

临别时，李总仍然念念不忘，在大门口紧握着马延年的手，说：你可得保证，全世界就这么两幅。

马延年笑而不允，只是微微地点了点头。他站在台阶上，脸上始终挂着这样的笑容，跟每位来宾握手道别。然后，目送着汽车的尾灯一一远去，转出街口，汇入城市的灯海。

冯丽娟这时很应景地挽起他的一条胳膊，把大半的胸脯都贴在上面，轻轻地说了句：生日快乐。说完，她就像个少女那样，仰起脸，眨了眨眼睛，在他耳边又说：你说，我送你什么礼物好呢？

马延年心领神会，捏住挽在胳膊上的那只手，把手指插进她的手指缝里，一副此时无声胜有声的样子。

冯丽娟的气息里总是带着股麦芽糖的味道，甜津津的，黏糊糊的。他们最初相识是在政协召开的会议上。冯丽娟站在台上发言，马延年坐在台下，觉得这位二中的女校长有点儿面熟，就是想不起来在哪里见过。

会后聚餐时，马延年陪着政协的分管领导到处敬酒。敬完教育界别组的那桌后，领导端着酒杯转开了，他站着没动，与在座的几位委员有一句、没一搭地闲聊。马延年像是忽然想到的，提议教育跟文化这两个界别组应该搞一次联谊，一起品品茶、钓钓鱼什么的，就在这个周末，在城外的度假山庄，由他来负责联络与安排。

政协的教育界别组里掀起了一个小高潮。在众人纷纷敬酒表示感谢时，马延年举着酒杯，远远地望着酒桌对面的冯丽娟，笑呵呵地说：跟工商那几个界别比起来，文化与教育就是一对难兄难弟。

文艺界的人士一般都不善于请客，有时即便赴宴，也要讲究个志同道合，才会欢聚一堂。然而，马延年跟这些人不一样。他喜欢喝酒，还喜欢宴请，特别是跨界的那种。他深信路在远方，而在一条道上往往会把人挤得头破血流。当然，这种聚会到最后，通常都是由他徒弟匆匆赶来买单，顺便用车把他载回家里。

然而，冯丽娟却是匹即便抓实了缰绳也跨不上去的小母马。很多时候，马延年甚至都有点儿不知道该从哪里抬腿。不过想想也是，一个三十几岁就当上中学校长的女人，除了能力，许多功夫都是在诗外的。说不定她的身后还排着一长串男人的名字。但马延年并不气馁，反倒激发了斗志。他开始调整策略，不再煞有其事地邀请她参加各种展览与宴会。相反，在冷落了一段时间后，有一天他忽然闯进了她的办公室，先是请她帮了个小忙，事后组织了一场隆重的答谢宴。

女人不喝酒，男人就永远也别想得手。这是马延年从漫长的人生中总结出来的一条经验。可也有失灵的时候。谁也没想到，一向推托不喝酒的冯丽娟作为主宾酒量会那么好，而且还那么豪爽。喝到最后，她竟然把马延年的一名徒弟灌得当场直播了。

马延年哈哈大笑，借着酒劲抓过冯丽娟的手，另一只手指着在座的徒弟们说：你就像他们的师母。说完，他觉得还是意犹未尽，又感慨道：你可真是深不可测哪！

冯丽娟用一种洞若观火的目光扭头看着他，轻轻地抽回手掌。

马延年一下发觉自己失态了，也失礼了。次日，他起床的第一件事就是登门道歉。在二中的校长室里，马延年奉上一个亲手雕刻的八宝匣后，画蛇添足地介绍说：工是新工，可料是老的，特别是上面所嵌的螺钿，都是当年宫廷造办处用剩下来的。马延年怕女人还不明白，最后索性彻底地庸俗了一回，但仍然谦逊地说：它可抵得上好几个 LV 呢。

原来马老师还知道 LV。冯丽娟笑得还是那样文雅，看上去是那么富贵不能淫。

当晚，她破天荒地约马延年出来喝茶。看来，女人贪财，男人好色，这是人类逃不过的宿命。马延年心底稍稍有点儿失望，但仍然去美容院做了面膜，并且换掉了艺术工作者钟爱的那身唐装行头，穿上了西装，打起了领带，样子就像个成功的企业家。可是，在镜子前端详久了，他更觉自己像个丧偶不久急着去相亲的鳏夫。

马延年在见到心上人的那一刻，心也沉到了底。

冯丽娟回赠了他两瓶国窖 1573，微笑着说这是学生送给她先生的，在家里放了好几年了。冯丽娟的丈夫是职业技术学院里的副教授，他们有个刚念高一的女儿。这些，马延年事先都摸过底。他还知道，他们双方的父母都是中小学里的教师，一家两代人都把青春与年华奉献给了教育事业。

回家的一路上，马延年拎着这两瓶酒。心想：国窖？还1573？什么意思？她是嫌我太老了？还是形象地告诉我，她身上长的那口是谁也碰不得的国窖？

这一回，马延年是彻底地绝望了，一直到第二年开学才迎来转机。冯丽娟因为招生问题被人举报，却又没能查实。上级为了息事宁人，把她调到了"考试院"。可是，"考试院"里又没有相应的职位；她就像条风干的咸鱼一样被晾在了那里。

冯丽娟终于在马延年面前流露出真情，同时也挂下了眼泪。

我师范一毕业就分配到这所学校，人家带两个班的英语，我不但带两个班，还代两个班，我年年都是先进工作者、学科带头人，我还是省市两级的三八红旗手……说到最后，她伸手捂住双眼，第一次不称呼马老师，也不称呼大师，改口叫老马，说：我不想干了，我丢不起这个人，我要辞职。

马延年的一颗心终于在肚子里徜徉开来。看来，她不是口国窖，她的身后也没有什么别的男人。就算有过，只怕也不顶事了。等到冯丽娟擦干净脸上的泪水，马延年关切地问：那你先生的意思呢？

我们不提他。冯丽娟一下恢复常态，淡淡地说：我只想听听你的意见。

马延年点了点头，沉思良久后，又点了点头，说：正好，我正缺个经纪人呢。说完，见冯丽娟不语，以为人家嫌他的庙小，就拉长了语调又说：搞了半辈子的雕刻，我一直有个心愿，就是把中国的传统艺术推广到世界上去，可我人单力孤啊，一只翅膀是想飞也飞不起来的。

说着，他把手掌罩在冯丽娟的手背上，手指头都快伸进她的衣袖里。

冯丽娟动了动嘴唇，想把手抽出来，抽到一半时有点儿犹豫了。她轻轻地翻转过手掌，两个人手心贴着手心。不一会儿，十根手指头就开始在他们彼此的掌心里跳舞，一会儿是桑巴，一会儿是恰恰，但很快就成了马延年缠绵的独舞。

冯丽娟的眼睛又开始湿润，说：可我什么都不懂。

马延年脸上露出长者才有的笑容。几天后，他在床上望着天花板，深思熟虑地说：丽娟，我看辞职就犯不着了，占着茅坑干吗非得去拉屎呢？

冯丽娟没有吱声，翻身把脑袋深埋进蓬松的枕头里，很久才起床去了卫生间。等她裹着浴巾出来时，马延年的眼睛亮了。他终于记起来了，早在三十年前他就见过眼前这个女人，就在城市人来人往的马路上。那时候，马延年跟着师傅在城里做木工，专门替人打组合柜。晚上闲着没事就坐在街心花园的花坛上，看城里的女人花枝招展地经过。她们的头发是那么黑，皮肤是那么白，里面好像灌满了米泔水，每走一步都要晃上好几晃。

冯丽娟就是这样的女人。马延年靠在床上，竟然想起了安禄山跟唐明皇对的那两句著名的联句——软温新剥鸡头肉，滑腻初凝塞上酥。他伸手把冯丽娟连人带浴巾拉进怀里，情不自禁地在她耳边说道：你就是我的杨贵妃。

为此，他特意为书房改了个斋名。长生殿当然不敢叫，马延年大笔一挥写下三个隶书：长生堂。站着默念了两遍，觉得听着像药辅，就大笔又一挥，写了三个行书：长生阁。

马延年在书法上也有十几二十年的功力了。这得归功于他的第二段婚姻。马延年第一次结婚时刚满二十岁，入赘当了他师傅家的女婿，两年后生下了一个大胖小子。他的师傅兼岳父的兴奋是溢于言表的，一边喝着老婆酿的土米酒，一边唠唠叨叨地说，生了三个女儿，就招了马延年这么一个好女婿。他让马延年放心：我家老三是你的，我的这份手艺也是你的，将来，这个家都是你们小两口的。

可是，马延年从来没有把师傅的这个宝贝小女儿放在眼里过，主要是看不上。刚成婚那会儿还好，性在探索阶段是很容易让人忽略掉许多外在因素的，但进过城后就不一样了。每次从城里回来，他都有种要把老婆按进水里用刷子上上下下刷个干净的冲动。他的老婆不光黑，而且瘦；尤其是孩子断奶后，马延年盯着她裸露的身体，总会想到城里潮湿的水泥地上谁掉了两粒葡萄干。

当然，这并不是一个男人自立门户的原因。马延年完全是出于无奈。按照婚前师徒间的君子协定，马延年的头一胎不管男女都得随女家姓周。为此，师傅隔三岔五地催促，他却一直拖到儿子快周岁了，才找到机会，揣着户口本独自去了镇上的派出所。

马延年给儿子报在户口本儿上的大名是马周全。回来后笑呵呵地跟他的师傅兼岳父说，周也有，马也有，这样就两全了。

周木匠一顿酒杯：那干吗不叫周马全？

听着不顺耳嘛。马延年还是笑呵呵的，为师傅兼岳父续上酒，说：村里谁会连名带姓地称呼人呢？以后大伙都会叫他周全的，听着还是姓周。

周木匠的这顿酒一直喝到后半夜，然后醉醺醺地去拍打小两口的房门，醉醺醺地骂人。好一会儿，女儿周芬娣隔着房门说：爸，你别发酒疯了，你要吵醒我儿子了。说完，她重新上床，推了推被窝里的丈夫，换成商量的口气，说：要不，再生一个？跟他姓周。

你跟谁去生？马延年在黑暗中瞪起眼睛，说：计划生育，你懂不懂？

分家后，马延年带着老婆儿子搬出周家，来到镇上租了房子，干的还是木匠活儿，但业务范围更广了，不光替人吊顶、护墙、打组合柜，有时还兼做店面的装潢。这主要是因为改革开放的春风，已经吹遍了神州大地的旮旮旯旯。

马延年是在装修内衣店时搭上汤红的。她老公是塑料厂里的压模工，每个星期三班倒，上了早班上中班，上完中班回家睡过周末又接着去上晚班。所以，马延年每次去汤红家里，都是趁着她老公在上班的时候。她老公上中班，他就上半夜过去，睡到子夜十二点，闹钟一响就忙着穿衣服起床，好像也是赶着上晚班。为此，马延年特意买了个闹钟放在自己床头，为的就是汤红老公上晚班的时候。汤红家的闹钟响了，他床头的闹钟也响了，仍然像是去工厂里上晚班。马延年匆匆忙忙地起床，匆匆忙忙地赶到汤红家里。一进门，一头扎进她热乎乎的被窝里。

丈夫忽然变得没日没夜，再笨的妻子也不可能无所察觉。但是，习惯了寂寞的女人通常也耐得住性子，就是下不了决心。痛下决心的人是周木匠。他在一天早晨，带着他的另外两个女婿，一手提着斧子，一手拖着女儿，一脚踹开了汤红的女式内衣店。

那天是汤红老公上早班的日子，也是马延年最为勤快的一天。他天不亮就起床去买菜，然后提着菜篮子溜进汤红的店里。两个人一会儿在柜台上，一会儿在板凳上；到后来，马延年索性把她摁到店堂的排门板上。大街上人来人往，隔着门缝都能清楚地看到那些路人的脸。马延年觉得刺激、亢奋，浑身上下充满了偷情与野合的双重乐趣，以至于门被踹开时，他都没顾得上松开。

你个王八蛋。周木匠叉着女婿的脖子，一斧子下去，砍在了排门板上。

马延年这才明白发生了什么，但他考虑更多的是汤红，忙用眼睛去搜寻，见到的却是那些涌进店里的路人。马延年第一次瞪着岳父，说：我的裤子，你让我先穿上裤子嘛。

可是，周芬娣还是横不下那条心。几天后，反倒怪起了父亲与她的两个姐夫：谁让你们狗拿耗子多管闲事的？周芬娣总算明白了，父亲逼着她离婚，归根结底是为了她儿子的那个姓。她狠狠地甩下一把鼻涕，对着父母与家人决绝地说：我的事不用你们管，我嫁鸡随鸡，我嫁狗随狗，我嫁个王八就驮着走。

周木匠愣了半天，气得无力地朝门外指了指，说：那你还杵在这里干什么？你驮着你那个王八蛋过一辈子去。

当晚，面对熟睡的儿子，周芬娣泣不成声。她的眼泪为自己而流，但同时，也是流给马延年看的。

还是患难见真情啊。从不抽烟的马延年吸完最后一根烟后，一脸都是痛改前非的决心。他拉过老婆的手，既是感慨，又带着哀求，说：芬娣，你就当我马失前蹄了一回……你放心，往后我会对你好的，往后，我们一家三口好好地过日子。

马延年说到做到。为了让老婆放心，也让自己收心，他去旧货店里买了台人家转手的电视机，躺在床上常常要看到屏幕上出现一片唰唰的雪花，才一下惊醒，下床关掉电视。

但是，意想不到的事情还是发生了。

　　一天夜里，电视机里雪花唰唰，马延年家的门被一脚踹开，扑进来的都是人民警察，有的手里还举着小手枪。他们不等马延年下床就把他按住，并且反拷上，扔在一边后，开始在屋里翻箱倒柜地搜。

　　周芬娣抱着儿子，光着两条腿站在屋中央，一个劲地问：这是干什么？我家延年犯什么罪了？

　　没有警察理她，只有一名便衣拍打着马延年的后脑勺，催促他：快说，凶器藏在哪里？

　　原来，汤红的老公在下中班的路上被人杀了。尸体被扔进了远离公路的一条河里，一直到第二天黄昏才被几个放学的小孩儿发现。

　　作为唯一的嫌疑犯，马延年终审被判处死刑，缓期执行。年轻的审判员在定刑当场提出异议。他说：找不到凶器不能成为终审庭轻判的理由，尤其是这种社会影响恶劣的案件……我的意见还是坚持立即执行。

　　现在的年轻人真是越来越没规矩了。审判长在心里摇了摇头，说：我们不着急，等严打任务下来了，再改立执也不迟……好歹还能抵个指标嘛。

　　事实上，马延年在监狱里最先等来的是周芬娣的一纸离婚书。痛快地签下大名后，他想笑一下，却咧不开嘴，就想了想，说：这回你爸该称心了。

　　周芬娣没有说话。她整个人看上去更加干瘪，走进探视室的步伐就像是行尸走肉。直到起身离去时，她才说：你就是个王八蛋，你不光偷人，你还敢杀人。

　　马延年鼻子酸得要命，提着脚镣回到牢房的一路上就开始掉眼泪。他在那个狭小的空间里又等了大半年，被拖出去陪着枪毙了好几回，却就是没有等来对他的严打。马延年等来的是无罪释放。

　　原因是真正的凶手被抓到了。那人在外地的一次抢劫中被巡逻的联防队员捕获。审讯时，他招供杀死汤红的老公还是为了抢劫，只不过一时失了手。

　　如同做了场梦，马延年走进汤红的女式内衣店时还像是置身于那个梦中。两人四目相对，马延年又想起了他们在柜台上、在板凳上的那些昏暗清晨。他挠了挠头皮，故作轻松地说：我听说……你嫁人了。

　　放屁。汤红嘴唇一动，随即垂下眼帘，说：你把我搞这么臭，谁还会来要我。

　　马延年的第二次婚姻仓促而隆重，很有种双喜临门的气氛，但在他内心深处却将此看成了人生的一个全新开端。他不再当木匠了，而是学人用电烙铁在三夹板上烫画，一张接着一张，不是黄山上的"迎客松"，就是徐悲鸿的《奔马图》。许多人的天赋往往是在憋着一口气的时候被自己发现的。马延年给那些画配上画框，腾出内衣店的一面墙壁，挂上去，这里就成了半间画廊。

　　有一天，他抱着双臂站在五彩斑斓的胸罩与短裤前，仰望挂在墙头的烫画，对汤红说，不当木匠，我照样可以当个画家。

汤红算过一笔账。她卖掉一件胸罩的利润是一块五毛钱。她要卖掉一百几十件胸罩才能挣到马延年烫一幅画的钱。于是，汤红开始夫唱妇随，跟着用电烙铁往三夹板上烫画。

等到女式内衣店里的三面墙上都挂满了三夹板烫画，马延年决定把店开到县城里去。他在那个时候已经知道了平台的重要性，尤其是加入了县城的平川书画社后，开始看不起自己烫的那些画了。那只能算是女人家关起门来做的针线活儿。为此，马延年一头扎进了中国书画的浩瀚海洋里，从临摹与拼凑《芥子园画谱》上的梅兰竹菊入手，很快又发现题在那些画上的字有点儿拿不出手，就从新华书店里买回来一大摞字帖，挑出最顺眼的几本放在案头。可练了没几天，他耐不住性子了，换了支大号的斗笔搞起了书法创新。

这天，他推着自行车从文化馆里出来，看门的老大爷忽然叫了他一声：马老师。

一下子，马延年的眼泪差点夺眶而出。活了三十年，除了马师傅，还是第一次有人如此恭敬地称他为老师。回到家里，马延年把汤红叫到跟前，说：往后，你别再延年、延年地叫了。

你要改名字？几年的婚姻生活已让女人深知，这个丈夫是个善变的男人。

马延年说：从今往后，你就叫我马老师。

当所有认识与不认识的人都开始称马延年为马老师时，他已经从县城搬到了市里。家是新的，朋友是新的。马延年眼睛里的一切都是崭新的，但最大的变化还是在形象上。马延年留起了长发，有时还要扎上一把马尾，而穿的衣服统一换成了棉布或是亚麻的对襟唐装，有事没事手里都托着把紫砂壶。刚开始那会儿，他在茶壶里泡的是铁观音，后来改成了普洱。这主要是因为他的客户许多都来自广东。市场在决定产品与服务的同时也改变着人的口味。

马延年这一次的华丽转身，最先得益于省里下来的几个古董贩子。

那年夏天，他迷上了古董，每个星期都趴在他们的摩托车后座上，在各个乡村里"踏地皮"。见到什么就收什么，不管是玉的、瓷的，也不管是纸质的，还是木头的，只要工到、年纪到，就连人家晾在门口的雕花马桶也不会放过。

哪怕一棵菜，从地头直接到农贸市场都会省掉中间那几毛钱的差价，何况是一件上百年的古董？这是马延年常对汤红说的一句话。

有好几次，汤红都只是紧闭着嘴巴，用一种幽怨的眼神望着他。终于，她在一天夜里开口，说：在你眼里，我也快成件古董了。

我是没那工夫。马延年由衷地说，我都忙得恨不得再长出一条腿来。

马延年确实忙。他不仅在城里开出了两家古玩店，还在老家的村里办起了一个木工作坊，主要用以修缮从乡下收来的破烂家具，聘请的工人都是当年一起搞装潢的师兄弟。厂长当然是他的师傅兼前岳父。时间与人民币是最善于调和人民矛盾的两样东西。马延年在合上聘书递给他时，再三强调：记住，我们的宗旨就四个字——修旧如旧。

周木匠用力一点头，抬眼看着前女婿那头齐肩的长发，又想起了掐着他脖子的那个早上。他在心里狠狠地骂了自己一句：我可真是长了一对狗眼珠子。

除此之外，马延年还要每周去三次老年大学与群艺馆挂名的艺校，分别教授传统木雕工艺与古代家具的鉴别。可是，他在梦里都不曾想到，人生最辉煌的那一刻，却是在他最心灰意冷的时候来临。省城那几个古董贩子骗了他，调剂给他的古董家具不是后仿的，就是做旧的。现在，就连乡下种地的农民也不实在了。马延年每次"踏地皮"收上来的，都是古董贩子们提前"种"下去的。

那段愤怒的日子里，马延年杀人的心都有。他常常彻夜难眠，睡着睡着就爬起来，一个人走到库房里，坐在那堆破烂中间。汤红有一次想多了，尾随而来，看到丈夫在绝望中的伤心背影，一下子感受到了男人深处的痛。她从后面搂住马延年，说：我们从头再来，大不了我们接着烫画去。

现在都什么年代了？马延年发出一声苦笑后，扭头看着投在墙上的灯影，仰天长叹：看来，我还是没有修炼到家啊，我让人一棍子就打回了原形。

马延年一赌气下决心重操旧业，干回他的木匠老本行时，经他复刻的一件木雕作品意外地获得省工艺美术年展的金奖，还登上了《工艺大师》杂志的封面。从省城参加完颁奖典礼回来，站在火车站出口的台阶上，他一把搂住前来接站的汤红，如同站在泰山之巅。他望着不远处人头攒动的广场，说：总有一天，我也会成为齐白石的。

汤红在三夹板上烫过齐白石画的虾，知道他曾经也是个木匠。她不明白的是丈夫此时为什么要搂着她，她有点不习惯他搂着她肩膀的那条手臂，她难为情地扭了扭屁股，仍不忘提醒：留神你的钱包，这种地方到处都是三只手。

几年后，汤红最终去了澳洲，就在马延年招兵买马、广收门徒之际，她要去陪在悉尼念书的女儿。那是前夫留给她的唯一的遗产。临别之夜，女人的眼睫毛上挂满泪水。她蜷缩在马延年一侧唠唠叨叨，说到最后，开始埋怨起自己的肚子来：这么多年了，我怎么就不能跟你生一个呢？

汤红不是没有怀过。她怀过两次，可两次都流产了。马延年这时说了句公道话：这不能全怪你，我也有责任。说完，他又宽慰道：你先去打个前站，等你们娘儿俩站稳了脚跟，我就把作坊开到澳洲去。

汤红点了点头。第二天，她带着一颗感激与歉疚之心登上飞机。

此后，每次带着女儿回来时，仍揣着那颗感激与歉疚的心。直到有一年，她忽然独自回来了，在床上跟马延年吵了一架，非要他定出个时间来：你倒是说呀，还要过多久你才跟我们去澳洲？

我的事业在中国。马延年就像是许多在电视剧里见过的人物，在床上大手一挥，说：你到现在还没看明白吗？离开这片土地，我就什么都不是了。

亚琴要成家了。汤红说，你女婿可是个希腊人。

那就先在悉尼办一场，有空去希腊时，再到男方的老家办一场嘛。马延年从小就疼爱这个拖油瓶的女儿，不是亲生，胜似亲生。他大手又一挥，说：等到小两口回来探亲，我这边再为他们好好地补一场。

汤红的泪水又挂上了眼睫毛。闷了半天，她忽然脱口而出：这回，你要么跟我过去，要么就放了我。

你什么意思？马延年话出口的同时就明白了，马上又说：看来，你是找到下家了。

汤红的心跟嗓子眼都堵到了一块儿，张着嘴，很久才吐出半口气来。一下子，她是那么后悔，伸手想抽自己两个嘴巴的心都有。

马延年却异常冷静，就像在说一件与他无关的事情那样：你倒是说来听听嘛，接我班的那位叫什么？多大了？

汤红终于捂住嘴哭出了声音。

马延年在长长地发出一声叹息后，还是没能忍住，说了句很伤人心的话：看来，这世上不光我是个捡破烂的，原来外国人也喜欢捡破烂。

那天晚上，夫妻俩在床上谈一会儿，吵一会儿，歇一会儿，接着再谈，接着再吵。整整一夜，他们都不曾入睡。

往事就是那么不堪回首。有一次，马延年在追忆他这三十年来的岁月时，冯丽娟的心里同样充满着惆怅。就在几天前，她跟身为副教授的丈夫办理了协议离婚。这是夫妻俩三年前的约定：女儿收到大学录取通知书之日，就是他俩好聚好散之时。只是，冯丽娟没想到，副教授连他下一场婚礼的日子都定好了，就在两个月后的十一长假里。

这一次，不是男人太性急，是副教授那位年轻助教的肚子等不及了。

早知道，我就拖他个一年半载。再通情达理的女人每次想起这事，嘴里都会含着一口吞不下去的唾沫。

感到豁然轻松的人是马延年。他不自觉地把手伸进冯丽娟的衣服里，说：我终于可以抱着你睡到天亮了。

冯丽娟摇了摇头，起身走到阳台上，望着无边的夜色与城市如昼的灯火，说：

这种时候，我们尤其要注意形象，我们不能在这个时候失分。

马延年仍然沉浸在他的深情蜜意之中。他跟着来到阳台，从后面搂住女人，跟随着她的目光，望着没有星辰的天空，没头没脑地说了句：这是最好的时代。说完，把脸埋进她的头发里，使劲地嗅着，又说：有了你，这就是最好的夜晚。

他们又坚持了大半年才开始真正同居。这让冯丽娟很不痛快。她曾正式而委婉地问过马延年：我们还要等什么？我们加起来九十都出头了。

正因为都不年轻了，我们才要把没尝过的都试一下嘛。马延年一副得了便宜还卖乖的样子。

这就是一次与两次之间的区别。对于一个结过两次婚也离过两次婚的男人来说，第三次已经没有那么迫切，甚至还有那么一点儿可有可无的样子。冯丽娟长得端庄，体态丰腴，全身上下几乎看不出岁月与生育留下的痕迹，在马延年眼里完全是那种出得了厅堂，也下得去厨房的女人，但关键还是在于性格。冯丽娟知书、明理、识大体，里里外外的脾气也算柔顺。这是马延年经过长期的观察与体会才慢慢发现与总结出来的。这个女人最大的缺点就是太贪了一点儿，什么都想要，什么好事都想插一杠。不光在他的工作室里是这样，在他的门生与朋友之间也同样。

这样下去，我迟早有一天会沦为她的打工仔。马延年在深思熟虑后对自己说。

这天，广东的一位客户过来，马延年刻意地避开了。临行前，他专门嘱咐冯丽娟要让人有种宾至如归的感受。

三天后，等到他回来，冯丽娟的脸色很不寻常。她破天荒地用一种锐利的目光直视着马延年，说：你到底是什么意思？你是想把我往人家怀里送？还是你自己想当老鸨？

再文雅的女人也有粗俗的时候。马延年在心里叹了口气，不紧不慢地往紫砂壶里沏上茶，不紧不慢地仰起脸，说：这位庞先生在广州有贸易行，有博物馆，在香港还开着两家公司，你看人家长得老相，实际上比我年轻好几岁呢。

冯丽娟返身轻轻地关上门，说：你把我玩腻了，就想把我像块破抹布一样往人家身上甩。

越说越不像话了。马延年站起身，板着脸走到冯丽娟面前，但很快换上一副长兄如父般的表情，说：老话怎么说的？树挪死，人挪活……我一直想啊，你既然有英语这个专长，换换环境对你的发展更好。

流氓。一个响亮的巴掌甩到了马延年的脸上后，冯丽娟咬牙切齿地又说：无耻。

女人归根结底都是一样的，骨子里都是个泼妇。马延年捂着半边脸，低下脑袋重新回到座位上，从包里掏出一沓病历单，往桌上轻轻一放，水落石出的样子，说：丽娟，我这也是为你着想，我是不想拖累了你的下半辈子。

病理报告上的日期不一，但都是不久以前的。血液科那张化验单上显示的是糖尿病，后面画着好几个加号，而另一份由另一家医院的泌尿科出具，上面有中文，有英文，还有一串一串的数据。冯丽娟一直看到最后一页的最后几行字才看明白。原来，马延年还得了前列腺癌。她只觉得两腿间一紧，就像让人用针扎了一下那样，整个人都不由得跟着一哆嗦。

冯丽娟赶紧蹲下身，握住马延年搁在桌上的那只手，仰着脸，急切地说：我们去北京，去上海，我们去找最好的专家，好好地查一遍。

我们不花这个力气了。马延年抽出手掌，无力地一摆后，惨淡而洒脱地一笑，说：我们还是认命的好……生死有命，富贵在天嘛。说完，他看着冯丽娟的眼神变得充满了无限的眷恋。马延年摇了摇头，又说：夫妻本是同林鸟，大难临头还是各自飞的好。

我不，我绝不扔下你。冯丽娟再次抓住马延年的那只手，一直把它拉到自己脸上，紧紧地捂在那里。滚烫的泪水很快打湿了脸颊与那只手掌。

马延年的心被触动了。如果不是冯丽娟后来趁着单位休疗养假时绕道去了趟广州，他真会跟这个女人举行他的第三次婚礼。怎么说呢？贪是贪了点，要真成了一家人之后，无非就是这个口袋摸到那个口袋嘛。可是，冯丽娟很快走了，走得那么义无反顾，就连"考试院"刚刚提拔的办公室副主任都辞掉不干了。那股子冲劲，一如当年那些急着南下的弄潮儿。

事后，他们又开始联系了，在微信上相互关心与问候。马延年经常问的是：你在广州的生活还习惯吗？老庞待你好吗？你们几时结婚呀？有一次，他还无伤大雅地开了句玩笑：到时候可要记得给我发请帖，我得像嫁女儿一样给你们送一份大礼。

冯丽娟更关心的是马延年的治疗情况。有时，还会发过来一些从网上找来的偏方。

事实上，泌尿科的那份报告是马延年让徒弟找医院的黄牛定制的，但他得了糖尿病却是千真万确。第一次发病时毫无征兆，就在君悦澜庭KTV的包厢里，差点要了他的命。

那天是一家房地产公司的股东年会。马延年晚饭时才应邀赶过去，喝得很欢畅，就顺应着去了KTV，又喝了几杯洋酒。他先是感到有点儿喘不上气，头也有点儿晕，完全是喝了混酒后的症状，于是就抱着发发汗的心态，主动献唱了一首《康定情歌》。可是，音响里余音未了，马延年却一头栽倒在了地毯上。

那时，小希刚来 KTV 上班没几天，还在包厢里当点歌公主。就在大家以为大师这是喝多了，扶到沙发上抚心按背地往嘴里灌浓茶时，她让围着的人都让开点，把包厢的门也打开，说，病人现在最需要的是空气。说完，她打开灯，摘下手套，一手把脉，一手翻开马延年的眼皮看了会儿后，扭头问大家：你们的朋友是不是有糖尿病？

大老板们也有回答不上来的时候。有人却还自以为幽默，调侃赶来的领班说：真亏你们想得出来，包厢里还配备着医务人员。

马上送医院吧。小希眼皮上粘着假睫毛，身上穿着女仆装，可一举一动却像个临床多年的女医生。她语气平静地说：要是真出了人命，谁也没得好。

马延年在医院的观察室里醒过来时，房地产老板长长地松了口气。他的司机从手包里点出一沓钱，往小希手里一塞，说：今晚就当包夜吧，你替我们好好陪着马总。

KTV 里的领班跟司机熟悉，忙解释说：大哥，人家还是公主呢。

哪张人民币上写着公主跟小姐了？司机瞪着领班，见老板瞟了他一眼，就低下头，跟着匆匆离去。

观察室里安静下来，看着小希摘下围巾，脱掉羽绒服，马延年想了很久才依稀记起，她是包厢里的服务员，就没话找话地说：这是怎么回事？我怎么会是糖尿病？我怎么一点儿都不知道？

您现在不是知道了？小希坐在床边，说完又低下头去刷她的手机。

马延年一直等到冯丽娟去了广州才开始跟小希热络起来。主要是晚上空了，出来娱乐的机会与理由也都顺理成章了。而且，每次有人提议上 KTV 里去散酒时，他总是漫不经心地提醒忙着订座的那位：还是君悦澜庭吧，8808，这个数字听着就吉祥。

久而久之，熟悉的人都知道了，马大师心仪的是君悦澜庭 8808 里点歌的那位公主。

这个长着一双大眼睛的小姑娘，老家在陕北的革命老区，卫校毕业后在医院当见习护士。她喜欢照顾人，更喜欢救死扶伤。她最大的理想是当一名妇产科医生，成为每天都能迎接新生命降临的人。

那你怎么干起了这一行？马延年有一次问她。

小希眨了眨大眼睛，调皮地说：它会让我离我的梦想更近一点儿。

马延年有点儿摸不着头脑，就又问：那你的真名叫什么？

小希没有回答，而是起身从衣橱里拿来手提包，掏出一张身份证。

原来，她姓顾，还真的叫小希。马延年默默地记下了她的生日。等到那天来临，他出其不意地出现在君悦澜庭的8808包厢，还在提包里准备了一份小惊喜。可是，点歌的公主却换成了一个漂着几缕蓝发的女孩儿。

等到领班把小希带进包厢，她穿着一袭紫色的晚礼服，大半个胸脯都露在外面，白花花的，格外晃眼。

马延年忽然有种莫名的失落，就像丢了什么东西又不想让人知道那样，一个人埋坐在沙发里，看着心仪的女孩儿向每位来宾敬完酒，坐回他身边，重新拿过两个空杯都满上后，没有说话，只是看着马延年，在他的酒杯上碰一下，一仰脖子都干掉了。

你这是干什么？马延年赶紧夺下她的酒杯，说：你这不是跟自己过不去嘛。

小希笑了。她猩红的嘴唇里的牙齿显得特别白。好一会儿，她把头靠在马延年的肩上，说：今天是我生日。

马延年一下子嗅到了她头发上洗发水残留的香味，却用力咬紧牙齿，不让自己出声。但是，年轻漂亮的女孩子就是有这么一个功能，她们通常都能让闷闷不乐的老男人在转念间变得开心，变得活泼，变得无忧无虑。马延年又开始喝酒、唱歌，开始划拳、摇骰子。小希劝他少喝点儿酒，要注意身体。马延年大大咧咧地一摆手，说：今朝有酒今朝醉，谁也不能辜负了这么美好的夜晚。说完，起身去了包厢的卫生间里，出来才发现小希一直等在门口，手里还拿着纸巾。马延年接过纸巾又把手擦了一遍后，顺手搭在她的肩上，回到沙发里还是开口问了：你公主当得好好的，干吗要去做小姐呢？

小希目光流转，依然俏皮地说：我想离我的梦想更近一点儿。

小姑娘的梦想无非就是上个医学院，将来能当个医生，最好还能出国去深造。这些，马延年早在心里不止一遍地盘算过。有些他能办到，有些谁也办不到，但这个时候他不管了，借着酒劲去抚摩小希的头发，就像慈祥的父亲在抚慰女儿，干脆地说：只要你舍得迈开腿，我就能帮你一脚跨进梦想里。

小希并没有流露出预想中的惊讶表情，更没有惊喜。她只是拿过茶几上的酒杯，双手捧着，慢慢地喝着，一直喝到酒杯见底。

马延年全新的爱情就是这么开始的，却跟以往经历的都不同。现在的女孩子真是花样百出，有时候明明睡得好好的，拖着拉着非要起来，一会儿看电影，一会儿打电玩，完了还不罢休，还要消夜，而且找的都是那种乱糟糟的大排档、烧烤摊。马延年不习惯，但又十分受用，尤其是在出门去旅游的那些日子里。人生地不熟的好处就在于无拘无束，谁都可以为所欲为。他们试过在丽江四方街的人流里接吻，还试过在青海高原的盘山公路上车震。有一次，马延年赤条条地站在巴南的一口温泉池边，看着在热水里扑腾的美人鱼，忍不住在心底欢呼：这才叫老夫聊发少年狂。

完全是为了配合心爱的女孩儿，马延年不仅试着穿起了牛仔裤与运动鞋，还一狠心剪掉了那头标志性的长发。站在美发中心的镜子前，他照了又照，又一狠心，斟酌着问他的发型师：你看，焗成黄的怎么样？

发型师仔细端详着，肯定地说：行，黄色好，显精神。

这天，为了让刚拿到驾照的女孩儿练练手，马延年亲自当起了教练，陪着小希在开发区空旷的马路上绕弯。儿子的电话忽然来了，瓮声瓮气地叫了声"爸"后，说：你还是来一趟吧，产品出了点儿问题。

马延年的木雕工艺制品厂就是当年的修补作坊。只是，厂长换成了他儿子周全。里面出产的也不再是补过的旧家具，而是每件都盖有大师签章的复制品。每件都由人工倒模精制而成，价廉物美，销路广泛，特别适合于那些热爱木雕工艺，经济上又不太宽裕的人士。

等到小希犹豫不决地把车开进工厂大门时，周全正在车间门口抽烟。看着父亲顶着一头黄发下车，他一连朝驾驶座上瞄了好几眼，才冲着马延年说了句时髦的玩笑话：爸，你们城里人可真会玩哪！

马延年没心思理会他，匆匆走进车间，用手往那些成品上一捏就发现了，是树胶的凝固出了问题，软绵绵的，就像小希常吃的焦糖布丁。马延年还是没有说话，核对完调配单后，径直去了后面的库房，指着树胶包装的商标，问儿子：这是什么牌子？

儿子瓮声瓮气地说：我怎么知道？澳洲发过来的就是这个。

马延年二话不说，掏出手机打越洋电话到了澳洲的悉尼，开口就问汤红：你怎么搞的？用得好好的树胶，谁让你给我换了牌子？

汤红正在做晚饭。她同样没好气地说：那你叫我怎么办？你儿子一次两次地压价，你说我该怎么办？

马延年狠狠地瞪了儿子一眼，说：那你事先也得跟我打声招呼嘛。

电话那头停顿了一会儿后，又传来汤红的声音：那我事先跟你说，亚琴又要生了，这回是对双胞胎。说完，她又说起了女儿与她的希腊丈夫，都希望马延年能来悉尼走一走，看一看，来看看他们的孩子们。汤红说话的语气仍像躺在他身边时那样，一点儿都不客套。最后，她说：亚琴可一直把自己当作你亲生的女儿，你就当来看看你的几个外孙嘛！

马延年握着手机沉默地点了点头，心中很有点儿百味杂陈的感触。挂掉电话后，他又瞪着儿子，最后无奈地摇摇头，说：真是狗改不了吃屎，都当上外国人了，还净干这些以次充好的勾当。

　　可是，经过再三权衡，马延年最终还是没去澳洲，而是带着小希游了趟厦门。一天傍晚，他们手挽着手漫步在厦门大学门前的沙滩上。夕阳无限好，只是近黄昏。马延年触景生情，走了会儿，竟然学着那些昏头昏脑的大学生，把嘴凑到小希耳边，轻轻地说了三个字：我爱你。

　　说完，他自己也有点儿发愣，睁大眼睛想了想，发现这辈子还是第一次说这三个字。

　　小希没有一点儿反应，吊着他的膀子又往前走了几步，才慢慢停下，转到他面前，用双手环住他的腰，整个人贴在他身上，整张脸都埋在他胸前，那么用力，又是那么无声无息。

　　马延年举目远眺，心里面翻来覆去，又想到了九个字：一万年太久，只争朝夕。

《青年文学》2016 年第 4 期

米　椒

董立勃

米椒是一种辣椒，又叫朝天椒。它很小，很尖，却极辣。据说，没有任何一种辣椒，比它更辣了。

阿坡六十二岁了。喜欢吃的菜，是米椒炒腊肉。

每每吃到这道菜时，阿坡就会想起五十年前他的两位小伙伴以及相关的一些人和事。

西北。戈壁。盛夏。

中午。太阳像个火盆。地面被烤得发烫。

农场某个连队。一片泥土房子，围着一个操场。操场中间立了一根木杆。杆子顶上，挂了一个高音喇叭。杆子上，贴着一条白纸红字的标语，上面写着：无产阶级文化大革命万岁。

太热。吃过午饭后，有两个小时，可以什么都不干，在屋子里睡觉。

阿强睡不着。起身，走出土屋。

阳光刺眼，睁不大，眯起了一条缝。

朝另一个土屋走。相隔有五百米，要走一会儿。

上身穿一件蓝布衣，下身穿一件蓝布裤。脚上穿了一双布鞋，没有穿袜子。脚脖子处，有点土污。

胸前衣襟上，别了一枚领袖的像章。

另一个土屋，门半开着。他没有进去，站在门口，喊了一声：阿坡。

过了一会儿，阿坡走了出来。

也是蓝布衣裤，蓝布鞋，也是胸前别了一枚领袖像章。

阿坡没问干什么。

用不着问。这个时候喊他，要去干什么，不用问也知道。

阿坡走到阿强跟前：晚上有电影。

阿强说，啥片子？

阿坡说，可能是《地道战》。

阿强说，看了五遍了。

阿坡说，我爸下午去接放电影的。

阿坡的父亲是赶马车的。要看电影，得用马车去把放电影的人和设备接来。

两个人说着话，往一个方向走去。

土房子不高，破旧，可排列整齐。一排房子与另一排房子，有一条踩出来的土道。顺着这条土道，往东走，可以走出连队的营地。

走到最后一排房子时，阿强和阿坡遇到了一个人。

这个人叫宋敬元，是个大人。他刚走出屋门，走到土道上，就遇到了阿强和阿坡。

双方都没有想到，会在这个时候、这个地方相互遇上了。

阿强和阿坡站住了。宋敬元也站住了。

阿强和阿坡十二岁。宋敬元有四十多岁。

按说，阿强和阿坡应该喊宋敬元一声叔叔，可他们没有喊。

就算阿强和阿坡没有喊，作为长辈的宋敬元也可以向两个孩子打个招呼，可宋敬元也没有吭声。

莫非他们不认识？

这不可能。一个连队，男女老少全算上，也就是三百多人。过的又是集体化生活，一块地里干活，一个食堂里吃饭，一个操场上开会，看电影和干别的事。相互之间，没法不认识。

莫非认识是认识，没有来往，不熟悉？

这个可能性，有。一群人，就算天天在一起，也会有亲疏之分。况且，又是孩子和大人，差着辈儿，隔着代，有生分也不奇怪。

不过，这个可能性，发生在别人身上，可以说得过去，但要发生在眼前的两个孩子和一个大人身上，却讲不通。

因为，曾经有过一段时间，阿强和阿坡只要见到宋敬元，从来都是一口一个叔叔叫个不停。

同样，宋敬元要是见了阿强和阿坡，也会一样关心地问这问那。

也就是说，他们不但认识，还非常熟悉。

到了什么程度，让阿强和阿坡自己说，多少次跑到了宋敬元家里玩，玩得忘记了吃饭时间，干脆不走了，吃宋敬元做的米椒炒腊肉。

宋敬元是湖南人，有从湘江边寄来的腊肉。一次只能寄一点点儿。除了自己家里人外，只给阿强和阿坡吃过。

这么看来，他们之间，不但认识，还很熟悉，并且，很亲密。

这样的关系，不管在什么地方遇上，都不该只是发愣，没有话说。

显然，在他们之间，发生了另外的事。

没错，确实在他们之间发生了另外的事。

前边说过，有一个前提，就是曾经。

曾经的意思，就是过去。也就是说，过去是那样的关系，现在不是了。

是什么事，让过去亲如一家的关系，发生了根本的变化？要说清楚并不难。

曾经和过去，其实并不遥远。算起来，也就是去年的下半年。

那个时候，阿强和阿坡能去宋敬元家玩，能吃上宋敬元做的米椒炒腊肉，只是因为宋敬元有一个儿子叫阿水。

同样大小的孩子，一个连队上有五六十个。这么多孩子，只有阿强、阿坡与阿水能玩到一块儿。

除了在教室上课和在家里睡觉，只要到了太阳和月亮下面，三个人就会成为彼此的影子，极少分开过。

一块儿跳到水渠里，看谁扎猛子扎得又深又远，在水底憋得时间长，比赛谁从水底摸出的泥鳅多。

一块儿在荒原上撒野，像是不知累的小马驹，把一只野兔子生生追得喘不上气，被放在火堆上烤熟，吃得连骨头都不剩。

一块儿与别的连队的野孩子打架，十个孩子也打不过他们三个，因为他们团结得像一个人一样，从来都是一齐进退，绝不会有谁临阵脱逃。

一块儿在班级的六一儿童节的联欢会上，合唱"我们坐在高高的谷堆旁边，听妈妈讲那过去的故事"。稚嫩的童音听起来好像从天空中飘来的一样。

三个人一块儿，不管到了谁家，只要到吃饭时间，家里大人不会让另外两个走，会留下来一块儿吃。这个时候，不管吃什么，三个人都吃得特别香。

三个人不止一次在一起商量讨论，长大了要去干什么。尽管对于具体要干什么，一直没有达成共识，但有一点却从来没有异议，那就是不管干什么，当兵当工人或者是当农民，三个人都要一块儿去。

那会儿，三个人怎么可能想到，就在相互约定了未来之后不到半年时间，就在去年一年快要过完时，那最寒冷的一个夜晚，三个人中的阿水就永远地离开了。

不是疾病，不是灾祸，不是被害，不是躲不开的意外。

阿水自己走到了水渠边的防风林里，用一根经常用来背柴火的绳子，勒住了脖子，吊在了一棵沙枣树上。

谁都明白阿水为什么要这么做。可又都觉得阿水不该这么做。

革命的风暴席卷祖国大地，每一个人都不能置身事外。只是不管遭遇了什么，都要有个正确的态度。任何自杀的方式都是错误的，遭到谴责的。

树林里有野兔子，有人会下套子套兔子。下套子的人，要早早去收套子。有一个人，去收套子，看到了阿水。舌头伸出，身体悬空的阿水。这个人吓得快要昏过去。

死人的事，不常发生。发生了，就成了大事。都跑去看。

戴着红袖章的造反头目说，这是自绝于人民，自绝于党，死有余辜。

没有人哭。连来收尸体的宋敬元和他老婆，也没有敢让眼泪流下来。

正好这时操场的高音喇叭里，传出了伟大领袖最新的最高指示。人们的注意力被转移，不再理会阿水。全涌向了操场，搬出了锣鼓，一边敲打着，一边欢呼着。

尽管寒风吹动，但天地间没有一点儿悲伤。

阿强和阿坡冻得缩在棉袄里，相互看着，没有一点儿表情。

阿坡说，阿水昨天在我家门口喊我，我没有理他。

阿强说，也来找我了，被我臭骂了一顿。

阿坡说，他可真没有必要去死。

阿强说，他死得比鸿毛还轻。

和那时所有的人一样，阿强和阿坡也有一本红皮子的语录书。只是阿强说话时，会经常用到其中的一些句子。

确实差不多半年前，阿强和阿坡就不和阿水玩了。

人在一起，不管是大人还是孩子，有一阵好得不行，又会因为某件事，有一阵子不好了，都是常见的事。一般来说，各自的生活，都不会因此受到太大影响。

只是，在这一年，发生的事，有一些特别。只要因为这个事，让相互的关系发生变化的，产生的结果，都会超出各自的预想。

那些事，别说两个孩子想不到，就是大人们也都觉得像做梦一样。

原先一个连队的人，全是同志，是兄弟姐妹。争争吵吵、打打闹闹的事有，可真正翻了脸，你死我活，斗来斗去，还真没有过。

好像就是在某一天早上醒来后，突然发现身边有了一群敌人，差不多有几十个。这些人每个人都戴了一顶帽子，上面写的字，全是地富反坏右、走资派、牛鬼蛇神中的某一个。

每天收了工，把自己洗得干干净净，搬个小板凳坐在门口看报纸的文贵成，原来是个老右派。

在养鸡场养鸡的老张，别看长得像个菩萨，原来是个隐藏下来的国民党特务，准备与蒋匪军内应外合反攻大陆。被揪出以后，直到活活被打死，也不肯把发报机交出来。

还有那个从上海来的做过舞女的漂亮女人，不但把参加过长征的老干部给腐蚀了，还说什么共产党全是大老粗，没有文化，不会管理国家。揪出以后，不到两个月，以现行反革命罪被判了死刑。

还有一个人，就是宋敬元。

谁又能想到，见人随和可亲、老实巴交的宋敬元会是个地主。和课文里"半夜鸡叫"的周扒皮一样，残酷压迫过劳动人民，并且一直想回到万恶的旧社会继续作威作福。

1949年解放时，宋敬元二十三岁，所有地主能干的坏事，他都有能力去干了。虽然他再三辩白，说他成年以后就离家去县城读书了，欺压贫下中农的事没有亲自干过，但没有人会相信他说的话。

宋敬元的名字也随即被改了宋扒皮。戴红袖章的人，要求所有的孩子见了宋敬元，再也不能喊宋叔叔，必须喊宋扒皮。

没有孩子会不喊，阿强和阿坡也一样。一上学，就接受革命理想教育，阶级仇恨的种子，早就播撒在了心田，一遇到合适的气候，马上就会生芽开花结果。

突然看到课文里的大坏蛋，跑到自己的面前了，革命的接班人怎么可能不激动得热血沸腾、挺身而出呢？

宋敬元成了宋扒皮，阿水当然也就成了宋扒皮的儿子。成了宋扒皮的儿子，还想再受到以前的待遇就没有那么容易了。

和他爹一样，他有了一个新的名字，叫地主羔子。

大人批斗宋敬元，打得他头破血流，还把狗屎往他嘴里塞。

学生们也参加批斗会，坐在台子下面看。阿强和阿坡看看台上的宋敬元，又看看台下的阿水。

阿水低着头，不看。阿强说，你不看，就是不恨地主。

阿水抬起了头。大家喊口号，阿水也举起拳头，跟着喊。

批斗会结束了，阿水还想跟着阿强和阿坡一块儿走。只跟了几步，阿强和阿坡说，你别跟着我们，别人看见了，会说我们没有划清界限。

学生们也学大人的样子，在破教室里，把阿水弄到讲台上，让他弯腰低头，说自己是地主羔子，总想着剥削穷人。

阿水不说。

一个男生扯掉了阿水的裤子，光着屁股的阿水满脸通红，用手捂着两腿间，遮住了小鸡鸡。

男生们大笑起来。女生转过了脸，或者用手挡着眼睛。不过，这是什么都看到了以后的动作。

都知道阿强、阿坡和阿水好。让阿强、阿坡发言，揭露阿水的罪行。

阿强说，阿水说他喜欢吃大米饭，不喜欢吃玉米窝窝头。

阿坡说，阿水家经常用米椒炒腊肉。

阿坡说的时候，嘴角的口水，差一点儿流下来。

只是再流也没有用了，不可能再吃得上了。听说，抄了阿水家好几次。刚寄来的一点儿腊肉被造反派拿去打了牙祭。

就算没有抄走，也不可能再去吃了。阿强和阿坡一块儿商量过，以前不知道阿水家是地主，才和他玩得那么好，现在知道了，只能是坚决不和他来往了。

尽管阿水还一直想着能和阿强、阿坡一块儿玩，但实际上这种可能性已经没有了。学生们都重新进行了登记，新增了一栏就是家庭成分。原本看起来都一样的花朵似的孩子们，顿时有了阶级之分。

任用班干部和三好学生时，首先要看家庭成分。阿强家是贫农，当上了班级的劳动委员。阿坡家是下中农，只能当个小组长。

阿水学习好，作文老被当范文念，一直是学习委员。这会儿，不但啥都不是了，还要罚他每天打扫教室。说是用这个方式，改造他的剥削阶级思想。

就这样，阿水在失去了最好的两个小伙伴的同时，成了一个谁都可以欺负的地主羔子。并且，从高音喇叭里传出的声音，不停地在告诉所有人，也包括他，这场革命只是刚刚开始，不但不会很快结束，而且会越来越凶猛，越残酷。

于是，终于在最冷的这一天，越想越害怕的阿水，没有了别的办法，只能用了人类最常见的自杀方式，提前离开了这个世界。

阿水死的那天，是刚过了十二岁生日的第三十七天。

说到这里，对于这个炎热中午，阿强和阿坡在与宋敬元相遇时，他们为什么会发愣，会不知说什么，就多多少少会有些明白了吧？

不过，要说阿水的死，到底和阿强、阿坡有多少关系，还真的不太好说。

没错，死的前一天，阿水分别来找过阿强、阿坡，可能是觉得太冷了，想从两个小伙伴那里找到一点儿温暖的抚慰。

被阿强和阿坡拒绝，肯定会让已经绝望的他更加绝望。但这样的拒绝已经不是头一次发生。更屈辱的事情阿水已经承受过，完全不至于因此就选择自缢。

由此看来，把阿水的死因归到阿强和阿坡身上，肯定是没有道理的。但话又说回来，如果那天阿强和阿坡听到阿水的呼唤时，能走出来与阿水见面并说些什么，阿水肯定不会在当天夜里决然离去。

也正是阿强、阿坡与阿水不同寻常的关系，让两个孩子与一个大人的偶然相遇有些微妙和尴尬。

可以肯定地说，看到阿强和阿坡时，宋敬元一定想起了阿水，想起了三个孩子在一块儿玩耍时的情景。

同样，阿强和阿坡也一样会想到阿水。阿坡还很可能想到了宋敬元的米椒炒腊肉。

不过，就算是想到了，也不会说出来。

宋敬元很快低下头，弯着腰。不是扛着的坎土曼很重，而是这些日子，生活教会了他，见了人做出什么样子才是正确的。

就算是两个小屁孩儿，也让他条件反射地屈膝躬身。

看着宋敬元低头弯腰走过，阿强也一样条件反射，做出了他认为正确的样子。他是个孩子，可他是个贫下中农的孩子，是个红小兵，是革命的接班人。几种身份合在一起的提醒，让他一下子挺直了腰板，似乎一下子高大了许多。

阿强喊了声，宋扒皮，中午不在家老老实实待着，去干什么？

宋敬元停住了，低着头说，报告革命小将，队长让我给地里玉米浇水，不让我在家休息。

阿强说，噢，是这样。把水看好，不要乱跑。

宋敬元说，是，明白。

看着宋敬元走远了。阿坡说，他好像一下子老了许多。

阿强说，老算什么，这种人，死了都正常。

阿强、阿坡说着话，越过了营地最后一排房子，踩着一条蛇一样弯弯曲曲的小道，继续往东走。

营地东边，有一条大水渠。连队的几万亩地，全靠它来浇灌。不但庄稼生长要靠它，人活着也要靠它。三百多人，吃喝用水，也靠这渠水。

渠水也是雪水。从天山上流下来，再毒的太阳也晒不热。看着有些浑，翻滚的激流，裹挟着不少泥沙。实际上，还是很干净的。

站到了水渠跟前。看一眼四周，没有什么人。一扯一拉，衣裤就离开了身体，滑落到脚跟处。

光得没有了一丝布，"扑通"一声，跳到了水中。

渠水有些深，也流得急，可水面不宽，最宽处也不过五米。

一个猛子，可以从渠的这一边扎到另一边。

另一边的渠堤，是一道凸起的沙土丘。松软的沙土，经过如火阳光的烘烤，热得像火炉里的炭灰。

离开刺骨的雪水，扑倒在沙土丘上。冷热的骤然转换，会带给身体一阵阵强烈的快感。

阿强和阿坡早就把这条水渠当成自己的大澡盆子和游泳池了。

准确地说，还有阿水。1966年7月以前，只要来大渠里洗澡、游泳，从来都是三个人一块儿。

躺到沙土丘上，把热乎乎的沙子往身上埋。

边埋着沙子，边说话。

阿坡说，真不知阿水咋想的，那么多牛鬼蛇神，都不去死，他要去死。

阿强说，出身不由己，道路可选择。这个道理他不懂。

阿坡说，你说，人死了，是不是会变成鬼？

阿强说，什么鬼呀神呀，这是封建迷信。

阿坡说，那为什么好几次夜里边，我都梦见了阿水？他伸着老长的舌头，追着我，一个劲儿问我，为什么不理他，为什么不理他。

阿强说，你这还是对他有同情。

阿坡说，不知为什么，总觉得阿水不该死，死得有些冤枉。

阿强说，你的思想太成问题了。咱们和阿水的关系，你不能再把他当成朋友、伙伴了。他作为地主羔子，已经是我们的敌人了。

阿坡说，可阿水没有干过什么坏事呀。

阿强说，他自杀，不接受改造，就是干坏事。革命不是请客吃饭，不能温良恭俭让，对待敌人，就要像秋风扫落叶一样残酷无情。你只要在心里边把阿水当成个小坏蛋，你就不会做噩梦了。

阿坡说，那好吧，我试试看。

阿强说，这还用试，只要这么想就行了。想法很重要，有什么想法，就会有什么做法。想法错了，干的事肯定也会错。想法对了，干的事就会对。

别说，没有了课本，只有一本语录书可以读，阿强倒是更爱学习了。学习成果，通过他说的话，反映了出来。

也怪，同样一本红宝书，阿坡去读，就读不进去。还是喜欢读那几本掉了封面，破烂不堪的老书（再大的火也不能把所有的书都烧光，再偏僻的地方都会有几本暗地里流传的书籍）。

大水渠过去，再往东，紧挨着的是一条防风林。阿水就是在那个林子里把自己吊死的。防风林过去，就是一条国家公路。

躺在沙土丘上，可以听到公路上大卡车驶过的轰隆声。要是站起来，透过防风林枝叶的缝隙，可以看到大卡车奔跑的样子。

在大渠里洗过澡，跑到公路上，坐到路边碎石堆上，看过往的汽车，也是戈壁滩的孩子生活中一个有趣的节目。

那么大一个铁东西，说跑就跑了起来，比马跑得快，比狗跑得快，好像见过的会跑的东西，再也没有比它跑得更快的了。这本身就是一件多么神奇的事啊。

要知道，在那个年代，在中国，不知有多少穷乡僻壤的孩子们，是从来没有机会看到汽车奔跑的。

再说了，汽车也不光是跑，有时也会停下来。司机下车，手里提着一个桶。孩子们一看，赶紧围上去。

帮着司机打水，他们很乐意。司机打开引擎盖，往水箱里加水时，他们就钻进驾驶室，坐到方向盘前，来回转动着，兴奋得像只小公鸡。

遇到脾气好心眼儿好的司机，还会让他们坐到大卡车上，拉着跑一段儿，再让他们下来。他们回到连队上，见到了别的孩子，就得意地夸耀，说自己坐汽车了。

不过，有时也会看到可怕的事。说不上什么时候，公路上就会有车祸发生。连队有一个结婚不久的新媳妇，骑着自行车去场部，就被一辆拉粮食的大卡车撞进了路边用来修路的柏油坑里。司机说，方向盘不听使唤了，追着那个女的跑。

当时，阿水还在。三个孩子一块儿看到了被车撞死的新媳妇。这以前，他们还没有见过死人。

还有一次，他们在公路上玩弹弓，打中了一辆过往汽车的窗玻璃。司机下车追他们，把他们吓得穿过防风林，直接跳进了大渠，才没有被捉住。弄得他们好一阵子不敢去公路上玩，总担心那个司机开车经过时会把他们认出来，让他们赔玻璃。

公路是个特别的地方，这里遇到的事，别的地方看不到。这让他们长了见识。阿坡直接说，我的理想，就是长大了，能够成为一个大卡车司机。

倒是阿强的理想没有受到公路的影响。他一直想的是能成为一名解放军战士。他说，你看，雷锋、王杰、欧阳海都是解放军。要想成为英雄，就要去当解放军。

不能不承认，阿强的想法是有道理的，也是难得的，应该受到鼓励和肯定。

阿水没有死时，一起坐在公路边上，看着过往的大卡车，也说到过理想。他说的理想让阿强和阿坡没有想到。他说他想当个作家，去讲许多好听的故事。

阿水这么想，可能是因为他的作文写得好吧。

当时阿强和阿坡还笑话他，说当作家可不是戈壁滩上的孩子该想的事（后来的事实也证明了这一点。几十年过后，这个连队的孩子有考上大学的，但没有出过一个可以称得上"家"的文学艺术人才）。

不知起点，也不知终点，看不到头儿的公路，孩子不可能不被吸引，不管在什么时候，什么地方。

雪水渠里洗了澡，沙土丘上晒了太阳。现在该去公路上看看了。

公路上汽车并不会一辆接着一辆，通常会十几分钟，甚至几十分钟，才会驶过一辆。汽车还是稀罕东西，一个上万人的农场也只有四五辆。小车子就更少了。几年里，阿强和阿坡在公路上，好像只见过几次，全是战争影片里将军们坐的吉普车。

车子本来就少，抛锚和车祸更是难得一遇。所以，两个人穿过防风林走到公路上时，与其说是想要看到什么，不如说是出于习惯。像是动物有自己的活动地盘一样，他们也有几处经常去的地方，有事没事都去转转看看。

自从去年五月份开始，说课本里封资修的内容太多，不能再使用了，就再没有好好上过课。大人们不下地干活了，忙着开会学习，搞阶级斗争。阿强和阿坡这么大的孩子，属于未成年人，造反闹革命的事轮不上，只能把大量的时间用来玩儿了。

沿公路一侧，有规则地堆放着一些碎石堆。是养路工人运来的，用于修补破损的路面。

孩子们对这些碎石堆感兴趣，和修路没关系。只是因为其中一些拇指大小的鹅卵石，适合用来做弹弓的子弹。

农场的男孩子差不多每一个人都有一把皮条做成的弹弓。到公路上看汽车时，会捡一大把鹅卵石装到口袋里。

走到烈日烤晒着的公路上，往远处看，能看到一片蒸汽，像水浪一样翻腾着。这时有大卡车开过来，大卡车就会变得像是一只大船了。

只是此时到公路上看汽车、捡石子，有些不太合适。太阳太毒辣，照在身上，像是用火鞭在抽。

阿强和阿坡商量，捡够了石子就离开。

各捡了二三十颗石子，又把路边的电线杆子当靶子，两个人比了一下谁的弹弓射得准。

各射五颗石子。阿强射中了电线杆子三次。阿坡只射中了二次。阿坡不得不服气，因为这至少是第十九次比试了，阿坡没有一次胜过阿强。

阿强说，走吧，太热了。

阿坡说，我渴了。

阿强说，我也渴了，找点解渴的东西吃。

正要转身离开公路，阿坡看到从公路的南边开过来一辆大卡车。同时，阿强也看到了从北边开过来一辆大卡车。

不约而同又站下了，等着大卡车从身边开过去，再离开。

两个人怎么也没想到，开到身边的大卡车突然停了下来。

而停下来以后发生的事，更是让他们没有想到。

车子从两边开过来，在掠过阿强和阿坡时，带起了一阵热风。几乎同时停在了离他们两个五米远的地方。

车子停下来的同时，每个车子上跳下来五六个人，朝着阿强和阿坡走过来，弄得两个人一下子紧张了起来。他们只是站着，只是用眼睛看了看大卡车，可是什么事都没有干啊。双方没有道理冲着他们来呀。

阿坡说，我们跑吧？

阿强说，我们又没有惹他们，为什么要跑？

两伙人越走越近，近得可以看清他们的长相了。

打扮几乎没有一点儿差别。全是黄色的军装，腰间扎着武装带，胳膊上戴着红袖章，手里都拿着一本红色语录书。

不但样子一样，连岁数也都差不多，几乎都是二十岁左右。

莫非他们是一伙儿的，在公路上遇见了，停下车互相打个招呼？

好像真的是这样的。在朝阿强和阿坡走过来时，他们的眼睛根本就没有看这两个小屁孩儿，而是相互紧盯着对方。嘴里边好像还在互相叫着对方的名字。

不过，很快就让阿强和阿坡明白了，他们只是样子看上去像一伙儿的，但却真的不是一伙儿的。因为他们走近了以后，把手里的红宝书挥动起来时，他们的表情是愤怒的，言语是激烈的。

吵的内容有些复杂，作为孩子没法听懂。可骂出的脏话，意思是直接明确的。这样吵架的场面，阿强和阿坡并不陌生。农场里的大人们，也经常这么吵来骂去。

刚吵骂了一会儿，这些人就不耐烦了。大约是明白了，怎么吵骂都不会有结果，不会有输赢，只是白费时间和唾沫。

不吵骂了，两伙人转过身跑回大卡车。阿强和阿坡以为他们会跳上大卡车各自离去。

完全没有料到他们跑回大卡车，不是要逃跑，而是要换一种方式，与对方继续战斗。

这个方式，就是武斗。自从有了文攻武卫的新说法后，全国各地的造反行动就马上升级了。

武斗就不能只是用红宝书了，大刀长矛还有钢管棍棒成了常规的装备。据说有许多地方，直接把军火库抢了，坦克被开上了大街。

不过，在两个孩子面前的这群人，从大卡车里拿出来的，只是常规的装备。只是这些装备的杀伤力同样不可低估。

几乎就是眨眼之间，口号声变成了铁器的碰撞声，辩论声变成了皮肉撕裂时的惨叫声，叫骂声变成了奄奄一息的呻吟声。

四周都在厮杀，逼得阿强和阿坡站到了一堆碎石上。

好几次棍棒和刀矛都差一点儿碰到他们。

一个拿长刀的，把一个拿棍棒的砍倒在他们身边。对他们说，你们快走，这里危险。

只是他的话还没有说完，一把长矛就戳进了他的肚子。拿长矛的也对他们说，你们快走，这里危险。

他们没有走。不是不想走，而是他们吓傻了。

二十分钟后，武斗结束。双方没有倒下的，把各自一方死了的伤了的，拖着抬着背着，弄到了大卡车上。

不大一会儿，两辆大卡车分别消失在了公路的南边和北边。

又和半个小时前一样了，像什么都没发生过一样，太阳还在头顶上，亮成了一个白点。公路上，又只剩下了阿强和阿坡。

阿坡说，这是真的吗？

阿强说，你看，要不是那些血，真难相信这是真的。

在他们站的石子堆四周，到处是一摊摊的血。大小不一，形状各异，在白色的碱土上，极鲜艳，像是一种绚烂的花朵。

阿坡说，他们为了什么？

阿强说，他们都在喊，要保卫毛主席，保卫党中央。

阿坡说，毛主席在北京，在中南海，用得着他们在这里保卫吗？

阿强走到一摊血跟前，蹲下来，用手指蘸了一点儿，放到鼻尖处闻了闻。又走到阿坡跟前，让阿坡闻。

阿坡说，我不闻，恶心。

阿强说，我闻着挺好闻。

阿坡说，这些人是不是疯了？

阿强说，你怎么能这么说！他们是为了理想和信念在战斗，就算是死了，也是英雄，是烈士。

阿坡说，我看就这么死了，太不值。

阿强说，你就是个怕死鬼。唉，我要是能早生几年就好了。

阿坡说，有什么好？

阿强说，我就可以参加红卫兵了，去大串联，去天安门广场，去造反闹革命了。也可以为了保卫毛主席抛头颅洒热血了。

阿坡说，万一被打伤了，被打死了，怎么办？

阿强说，就算是死了，也是死得其所，比泰山还重。

阿坡说，我可不想死。

阿强说，你太没有觉悟了。

阿坡说，可我们还是孩子。

阿强说，孩子又怎么了？刘胡兰、王二小、儿童团、红小鬼，这些故事，你全都忘了吗？

阿坡说，我没忘。

阿强说，没忘，你怎么还说这种话？你的思想这么落后，让我怎么和你一块儿玩儿？

一听阿强不和他玩儿了，阿坡有些着急了。要知道，阿水不在了，阿强要是再不理他了，那他不知会有多孤单。赶紧说，好好，我错了，我再也不说这种话了。

确实不太像是真的。莫非是老天为了让两个荒野上的孩子长长见识，有意给他们安排了一次专场演出？那些厮杀，那些喊叫，那些鲜血，那些死伤，也只不过是为了让演出的效果更逼真？（关于这场武斗，阿坡在长大了以后，曾经去了解过。不管是当时公开的报纸传单，还是后来的档案史料，都没有找到一点儿相关的记载，甚至连一个亲历者都没有找到。弄得阿坡都不由得怀疑起了那场武斗是不是真的发生过。）

离开了公路，两个孩子商量着要找一点儿解渴的东西吃。

这也是他们经常会安排的节目。只是今天经历了公路上的那些事后，好像比往日更饿了，更渴了。

要找一样东西，不但可以顶饿而且还可以止渴。

这种东西，在一个以农业生产为主的地方并不难找。

果园里的果子和瓜地里的瓜有不少已经熟了，可为了防止有人去偷吃，连队派了专人看管。要吃到嘴里风险太大。

阿坡说，有西红柿。

阿强说，还有黄瓜。

菜地不会派人看管。只要地里没有人干活，很容易就可以弄到。这段日子，天气太热。一般下午都不下地干活了，睡了午觉起来会集中学习开会，读报纸或者讨论表决心，实在没事就找个牛鬼蛇神来批斗一阵儿。

两人经过分析以后，认为菜地里这会儿不会有人，可以到那里解决一下饿与渴的问题。

菜地紧挨着一块玉米地。玉米正在拔节灌浆期。

快到玉米地时，想起了中午离开营地时遇到的宋敬元。

阿坡说，宋扒皮说他在给玉米地浇水。

阿强说，遇到他，不用怕，他可不敢管我们。

穿过玉米地时，只看到地里的毛渠流着水，没有看到宋敬元。

阿强说，这个地主分子，才不会好好给社会主义干活呢，肯定躲在阴凉地里偷懒呢。

顺着田垄，穿过玉米林子，就到了菜地。

先把头从玉米的青纱帐间探出来，看了看菜地的情况。果然一个人都没有。

阿强和阿坡弯着腰，钻进了菜地。十二岁的孩子，个头本来就小，再一弯腰，就完全被庄稼遮住了。就算有人经过，想要发现他们也是很难的。

不大一会儿，两个人就用衣服兜着十几个黄瓜和西红柿回到了玉米地里。

偷来的黄瓜、西红柿，两个人你一个我一个，不大一会儿就全部吃到了肚子里。

不再饿了，也不再渴了。

站了起来，准备往营地走。晚上有电影看，尽管是看过多遍的老片子，但还是想再看。得早点儿回去，去操场上占位子。去晚了，没有好位子了，只能坐到边上。

身体里有了水分，也有了尿意。

尿的时候，下意识地四处乱看。看到了某一个方向，阿强的脑袋停住不动了。尿完了，还不动。

阿坡说，你在看什么？

阿强摆了摆手，示意阿坡小声点儿，招呼阿坡也来看。

阿坡把脑袋凑过去，朝着阿强看的方向看过去。

这一看，阿坡明白了阿强为什么尿完了还站着不动。

菜地里有一个人，也在偷菜。这个人不是别人，而是宋敬元。

偷的菜不是西红柿，也不是黄瓜，而是辣椒。准确地说就是米椒。

说起来，这些米椒，还是宋敬元种的呢。

原来连队的菜地里没有米椒，只有那种大而圆的不太辣的灯笼形状的辣椒。五年前，有一次连长路过宋敬元家，闻到了米椒炒腊肉的香味，走了进去。尝了几口后，让宋敬元从老家要一点儿种子来，并把他从浇水班调到了种菜班。

就是变成了宋扒皮以后，负责种植米椒的任务还是交给了他。别人没有种过，都说不会种。只是，种还是宋敬元种，米椒成熟后支配权却不再属于宋敬元。就像种瓜的人吃瓜不要钱一样，以前宋敬元吃米椒是不用拿钱去买的。

必须要说的是，现在就算是宋敬元拿钱去买也不会卖给他。被专政后，针对宋敬元专门做了一条规定：他可以继续种米椒，但不能再吃米椒。没有别的意思，凡是敌人拥护的，我们都要反对。地主分子越想得到的东西，越是不能让他得到。知道宋敬元酷爱吃米椒，不给他米椒吃就是对他的一种惩罚。

米椒地不大，顶多只有半亩。只是米椒熟了后，全变成了红色，密密麻麻像是无数簇火苗，在一片青绿色的庄稼中显得格外耀眼夺目。

宋敬元正从米椒地的这一头走到那一头，他没有停下来也没有弯下腰，看上去只是路过一下。只有离得近了，看仔细了，才可以看出来，他的一只手在掠过米椒时，不断把一些熟透的米椒揪下来，并以极快的速度装进衣服口袋里。

阿强说，看到了吧？

阿坡说，看到了。

阿强说，地主分子正在盗窃国家财产。

阿坡说，只是几个小辣椒。

农场的人，全是农民，没有自己的地，连自留地都没有。干活时，可以吃的，可以用的，顺手拿一点儿，带回家里，是常见的事。只要量不是太大，不要被干部抓个现行，相互看见了，也只是会心笑一笑，不会谁跟谁过不去的。有时，还会开玩笑说，国家的人，拿点儿国家的东西，不算个啥。

想到别的人，包括自己，还有身边大人干过的事，阿坡觉得宋敬元眼前干的这个事，根本就不算个事。

阿坡说，走吧，别理他了。

阿强说，要是别人，可以不理，但这个人，可是个地主分子。同样的事情，发生在不同的人身上，性质就不一样了。

阿坡说，你又不是不知道，他太爱吃米椒。

阿强说，所以就不能让他吃上。

阿坡说，看在阿水的面子上，还有以前吃过他做的饭，我看，要不，这次就算了。

阿强说，对敌人同情，就是对革命犯罪。

阿坡说，那就告诉他，快别干了。

阿强说，不，让他干，继续干。

阿坡说，你什么意思？

阿强说，拿得越多，罪恶就越大。

好像知道拿得越多，后果越严重。宋敬元穿过米椒地，走出来时，也就是只在裤子口袋里装了一些。

走出米椒地后，宋敬元就走进了玉米地。他的任务是给玉米浇水，已经浇了一大半了，还有一小半没有浇，在天黑以前，他得完成。要不，造反派又会以偷懒耍滑的罪名让他吃苦头了。

正在玉米地里的阿强和阿坡，看到宋敬元朝着他们走了过来。

阿坡说，我们走吧，不要和他碰上了。

阿强说，走什么走，阶级敌人自投罗网，我们怎么可以逃跑！

正说着，宋敬元钻进了玉米地，也看到了阿强和阿坡。

怎么也没有想到玉米地里会有人，宋敬元吓了一大跳，脸色变得灰白。

不过，看清楚了是阿强和阿坡这两个孩子后，他的脸色有了些变化，变得不那么难看了。

宋敬元说，我在给玉米浇水。

阿强说，给玉米浇水，怎么跑到了菜地里？

宋敬元说，是路过。

阿强说，是不是很久没有吃到米椒了，想吃了？

宋敬元说，是想吃。

阿强说，想吃，就去偷呀？

宋敬元说，我没有偷。

阿强说，群众的眼睛是雪亮的。

宋敬元说，我真的没有偷。

阿强说，你的口袋里装的什么？拿出来看看。

宋敬元不肯拿。阿强走过去，把手伸出去，拿出一把红色的米椒。

宋敬元低下头了。

阿强说，你还有什么可说的？

宋敬元说，我这些天，心口堵得难受，用米椒泡水喝，会好一些。

阿强说，不管什么理由，也不能偷。这样吧，去到队部说吧，让造反派来处理吧。

一听到"造反派"三个字，宋敬元瘦小的身体哆嗦了一下。

阿强说，走吧。

阿强让宋敬元走，宋敬元不走。不但不走，宋敬元还一下子跪了下来。

宋敬元说，阿强，阿坡，我知道阿水和你们最好，他不在了，看在你们是同学、是好伙伴的面子上，就放过我吧。

阿强说，谁和他是好伙伴！他是个地主羔子，他死了，是活该，和我们没关系。

宋敬元说，我知道，你们最爱吃米椒炒腊肉了，到我家去，我给你们炒。

阿强说，你想用糖衣炮弹拉拢我们革命小将，门儿都没有。

不知是不是米椒炒腊肉勾起了阿坡的馋虫，阿坡拉了一下阿强的衣襟，对阿强悄声说，他都跪下了，要不，把米椒没收了，就让他走吧。

一听阿坡这句话，阿强火了。说，阿坡，敌我矛盾，你死我活，不能讲情面。

也是巧，就在这时，从营地传来喊声。离得远，声音有些弱，但可以听得出来，是喊阿坡的。

阿坡说，我妈喊我。我们走吧，阿强。

阿强说，你妈喊你，又没有喊我。你走吧。

阿坡说，我妈喊我，不回去，我妈会揍我。

阿强说，看你没有出息的样子，留下也没有用，行了，你回去吧。等着我，去操场占个位子，晚上咱们一块儿看电影。

阿坡说，那我就走了。你一个人行吗？

阿强说，你走吧，放心，我一个人可以对付这个地主分子。

阿强这会儿是真的希望阿坡能离开。因为这会儿，他想到了许多熟悉的少年英雄的故事。阿坡不走，勇斗地主分子故事主角的光芒，就有可能会让他分去一部分。遇到这么个机会不容易。都想当英雄，除了胆量和思想觉悟外，机会也是很重要的。尽管阶级斗争是很激烈的，坏人也很多，但正好遇上他们在干坏事，也是很不容易的。

看着阿坡一步步离开走远，阿强没有不舍，也没有生气，反而有些高兴。他觉得自己离成为英雄的时刻，越来越近了，美好的梦想马上就要变成现实了。

阿坡被妈妈喊回去，没有别的事。妈妈给了他一盆生葵花子，让他炒熟了。看电影像过节，农场人都会边嗑着瓜子边看电影。

炒好葵花子，阿坡搬了几个板凳走到操场上。还有比他来得早的，已经把最中心的位子占上了。他只能再另选一个不太偏的地方了。一共占了六个位子，除了家人以外，其中有一个位子就是给阿强占的。

父亲赶着马车在晚饭前出现在了操场上，一群孩子欢呼着拥过去。电影放映队的准时到来，让大家可以放心晚上看电影这个事了。

因为这以前发生过好几次，说是晚上要放电影，提前占了位子，结果发生了变故，电影放映队没能出现，搞得大家不知有多扫兴（那个年代，在偏远的荒野上，看电影是一件非常盛大隆重的事，没有经历过的人是想象不出来的）。

八点钟吃过晚饭，没有别的事，大家就早早地到了操场上。这里夏季的白天要比内地长两个小时，不到十点钟天黑不下来。

阿坡坐到了板凳上，边嗑着瓜子边等着阿强出现。等了一会儿，没有等到阿强，却看到阿强的妈妈朝他走过来。

阿强妈妈问阿坡，阿强没有在你家吃饭吗？

阿坡说，没有呀。

阿强妈妈说，这孩子，咋回事？也不回来吃饭。

阿坡说，我和他在玉米地玩儿，我先回来了，他说等一会儿就回来。

阿强妈妈说，啥时候的事？

阿坡说，半下午时。

阿强妈妈转过身走了，过了一会儿，又带着阿强的爸爸来了。

阿强爸爸原来是放牛的。因为苦大仇深，所以成了农场革委会主任。他一脸严肃，过来问阿坡到底是怎么回事。

阿强爸爸的样子让阿坡有点儿怕。除了和阿强一块儿偷西红柿和黄瓜的事没有说之外，其他的事全都说了。

阿强爸爸让阿坡带着他去玉米地。

跟着一块儿去的还有几个戴着红袖章背着步枪的民兵。

没有费事，走进玉米地，就找到了阿强。

阿强还是阿强，只是这个阿强和那个阿强有了很大的不同。

他的脸部和胸部遭到了坎土曼多次重重砍挖打砸。绽开的皮肉，碎裂的骨骼，喷涌的鲜血，已经把他弄得面目全非。

他躺在一条土埂上。旁边横了一把多处沾了血迹的坎土曼，还有大约十几颗散乱的红米椒。

一片踏倒的玉米秆和一片踩蹬形成的痕印，很容易就让人判断出，这里刚刚发生过一场激烈的搏斗。

一部分人留在现场搜集证据。一部分人抬着阿强往连队卫生室跑。

还没有跑到卫生室，迎上来的阿强妈妈就发出了呼天抢地的哭声。

还有一部分握枪执刀的人，在阿强爸爸的带领下，直接扑向了宋敬元家。

在离宋敬元家还有几十米远时，有一股火焰从他的家门窗里蹿了出来。

门从里边被锁上了。房子用草木搭建。几乎眨眼之间，一幢破旧的农舍就变成了一束硕大的火把，在刚刚降落的暮色反衬下，显得狂暴猛烈，不可遏制。直到它自己把什么都烧光了，变成了一堆灰烬，才好像达到了某种目的，慢慢地平息下来。

阿强爸爸端起步枪，朝着大火不停地射击。

边射击，边叫喊着，宋扒皮，你不是人，你是个畜生，连孩子都不放过。一把火烧了你，真是便宜了你，要不，我非要把你千刀万剐不可。

头一次在连队的操场上，挂起了白色的幕布，却没有放成电影。

一个贫下中农的孩子被一个地主分子给杀害了，这是多么令人悲伤愤怒的一件事啊。这个时候举行任何包含娱乐成分的活动都是不合适的。

连夜给阿强开了一个追悼会。

悼词里说，阿强虽然死了，但他的死重于泰山。

第二天就有地区报社的人来了。阿坡成了重点采访对象。但阿坡说的他们去偷西红柿和黄瓜的情节，在地区的报纸上没有出现。变成了少年阿强长时间义务看护集体的庄稼，在一次巡视时，发现了正在偷盗国家财产的地主分子，于是挺身而出，与地主分子勇敢斗争，最后壮烈牺牲。

农场开大会，宣读了阿强的事迹，并把他命名为英雄少年。

他的墓地修在了农场连队操场的东北角上。石头的墓碑刻上了"英雄少年阿强"的字样。

不知什么原因，阿强的故事传播的范围一直没有越过戈壁，进入到更多的城市乡村。阿坡那一段时间总是格外注意操场上的高音喇叭，他想着阿强的名字肯定会像许多英雄一样，通过中央的广播报纸传遍大江南北。

但听到的，只有唱了不知多少遍的几首歌，还有就是什么社论和通告。

阿坡有些恼火，觉得阿强在死了以后，受到了不公平的待遇。可他一点儿办法也没有。所以关于阿强的英雄故事，最终没有能够流传。

阿强之死，虽然给自己带来的荣耀是有限的，但给阿坡带来的压力却是巨大的，长久的。

过后大家对阿强的死进行了分析，固然，宋敬元的残暴是主要的，但阿坡的中途离开，也是造成悲剧的不可否认的因素。如果阿坡不离开，那个宋敬元很有可能是没有胆量对两个孩子同时施暴的。

而与阿强形成鲜明对照的，就是阿坡的怯懦，胆小怕事，缺乏与敌人面对面斗争的勇气。这一直是阿坡甩不掉的阴影。此后，从小学到初中再到高中，阿坡在班级里一直被当成落后分子。别说是当班干部和三好学生了，到了1975年，全班同学几乎全都成了共青团员，也没有他的份儿。

这样的遭遇让他难过，但他不怨恨。因为连他自己都认为他和阿强比起来，实实在在有着明显的差距。那天的中途离开虽然是母亲喊了他，但他如果阶级斗争的意识更强一些，觉悟更高一些，他肯定是不会离开的。他要是不离开，阿强很有可能就不会是那样的结果了。

如同做梦梦到过阿水一样，阿坡也梦到了阿强。阿强在梦中还安慰他，说他是为了革命牺牲的，死得值，让阿坡不要难过。可阿强不知道，他越是这么说，醒来的阿坡就会越发地内疚。

失去阿强后，他再也没有交上一个好伙伴。干什么事都是他独来独往，形单影只。不是他不想交朋友，而是别人不愿意与他这种有污点的人有更多接触。他没有办法，只好拼着命去找各种公开的和禁止的书去读。好在书本从来不会拒绝任何一个愿意亲近它的人。

结果，命运从另一个方面给了他补偿。1977年恢复高考，从来没有想过上大学的阿坡成了这片荒野上，那一年唯一一个考上大学的人。

一直在某个省报当记者和编辑（快退休时拿到了正高职称，而他的大学同桌成了副省级的领导干部），享受到了大部分中国知识分子能够得到的待遇。作为一个从荒野走出来的底层人，能够闯荡打拼混到这一步，理所当然地被当成了成功的奋斗者，赢得了众多的敬意（他的初高中同学大部分在那片戈壁滩上献出了青春并成家立业）。

可不知为什么，在阿坡的脸上很少会看到舒心满意的神情。他总是愁眉苦脸，像是得了什么难言的不治之症一样。而且与他共事过的人都说，这个人从来不愿意参加集体的娱乐活动，也没有什么铁哥们儿好朋友经常相聚，日子过得有些冷清和寂寞。

没有人会去问阿坡为什么会这样。正如阿坡不会去问某个人，为什么在那个时候，他身边的和他关系密切的人，会接二连三地死于非命。

不会去问，不等于不想知道，其实从上大学，到参加工作，到干记者当编辑，他一直都想弄明白这个事。他把大量的时间用在了对这个问题的思考和探询上，四五十年过去了，得到的结果却是旧惑未解新疑又生。

这期间，他不止一次回到过小时候生活过的农场。20世纪80年代初，操场上的高音喇叭和那个少年英雄的纪念碑同时被拆除了。90年代，农场编了一本史志，作为从农场走出来的成功者，上面有阿坡的名字。但阿坡却没有在里边找到阿强和阿水的名字。

某种负罪感竟在内心深处变得越来越强烈，他经常会想，如果当时对阿水不是那样的态度，阿水会去上吊自杀吗？如果当时不离开阿强，或者阿强不要因为几颗米椒非要把宋敬元交给革命群众，阿强会被杀害吗？而宋敬元又会让自己葬身烈火吗？如果这些都不曾发生，那么阿强和阿水又会经历一个什么样的人生呢？是什么东西让他们只在这个世界上存在了十二年，就结束了一个生命只有一次的轮回？

太多的疑问，如果长久不能得到解答，积压心头必会形成顽疾。于是，这就决定了阿坡这一辈子，怕是再也没有可能像别的老人一样，进入心宽体胖、幸福安详的晚年生活了。

一个人去家门口的公园散步，看到一群和自己年纪相仿的人在唱歌。站住听了一会儿，听到他们唱起了一首那个年代的流行歌。

顿时面生厌恶之神情。很想走过去，问他们一句，那个年代里，留给你们的回忆，真的很美好吗？！真的让你们充满怀念吗？！

阿坡不想上街，不想去公园，不想去参加活动，神色灰暗地躲进用书砌成的小屋，独自回忆着往事，被痛苦折磨。

饿了，起身去做饭。冰箱里，不管什么时候，米椒和腊肉总是会有。

炒一盘，坐下来，慢慢地吃着。

边吃边想，用不了多久，他也会去一个地方，与阿强，与阿水，与宋敬元见面，与那个年代更多死于非命的人见面（如他这样多忧多思，久远沉重的往事，总是搁置心头不肯放下，必会压得他身心难以承受，想要长寿，断无可能）。

阿坡不怕死，与两个曾经同岁的小伙伴比，直到现在，他还活着，实属幸运。只是他活到现在，还没有想好，去了同一个地方，见到了他们，该跟他们说些什么。这还需要他好好想一想，好好想一想。

2016 年 2 月于乌鲁木齐

《作家》2016 年第 4 期

情 怀

余一鸣

一

马天成进明城中学报到后不久，就遇上了教师节。老教师们过节过得麻木了，现在过节不发钱不发物，还被占去半天时间开会，兴致当然不高，不过刚分配来的新教师还是期待的，期待的不是节日福利，数学组四位新人报到时被塞在办公室角落里，就像一锅名叫乱炖的东北菜，乱纷纷的，教师节有个"师徒结对"的项目，一个萝卜一个坑，每个新人都有指定的师傅，马天成希望早日拜山门，最好拜上一位不冷不凶的好脾气师傅。师傅们那天在主席台上站成一排，接受徒弟们的鲜花和鞠躬，鲜花是塑料的，用了至少十几年了，临时用水洗了一下，远处看还能对付过去。师傅们幸福地微笑着，他们知道鲜花属于学校总务处，他们要的是红封面的荣誉证书，评高级、评特级时材料袋里缺了这项不行。新教师们依序排好队上台，马天成面前站的是史竹英，马天成心里一沉，史老师跟他妈差不多年纪，20世纪80年代初的师范本科生，三十多年教龄却没混出名堂，不是特级，不是学科带头人。做谁的学生很重要，马天成吃过苦头，而且哑巴吃黄连有苦不能说。马天成读研时的导师名气不大，同样的硕士学历，大教授的弟子可以接下去读博，即使选择就业也可以挑挑拣拣，而马天成找一份中学老师的职业也费了九牛二虎之力。明城中学是这所城市的名校，进人的门槛高，非硕士、博士学位不收材料。数学组进的四个人是从五十几个竞争者中挑选上岗的，另外三位女生有两位是博士，一位是硕士，但硕士女生长得好看，据说不光好看还被市领导夫人看好，打算将来做儿媳妇。马天成沾光就沾在他是男生，这所学校女教师比例太高，占了五分之四，办公室连个干点力气活的男教师都难找，校长们意识到，招聘时该优先考虑男生了。马天成一米八五的身高，喜欢健身，外形不错。关键是马天成使用洋礼节，见了男人撞个肩，见了女人来个拥抱。男人不习惯，女人也未必习惯，但享受。年轻女人经这一抱，免不了恍惚，年纪大些的女人，被这阳光男孩儿一拥，就仿佛是拥着一个幻觉中健硕的儿子，踏实可靠。每次遇上女性面试时，马天成这一招攻无不克。

当别的新教师都退后一步鞠躬时，马天成却绅士一般朝师傅张开了双臂，他自信他的两臂之间有一个巨大的磁场，有着抵御不了的引力。但是他的师傅偏偏是个例外，她手中抱着塑料花，脸色如塑料制品一样僵硬，嘴角下撇，藏着一丝看不出的讥笑。毛病，这两个字是师傅送给徒弟的首次见面礼。幸亏场面喧哗，没有人注意到这一幕。

吃了这一堑，马天成没长一智，蒙了，但长了记性，在校园里再也不敢像猩猩一样展示那两条长胳膊了。他的老板，不，应该称师傅，尽管在大学里习惯了称导师为老板，但马天成本能地认为史竹英不喜欢这样喊她。师傅史竹英不仅是他的学科师傅，同时还是他的班主任师傅，马天成真信了祸不单行这个成语。进明城中学前有熟悉的前辈叮嘱过他，这种名校的水很深。所谓水深，就是说学生和老师背景复杂。明中学生分为两类，一类是挑选进来的优生，另一类是条子生，家长非富即贵。中学老师本来是个清贫的饭碗，即使是重点中学，除了校长，孩子王也变不成山大王。但是明中女教师多，有权和有钱的人有一个共识，找个女教师做媳妇是不错的选择，自己错过了，找个做儿媳也不错。试想，女教师受过高等教育，知书达礼，对下一代的教育省了心，而且有寒暑假，至少可以抵个钟点工用。这些想法在今天看来很朴素，甚至可笑，但确实有不少女教师嫁入了豪门。这从车库泊的小车可以看出些眉目，马天成有一次误入地下车库，眼界大开，见识了宝马奔驰之外诸多小车品牌。明中的女教师有知识更有志气，显然，她们没有沦为婆家的钟点工。师傅史竹英穿着打扮很普通，马天成觉得她跟自己在厂里打工的老妈没有两样，缺少时尚意识。但是师傅又与众不同，在办公室寡言少语，看同事的眼神高高在上，校长、主任跟她说话都仔细挑词哄着她。马天成摸不清师傅水深水浅。师傅头一回跟他聊天，不像聊天，倒像查户口，马天成的父母原来是小县城的国营厂工人，下岗后在私人企业谋生，条件一般，马天成如实禀报。师傅沉吟了一下说，你父母不易，能供你读完研究生已经对得起你了，但你上班后要打算的第一件事是，买房。那时明城的房价已开始翻跟头，马天成想都不敢想。师傅说，想办法凑齐首付，缺个角儿我先替你补上。别人的师傅都教上课，马天成的师傅教他买房，师命不可违，马天成把这意思跟父母一讲，父母东凑西借凑齐了数字，帮马天成交了第一次作业。房子到手，房价就飙了几成，师傅的教学比专家倡导的"有效教学"有效多了，这是后话。按规矩，第一学期师徒互相听课，徒弟听师傅一节课再自己上一节课，照葫芦画瓢，马天成自以为天资聪颖没问题，但师傅还是罚了他。瓢没画错，圆没画圆。师傅说，徒手在黑板上画圆制图是数学老师的基本功，练成了才能上讲台。

这一天放学后，马天成就在人去室空的底层教室用粉笔苦练画圆基本功。马天成知道达·芬奇画蛋的故事，可达·芬奇是达·芬奇，马天成是马天成，达·芬奇一不小心画成了大师，而马天成画一万遍也就是一个数学教师，只是师命不可违，马天成畏惧师傅那冷漠的眼神。

画圈这活儿不像歌里唱得那般轻松，其实是个体力活，马天成的右臂成了独腿圆轨，在黑板上画了擦，擦了画，胳膊毕竟是肉长的，一会儿就又酸又麻。手机及时地响了，是他的舍友张志勇。张志勇是学校保卫处的干事，与马天成同龄，但人家高中毕业就上班了，工龄长资历深，比马天成牛多了。张志勇说，老马，你十一点钟方向，假山山洞有情况，疑似有小偷进去了，你赶紧去洞口守着，我马上赶到。

张志勇的岗位在监控室。明城中学的校园装了儿十处摄像头，说是为了防盗防偷，其实真正发挥的作用是取证学生违纪。嘴皮子再犟的学生，给他放一段录像，马上就乖了蔫了，少费很多口舌。张志勇感兴趣的是偷窥男生女生躲在角落里亲嘴，当然，最让他兴奋的莫过于男教师和女教师偷情，尤其是某某校长主任之类。熄灯后俩光棍男人免不了要扯一番女人，张志勇见多识广，马天成每每敬称他为"大师"，第二天一早甘心情愿为他打水带饭。

假山就在教室的后面，马天成拿了一把三角板做武器站在洞口外面，仰头能看见墙角上装的摄像头。正是晚餐时间，平时热闹的校园冷清得有些古怪，马天成朝镜头挥舞着三角板，召唤张志勇赶快来，摄像头悄无声息，假山洞内倒有了响动。马天成知道，这洞进出就一个洞口，他壮着胆朝洞口喊，有人吗？有人给我出来。

真有人出来了。映入马天成眼帘的是一个女性的胸脯，或者说是一个摇摇欲坠的胸罩，它耷拉着，又遮盖着，想掉下又不肯掉下，让马天成傻了眼。马天成见识过女人不同的胸罩，有几次也亲手探求过不同的解法，如同解那些充满想象力的立体几何题。但是这道题悬疑，这人没有脸，应该说脸被掀起的上衣遮盖了，这个蒙脸人朝马天成点点头，又朝摄像头点点头，高昂着胸脯而去，居然没有磕着碰着。但马天成还是醒悟了，这人罩着脸的上衣是校服，裤子也是校服，这是学生，女生。像要证实他的判断，洞口旋出一股风，撞了他一个趔趄，又磕了一下树干，冲出去一个人。也是用校服蒙着头，但从组合的排骨可以判定，这是个男生。

马天成知道遭了张志勇这小子的戏弄，恨恨地朝镜头挥了挥三角板，他希望镜头后这家伙开心地朝椅背仰下去，一下子摔断他的腰。

马天成连着几次梦到了这个场景，梦见那胸罩掉下来了，梦见掀开了那遮脸的校服，就是看不清那张脸。马天成深以为耻，一个人民教师，一日为师终身为父，怎么能做这样的梦？这次可让张志勇害惨了。张志勇说，你小子得了便宜还卖乖，这算什么？你想想，我什么风月没见识过，校长首先是人，教师首先是人，你马天成首先是男人，你不就做了个梦吗？

鸡同鸭讲，没法子跟他讲清这个道理。马天成不知道她是谁，她却一定知道他是谁。

二

校长提到那个女人的名字时，脸颊上不由自主地堆了谄媚的笑容，似乎是像纳粹分子提到希特勒时一样条件反射。在史竹英眼中，这跟那种举着手机通话时表情夸张的人一样可笑。校长意识到史老师嘴角的讥讽时，想收敛面部肌肉，但还是慢了一拍。

史竹英认识这个女人。如果说校服扼杀了富家子弟们在校园内炫富的机会，让他们最多能在鞋子的品牌上做做文章，那么家长会就成了家长们展示的舞台。座驾都拦在校门外，进了校能比拼的就是手上拎包、身上服饰之类。男主外，女主内，孩子的事分工属于内务，来的多是女家长，百花齐放，各显异彩，当然，走进教室后最吸引眼球的还是讲台上最朴素的那个人——班主任。史竹英年轻的时候还注意在这样的日子稍事打扮，现在懒得上心了，整洁大方就行，何必跟家长们讲究这个。倒是家长们颠倒了本末，来开家长会讲究的是孩子的成绩，要不，把家长会总安排在考试后做什么？史竹英常常怀疑，有些家长千方百计把孩子弄进名校，并不是为了孩子的学习，而是为了自己的面子。

女人推开教室门时，已经迟到了。倘若是别的家长，会迟疑地朝老师笑一笑，以示歉意，或者慌张地猫下腰，径直找个座位坐了。她倒别致，站在门口举手掩了一下头发，居高临下地扫了一眼家长，并不急着进来。她不像是来开家长会的，倒像是来走T台的。要命的是教室里坐着的家长站起来好几位，巴结地招呼她。史竹英心里冷笑了一下，这位看来不是官太太就是老总夫人，而且是任何时候都不忘记招摇的那类货色。女人不慌不忙地坐下，是坐在殷切的座位上。为了方便老师与家长对上号，座位上贴着学生姓名，家长的座位就是孩子的座位。史竹英从讲台上看下去，往往有穿越感，有些学生和家长太相像了，只是时光前推或后移了若干年。这么说这位女人就是殷市长的夫人，殷切的母亲了。

有其母必有其女，殷切性格中不安分的基因无疑是遗传于母亲。不过，孩子的表现欲属阳光活泼，老师是欣赏加喜欢，但成人爱显摆，尤其是领导夫人好出风头，在史竹英看来并不是件好事，迟早够那位殷市长喝一壶的。

家长会后，免不了有一堆家长纠缠，这年头家长里不乏心理焦虑症患者，升学的压力让不少家长抓狂，老师不但要预防学生心理出问题，还得做好家长倾诉的垃圾箱。史竹英耐心好，总是微笑着颔首听。反正她孩子大了，家务也用不着她动手。年轻教师就惨了，脸上挂着笑，心里慌得像猫抓挠。殷夫人没有来打扰史竹英，史竹英也不觉得这位市长夫人需要高看一眼。等到家长散尽，窗外已灯火万家，她喝口水，整理办公桌，这才发现办公桌下摆着礼盒，是明城品牌床上用品四件套，是她老公公司下某企业的产品，送礼的家长显然不知道史老师的底细。史竹英想不起来是哪位家长送的，大概是趁她谈话时悄悄放下了。不急，一会儿家长会来电话或短信，没人愿意匿名给老师送礼。果然，还没走出办公室，电话响了一声，是短信，夜色中手机彩屏尤其耀眼。

史老师好，我让驾驶员放了一点儿东西在您办公桌下，请收下。殷切妈妈。

家长在开家长会时顺手带点小礼品，史竹英有时也不推辞，比如端午节带盒粽子、中秋节送盒月饼，硬是推开有的家长会磨不开面子。但是这官太太的礼品不能收，收下了就让她小瞧史竹英，或者说小瞧了明城中学的老师，下次开家长会只怕眼睛要长到额角上。她在别处可以张狂，在史竹英的教室不可以。

谢谢家长抬举，教师不可以收礼。并且，这用品我家中确实很多，请一定抽空取走。

史老师不必客气，这是殷市长和我的心意，请笑纳。

史竹英就真的不客气了，食指下滑出一行字：

请一定取走。这四件套我家有，系我家私企的产品。而且，市长这称号我家也有过，在若干年前。

手机沉默了。史竹英知道，这会儿殷夫人肯定也沉默了，她该明白了，明城中学的老师并非等闲之辈，小恩小惠还真不放在眼里。打听打听去，你女儿的班主任就是老市长的女儿，明城明星企业家的老婆。那礼品殷夫人一直没派人来取，放着碍手碍脚，最后，史竹英替她捐给了边疆的贫困学生。

校长不知道史竹英和殷夫人有过这一出。校长与史竹英谈话，是用了正式的地点与方式，地点是选择在会议室，偌大的腰子型会议桌，桌上依次摆着青花瓷的茶杯和弯腰的话筒，校长坐在腰子的蒂部，那应该是象征他权力与地位的位置，边上侧身坐着校长办秘书，他打开笔记本电脑，随时准备输入。校长说，孩子上到高二快结束，殷市长终于联系我们了。校长话音一转，说，但殷夫人第一次给我们打电话，是批评我们对孩子的教育没到位。

史竹英差点憋不住笑出声来，她想到学生时代的语文课文《阿Q正传》，阿Q说赵太爷跟他说话了，别人问说了什么，阿Q答：赵太爷说"滚"。史竹英当然不会把这个联想说出来，校长是老同学，可秘书在一本正经记录，说不定这谈话记录得向上交差，校长交局长，局长交分管副市长，最终到达那位殷夫人眼前，史老师得给校长多少留点面子。史竹英问：是市长还是市长夫人？是市长家那一个孩子，还是指全班的同学？

校长不接她的话。史竹英这样的老师，谁当她的校长都头痛。说起来他俩是大学同年级同班同学，可史竹英是来自城市的高干子弟，校长当时是来自山区的角落，四年中两人讲的话加在一起也不超过四句，却偏偏现在到了同一单位。史竹英是直接分到明城中学，校长是外校调入，不断进步终成校长。史竹英命好，老爹是老市长，老公是上市公司老总，按说回家让人哄着陪着享福多美，可人家不，她偏要来学校哄着陪着学生，说与孩子在一起快乐。问题是当校长的遇上她就不快乐了。教师这个群体说起来是知识分子，生活中首先是忙于生计的劳碌者，有升学率压着，有条条框框的规章制度管制，培训、考核加上一级级的爬不完的职称阶梯，一环套一环，校长管理几百号教师并不比小时候放几十头山羊省心。史竹英这样的老师是刺头，她无所求，不要荣誉称号，甚至连职称都懒得报评，不肯进步，校园内的乌纱帽根本就瞧不上，尽管教书口碑不错，但是常常在教师会议上放炮，口无遮拦，弄得领导下不了台。说到底，她本来就不该是教师族群里的一员，娘家有人，婆家也有人。要不，校长早把别的刺头收拾得干干净净，油光滑溜了，独独就剩了她？

史竹英说，殷切怎么了？让校长大人惊慌了？

校长说，殷切在闹网恋，网恋对象是学校的老师。

殷切这丫头一直不安分，以前与隔壁班男生课后黏在一起，找她谈过，以为知错改过了，原来是闹师生恋了？史竹英不相信，就现在校内这拨子青年男教师，都是听话的乖宝宝，当初从高校择优录用，不是优秀学生干部就是优秀学生党员，师生恋，还是与市长女儿闹师生恋，他们没这么大胆子。校长说，史老师，你是班主任，你得盯牢殷切，揪出隐藏的那个男角色。史竹英说，殷切是我班上的学生，我当然会调查实情，不过，我不希望校长把动静闹大，得保护学生，我想，那殷夫人作为家长肯定也不希望。

校长点头应了。按照校长的惯例，只要是做领导的家长告老师的状，他第二天就把那老师换了或者撤了，省得给领导们心里添堵，家里受气。开始还以为当事老师会闹一闹，没有，从来没人敢吭声。这一回学生是在史竹英班上，再说，网络这虚拟玩意儿连殷夫人自己也说不准，校长提醒史竹英，也是投石问路。

校长点头时，一缕长长的头发掉在鼻梁上，领导头发上的啫喱水显然抹得太多了。史竹英想起来，校长年轻时头发比现在多，头皮屑比现在更多。校长做大学生时英姿勃勃，喜欢甩头捋长发，那年头男生流行蓄发，坐在后座的史竹英受不了纷飞的发屑，有一天终于发了雌威，上课铃声响后，大声请他务必洗完头再进课堂，让校长当众丢了颜面，两人从此互不理睬。现在校长的头发用啫喱水抹得油光锃亮，头皮屑应该少了，但在史竹英的眼里却是一种颓败，不如当年纷飞的头皮屑有生机。

史竹英莫名叹息一声。

三

马天成的健身运动基本是在学校健身房完成，学校健身房投入堪比外面的高档健身馆，只是人少，没有气氛，马天成练成的肌肉线条简直是锦衣夜行。好在学校的篮球场一直热闹，校长喜欢打篮球，于是各级主任们都爱上篮球运动，不分男女老少，不分白天黑夜，学校为此专门修建了室内篮球场和灯光篮球场，这是件师生都欢迎的事，校园里因此生机勃勃，场上和场下的人都不亦乐乎，进球有进球的骄傲，鼓掌有鼓掌的乐趣，各得其所。马天成本来并不喜欢这项运动，大学里出风头的是足球队、网球队队员，马天成入乡随俗，也在放学后去篮球场一试身手。马天成其实天生是块打篮球的材料，高，主要是两条猿臂有优势，伸出去就比别人近了一截，投篮命中率高，赢得不少女教师和女学生的尖叫。这让马天成健身房去得少了，篮球场去得多了，天生我材必有用，两条长胳膊得天独厚，不光只有拥抱的长处。

马天成这天在篮球场上明显不在状态，队员传来的球常被对方队员断走，到手的球屡投屡不中，马天成的心思不在篮球上，是在场下更衣室的手机上，直接说，是在手机的微信上。微信这玩意儿，不知是谁鼓捣出来的，在老师和家长眼中害人不浅，简直是要与老师和家长抢夺学生。恨它归恨它，但老师和家长也离不开它，家长有群有圈，好多事都靠它联络，老师下了讲台，也常冲进去刷得心花怒放。马天成这个年龄的人当然玩微信，马老师不浅薄，不是上个菜、散个步都拍照片发朋友圈的那种人，但马老师的问题更严重，马老师交友不慎，朋友圈的人来路不明，拉黑又怕得罪人。央视某牛主持人交友不慎，视频从朋友圈一发而不可收，弄得牛人在央视再无面目。马天成被微信骚扰，弄得这几天无精打采，疑神疑鬼。第一条微信马天成没有当回事，微信说，马老师，相信你是一个负责任的人，你可是一位优秀的人民教师。马天成以为是学生家长，现在的家长会来事儿，马天成没回，这话明显是个铺垫，有话在后面跟着。第二天，话到了，一点儿不靠谱，吓了马天成一大跳。马老师，你不能这样薄情，事情一过就翻脸不认账。头像是空白，查号码也不是来自通讯录，马天成想不起来这人是谁，干脆把这人拉黑了。

　　号码拉黑了不等于人消失了，阴影还压迫着马天成。这人究竟是谁？马天成首先判断她是女人，马天成不欠男人的情，若说女人马天成倒也经历过几个，但实在不应该说谁欠了谁，这都什么年代了？酒吧可以艳遇，上网可以约炮，马天成身体健康，需要正常，考虑到人民教师的身份，一般情况下自己解决，偶尔有机会实干也都属于友好协作，互惠互利。张志勇说，错，我可以你不可以，只要女人愿意，我约再多都无后顾之忧，你不可以，你是为人师表，而且是积极向上的青年教师，这事情处理得不好，会毁了清白名声和美好前程。这话靠谱，马天成躺在床上努力回忆，一会儿猛地坐直，想起一个，一会儿又叹息一声躺下，排除一个。张志勇帮他梳理排查了一遍，最后把疑点放在两个人身上。一个是在同学的生日宴会后，是同学的同事，没有男朋友，并且酒局上声称，这辈子都不想结婚，嫌结婚是件麻烦人的事。马天成收到了发出的信号，并且知道这是专门发给他信号，为什么有这种感觉？马天成说不出理由，打了个比喻，为什么一只北极熊能隔着厚厚的冰层、遥远的海面知道另一只母熊需要交配，除了嗅觉灵敏还必须有特殊感应。当时宿舍里的电视机正播放着北极熊的画面。张志勇说，那饭后呢？饭局后我就埋头往外走，我在酒店开好房，用钥匙卡刚打开门，她就从我身后冒出来，悄无声息滑进去，像一条鱼。马天成说，这人应该不会，不是恋爱的做爱才是纯粹的性爱，专注，干净，没有思想负担。张志勇喉咙处响了一下，说，带套了没？马天成说，当然戴了，她从淋浴间出来，手心向上一亮，就躺着一只拆了包装的杜蕾丝，后来第二回，她随便一伸手，就从枕头下又掏出一只，变魔术一样神奇。留手机号没有？马天成说，没有，留了手机上微信会自动对号。张志勇沉吟了一下，说，也不能排除她，她想收山息心了，回头相比较，觉得你是最合适的，赖上你也有可能。还有别的与你发生过关系的陌生人吗？关键时刻，张志勇是个急朋友之急的人。马天成说，还有一个人，两个月前参加一个派对，本来是在跳舞，跳着跳着舞伴把马天成带到了阳台上，月黑风高，适合干点看不见摸得着的事，两人就在舞曲的伴奏声中把事办了。就阳台上？阳台上。那怎么开展工作？当然不能铺张，快餐。嗯？就像电影《老炮儿》冯小刚、许晴演的那样。这简直是在审问了，马天成心里不高兴，不高兴也只能忍着。张志勇穷追不舍，戴套了吗？马天成摇头，这是偶发事件。张志勇兴奋了，这人有戏，主动勾引你，没用措施，把证据随身带走了。马天成说，我又不是有权有钱的人，这女人不会傻到给我下套。张志勇推心置腹地说，任何事都可能发生，只怕人被逼急了。比如分管我的后勤刘校，想把我安排到门卫岗上，没办法，我只能请他看了我手机上的视频，转录下的，本来只是为了我私下娱乐，逼得狠，我被迫请他欣赏了一段。他后来再不提我换岗的事，私下还和我套近乎，打听我手里有没有别人的视频，我这觉悟，不被逼急了，绝不做违反原则的事。这女人，只怕也是遇到了难事，比如那天中彩了，怀了你的娃，她不找你找谁？马天成吓坏了，那怎么办？瞧你小子这素质，张志勇说，多大事，怀上了就去妇产科做人流。说到底，就是花点钱。马天成沉默。张志勇说，这只是一种推理，也可能没那事儿，缺钱花了，或者，干脆是赖上你，逼你娶她，有句老话，出来混总是要还的。

张志勇说，你等着吧，是祸躲不过。

马天成再也不敢接受任何请求加他的微信号，没想到，还是有空白头像幽灵一般冒出来，开口就是一行字：你有种别拉黑我，你还是个男人吗？马天成头皮一麻，眼不见为净，再次拉黑，当微信变成短信出现在手机上时，马天成投降了，他按住号码打过去，决定硬着头皮面对，可电话响了一遍又一遍，对方偏偏不接听。放下手机，一条短信追过来了：不想当爹，按这个卡号打进三千元。

张志勇这家伙真是料事如神，卡号后面有个姓名，用不着猜就是个假名。这年头只要用手机就免不了接到这种诈骗短信或者电话，无聊时他俩会变着法子猫戏鼠，逗着骗子玩一通，然后两人笑个痛快，敢骗你大爷？现在马天成笑不起来。张志勇说，从了她吧，数字不大，你不是攒了有三千多吗？不够先从我这里取。马天成担心的是这事没完，看电影电视的经验告诉他，有了初一就有十五，这种人都是贪吃蛇，一而再再而三，欲壑难填。钱汇出去，回短信了：以后每月继续打账两千，直到我身体康复为止。马天成跟张志勇讨主意，说这样无穷无尽受不了，干脆报警。张志勇说，怎么报？冤有头债有主，不都是你裤裆里那家伙捅的娄子？这数字也不多，算是营养费也不夸张，并且你每月工资剩余也付得起，不如过了三个月再拿主意。马天成每月工资五千不到，付了房贷还剩三千，再扣除这两千，所剩的钱勉强够吃食堂，那人已经替他算过这笔经济账。

球场上的马天成不在状态，常常在队员的埋怨声中黯然退场，这天，马天成下场后直接拨开观众撤退，球场上的喧哗有时他接受不了，突然间就想避开那些欢呼的声浪。他捡起条凳上的外套搭在肩头，有女生从后面追上来，马老师，您的手机落下了。手机现在成了马天成的心病，有时候他真恨不得把它砸个稀巴烂，或者扬臂扔进校园的池塘。可是砸了扔了还得去买，如今这年头人活着就离不开它，除非你有意与世隔绝。砸手机实际上是炫富的表演，银行卡上有数字保障的人才能玩，马天成玩不起。马老师您喝水。女生又递上一瓶矿泉水。马天成看了一眼女生，不是他任课班级的女生。很多学生毕业后埋怨老师叫不出自己的名字，那只能怪你在校时既不特别冒尖又不特别拖后腿，倘若不是自己班上的学生，老师更记不得是张三还是李四。女生说，我是殷切。这名字马天成还是听说过的，办公室常有老师提到她，市长的女儿。殷切说，我加过您的微信，您把我拉黑了。马天成愣了一下，他确实在朋友圈拉黑了一批人，很多不熟悉的头像后面都似乎埋着一颗定时炸弹。马天成喝了一口水说，抱歉，我不接受学生加朋友圈。

这样的粉丝，马天成惹不起，躲得起。

操场上没有人注意这场外的师生，马天成自顾自地走了，殷切懊恼地一屁股坐在水泥地上。但有人发现了这一幕，史竹英。史老师的办公桌在球场的边上，三楼靠窗。史竹英当然注意到了马天成的状态，当面问他有什么事需要帮忙，小伙子摇头，眼神却躲闪。这眼神让史老师心痛，躲闪中明显掩盖着某种痛苦与不安。莫非这小子真的就是殷切的暗恋对象？不论是作为师傅还是班主任，史竹英觉得她都有必要了解实情。

史老师让张志勇来一趟，马上。这做法有些不合常规，即使你是再牛的教师，哪怕你是特级教授级之类，也不敢这样指使处室的干事，交材料、填表格之类的小事都是干事指令，某老师来一趟。这是当下学校教育的一大特色，物以稀为贵，人以少为珍，一所学校管理层算起来是一支庞大的队伍，但比起教师群毕竟是少数，真理不一定掌握在少数人手里，但权力一定掌握在少数人手里。张志勇来了，恭敬地站在办公桌一侧。史老师说，我有个事向你打听，咱俩去走廊上谈。在张志勇眼里，史老师当然不仅仅是数学老师，尽管史竹英低调，但张志勇用鼻子嗅一嗅也嗅得出她来自另一个族群，史竹英总有露出马脚的时候，比如偶尔在办公室备课迟了，学校门口会有豪车和保镖恭候。权力可以兑换价值，信息也可以兑换出价值，张志勇当然不会浪费他猎获的任何信息资源。只是在史竹英面前，张志勇是以另一种面目出现——乞怜。张志勇曾经托史竹英销售过一批土豆，那次她丈夫麾下的几千名员工都领到了二十斤一袋的土豆，据说是张志勇老家的农民滞销的土豆，农民们都指望它养家糊口，一旦长了芽就断了农民的活路。其实这批土豆都是张志勇从农贸市场低价收购的。史竹英内心藏着一颗教书先生的善心，属职业的通病。张志勇觉得她做教师这行当，借用时下流行的一句话，本来可以靠颜值吃饭，却偏偏选择出来与别人拼能力，其实就一个字，蠢。

马天成最近怎么了？

马天成是不是遇上事了？

马天成与殷切的事你应该是知情者。

张志勇开始还装傻，第三句话让他装不下去了。螳螂捕蝉，黄雀在后，莫非马天成把一切都告诉了他这位师傅？史竹英抓住了自己的蛛丝马迹？不可能，史竹英的表情也不像。张志勇情急之下讲出了假山山洞那一幕，张志勇说事后查了摄像，那女生就是殷切。张志勇说，我可以肯定地告诉您，马老师当时真的不知道女生是谁。

后来呢，后来发生了什么？

张志勇差点招架不住了，但他心存侥幸，不到黄河心不死。张志勇说，后来殷切可能有纠缠过马老师，我只知道，马天成将朋友圈中的学生都拉黑了。张志勇还决然地说，他们不可能网恋，都什么年代了，谁还有兴致网恋？

史竹英可以直接与马天成谈话了，马天成否认与殷切有任何关联，在师傅面前泪水都流下了。史竹英可以不相信别人，但不能冤屈自己的徒弟。

史竹英在校长面前坚持本班学生殷切与本校任何教师都无恋情。校长说，这怎么办？问题是殷夫人那里得有个说法。史竹英笑着说，我替你想好了，班主任管理班级不严谨，撤职处分。

现在的校长们还真不容易，一方面他们排名头都是教学权威，特级、教授级近水楼台他们拾级而上，免不了要做教学上的文章，但另一方面他们又身在官场，脑子里盘算着副处级、正处级，台阶无穷尽，他们更在乎攀登后者。奔仕途就得遵守官场规则，唯上级马首是瞻。史竹英自请处分，也是体谅老同学为官不易，替他着想。

四

明城的官场地震愈演愈烈，不断传来某局长、某处长双规的消息，坊间都传说明城要揪"大老虎"了，矛头直指殷市长。老百姓当然不知道内幕，只说殷市长在明城毁了多少棵树，挖了多少条隧道，明城号称九朝古都，敢动明城的地脉，敢毁明城的树木，当政者没有好下场。这话荒唐，挖隧道是交通需要，挪树是建地铁口需要，城市大计，不巧的是前几任进监狱的领导都干过这两件事，老百姓私下就总结出规律了。

明城的事挺奇怪，谣言传得多了就成了真料新闻。

马天成从来不关注政治。最近这一段日子，马天成的生活拨开乌云见太阳，阳光灿烂了，第二笔钱两千块汇出后，马天成度日如年，等待下一个月的催款，但两个月过去，那发短信的人消失了，这事像是做了一场噩梦，噩梦醒来是早晨，鸟语花香。张志勇说，这充分说明这个世界好人多，你不小心就遇上了一位。人家事情处理了，身体恢复得不错，就放过你了。马天成觉得张志勇的分析在理，本来就是两相情愿的事。马天成在篮球场上又生龙活虎，以前打球马天成只注意校长们对他球技的好评，现在他也注意到女球迷的尖叫和掌声。他的女粉当然都是女教和女生，每次他居然能留意到从不缺场的一双眼睛，是那个名叫殷切的女生。

　　高二下学期的时候，明城中学的高二学生分成了两拨。一拨即将跨入复习，准备迎接残酷的高考。另一拨出国的学生完成了相关考试和申报，已经进入了等候国外大学录取通知的阶段。出国生这时候就轻松多了，尽管国外学业任务将更为艰巨，宽进但严出，但毕竟眼下的日子云淡风轻，还是让高考生好生羡慕。这时候的校园，绿树成荫，花开缤纷，学生们活跃在绿茵场上，欢声笑语，校园真的像是一个校园。马天成一连几天驰骋在篮球场上，发现场下少了一双追踪他的眼睛，殷切呢？一闪念之后，马天成就笑话自己多管闲事。殷切当然是出国生，官宦子弟很少留在国内读大学，这些日子空闲，说不定被家长安排旅游去了。没想到不是这情况，他从球场刚回到宿舍，张志勇喜滋滋地告诉他，殷市长两口子都被抓了，网上都有图有真相了。抓贪官反腐败，确实是大快人心的事。马天成没有理由不高兴。张志勇说，那天从假山山洞里冲出来的女生，就是殷贪官的女儿殷切。马天成说，原来是她，你早就知道，为什么现在才告诉我？张志勇笑着说，我怕告诉了你，你当场就吓出屎尿了。马天成心里明白，这家伙是使坏，捡了砖头让他砸人，砸出了祸他在一边偷着乐。马天成突然想，殷切现在怎么样了？殷市长离自己很远，殷切离自己很近。

　　殷切在史竹英的家中。

　　史老师给马天成打电话：小马，师傅求你件事，给一个学生做数学家教。史老师这样开口，马天成哪里敢不答应。想必是师傅推不掉的关系，让徒弟敷衍一阵。史老师说，实话告诉你，是殷切。她父母被抓，银行账号应被冻结，我估计留学要泡汤了，赶紧让她准备复习迎接高考。马天成并不是殷切的数学任课老师。史老师说，殷切情绪不稳，我知道，你来上课可以让她快一点儿进入稳定状态。不过，你要是怕麻烦，可以选择拒绝我。

　　殷市长是贪官，殷切是殷切，我没什么好怕的，您放心，我愿意。马天成觉得这是他做教师以来说得最牛气的话，挺豪迈！

　　史老师家住在风景优美的别墅区，家佣把他领进书房，史老师正在辅导殷切。殷切转过身来，见是马天成，仿佛见了亲人一般涌出了泪水。史老师在她身后迅速举起一块纸牌子，字墨很浓：你欠殷切一个拥抱。看样子是提前准备下的。马天成伸出他的两条胳膊，动作有些生疏，但还是拥抱了殷切。想不到就这几天，小姑娘瘦了许多，单薄如一片树叶。

殷切做作业时，史老师请马天成上露台喝咖啡，微风清凉，夜色中小区的各种灯光景观恍如梦境。史老师推过来一只信封，说是家教的报酬，马天成推回去，史老师说，收下，没事，这钱是我替殷切垫付的，等她工作了还给我。要是怕被说有偿家教，你放心，校长现在一方面慌着撇清与殷家的关系，一方面又担心殷切考不上本科，影响他的升学率，升学率事关他的官帽，他知道了也会装不知道。

马天成说，都不是，我拿了这钱就不是师傅的徒弟了。

当初得知史竹英是马天成的师傅时，教研组的一位老教师说，有一天他们都能学得像师傅一样，上课上一样的课堂内容，讲话用同样的口气，走路用同样的身姿，甚至脸部表情都如同复制。小马你就惨了，你师傅不是教师的命，却偏偏要做教师。别人身上的东西能学会，她身上的东西你学不会。你还得小心学着学着走了形。现在，马天成觉得师傅虽行事另类，但让他做徒弟的感动，有些东西明知学不会，也得学学看。

史竹英说，那我就替殷切谢谢你。

史竹英说，实话实说，我不是想扮演高尚角色。我小的时候，五六岁，我父母被人抓走了，抄家时把粮油证也弄没了，我哥哥上小学，没人敢管我们小兄妹的生活。是我哥的数学老师领我们去了她家，她也有三个孩子，粮食不够吃，她常常带我们五个孩子去郊区寻食。捡田里丢下的稻穗，捡土豆地里丢弃的碎土豆，一直到我父母解放才送我们回家。所以，我愿意做一辈子教师，数学教师。

史老师觉得在徒弟面前唠叨了，转移了话题，说，你别看这些景观树的灯光光怪陆离，这些别墅富丽堂皇，可是天亮了，你才发现，那些高于屋顶的树默无声息，才是沐风浴露，心明眼远。

马天成觉得师傅此刻很深刻，她说这番话的样子不像是个中学数学老师，像同年级组一个写诗歌的语文老师。不过，这话他能明白，在马天成老家的那些村庄，总有一棵树高于村子，不一定是在村口。

《江南》2016 年第 4 期

随 园

弋 舟

当然，他是我的老师，尽管我从来也不觉得在那所师专里能够"教学相长"，但曾经在一个神魂颠倒的时刻，他却把脑袋埋在我的怀里，对我说，是我启蒙了他。这句话当时听来，对我就像孤立的山峰和陡峭的奇岩怪石。对，"启蒙"这个词就像那片土地上的丹霞地貌一样，经过长期风化剥离和流水侵蚀，造型奇特，色彩斑斓，而且，气势磅礴。

入校不久我就开始逃课，常常跑到城外的戈壁滩上眺望皑皑雪山。他从未陪我去过。但却是他告诉我的，"戈壁"原来是句蒙古语。他还向我展示过一块白骨，也就一次性打火机那么大，让人难以判断到底出自躯干的哪个部位。白骨可真是白骨，它白极了，两端如同枯木的断茬，这让它看起来就像是从风干的胡杨上掰下来的。他拿这么一块白骨给我看，用来作为不陪我去戈壁滩的说明。他说他父亲就是死在戈壁滩上的，又如实交代：这块骨头并不是他父亲的，是他捡来的。

据说城外戈壁滩的某处，粗沙砾石之间，白骨累累，随处可见。

我专门找过，但这块传说中的弃尸之地，我一直也没找到。我不曾甘心过。有一次干脆在路上顺手掰了一截风干的胡杨木，回去后摊开掌心亮给他瞧。我说，看，白骨。他翻出自己的宝贝，跟我展示给他的放在一起比较。他也不得不承认，它们真的是太像了。后来，这两块东西就分不清彼此了，被我们搞混了。它们都可以被当作一截枯死的胡杨，但不约而同，我和他都倾向于视它们为白骨。我将其中的一块穿上绳子，挂在了脖子上。

很快就有女生效仿我。女生真是聪明，她们目光如炬，一眼就看出了我这件饰品的本质。男生们的见识像我一样不凡，他们相信我脖子上挂着的是一块货真价实的人骨头，其他女生佩戴的，不过是拙劣的赝品。我和男生接吻，会将他们的手拉上来，让他们去摸那个宝物，以此给他们形成强大的心理暗示，要让他们以为，此刻多么独特，甚至神圣，只有一块白骨才配得上他们的感受。其实就是这么好办，因为男人总是那么自命不凡。

再后来，很多男生围着我转，姿势千篇一律，一边埋头寻找我的嘴唇，一边伸手探索，意乱神迷地投身在专属于自己的独一无二的仙境。如果那时是在戈壁滩上，我会调整方向，让自己面朝南方。往那个方向遥望，我就可以看到被当地人称为南山的祁连山。雪峰在正午时发着光，雪峰在黄昏时发着光，雪峰不管是在正午还是在黄昏，都发着光。这让我似乎看到了生命的希望。

自命不凡的男生中总有更自命不凡的。一个裕固族男生把我按倒在了戈壁滩上。他像他的祖先一样骁勇，崇尚骑马和射箭，他还告诉我，他们民族本来自称"尧乎尔"。这些都令他看起来有条件更加自命不凡一点儿。何况，归根结底，一切算是我怂恿出的结果。我躺着的这块地方，是祁连山的洪水冲击出来的。亿万年前，洪水滔滔，山上的岩石滚滚而下，向着山外奔涌，大块的岩石堆积在离山体最近的山口处，接着是拳头那么大的，渐次变小，最后就像嘹亮乐章的尾音，指头大小的石头穿越时光，被我压在了身下。长年累月，日晒雨淋，大风剥蚀，石头的棱角逐渐磨圆，戈壁滩就这么形成了。即便是被压在磨圆了的石头上，我的背也很痛。可我觉得天荒地老，自己是被撂倒在了一个亘古的意义上。

事情就这么开了头。一个当地的无业青年行同样之事，却让我伏在上面。失去了依附，我只有引颈眺望，好在雪峰依旧不分黑夜与白昼地发着光。

那时候我并不觉得自己长得美——当然，我从来就没这样觉得过——在我的心目中，唯一的美人是一个名叫肖雄的电影演员。她好像一直没怎么红过，即便如此，我也明白自己长得比肖雄差多了。肖雄美，是因为她看起来更像个男的，而我却不折不扣一副女人的样子。

有个男生骑车带我去看湿地。他别出心裁地用芦苇给我编了只素雅的花环。我揪了一把蒲草像羊似的咀嚼，这可以缓解我的痛经。天黑后回到学校，操场上有人聚众庆祝，据说中日围棋擂台赛上钱宇平胜了武宫正树。闻讯后，男生仿佛从来未曾给我编过什么芦苇花环似的，转身就跑开了。后来他告诉我，他是去细究棋局了。"执黑五目半胜。"他摸着我脖子上的白骨对我说。我觉得"执黑五目半胜"这个句子铿锵极了，优势明显，说出来就如同赢得了一场生命的完胜。所以，得知我的姑姑死于一场沙尘暴时，我竟脱口说出了一句："执黑五目半胜！"电话那头的母亲显然不能明白这句谶语，她打电话给我，除了报告一个死讯，更多的，还是为了我而担忧。校方已经对我母亲发出了要"劝退"我的威胁。我觉得这个威胁孱弱无力，仅从音韵上听，"劝退"跟"执黑五目半胜"比，一个是咏叹调，一个顶多是句酸曲儿。

母亲常常打电话给我，我在学校的话，就要跑到系主任的办公室里去接听。

有一次，我狠狠地瞪着系主任的时候，听到母亲在电话里抑制不住地哽咽起来。

教元明清文学的老师薛子仪天天都要打坐。他告诉我，"舌抵上颚"是打坐时的一个要领，彼时，"舌头前半部轻微舔抵上颚，犹如还未生长牙齿的婴儿酣睡时那样"——这个情形被他描述得妙不可言。接吻时，我觉得我的上颚被他的舌尖抵住，我们便共同成了没有牙齿的熟睡的婴儿。有时候我会在旁边观察他打坐。我的老师死心塌地，形同寒蝉，变成了一副盘坐着的衣裳架子。如果他就此风化，成为一具骷髅，我就能得到大笔制作项链的真材实料了。

薛子仪老师知道那块白骨累累的所在，但他并不打算带我去。他说有一天他要在那里修一座墓园，立碑安魂，把所有的骨殖都聚拢起来埋葬。他说，那些尸骨的主人离我们并不遥远，不过是几十年前的男女，他们生前的衣服都还历历可见，在那里，你甚至能够看到，一根腿骨从一只破旧的裤管中伸出，寂寞地指向空茫的远方。

和我在一起，似乎令他痛苦，就好像心里藏着庄严的秘密便不再适合玩"舌抵上颚"的游戏。我也觉得神魂颠倒的时候，不太适宜想起一根腿骨从一只破旧的裤管中伸出。我频繁地和男生们跑出去，对此他不置一词。他很麻木，整天都是垂头丧气的样子，像是身在一个没有余地的失败当中，或者是被判了无期徒刑。"古典文学的精华尽在唐宋之前，元明清文学的讲授无须名师。"这是他自己对我说的，但我认为这不是他形同囚徒、自暴自弃的全部缘由。

有一天夜里，神魂颠倒之后，他关了灯，在黑暗中点着了蜡烛。他将自己的左手放在火焰上炙烤。蜡烛的光亮本来就微弱，被他用手掌按住，房间里的黑暗重若千钧，变得都有了分量。我想那会很疼。我都已经闻到了烧焦的煳味儿。可我一丝想要去阻止他的念头都没有。眼前的事超出了我所能感知和理解的范围。我哪里见过这样的把戏？只有呆若木鸡地看着它发生。他能坚持多久呢？自然，坚持不了多久。他的左手在很长一段时间都被缠上了绷带。最初几天的震惊过后，对这件咄咄怪事，我全部的疑惑就偏离在这样一个问题上了——作为和我"神魂颠倒"的惩罚，他自戕的对象，为什么非得是那只左手？

如今，我几乎忘记了地球上还有雪山的存在。当我裹着条毯子，蜷缩在这辆吉普车的副驾驶座上回忆往事，并没有太多缤纷的画面在我脑子里浮动，反倒是当年那股皮焦肉煳的味儿，若隐若现，依稀被我嗅到。

山路边的草地起伏绵延，车开得不慢，可是窗外的风景却似乎凝固不动。总会有一匹孤单的马站在我的视野里吃草，同样的背景，同样的姿势，顶多时远时近。天地阒寂，我能听到这匹马吃草的声音。

我们是从甘肃进入的青海，老王说翻过祁连山，我们还要再折回去。我不知道这是不是唯一的路线，但我想，就算老王绕道俄罗斯我也没意见。我睡了一会儿，醒来时吃了一惊。车子停下了，窗外没有了孤单的马，是老王孤单的背影。他在撒尿。有一瞬间，我以为是那匹马直立起来了，穿了件红色的冲锋衣，摇身变成了老王。

我让老王陪我返乡，他提议驾车走一趟。如今的老王有了一辆吉普车，对此他好像挺自豪的。从北京开车到甘肃是个什么概念，我不是很清楚，上路后才发现，原来此行对我刚刚失去了一只乳房的身体来说，并不轻松。就像刚刚掉了颗牙齿的人总会不自觉地伸舌头去舔那个空缺的洞，一路上我抱着双肩，肘部总是条件反射般地去试探胸前的那块伤疤。那里现在填充着棉织物，感受到的只是一种张冠李戴的挤压。这让我明确了自己今天的局面：残缺和破碎。

毕业后不久我就认识了老王。那时我被分配在县城当中学老师。教元明清文学的薛子仪老师还在师专的课堂上有气无力地讲着仓山居士袁枚。母亲每周都要来看看我，对于我得到一份教职一事她高兴坏了，但不久之后我供职的中学也对她发出了要"劝退"我的威胁。

我总是被"劝退"。如果说我的人生是部电视剧，那么这句酸曲儿就是电视剧的主题曲。酸曲儿萦绕，我被搞得很烦。我想罢演，哪怕去另一部戏里当个配角。

老王就像一个星探似的发现了我。当年我见到他时，他还是个不折不扣的青年，但他已经自称"老王"了。他长着一张配得上"老王"之称的老脸，脸上每一颗毛孔都粗大到足以塞进一粒沙子。作为一个流浪诗人，他穿着脏兮兮的牛仔裤和一双破解放鞋，应我们那个小县城的诗友所邀远道而来。我被邀请去参加诗人的聚会。当天晚上，老王一声不吭地将我脖子上的那块配饰悍然咬住。第二天早上醒来，我下意识地望了一会儿窗外的雪山，垂下目光时，看到老王蜷睡在我身边，我的项链被扯在脖子一侧，那块骨头依然含在他胡子拉碴的嘴里。我觉得这是个启示，因为那一刻我灵魂出窍。

我决定让老王把我带走。走之前我回家去跟母亲告别。我家住在一个小机关的院子里，老王蹲在院门口等我，我出来时他一支烟还没抽完。我与家人的告别如此干净利索，这很令老王意外。他因此对我刮目相看，好像我也领上了一张"流浪诗人"的资质证明，可以跟着他上路漂泊了。那时我并不知道，其实我哪场戏都演不好，在"流浪诗人"中，我连配角都算不上，顶多算是一个路人甲。

我跟老王用了半年的时间才回到他的老家。从此我在那个空气中常年充斥着海腥味儿却无比干燥的地方生活了很多年。在那里，老王和他的朋友们背诵"每个人都知道，生命是戏仿的，并且，它缺乏解释。因而，铅是对黄金的戏仿。空气是对水的戏仿。大脑是对赤道的戏仿。性交是对犯罪的戏仿"等诗句——但你要问他的朋友们此地哺育过什么历史名人，得到的答案只会是"燕子李三"。

老王经常出门流浪，起初我还跟着他，后来我就不太愿意这么干了。我很累。而且，既然每个人都知道，生命是戏仿的，那么躺在床上就是对流浪的戏仿。在那里，我看不到雪山，但是我可以假装还能看到。平原是对雪山的戏仿。千禧年的时候，我再一次被这种生活"劝退"，我离开老王去了北京——在那个时候分手，看起来就像是我们共同生活了有一千年那么久。

老王回到车里就抓起瓶子给自己补水。我想起自己该吃药了，等他喝完，我要过水瓶，大口给自己灌下了一把药片。对于我的身体状况，老王没问太多。毕竟，他曾经是位流浪诗人，而流浪诗人就该有这样的积习吧——不挂怀。就像我当年用了不到一根烟的工夫便跟母亲诀别。

"我送我的哥哥红柳坡，红柳坡上么红柳多，红柳的叶儿往下落，红绸的裤裤往下脱。"引擎发动，老王唱起来。

这是我家乡的酸曲儿，他是那时学会的。看来世界还是一个纯粹的戏仿。

山峦上出现了巨大的广告路牌。车子进入甘肃境内了。不久就上了高速公路，视野里终于出现了戈壁滩。密布的风力发电机高高地矗立着，它们缓慢转动的白色叶片像大鸟的翅膀，凝重，矜持，仪态真的是好极了。降下车窗，我的脸上好像能够感到风吹来的细沙。老王唱得很来劲儿，难得他这么高兴，但我并不觉得他让我感到陌生。我们走了将近两千公里，最初的陌生感已经荡然无存。其实三天前见到他时我也没觉得有多生疏，他那张老脸早就老到了今天应有的程度，如今只是看上去更名副其实一些罢了。一别经年，我以为我会吓到他，但流浪诗人的习性还残存在他身上，当我摘下发套时，他没怎么关心我的脑袋，反倒把发套抢在手里左看右看，一副随时想扣到自己脑袋上试试的模样。当天晚上我们在酒店的同一间房里各自安睡，这让我舒了口气——将少了一只乳房的身体暴露给他，我还是会有些心理上的障碍。

车子开到了一个收费站，老王用跟我学来的当地方言一边交钱一边问路。收费员用不太标准的普通话告诉他，在下一个出口下去，还有七十公里。我没有听到乡音，老王那蹩脚的学舌连戏仿都算不上。我已经多年不曾发出过乡音。新世纪的朝阳升起时，我就发誓不再用方言发声了。

"老王，跟你说件事儿，"我像是自言自语，"当年我其实没跟我妈说就走了——我在我家门口站了会儿，没敢敲门。"

我这是在招供吗？如果当年老王知道我与亲人利落的告别不过是一个怯懦的遁逃，他还会带着我离开吗？他回头看了我一眼，好像没怎么把这句话当回事。

千禧年来临的夜晚，我还在河北那个小县城的酒吧里当老板娘。酒吧是老王开的，不过是几张桌子、十几把椅子，用来招待四方的流浪诗人。当天从远方来了两位名气不小的人物，县城里的诗人们在酒吧里恭候了一天，但这两个人物姗姗来迟。后来老王接到电话，说来人没进县城，直接去了野外——他们觉得在野外搞一场诗会迎接千禧年，要比在小县城的土酒吧里更像那么回事。老王认为没错，率众去和他们会合。酒吧里还有客人，是一对依依不舍的恋人。我不忍心催促他们，他们看起来就是在生离死别，默默地相对垂泪，又默默地拥抱接吻，一副唇齿相依或者唇亡齿寒的样子。等这对情侣走后，我才关了酒吧，骑上自行车去找诗人们。

在那千年更替的时刻，冬夜的北方县城却毫无节庆的气氛。偶尔有几声零零落落的鞭炮响起。出城后，路就变得糟糕，好在月明如洗，不至于让我四顾无路。我在寒风中骑行，脖子上挂的那块白骨随着身体的颠簸上下跳动，它在黑暗中发出了荧光，明明灭灭，像一团有意要引导我走上歧途的鬼火。我努力辨认着道路，按照老王告诉我的方向骑行，竭力排除着这块闪烁的白骨带给我的干扰。

那堆篝火已经快熄灭了，远远望去，在旷野里显得欲盖弥彰。车子被一条土沟绊倒，我被摔得够呛，差不多是飞了起来。我爬起来，扔下车子，吸着气跟踉跄跄地跑向火堆。篝火映照的范围内，遍地狼藉，扔着许多啤酒瓶和空烟盒。眼前并不是一个我以为会有的盛大的场面。众人早散了，只有老王四肢大张着躺在野地里。他显然是喝醉了，身上全是呕吐物。我蹲下去拽他，但被人从身后拦腰抱起。有人在狂笑。我像只被缚的螃蟹那样踢腿伸脚。这没什么用。我被扔在了地上。就着篝火的映照，我认出了他们。尽管他们背对着火光，面目全非，黝黑变形，但我还是认出了他们。他们是两个有名气的人物，我见过他们的照片。他们醉醺醺地命令我背诗，就两句：上帝！你看哪，我已倦于复活，甚至也倦于死亡、倦于生活。我就范了。他们又要求我用方言来背。我稍有迟疑，他们就用力打我耳光。我哭喊，用方言声嘶力竭地朗诵这两句诗。我想吵醒老王，但他俨然中弹而亡了一般。他们用脚踢我的胸和肚子，看来真是倦于生活了。我倒下去。这次我的身下不是戈壁滩，我无从想象宇宙洪荒、天地玄黄，无法将自己安放在一个亘古的意义里。我也看不到雪山。我被举起了腿，我看到一根腿骨从一只破旧的裤管中伸出的景象。

第二天，我迎着新千年的夕阳离开。老王不在我身边，他去追击那两个逃走的人物了。我在火车站遇到了昨夜那对惜别的恋人。女孩儿和我一同挤进了车厢，列车开动后，男孩儿像电影镜头里经常出现的那样，一边挥手，一边追逐着车轮。我脖子上的项链不见了。

下了高速公路天色已经昏暗。老王让我和他一起下车活动活动腿脚。旷野无人，暮色四合。我走远一些去方便，站起时抬头看到西边祁连山的雪峰在夕阳下发着光。夕阳是金色的，它们却亮如白银。它们就这么发着光，肯定都有上亿年了。几十年前在戈壁滩上留下白骨的那些人，还有如今残破的我，跟白银般的雪峰比，算得了什么呢？

"它们可是见得多了。"我指着远方的银光对老王说。

他凑过来帮我整理了一下发套。他挺爱这么干的。

"你们那儿尽管能闻到海腥味儿，但却看不到海。"我说，"如果能看到海就好了，海跟雪山一样，都能让人不太把自己当回事。"

"不一样，我家有亲戚在海边儿住，住在海边儿就得靠海糊口，"他说，"那可不是个轻松活儿，一辈子就像是服苦役。"

我不想辩驳他，笑着握住他的手。他也抬头向西边眺望。

"不过不管在哪儿，人都像是服苦役。"他自己说。

我开始跟他说当年祁连山下的戈壁滩上就有一群人在服苦役，他们是那个时代的文艺青年，如果运气好，晚点儿出生，在新的时代，没准个个都是诗人。他不安地看着我，大概认为我的话中含有讥讽。他不再愿意提及诗人这茬了。我的头有些晕，他把我抱起来，小心地放进后排车座上，让我能稍微舒服地躺一会儿。车门开着，他站在路边抽烟。

"那么把他们扔到戈壁滩上服苦役也是个不错的办法。"他背对着我说。

他钻进车里，从前排车座拿起毯子，趴在椅背上给我盖好。然后发动引擎，向着我的老师开去。

我在北京见过薛子仪老师一次。当时是在798艺术区，我从一个画廊出来，看到他坐在对面露天酒吧的遮阳篷下面。他穿了件褐色的中式对襟立领衬衫，显得是有那么一点儿仙风道骨的样子。他比以前更消瘦了，让人感到仿佛气若游丝。他双目紧闭地坐在那儿，俨然已经入定。我站在对面观察他，恍如回到了过去，正等着去捡拾一大笔制作骨头项链的真材实料。令我大吃一惊的是，后来有两个很漂亮的女孩儿来到了他的身旁。她们都穿着白色的长裙子，头发一模一样地盘在脑后。他睁开眼睛，她们在两侧搀扶着他站起来，毕恭毕敬，态度就像对待一个主子。但他还是一副身陷失败的样子。我想起了袁枚，那个清代"以淫女狡童之性灵为宗"的仓山居士。这也是他在课堂上传授给我们的。他讲元明清文学，怎么绕得开袁枚？在我眼里，那两个女孩儿，像是他效仿袁枚收纳的女弟子。但他不是一个心里藏着庄严秘密的人吗？而谁都知道，袁枚却是个玩儿得很嗨的吃货。我在街的这面看着他，仿佛隔着无尽的岁月翘望。他对着楼面上一幅巨型招贴画指指点点，两个女孩子频频颔首，其中一个也用漂亮的手势附和着他，后来还把头靠在了他的肩膀上。我转身离开，心里面想着"启蒙"这个字眼。

县城已经完全变样了，霓虹灯远远地勾勒出了一座幻城。想不到我的故乡也有了"7天"这样的快捷酒店。投宿后，老王喊我一同上街吃饭，但我累极了，还有些隐隐的恶心。他给我买了炒面片和羊肉汤回来。我捧着塑料餐盒喝汤，抬眼发现他正愁苦地盯着我看，一瞬间我竟感到了久违的羞涩。

"我好像已经想不起从前的味道了，这和我在北京吃的没什么两样。"我一片一片地吃着那碗炒面。

"可毕竟是回来了，"他有点儿骄傲地说，"我把你送回来了！可能的话，我还想徒步走着陪你回来呢。"

"这算是退货吗？"我说，"可我已经成残次品了。"

这话听起来像是在谴责。这对他不公平，我对命运一点儿都不想抱怨。

"当然不是，杨洁，你知道我不是这个意思。"

"怎么个意思呢？"

"我也说不好，"这个曾经的流浪诗人变得拙于表达了，"而且，你也不是什么残次品。"

"我是。"

一瞬间我有将胸口那块伤疤亮给他看的冲动。但那并不是一枚军功章，没什么可炫耀的。几天来我们都住在一个房间里，但却分床和衣而睡。

"你不是。"他低下头说。

"对不起，"过了一会儿，我说，"老王，我也不是这个意思……"

我疲惫地看着他。面片和肉汤都令我难以下咽。已经停止化疗几个月了，可我还是厌食。

老王当年去追击那两个人物，并为此承受了八年的徒刑。我觉得，这反倒是我对他的亏欠。他在监狱里给我写过许多封信，寄到我母亲那里，再通过我母亲转寄到我的手里。他的信写得朴素极了，完全没有了虚张声势的抒情。

"杨洁，就算死后埋在这儿我也没什么意见。"他写道，"农场有几十万亩那么大，到处都是一眼望不到边儿的芦苇和蒿草。这里曾经是古黄河的入海口，五千年前还是一片深海，经过几千年的河床泥沙淤积，如今它才成了一片大苇塘。开垦这块土地需要大量的苦力，这个我们倒是从来都不缺乏。尽管从地图上看这里属于河北省，但是它却归北京管，所以当地人把它叫作'飞地'。对了，还有一个女犯人组成的园林队，她们栽种苹果和葡萄，一个个看上去都健康极了。"

接到这样的信，我难免会心有所动。他像是在召唤我也去栽种苹果和葡萄。那块"飞地"让我想起故乡的戈壁滩，它们都是地老天荒的所在，适合流放与灭绝、囚禁与惩罚，人在那里，可以迅速地化为白骨。但我没有给他回过信，因为我怕自己无法写得像他这么朴素。我也难以响应他的召唤，因为那过于像一个戏仿，过于美。

日子并没有传说中那么难熬。我发现，如果你真的领会了"生命是戏仿的"这个真谛，差不多所有问题都可以迎刃而解了。我最终居然在北京买下了一套单居室的房子，尽管远在通州，但看上去也好像是赢得了一场胜利。在这场胜利中，我失去了一只乳房，它发生了癌变，只好被切除掉。二十多年来，所有的时光都凝聚在这只被摘除的乳房上了，事实上不足挂齿，宛如一只轻忽的气球。我站在自己供职的玻璃大厦里，看着窗外的大街上人来人往有如潮来潮去。我把"沙县小吃"吃成了故乡的味道。有段时间我患上了轻度的抑郁症，但公司里几乎所有的人都和我一样，吃着一种名叫"黛力新"的丹麦药片。北京奥运会的时候，我还做了几天志愿者。随后像是为了奖励自己，我去了趟瑞士。铁力士雪山有旋转三百六十度的绕山缆车，但我没坐，因为我从来未曾想过可以如此轻慢祁连山的雪峰。我还见过不少年轻的孩子被这座城市"劝退"。我见过一个在地铁里卖唱的女孩儿，被几个喝醉的男人无端殴打。

起初我没有固定的男人。我养了三只猫。后来我的生活里干脆没了男人。为此我网购了几件自慰用品，最后鉴定出，我果真已经没有了欲望。我赚的最大一笔钱，数目刚好用来切掉我生病的乳房。在798艺术区见到薛子仪老师的三年后，我开始自学画画。我买了一套《芥子园画谱》，不知不觉喜欢穿白色的长裙子，习惯将头发盘在脑后。"薛老师现在很有钱。"母亲在电话里告诉我。他能多有钱呢？能像袁枚一样建起一座美轮美奂的随园吗？我从没动过返乡的念头，我怕我一回去，母亲就会再次陷入对于我被生活"劝退"的恐惧中。

黑河在窗外流淌，水声喧哗。从窗户望出去，水面在夜里波光粼粼。我从卫生间洗浴出来，老王已经睡着了。我很怕看到他睡着的样子——就像是中弹而亡了一般。我关了灯，一个人坐在漆黑的角落里。关于我的老师，我能告诉老王些什么呢？他好像应该知道我此行的动机，所以我告诉他我的老师快死了，我最好是回去见一面。我的老师快死了，我对老王说，尽管他精通打坐之术，但也没法长生不老。他快死了，我最好去看看他，因为他曾经"启蒙"了我。我没有告诉老王，"启蒙"这个词原本是他赋予我的——我担心老王理解不了。这个词那么险峻，对我就像孤立的山峰和陡峭的奇岩怪石。我不想把事情搞得太玄奥复杂。我说，他对我的一生很重要，他让我在年轻的时候就变得不那么兴致勃勃，被一些亘古的事物所吸引，让我在本该青春飞扬的时候却迷恋累累的白骨。

"他让我和近在咫尺的历史建立起了联系。"我字斟句酌地说，生怕自己是在夸大着什么。

"历史？"

"算是吧，因为他就是活在历史阴影里的人。"

"你不该沉迷这些，"老王说，"那些事其实跟你没什么关系。"

"没有沉迷，也的确没什么关系。"我说，"我只是在说事情的缘由。"

"我陪你回去不需要什么缘由啊，你让我送你去火星都成。"

"噢，是！"我知道老王说得没错，也觉得自己婆婆妈妈挺丢人的。

"我们该活得简单点儿。"他继续说。

"那你干吗还幻想徒步陪我走回去，飞机不是更简单省事吗？"

"这个，我也说不清了，不是一回事。"

"其实是一回事，就算你现在开上了吉普车，心里也还是有些东西放不下。"

"这和吉普车有什么关系呢？"他说着伸手又来整理我的发套。

"这么说吧，"我有些急躁，"就算你现在成了一个小老板，你也丢不下诗人的那一套！"

我觉得自己有些刻薄了，这并不是我的本意。我不知道自己想说什么，只好想到哪儿说到哪儿。上个月我在北京遇到了一个熟人。他身上的民族服装实在是太醒目了，让人无法忽视。我在酒店的大堂里一眼就将他认了出来。但是我已经忘记了他的名字，只有"尧乎尔"这三个字从嘴里惊呼般地脱口而出。他愣了半天，才迟疑地问我："是杨洁吧？"他现在是县里的领导了，来北京参加一个民族会议。在他高领大襟的长袍背后，我总觉得挡着连绵的雪山。我们去了酒店二层的露天咖啡吧。他一点儿也不拘谨，好像根本不记得曾经在戈壁滩上将我撂倒。他像一个真正的县领导那样，跟我大谈县里经济的大好局面。于是就说到了薛子仪老师，因为"薛子仪老师为县里的经济做出了巨大贡献"——他办了企业，将蒲草加工成治疗女性痛经的药物；他成了地区的首富，住在一座自己建造的山庄里。

"可惜，他快死了。绝症。""尧乎尔"说，"老头倔得很——他有七十多岁了吧——不去大医院，自己住在山庄里熬中药喝。"

"尧乎尔"最后热情洋溢地邀请我"回去看看"。他知道我父亲去世得早，母亲作为我在故乡唯一的亲人也在两年前去世了，但是，他说他会像"亲人一般欢迎我回家"。

告别了"尧乎尔"，我乘坐地铁八通线返回通州。车过高碑店时，上来一个女人。她五十多岁，很胖，肚子里像是塞进了一块正在发酵的面团，但她却穿着件正常身材的人穿上都会显得紧身的小夹克。她浓妆艳抹，面无表情地坐在我的对面，长长的蓝色睫毛一眨不眨。她旁若无人，像一尊正襟危坐着的膨胀的菩萨。

我突然感到羞愧难当。这尊地铁里的菩萨猛烈地震撼了我。在我眼里，她有种凛然的勇气和怒放的自我，这让她看起来威风极了。于是我做出了自己的决定。回到家后，我翻出了老王给我写的那些信。出狱后他依然写信给我，直到我母亲去世，再也没人替他转寄。我从信封上抄下了他的地址，写了一张简短的纸条寄给他。一星期后，我的手机被他打通了。

"老王，我要回河西走廊去。"我对着手机直截了当地说，"我的身体不太好，需要有个人陪着。"

"我明天就去北京接你。"他说。

"你方便吗？我是说……"

"我没老婆。"

我不由得笑了，这和我预感的差不多。

第二天下午，老王就驾车出现在了我家楼下。他的车停在路对面，我拖着行李箱穿过马路走向他。他跑上来两步帮我拉箱子，我们谁都没跟对方嘘寒问暖。一路上大部分时间都行驶在高速公路上，我让他别急着赶路，事情并没有那么急迫。我的身体也不允许我风餐露宿，我只要一个按部就班的行程就好。老王话不多，一边开车，一边有一句没一句地跟我聊那块几十万亩大的农场，听上去像是在跟我介绍一块旅游胜地。那里有成群的野鸭，他教我如何区别雄鸭与雌鸭的叫声：雄鸭是——"戛"，雌鸭是——"嘎"。

"戛！"

"嘎！"

我被他模仿出的鸭叫逗得开怀大笑，笑得胸口都发痛了。

但那块"旅游胜地"还是给他留下了一身的毛病，出来时，他两只手的关节完全变形，十指曲张，形同鸭蹼。他干过不少活儿，还到北京的一家图书公司做过编辑，结果都没法让他找到条生路。后来他想到了野鸭，这就像是上帝专门给他打开的一道窄门，独辟蹊径，他改弦更张，成了饲养绿头鸭的小老板。他也遇到过几个女人，有一个差点儿和他结婚。但对方最后受不了他的少言寡语，还是跟他分手了。

"绿头鸭虽然有野性，但胆子小，警惕性极高，陌生人接近就炸了窝，要是突然受惊，它们就会像群疯子似的拼命飞逃。"他解释说，"饲养环境要求安静，尽量避免人畜干扰，时间长了，我就不爱说话了。"

他这么说，我就可以心安理得地坐在副驾驶的位置上打盹了。他可能也把我当成了绿头鸭，跟我说话时轻声细语的。

房间的电话突然响起来。我几乎是跳过去接起了电话。一个南方口音的女人问我要不要服务。我一言不发地挂断了，并且拔掉了电话线。我的眼睛已经适应了黑暗，就着月光，我看到老王睡得踏实极了，我还担心他如今也会像野鸭一样胆小警觉。但他睡得就像中弹而亡了一般。我在黑暗中摘掉义乳文胸，抚摩着自己胸口的伤疤。

第二天清晨，我们穿过空寂的县城朝南开去。薛子仪老师的山庄在当地尽人皆知，酒店前台的服务生告诉了我们详细的方位，她不知道我就是从这里走出去的，还想好心地画一张路线图给我们。

昨夜我睡得不好，上车后就开始被强烈的呕吐感所折磨。我们向着南方，那是祁连山的方向。雪峰的光芒在晨曦中明晃晃地刺眼，老王只好戴上了墨镜。虽然已是初夏，但河西走廊的晨风依然有些料峭。道路两旁的戈壁滩上，籽蒿、沙柳这样的灌木在风中轻轻颤抖，它们毫无绿意，一律都是灰白色的。我忍着恶心，竭力向窗外张望。戈壁茫茫，我看不到一座当年被承诺了的墓碑，也看不到一座孤城般的墓园。所有的光芒都向我涌来。一群男孩子簇拥着我，个个都自命不凡，像一头头对世界知之尚少的小兽。两个坏人被身后的火光勾勒出了金橘色的轮廓，就像是用烧红的铁丝窝成的。母亲临死前念念有词，妄图替她的女儿向世界讨饶，不要让尘世"劝退"她的孩子。一个古代的书生转眼就老态龙钟，双手刚刚还是推揉的姿势，一眨眼就变成了拥抱。我的眼里落满了沙子，一阵风吹过，它们就变成了砾石一般的泪滴。我胸口的一侧空空荡荡，冰冷的空气在那里回旋。直到老王用他鸭蹼般的手将我唤醒。我在昏沉的假寐中发出了呻吟，他伸手抚摩我的脸。

我拍着车门让他停车。车子停在路边，我下车跑向不远处那棵枯死的胡杨。我在它嶙峋的枝干上掰下了打火机那么长的一小截。老王默默地看着我上了车，脸色变得有些灰暗。

"据说这种树死了也能一千年不朽。"过了一会儿他没头没脑地说。

老王的车开得很稳，尤其是在他知道我总是被呕吐感折磨后。他时不时地会用鸭蹼一样的手拍拍我的腿。吉普车开始爬坡，眼前的山体也渐渐有了绿意。接着就是整面山坡的草地了，黄色的油菜花星罗棋布，还有蝴蝶扇动着翅膀拍打车窗。我竭力遥瞰山下，真的看到远处的戈壁滩上站着一个女孩儿，她肃立千年，面向雪峰，翘望已久。我们向着雪线开去。远远地，一片云下正有雨水飘落。

庄园并不显得突兀。"不望祁连山顶雪，错把张掖当江南。"这句诗是薛子仪老师当年教给我们的，他在课堂上恹恹地吟诵。那时他能预见到吗——自己最终会在祁连山上营造一座江南的庄园。这座庄园置身于祁连山脉，更像是一座遗世独立的禅寺。但无论是庄园还是禅寺，在我心里，都不该是那个焚烧手掌者的志向。

老王将车子停下，我让他在这里等我。我打开车门时，他叫住了我。

"杨洁，"他说，"从这儿回去后跟我去养鸭子吧。"

这句话让我走出了很远后，还身在一种灵魂出窍的恍惚里。

一座红土桥通向山庄的大门，桥下是细瘦逶迤的山泉。两根圆柱上横置着梁坊。"随园"写在一块不是很大的匾上。一切都不是簇新的，就像起码存在了好几百年。戈壁滩的风是做旧的利器，它能让尸骸转眼化为白骨，也能让新貌刹那变为旧颜。我用门环叩响了那扇厚实的木门。半天，旁边一扇斑驳的偏门才打开了条缝。

"你是谁？"门里的女孩儿问我。

我理所当然地把这个身穿白裙的女孩儿视为一个"女弟子"。她是当地人，脸颊上那两团特有的"高原红"就是我判断的依据。

"我找薛子仪老师。"

"我知道你找薛老师，到这儿来的都是找薛老师的。"她挺傲慢的，"我是在问你是谁？"

"我是他的学生。"我感到自己有些蠢。我已经四十多岁了，戴着只义乳，好像已经不配再去做一个学生。

"所有人都是薛老师的学生。"她抢白道，作势要关门。

"等等，"我急了，脱口报出自己的名字，"我叫杨洁。"

她定定地看着我，终于说了声："进来吧。"

我看出来了，"杨洁"这个名字并没有什么说服力，她大概只是被我急迫的神色打动了。

园子里的确别有洞天。绕过一面萧墙，朝北开着一扇柴扉，进去后，竟然是一片竹林。脚下是石头顺着山势铺就的小径，拾级而上，穿过很长的一段回廊，一间明亮的大厅里坐着另外两个女孩儿。我觉得我见过她们。她们中的一个对我说："老师病得很重。"另一个说："他早已经不见客人了。"领我进来的女孩儿请我坐在一把老式木椅中。我的两只手紧紧地抓在木椅的扶手上，不知所措地看着她们交头接耳。她们好像无视我的存在。我很恶心。我看到了当年将左手放在蜡烛上炙烤的薛子仪老师，和我神魂颠倒多么令他痛恨自己。老王用绿头鸭和家鸭杂交后的"媒鸭"来诱捕更多的野鸭，这项在农场学来的本事让他发了财。母亲在电话里告诉我姑姑死于一场突如其来的沙尘暴，系主任却在摸我的胸。那位地铁里的菩萨威仪地望着我，她给了我勇气。

"他左手的伤好了吗？"我突然问，问得好像我跟他只有一月小别。

她们彼此对视了一下，露出了惊讶的表情。

"你跟我们喝会儿茶吧。他现在正在打坐。"那个放我进来的女孩儿说。

她们喝茶很讲究，七碟子八碗的，其中一个对我说："水是从山上取来的冰块融化的。"

"你从哪儿来？"她们对我的态度发生了变化，开始主动和我说话。

我想说"北京"，但突然觉得这多么虚假。我就是从山下的戈壁滩来的啊。

"我走了很长的路。"我只能这么回答她们。

她们再次交换着眼神。毕竟还是些孩子，很快她们的话就多了起来。我提及那只左手的伤，这让她们很好奇。

"老师的左手很少给人看。还好，和领导们握手的时候他用的是右手。"说着，她们开心地笑起来。

女孩儿们也在他的企业里任职，她们彼此以"部长"和"经理"相称。我这才发现，她们的身上果然有着浓浓的蒲草味儿。还好，他没用仓山居士的方式来教导她们，也没用骨头做蛊，让她们成为像我一样无可救药的人。女孩儿们天性未泯，谈话很快转移到各自的网购经验上了。我静静地聆听她们聊天，在她们情绪高涨的时候，不失时机地问道：

"我可以去见他了吗？"

她们停下来，面面相觑，好像突然想起了我的存在。

"我走了很长的路，就是为了见他一面，"我觉得自己开始哀求了，"我还要走，还有很长的路等着我。"

脸颊红红的女孩儿站了起来，是她领我进来的，这时承担起了她的义务。

"你等等啊。"她冲我点下头，然后就离开了，消失在一架屏风后面。

我的手插进衣兜里，紧紧地将那一小截胡杨木攥在手心。不一会儿，女孩儿从屏风后露出了脸，向我招手示意。我走过去，绕过屏风，跟着她又走进了一段回廊。回廊上爬满了藤蔓，叶子在山风中摇曳。这宛如江南植物的繁盛让我突然剧烈地恶心起来。但我却吐不出，只能弯下腰一阵阵干哕。

"你没事吧？"女孩儿紧张地看着我。

我强装镇定，努力平复着自己的内心。我的脸色苍白，头套可能也歪斜了。我想，我的样子一定很吓人，但是，这令我接近了那个地铁里的菩萨才有的风度。

我终于站在了他的门前。门楣上挂着一块写有"小仓山房"的横匾。我的掌心全是汗。

"进去吧——"女孩对我说，欲言又止。她都没敢抬头看我。

"谢谢你。"我为自己给她带来的惊吓而内疚。

房门虚掩着，我推门进去。

"老师？"

房间里有股难闻的味道。窗上的纱帘可能刚刚被拉开，在微风中飘荡，依然有一种大梦初醒的动势。

"老师，是我，我是杨洁。"

没人回答我。那张遍体雕花的木床上传来窸窣的声音。我看到他了。想象中，我认为他应当是盘腿坐在床上——不像是他，而像是塞在神龛里的一尊破败的偶像；实际上，他是躺着的，一条薄被一直盖到了下巴上。当然是这样。还能怎样呢？即便那明亮的大厅里有着他豢养的年轻女孩儿，即便窗外就是万物生长的夏日，但他也只能够这样几乎被完全覆盖着似的奄奄一息。我不想将之说成苟延残喘。但他真的就剩下半口气了。镂空的床楣上有一只蜘蛛在快速地爬行。一切就是这么腐朽，还有股挥之不去的臭味。我的心里升起凶恶的伤感。我想大声骂他，用恶毒的话诅咒他。我们彼此启蒙，如今，他用一座随园戏仿了一座墓园。我像是遭到了背叛，但也说不好。我发散着的愤怒之波一定强烈到令他有所触动了，他盖在薄被下的身体开始微微发抖。他的嘴巴嚅动着，嘴角流出黑褐色的液体。我凑近他，他身上熏蒸出的苦味让我的心变软了。

"好吧，这不能怪你，这世界连戏仿的耐心都没有了。"我在他耳边说。

那只蜘蛛爬到了他的头上，我伸手替他捉了下来。我不忍心看他形容枯槁的脸上再爬过一只该死的蜘蛛。我在他身边坐下，从薄被下摸出他的左手摩挲。他的掌心犹如岩石一般冰凉和坚硬。

我把手伸在他眼前，对他说："看，白骨。"

他的眼皮翕动，终究还是没有张开。我有一瞬间以为他已经死了，将手指探在他的鼻子下面，那微弱的生命气息令我一阵感动。

"你得跟我说说话。"我对他抗议。

他悄无声息。

"跟我说句话吧？"我跟他商量。

他悄无声息。

"求求你，跟我说一句话。"我发出了呜咽。

他依旧悄无声息。

我哪儿敢摇撼他，我怕一使劲，他就会化为齑粉，让人连一把骨头都得不到。屋子很热。床脚一只大铜炉里的木炭余烬未熄。一部翻开的《子不语》扔在地板上，山风掀动着它黄色的书页。我过去把它捡了起来。结果它的下面还扔着一本《夹边沟记事》。我把两本书放回窗前的书案上，让一本压着另一本。透过敞开的窗扇，我能够隐隐听到野草发出的叹息般的歌唱。窗外的亭台楼阁，在我眼里一点一点成了残垣断壁。

后来，我又回到了床边。我半跪在他面前，双手小心翼翼地搬动他的脸。他的嘴唇乌黑，我慢慢地亲吻上去。我用舌头开启他的嘴唇，他紧咬的牙齿顺从地松动了。我的舌尖轻微舔抵他的上颚，品尝着他的苦味。于是，我们便共同成了没有牙齿的熟睡的婴儿。

我从随园的大门走出来时，看到山坡下老王站在车外和一个挎着篮子的妇女聊天。那个妇女头上裹着当地女人常见的红色头巾，与穿着红色冲锋衣的老王相映成趣。她可能是上山捡拾药材的。我慢慢地顺着山坡向下走。我没有回头，但知道身后的那座庄园在无声地坍塌。不，那不是灰飞烟灭，而是方生方死，海市蜃楼般的随风消散。我的心里星坠木鸣。老王和那个妇女相谈甚欢，慢慢地，我从这幅景象中看到了自己。我想我会去和老王养野鸭的。这是命运，一切都不是蓄意为之——谁让我已经学会了怎么分辨雄鸭和雌鸭的叫声。何况，在那样的生活里，我还可以不用再戴着一只悲伤的义乳。

老王看到我了，向我跑过来。

"怎么样？"他远远地问我。

我望着他，用只有自己听得到的声音慢慢地说："执黑五目半胜。"

《收获》2016 年第 5 期

鲨在黑暗中

王威廉

鲨毫不悲伤，安静地待在巨大的玻璃箱里。水刚刚好漫过斧头似的背鳍，我本想再加些水进去，好让鲨更舒服一些，而不是像个水泥桩一样匍匐在地心引力脚下，但我怀疑玻璃箱无法再承受哪怕一杯水的重量。

"谢谢，你就算是加满了水，我也浮不起来。"鲨很敏锐，总能看穿我的心思。可鲨说话的声音很怪，带着海底的混浊，嘴巴里也没有气泡吐出来。如果我闭上眼睛，我会觉得那声音来自很远的地方。

"我知道，你们鲨都没有鱼鳔，让你浮起来太难了，我就是下意识地想帮帮你。"我坐回椅子，把右腿翘在左腿上。只要我有空，我就坐在这把椅子上，和鲨聊聊天。我怀疑鲨是我们远祖的图腾，否则我父亲怎么会告诉我，我们家族每一代人都热衷于养鲨。鲨通过秘密的方式从渔民那里运来，然后藏进地下室里当宠物，没人知道那是什么品种的鲨。我的鲨是我十八岁的时候我父亲送给我的，算是我的成年礼。很幸运，我的鲨是个有趣的家伙，和兔子一样温顺，只吃白菜和胡萝卜。很多年前，它刚来的时候，我发现一把鱼钩嵌进了它的牙槽，生锈发炎，差点要了它的命。鲨发誓再也不吃荤了，它觉得所有的肉类都暗藏祸心。

"你帮我够多的了，你别以为我不知道你给我的蔬菜三明治里卷了肉片。"鲨笑起来很有些邪恶，因为它的嘴角上咧，而眼睛还是圆睁着的，像是在思谋什么坏主意。不过，这对于习惯了鲨的我来说，恰恰是鲨可爱的地方。为了保证鲨的健康，我不得不在菜叶里边卷上肉片，否则鲨撑不了太久。毕竟食肉是鲨的天性，刻意像僧人一样善良，注定是行不通的。

"你这样揭穿我，我以后该怎么办？还要不要给你加料？"我认真思考着这个问题，许多事情都是靠透明的谎言维持着的，少了这层透明的胶带，事情的性质就会起变化。

"我说什么了？我已经完全忘记了。"鲨恢复了本来的样子，像圆规画出来的眼睛里毫无悲伤，只有一种捉摸不透的呆滞。

"装作一副大智若愚的样子。"我站起来，看到它蠕动的腮裂，我早就数过无数遍了，七道，像是七道伤口。偶尔，我也会觉得那像是一架肉做的风琴。

"不要盯着我。"鲨说。

"可我喜欢。"我知道，当我盯着它的腮裂看的时候，它会紧张。

鲨的紧张，令人莞尔。

我走出这间巨大的地下室，转身关了灯，鲨在黑暗中成了一道更黑暗的存在。黑暗中的鲨是沉默的，一言不发，像是在积蓄心劲，努力忘记自己的暴力与自由。我关上门，小心地挂上锁，锁好，似乎鲨长着翅膀，会突然飞出来。我站在只有一盏白炽灯的昏暗走廊里，闭上眼睛，仿佛能听见心脏剧烈的收缩声。每次都是这样，在打开另外那扇门之前，我都会抑制不住地激动，任时光荏苒，那激动却总是如同雪山融水，绵绵不绝。

另外那扇门也挂着锁，是一把更强壮的锁，我轻轻地扭开锁头，尽量不发出一丁点儿声音。推开门，紫色的光线泄漏了出来，今天是周日。白光被分解为七种色彩，每一种色彩都和一周的七天相吻合。我相信这符合宇宙的逻辑。而且，只有在这里我才能忘记鲨的存在，否则，我的意识里边总是有鲨的阴影，像是那把鱼钩的黑褐色的锈迹。

我的妻子还坐在那里，虽然我至今还不知道她的名字，但这有什么关系呢？重要的不是她叫什么，而是她是我的妻子。她是我的妻子这件事情，是我单方面拍板决定的，但她并没有提出抗议，因此这件事就这么定了。

她故意低头不看我，用长长的头发遮住脸。她总是这样。她总是故意惹怒我。我让她抬起头来，她一动不动的，仿佛已经死了，我伸手托起她的下巴，她睁开了那双有些浮肿却依然漂亮的眼睛，却不看我，不知道看向什么地方。她很高大，坐着都比我高，当然，几乎所有的人都比我高，我小学毕业后身体似乎就冬眠了，再也没有长高过一厘米。我试过各种体育锻炼，可都没有用，我倒是变得非常强壮，这让我显得更矮了，几乎成了正方形。那些房客背地里都叫我螃蟹，我知道他们这样叫我，可我出现在他们面前的时候，他们却对我笑眯眯的，叫我杨总。杨总，一个可笑的称呼，我算什么"总"，我的产业只有老爹留给我的这栋四层高的破楼，当初也花不了几个钱。谁知道楼房建得那么多那么快，等老爹死后，周围闪着光的玻璃楼房就把我家的破楼整个包围了。穿着笔挺西装和光亮皮鞋的家伙们，抢着来我这儿租房。我不想租给他们，我只想租给穿细高跟鞋屁股扭来扭去的单身女人。这样的房客陆陆续续来了不少，但我没有找到传说中的爱情。直到有一天，我遇见了我的妻子，我的心如同遭遇了闪电，我毫不犹豫，仅仅一周后就把她带到了这儿。

我吻了吻我妻子的眼睛，她就那么睁着，任我吻，我感到有点儿害怕。我说，亲爱的，你把眼睛闭上好吗？可她不理我，干脆把眼神横了过来，盯着我看。我也盯着她看了一会儿，觉得她的眼睛里边像是藏有深渊，要把我吸进去。我赶紧摆脱了她的目光，过去站在她的身后。她扭动了一下身体，像舞蹈家一样，洁白的肩膀在绳索下滑动着，光滑的皮肤上起了细微的褶皱。我的捆绑手艺还不赖，她总是无法解开这些鲜艳的红丝带，就算我给她足够多的时间，她也不能。有好几次，我故意没有锁门，想看看她解开丝带后会不会留下来，但我回来后发现她还坐在那里。我以为她压根就没有努力，直到我看到她手腕上的红肿，才相信她付出过很大的努力。

如今，我再也不用担心了。即便我松开绳结，她也不会跑了，她已经习惯了紧束的感觉。人总是容易习惯各种事情，就像我这样的人都能习惯自己的存在。

但我没有尝试过松开她的绳结，也许有所谓的"斯德哥尔摩情结"，不过，我想那只是一种基于思想的假设罢了。以后也许真的会有那么一天，可眼下，我觉得还没到时候，我不能轻易冒险。

我从后面捧住她的脸颊，就像保护着世上最脆弱的事物，我轻轻将她的头往后拉，看到了她瓷器般精致的鼻尖，我让她的头枕在我的胸前，心脏跳动的地方，我是如此爱她。我不知道为什么，我是如此爱她。她与其他女人最大的不同是什么？更美？还是更睿智？实际上我并不清楚。我正在思考，她忽然转过脸，像鲨捕食那样使劲咬住了我的左手，一阵钻心的刺痛，我叫喊起来，左手失去了控制，像条受伤的蛇那样跳了起来，我的右手不自觉地卡住了她的脖子，纤细的脖子让人想起那种制作精美的酒瓶，握着那样的酒瓶倒酒，真是一种美好的体验。当然，我也可以轻而易举地拧断它。对美的破坏从来都有一种致命的诱惑。

红色的血滴在了她的白裙上，那是我的血，每次不小心被她弄伤，越是疼，越是血流成河，我越是有种如释重负的解脱快感：我欠她的，正在以意想不到的速度还给她，然后我们会两不相欠，我可以平静地看着她的眼睛，和她说话。

"我爱你。"我伏在她的耳边小声说。

"去死吧！"这句话，她说了无数遍。

"我们都会死的，只是时候没到。"我哼哼道。

"侏儒！"她补充。

我觉得这是一句很客观的陈述，用这个骂我，我觉得毫无意义。但她只要能吐出只言片语，我都甘之如饴。她的嘴唇因为愤怒而颤抖，惹得我的心脏也在颤抖。是什么让她的愤怒如此长久？被一个侏儒绑架而不是被权力、资本和市场绑架？可这个侏儒所做的这些都是出于人之为人的爱呀，他也是没有办法了。谅解他吧。我的手离开了她的脖子，她呼了一口气，仿佛听见了我的心里话。

今天早上，大约八点钟，我从床上爬起来，眼睛不用看便把脚趾灵活地塞进夹脚拖鞋，分开的脚趾让我看上去更像螃蟹。我先在厕所撒了泡很久的尿，然后来到阳台上往外看。我住在顶楼，那些租户都被我踩在脚下，我喜欢这种感觉。她们走出楼门去上班，我看着她们的头顶，她们的两只脚轮流从脑袋上冒出来，然后逐渐出现了后脑勺和脊背……人真是奇怪的生物，每个人总有看上去像侏儒乃至怪物的时候。我喜欢研究人，我经常会对人做出一些判断，大多数情况都是对的，尽管如此，但这些正确的结论没有任何价值，带不来一分钱。我不记得从哪天开始，钱成了一切崇拜的中心，在我的童年时代，似乎并不如此。那会儿，我更加崇拜邻居那位穿军装的哥哥。

净扯些废话，我是说，我今天早上观察的时候，还看见了两个陌生人。两个陌生的男人。他们总是在附近转悠，眼角的余光老是往我这边瞥。余光是很神奇的一种玩意儿，你看不见，却能感觉到。我总能感觉到看不见的事物，比如细胞被宇宙射线击中的瞬间，有一种细微的灼痛。眼下，这两个男人身上有让我恐惧的东西，他们的白衬衣太干净了，腰杆太直了。他们总是对别人表现出过分的好奇。其中的一位还偶尔拿出墨镜来戴上，过一会儿觉得不对劲，又拿掉了。他的个头很高，脖子比水桶还粗，肯定是一把打架的好手。

他们当然是警察，我并不怕警察，几个月前警察就来过了，他们一无所获。无论是鲨，还是我的妻子，他们都无缘一见。

每一天，这个世界都在天翻地覆，岂是谁能守得住的？无论如何，我只要守住自己的小世界，一个混浊的无法判断的卑微生命。

房客都走空了，我不用看表也知道，因为我的神经系统已经和这座房子连成一体了，她们的细碎动静，都会扰动我的神经末梢。我回到房间，拿起镊子，还有保鲜袋，先打开了三楼第一个房间的门。我不用钥匙就能打开这些房间的门，锁是她们新换的，但门一直都是我的，锁抗拒不了门。这个房客应该是一位秘书，每件衣服都非常规矩，最引人注目的是她永远都穿着黑色的丝袜和黑色的高跟鞋，我多次检查她的衣柜，印证我的想法。百分之八十的衣服是深色的套装短裙，我摸摸那些衣服布料表面的纤维和绒毛，想了想她的老板摸上去是什么感觉。

她每天回来得很晚，早上走得最早，房间算不上乱，因为回来也没什么太多的活动。我小心翼翼地用镊子夹起她枕头上的头发，放进保鲜袋。她掉落的头发很多，证明她生活在可怕的焦虑中。床单上的卷毛也是我感兴趣的，我同样会夹起来，放进保鲜袋。我在制作一个枕头，我希望梦见她们有温度的身体，希望梦见她们也梦见我，希望梦见自己和她们真正生活在一起。我不想承认我太孤独，我想得到她们的安慰。在我的妻子开口说她爱我之前，这个未完成的枕头是我仅有的慰藉和希望。

我在她的床上躺下，闭上眼睛，脑海里一片黑暗。我已经检测到她和我一样，也是个无梦的人。我坐起来，拉开她的抽屉，漫不经心地挑拣，终于找到了她的证件照。我大致知道她的样子，但我需要凝视她。她的脸偏瘦，眉毛很淡，颧骨坚硬，眼神隐隐透出胆怯。她天生就得生活在别人的阴影中。她可以活在我的阴影中吗？我有阴影吗？我的存在本身似乎就是一个阴影？我活在别人的阴影中吗？难道，我们都在鲨的阴影中吗？

不，除了鲨，我没有活在别人的阴影中，他们没有真正注意到我这个存在。他们也许将我排斥在了人类的范畴之外。可他们不知道的是，我每天午后，都会阅读维特根斯坦的《哲学研究》、亚里士多德的《修辞学》和王阳明的《大学问》。我知道这是人类最好的书，我把门从里面锁紧，然后一个字一个字地念出声来，房间里飘满了词。那些词是有限的，但不同的排列组合之后，意思是无限的，我每每深感迷惘和敬畏。这就像我对鲨的敬畏一般。鲨的存在，足以证明世上有上帝这种捉摸不透的大玩家。

"一个人懂得太多就会发现，要不撒谎很难。"维特根斯坦的这句话让我想了很多。我并不害怕撒谎，也不会因之羞耻，我只是发现，不知道从什么时候起，我对自己说出的话深信不疑，我怀疑自己成了最可怕的那种撒谎者，那就是彻底骗过了自己。这真的是个可怕的想法。维特根斯坦还说："不要玩弄另一个人内心深处的东西。"我想，我从不玩弄另一个人内心深处的东西，我只是想得到另一个人内心深处的东西。具体而言，我只是想得到我妻子内心深处对我的爱。

真的，我不想玩弄她。

我之所以阅读、思考，就是因为我想牢牢把自己锁在人类的范畴之内，阻止别人将我驱逐出人类的企图。我脱下裤子，使劲嗅着这女人房间里的气味，开始手淫。我把精液收集在一个水杯内，然后在她的内裤、床单、坐垫、马桶垫等最易接触的地方仔细涂抹，我知道这样希望渺茫，但我从不放弃。我希望有自己的孩子，越多越好。我曾去医院表示愿意无偿捐精，但他们无情地拒绝了我，他们都哈哈大笑地望着我，有一个很漂亮的女医生让我去照照镜子。我照了镜子，除了太矮之外，其他并没有什么畸形的地方，难道因为矮就没有做人的权利了吗？我只能自己动手来恢复这种上天赋予我的权利。

如果我的妻子爱我，她就会同意为我生孩子。我希望和她用人类普遍采用的正常方式，来让这个孩子诞生于世。

那个时候，我就能避免这种猥琐的行为。没有爱的生活，怎样做都是猥琐的。既然如此，我必须在猥琐中发掘出一星半点的乐趣。

中午时分，我回到自己的顶楼，炖了红萝卜猪骨汤，炒了木耳鸡块和糖醋排骨，蒸了米饭，我做饭的手艺和我捆绑的手艺一样好，我带着丰盛的午餐，来到地下室，和我的妻子共进午餐。

"亲爱的，吃饭了。"

"去死吧！"如你所料。

我把饭菜在她面前的小桌板上摆好，然后开始吃饭，我吃一口，看她一眼，她一直闭着眼睛。我知道她很饿了，她在控制自己。我只要稍稍离开一会儿，她就会很快吃完剩余的饭菜，我至今也不明白她是怎么做到的。我想安装一个摄像头偷窥她，但我怕这样的方式会让她绝食。相信我，我并不希望她死，我希望她活着，好好活着，然后爱我。我会留给她基本的尊严。尊严是爱的基础。

"你吃吧，我上去看书了。"我转身，走得很快，似乎我说出"看书"这样的字眼她就会随时叫住我。

她很沉默。要是我，我也会沉默的吧？

可我不是她，我只能是我，封闭在低矮肉体里的侏儒。我走到门口，转身，嘴巴里突然迸出了一句话："你也不问问我都读的什么书？"

"去死吧！"她好像只会说这句话，只是这次说得有气无力。她饿了，需要吃饭。

"你总有一天会爱上我的，只要你和我聊聊那些书，那些高贵的文字。"我说完，离开了。我在爬楼梯的时候，气喘吁吁，我对我说的话似乎没那么确信了。

我是在欺骗自己吗？我无法彻底骗过自己了吗？

我午休了一会儿，大约两点半，我起来撒尿，又看见那两个家伙，他们抽着烟，很放松的样子，似乎找到了什么能拿住我的东西，脸上带着窃喜的笑容。我不喜欢那样的笑容，那不是正义的笑容，而是幸灾乐祸的笑容。我喜欢鲨的笑容，鲨笑起来是很直接的快乐，就和我一样。经过反复思辨，我觉得自己不应该怕他们，如果他们知道问题出在哪儿，肯定一秒钟都不会耽搁。

下午，我打算先读圣贤书，然后去另外一位女士的房间，那好像是个文员，沉静害羞，瘦得像把柴火。我觉得出于悲悯，也应该去她那里看看的。就在我打定主意之际，传来了敲门声，这是最让我惊恐的声音。我蹑手蹑脚地摸到门后，从猫眼里往外看：他们终究还是来了。我毫不迟疑地开了门，我相信他们还是会和以前一样一无所获。更深的原因是，我从不觉得自己是个罪犯。

他们没有东张西望，没有东翻西找，径自在沙发上坐下来，没穿警服的他们看上去毫无底气。

"来，警官，辛苦了，喝茶。"我泡好了普洱茶，递给他们。

他们面面相觑，仿佛他们不知道我知道他们是警察。

"聊聊天吧。"大个子点着了一根烟，他的墨镜挂在胸前，领口大开着，里边的皮肤很光滑，看起来像个女人。

"好啊，想聊什么？"

"就聊聊你，我们觉得你是个特别有趣的人。"

"有趣在哪里？"

"看上去很滑稽。"

"这是羞辱我。"

"绝对没有，马戏团也有小丑，没人羞辱小丑。"

"这儿不是马戏团。"

"哪儿都可能是马戏团。"

"警察局也有可能？"

"有可能。"

他很严肃地看着我，吸了一口烟。我觉得他这样说话，一定是个非常真诚的人。我愿意和真诚的人掏心掏肺地聊天。

"那我要告诉你们，我自认为是个严肃的人，如果我有什么乐趣，就只有活着本身的乐趣。没有经过审视的生活是不值得过的，苏格拉底说。我几乎天天在审视自己的生活，我知道自己的生活毫无价值，但这种审视，让我觉得可以继续过下去。"

他们笑了起来，烟灰都掉了下来，我不明白他们为什么突然这么快乐。是我说错了什么吗？我不确定，我只好继续说："审视，会让一个人生活得痛苦，如果这个人是邪恶的，那么这种痛苦肯定会翻倍。那么，能不能说一个人在审视自己的时候痛苦越小，他的本质就越善良？"

"我不知道你在说什么，但我敢保证你一定很邪恶。"那个矮瘦沉默的家伙说，他的眼睛很小，眼皮耷拉下来，看不清他的瞳孔。

"你们觉得鲨鱼邪恶吗？"我绕过他的攻击，想起了鲨那双无辜的大圆眼睛。

"当然，这个还用问吗？"他们点着头，对这个判断极为自信。

"但是鲨鱼要活下去，就必须吃别的什么鱼，它和狮子老虎一样，为什么就觉得鲨鱼邪恶呢？"我想起在深海里遨游的鲨，它们矫健有力，通过永远的运动来保持身体的悬浮。

"因为鲨鱼看上去比狮子老虎更凶残、更冷酷。"大个子说完几乎打了个哆嗦。

"你只是亲近哺乳动物，惧怕鱼类这种物种的原始性。"我微笑着揭开谜底。

他愣了一下，随即点头，"深海中的一切都是原始的，那里的某些生物甚至都不能叫作生命。"

"那里才是真实的吧，人类都太虚伪了。"我盯着他的眼睛。

"那你虚伪吗？"

"当然，因为我也是人类。"

"你总把人类挂在嘴边吗？"

"还放在心里，时刻牢记。"

他们又笑了，我早知道会这样，人们对于过于正确的话总是无法面对。但他们在谈话中笑得太多了，已经失去了我一开始认为的真诚，这让我心生厌恶。我一向觉得，被厌恶的人应该被限制起来，封存起来，让他们和自己的厌恶待在一起，哪怕他们是警察。

"你这里肯定藏了什么东西。"大个子这会儿居然戴上了墨镜，他看着我，我却看不见他的眼神，我对他的这种行为深感气愤。

"是的，我这里藏了太多的东西，你想知道吗？"我挑衅道。

"你说。"墨镜不动声色。

"那你们听好了。"

是的，是该说说我家的地下室了，我相信，等我说完之后，他们永远也不会忘记的。

我家的地下室不知道有多少个隔间，我没有去数过，也不敢去数。从我的曾祖父那辈，就开始挖起了地下室。这自然来自于血的教训。广州这百来年可不是什么太平之地。父亲曾含混不清地说他的曾祖父（我都不知道该怎么称呼这位祖先了）死于一场暴乱，我试图跟历史书中的记载对上号，反复问了父亲一些细节，但他已经记不清楚了，那都是他父亲在他小时候跟他讲的，他只是很肯定他的曾祖父不是死于太平军之手。不过受太平天国的启发，他说，好像是什么大成国的造反。大成国？看我不解的样子，父亲在我头上狠狠拍了一巴掌，就是电影里的天地会嘛！好吧，天地会害死了我的祖先？那不一定，也许是清兵，谁知道他参加了哪一方。我宁愿他参加的是天地会。无所谓啦，他都不知死到哪里去了，据说年轻时在三元里还杀过英国佬，最后还是死在自己人手上，连个坟头都没有。我们家没有祖坟？没有。

"听你这么说，你们家还是民族英雄呢。"墨镜嘎嘎笑了起来。他一笑，矮瘦的家伙也跟着笑。

"那当然了！"我站起来，给他们的茶杯里添茶。你们笑吧，笑吧，笑不了几次了。

当时幸亏有个放杂物的小地窖，父亲的爷爷，也就是我的曾祖父（我对祖先称谓的极限）就是藏在里面，避过了杀身之祸。曾祖父心有余悸，开始了对地下室的修筑工程，而且很快就证明了他的担心并非"一朝被蛇咬，十年怕井绳"。清朝被推翻后，军阀混战，那个来自海陆丰的陈炯明，自有一番见识，跟孙中山一言不合，就打了起来，曾祖父带着全家人躲进里边，又一次活了下来。孙大元帅重新杀回广州之后，嚷嚷着要北伐，曾祖父跟着他的表哥在买鱼回来的路上无意中听了一次孙大元帅的演讲，被鼓舞得热血沸腾，回来就说孙大炮果然了不得，收拾行囊要和表哥跟孙元帅闹革命去。那位表哥刚到长沙放了几枪竟然吓得屁滚尿流，跑了回来，他摇晃着脑袋说曾祖父倔得很，中孙大炮的毒太深，说是一定要跟着蒋校长实现革命，革命不成，誓不回家。

从此，曾祖父再也没有了任何消息。

"他跟着蒋光头，也能说是革命？"矮瘦的家伙插了句。

"那会儿还算是革命的。"这次墨镜说了句公道话。

祖父也开始了修缮地下室的行动。北伐是成功了，可孙大元帅那么早就死了，谁知道那些北方佬会不会打过来呢？这个念头让祖父获得了足够的动力，他开始深挖洞、广积粮，已成狡兔三窟之势。没想到北方佬没有打过来，倒是日本人来了。当时很多人都往香港跑，祖父嗤之以鼻，他很自豪自己的爷爷手刃过不中用的英国佬，去香港那是死路一条。他判断对了，他藏在地下室躲过了零式战机的大轰炸和日本人的大搜捕，活到了抗战胜利。可神秘的是，祖父居然遗传了曾祖父的某种多血质基因，在躲过劫难之后，开始向往革命。他急不可耐地秘密北上，去了延安，加入了共产党，几年之后，他随着大部队胜利归来。广州解放后，他被安排在市教育局工作。

"我觉得你祖父有点儿投机。"矮瘦又说。

"他是打仗的，一个枪子就要命的，有这么拿命去投机的吗？"我有些生气，"所谓投机，不是用最小的付出，博得最大的回报吗？"

"别动怒，继续。"墨镜吧唧着嘴巴，品着要命的好茶。

祖父在教育系统上班，喜欢学人家舞文弄墨，十来年后，某日因一首歪诗被人检举为"反诗"，惹来了灾祸。他见势不妙，做出逃跑外省的迹象，却一头钻进了地下室深处，逃过了追捕。但祖父还是大意失荆州，数年后的一个晚上，他竟然从地下钻出来，站在院子里仰头看天。那晚的月色很亮，他想多看了一会儿，找到那颗坐着长征火箭上天的星星。结果遭同在看星星的邻居举报，立马被捕，送到了一个接近中亚的地方，再也没有了音信。这件事的副作用很大，让我的父亲极度恐惧写作，却也极度迷恋上了写作。禁忌的快乐让他无法自拔，他总想写点儿什么，却不知写什么才好，整个人越陷越深，终于变得有点儿神经兮兮。

"哈，那颗'东方红一号'！"

"中国造的第一颗卫星，你祖父还蛮浪漫的嘛。"

总而言之，要不是有地下室，我想我就不会存在于这个世上了。这个想法在我父亲的脑袋里当然更加强烈，不可遏制。从我有记忆起，他就一直反复告诫我，除了地下，哪里都不要去，去外边是死路一条。我被吓坏了，从小生活在泥土般的绝望及恐惧中，让我满心重负，没法长高，成了侏儒。我母亲嫌弃我，想再生一个孩子，但我的父亲拒绝了，他的理由是我们杨家每代都是单传，这是命运，他不能违背命运，他还有更伟大的事业要做，那就是挖洞。他以身作则，把一生的精力与智慧都用在了挖洞上。那是一种迷宫的艺术，几十年后，除了他自己，已经没有任何人可以破解那座曲折离奇的地下宫殿了。

"怪不得你不长个儿。"

"我感觉破案的线索马上就有了。"

在我十五岁那年，我的母亲失踪了，我父亲脸色苍白，仅有的几丝血色也不见了。他坐在通往地下的洞口处，说她和那个贩卖鲨鱼的臭杂碎跑了。我不知道该怎么安慰他。反正她也不喜欢我。我应该就是这么跟父亲说的。但在那之后，我总是一次次梦见我的母亲，她惊慌失措地迷失在地下室的某一个房间内，每当我积蓄足了勇气想去救她的时候，我就惊醒了。我把这个梦告诉我的父亲，他长久不出声，也不看我，他的侧脸看上去简直和我如出一辙（我喜欢翻看自己的照片），我已经看到了我的未来，但他比我高大许多，因而也英俊不少。他最终抽了一根红双喜香烟，像伟人那样慢吞吞地说："也许，你说得对。我们家的每个人都应该在那里有属于自己的房间。"

"你们家也够惨的。"

"是够惨的，我……我怎么感到有些头晕，舌头发胀……"

"好像是……我，我，我……"

我父亲在弥留之际，将地下宫殿的图纸以及全部秘密都告诉了我（可愚笨如我至今未能完全掌握），然后，他就选择了其中最隐秘的一个房间作为自己的终点。他是自己走进去的，还带着成捆的笔和厚厚的稿纸，他决心要完成自己的写作心愿。他喃喃自语道，写作是一件十分危险的事情，必须待在地下深处才能心安。

我大张着嘴巴，呆愣在那里，未来的孤独生活仿佛已经提前注入到了我的心里，让我苦涩难言。

"你不要试着找我，你不会找到的，反而会把自己搞丢了！"父亲皱着眉头大声警告我，看上去一点儿也不像是个弥留之际的人。那一瞬，我真想在他的口袋里放一个毛线团，跟着他走进去。希腊神话里不就有牛首人身的怪物，弥诺陶洛斯，隐藏在迷宫的深处，可我的父亲只是个普普通通的人，他也不知道那个远在天边的希腊神话。他只是一个小心谨慎得过了头的人。我的眼睛似乎湿润了一下，仅仅一瞬，父亲就消失得没影了。

总有一天，我会找到他，看看他都写下了什么。

好了，故事无非如此。当亲人们都离开后，我已经知道了生命就是身体，而人的身体如此脆弱，像冰雪一样容易融化。我已经准备好迎接又一次极致的体验了。一刻钟后，我把两位警官的身体（包括那只墨镜）放在了鲨的身边，他们迟早也会融化的，留下一道黑色的印迹，变成鲨的形状。那夺取他们生命的药剂已经和他们的身体融为一体了。

我抱着我的妻子，她骂我是侏儒。我的虎口在滴血，伤口依然钻心地痛，可我不会伤害她的，我吻她的头发，她没有反抗，也许她压根就没有感觉到。我想，我必能在自己卑微脆弱的内心中，培育出宽恕的声音，更多的当然是宽恕自己。对于这个世界，我的付出早有分寸，甚至作恶多端，因此我的宽恕也就廉价。但是，请记住，这个世界并不完美，可以肯定，永远也不会完美，我和其他任何人一样，将永远拥有宽恕这个世界的权利。

想到这些，我的心情似乎好了些。每次让别的生命消失，我都感到自己变得愈加虚弱了，似乎个头也更矮了。我迟早会承受不了的。

好在，我还有重要的事情没有完成。我的妻子还没有臣服于我。

"我邀请你看看鲨，好不好？"我在她耳畔轻声说。

"你想干什么？"她的脸色前所未有地紧张了起来，我从没让她出现过这样的神色，我甚至都有些嫉妒鲨了。可是，决定她命运的难道不是我吗？

我抄起一把铁铲，拆开面前的这堵墙，鲨顿时出现在了我们面前。

"看到了吗？"

"神经病！"她凄厉地喊了声，然后抽搐着哭了起来。

"你无法想象，鲨鱼为了保持牙齿的锋利，在十年里要换掉两万余颗牙齿。"我指着鲨的嘴巴说。我希望这句话能逗笑她，尽管我说的都是真的。

她的哭泣没有停止，我柔声细语地劝说她跟鲨聊聊天，只要鲨知道的，它都会说的。可我的妻子除了哭泣，一句话也讲不出来。

"喂，你说点儿什么，让我妻子开心点好吗？谢谢。"我只能央求鲨主动些了。

鲨有些紧张，仿佛我在盯着它的鳃；过了几秒钟，它忽然冒出了一句："我们鲨是地球上最性感的动物。"

"为什么？"我的确被逗笑了，我碰碰我的妻子，"你听见它说的话了吗？你看看它的样子，这个家伙居然说它性感，快要笑死人了。"

鲨看我笑了，立刻放松了，它也挤出了一个笑容，笑得有些诡异："动物，还有你们人类，最爱做的事情，是我们先做出来的。"

"什么意思？"

"体内射精，明白吗？这回事是我们鲨先搞起来的，我们结伴同游，然后探测进了异性的身体。要不是我们，也许你们人类现在还像鳗鱼那样弄得一团糟。"鲨似乎在忍住笑，发出牙齿摩擦的咯吱声。

"这是污蔑，你觉得呢？"我问妻子，她似乎已经停止了哭泣，但她并不理会我。我们也要个孩子好不好？我想对她直接这么说，可我觉得这样也的确太厚颜无耻了，我只能把话吞咽了回去。

"我也不怕告诉你，"鲨不笑了，立刻狰狞起来，"我在母亲肚子里的时候，一开始有十个兄弟姐妹，但最后只有我活下来了。"

"怎么回事？"

"因为，我吃了它们。"鲨再次笑了起来，这次的笑充满了寒意，"必须吃掉，我需要能量，而且，它们和我不是一个父亲。只有强者才能活下来。"鲨吐吐舌头，做了个鬼脸。

"这个，你从来没告诉过我。"我没想到鲨的残忍从娘胎里就开始了。

"我怕你接受不了。"鲨倒是挺老实的。

"你能接受吗？"我问妻子，可她开始了呕吐，没有东西出来，是干呕，我抚摩着她的脊背，希望她能平静下来。

"她当然接受不了，"鲨说，"既然已经进化了亿万年，你们人类没有必要这么残忍了。"

"人类比你想象得残忍。"我看着鲨，觉得鲨还是很迂腐的，我说："你应该知道，我们可以让你们灭绝。"

"我们鲨的残忍是毫无办法的，而你们人类根本不需要残忍，因此我们的残忍不是邪恶，你们的才是。既然亿万年的进化都在放弃邪恶，你为什么不放弃呢？"

鲨竟然有一颗僧人的心，真是居心叵测，难道它真以为我没有慈悲了吗？要知道，我没有一天不在健全我的人性。我沉吟了一会儿，问："那我怎么才能放弃？"

"放了她吧。"鲨居然说出了我最怕听见的话。

"你……你说这个干什么？我想驯服她，她是我的妻子。"我不由得结巴了起来。

"给她自由吧，有了自由，她才会是你真正的妻子。不然，你现在只是自欺欺人罢了。"鲨的背鳍抖了抖，仿佛在怀恋大海的波涛。

鲨的这句话刺中我了。鲨总是最了解我，知道我最柔软的地方。

看来时候到了，我一直在等待的时候。

我用刀子割开了妻子手腕和脚腕上的绳索，然后把刀子扔到地上。

我坐回我的椅子上，什么话也没有说。她自由了，我顿时深感羞愧，不敢正面看她，只是用余光盯着她。她没有动，她真的没有动。看来我的判断是对的，她顺从于这种局面了。

"你会不会觉得轻松多了？"鲨说。

我点点头，也许吧。

"你感觉好些了吗？"

我问我的妻子，想着是不是应该跟她道个歉，转头却发现空无一人，连椅子也消失不见了，她这么快带着椅子跑去哪儿了？居然一点儿声音都没有。就在我打算站起来看看的时候，忽然我看到我的前胸长出了一片银白色的刀尖，在灯光下格外耀眼。我想动，却一动也不能动了。鲨还在那儿吗？鲨能帮我吗？一把椅子重重地落在我的头顶，我眼前降下了一片红色的雾，让我看不清任何事物了。我想告诉鲨，它的狗屁进化论让我做出了多么迂腐多么错误的选择。但我的胸腔内像伸进了一双手，攥紧了我的肺，我憋不出一句话来。我只好闭上眼睛，欣喜地发现红色的雾消失了，只有稳固的黑暗，比鲨的脊背还要黑一万倍，那种黑暗像是来自宇宙的深处，那是所有事物的归处吗？是物理学上称为"熵"的所在吗？我也要去那里了吗？仅仅只是这么一想，我就觉出了一种前所未有的宁静，那种宁静在召唤我丢下鲨的阴影，丢下妻子的自由，丢下这些乱七八糟的记忆、愤怒与情爱，去沉入无始无终的虚无。我听从了这无声的召唤，恍惚中已经来到了地下室那间最隐秘的房间。我看到了我父亲伏案写作的背影。可我来不及看清他更多的细节，我只希望他能听见我最后的呻吟，然后写进他笔下的文字里。

转　湖

龙仁青

一

如果不是单位派人送来那张体检卡，这会儿他们就已经在转青海湖的路上了。根据之前的计划，这一天，他们已经走到了那个叫关宝东的地方。

关宝东，是一座山峰的名字，地处从青藏公路拐入环湖西路的路边上，紧靠着青海湖畔——一座山峰逶迤绵延到这里，忽然停了下来，形成了一个高高的断山头，看上去很险峻。关宝东在藏语里的意思，是怙主的鼻梁。的确，这险峻的断山头，很像是一个倒下的巨人高昂着自己的头，使得他的鼻梁突兀在这天地之间。大自然的奇巧，总是超乎人们的想象——在这高耸的鼻梁下，居然还有一个洞穴，就像是巨人的大嘴一般。当地传说，这个洞穴是直通拉萨的——曾经有一个朝圣者，让一只山羊驮上草料，把它赶进洞穴里，自己便踏上了前往拉萨的朝圣之路。等他一路艰辛，来到拉萨，满怀着喜悦之情匍匐到布达拉宫前的时候，他惊奇地发现，他的山羊，已经通过洞穴，抵达了拉萨。那山羊看到主人到来，一路咩咩叫着跑了过来，而它身上的草料，已经所剩无几。如今，在这个洞穴前面挂满了五彩的经幡，洞门一侧有一座用就地取材的青石板堆砌成的供台，供奉着几盏酥油灯，几碗净水，虔诚的朝圣者甚至把一些贴身佩戴的饰品——珊瑚、玛瑙、塑料珠子、玻璃项链、铝制或者铜制的仿金银手镯、耳坠等，也供奉在了这里。

转湖的朝圣者把山上的洞穴视为神迹。朝圣者到了这里，就会往洞穴里钻。洞穴里狭窄崎岖，一片黑暗，人们纷纷拿出手电筒，或者拿出手机来，打开上面的手电筒功能，一团一两米远的亮光便出现在每个人面前，大家就着这点光，小心地往里走去。这才发现，走进十多米就无法再往前走了。人多的时候，先前钻进去的要出来，后面又有人不断往里钻，于是就堵在里面，两边的人都不能动了，甚至想转身都有些困难。这时候，那个总是站在供台一侧的红衣僧人便走进来，指挥着人们走出来或走进去，他脸上的神情严肃、认真，就像是一个正在疏通道路的城市交通警察。

多杰和措果是一对夫妻，工作、生活在城里。妻子措果几年前就退休了，丈夫多杰，也因为身体原因，在自己刚满六十岁的时候办了退休手续。多杰属羊，依照藏族习俗，羊年恰好是转湖之年——沿着高原上那些圣洁的湖泊右绕而行，就会得到这自然圣湖的加持和护佑，所获得的殊胜和功德，是平常年份的十二倍。多杰此前在一家广告公司从事摄影工作，平日里经常出差拍片子，在家的时间反而很少，退休了，闲了下来，跑惯了的多杰有些不习惯，妻子措果却有些暗自高兴。

就在多杰退休不久的一天，吃了早饭，两个人东拉西扯地聊着天。措果从他们的双人床下翻出了几本影集，那里面都是多杰这几年外出时所拍的照片，其中一个影集，整整一大本都是青海湖的照片。

"天哪，这些都是十二年前的照片啊，时间过得可真快！"两人翻看着照片，多杰便想起了拍这些照片的时候，"那一年是羊年，我四十八岁，照老家的算法，是四十九岁！"多杰说。

"对啊，对啊，你跟拍老家牧区的阿克巴顿一家转湖，可怜的阿克巴顿，快要转完的时候不行了……"措果也想起了那一年的事。

于是，两个人回忆起了一些往事，互相补充着，完善着。其间，他们为一些已经离去的人惋惜着，怀念着，也为一些依然健在的人祝福着，"祈愿三宝保佑众生，保佑我们吧！"措果不断地说着。

"转眼间，又是一个洛扩（藏历纪年法，每十二年为一个洛扩），今年又是羊年啊！"多杰感慨着。

"是啊，你的本命年啊！"措果忽然想起什么，兴奋地说，"你现在退休了，羊年是要转湖的，咱们去转湖吧！"

"去转湖？"多杰似乎没想过这件事。

二

多杰和措果开始为转湖的事情忙碌着，他们买了露营的帐篷、冲锋衣、旅游鞋、太阳镜以及一些户外用品，至于转湖必备的经幡、风马旗、宝瓶之类，他们打算从转湖开始的地方买，买那种已经得到寺院加持过了的。他们把转湖的出发地，定在了青海湖南岸的甲乙寺，这是青海唯一一座由一位女活佛执掌的寺院，高处有一尊立佛，金碧辉煌，远远地就能看见。他们打算从西宁乘坐长途客车在寺院附近下车，在寺院里向着那座立佛发愿、祈祷，然后就让自己的转湖之路从那里延伸出去，再在那里圆满结束。

措果从多杰十二年前拍摄的照片中选出了一些，用这些照片罗列出了一个转湖线路图。他们打算每天步行三十至三十五公里，用大概两周的时间完成转湖。措果每天翻看着那些照片，转湖路上的每一站都已经烂熟于心，她还到西宁的宏觉寺，请那里的驻寺喇嘛为他们卜算了一个适于出行的吉日。做这些的时候，措果的心里充满了暖意，她祈愿她属羊的丈夫在这羊年的殊胜之年，通过转湖，得到平安，获得吉祥。她满怀期冀地等待着他们出发的那一天，不断给丈夫多杰说："咱们这是去度蜜月呢！"说这话的时候，她脸上还会涌出一片少女一样的绯红。

这一天，措果又在翻看那些照片，翻到了关宝东的那一张，多杰便开始给她讲那个朝圣者与山羊的故事，措果被这个简单的故事打动了——尽管她之前也不止一次地听过这个故事——"可怜的羊儿，多可爱啊！"她不断说着，眼睛里布满了泪花。

这时候，她的电话响了，是单位——严格地说，是原单位——打来的。一个她并没有听出是谁的女孩儿亲切地叫她会计阿姨，说要给她送一张体检卡来。

三

一张免费的体检卡就这样忽然出现在了他们正在准备去转湖的时候。措果拿着那张小小的、印制有些粗糙的小卡片，看着丈夫，脸上是一副被惊扰到了的样子——好似正在专心致志地做一件事情的时候，另一件小事忽然不合时宜地插了进来。她把小卡片递给丈夫多杰。多杰接过卡片，细细看了看上面的说明，想起措果最近一段时间每天到了下午就会非常疲累，脸色也很苍白，之前也劝她到医院查查，便对措果说："也好，本来就想让你到医院查查的，刚好咱们要去转湖，在走远路前检查一下身体也是好事。"

"可是，眼看着就到了出发的日子了！"

"没关系的，就是检查一下，不会耽误事情的。再说，免费检查身体，如果不去，有些可惜。"多杰说这话的时候，心里做好了一定要让措果做完这次检查的决定。

"……"

"如果要去，明天就去！"

第二天是个周末，多杰和措果便去了体检卡上指定的医院。整整一个上午，他们在呛人的来苏水的味道里，不断地从一个科室走到另一个科室，尿检、血检、拍片，等这些结束的时候，措果已经累得有些走不动了。

大夫留下了他们的联系电话，说结果出来后，会电话通知他们。

"还是别去转湖了，看你才一个上午，就成这样了！"

"你说什么呢你？"措果瞪了多杰一眼，又推了他一把。

多杰呵呵笑着，说："走，吃午饭去！今天要大吃大喝哦！"

自从多杰退休以后，措果忽然发现，比起年轻的时候，他们变得宽容、大度，懂得体贴对方。而年轻的时候，他们经常为一些鸡毛蒜皮的事情吵架，有时候甚至几天里相互不搭理，在一个屋檐下，形同陌路。想起这些，措果心里就会有些后悔，后悔自己年轻的时候脾气不好，没有好好去在乎这个人，她心里也明白，多杰也一定和她有着同样的想法。

四

星期一，也就是两天后，离他们要去转湖的日子只有两天了，措果已经把她的冲锋衣穿在了身上，那天去早市的时候，甚至戴上了那副防紫外线的墨镜，说是要试试合适不合适。从她的神情中，多杰看到了那种期盼已久的事情即将到来时的喜悦与欢快——就像是儿时期盼藏历新年的到来，还没等到除夕之夜，就把阿爸阿妈为自己准备的羊羔皮袍子穿在身上一样。多杰看着老婆出门的背影，不由得无言地笑了。

措果刚出门，多杰就接到了医院的电话。听筒里一个男医生大致描述了一下体检结果，便说："情况不是太好，复查一下吧！"那声音有些职业的冷酷和轻描淡写。

医生的话让多杰感到了莫名的惊恐，放下电话，他的额头上渗出了一层冷汗。

他在心里给自己说：不会有什么事的，措果不会有什么事的，稳住啊，别让措果看出来。

措果从早市回来，摘下眼镜，脱了冲锋衣，换了拖鞋，把装满了各种蔬菜的手拉车放在厨房里，便开始说早市上的见闻。

"不知道是谁家的，一只小山羊拴在一辆卖锅盔大饼的车上，好可怜的样子。"

措果坐在沙发上，多杰泡了一杯茶放在她面前的茶几上。措果抓起茶杯喝了一口，又说："我在那儿等了好长时间，一直没见主人过来，我还想着，干脆把小山羊买下来，在转湖的时候把它带上。"

多杰在一侧的沙发上坐下来，说："带上干吗？就让它先走，等咱们转完湖了，它可能就在甲乙寺等咱们呢！"

措果听出来多杰在开玩笑，立刻回应道："好啊，好啊！"说着站起身来说："走，咱们现在就去把那只小山羊买回来！"说着，复又把刚刚脱下来的冲锋衣穿在身上，说："要是咱们转完湖，再去朝觐拉萨就好了，到那时候，咱们把小山羊放在关宝东，等咱们到了拉萨的时候，它也从那个洞里到了拉萨！"

多杰听着措果的话，自己也站起来，穿好了外套，说："走，咱俩还真得出去一趟！"

"去哪儿？"

"医院里。"

"怎么，检查结果出来了？"

"那天咱俩去做体检，净想着去转湖的事儿，有几项该检查的内容没检查。医院刚刚来电话，要补上！"

措果愣怔了片刻，忽然明白过来："又要检查啊，可咱们去转湖的时间到了啊！"

"耽误不了的，这不是还有两天吗？"

"我不去了！"

"不去不行！"

五

措果住院了。

措果从来没想到自己会住院。"我不住院啊！不用住院啊！后天就要去转湖的啊！"她冲多杰喊叫着。

"大夫说是要调理一下，听大夫的才对！"

"可是，耽误了转湖啊！"

"转湖的事就往后拖几天吧，等你出院了，你再到宏觉寺让那里的喇嘛重新给咱们算个日子。"

"这已经是年底了，再过几个月就藏历年了，羊年过去了，都猴年了啊！"

"是啊，不是还有几个月吗？不着急。"

在多杰和大夫的劝说下，措果的情绪才慢慢稳定下来，办理了住院手续。

她换上病号服，躺在病床上，脸上依然是一片乌云，多杰准备出去给她买饭吃，她冲着多杰的背影喊道："不许告诉女儿！"

多杰转过身来，看看措果，点了点头。

从医院出来，多杰便给远在北京上学的女儿打了电话。

"你阿妈病了！"多杰在电话里说。

"怎么回事啊？我明天就请假回去！"女儿的声音里立时有了哭腔。

"我也是这个意思。"多杰说，"不过，不要说是我给你打电话了。"

"那怎么说？"

"你过一会儿给你阿妈打电话，就说是学校安排到青海实习，你马上回来。"

女儿忽然出现在病房里，这让措果很意外也很不悦，她狠狠地朝紧跟着女儿进来的丈夫多杰瞪了一眼，气呼呼地转过身去。

"女儿可不是我叫来的哦！"多杰看着措果不断起伏的胸口，向女儿使使眼色，有些心虚地说。

女儿坐在措果的病床前，说："阿妈，我是来实习的，到了才知道你住院了！"

"你和你阿爸唱双簧呢！"措果转过身来，又瞪了女儿一眼。

六

一晃几天过去了，措果还是惦记着转湖的事。她让多杰把她用照片罗列的那个线路图拿到了医院，每天都在翻看。

"要是咱们已经在转湖的路上，今天就到了关宝东了。"这天早上，多杰和女儿都在病房里，她翻到那张关宝东的照片，停下手来，看着多杰说。

"嗯，咱们的小山羊，都到了下一站等咱们了。"多杰说。

"是啊，别让小山羊等急了啊！"措果说，"大夫说没说我什么时候可以出院？"

"没说，我估计快了。"其实，多杰刚刚得到大夫准备手术的通知。

"我是不是病得很严重？你们瞒着我？"

"哪里有的事！你就是好多年没好好看过病，需要调理一下！"

"阿妈，你别胡思乱想，没有的事！"女儿说。

"可是，怎么就不让出院呢？眼看着羊年要过去了！"措果无奈地说了这么一句，审视地看看丈夫，又看看女儿。丈夫和女儿的表情都很平静。说这话的时候，她心里悠然飘过一丝悲凉的感觉。她知道，要是她真的病得很严重，丈夫和女儿肯定也会这么说，也会让她看不出来。

"你别着急，好好治疗，等出院了咱们就去！"丈夫的话打断了她的思绪。

"羊年转湖，又是你的本命年，这样的机遇十二年才有一次，可不能错过啊！"措果说着，忽然想到了什么，不由得从病床上欠起身来，"我有主意了！"她说。

多杰和女儿都看着她。

"你去转湖！"措果大声说。

多杰看看她，又侧身和女儿对望了一下："你说什么？"

"你一个人去转湖！"

"你不去了吗？"

"我怕我住院耽误了你，你先去，我要是早点儿出院，就打电话给你，你等着我就行了！"

"这又何必呢？咱俩一起走就是了！"

"你就听我的吧，你去转湖，不要耽误了今年的好年份！"

"可是，我一个人去，多没意思啊！"

"你就当是和我在一起！"

"……"

"反正现在女儿也在，打水送饭也不需要你。"措果说，"你到了一个地方就把照片发给我，就等于和我一起转湖！"

女儿听明白了阿妈的意思，便对多杰说："阿爸，阿妈说的也是！"

"可是，大夫说……"

"没事的，阿爸，有我呢！"女儿说。

七

措果执意要让他先行去青海湖转湖，并为自己有了这样的想法而高兴。多杰看到她这么多天来第一次这么高兴，也不想扫了她的兴，于是便答应了妻子，走出病房。

"我去收拾一下照相机，明早就出发！"多杰说。

"这就对了嘛！"妻子高兴地说，"快去吧！"

回家路上，他特地绕道去了一趟早市。他想买点儿新鲜羊肉，给妻子炖点儿羊肉汤，再悄悄通过女儿，把羊肉汤送到病房去——与措果结婚这么多年，厨房里的事，他几乎从来没有管过，唯独是煮手抓羊肉、炖羊肉汤的事，他可以凭借着儿时在草原牧区的生活经验，在措果面前露一手。措果也认可这一点，但她从来不说多杰的手艺好，而是说他手气不错，"每次的调料下得刚刚好，盐的咸淡也刚刚好！"

在早市里，多杰买了羊肉，果然看到了那只拴在卖锅盔的车上的小羊羔，他便问卖锅盔的商贩："这小羊羔是要卖的吗？"

"哪里哦，这是我家儿子的宠物哦！要是把它卖了，我家儿子要敲碎我的脑壳的了！"商贩用四川话说。

多杰心里掠过一丝诧异，他诧异于城里人把什么都当宠物养。他向商贩做了个抱歉的手势，掏出手机，把小羊羔拍了下来。

多杰到了家，把羊肉炖在锅里，便拿出自己的照相机仔细擦拭了一遍，把一些拍摄要用的器材——三脚架啦、充电器啦、储存卡啦之类的也收拾好了放在摄影包里，但心里却一直踏实不下来——他心里在不断地问自己，难道真的一个人去转湖吗？

离开医院的时候，措果说，按照他们当初的计划，让他先坐长途客车到甲乙寺，"到了寺院，别忘了拍一张立佛的照片发给我！"措果说。

这会儿，多杰呆坐在沙发上。他拿着手机，想给女儿打个电话，又怕妻子知道了，说他优柔寡断，像个女人——这是他们年轻的时候，她经常指责他的一句话。不好打电话，他打开了好几天没有打开的手机微信，翻看着微信里的朋友圈。忽然，他看到一位搞摄影的朋友在朋友圈里发了他在转湖路上到了甲乙寺的照片——那尊立佛高高地站在朝霞之中，初升的太阳在立佛的边缘勾勒出了柔顺的金光。

朋友为照片配了文字：转湖路上，拜谒立佛，祈祷众生离苦得乐，祈愿家人幸福安康！

多杰看着照片，看着照片下方的文字，心里也如朋友一般祈祷一番，并特别祈祷自己的妻子能够早日康复，他忽然有了一个主意——他立刻把朋友的那张照片复制下来，并给朋友留了言：照片借用一下啦！

正在这时，他接到女儿的电话，女儿在电话里说："刚接到大夫的通知，阿妈手术的时间提前了，安排在了后天！"

"我这就去医院！"多杰也顾不得把照相机和那一堆摄影器材收拾好，到厨房一看锅里的羊肉，才发现自己错过了下调料的最佳时间，好在羊肉汤也算刚刚炖好了，便急忙装在保温杯里，直接往外走去。

走在去医院的路上，多杰把手机里的小羊羔的照片发给了妻子，立刻收到妻子发来的惊讶的表情，还有一串文字："你把小羊羔买下来了吗？难道你真的要带小羊羔一起去转湖吗？那些神话虽然美，但不要当真啊！别把人家小羊羔给害了！"

多杰看着文字，给妻子发了一个大笑的表情，妻子即刻给他发来了一串用铁锤敲打脑袋的表情。

多杰便回复妻子道："我连你都没带，哪有心思带小羊羔啊！"

刚发出去，就收到妻子的回信："我随后就去找你！"

到了医院，多杰把羊肉汤交给女儿，自己不敢到妻子的病房里去，就坐在病房门口的长椅上。

到了晚上，他干脆和衣在长椅上睡下了。

八

第二天，初升的太阳照在医院病房的窗棂上，一缕阳光从厚重的窗帘缝隙里见缝插针似的窜入了病房。

措果刚刚醒来，她的手机就清脆地响了，那是收到了一条微信的声音。

措果打开手机，屏幕上出现了甲乙寺立佛的图像。

"哇，你阿爸已经到甲乙寺啦！"措果兴奋地对女儿说着，把手机给了女儿。

女儿接过手机，看着屏幕上的照片，心里闪过一丝哀伤，但她没有表现出来。

"不许打扰你阿爸转湖，让他好好把湖转完！"措果对女儿说。

"要是他惦记你，中途回来了呢？"女儿把手机还给措果。

"那我就把他赶出去，不让他到我跟前来！"措果说着，再次看着屏幕上的立佛，用额头轻轻碰触了一下，说："我就自己出院转湖去！"

女儿看着自己的阿妈，一时无语。

多杰听到自己的手机在响，他想一定是妻子给他发来了回复，急忙从躺椅上坐起来，打开手机。手机屏幕上却是女儿的一条微信，女儿让他暂时不要到病房来，说阿妈会把他赶出去。

多杰能够猜测到妻子的心情，但又在担心着她的病情，便给女儿回复微信说，他就在长椅上待着，一旦有什么事情，他就及时赶到。

九

又是一个清晨，阳光明丽。

多杰在住院部走廊里的长椅上又度过了一夜，当他醒来的时候，一缕阳光打在他脸上。他眯缝着眼睛，正在恍惚之中，他的手机的微信提示音响了。

是措果发来的："咱们到哪儿啦？"

多杰先是愣怔了一下，但他马上就明白了过来。他想到今天是给妻子做手术的日子，心里便不由得有些紧张。这时，措果又发了一串问号给他，却只字未提手术的事，好像今天的手术与她无关一样。多杰深谙妻子的性格，也不想在她面前表现得没有风度，急忙从手机里翻找那位搞摄影的朋友的微信，想发一张朋友转湖的照片先搪塞一下妻子，因为紧张，所以怎么也没找到，只好找出一张早先存在手机里的，在青海湖畔的祭海台上煨桑的照片，发给了措果。

照片发过去了，却迟迟没有收到妻子的回复，多杰正在纳闷，措果给多杰发来了微信："没进步，照片的角度和构图跟十二年前一模一样！"

多杰忽然不知道怎么回复。

他恍然明白，这原本就是他十二年前拍的一张照片，他也知道，这张照片就在妻子用他的照片拼接出来的那个线路图中。

多杰从长椅上站起来，他的额角不由得流出了汗水。

十

手术安排在早晨六点。

一大早，多杰就守候在措果的病房门口。不一会儿，被安置在手术车上的措果被几个护士推了出来。措果躺在手术车上，显得很平静，她看见了站在门口的多杰，朝着多杰轻轻点点头，眼睛里透着询问的神色。

多杰也朝着渐渐远去的措果点点头，他明白妻子眼神里的意思。他拿出手机，给妻子发了一条微信。

妻子的手机响了，她的手机这会儿在女儿手里，女儿打开手机，看着手术车已经推进了手术室，便转过身向多杰走来，她看着自己的阿爸，泪水溢满了眼眶。她把手机轻轻放在了阿爸的手里。

手机屏幕上，依然是耸立在甲乙寺高处的那尊立佛，这是他们转湖要出发的地方，最终也是转湖结束后回到原点的地方。

《红豆》2016 年第 6 期

徒然先生穿过北冰洋

东 君

一

不久前搬进一间半新不旧的单元房。房间很小。小而空旷。我和我的影子都住在这间小而空旷的房间里。为了排遣寂寞我养了一条带黑色斑点的小母狗。我叫它拉拉是因为世界上失去了一个名叫拉拉的女人。有关这条狗的命名我没有跟邻居们解释。拉拉有一双黑溜溜的大眼睛它也有一双黑溜溜的大眼睛因此母狗就叫拉拉。这样解释起来的确有点儿费劲。我不喜欢狗。但我需要一条名叫拉拉的狗。我喊了一声拉拉过来。母狗就过来了。拉拉你跪下。母狗就跪下了。拉拉滚蛋吧。母狗就滚得远远的。但母狗拉拉还是会乖乖回来的。它把前腿搭在我的膝前仰着头看我。我没有理由不伸手去抚摸它的小脑袋。我一边抚摸一边反复念叨着拉拉这个名字。拉拉拉拉拉。我的另一只手竟抚摸到了满脸的泪水。冰凉的。还带着两粒从眼角冲刷出来的眼眵。这些柔软的东西让我觉得哭泣是一件甚为可耻的事。

当人们发现我每天打扮得很体面时我其实已经失业了。但这没什么大不了的。经书里面是怎么说的来着？我见日光之下所做的一切事都是虚空都是捕风。对我来说这没什么大不了的。对一个老是说受够了受够了的中年男人来说这没什么大不了的。我每天保持着生活中某些牢不可破的基本规律。每天照例在上班时间出门。每次出门手头照例拎着一个本可不必的公文包。就这样在空气里进进出出。

上午路过菜场。拐了进去。准备给自己和拉拉买些吃食。但我站在菜场里不晓得应该买些什么。跟拉拉在一起那阵子我们总是为吃什么而闹情绪。她吃完了早餐抹了抹嘴就问我中午想吃什么我说中午再说吧她说不行你得想想然后再告诉我。我肚子已经饱了不想再为下一顿饭动脑筋了于是我就对她说随便吧。她说她不会做那种叫作随便的饭你得说出个名目来。我不知道我对她说我不知道。中午我们吃完了早上吃过的那种饭然后她又问我晚上吃什么。我的回答还是跟上午一样然后我就走开了。

地球还是像先前那样子在我脚下平稳地转动。而我还是像先前那样子在这座城里漫不经心地转着。就那么一转又转回了家门口。一个头发花白的瞎子正坐在台阶上调试他的破胡琴。咿咿呀呀。咿咿呀呀。这声音跟瞎子挂着拐杖走路还真有几分相似呢。在巷子里左绕一个弯右绕一个弯。一路磕磕碰碰，但终究还是绕出来了。咿咿呀呀。那条过道的尽头全是黑暗。猛回头。再次瞥见那张被夜气浸透了的冷白的脸。回屋子时眼睛还是难以适应幽暗的光线。使劲眯了一会儿。睁开。正面对着墙脚那一排搁放的空酒瓶。想到酒肺腑就舒张开来了。牙齿对准啤酒盖的齿状边缘向上轻轻撬了一下。盖子打开。吐掉。啤酒的泡沫在那一瞬间哧的一声冒出来。张嘴。露出舌头。猛吸一口。就这样一瓶接一瓶地打开。一瓶接一瓶地喝。脑袋漂浮在泡沫上了。咿咿呀呀。咿咿呀呀。没完没了地咿咿呀呀。

已是午睡时间。"哐啷"一声。似有什么东西自空中落地。咿咿呀呀的声音中断了。一切都静息了。可听得隔壁那对夫妇发出神经兮兮的笑声。夫妻俩总是抢在孩子上学之后他们快要上班之前干那事。好像那是一件必须争分夺秒的事。隔着一堵砖墙身体的碰撞声传来时有些模糊。感觉他们是在泥土中拱动的爬行动物。出门时偶尔也会碰到这对夫妇。女人三十岁刚出头。有一张姣好的散缀着数点雀斑的瓜子脸。还有一对饱满的乳房。而这个男人有一张在夏天也不免带些寒冬气息的脸。他不到四十岁便已谢顶。仿佛水落石出。浑圆而有光。显露的是一种与年龄不太相称的老成。在我的感觉里我的邻居就是住在隔壁的陌生人。平日里我们除了点个头或打声招呼从来不曾交谈过。很想找一个理由跟我的邻居聊一聊的。找来找去却找到了一个不打算跟他聊的理由。我的邻居似乎也无意于跟我聊天。每回下班之后他们都把防盗门关上。我和我的邻居生活在自成一统的世界里。我的邻居看起来还挺实在的。吱嘎吱嘎的声音听起来都是有板有眼的。不晓得是他的身体越来越强壮还是那张床越来越虚弱。床的各个关节部位谅必都已出现问题了。吱嘎吱嘎。吱嘎吱嘎。那声音听起来就像一个饿得慌的人偷偷躲在角落里咬着菜根。跟他们做邻居也有好几个月了吧。他们都是机关公务员。多年来养成了照章办事的习惯。比如？他们总是在中午这个特定时刻做爱。就像火车总是在特定的时间沿着特定的路线行驶然后在特定的站点停靠。吭哧吭哧。女人的声音像一只汗津津的手那样触摸着我的耳朵。吱嘎吱嘎。地球转动时是否也会发出这种声响？

我的邻居显然不知道自己的举动有失谨慎。他们继续弄出一些声音来。啤酒的泡沫倏地喷涌而出。我已经喝到第五瓶了。有一回我喝得醉醺醺的。推门进屋看到一个男人肥重的身体从我床上一跃而起。我擦了擦眼睛想瞧个真切。我的女人拉拉很快就从相同的方向迎上来挡住了我的视线就像月球突然运行到地球和太阳中间太阳的光线一下子被挡住了。拉拉的头发有点乱。倒数第二个纽扣没扣上。我问拉拉刚才这个男人是谁是谁是谁拉拉就把我推到全身镜前。她用指头戳着我的额头说还不是你这个死鬼吗你看看你这副样子。我看到的是一张酒鬼的脸。有些地方涨红有些地方发青。我朝左边脸颊抽了一巴掌。略微肿胀的脸部肌肉发出粗钝沉闷的声响。没错。拉拉说得没错。那个男人就是我。我转过身带着歉意对拉拉说屋子里的确没有别的男人我错怪你了我错怪你了。那件事发生在三个月以前。也可能是半年以前或者比那更早。

女人似乎已经达到了丧失自控能力的极限。她的呻吟变成了无意识的低吼。我突然莫名其妙地暴怒起来。我觉得那个女人就是拉拉而那个男人就是我的老板。那笔钱不用还了。有一回他十分客气地拍拍我的肩膀。我的老板说那笔钱不用还了。这算什么呀。我说老板老板这算什么呀。那时我还琢磨不透那话里面的意思。

吱嘎吱嘎吱嘎。

拉拉拉拉拉拉。

我开始叫喊拉拉的名字了。两只手便无由地搅动着一屋子的寂寞。拉拉那张苍白的脸在我眼前一闪而逝。拉拉。我想冲到隔壁把拉拉从一个男人的身体下面解救出来。抓起空酒瓶时我又突然想到拉拉现在早已压在几块石头下面了。我无法把她从石头中解救出来。我的眼眶有点潮湿了。大热天我喝水时皮肤间时常会溢出大滴大滴的汗珠。现在我喝了点酒眼睛里自然也会溢出大滴大滴的汗珠。我随手抹掉眼角那潮湿的一部分。女人低吼的声音继续渗入木头的纤维和墙壁的缝隙在我的房间内一圈圈荡漾开来。我身上那股小小的冲动如同回涌到沙滩的波浪让我急着想要抓住一点儿什么但一种莫名的忧伤和啤酒的气味突然从体内涌了上来我的身体猛地收缩了一下即将以液态形式喷发的欲望也被什么奇怪的东西遣送返回了它躲藏在身体的两个隐秘而虚弱的内核中。咿咿呀呀。咿咿呀呀。胡琴的声音又响起来了。琴声漆黑一片。如夜晚的雨滴在窗台上在锌篷上在更远的竹林间敲敲打打连绵成一片。是有所思吧。是怀远人吧。这琴声。

第五瓶酒已经喝完了。里面空得一滴不剩。女人的低吼声中有一种野性在扩散（拉拉拉拉拉拉。黑暗中的那张脸恰似煤烟里的白蝴蝶）。她似乎渴望自己能快点达到兴奋的巅峰因此相应地加快了低吼的频率而男人的嘴里已经发出呼哧呼哧的喘息声说不清是疲倦还是兴奋。有什么东西已在我骨节僵硬的手上一点点积聚。我隐隐觉得这就是愤怒了。那是身体中封闭的欲望以另一种形式突然打开了。它迫使我迅速张开五指抓住了一个空酒瓶。高高扬起的手松开时空酒瓶在空际划过一道抛物线撞击在墙上发出碎裂的声音与我的内心发出的声音形成了对应。而那个女人的低吼变成了一声惊叫。好像我的酒瓶击中了她。依稀可以听见她放低声音跟男人议论刚才发生的事。声音含混。不知道他们在低语些什么。过了一会儿就听到了拖鞋踢里踏拉的声音小便器打开的声音小便的声音使劲扳动冲水柄的声音打开水龙头冲洗的声音打开一扇松脱的柜门又使劲关上的声音整理物件的声音询问时间的声音穿鞋的声音关上铁门的声音。整件事就在砰的一声中结束了。

每天下午从一点至一点半钟左右整幢楼的过道上便会接二连三响起一片关门声。然后就剩下一片寂静向四周逐渐蔓延。所有的墙都消失了。我突然置身于广漠旷野。那里风吹草长。孤魂游荡。我有点儿坐不住了。过分的孤独是叫人羞愧的。

二

为什么你做爱时总是闭着眼睛？

因为我从你的眼睛里看到了自己的丑相。

胡说吧。你沉浸在快感里面的样子很美呀真的很美呀。

真的吗？我老公说我高潮时瞪大的眼睛让他想到了临终的目光。

嗯，这才叫欲仙欲死。我都想死在你的怀里呢。

我谈到我老公你不会生气吧？

我生什么气？

你不生气我就生气了。

为什么？

说明你不在乎我。

我不在乎你的过去我只在乎你的现在。至少你现在此刻这一秒钟是属于我的。嗯。你老公出差要多久？他不会这个时候又杀回来吧？

你放心吧。这次他是跟单位领导一起出去的。我跟他领导打过电话确证过这件事。

你做事真老到。

你别这样看着我好吗？你那样子好像要吃掉我。

如果你害怕你就继续闭上你的眼睛。

我闭上眼睛之后还是感觉你在上面用吃人般的眼睛看着我。

如果你是可以吃的我真的想把你一口吃掉。

你对我的好总是那样恶狠狠的。嗯。你可不可以温柔点儿？

好吧我会轻一点儿。

不。你再重一点儿。

你睁开了眼睛。你想看我的丑相？

我忍不住想睁开眼睛看你一眼。

你好像有感觉了。你的眼睛都潮湿了。

你在看着我看着你的样子有什么感觉？

真的像是临别时那一眼呢。

这么说来每一次高潮来临对我来说都是一次小小的死亡。

这话听起来好像是一句诗。

跟诗人在一起我也变成了诗人嘛。

咿呀咿呀。你说楼下那个瞎子整天都在拉些什么破曲子？

我也不晓得哩。

这曲子倒是有点耳熟呢。

是《何日君再来》吧。

也许是吧。

他怎么把这曲子拉得恁凄凉？

三

隔墙听着我的邻居在数落女人（我的邻居是个好男人。可他也有一副坏脾气）。一阵近乎凝固的沉默之后女人突然做出了回应。双方的嗓门一下子就提高了。他们从彼此的话中挑出几个关键词套用在自己的话中但已加了反驳、嘲讽的语气。这些词仿佛水中的漂浮物一下子被浪头淹没一下子又冒了出来。他们让吵架变成了词语的游戏一环扣一环。假如中间出现停顿那是因为他们正在琢磨着如何拿出最尖锐最有效的词语予以狠狠地攻击。他们攻击对方的同时也为自己的话找到了掩体竭力避免给对方留下任何把柄。因此可以判断出他们在吵架方面是训练有素的（不但富于激情还善于运用脑子）。吵架的原因其实很简单。一切都是从一把电动摩托车钥匙开始的。然后涉及的是盘碗铁锅米和蔬菜的价格后来争吵的话题又涉及工资发廊存折私房钱孩子的学费房屋公积金工会制度国家新颁布的政策。他们在争吵中牵涉的人物也越来越庞杂。从孩子到其他家族成员机关同事和领导以及一些经常有交往的朋友。对他们来说这些人都是证人都曾为双方提供有利的证词。因此听起来好像有一大群人在争吵。争吵到了最高潮部分就变得没有多少意义。纯粹变成了声音的较量。一种声音推挤着另一种声音。一种声音盖过了另一种声音。女人的声音有时变得像男人一样粗犷而男人的声音有时变得像女人一样尖锐。这些日子各种各样的声音从墙那边传过来。因此他们的生活图景好像就呈现在这堵墙上。听声辨形大致也能想象出他们说话时的各种动作与神态。但猜想是多么不可靠。有时分不清两个人是在厮打还是疯狂地做爱是在小便还是在拧开水龙头是在骂蟑螂还是教训自己的孩子是在拔鹅毛还是惩罚一只老鼠是在砸碎一个廉价的酒杯还是贵重的陶器是男人先抽女人一巴掌还是女人先抽男人一巴掌……这一切都是不确定的。它经过我的猜想与事情的真相已发生了偏差。也许根本就是与事实背道而驰的。

双方触及一件隐私问题时（至少我感觉这是一个严峻的问题）都不约而同地平静下来。我听到那女人大声对孩子说你今晚去姨妈家睡觉。这话是什么意思呢？夫妇俩先前为了求得片刻之欢也是这么对孩子说的。今晚你去姨妈家睡觉。今晚你去姨妈家睡觉。孩子不依。女人就重复说了几句威胁的话。拿好书包快去。女人又接着补充了一句。姨妈已经在楼下等急了。孩子极不情愿地走出门。我的邻居终于开腔了。他也像揭开锅盖一样轻而易举地揭开了女人的隐私。女人哭了起来。有一只碗突然朝我这边墙上砸来。声音清脆。我耸起的耳朵颤抖了一下。好像这碗可以穿透墙壁向我的脑袋砸来。忽然觉得这声音是不久前那个啤酒瓶甩出后发出的回响。生活中总有那么多可怕的对称。在这只碗落地之后我便揣摩着下一个碗将会在什么时辰响起。一秒钟二秒钟三秒钟过去了。随即听到盘子从橱柜里落下的哗啦声。于是觉得他们摔盘碗是代替我宣泄愤怒。就像他们在做爱时同样是代替我宣泄欲望。

一枚挂在半空中的月亮冷漠地燃烧着。看着看着我又想起拉拉了。那样一个寒冷而空虚的大年夜我突然变得像一只发情的种狗。我想马上找一个女人结婚。这念头说来就来了。我立马就去找拉拉（那时我还管她叫苏拉拉）。我躲在电线杆下伸出木僵僵的脖子仰望。她家的窗口还亮着灯。橘黄色的。暖和。像煮热的黄酒呢。我轻轻地叫了一声苏拉拉的名字。窗户打开了。一张脸在半明半暗的窗口闪耀。紧接着另一扇窗户也打开了。有人重重地咳嗽了两声。我刺溜一下钻进树丛。继而听到了狗吠。苏拉拉吓得不敢作声。只是一个劲儿地挥手让我快回去。我没有回去。我一直待在她只要探出头来就可以看得到的地方。苏拉拉每隔四五分钟就会探出窗口四下里张望一眼。零点过后我发短信对她说狗已经睡熟了。苏拉拉会意后蹑手蹑脚地来到院子里打开铁栅门。那时我已经冻得脸色发青浑身颤抖。我说我要暖暖身子于是就搂住了苏拉拉。事情就这么简单。事情没有比这更简单的了。我钻进了苏拉拉的被窝我说我要暖暖身子。结婚之后事情就变得复杂了。就像隔壁这对夫妇我们每隔一段时间就要发生一次争吵。刚开始我们摔一些梳子化妆盒杂志之类的小物件（我们的理由是那时生活拮据只能摔些廉价的东西）。后来我们的收入即使没有增加多少也要摔一些体积较大的东西。有时掀掉桌板有时用凳子砸金鱼缸有时用花瓶砸那张二十四寸结婚照镜框。半年过后新居也变得陈旧了。家里的物什跟孩子们的玩具一样总是缺胳膊少腿。那张有裂缝的写字桌是被我砸过的那把弯月形梳子是被我拗断的那盏台灯是她砸掉的那幅窗帘也是她撕掉的。那张沙发像老人的双颊那样深深地凹陷下去。客人们开玩笑说我准是常常被老婆赶下床去睡沙发。我只好苦笑着点点头。

　　狗生的。
　　隔壁那个女人发出拖腔曳调的尖叫声。
　　狗生的狗生的狗生的。
　　拉拉也曾这样骂过我。
　　她骂我是狗生的。
　　拉拉骂我是狗生的那么我就是狗生的。狗生的这三个粗俗的字眼儿在我们这一带随处可见。借书不还十代狗生。乱倒垃圾全家狗生。随地小便十八代狗生。骗人就是狗生的……有时候狗生的没有具体指向。它所对应的仅仅是一种强烈不满的情绪。它甚至跟我的天哪阿弥陀佛啊这些词一样变成了一种日常的不经意流露的情绪表达方式。拉拉除了骂我是狗生的有时也骂自己豢养的猫是狗生的骂掉进菜汤里的苍蝇是狗生的骂米缸里的米虫是狗生的。当然她有时看见狗不舒服就骂狗是狗生的。而现在我是多么希望拉拉还能再骂我几句狗生的。
　　狗生的狗生的狗生的。
　　那个隔壁的女人还在重复着拉拉骂我的那句话。仿佛是代替拉拉在骂我。
　　过了许久他们的争吵声终于平息下来了。让我恍惚觉得他们争吵时露出的那副凶神恶煞般的嘴脸也在墙上慢慢消隐了。但墙上的裂缝是不会消失的。我的目光沿着裂缝往下滑。看到了一枚铁钉。上面挂着一串拉拉留给我的钥匙。两把是老家里外两层房门的钥匙另外三把分别是衣柜车库抽屉的钥匙。握柄上扎有蓝色涤纶绳的那把是她办公室的钥匙。至于剩下的那把扎有红色涤纶绳的钥匙我从未见她使用过（也许每个人都有这样一把钥匙它只会在没人注意的时刻打开一个隐秘的锁）。七把钥匙各不相同。钥匙的锯齿像一排参差不齐的狗牙。它们曾在某个锁孔里发出类似于狗咀嚼骨头的声音。后来有一天我竟在我的老板身上发现了一把同样扎着红色涤纶绳的钥匙。这算什么意思？我问自己这算什么意思？
　　在我脑子里总会冒出一些疑问。总会有一些小小的滚动。我站起来把这串钥匙取下扔进抽屉里。可满脑子还是有什么东西在滚动滚动。我像狗一样爬到床上。对于一个孤独的男人，这张床显得过于空旷了。我保持着单身汉的睡姿。身体侧向床边弓起身体。这张床也是从老家那边搬过来的。它没有留下被我们砸过的痕迹。因为所有的事一到床头就自然和解了。在这张床上我们曾经小心翼翼地采用性学专家推荐的避孕方法且总是小声埋怨床不够牢固。吱嘎吱嘎。隔壁那对夫妇也是这样子的。别看他们现在闹得天翻地覆过些日子出来之后依旧是手挽着手保持着五好家庭的风范。

四

你好。

你好。

我是你的邻居。刚才摇手机时竟摇到了你的微信号。

真巧。我也在摇。

我无聊的时候就喜欢摇手机。然后就跟陌生人瞎聊上一阵子。

徒然先生是你的网名？

是的。

上面那张图是北冰洋吧。

是的。我有一个梦想就是有一天能穿过北冰洋。

我必须为你的梦想点一个手工赞（同时发送了一个大拇指）。

不介意跟我聊天吧？

很乐意呢。

不介意的话还可以陪我喝几杯（对方在微信上发送了一个啤酒图案）。

谢谢。我也正在喝酒。

真好。酒逢知己。

隔墙干一杯吧。

昨晚有没有惊扰你？

是的。昨晚听到你们吵架的声音了。

真不好意思。

夫妻之间吵吵闹闹是免不了的。

我一直不承认我们之间有什么夫妻情分。

你是在说气头上的话吧。

我说的是真的。十年前我还是光棍。得了我还是不提这破事吧。

你接着说。

有一天我去讨债。谁知皮革加工厂的老板欠了一屁股债早已跑路了。我每回去他家里碰到的都是他的女人。说实话我一点儿都不恨她。可我后来还是把她给㑩了。

原来你们是这样认识的。

你看你看我又提这破事啦。

我觉得你是个真诚的人。很想听你继续讲下去。

简单点儿说吧。一个月后我听说皮革厂老板死在外头了。这女人后来就成了我的女人。

这就算是抵债了。

你这话算是说到了我的痛处。

为什么会说这话?

因为我尝到了苦果。

所有偷吃过禁果的人最终都要尝到苦果。婚姻就是这样一枚苦果。

可我发现我的女人还在跟另外一个男人偷尝禁果。那天我找摩托车钥匙时无意间在她口袋里发现了一个不知名的男人写给她的一首极为下流的情诗。

问过对方是谁?

试探性地问过。但她一直咬紧牙关没说出对方的名字。

这么说我就知道你们昨晚吵架的原因了。

这娘儿们已经不止一次给我戴绿帽了。

这个世界就是这样子啦。被戴绿帽被穿小鞋被套空被敲诈被算计被围观被强奸被嫖娼被这被那。想开一点儿就是啦。

可我还是有点儿想不开。今晚我就坐在窗台上。一边喝酒一边摇手机。结果就跟你搭上了话。很难想象如果没有人跟我聊天我是不是已经躺在下面的马路上了。

你现在就坐在窗台上?不会真的想不开吧?

死是一件很容易的事。就像这一刻我只需要向前鞠一个躬就能干掉自己了。

可以谈谈别的开心的事吗?比如你的儿子。

谈谈我的儿子?

是的。

你觉得我的儿子像我吗?

看不出来像你。也许跟她更像一点儿。

从孩子身上我找不到一丁点儿跟自己相似的地方。

这我可没留意。

我儿子有一个高鼻子而我没有。这是明摆着的嘛。

一个鼻子又能证明什么？楼下那个小杨不仅鼻子比老杨高个子也比老杨高出一大截呢。

老杨和小杨除了鼻子不像其他地方都像是一个模子印出来的。可是你没发现吗？我的儿子一点儿都不像我。

有些孩子就是照自己的意愿生长的。

可他越来越像一个人。

谁？

那个皮革加工厂老板。

这怎么可能？

事实就是这样。我把债务人的女人讨过来之后却不晓得她其实已经怀有身孕了。

这么说那人欠了你两笔债。

我现在感觉自己已经从债主变成了债务人。今生要替别人还债。

从前有个木匠得了个儿子却发现儿子不是自己亲生的。这事弄得全世界的人都知道了。而且直到现在还是有人反复强调木匠的儿子跟木匠本人没有任何血缘关系。

他是童女所生。书上是这么说的。

是的。

可我的女人她什么也不是。

想想那个忍气吞声的木匠吧你心里也许会好受些。

可问题就在这里。那个木匠的儿子小时候是否知道自己不是木匠的儿子？还有木匠的儿子如果知道自己的亲生父亲不是那个木匠他会怎样呢？那时候他应该如何称呼木匠呢？他会喊他大叔吗？

你这些问题也许可以请教神学家。

有些问题你不提出来就可以视为不存在。可你一旦提出来它就是一个摆在面前不能回避的问题了。

对。人活着就得面临很多问题。你还坐在窗台上？

我已经回到床上去了。

好好地睡一觉吧。不要多想。

你听听。那根叔又开始拉胡琴了。

呵呵胡琴都已经拉开了。这出戏你也该认真地唱下去了。

真个是人生如戏呀。不晓得明天唱的是哪出戏。

戏还是要唱下去的。

是的。戏还是要唱下去的。

晚安。

晚安。

五

我的邻居没有从窗台上跳下去。我的邻居也没有去找神学家。我的邻居自然也没有去北冰洋。他是一个按部就班的公务员。依旧像从前那样拎着一个包去上班然后又拎着包回来。依旧像从前那样在空气里走进走出。

我的邻居离我很远也很近。有时感觉他仿佛搬到了很远的地方。跟我相隔九座山一片湖泊和三个村庄。有时又感觉他近在眼前。我的目光可以穿过一道薄墙看着他吃饭睡觉做爱吵架如厕或是干别的什么不为人所知的事。

世界就是这样子啦。我和我的拉拉相安无事。他和他的女人也将重归于好。世界该好的时候就好。该坏掉的时候就坏掉。

我的邻居有一天把孩子唤到跟前。爸爸对你好不好？好。听不听爸爸的话？听。以后爸爸让你做什么你就做什么好不好？好。

于是有一天我就看到了父子俩推着摩托车出门的温馨画面。我的邻居戴着一副眼镜。孩子也戴着一副眼镜。我的邻居穿着海魂衫。孩子也穿着海魂衫。我的邻居穿着一条黑色七分裤。孩子也穿着一条黑色七分裤。我的邻居背着一个蓝色双肩包。孩子则背着蓝色书包。他们都穿着耐克运动鞋。还有白袜子。他们的影子投在地上。一长一短。却是一样黑。他们两个的确很像。可他们两个到底是一点儿都不像呀。上摩托车之前我的邻居给孩子戴上了头盔。坐定之后我的邻居又给自己戴上了头盔。

我的邻居经过那个整日里抱着一把破胡琴的瞎子面前，突然问，根叔，你说我们父子俩像不像？

瞎子说，像。

我的邻居发出了爽朗的笑声。

六

吱嘎吱嘎吱嘎。

我想地球又开始转动了吧。

《作家》2016 年第 7 期

尖 叫

付秀莹

国庆节前夕，他们终于搬了新家。今丽长长舒了一口气。要不是有她从旁督促着，恐怕就要拖到年底了。老车是慢性子，干什么都比人家慢一拍。为了这个，今丽没少跟他吵架。这下好了。过几天国庆长假，又赶上中秋节。应该好好庆祝一下才是。

晚上，今丽就跟老车商量，要不要请笑贞他们一家过来，大家也好久不聚了。老车正在看手机，半晌才说，好啊。老车靠在床头，手机微微向里侧着，好像是怕别人看见。今丽看了他一会儿，说，那就算了。老车呆了呆，才醒悟过来，说，怎么又算了呢？今丽说，有人不愿意，可不就算了呗。老车说，谁不愿意了？我没意见。今丽笑着说，你没意见？我怎么听着像是意见挺大呢。老车把手机扔在一边，开始胳肢她，一面逼问，还敢不敢了？找事儿！让你找事儿！今丽被弄得咯咯咯咯笑，一面笑，一面嚷，你再闹，再闹，再闹我可恼了。

十月份，是北京最好的季节。花草们都还繁茂着，天气却已经凉爽下来。阳光也不那么热烈了，既明亮又清澈。这房子楼层高，视野不错，远远地，可以看见隐隐的山峦的线条，起起伏伏的，笼在软软的金色的烟霭里。也不知道是雾气，还是尘埃，大街上红尘扰扰，到处都是烟火人间。

老车被今丽派出去买鱼了。点名要鳜鱼，清蒸鳜鱼，是她的拿手菜。今丽里里外外检查一遍，还算满意。这几天，为了收拾家，她的腰都要累断了。老车从旁笑她，至于吗，都是熟人。随意一点儿，搞这么隆重。今丽笑眯眯地看了他一眼，说，可不是，都是熟人。老车就不说话了。

门铃响的时候，今丽正在厨房洗水果。笑贞一家三口进来，换拖鞋，挂外套、手包，一阵忙乱。接着客人参观房间，不断地有赞叹声，不错啊，真不错。尤其是笑贞的先生，夸房间布置得好，有格调，一看就是女主人的品位。今丽听得心里喜欢，想，笑贞她先生倒是会说话。要是老车在，就好了。笑贞的先生对阳台上的小茶吧尤其感兴趣，一面看，一面赞叹，还特意在那把笨笨的木椅子上坐了坐，凭栏远眺。白色的纱帘飘飘摇摇，好像是一只大鸟，闲闲地张着翅膀。象牙色的阳光泻进来，把人和花草都勾上毛茸茸的金边。笑贞先生手搭在椅背上，腕子上的手表一闪一闪的，又华贵，又大气。笑贞先生个子不高，倒是有一头浓密的好头发。有一绺碎碎地掉在额前，被笑贞随手给撩上去了。今丽看见，笑贞她先生一只手放在笑贞的屁股上，轻轻拍了一下。笑贞娇嗔一笑，躲了。

老车回来了。除了鱼，还买了一大捧香水百合。整个人热腾腾的，脑门上都是汗。T恤衫胸前也有一块湿印子，不知道是汗水，还是别的什么。今丽腾不出手，笑贞就接过来，跟老车去找花瓶。笑贞今天穿了一件米黄棉布长裙，搭一件淡绿开衫，水仙花一般清新干净。都三十好几岁的人，还像是不染人间烟火的样子。也不知道，这么多年了，她是怎么修炼的。厨房的玻璃门上映出外面的人影子来，高高下下的，叫人忍不住去看。笑贞正弯腰插花，有一把剪刀不断地递过来、递过去，一来一往，很默契的样子，也不知是老车，还是笑贞的先生。百合的香气慢慢洇染开来，弄得人鼻子一阵痒。今丽忍不住打了个喷嚏，扬起声来叫，哎，你过来，帮我一下。过来的却是笑贞的先生。她有点难为情，笑道，我叫老车呢。没事儿。笑贞先生笑眯眯的，把厨房里里外外看了一遍，又回头看了看料理台上琳琅满目一堆盘盏，不禁赞道，好丰盛啊，这么能干。今丽不由得红了脸，一时竟不知怎么谦虚才好。

香水百合插在一只青瓷瓶子里。这青瓷瓶子还是去年老车从浙江带回来的。老车这人，还是文人性情，最喜欢这些个小情调小心思。粉青色，上面藏着暗暗的冰纹，美人颈的形状，同那百合倒是十分相配。私心里，今丽不是太喜欢香水百合，觉得太张扬了，香气袭人，叫人觉得无端端地受到了侵犯。好看倒是好看的。

过去续茶的时候，笑贞正在百合边上玩自拍。两个男人从旁笑眯眯地看着，指点着角度、光线、构图，一面喊着，好，这样好，哎，别动，就这样。笑贞满面朝霞，十分好兴致，抬头见今丽过来，笑道，不玩了不玩了。老喽，如今越来越不爱拍照片啦。笑贞先生怂恿道，你们俩一起，一起来啊。笑贞看今丽，今丽看看身上的围裙，指指厨房笑道，我那边火上还煲着汤呢，你们玩儿。

笑贞的儿子饭饭在小书房里玩游戏。男人们在客厅里喝茶聊天，时不时哈哈大笑起来。今丽掌勺，笑贞给她打下手。这房子是明厨明卫，越发显得干净清爽。阳光照进来，落在料理台上，锅碗瓢盆都闪闪发亮。今丽说，你家先生挺幽默啊。笑贞说，是吗？在家里倒是不怎么说话。理工生，闷得要死。今丽哦了一声，说，真看不出来。今丽说，理工生好啊，好管理。笑贞笑道，就是傻嘛，呆头呆脑，给个棒槌，就认了真了。今丽笑道，认真还不好？这年头儿，还有几个这么认真的呢？笑贞也笑，可不是嘛，对我倒是挺能忍的，我这臭脾气。今丽把鱼尾巴啪的一刀剁下来，笑道，那真难得。案板上的鱼好像忽然动了一下，今丽吃了一惊。这鱼都这样了，难道还活着？心里慌慌的，也不敢认真看那鱼眼睛。

　　这条鱼很肥，足有两斤重。老车到底还是买了武昌鱼，说是鳜鱼卖完了。有时候啊，不论大小事，就是难如人意。今丽也改了主意，要做汪家鱼。这汪家鱼是今丽娘家的菜，也不知道发明这菜的人，是不是姓汪。这汪家鱼有一样，就是调料一定要足，葱丝、姜丝、蒜末，还有香菜末，满满地铺在鱼身上，炸了花椒油热热地一浇，吱吱啦啦浇透了。今丽最喜欢吃的就是这些调料，鱼肉倒还在其次。笑贞坐在一旁的凳子上剥葱剥蒜。一双手嫩笋似的，留着指甲，染着透明的指甲油，手腕子上一只玉镯子一闪一闪。今丽见她小心翼翼地剥得辛苦，也不拦着她。再看看自己的一双手，指甲剪得秃秃的，给冷水泡得通红，起着新鲜的褶皱。老车的笑声从客厅里传过来，哈哈哈哈十分放肆。今丽心里恨恨的，也不知道该恨谁。

　　说起来，跟笑贞认识，还是因为老车。那时候，老车已经到北京了，在一家杂志社做编辑。今丽还在正定。每个月，老车都要回来一趟两趟。今丽教中学，忙起来昏天黑地，有时候也顾不上老车。中学里工作烦琐，今丽又是班主任，满脑子都是学生和卷子，回到家里话都不想多说一句。老车倒是常常说一些个单位里好玩儿的事。一把手怎么跋扈了，二把手是一个老夫子，迂得厉害。有一个男编辑，马上就要退了，却被一个女作者找上门来，当众劈手打了一个耳光。谁谁闹了好几年了，婚还没有离掉，上周体检，倒又查出怀孕了。但他从来都没有提起过笑贞。今丽偶尔也会逼问他，单位有几个女的，多大年纪，漂亮吗，有没有比她漂亮的。老车就眯起眼睛，坏笑道，多了去了，美女如云，我都忙不过来。今丽就说，好啊，那我就省心了。今丽说，想想古代的三妻四妾也是对的，遇上你这种贪心的家伙，谁受得了啊。老车哈哈笑道，可不是。今丽就掐他。

　　那一回，好像是结婚纪念日。晚饭过后，两个人喝了点儿红酒，都有点儿小醉了。正是五月，暮春天气。窗子半开着，草木的郁郁的气息不断汹涌进来。不知道是谁家的猫，啊呜啊呜地叫着，一声一声，叫得人心乱。屋子里没有开灯，月光清清地流进来，流了一床一地。老车好像是豹子一般，两眼灼灼的，简直要把人烫伤了。那只猫叫一声，今丽也叫一声。那猫叫两声，今丽也叫两声。那只猫叫三声，今丽也叫三声。那猫哀哀地叫个不休，撩拨得今丽也按捺不住，哀哀叫起来。

不知道是什么花开了，浓郁的香气，夹杂着露水和泥土的腥味儿。今丽躺在牛奶一般的月光里，身体里的潮水慢慢退下去了。小珍？晓真？萧针？还是筱贞？方才，老车在最要紧的那一刻，喊的那个人，她是谁呢？

月亮慢慢落下去了，好像还在天边，影影绰绰的，却再也看不见了。老车的鼾声一起一落，带着喉咙深处细细的哨音。朦胧中，眼前这个人，这张脸，都让今丽觉得陌生。这么多年了，她自以为对这个男人再熟悉不过了。方脸，两边的颌骨突出来，下唇有点厚，眼皮一个单一个双。大手大脚大身坯，喜欢拨弄她的小耳朵垂，刮她的小鼻尖。每回都要把她惹恼了，他又放下身段，低三下四赔不是，抓着她的手打自己胸脯上的腱子肉。那腱子肉硬硬的，倒又把她的拳头给打疼了。待到她终于哭起来，他才慌了。一会儿哭一会儿笑，一时好一时不好。非要闹上半晌，才算罢休。

本来想立时三刻把他叫醒了，当面问一问的。到底忍住了。万一呢？万一要是问出一些什么来，她该怎么办呢？或者是，根本就是她听错了，那一声喊叫，不过是她的幻觉。今丽僵硬地躺着，心里沸水一般，嘈杂得厉害。身上一会儿热，一会儿冷。月光终于暗淡下去了。黑暗仿佛有重量似的，压在她的身上，压得她喘不过气来。远远的，好像是有鸡啼声。一声，两声，三声。遥遥迢迢的，把这小城叫得仿佛旷野千里，荒凉的，寂寞的，没有一丝人烟。好像是起风了。月亮到底是沉下去了。

眼睁睁醒了一夜。第二天早上，仔细梳洗了，去准备早点。老车在卧室里叫她，她故意不答应。老车终于按捺不住，光着脚跑到厨房里来，从背后袭击了她。窗外的阳光一跳一跳的，落在她额前的头发上，缥缈的一片金烟一般。硕大的笔洗里面，几尾小金鱼受了惊吓，慌乱散去。水纹一波一波荡漾着，清晰地显出游龙戏凤的底子。玻璃窗子上映出她的脸，乱纷纷的头发，逼出尖尖的下巴颏儿，楚楚可怜的样子。眼睛却是亮亮的，好像是有露水噙在里面。香水的味道，混合着身体汁水的味道，滴水观音的一片叶子上，有一滴水滴溜溜滚动着，滚动着，摇摇欲坠。她感到有一种巨大的眩晕，危险的，疯狂的，迷醉的，好像潮水一般，慢慢把她裹挟，冲刷，抛到浪尖上，又迅速坍塌，坠落，直直地落入不可测的深渊。

后来，今丽开始热心张罗来北京的事，计划着在北京买房子。老车有点惊讶，说，你不是不喜欢北京吗？今丽只是笑，不说话。

卖掉老家的房子，在北京看房，买房，装修，一应琐事都是今丽操心。今丽常年当班主任，操心惯了。怎么说呢？今丽看上去柔弱，骨子里却有那么一点儿男子气。做起事来，杀伐决断，手起刀落，拿老车的原话说，十分有魅力。老车说这话的时候，今丽笑眯眯的，也不理他。老车的甜言蜜语，她也是听惯了的。

老车就这一点，肯夸人，又肯示弱。生生把今丽赶到高处，勉力站着、站着，虽然脚下摇晃着，头晕目眩，却想下也下不来了。他自己呢，乐得享清福。一口一个我老婆，我何德何能啊。今丽笑听着，也不戳穿他。

饭饭在外面喊妈妈。笑贞赶忙出去看。笑贞穿的是今丽的拖鞋，秀气的脚踝上，系着细细的银链子，一步一闪，有一种琐碎的妖娆动人。拖鞋是人字夹趾拖，蟹青色，越发衬托出了脚的白嫩。今丽看着那小小的圆圆的脚后跟，粉红饱满，嗒嗒嗒嗒敲打着那拖鞋，敲打着地板。看着看着就走神了。锅里的汤噗的一声溢出来。她吓了一跳，慌忙关了火。

第一回见到笑贞，是她来北京以后。好像是个周末，他们出来逛街。老车好像忽然口吃起来，眼睛亮亮的，帮着她介绍。我同事，笑，笑贞。今丽的头皮炸了一下。心里某个地方闪电一般，亮了，又暗了。笑贞。笑贞。老车拿胳膊肘碰碰她，小声说，怎么了，人家问你好呢。她这才回过神来，笑着握住了笑贞伸过来的手。笑道，你好，听老车提起过你。

后来，今丽一遍一遍回想，那一天笑贞的模样，却是模模糊糊的，什么都记不起来了。只记得那一天是个阴天，小雨细细飞着，京城里雾蒙蒙一片，街上人很多，嘈杂，热闹，都模模糊糊，湿漉漉得恼人。笑贞好像是一道闪电，忽然间把那个灰扑扑的雨天都照亮了。她伸过来的那只手，小小的，软软的，冰凉，羞怯，敏感，有一点儿微微的神经质。有一滴雨水正好落在今丽的睫毛上，她眨了眨眼，又落在她的脸上。大街上喧嚣的闹市声忽然间就隐去了，仿佛退潮一般。四顾之下，只觉得空漠漠的，荒野一般，只留下他们三个人，在北京的秋天的细雨中，怔怔立着。

老车不知什么时候过来，在她身后看那鱼汤，一面笑道，辛苦啊老婆。觍着脸，有点儿讨好，又有一点儿邪狎。老车的气息咻咻的，弄得她脖颈后面直痒，好像是某种动物，毛烘烘地拱过来。老车的衣裳有一种洗衣液的清香，夹杂着淡淡的汗味儿。今丽皱了皱眉。她有洁癖，一天下来，都不知道要洗多少回手。老车也被逼迫着，从里到外收拾得干净清爽。先是委屈叫苦，后来也就慢慢习惯了。今丽说，怎么不去陪客人呢？拿下巴颏儿指一指外头。老车小声道，打电话呢——一会儿喝点酒啊。今丽嗔道，少喝点，又出洋相。老车朝她做个鬼脸。

那天逛街买了不少东西。两个人给细雨弄得湿漉漉的。连同那些个床单被罩，情侣运动装，睡衣也是同款的，一个浅灰色，一个柠檬色，湿漉漉的水汽，散发着簇新的纺织物的味道。一路上，老车话很多，说说这个，说说那个。说着说着，还没怎么样，自己却笑起来了。今丽也跟着笑，笑得眼泪都出来了。腮帮子酸酸的，牙齿却是凉森森的。笑着笑着就呛住了，咳嗽起来。雨还在细细地飞着，好像是越来越密了。路两旁好像是北京槐，高大蓊郁，饱含着雨水，沉默地伫立着，白的槐花落了一地，薄雪一样，又馥郁，又凄凉。街景变幻，一时模糊，一时深远。有行人打着伞，在雨地里匆匆走过。雨刷在车玻璃上来来回回的，徒劳地努力着。今丽忽然笑道，真傻，有什么用呢。伸手就要关掉。被老车喝一声，慌忙拦下了。

那天晚上，两个人躺在床上，闲闲地说话。老车看微信，不时评价一两句。今丽很少看微信，觉得无聊，但又不能不用，单位里的工作群常常发一些通知啊什么的。老车见她懒懒的，腾出一只手伸过来，在她胸前撩拨。今丽忽然问，笑贞，是谁？老车愣了一下，笑道，我同事啊，就是今天碰上的那个。今丽说，怎么没听你提过呢？老车说，单位那么多人呢。今丽说，也是，这个笑贞，挺有味道的。老车的手忽然就不动了，警觉地看了她一眼，笑道，是吗？我倒没觉得。今丽说，那你觉得，她好看吗？老车说，还行吧，就那样儿。老车的手又放肆起来。今丽拨开他，笑道，说实话，你说实话。老车说，就是实话呀，一般般吧。今丽斜着眼看他，真的？老车一下子把她扳过来，压在上面。一面笑道，真的，真的，真的，真的。

后来，从那回以后，只要是在床上，今丽说着说着，不小心就说起了笑贞。老车纳闷道，老是提人家干吗？今丽笑道，连提都不能提啊，不过是一个同事。老车说，是呀，就是一个同事。你老说人家，无聊不无聊啊。今丽说，一点儿都不无聊。我一提她你就急，一提她你就急，心里有鬼吧。老车恼道，你这人，简直不可理喻。今丽笑道，看看看，心虚了不是。老车抓起枕头就走。今丽光着脚跳下床来，一把抓住他。两个人撕扯半天，不知怎么，兴致就起来了，就在地板上滚来滚去。老车大口大口喘着粗气，说，叫你闹，叫你闹，叫你闹。卧室里的灯光晃动，衣橱、梳妆凳，大叶斑马绿幽幽的影子，落地台灯，玫瑰红土耳其地毯，旋转，飞翔，飘浮，加速坠落。今丽尖叫起来。

吃饭的时候，大家都喝了点儿红酒。今丽殷勤地给大家斟酒、布菜、添汤，替饭饭把鱼肚子挖下来，放在他面前的小碟子里。笑贞敦促饭饭说谢谢，谢谢阿姨。饭饭奶声奶气地说了。笑贞的先生说，阿姨做的鱼好吃吗？饭饭说，好吃，阿姨做的饭比妈妈做的饭好吃。笑贞脸上窘了一下，笑着敲一下他的小脑瓜，骂道，小白眼狼。众人都笑了。今丽笑得最是响亮。老车喝了酒，话就多起来，又讨论起了天下大事、国内形势、世界格局。笑贞先生也应和着，时而辩论，时而补充。两个人谈得十分投机。饭饭吃饱了，又跑去看动画片了。笑贞落得自在，一面喝酒，一面同今丽闲聊。笑贞喝了酒，两颊酡红，搽了胭脂一般，一直红到两鬓里面去。眼睛也水水的，看起人来，眼波也不对了。笑贞的先生也不免分心，时不时切进来，跟女人们聊几句。老车端着酒杯，要跟笑贞喝一个。笑贞先生说，太多了，太多了。不想笑贞却笑眯眯地端起来，一饮而尽。脸上越发好看了。老车直说，好，好，果然好酒量。一面又帮她倒上。笑贞也不拦着，咯咯咯咯笑起来。今丽从旁冷眼看着，心想这女人，竟然看不出。见笑贞先生正倒了一杯，就举起杯子，跟他"叮当"一碰，笑道，干了啊。笑贞先生惊讶道，厉害啊。今丽越发来了兴致。老车眼睛里笑笑的，警告她道，不许喝了啊，别逞能。今丽笑道，我是没有酒量，可我有酒胆。笑贞先生说，女中豪杰，女中豪杰。今丽大笑起来。

后来的事情，好像都模糊了。也不知道是什么时候散的。只记得，笑贞好像是喝多了，不知怎么，趴在椅子背上，幽幽咽咽地哭。笑贞的背部线条很好看，腰细细扭着，屁股圆圆地突出来，仿佛一只花瓶的形状，在椅子上危坐着，古典中有一点儿放纵，撩人极了。笑贞先生倒是还好，耐心劝慰着，好像在哄一个小孩子。饭饭早趴在桌子上睡着了，动画片兀自演着。老车好像也喝醉了，看着那半窗子的阳光，怔怔地一动不动。午后的阳光泼在他身上，把他弄得好像浴在金汤里一般。今丽浑身发软，想要抬起胳膊，却怎么都动弹不了。笑贞还在哭。好像是那酒都化作了泪水，要都涓涓细细流出来才罢休。

醒来的时候天色早暗下来了。卧室里只开了一盏台灯，门关着。隐隐听见外头有人在说话。太阳穴突突跳着，头有点疼。今丽在枕头上竖着耳朵听了听，也听不出什么来。好像是香水百合的香气，弄得人心里乱纷纷的。也不知道怎么一回事，喝了两杯，倒把自己喝醉了。平日里，她也算是能喝一点儿的。真是奇怪了。外头还在说话。好像是老车，在跟谁打电话。声音低低的，说一会儿，停一会儿。有半天没有动静，以为是挂掉了，不想却又低低说起来。

也不知道过了多久，老车推门进来，坐在床边，俯下身来看她。老车身上热烘烘的，夹杂着浓浓的酒气。她皱了皱眉，正要轰他去洗澡，不想老车却笑眯眯地压上来。她恼火得不行，使劲推他，打他，竟推不动。老车仿佛一只巨兽一样压迫着她，令她动弹不得。巨兽开始撕扯她，吞噬她，吸吮她。她没命地挣扎着。那巨兽喘着粗气，一面动，一面喊，笑贞，笑贞，笑贞，笑贞……她气极了，想要把他掀翻下去。忽然却发现，那巨兽不是老车。竟然，竟然是笑贞的先生。她又惊又怕，又羞又恨，一口咬住了他的手腕子。牙齿硌在那块手表壳子上，冷冰冰的，咸丝丝的，一嘴的血。这才悠悠醒过来。

灯光从门缝里流进来，在门口画出一条窄窄的影子。厨房里的水龙头哗哗哗哗流着，好像是老车在洗碗。身上黏糊糊的，都是汗。也不知道，怎么就做了这样的一个乱梦。嘴里有点苦，还有点咸，拿手擦一下，并没有看见血。心里怦怦怦乱跳着，背上细细出了一层热汗。

老车蹑手蹑脚推门进来，见她睁着眼，倒吓了一跳，笑道，醒了？凑过来看她的眼睛。今丽慌忙避开了，皱起鼻子闻了闻，说什么味儿呀。老车笑道，狗鼻子呀你。跑过去把窗子哗啦打开。一大股凉风吹过来，瞬间把屋子灌得满满的。不知道院子里什么花开了，幽幽细细的香气，丝丝缕缕游动着，有一点儿微微的腥甜的味道。窗帘被风撩拨起来，一下子鼓荡张开，过一会儿，又呼啦一下子凋谢了。床头那一本杂志，给吹得一页一页掀开来。窗台上那盆石斛兰也禁不住，在风中乱纷纷的。

今丽慢吞吞起床来。见客厅厨房干净整洁，心里暗暗喜欢，脸上却淡淡的，也不说话。老车帮她调了一杯蜂蜜水，端过来给她，自己却泡了一杯浓茶，也不怕烫，哧溜哧溜喝起来。今丽见他头发湿漉漉的，好像是刚冲了澡，衣服也换了，穿了那套浅灰色家居服，正是那个下雨天买的。屋子里很安静，钟表在墙上咯噔咯噔走着。空气里好像还回荡着酒杯相碰的声音，笑声、哭泣声、细细碎碎的说话声。新房子、新家、新的生活，新的开始。玄关、客厅、厨卫、卧室，每一处都藏着匠心，每一处都有得意的那一笔。如今看上去，怎么竟然有一种曲终人散的莫名的空虚呢？今丽端起蜂蜜水，一口气喝光了，甜丝丝的，从舌尖到胃里，熨帖极了。闲闲靠在沙发上，歪头问老车，怎么样啊？老车瞪她一眼，道，什么怎么样？今丽笑道，今天啊，今天的酒，喝得怎么样啊？老车笑道，好啊，挺好。今丽道，笑贞她先生，不错啊。老车撇嘴道，南方人嘛。语气模糊，也不知道是赞美，还是嘲讽。今丽笑道，我看两个人挺黏的。你看见没有，饭桌上，两个人你一眼我一眼，打眉目官司呢。老车蹙眉道，哦，是吗？我倒没有注意。今丽斜他一眼，笑道，知道，心不在肝上。又看了他一眼，说，到底在哪呢，就不知道了。老车就恼了。把茶杯当的一下在茶几上一顿，你无聊不无聊啊。今丽笑道，好大的脾气。又把身子靠过去，小声在他耳边笑道，你说，她怎么哭了？老车没好气道，我怎么知道！

今丽妈妈打来电话的时候，她正在厨房里忙着。她妈妈啰里啰唆的，在电话那边诉说她爸爸的不是。她也是听惯了，也不太打算安慰她，只是很克制地听着。晚上要弄一点儿清淡的，养一养胃。绿豆百合粥，最好是小米粥，小米性温，最养人了。她妈妈这方面最是拿手。她这一辈子，好像就是在厨房里度过的。她爸爸嘴刁，对她妈妈的厨艺，却是说不出半个不字来。她妈妈平生最得意的，也就是这件事了吧。她从小看惯了妈妈在厨房里蓬头垢面的样子，心里恨得不行。恨妈妈太宠着爸爸，恨爸爸还不知足。她爸爸年轻的时候，是一个风流人物，生得体面漂亮，最有女人缘。她记得很清楚，有一回，她背着书包回家，看见爸爸在家门口立着，跟芬姨说话。芬姨是爸爸的同事，推着一辆自行车，车筐里是一把芹菜，一个牛皮纸档案袋。她爸爸抱着双肩，一面说话，一面拿脚踢着芬姨的自行车。好像是一个夏天，傍晚的夕阳照在大地上，篱笆墙的影子一挡，正好把他们两个挡在绿幽幽的阴凉里面。她爸爸背对着她，一下一下踢着那脚蹬子。车筐里那芹菜簌簌颤动着。她看不见爸爸的脸，只看见芬姨的脸色绯红，好像是天边的晚霞都燃烧到她脸颊上了。额前的头发被那不安分的脚蹬子震得一颤一颤。胸脯鼓鼓的，把那件粉色小衫莽撞地顶起来，好像也给那脚蹬子震得一颤一颤的。忽然抬眼看见今丽，慌忙叫她小丽，他爸爸也在后头叫她。小丽，小丽。她只不理。一路跑回家里，见她妈妈正在厨房忙碌，上去一脚就把那煤油炉子给踢翻了。她妈妈劈手就是一巴掌，骂道，疯了呀你。她脸上火烧一样的，眼泪一路流下来，热热辣辣地疼，好像脸上变得坑坑洼洼的。厨房里的一切，搪瓷盆，描着牡丹富贵，蓝边的细瓷碗，还有笨重的菜刀、案板、勺子柄，模模糊糊的，透过一双泪眼，仿佛都变了形状。夕阳从窗子里照过来，好像是时间浩浩荡荡流过，把她妈妈溶化成一个金箔一样的人儿，定在那里，怎么挣扎都脱不了身。

她妈妈还在电话那头絮叨。这么多年了，从年轻时候，到现在，她都抱怨了一辈子了。她怎么也不嫌累？她眼见得妈妈变得胖起来，早年的窈窕身姿，都留在那个陈旧的相框里头了。也早就不打扮了，穿着肥大的家居服，有点破罐子破摔的意思。只有一样，对厨房，比以前更加热心了。她不知道，爸爸一辈子花花草草不断，却最终没有离开，是不是就是因为，他离不开妈妈做的饭菜。电话里，妈妈一面诉说，一面又忍不住传授起驭夫术来。一口一个你爸爸，一口一个男人哪。今丽听得不耐烦，一面听，一面冷笑，也不忍心打断她。

好不容易才放下电话，心里头乱糟糟的。粥已经熬好了，她盘算着弄点什么清爽的小菜。她妈妈腌菜最拿手，她今年也学着做了几样，酸辣小黄瓜、椒盐茄子包、酸豇豆角、芥末菜墩儿。这些小菜，最是醒酒解腻，配粥吃再好不过了。

吃完饭，洗刷完毕，两个人窝在沙发上看电视。遥控器噼里啪啦换了一遍，到底觉得无味。老车一面看电视，一面刷微信，有一眼没一眼的。今丽歪在榻上，伸手拿一只靠垫塞在腰窝那儿。忽然看见那垫子底下有一个亮亮的东西，捏起来一看，却是一根细细的银链子，正纳闷呢，忽然想起来，笑贞脚踝上那一痕细细的光亮，一步一闪，有一种琐碎的妖娆动人。奇怪，这东西怎么在沙发上呢？莫不是笑贞不小心落下的？可要是掉了，也该掉在地上吧。偷眼看老车，见他只顾埋头专心看微信。心里疑惑，也不好说什么。

夜里，左右辗转，到底睡不着。老车还在刷微信，一面看，一面笑。见她推他，就把一个情色视频给她看。今丽一面看，一面骂，又是咬牙，又是笑。老车笑道，看你，又想看，又要装。今丽骂道，就你不装。连装都懒得装了，不要脸。老车笑道，我才不装，想要就是想要。说着就逼迫过来。今丽一面抵挡着，一面笑道，不行啊，今天不行。老车只不理她。今丽被逼得无法，把枕头底下那根细链子一下摸出来，扔到他脸上。老车哪里还顾得上这些。今丽气得对他又咬又踢，老车被她惹得火起，越发凶猛起来。今丽嘤嘤叫起来。

周一的早晨，总是最紧张忙碌的时候。两个人吃完早点，双双出门。下楼的时候，今丽忽然问，笑贞的先生，叫什么？老车只顾看微信，没有听清，说，什么？你说谁？今丽笑笑，半晌，方才叹气道，没谁。我是说，晚上吃什么？

《广西文学》2016 年第 7 期

回 乡

南 翔

　　得知表哥广福病重的消息时，我恰好跟随一个铁道部门的采风团在湘西采风，因我当年在铁路工作过七年之故——那已经是三四十年前的故事了，间或被铁路部门请回去讲课，讲文学或者新闻写作，这次跟随他们来湘西采风，也是希望我给铁道报写几篇大稿，或者开一个专栏。我当即与大多数刚刚熟络的采风团男女朋友一一告别，取道径往湘东北之汨罗。

　　汨罗是我母亲的老家，20世纪40年代，不满我外祖父严重重男轻女的母亲，近乎私奔地跟随一个外乡人——在粤汉铁路奔走的我父亲一路向南，先后辗转广州、韶关和乐昌等多个站点，最后落脚在赣西一个四等小站。直到二三十年幡然过往，母亲都没有再回去，我这才知晓，一个人对家庭的决绝与背弃，原来可以撕裂到不再愈合的深度！

　　其实，我很小就知道，母亲有两个弟弟，也就是说我还有两个舅舅，大舅在台湾，小舅在老家汨罗务农。在那个具有任何海外关系都等同于藏有一颗定时炸弹的年代，大舅自然从不被提起，尤其不会在我从上小学开始，填不完的表格中的"社会关系"及"海外关系"两栏中浮现，后一栏永远被一个大大的"无"字遮蔽。

　　当原本猥琐如鼠辈的"海外关系"，忽一日拨云见日，温暖如一只熊熊火炉燃烧在国人面前，并令其大陆亲人围坐唯恐滞后之时，我随母亲去汨罗探望回家省亲的大舅，才感觉，贫穷日久必生疾，那种像溺水者抓住一根救命稻草一般，掐住一个"海外关系"，也是令人骇然的。1987年10月14日，国民党"中常会"通过了台湾居民赴大陆探亲的方案，指出"基于传统伦理及人道立场的考虑，允许民众赴大陆探亲；除现役军人及公职人员外，凡在大陆有血亲、姻亲、三等亲以内之亲属者，均可申请到大陆探亲"。受这个方案的普照与眷顾，我大舅于次年阳春三月回到了阔别三十八年的故乡。

我应召带着当年才六十出头的母亲回家，一个几十年漂泊异乡，居然没有再回去过的花甲女人，终于没有拗过亲情的回乡召唤。此时，她的父母，也就是我的外公外婆早在20世纪60年代前后，就相继故世了。

大舅第一次返乡前后的心情，我之后从云南大学主办的一次海外华文文学研讨会上，台湾诗人洛夫送我的一本《我的兽》中可以窥其大概。其中的《边界望乡——赠余光中》，乃诗人访港期间于1979年3月16日上午余光中开车陪同，参观落马洲之边界所作，近乡情怯，思不得归，里面这样的句子瞬间击中了我：雾正升起，我们在茫然中勒马四顾／手掌开始生汗／望远镜中扩大数十倍的乡愁／乱如风中的散发／当距离调整到令人心跳的程度／一座远山迎面飞来／把我撞成了／严重的内伤……

我回想起第一次在汨罗见到大舅时的情景：高大伟岸，双目深眍，脸部两条括弧坚劲有力。大舅妈用自带的照相机给夫君的三姐弟合影，请姐姐居中，两个弟弟旁立两侧，那种一脉相承的血缘表征，顿时昂然于镜头之外。三四十年飘然海外的水土滋养与风雨捶打，却又将大舅不同于一直在大陆生养的两姐弟的气概，刻画在他的眉宇与言谈之中。从大舅爽朗的聊天之中，我们大致知晓他随一个家乡汨罗的国军周团长到台湾之后的颠沛迁徙，那也是充满艰辛、寻求与自励的一个过程，可惜他退伍之后转业做的是会计，未能像我最近读到的台湾作家王鼎钧，将一生的历练写就了回忆录四部曲，风行海峡两岸。为何我蠢到大舅去世多年之后，才后悔当年没有利用难得的机会，给大舅做一部口述史呢？毕竟一个人的历史存留，更重要的是文字与影像，而非金银珠宝、房屋地契！

大舅在喋喋不休地谈讲，大舅妈在给大舅乃至她几乎听不懂的夫君的乡亲拍照之时，围观者甚多，常常是彻夜不散。众人在听一个带着乡音的陌生人彼岸的故事，这些故事与他们的生活和兴趣毫不相干，所为何来？既是凑热闹，也是消磨时光。当然也有一些千方百计将一两句话挤扁了、磨尖了，插将进来的乡亲，那是有一点儿将血缘遥远的外衣，抖出几缕周正的线条来灯下相认的意思。20世纪80年代的故乡，解决温饱问题才不久远，大鱼大肉还不能信手端上桌面，如果家里有地基待起房屋，媳妇待娶进家门，令掌门人蹙眉噘嘴的烦心事就更多了。这个时候，漂洋过海来了一个族亲，或者祖宗在同一个祠堂乃至相邻祠堂里供奉过牌位——当年土改或最迟到破"四旧"，当然扫荡一空——的宗亲，为何不可以过来握握手，拉拉呱，散散心呢？当然，想看到亲人抱头痛哭、姐弟相认场面的人，注定要失望的，大舅与他从江西赶来相见的姐姐，时隔几十年再见，也是彼此点点头，互相道，收到了对方的来信。

小舅出身卑贱，自小谨慎圆滑，这个时候，自然也不会怠慢那些平日或许从不踏进家门的真假亲戚。高矮不拘的茶杯用尽之后，他就喝令老婆从厨房里端出一摞碗来泡茶，几片粗茶打底，几粒炒熟的黄豆，几丝生姜，再是擂碎的粗盐，那是可以从上午一直饮到月光西斜的。终年在田地里劳作的小舅既佝偻，又有关节炎，这时节因了大他四五岁的哥哥到来，精神亢奋，腿脚也不那么僵硬了，背脊也似乎挺直了一些。他那客气的有分寸地招待众乡亲的语气里，透出精明与提防，他不时对老婆以及儿女的使唤里，也常常有一种破坏大舅言谈气氛的倨傲用意。

这令我生出了一种以前未有过的反感，尤其当他对我母亲也表示出不冷不热的面容之时，我的排斥感嗡嗡作响，如果不是虑及此行我有护送母亲往返的使命，如果不是虑及大舅、大舅妈的面子，我恐怕随时都要发作了。我想起自小学即将毕业到去铁路工作的那十年，小舅几乎每个月都给母亲写信，每年都来我们一家居住的那个浙赣线上的四等小站，小住几天。来信就是诉苦，当然只敢诉家庭经济不敷应用之苦；每来，必带一些粉条、红薯和黄豆，两只尿素袋子倒出来的粉条、红薯和黄豆，还没有一簸箕，几天之后，临走时拿的却是两只充盈饱满的袋子，母亲早备好了衣物（包括单位的工作服）、毛巾、劳保手套、翻毛皮鞋、整包的大号电池、三四节长的铮亮的电筒，甚至还有一扎一扎像麻花一般的棕绳。我还见过小舅趁家人不备，将门后边一把锤子抄进尿素袋，动作迅速得来不及提防是否被我窥见。后来母亲去塘口打石头，是提前到街上铁匠铺买了两把光锤子，找隔壁的炮撬工老严家镶嵌了竹片把子。蓦然回想，母亲应该是知道锤子被小舅顺走了？不然为何既不寻找也不发问呢？自然，小舅离开前，母亲还会给小舅一点点儿钱，一十二十？更少还是更多？须知，我父亲做到一个铁路小单位的财务主任，资深会计，级别正股，月薪七十二元，要养一家七口。母亲给弟弟的一点点儿钱，纯然是她的私房钱，是靠她即使风雪天、来例假也要裹上绑腿、披上雨衣，去塘口挑土方、打石头、扛毛竹、装车皮挣的辛苦钱。她是以这种方式，赎回从不返乡的歉疚？还是，对一个出身不好的长期在农村过得战战兢兢的弟弟一伸援手？

母亲对娘家弟弟的帮助，包括给私房钱，我相信，从未告诉过父亲，即使告诉，我相信父亲也不会有任何非议与为难。仁慈的父亲当年从汨罗将母亲带走，一路向南，就以自己的博大、宽厚与奉献表达了对一位家庭主妇的最大爱意，这是母亲今年九十二岁依然能够健康在世的最坚实的理由吧？

将近三十年前，大舅返乡省亲的那一幕，确实深深扎痛了我，一方面是母亲老家的亲戚们趋之若鹜的卑怯——那是几十年贫瘠生存的后果，另一方面是小舅突显的势利——他只想将大舅拢在自己身边，藏在自家屋里，我揣度如果不是大舅执意要通知他唯一的姐姐前来，小舅情愿选择装聋作哑、瞒天过海，不告诉任何人。

有两个细节使我印象深刻。一个是大舅三顿饭后吃的药，都是从台北带来的，西药不去说它，中药装在一个透明的有机玻璃罐子里，罐子如同一本书的高低，一粒一粒的药丸子黑得纯正，圆如珠润，标示为日文，我读出了津村制药。以我现在得知的国人动辄在海外抢购，包括去日本抢购电饭锅与马桶盖不同，那个年份，大舅从台湾来，吃的中成药来自日本，还是令我意外。我跟他讲，中药中药，顾名思义原产自中国，回到大陆了，当归、鹿茸、人参，都可以随便买得到，要原产地的也行啊。大舅听了却摇头道，外甥仔，中药原产自中国没错，但中成药我们却没有人家日本人做得精致，人家的销售到世界各地，我们还只能卖一些原料。当然卖出去的都是好的，人家检验严格，乱来不行的。如果要像后来我知晓中药在海外的专利及市场还不及日本、韩国的一个零头，知晓中国人陷入了"中医亡于药"的窘境——种植、保存、加工、炮制都有问题，我当时就不会腹诽大舅了，以为他在日据之后的台湾待久了，转而迷信日本的汉药。

再一个细节与大舅的身体相关，前面讲了，大舅形象伟岸，足有一米八三，如果不是长相相若，佝偻背脊的弟弟以及面容沧桑的姐姐，与他不像是一母所奶的同胞。大舅侃侃而谈的精气神，不像是一个慢阻肺病人。一盏赤裸裸的黄灯悬在乡里人家黑黢黢的房梁上，主讲者坐在一张宽大的木头摇椅上，四围听讲的人，散漫而崇敬，除了吃茶的啐啐声与盖杯的叮当响，大舅的声音堪称洪亮，洞穿屋宇，正是在他不肯屈服时代迫压与变迁的声音里，我甄别出了他、母亲与小舅的血脉承传。但是，大舅的身体还是通过他缓慢的起身与落座，走路，尤其上楼的吃力，暴露了无可奈何的衰败。他惧怕上厕所的理由，是小舅家的卫生间没有坐式抽水马桶，他蹲不下去，蹲下去就站不起来，只好在蹲坑之上摆了一条板凳，脱了裤子坐在板凳上出恭。这样的姿势不仅难受，而且危险，这一天，我正在厕所旁边洗涤，就听哐当一声，忙推门进去，只见大舅两腿上翘摔了个屁股朝天，好在他穿得厚实，没有碰到头。将他庞大的身躯扶正了，已累得我气喘吁吁。直到出到厅屋，他兀自捂住裆部，那可是男人不能伤到的地方。

吃了这一吓，大舅就有了提前回台北的意思。乡下离县城太远，又没有车子，住到酒店去自然不是办法。大舅妈——这个大舅在金门驻防时娶回家的孝顺媳妇，也讲家里事情多，需要早点回家打理。

大舅的提议以及大舅妈的应声附议，令众人猝不及防，面面相觑。小舅最是没有心理准备，摊开两只手道，那……我来抱你解手？小舅的姿态很可笑，他弱小的身板在高大魁伟的大舅面前，不成比例，语气却是真诚的。小舅需要大舅多待一待，不仅是物质的需要，也是精神的需要；前面这一点，我当时就看得很清楚，后面这一点，我要几年之后才猛然悟到。一旦悟到后一点，心中愧疚油然而生。

正当大舅不为吃饭而为排泄苦恼之时，人群中站出一个半白头发的中年人，他吭哧道，我来，为你想个办法。话语一出，脸却憋红了。这是我唯一的表哥广福。大舅在兴致勃勃地谈讲的时候，广福最为安静，只是埋头抽烟，一支续一支；他给大舅续水也勤，大舅才吃了一两口茶，茶缸里还是满的，他就不时去续。我注意到了，这个寡言少语的表哥，除了左嘴角不时抽动以外，还面无表情，嘴角是一条银亮的伤疤，抽动的时候就更加醒目了。是夜，母亲告诉我，我这个表哥，不是远房的，不是宗亲的，却是我的亲表哥，是大舅与家乡原配生的唯一的孩子！我嗷了一声，为了掩饰自己的惊讶，我说，其实看出一点点儿来了，大舅投给他的关注的目光最多；还有一点，每次广福给他续水，他都要抚摸一下杯盖子，相当于谢谢的表示，其他人包括我妈和小舅，续水，端糖果，送瓜子，大舅均没有这方面的表示。

或许见不到我的吃惊，母亲才敞开告诉我，大舅这次回乡，最想见的还不是她。母亲跟随我父亲早早离家，在铁路线上漂泊，虽然也吃了不少苦头，但是基本躲过了政治和生活的屡屡劫难；大舅原配所生的儿子广福与小舅吃的是农业粮，是灾躲不过，是难逃不了。我那从未见过面的大舅妈挨到1970年"一打三反"，到集镇上偷偷摸摸去卖两只鸡，好给患肝炎的广福治病，被现场抓住，不仅没收了售卖所得的几块钱，还老账新账一起算，以国民党军官的臭婆娘以及投机倒把之名游街批斗，当晚回到家里，就在厨房上吊了。大舅是1949年上半年离开的老家，那一年他才十九岁，虽然是父母之命，媒妁之言，但新婚不到三个月就两相仳离，分别之时也不免两情依依。知晓就那么两个月的同房，已经留了一脉骨血在原配肚子里，倒没有等到"文革"结束，20世纪50年代后期，周团长在香港的朋友回到湖南，就将周团长的家事，连同他马弁的家事——大舅原配得子的消息，一并带到了台湾高雄的左营眷村。

得知这个消息，此前排除万难娶到一个金门老婆的大舅，应是多了一层思乡的迫压与怯畏。

大舅回乡的第二天，便带着金门的太太一起到后山原配的坟冢前去烧了一炷香，燃了一沓纸钱，放了一挂爆竹。听小舅有一句没一句地在母亲面前的抱怨，那几簇矛头直指广福无疑。母亲宽慰这个胸怀不宽的弟弟：哥哥得了老大一直没得照顾，心里有几多亏欠，如今回来多给广福一些钱，也是一方弥补。又道，哥哥十八九岁就漂洋过海出远门，吃几多的苦头！口袋里又有几多钱攒哟！

小舅不受理，悻悻然道，要讲吃苦，我们吃得还少吗！头上压了一顶帽子，手脚还不得伸展，受他连累几十年！

两个人心里若是有了芥蒂，用无事生非来形容其间的缠斗，那是浅了。当广福花了一天一夜的工夫，做好一只四脚枷凳扛到小舅家来，小舅就一直抱着肩膀，满脸冷漠地跟进卫生间，既挑剔木头太重，搬动麻烦——毕竟这个卫生间不是大舅一个人的专用，又指责枷凳做得太高了，坐起那样高拉屎，就像走日本那年天上丢炸弹，那还不溅起一屁股臭水！你叔叔——分明是亲爸爸，在小舅嘴里，变成了叔叔——在台湾天天洗澡，爱干净惯了，如何受得了啰！

广福不理絮絮叨叨的小舅，他弓着背在四个凳脚画了线，将一支圆珠笔夹在耳朵上，扛起枷凳就朝外去。卫生间不平，他的枷凳不能做成四只脚一样高低。

小舅却装着不晓得，继续跟到坪前道，锯得太矮了，你叔叔那样高，脚都伸不了，几受累喔！

广福当然有话还击：高了你嫌高，矮了你嫌矮，有本事你自己打一个呀！但他却依然无话，扛起枷凳回到卫生间。

小舅跟进卫生间，嘴里依然没有饶过他，道，你屋里不是还有准备砌房子的杉木檩子吗？随便抽一根，做过一个，杉木枷凳又轻便又好看。

广福弓在那里没应答，他的肩膀剧烈地抖动了两下，忽然双手举起枷凳反身就套在小舅的脖子上，一使劲将小舅压趴下来。便听得小舅锐利的尖叫声，那是锯片锯到了钉子的声音，撕心裂肺。

惊吓之余，我赶紧冲进去将广福抱住，小舅家的孩子也跑过来帮忙，掰的掰，打的打，地方太窄，哪里腾转得开，不免踢打到自家人。其实，广福又何尝不是自家人呢！有什么样的怨怼，生出有你没我的仇恨！

广福一身蛮力，如果不是自动松手，我们根本扳不动他。

他呜呜地哭着起身，进到了厅屋。

我们这才将嵌进了小舅皮肉的枷凳从他肩颈上慢慢取下来，两肩各渗出殷红的血印子的小舅，一脸煞白，没有防备的一着，将小舅此前的倨傲、嘲讽与轻慢一扫而光，代之以惊吓、沮丧与沉默。

广福跨出厅屋，脸朝外，一屁股坐在门槛上，双手抱头抽泣起来，一边哭一边诉说……枷凳用的是一块樟木板，喷香的，前年我打垛柜都没舍得用，一块那样完整的板子，重是重些，几牢稳呢！要是先用了杉木板子，你也有的话讲，轻是嫌轻，重又嫌重，你横直看我不惯！我姆妈在世时就是这样，饥荒的年成，你没施舍过一把米，游街批斗的年成，你躲起十几丈远！就怕沾了海外关系一点点骚！1968年12月冬日姆妈那次游街挨了打，一身血瘀，乌青，困在床上不得动，落雪天想问你借几块钱去请打师（治疗跌打损伤的江湖郎中），你几早就把门关起，雷都打不开……你还是我的亲叔叔吗？亲叔叔有那样无情无义的吗？后来还是邻舍看不过去，东凑西凑了五块钱给我，请打师严驼子来放血，又开了几帖中药吃了，捡起一条命……我苦命的娘啊……

广福表哥终于由啜泣而号啕大哭起来。

我母亲想上去劝阻，被大舅一把拦住了。此前广福扛起枷凳进来，到厕所安放，随后去锯短，再进卫生间，再后与小舅发生冲突，大舅并未趋前，却一幕幕都看在眼里。他一直嘴角绷紧，腮帮的两道括弧越发显得深刻了。待得广福的哭声渐歇，他走过去，将一方蓝印花手帕递给广福，柔声中含着严厉道，男子汉，该担当的就要担当，该放弃的就要放弃，又不是细伢子，有脸哭吗！

广福抬起头来，涕泗横流的哭相，如果发生在孩童身上，那是一样我见犹怜的天真，但浮现在一张被外在和内心压力几乎压塌的未老先衰的面庞上，那便是一种丑陋。他忽然两眼流露出憎恨的凶光道，你一个人到外头讨老婆生崽，过神仙日子，把我们丢在老家，水塘里浸，火塘里烤……你几年前托人带钱给叔叔我没得意见，他为了你的海外关系，也吃了苦，遭了难，一根茅草都要讲出身的年成，想撇得一干二净，有那好！

吃广福一呛，大舅双肩一抖，顿时脸色由青转白，身子前仆的刹那，我赶紧从后抱住他，小舅抻直腰在右边扶住，并呵斥广福，还不过来帮手！广福略一犹豫也上前来，扶住大舅的左臂，放出悲声道……你没得事吧？

几人拟将大舅扶坐在躺椅上，大舅妈不依，坚持将他送进里屋躺下。大舅妈利索地从一只银亮的小药盒里拿出一粒药来，让大舅就着温水服下，便在他身边搭脉，做出不让我们发声的姿势。那一刻，我懂了，在台湾颠沛流离的岁月里，若不是大舅妈的照拂，大舅能否挺过来，还真是天数。广福自己吃了苦头，便断言生父在那边过得神仙日子，不是眼浅，便是无知。大舅在台湾的艰难困顿，我后来两次赴台，一次公干，一次自由行，与大舅妈细细聊起，更懂得了个中曲折。其时，大舅墓木已拱。

接下来的两三天，大舅的话题变了，由此前的活色生香，转而尽量让族亲听到一些外面好听好玩的故事，转换为最初到台湾五年、十年的艰难生活，当然他讲的主要不是自己，却是同僚、同乡以及耳闻目睹的本省人的故事。讲起眷村里面，一些退伍老兵，没有钱没有地位，讨不到老婆，一个老兵又受煎熬又怕犯错，思想不开，某夜硬生生把自己的生殖器一刀剜下，等到医生过来，生殖器已经冲进了下水道……

众人听了，只是啧啧惊讶。

大舅却早已泪流满面。只有一道涉险一路关隘一同走到今天的所谓的过来人，才会伴生出发乎内心的感伤与同情。

在小舅家住下来的几天，我才知晓，大舅早在 1984 年、1985 年先后三次将三笔港币从香港带去汨罗小舅，带钱的人仍然是周团长的湖南朋友，这位神秘的刘老板在香港经商，因此身份，比较方便在台港与大陆之间辗转。20 世纪 90 年代，刘老板在深圳宝安开了几家变压器的代工企业，甚至做了两届深圳市政协委员。——诉说各种繁难的往事，大舅并不避忌原本不知情的广福和我母亲，一连几天广福都悻悻然道，我早就晓得，又不是祖坟冒起了青烟，看见叔叔家那早就砌了一栋瓦屋，我晓得肯定是海外关系从背运开始交红运啦。那三笔钱里头，肯定也有我、我姑妈一份吧？哪里就米糠落到猪食桶里，吃得独食，一点儿不剩呢！

广福的嘴头子，变得刻薄。小舅憋红了一张脸，碍于大舅的阻拦，发作不得。大舅不语，大舅妈或是实在听不下去了，解释道，我们刚到台北那几年，过得很艰难的，你大舅也是牙缝里省下的一点点儿了，能有多少钱寄给他兄弟呢！广福不依道，靠我舅舅一年四季种一点儿花生、豆子，再就是夏捉蛤蟆冬捞鱼，搞得到几多钱，砌得了一栋屋？我外公土改划了地主，怕他是地主啵，地主也没得那大的手笔！

这一天，雨后放晴，是一个选定的祭祖的日子，小舅肩了一把板锄，挎了一只装满香火草纸的竹篮子去后山，大舅和大舅妈各穿了一双套鞋跟了去，我及母亲、广福以及小舅家的儿女列在后面。山路泥泞，大舅心肺不好，开始上山之时走得很慢，我和广福赶紧趋前，一边一个搀扶着他。好不容易到了一簇茅草簇拥的山边地头，大舅已经是气喘吁吁了，小舅铺下一块塑胶雨衣，扶他坐下，大家伙儿除草的除草，平地的平地，这才见一块几乎完全坍塌的坟头，露出半截墓碑，上面的字迹漫漶不清。这便是我从未见过面，甚至也不知晓姓名的外公外婆的墓地了。大舅端坐起来，叫着小舅的名字庄重道，要趁势把父亲母亲的坟好好修一修，重新定制一块墓碑，烧起二老的瓷板像，一道装起。先人墓地的风水，还是要常来打理，祭拜，才能荫庇后人。

广福道，我姆妈的墓地，野狗拱来拱去，也要整修整修啵？一碗水不能那样倾斜！

小舅甩一把额头的汗水，不悦道，广福，大舅回汨罗来，第二日就到你姆妈墓地去看了，莫非这碗水没端平？！

广福没好气道，你没得发言权！我爸爸 1984 年、1985 年就几次打得钱回来，肯定不是给你一个人的，我呢？姑妈呢？都没夹进你的眼缝！你这碗水，一直是倒过来放的，都倾倒在你的缸里了，根本没得资格跟我讲什么大道理！

小舅本欲发作，见大舅脸色发白，只得忍住道，不跟你一般见识，没大没小没家教！

广福不吃他这一套，转身铲起一锹泥巴，劈面就朝小舅脸上泼去。大舅大叫一声，放肆！一口气没上来，"扑通"一声瘫到地上，嘴里早已涌出一堆白沫来。大舅妈立马跪到后面，也不晓得哪来那么大力气，扶起他半侧位，连续拍打他的后背，一大口白痰从大舅嘴里涌出，又是几声咳嗽，面色才由白转红。

大舅妈面色铁青道，这汨罗不能待了，明天就回台北去！

见大舅妈下山回到小舅家便开始收拾行装，都以为无可挽回，只能从旁讲几句机票也不是说买就能买到的。小舅妈坚定道，我们明天乘火车去广州，从深圳罗湖关过香港，香港天天都有飞台北的航班！

大家伙儿忐忑，第二天起来，却不见动静，昨天拣好的行装又解开了。是大舅做了工作，还是大舅妈反悔了？毕竟，回乡一趟不是容易的。

吃罢早饭，大舅讲要去广福家看看。小舅有一些尴尬，说是那边有一个集体养猪场，十分邋遢，不要去。此前，大舅也问过广福家住村子的哪头，广福敷衍，那便是不想让他去的意思。这回，大舅放下碗筷就要出门，只有依了他。一行人，小舅领头，我和大舅妈紧紧跟在大舅两翼。不长的一段路，因了大舅走走停停，走了近二十分钟。大舅用了一把雨伞做拐杖，走走停停，明里是看风景，问东问西，暗里还是歇歇脚力。大舅妈悄悄跟我讲，你大舅嫌台北的空气质量不好，机动车尤其是摩托车太多，又脏又闹，这次回来，他最满意的就是老家的空气。我道，那就要大舅回乡安度晚年吧，这里禾苗绿，天空蓝，对他的肺心病有好处的。大舅妈叹气道，他原来是想回家度晚年的，现在看来，台北有台北的不好，家乡有家乡的难处。

还没到广福家门前，远远便扑来一股浓烈的猪粪气，呛得大舅咳嗽。走到跟前，才见一栋歪七扭八的土砖房子，只矮矮的齐膝部分有一段灰砖，屋檐外翻，像是一个随时都要坠落的身影，更兼几根瘦筋筋的杉木，下面吊着大石块，支撑着房梁。广福两个孩子，一男一女，均怯生生地骑在门槛上。他们的母亲，也就是广福的老婆，是一个来自外乡的瘸腿女人，不时往娘家去，在自家的日子远不及在娘家或别处的日子长，以至于广福一个最日常的工作，就是去找老婆。

看见生父突然而至，广福不知所措，眼里滑过一丝害羞。

小舅道，还不烧点开水，我带了茶叶过来。

大舅随儿子一道进去。黑黢黢的屋子里，满是烟火味儿。紧挨着的厨房一生火，烧的又是稻草秆子，烟灰立马蹿到里屋来了。大舅抱着胸猛咳，于是赶紧扶他到屋外，拣一棵樟树浓荫下的平地，置一张竹椅请他坐下。

这一趟，不晓得是气力耗散，还是心事沉重，大舅吃完一碗茶，始终未发一语。

略显混浊的双目，从大家伙儿头上看过去，那边是他父母以及原配骨殖安厝的山地，也是他几十年魂牵梦绕的故里。此行所见所闻，所感所伤，会给他留下怎样难忘的记忆呢？

后来的故事，准确无误地告诉我们的，这是大舅第一次也是最后一次返乡。他日渐羸弱的身体，是事实，也成就了一个恰如其分的不再回头的借口。

2005年以后，我两次去台北，从大舅妈嘴里知道大舅此行的感受。1988年的唯一一趟返乡，大舅将盘缠之外的余钱悉数给了广福；回去之后又将位于台北永和的两套房子卖掉一套，卖掉房子的钱，一大半寄给了广福，一小半补贴台北的儿子在外租赁房子。为此，台北的儿子几乎与父亲翻脸。父子反目或许比夫妻反目更伤感情和身体，大舅的身体自此更是一蹶不振。大舅妈在大舅去世之后，从未带过儿女再返回他们父亲的故里，既因儿女的父亲不在了，更因首次返乡积攒了心里的戒惧，还有便是，她坚持认为，大舅六十出头便去世了，慢阻肺并非主因，心情郁闷才是夺命的毒药！

我后来跟母亲回过两趟汨罗，便见广福在老地基上盖起了一座两层楼房，虽然还建得草率，内里没有任何装修，但毕竟是青砖一直墁到梁下了。八九十年代之交的乡村，演绎了三四十年灰败之色的老宅子，像是逢春的田头地脚，陆续有了绿意，以土砖为主的轮廓里，渐次拔起了砖瓦房。好些人家，打了两层的底子，先是有了一层得住，窗户蒙着农用薄膜，二层封了顶，上面的大门和窗户徒有其表，却是黑洞洞地张望着，那是留下了对明天生活的无限期盼。相较而言，广福家的完成式楼房便显得扎眼，他的脸上有了笑容，还会给邻舍递烟了。老婆也常回来了，逢人就讲，得闲她要去长沙看脚痛。

广福知晓吗，他的生父是以海峡另一边家庭的裂伤，来弥补或置换了他给青春时的家庭带来的无尽遗憾。

半路脱团，我赶到汨罗，未等广福在东莞打工返乡的儿子来接，就打了一辆摩的直奔乡下。广福躺在里屋，已是盛夏天气，里屋固然阴暗凉爽，也用不着穿一件毛衣，还盖着一床厚重的棉被吧！广福说了一句，你总算赶到了。他从被子里伸出一只枯瘦的手来，湿而冷，一张脸敷了白蜡一般，死亮死亮的。白血病，住过县医药，还去过长沙湘雅医院，最后失望而归。坐在表哥身边，我想起建房前后那些年，还算孔武有力的一个男人，如今已是奄奄待毙之躯，不由得感伤道，一把年纪了，你怎么会得白血病？他苦笑道，装修……后来医生都问我接触过什么放射性吗……

我奇怪道，你到外面搞建筑了？装修工？

他儿子穿一身皱巴巴的迷彩服，抱着肚子一旁道，他搞么子装修啰！自己屋里刷过来刷过去，一年都要刷两三道，都是劣质油漆，闻起作呕。

我猛然闻到，空气里确实有一股子飘浮的油漆味。看看四壁，白得不像是真的。一幢旧屋，堆满破烂，偏偏墙壁雪白，如同一个走在田埂上的农民，却生着一张白净面孔，有高矮胖瘦不相称之感。

我问，为何要一年四季刷房子？不好的油漆，甲醛含量都超标，那是致癌物！我讲了几期认识与不认识的名人或朋友，因为不避不良装修而患重病的故事。

他儿子悻悻然道，鬼晓得他哟！要不是我带媳妇到东莞打工去了，还不晓得要害死几个人！

我问，你姆妈还好哟？

他儿子道，她也受不了，住我妹妹家的时辰多呢！

广福摆摆手，要他出去，却并没有怪罪儿子忤逆的意思。他儿子出去之后，他叫我掩上门，欠身从枕下摸出一个扁扁的匣子，打开，有一块蓝印花手帕——显然是他生父的旧物，包裹着的是一个金手镯。他喃喃道，我想只要你还能去台北，这是我台湾二妈的……那年我爸爸回家，走前，将值钱不值钱的东西都留给我了，包括这个二妈出嫁时就佩戴的手镯子……我哪里那么不懂事，那么糊涂，那么钱迷心窍，也就拿了……你下次去台湾，替我还给她老人家……再，替我到爸爸坟前磕一个头，告诉他，我对不起他，我想他……

广福呜呜地哭了，哭声比一二十年前明显苍老，为他的前世今生？为他已经故去多年的生父？为他不再得见的二妈，以及发誓永不相见的海峡那一边同父异母的弟妹？哭声空洞、怆楚而悠扬。

从广福家出来，那棵老樟树缺了半边，愈发有了风烛残年的衰老。四下看过去，二十多年前，广福的新宅子还很醒目，如今在一片杂乱而跋扈的新屋的争先恐后之中，好似一个矮子里的高个儿，被抛进了 NBA 球员的行列，立马现出颓相来了。

我猝然悟到，广福为何反反复复，年复一年，不断刷自家的房子了……

2015 年，一头雪白、原籍台湾的老诗人洛夫在深圳大学城举办他诗歌创作七十周年活动，指名要我出场讲话。在温哥华洛夫老的新居，我不止一次吃过他太太做的小馅饼和自酿的果酒，而且我觉得确实有满腹之言要说。

可是我只说了一句：洛夫先生的太太和我的大舅妈都是台湾金门人……便哽咽了。

拭干眼睛，我朗诵的是他 1979 年 3 月 16 日的旧作《边界望乡——赠余光中》：

......
惊蛰之后是春分
清明时节该不远了
我居然也听懂了广东的乡音
当雨水把莽莽大地
译成青色的语言
喏！你说，福田村再过去就是水围
故国的泥土，伸手可及
但我抓回来的仍是一掌冷雾

朗诵声中，我看见大舅坐在轮椅上，朝我走来，推车的是大舅妈。后面是台北的车水马龙，前面是汨罗的绿色田野，中间横亘着时间之流，亲情之流，伤痛之流。

波澜一般漫涌过来的水流，涌动再涌动，坚定、无声而带着席卷一切的力量，渐渐掩盖了一切，带走了一切……

故国的泥土，伸手可及
但我抓回来的仍是一掌冷雾

《作品》2016 年第 7 期

从白天到黑夜

林那北

一

一大早，曲东喜刚起床，曲西米就哭着跑来说季成根不要她了，又粗又浊的泪嗖嗖往外滚。曲东喜外号"大眼仔"，无论什么时候看人，对方都觉得他是在瞪自己。同样一双眼换到曲西米脸上，却像灌满了蜜，看谁谁都觉得暖，一个目光就是一道水流。可是忽然间曲西米的眼睛就变了，浊得像只烂梨。曲东喜一时没回过神，怔怔地看着妹妹。曲西米说："他说他不想搞我了。"曲东喜又愣了片刻才终于明白过来。不想搞？连路边一身肉松松垮垮的老野鸡搞一次都还得二三十元哩，曲西米才十九岁，又白又嫩，不想搞？曲东喜转身就往外走，他要去找季成根算账，但一条腿被打骨折的却是曲东喜，而季成根却差点死了。

事情笼统起来说就是这么简单，在安南镇却是不小的轰动。

安南镇从前离城里很远，公路也没修，进一次城在心理上跟古代书生进京赶一场考那么不易。后来就变了，农村不再包围城市，而是城市向农村步步吞噬过来，一幢幢高楼眨眼间就像巨人部队耸立，地没了，地又没了，地比人更早就改变身份，成为城市的一部分，这样安南镇就从偏远乡下变为城郊——还没变透，像脱毛中的公鸡，浑身零乱参差，这一绺已花团锦簇，那一簇却一地杂芜。

城郊房租便宜，在这一点上大老板们的心思和曲东喜是一致的，腰包再鼓他们也不愿给别人当冤大头，厂房那么大，从城中往城边一移，租金立马是一大笔的节省，路反正摆在那儿了，不过是汽车油门多踩几脚的事，这个账要不懂得算还做什么生意？重要的是工也好招，本地的外地的，来了，住下了，那些图谋未来拆迁赔偿之计而胡乱搭建起来的民房不是正空着吗？少收点钱，正好出租了。

曲东喜、曲西米以及季成根就住在这样的房子里。他们不是同乡，但曲东喜和季成根是同一年到镇上的，都在汽配厂打工，曲东喜是保安，季成根是花匠。后来季成根仍然是花匠，而曲东喜则辞去保安单干了。新厂房开建或者改建，总要敲墙砌墙，他做的就是这个活儿，抡锤子砸掉旧墙，破砖烂泥铲掉运走，再把新砖和水泥沙子挑到泥水匠跟前。很累，但来钱多，一单一单地付清，晚上一收工，腰包里就是实实在在的真金白银，躺下睡觉都踏实。这让他有资格嘲笑季成根，总共才那么几片小钱，一个月才能拿到一次，有劲吗？季成根却不在乎，这个人脸上表情不太多，脸皮很安静地绷着，问一句答半句。

"有老婆了吗？"

"没。"

"打算什么时候找对象？"

"不急。"

那天曲东喜忽然心里一动，就把曲西米从老家喊来了。他是曲西米的二哥，本来上面还有一个大哥，但早些年大哥从家里拿了一笔钱，说是去美国，当然是偷渡，从此就影子都没见着。死了？不知道。在美国发大财不顾家里老小了？也不知道。曲东喜只好被迫升级为长兄，父母也没了，他不为父就没人替曲西米为父了。

这是一年前的事。那时曲西米还只有十八岁，眼睛不仅大，还圆得像玻璃珠，脸也圆，这种长相的人按理个子都不高。曲西米当然也不高，她身上的肉无法纵向拉伸，只好向左右两边撑开了，也就是说她偏胖，肉鼓鼓的，白里透红，放在唐朝就是大美人，不过即使是男男女女都讲究瘦瘦瘦的今天，曲西米也不难看。女人眼睛一好看，基本上就丑不了。而且曲西米皮肤上有一层油光，毕竟年轻嘛。

"哥你让我来干吗？"她还是什么都不懂。

曲东喜备下酒菜让季成根来一趟，曲西米在一旁端菜斟酒。曲东喜要害的话都没说，他知道越说越适得其反。他对了。酒足饭饱送季成根出门，他看到季成根路走得有点黏，分明是不舍得离去，到门外就说："你妹妹的眼睛长得跟你一模一样。"

一个很好的开头，后来进展就很顺利，季成根带着曲西米看电影、逛街、进馆子，然后就住到了一起。要放在老家，没结婚就住一起曲东喜会暴跳如雷一万次，现在当然不会，人就是这样起变化的，自己如果想一想都会惊诧。不过曲东喜没空想，主要是他觉得没必要想。这事铁板钉钉了，水到渠成的那一天反正会来。

谁知道竟没来，反而季成根忽然不想搞了。

季成根比曲西米大五岁，曲西米比曲东喜小三岁，也就是说，跟季成根比，曲东喜也小两岁。人成年后年纪个位数的差别，外表几乎没法看出来，尤其是曲东喜挑了几年担子，风吹日晒流大汗，整个人黑且瘦。而季成根长得本来就嫩，每天又只是侍弄花草，浇浇水剪剪枝，看上去反而比曲东喜小很多。重点不在这里，当曲东喜把曲西米从老家喊来时，他自己还没有尝过女人的味道。曲西米喜滋滋睡到季成根床上时，他还是没有。季成根吃饱了，不想再搞曲西米了，曲东喜仍然单身一人。

曲东喜起床后正刷着牙，曲西米就来了，哭得像发情的猫，腔调拖得又尖又长。曲东喜惺忪着眼，终于被她哭得彻底醒过来。他想起六年前父亲病逝时，曲西米泪流得还没这一半多，再往前两年，母亲车祸死时，她更只是很平静地伤心了一小阵。连亲戚都看不过去了，说这女孩子没心没肺，脑子里缺一根筋。曲东喜那时心里虽也咯噔几下，但觉得她毕竟年纪小，哭既是体力活，也是脑力活，她还没长大，对伤心事不求甚解也是福气。哪想到，人家懂得伤，为一个原本不相干的男人弄得肝肠都要断的样子。

曲东喜觉得于情于理自己都有责任。是他把曲西米叫到安南镇，又蓄意让季成根看上曲西米。他怂恿曲西米跟季成根逛街、看电影、进馆子，他没有拦着曲西米睡到季成根床上。好事被季成根全占光了，那么现在必须轮到季成根吃点苦头了。

他不是马上就去找季成根，而是先去了趟工地。

无论厂房还是民居，装修前的拆墙以及装修中对砖沙水泥的需求，工作量都极大，房东又往往都急吼吼地指望一夜之间就弄好，所以一个人根本对付不过来，这就需要两三个人联手，好听点的叫法是搭档。曲东喜的搭档就是顺子。顺子喜欢使唤人，本来彼此没有高低之分，挣钱对分，做事平摊，但顺子总是说曲东喜你这样，曲东喜你那样，久而久之，顺子就把自己弄成曲东喜的领导，反正都听他安排。跟业主或施工队工头讨价还价，顺子也冲在前面，挺能说的，话赶话嘣嘣脆，还没轮到曲东喜开口，眉目就大致有了。等到开始实质性干活时，瘦得像根扁担的顺子就以功臣自居，找各种借口少挑几块砖，少抡几下锤。省下力气，顺子晚上还有事。

昨天收工时，顺子又接下一单业务，没啥新鲜，反正还是拆墙。房东的钥匙照例顺子不管，收工后顺子大都要跟女人们再忙一阵，他怕把钥匙弄丢了。这个房东赶工期，价格给得不错，所以顺子当时特地叮嘱道：明天早点来。

今天曲东喜本来也可以早，但被曲西米这么一哭一闹，就迟了。顺子坐在那户房子前的台阶上看手机，见曲东喜来了，眼斜斜抬上来，脸色很难看，骂了一句娘。曲东喜小声嘀咕道："我有事。"顺子听走样了，瞪过来一眼说："有屎早点去拉呀。"曲东喜不理他，正掏出钥匙开门，手机响了。邻居在电话里说：

"曲东喜快回来，你妹妹疯了！"

曲西米没有疯，只是快疯了。曲东喜气喘吁吁从工地赶回来时，离大老远就听到稀里哗啦的声响，像有谁踩在一块铝合金板上，又蹿又跳。没有想到，曲西米被季成根抛掉了，却跑到他家里，把所有能摔的东西都摔烂掉，锅、碗、酒瓶碎了一地。

又不是什么多像样的家，无非一间十来平方米的低矮小屋，是人家把以前的粮食仓库草草隔出一个个小单间出租的，所以曲西米再怎么使泼，钱的损失也不至于有多大。不过曲西米的态度有问题，虽然季成根是曲东喜介绍的，但这事不能混淆到一起。而且曲东喜最恼火的是，他的酒瓶和酒杯子居然遭殃了。他不抽烟不打牌，晚上下班回来时只爱灌灌啤酒，两三瓶，四五瓶瓶不等，把自己弄得半醉不醉。为了省点钱，他自己去农贸市场批发，一次买五六箱，绑在电动车上运回来，高高垒在门后慢慢享用。可它们，一只只绿色的玻璃瓶现在都到了地上，不再是瓶，而成了玻璃片，麦黄色的液体挤在玻璃缝隙间吱吱吱地泛出泡沫。

"你干什么？"他站在门外大喝一声。

曲西米微微抬个头，马上把桌上的空酒瓶又拿起，举过头，往玻璃碎片群中再重重砸下。

"你干什么？"曲东喜又喊一声。

曲西米这会儿已没酒瓶子可砸了，她气冲冲地从屋里出来，跨出门时，把挡在道上的曲东喜往旁一推，然后疾步而去。

曲东喜怔怔地看着，回过神来时紧走几步，喊道："哎，你去哪里？"

曲西米头也不回答道："回家！"

曲东喜没想到她会这么说。回家？她难道家还在季成根那里？他说："别再去丢人现眼了，回来！"

曲西米哪里肯理会他，走得更急了。这里没有高楼，也就没有大路，横七竖八的破房子有一点儿北方青纱帐、南方甘蔗林的特点，很容易就把人掩饰起来。去吧，死活随便！曲东喜气得脸都青了，他转身进屋，清理地上这些垃圾可比清理工地上的建筑垃圾憋屈得多。他给顺子打个电话。这个上午他倒霉透了，不打算再过去干活。

其实下午以及后来好多日子，他都没再去工地。

弄个编织袋把杂碎东西逐一收拢进去，拖到屋外的路边。一般这一带不会有清洁工，就先那么放一阵，万一有捡破烂的觉得还可掏点宝，就一股脑儿拖了去，那可就两便了。

然后他给曲西米打电话，通了，但没接起，话筒嘟嘟嘟地响，一个女声柔柔地传来："您拨打的电话暂时无人接听，请稍后再拨。"曲东喜愤愤地把手机揣进裤袋。人真不能惯，西米就是一个例子，以前被父母惯，后来父母死了大哥走了，曲东喜觉得这么小一个妹妹可怜，不知不觉也死命惯，结果惯成无法无天，关键还这么贱。老子不管了——要是他也不管，曲西米怎么办？这事死活赖上他了，曲东喜一想气又蹿上来。他骑上了电动车去汽配厂，他要狠狠揍一揍狗娘养的季成根。

结果一条小腿被打断的却是他。

二

汽配厂招收的工人仅一部分是当地的，上午八点上班，中午半小时吃饭，下午五点半下班，然后当地人回家，外地人租了房子也有家可回。一般每月三百元左右就可在镇上租下一间小房子了，一个人是这个价格，两个人住也是这个价钱，所以很多就夫妻一起来了，白天各找各的活做，晚上好歹还能聚一聚。

也有像顺子这样，老婆孩子留在老家陪父母，自己孤身出来的。晚上独处一室久了，屋里也多出一些女人来。顺子把这种事叫"办事"，每次花费不太一样，有时一百元，有时二三十块钱也成。"活着就几十年，我不能亏待了自己。"这是顺子的理由。哪天心疼起钱了，他也会一连憋上好几天，但最终没憋住。晚上一"办事"，第二天他就要跟曲东喜夸耀半天。顺子的意思是让曲东喜也学学，别一个人干耗着。曲东喜不学，他不敢。

已经十一月底，太阳看着到处白花花的，其实凉意还是夹在风里丝丝来了。曲西米掏出手机看看时间，快十点了，推算一下，正是季成根上班时间，但厂子门口的保安告诉他，季成根今天没来。

保安流水般更换，已大多不是曲东喜当时的那一伙儿了，不过关系毕竟多一层，新来的这些人也不至于骗他。没来？那就在家里。

曲东喜房子租在镇子东面，季成根则在西面。东面是老街区，西面靠近城里，镇上有点钱的人新房子都往这边盖，附近还有一家大超市，人流量大，热闹倒在其次，关键是生活方便了很多。不过季成根所租的房子并不比曲东喜强多少，是低矮的单层瓦房，红砖砌得歪歪斜斜，连砖缝间的泥浆都粗糙裸露着，有一股隐约的臭味。以前这房子究竟是做什么的很可疑，养猪养牛都可能，只是现在早已没人过问了。曲西米来镇上前，曲东喜有空儿会过来坐坐，聊聊天，喝点茶。季成根不吃饭可以，不喝茶肯定不行，一闲下来就在面前摆一把小壶和几只半个拳头大小不到的小杯子，一遍遍泡着喝。认识季成根，曲东喜才知道有"工夫茶"

这个词。原来茶这东西不是一大杯灌下去解渴用的，而是有工夫，得用拇指和食指捏起杯沿，然后端起，放到牙齿前轻轻吸进嘴。"那么一点点儿还不够塞牙龈哩。"曲东喜如果这么说，季成根就嘴一噘，不屑地说："你是牛饮！"

有时候茶喝高兴了，季成根会从后裤袋上掏出口琴，塞进嘴里吱呀吱呀地吹一两曲。不算好，但也没太差，好歹吹出来的曲子，听起来像那么回事。老大不小的一个人，像啃玉米似的抱住一把小琴，肉乎乎的厚唇在上面口水津津地拖来拖去，怎么看都别扭。曲东喜对口琴没兴趣，倒是工夫茶，喝着喝着也就喝顺了，时不时过来喝上几小杯，好像确实能精神好一阵。曲西米跟季成根睡到一起后，曲东喜就没再来过，屋子里有色情了，他自己主动避开为好，免得乱想。如今再来，已经沧海桑田了。

曲东喜估计曲西米也在这里，仍一把鼻涕一把眼泪地求着季成根。曲家的脸面算是被她丢光了。反正也求不回，索性就当着曲西米的面，把季成根教训一顿，算扳回一局，出口恶气。

对于自己的力气，曲东喜心里很踏实。他比季成根年轻，个子也高，关键的是力气大。花匠季成根连一米七都不到，瘦干干的，背还有点儿驼，走路有气无力软塌塌的。当初为什么会把曲西米推给他呢？曲东喜想了想，理由有点模糊了，也许是一瞬的冲动，也许是觉得他人还比较老实可靠。

真的老实可靠？把曲西米玩弄一阵，玩腻了，又不想搞了，老实个屁，简直流氓！

曲东喜捏捏拳头，让肚子里的火尽量蔓延到掌心上。按他的想法，如果有锤子，要把季成根当墙一样砸烂；如果有铲子，得把季成根当沙子一样甩起。现在没有锤子、铲子，但拳头也管用。没想到忽然间手脚竟有点儿虚。"季成根你给我出来！"他站在离门五六米远的地方重复喊了三遍，里头没有动静。正想再喊，门吱呀开了，伸出一张惺忪的脸，是曲西米。她果然在里头。"喊什么喊，你干吗呢？"

曲东喜说："我要教训教训那小子，你叫他滚出来！"

曲西米眼往上一翻说："他不在！"

"去哪儿了？"

"不知道。"说着曲西米脑袋往里一缩，就要关门。

曲东喜疾步上前，一抬臂顶住门。他确实有力，曲西米使劲把门往外推，却怎么也关不拢。

曲西米尖声叫起："走开，你走开！"

曲东喜说："我为什么要走开？我找季成根，不教训教训他，他都不知道自己姓什么了！快说，他去哪里了？"

曲西米说："我怎么知道他去哪儿了。刚才厂里保安打电话来，说有人要打他，让他赶快离开家。我以为是骗人的，原来是你要打他啊，你凭什么打他？你走开！"

曲东喜手臂松了松，马上又顶紧了。他说："你没问他去哪儿了？"

曲西米说："我问了，他没理。"

曲东喜说："他一接电话就走了？"

曲西米很不耐烦了，又用力往外推门。"是的是的，谁会等着人家上门来打，傻呀？快走，我还要睡觉哩！"

门终于关上了，曲东喜盯着门板看一会儿。这一上午发生的事他有点儿回不过神来，一大早曲西米跑回家说季成根不想搞她，也就是想甩掉她了，曲西米伤心得又哭又闹，拿来撒泼出气的却是他屋里的东西，然后又不要脸地跑到季成根这里，还赶他走。这算什么？

"西米，你赖在他家干什么？"这句话一下子把他自己说得更恼火了，一抬脚，狠狠踢到门上。

门没有倒下，而这时候他却突然被腿间的一阵颤动吓了一跳。噢，是手机，刚才他决意大打出手一场，怕被打扰，特地把手机调成了震动。

电话是顺子打来的。顺子粗着嗓子嚷："曲东喜你怎么回事！屎还没拉完啊！"

曲东喜突然有个主意，他往外走几步，低声说："顺子要不你来一下。"

顺子说："来？来哪里？干吗？"

曲东喜说："有件事，你过来帮我一下。"

顺子嗓门提得更高了，"到底什么事，话怎么说得也跟拉硬屎一样，半天屙不出来！"

曲东喜往刚才被他踢过的那扇门瞥一眼，继续压着声音说："过来，顺便操根棍子，帮我一起揍揍季成根那小子……"

顺子问："季成根是谁？"

曲东喜说："不是谁，是狗——也不是狗，是我妹妹那个男朋友。"

手机静了一阵。曲东喜连喂几声，顺子才重新开口，他说："曲东喜，你没事吧，你妹妹的男朋友不就是你亲戚吗？"

曲东喜吼道："狗屁亲戚！"

他突然就烦起来了，一上午他其实都很烦。单拿曲西米把他当出气筒这事来说，就让人憋屈。他是哥哥，可以继续宠这个二百五，可是被二百五看成二百五，这就没天理了。那么小就没爹没娘没大哥，曲西米命是不好，可他又好到哪里去？他把天顶起这么多年，最后落个什么好？出来打工前，村里也不时有人给他提亲，他不敢应承。穷成这样，养个曲西米都已经吃力，哪还敢再添一张嘴？安南镇这儿女人不少，但人家明摆着都眼盯住有房有车的主，哪个正经女人肯跟他？顺子老是笑他傻，镇上野鸡比天上飞的鸟还多，咬一口是一口，咬过交点小钱，就互不相干了，怕啥？其实顺子话虽这么说，但心里估计也有怕的，他已经因此进派出所两次了，都是曲东喜帮他缴的罚款，但出来灰头土脸几天，很快又故技重演。这种事看来去一次真的就上瘾没法止住了，所以曲东喜一直管住自己。曲西米是他靠近过的唯一一个女人——不是女人，是妹妹，曲西米属于季成根，可是季成根吃饱喝足了，却不要她。

曲东喜从来没像现在这样想做两件事：一是找个好女人成家，好歹也尝一下怎么搞的味道；二是把季成根揪住，狠狠揍一场。揍过了，季成根就老实了，曲西米就是死活要把日子再往下过，以后也会腰杆撑直，气壮了几分。

没想到最后被打的人却是他。

三

曲东喜重新把门敲开。在找到季成根之前，他得弄清几件事。

一年多没来这里，季成根家里比之前挤了。好像也没多出什么，一张床，一张泡茶的小矮桌，桌旁摆两张小凳子，一切都没变，可是看着就是觉得挤。曲西米显然很不情愿起床，她打开门后，马上又小跑着跳上床钻进被窝，脸朝里，拿后脑勺对着曲东喜。她穿着紧身的秋衣秋裤，里头肯定没穿胸衣，前襟那里一颤一颤堆着肉，钻进被窝是对的。

曲东喜一屁股坐到凳子上，"西米，爸爸以前说过，人活一张脸，树活一张皮，你是不是都忘光了？"

曲西米稍微扭动一下身子，瓮声瓮气地答："是。"

曲东喜不想跟她计较，肯回答说明她并没有睡过去，这已经不错了。他说："其实，你没缺胳膊短腿，脸蛋也俊俏，不能不要……志气。"他本来想说的词是"脸"。

曲西米又扭了扭身子，这次没有答。

曲东喜觉得有哪里不对头，他左右看看，发现自己是坐在一件棉大衣上，而棉大衣则凌乱搁在凳子上。怎么回事？还不到穿棉大衣的季节呀。凳子是两张并起来的……棉大衣上刚才似乎还有一点儿温度……曲东喜噢了一声，回过神来了。

他起身接了一壶水，开了电源，壶吱吱吱地烧着。过一会儿，"噼嗒"一声，水开了，他就照着以前季成根的样子，捏一撮茶叶到小壶里，泡上，斟出，用拇指和食指捏住杯沿，端起来抿了一口。季成根不想搞曲西米，看来是连睡都不肯睡在同一张床上了，宁可把这么小的两张凳子随便拼起来，裹一件棉大衣，潦草睡下。曲东喜觉得一下子愉快了很多。昨晚他们要是还睡在一起那才更窝囊。

他问："他什么意思啊，是看上其他人了吗？"

床上窸窸窣窣一阵响，曲西米在被窝里重重摇着头。

他又问："那，会不会是他家里给另外说了一门亲事？"

床上又响了，曲西米还是摇头。

"你有他家里电话吗？"

曲西米继续摇头。

"你知道他父母名字吗？"

曲西米迟疑了一会儿，还是摇头。

曲东喜又重新不愉快起来了。季成根以前说过自己是闽南人，父母开家小茶厂，挣钱不多，但够花，几年前就盖了两层楼的房子。在县里他们乡不是最穷的，在乡里他们村不是最穷的，在村里他们家也不是最穷的。到底真假？谁知道哩。闽南哪里？漳州、厦门，还是泉州？也不太清楚。现在回想起来，关于季成根，曲东喜了解到的确实非常有限。又不是跟他过日子，他本来只要知道对方家里反正比他富裕就够了，接下来交给曲西米，谁知睡了一年多，曲西米却一无所知。曲东喜屁股往下颠几下，好像那件棉大衣就是季成根。凳子长也就一米多点儿，宽嘛，即使两张并在一起也不过三四个巴掌大的地方，能睡出一个囫囵觉？他忽然改变主意了，他说："西米，我看这样，你索性就赖在这里，对，就在这里，不走了！这兔崽子宁可睡凳子，行呀，让他睡！睡！"

重新倒了一杯茶，现在可以坐在季成根睡过的凳子上，再把季成根的茶好好喝上一口了。一大早曲西米就跑到他那里哭，接着又闹，气得他早餐都忘了吃。喝完茶，他打算站起来找找，看季成根屋里有没有什么东西可以填肚子的。

可是突然间他就被曲西米吓了一跳。看来今天曲西米死活是不让他好过了。

曲西米从被窝里出来了，先是坐起，然后身子一别，跳下床。

"你有良心吗？"曲西米开口就是喊，胳膊还直直伸过来，手指头戳着曲东喜。

"你良心被狗吃了！"曲西米继续喊，"爹妈死得早，大哥也不见了，剩下你一个，你却根本不管我的死活。你不管，有你没你都一样，不如你也死了算了！"

曲东喜呆呆看了她一眼，低下头，放下手中的小杯子。他想，西米应该先拔上一件衣服，她居然这么圆滚滚的，没十来斤肉，胸口那里根本就颠不出这么大的气势。

"我不是不管……"他说得声音很小，嗓子眼那里竟有点儿黏。

"你还狡辩！我已经憋屈好些日子了，本来想自己忍忍就算啦，可是昨天一夜睡下来，我忍不住了，实在忍不住才告诉你。你哩，你是我亲哥啊，听了后做了什么？你站起就走！做工比我的幸福还重要？挣钱比我死活还重要？你良心被狗吃了啊你！爹妈在阴曹地府都不会放过你！而且到这时候了你还讽刺我，你以为我爱睡凳子吗？这么小的凳子，半夜还有一大堆老鼠窜来窜去，都往我身上爬了，我能睡好吗？浑身到现在都是痛的你知道不知道？这会儿刚想到床上补补觉，你却来捣乱……"

曲东喜一下子把头抬起来，他反正只看曲西米的脸，其他的不看就等于不存在。

"你睡凳子？"

想了想他又问："你晚上盖棉大衣睡凳子？"

接着他又问了一句："季成根不搞你，连睡都不让你睡到床上，你只能睡凳子？"

话音刚落他猛地站起，顺势把小茶几一把掀翻。太欺侮人了，欺侮的是曲西米，但打脸打的确是曲东喜。没错，他是她唯一的亲哥啊，这事没完！

这屋子一刻都不想待下去了，转个身他大步往门口走。他听到曲西米在后面拖着哭腔喊："滚吧，快滚！我上辈子到底作了什么孽，碰到的全是你们这批一点儿用都没有的死鬼！"

跨出门才发现，原来有好几个人都挤在外面看热闹，见他出来，像苍蝇从臭肉上被赶起，嗡地一下散开，掩着嘴笑，一脸暧昧。都谁呀？一个都不认识，管他哩！曲东喜走得很急，鞋子叩到地面咚咚响。他必须立即找到季成根，不打这一架，他头都没法抬起来了。

季成根在哪里？曲东喜记起手机通讯录里存有他的号码，调出来，拨出去，嘟嘟嘟长音持续响着，直到一个女声响起：您拨打的电话暂时无人接听，请稍后再拨。他没有耐心"稍后"，马上再拨，还是没人接。这个孬种，正躲在哪里发抖吧？最让他意外的是，汽配厂的保安居然会打电话通知季成根逃走，按说季成根不过是花匠，而他则曾是保安中的一员——毕竟是"曾是"，人都是势利的，这无话可说。要怪只能怪自己，居然有这么傻的妹妹，居然是他把妹妹介绍给季成根。

他必须把季成根打得七窍出血才解恨。

季成根在哪里？这个问题现在是大问题。

手机响了，是季成根回拨过来的？拿起一看，却是顺子。顺子说："喜子，你还活着吧？"

曲东喜"嗯"了一声。他正忙着哩，一点儿都提不起跟顺子说话的劲。

顺子说："在哪儿呢喜子？架打了吗？要不，我这会儿过去帮帮你，免得不够哥们儿。"

曲东喜说："不用了。"就把手机摁掉了。

顺子马上再拨过来："喜子，快告诉我你在哪儿，我这就过去。我们两个，你就不会吃亏。棍子我都找好了，有我胳膊这么粗。行不，喜子？"

曲东喜叹口气，他没想到顺子这么仗义，但他觉得没必要。汽配厂保安一报个信，说他要去家里揍人，季成根就吓得躲起来了。这个软蛋那么瘦不嘎叽的，哪需要劳顺子的驾？他不打算欠下这个人情，一个人来收拾就足够了，对曲西米也能更好交差。

他说："顺子你快干活吧，人家工期不是急吗？"

顺子说："急也不差这一时半会儿的。喂，你那亲戚是做什么的？"

曲东喜说："花匠。"

"花匠是干吗的？"

曲东喜说："也就是在厂子里浇浇花剪剪枝。"

"噢。"顺子好像一下子就放心了，"那打呀，还等什么？——哎，为什么要打他？"

曲东喜说："他欠揍。"

顺子看来已经好奇心膨胀了，问："到底什么事？说吧，说说吧……你真不需要我？"

曲东喜说："不要了。顺子，今天我就不去了，今天工钱不用算，明天我多干点。"

顺子嚷起："那怎么行，至少你下午得来。业主在这盯着哩，都靠我，我要是累一整天，晚上还怎么办事？快点快点！"

曲东喜想，谁不知道要快点？可是季成根不见了。会不会匆匆买一张车票逃回老家了？一般不至于。汽配厂有规定，如果中途突然离去，别说当月工资取消，连当初进厂时的一千元押金也全部没收，季成根舍得这个钱？如果没走，会不会躲哪里喝茶了？镇里有两家茶楼，店面都装修得花里胡哨，一看就知道不光是喝个茶那么简单，总之是为老板们准备的，贵得吓人，季成根不见得愿意花这个冤枉钱吧。镇里还有一家电影院，不过前些天重新装修改造，还雇曲东喜和顺子砸过墙，这会儿仍在粉刷，不可能开业。还剩下哪里？曲东喜想不起来还有哪里了。他手指头漫无目的地划拉着手机屏幕，忽然看到一个名字：陈明亮。

陈明亮是谁？他怔了片刻，就笑了。

汽配厂差不多是第一批来安南镇投资的企业，老板是台湾人。据说当时镇上还流着口水巴结金主，老板说要五百亩地，镇上就给了五百六十亩，地价便宜得台湾人都吓了一跳。其实厂房的面积只占地一半不到，剩下的种花种树弄绿化。地大了，事情出得也多，虽有围墙，但被人翻墙进来偷点钢圈、橡胶是常有的事。汽配厂的保安不好做，当时规定有什么紧急的事得随时向厂办公室负责后勤的副主任汇报，这个副主任就是陈明亮。陈明亮的手机号本来只是贴在保安室墙上，但鬼使神差，曲东喜却存到自己手机上了。后勤包括厂区绿化带的管理，也就是说，如果陈明亮现在仍在厂里当副主任，季成根就是他手下。

曲东喜按下拨号键，通了，对方接起。

"喂，陈主任，"曲东喜把声音弄得很恭谦，"陈主任，我在汽配厂当过保安，有次抓了三个偷钢圈的还立过功。噢，就是外号'大眼仔'那个，您记得吗？"

陈明亮说："不记得。什么事？"

曲东喜说："我找花匠季成根……"

陈明亮说："那你找他呀，找我干吗？"

曲东喜怕他撂下电话，连忙说："我有急事找他，可是找不到他。"

陈明亮不耐烦了："他不正在我窗子外浇水吗？以后别再打电话了！"

电话断了，一下子没了声响。曲东喜松了口气，该知道的他反正已经都知道了。季成根没溜回老家，要说躲，他只是躲进汽配厂继续当花匠了，正浇着水。

曲东喜把电动车锁在季成根家门外，然后大步走去。这里离汽配厂不远，等着，今天他必须揍一揍这个人。

没想到最终被揍骨折的却是他。

四

其实从去年起，镇上忽然就没以前那么热闹了。也许不热闹是一个缓慢的过程，只是曲东喜平时不太注意而已。哪家制衣厂关掉了，或者哪家鞋厂老板跑路了，这些消息他听得零零星星，并不太当回事。那么多工厂，他真正熟悉的只有汽配厂，十六岁从老家出来就到了安南镇，就给汽配厂当保安。汽配厂是给一家名气很大的中外合资汽车厂供货，生意一直不错，机器每天都开得轰隆隆响。看路上小汽车越来越多这个架势，汽配厂反正倒不了。

曲东喜去路边小店买了一碗面吃。早上就饿着肚子，现在再不吃饱，哪有力气揍人？

汽配厂是全天封闭的，中午工人也不能外出，这一点曲东喜很清楚。他绕着围墙外沿缓缓转一圈，其实他知道哪一处安防最虚弱，可是他不能翻墙进去。到厂子里揍季成根，当然不合适，揍成揍不成，都会给保安添麻烦。即使现在这批保安已经不把他当回事了，他也不会忘记自己曾在这个岗位上干过，将心比心，得罪他的人是季成根，而不是保安。他知道保安这碗饭也不好吃。

他走到离厂子十几米的一座破木屋后面。因为年久失修，木屋已经歪斜，屋顶上的瓦片七零八落，门洞阴森黢着，空无一人。和洋气十足地盖着一排钢架玻璃大厂房，并种着无数花草树木的汽配厂相比，木屋差了几个世纪，但镇上到处是这样参差的景象，这边时尚百货，那边垃圾臭粪，或者这边高楼光鲜，那边污水乱流，大家已经见怪不怪了。

从木屋可以看到汽配厂的大铁门。虽然围墙的东面还按消防要求开了一道侧门，但是那里平时是紧锁的，不允许员工出入。也就是说，花匠季成根下班后，只能从大铁门这里走，出来了，厂里的保安就管不着了，那他就可以下手。看看时间，还有点儿早，他掏出一根烟点上。到镇上后，他从季成根那里学会了喝茶，又从顺子那里学了抽烟，以后肯定还会学到其他的，只是他不敢断定究竟会是什么。管他哩，眼下他反正也不必多想，老实等着就是，等到季成根从汽配厂里走出来，逮住他，狠狠揍上几拳，这笔账就了结了。

曲西米那么伤心，会不会去自杀呢？这个念头是突然冒出来的，曲东喜一下子就觉得心跳加快。他连忙拨了曲西米的电话，通了，没接。再拨，还是没接。拨到第五次，终于通了，曲西米在那边气喘吁吁的。"西米，你在干吗？"

曲西米说："在外面。"

"外面哪里？干什么？"曲东喜急急地问。

曲西米很不耐烦地说："在超市！买米粉，买虾，买螃蟹！有什么事？快说！"

曲东喜说："……没事。"

曲西米说："没事打个屁！"就把手机摁掉了。

曲东喜叹了口气，看来是他多虑了，人家心情好得跟过节似的，又是米粉又是虾又是蟹。他记起以前听季成根说过，爱吃老家的米粉，也爱吃海里带壳的东西。曲东喜也爱吃啊，但它们贵，平时哪舍得买。这会儿曲西米正在超市里买，却不是买给他吃，而是给根本不想睡她的季成根。

来镇上这一年多，曲西米好像从来没像样地打过工，偶尔到哪家酒楼端端菜，或者去超市收收银，都做不长。之前曲东喜也没太当回事，觉得反正季成根会给她一口饭吃，冻不着饿不着，看来是大意了。花匠并不是肥缺，收入和保安不相上下，那一点儿钱还要再多养一个人，问题可能就出在这上面了。可是女人怎么能白玩呢？顺子找女人办事，也都老老实实付钱给人家的，便宜不能白占。有时候曲西米会来向他要点钱，三百两百的他随随便便也都给。如果当时能过过脑，应该就能发现季成根对曲西米的嫌弃，已经从钱这件事上流露出来了。虽然没经验，但曲东喜相信如果自己看上了哪个女孩儿，掏心掏肺都可以，何况钱？

而季成根几百块钱都不给西米，让她厚着脸皮伸手向哥哥讨！

今天这个日子太晦气了，从早上开始，他就没顺心过。想一想就生气，气久了原来也会累。几根烟之后，他竟坐在那里迷糊睡了过去，是一阵嘈杂的声音吵醒了他。睁眼一看，天已经灰了，铁门像一张张大的嘴，嘴里伸出的一根黑乎乎的大舌头正非常热闹地在动——噢，下班了，穿着铁灰色工服的人群往外拥。曲东喜从地上一跃而起，但他马上又定下神来。以前厂里规定下班的顺序是这样的：先是占全厂百分之九十左右的生产线员工，接着是后勤部门的，再然后是管理人员。估计这种小事没必要改革，也就是说，这会儿正走出铁门的是第一批生产线员工，还没轮到花匠季成根。过了一会儿，"舌头"的规模渐渐小下去，然后季成根果然就出现了。

季成根没有骑车，从汽配厂走回他家，只要穿过五六条巷子就到了。曲东喜也向前走，他没打算一开始就张扬，而是小心跟在后面，不时往旁闪一闪，或者缩一缩身子，以防被发现。这种场面让他想起某部谍战片，有点儿新鲜，新鲜让他兴奋。

终于人少了，从工厂出来的都四下散去，只剩下季成根一个人。曲东喜长吸一口气，快跑几步，绕到季成根的前面。这是一条只有一米多宽的小巷，可能曾经也热闹过，如今两旁的民居都拆了，砌起了高高的围墙，墙上插满了碎玻璃，大概是哪家企业的仓库，巷子因此显得更窄了，变得不像巷子，更像一个黑洞。

季成根显然被吓了一跳，他往旁一闪，半晌才"呃"了一声，然后说："喜子，是你。"

曲东喜不说话，只是瞪着他，眼眶因此又大了一圈。

季成根说："喜子，我也正想找你哩。"

曲东喜心里哼了一声，找我？找我你就别跑呀！

季成根说："要不我们找家店喝点酒？我请你！走吧，走吧走吧。"

曲东喜不走，他站着不动。季成根已经走了几步，只好又停住，转过脸，在三米之外愣愣站着。

天已经暗下来了，风从巷子穿过时加了把劲，像一根棍子横向重重捅过来。

曲东喜微微缩了缩脖子，他早上匆忙出门，穿少了，有点儿冷。前几年刚到安南镇时，他还能不时嗅到与老家相类似的气味，具体他说不出来，土腥与屎骚混杂，偶尔还夹着青草特有的苦涩味。后来渐渐就没了，傍晚时到处都是炸薯条、炸鸡块的味道，闻着比吃着还香。"不喝酒也行，前面有家麦当劳，我们去里头坐坐吧。"说这话时季成根还上前了一步，拉了拉曲东喜的胳膊。

曲东喜觉得时候到了，他应该有所发作。他低头瞥了一眼自己的右胳膊，季成根的手仍搭在上面，然后他左腿向后一撤，右胳膊猛地向上挥去。

没别的打算，这一刻他只是想甩掉对方的手。当然这仅仅是开始，是为下一刻的大戏先造造势。他达到目的了，虽然光线不好，但他还是看到季成根的脸一下子白了。

"喜子，你别生气。西米的事我得跟你说一说……"

曲东喜在要不要听这个王八蛋说一说上犹豫了片刻，最后他吐一口气，决定不妨听一听。他说："你把她玩弄够了，现在还有脸扯什么？"

季成根说："不是玩弄，你误解了。"

曲东喜吼起来："误解个屁！你先把她睡了，然后让她睡凳子——还有那么多老鼠，看把她吓的！"

季成根说："凳子不是我让她睡的，我只是让她离开，她不走，宁可睡在凳子上也不走，这就不能怪我了……"

曲东喜脸热了一下，西米为什么要这么贱？当然如果西米说走也就走了，曲东喜同样不能答应，这关系到曲家的脸面问题。"她凭什么走？你睡了她，睡够了，现在又看上其他谁了吧？你说走她就得走？"

季成根摆摆手，他说："喜子，我真没看上别人，可是……"

他说得很小心，眼珠子闪来闪去的，但曲东喜还是感觉到他鼻孔正吱吱地冒着得意。

巷子口有动静，有个矮胖的女人走过来，曲东喜已经捏起的拳头又悄悄放松了。他不想刚一下手就有人报警，这样划不来。这个地点是他一下午算好的，又黑又暗，还没什么人，打了白打，连季成根也只能吃哑巴亏，谁让他耍流氓了？传出去自己先臭了。

看不清来人的脸，其实也没认真看，只知道她个子不高，梳着马尾辫，穿着松松垮垮的衣裤，胖嘟嘟的模样。肯定是在哪打工的，累了一天，拖着脚后跟走路。等到她从他们身边挤过后，季成根才继续说："喜子，你相信我，我不是故意的。床上明明有女人，却一点儿都不想搞她，真的一个指头都不想碰，这个，太别扭了，你不明白……"

曲东喜后来一直回想，如果不是季成根说了这句话，自己会不会真的动手？

总之季成根话音未落，他就一拳砸过去了，但最后腿断的人却不是季成根，而是他。

五

下午蹲在木屋旁时，蹲累了，曲东喜曾睡过去一阵。入睡之前，他还做了一件事：用手机拍了一张对面汽配厂的照片，然后把照片用微信发给顺子。

近墨者黑这句老话原来是非常有道理的。到哪儿拍哪儿，是顺子的爱好，甚至微信，也是顺子强行让曲东喜用上的。流量是套餐送的，不用白不用，短信却要扣钱，这是顺子强调的理由。顺子让他在老家的老婆也开通了微信，家里多少总有点儿事需要沟通，钱没了，孩子病了，老人身体不舒服了，等等，一来二去的，拍张照片发过去比说一堆话都更明白。顺子拍的很多照片他老婆永远不会看到，曲东喜却差不多都看了。那些来"办事"的女人，脸要是拍不到，顺子会偷拍人家身体的其他部位，胳膊、大腿、后背、脚丫、头发、指甲，等等，偶尔也有惊悚的，比如一对奶子或者半只屁股，第二天拿来给曲东喜看，曲东喜也没客气，顺便就瞄了好几眼。

"花了钱，要是不留点什么，这钱就白花了。"顺子说。

曲东喜想想好像也有点儿道理，照片看多了，他得出结论，顺子找的女人没一个好看，还大都上了岁数，肚子上堆着褶子，肉坑坑洼洼，像一床松垮的旧棉被。顺子吹过好几次牛，说自己老婆模样俊俏，但毕竟在那么远的老家。"远水解得了近渴吗？"顺子问。这个曲东喜答不上，他不懂，还不太懂。拍汽配厂照片发给顺子是闲着无聊，曲东喜记得在厂里当保安时，看到过很多长相不差的女孩子，脸大都胖嘟嘟的，虽也谈不上漂亮，但都挣干净的钱，看上去也就干净了很多。当时曲东喜年纪还小，如果是现在，他会试着追追她们中的哪一个，追上了就娶来当老婆，过正儿八经的日子。东咬一口西咬一口其实也挺累的，他不喜欢。

幸亏有了这条微信顺子后来才能找到他。顺子也不是马上就找到了，据说是以汽配厂门口为中心，一圈圈扩大范围，最后终于扩到巷子这里时，曲东喜已经在地上躺了很长时间，究竟多长他记不起来。"你为什么这么久才来？"他觉得身上一点儿力气都没有了，但这句抱怨仍然恶狠狠挤出来。

顺子马上嚷起："喂，你也没说到底在哪，只让我快来快来。我马上就来了，找得快吐血了知道吗？谁想到你会躺在这么黑乎乎的鬼地方！"

是不是这样？即使不是这样曲东喜也不想辩解了。最初他是打电话给曲西米的，但西米没接，只好改打顺子，顺子一听就说马上来。最终虽然并非马上，但毕竟来了，他要是不来，曲东喜想，今天自己说不定就死在这个小巷子里了。

"你到底怎么了？"顺子蹲下来问。天已经黑透了，没有月亮，还好有星星，但照到巷子里的光微弱得像刚生过一场大病。曲东喜只看清顺子的人形，顺子手伸过来，他还没回过神来，猛地就一声大叫。

顺子已经插到他脖子上的手一下子收回了。大概顺子本来想扶他起来，刚动了动，就被他喊得吓了一跳。"你怎么了？"

曲东喜摇了摇头。疼啊，这二十多年他从来没尝过这么剖心挖肝的疼，但究竟是哪一处痛，他又弄不清，像有千万根钢针在体内纵横跑动，嗖的一下就扎进肉里，又嗖的一下扎进骨头里，撕心裂肺。

现在说什么都没用了，何况该怎么说呢？他一拳打过去，对，他把拳头对着季成根的脸狠狠擂去，结果却什么也没砸到，季成根往旁轻轻一跳，拳头落空了。他马上转过身来，以更大的劲又扑过去。既然已经惊蛇，就必须尽快对着蛇的七寸下手，这是常识。结果季成根又是一闪，拳头仍然没有砸中。季成根开口了，曲东喜没有想到季成根这时候说话居然是慢悠悠的，气不喘，也不慌张。

季成根说："喜子，我劝你别这样。"

季成根又说："喜子，我告诉你，我以前练过拳，你真不是我对手。"

这种话曲东喜不可能相信，他想那我还练过少林棍哩，吹牛谁不会？这样他果真就觉得自己的腿有一股劲横贯，抬起，猛地往季成根的肚子上踢去。但他什么也没踢到，季成根看上去并不怎么动，身子微微一侧，轻轻一闪，总之就侧开闪掉了。曲东喜恼起来，落空的每一拳每一脚都像一勺勺汽油浇进他肚子里的火堆上。事情的转折点是季成根说了一句："再这样我也不客气了啊！"如果曲东喜能及时收住，就不会有下面的事，可是曲东喜怎么可能收住？等了一天，他要打的就是这个人。吸口气，一个拳头又过去了，接着是一条腿。他记得这一次靠得很近，几乎扑到季成根的鼻子底下了，你还能往哪儿逃？季成根倒真的不逃了，而是伸出双臂做出如下动作：一只手抓住曲东喜踢过去的腿，一只手往曲东喜小腿上猛地一砍，接下去有一道似是而非的声响被小巷放大了："噗！"曲东喜听到了这个声音，但他并不知道是从自己身上发出来的，在那一刹那，他觉得地面忽然塌陷，他整个人像一片纸飞起，身子麻绳似的被扭了一下，然后重重摔下。四周没有其他人，很快连季成根也不见了，曲东喜蜷在那里，刚开始好像也没有哪儿疼，只是一下子没了力气，迷迷糊糊的像做梦。不记得究竟过了多久他才掏出手机给曲西米打电话，西米没接。

还是顺子好，顺子来了。

曲东喜觉得身子越来越沉，嗓子那里也被什么严严实实地堵着，但脑子反而比刚才清醒了。说话有点儿吃力，但他还是从牙缝里清晰地挤出一句话："去医院。"

"噢，对！"顺子终于回过神来，"你能站起来吗？"

曲东喜摇头。

顺子说："你伤着哪里了？啊，到底伤得重不重啊？你不会死吧喜子？"

曲东喜重复道："去医院。"

这时手机响了，手机在曲东喜的裤袋里，屏幕蓝色的光穿过布的纹路透出来，看着瘆人。铃声一直响，终于停住了，马上又响起。顺子帮忙伸进裤袋掏出手机，看了看说："是米子——谁是米子？要不要接？"

曲东喜又摇头。这么长时间顺子只知道他有个妹妹，却从没见过，也不知道名字。喜子、米子，还有那个说是去美国、却已经不知去向的哥哥，他也有个小名，叫欢子。欢子的旧手机号曲东喜一直存着，可是七八年了，一直没响起过，一次都没有。

运气怎么这么背呢，要爹妈没爹妈，要大哥没大哥，小妹倒是有，却是这样一个二百五。

铃声第三次响起。顺子说："还是米子，要不要接起？"

曲东喜还是摇头，他说："去医院。"

顺子说："米子，是不是女的？"

曲东喜仰躺着，巷子两旁高耸的围墙把上方的天空切得又窄又长，像一条亮光忽闪的黑蛇。冷，后背那里仿佛开着一扇大窗，风不是从外向内吹的，而是发动机般正拼命把他身上的热气往外抽。他欠欠身子，但他弄不清身子是否真动了。脚在哪里？手在哪里？脑袋在哪里？他哼了一声，觉得不行了，已经撑不下去："快，快打120……"

顺子终于回过神，拿起曲东喜的手机。铃声又响了，只响了一声就猛地熄下。顺子拿着手机愣一会儿，手指头在上面按来按去，按了半天才说："你手机没电了，喜子。"

曲东喜想骂人，但没力气骂。还好顺子很快明白了，他把自己的手机拿出来，说："我打我打。"

打通了，说明白了，然后顺子像刚搬了块大石头那样又紧张又兴奋地长叹一口气，他说："第一次打120啊。"

曲东喜也是第一次，以前120救护车大都是在电视剧里见过，偶尔安南镇街头也有一闪而过的，看上去白色车子宽宽大大的，像个大鞋盒，顶上戴一盏瓜皮小帽似的红灯，一闪一闪地吼叫着，既威风又吓唬人。谁会想到突然有一天，它却向自己煞有介事地飞奔而来，他觉得自己一下子也显得重要了起来。可惜这个经历以后回到老家并不能告诉谁。能怎么说呢？妹妹被人耍了，他替她出头，打算狠狠揍对方一场。而结果，躺到地上等救护车的人却是他。

六

快一个小时过去了，120 还没来。顺子拿着手机到巷子口等，不断通电话，对方都说找不到。等到终于找到时，车又开不进来，只能停在巷子外。车上下来两个人，先过来看几眼，其中一个问："电话谁打的？"

顺子说："我。"

那人说："120 出车不要钱，但油费和人工费要钱。钱带了吗？"

顺子说："带了带了。"

那人问："带了多少？"

顺子说："两万多吧，平时都装腰包里，怕丢了，随身带着。"

那人"嗯"了一声，用脚尖碰了碰地上的曲东喜，问："能走吗？"

曲东喜还没答，顺子抢着说："不行，走不了，他快死了。"

曲东喜想，顺子说的也许是真话，他觉得自己确实没多少活头了。那个人俯下身看了一眼，然后扬了扬手，另一个就走回车里，一会儿提着一副担架重新过来。三个人一起把曲东喜搬上担架，又抬上车，驶去医院。一路上只要还有些精神气，曲东喜就拿眼往顺子腰间瞥。那里确实有个土黄色的帆布腰包，顺子每天都鼓鼓囊囊地挂在腰间，但曲东喜印象中那里装的都是些杂物，能想起来的，不过是烟、打火机、通讯册、《故事会》、草纸、钥匙、卷尺，等等，当然也有钱，钱到底有多少？

安南镇并不大，以前曲东喜也去医院看过病，知道那里并不远，可是救护车转来转去，总是到不了。终于开进医院，终于被抬到急诊室外，曲东喜觉得已经过去几十年了。他以为马上能见到医生，却并没有，护士从旁边跑来跑去，一个也没停下来。只有到了医院才知道现在人的身体有多不好，白天挤得跟菜市场似的，这会儿都半夜了，大厅里仍然有不少人。

120 那两人把担架搁上手推车，收了两百块钱走了。钱是顺子付的，然后顺子俯下身，趴到担架旁悄声问："你身上有钱吗？"

曲东喜怔怔地。刚才躺在巷子里时，只要不动弹，他只觉得虚浮，还有麻，像有无数蚂蚁爬来爬去。上了车，进了医院，痛就彻底来了，弄不清具体哪里痛，其实到处都痛，仿佛一群小鬼拿着刀钻到体内，横竖乱捅。二十多年所有的痛都集中起来，都抵不上现在，他不时哼哼，哼哼。

顺子说："别叫，叫也没用。我没钱了。"

顺子又说："我哪敢多带钱？带多少都会喂给女人了不是？刚才是骗他们的，不说有钱他们肯拉人？可我没钱了，你有吗？"

曲东喜往自己裤袋上指了指。钱这事，只有在太平的日子里才会较真惦记的。但他指望着活命，再捂紧口袋就是害自己。顺子手一把伸过去，先是掏出一团皱成乒乓球大小的卫生纸，这是每天都会备下应付内急用的，再掏，掏出一个小塑料包。

"才五十块？"顺子叫起来，"肯定不够！还有吗？"

曲东喜不知道还有没有，他闭上眼，不动，动就更疼。他知道哼叫不好，可是声音是自己往上涌的，他咽不下去。

顺子很恼火，手径自又伸向裤兜。曲东喜尖叫一声睁大眼。顺子用力太大了，把他整个人都弄得颤几下。顺子已经把他的手机抓在手里，胡乱按压。"没电！那怎么通知你妹妹？你记得她的号码吗？要让她送钱呀！"

曲东喜这时才想起曲西米来。都是她，这个脑子缺根筋的二百五，让曲东喜一大早开始就憋屈，现在更惨，躺在医院担架上等医生，而医生看病要钱，他却没有钱。

曲东喜觉得痛一痛，脑子似乎比刚才慢慢好使起来了。曲西米的手机号是多少？13……不对，那是18……也不对。号码存在手机通讯录里，平时按几下就调出来了，根本不去记那组数字，哪知道这会儿手机却没电了。

不知道几点了，反正不早。大厅灯光倒是很亮，简直太亮了，曲东喜仰头躺着，光都往他眼里猛冲，他闭上眼，但光似乎早已跑进眼眶里了，东一个西一个地闪。曲西米这会儿在哪里？正干吗？她如果还赖在季成根家里，还蜷着身子睡在凳子上，有老鼠在身上爬来爬去，曲东喜想，只要自己不死，能走得出医院，就一定得去那里狠狠砸一场。季成根练过拳，好吧，那就选择他不在家的时候去，砸过了，他马上离开安南镇，随便去哪里，走得远远的。

担架旁已经围来两三个人，弄不清是病人还是病人家属，他们是被曲东喜的哼叫和顺子的吼叫招来的，也不说话，只是站着，看着。顺子问："你们也是来看病的？"

有人答："是。"

顺子问："医生呢？医生都去哪儿了？"

有人说："在急诊室抢救，有个男的好像是中毒了，医生全去了。"

顺子说："中毒的是人命，他也是人命，怎么就没人管了？"

有人问："他怎么了？"

顺子答："谁知道！"

急诊室那边忽然有个女人高声哭喊起来。围在担架旁的几个人都跑开，连顺子也跟过去，剩下曲东喜。曲东喜觉得声音有一点儿熟，但他连转动头看一眼热闹的念头都没有。他抬手摸了摸前胸，那里有一块硬硬的东西。"顺子！"他喊了一声。"顺子！"他又喊了一声。但四周空荡荡的。

顺子好一阵才回来，竟然很高兴，说："有个男的差点死了。"

曲东喜说："我一直……喊你。"

顺子不理他，径自往下说："那个男的想甩掉老婆，他老婆给他下了药……"

曲东喜指指自己的胸说："帮我把银行卡拿出来，在衬衣口袋里。你去外面找取款机，密码是223344。里头有四万六千元钱，你先帮取一万块……"

"你有这么多钱刚才都不说？"顺子很不满，往衬衣里伸手时又急又冲。掏出来后，也没多看，转身就往外小跑去。

曲东喜重新闭上眼，松了口气。还是钱好啊，关键时刻只有钱才能解决问题。一万块，不知够不够。换作平日，一百块钱他都犹豫再三才肯往外掏，现在就顾不得心疼了，救命要紧。但……凭什么不心疼？打这么多年工，他才攒下这点钱，娶妻生子全指望它们哩。是曲西米害了他，是季成根打了他，他得先把自己治好，然后找季成根算账。是赔医药费还是进派出所，二选一。

喧闹声由远及近，一群人正从走廊那头走来，中央是一辆推车，车上躺着人。女人哭泣着扶着推车，头发已经披散下来，把大部分的脸遮去。即使看不清脸上的五官，曲东喜也还是一眼就认出了这个女人。他支起胳膊，将身子微微抬起，喊道："米子……"

没有人停下来。

曲东喜仍支着胳膊，这时候他忽然很明确自己身上哪里疼了，是下肢。原本他打算下地，刚搬了搬腿，一下子就瘫下去了。

这时顺子回来了，手里捏着一沓钱。顺子说："取来了。"

"米子！"曲东喜又喊了一声，转过头他对顺子喊道："你去，把米子叫来。"

顺子没理他，低着头开始点钱："1、2、3、4、5……"

曲东喜打断他："顺子快推我，快！"

顺子说："推你干吗？这钱我得当面点一点。我可没贪了你的钱。"

曲东喜手在担架上连拍几下，拍得很重，整个人都跟着晃动。"你给我快去！"他吼起来。顺子吓了一跳，数钱的手停下来，怔怔地看着他。

"去那边，米子在那里，我妹妹米子……"

顺子很意外："米子是你妹妹？你妹妹怎么了？"

曲东喜说："去，快去，问问她怎么了！"

"啊，那个女的是你妹妹？"顺子这下子很起劲，小跑去，好一阵才回来，眉宇间堆着笑，"都打听明白了，你妹妹……哼哼，你妹妹……哎呀，你妹妹很色嘛，喜子。"

曲东喜看着他。

顺子咧咧嘴短促地笑了一下，"你妹妹太神了！药是她在超市外的地摊上买的，哎呀，你妹妹要买的是催情药哩喜子，她是要那男的搞她，嘻嘻，搞她！结果……那个男的就是你今天要打的人吧？"

曲东喜向大门外望了一眼，天还是黑的，他很想问问究竟几点了，但开了口，他却说："死了？"

顺子说："没有，救过来了。你妹妹把药拌在米粉里，催情药吃了能口吐白沫？肯定拿错药了。要是死了，你妹妹就是杀人犯了，嘻嘻。"

曲东喜说："你去告诉米子，我在这儿。"

顺子说："刚才已经跟她说了，她忙着照顾老公，没理我。"

曲东喜张了张嘴，马上又闭拢了，闭得非常紧，似乎浑身的力气都用到双唇上。

顺子说："哎，怎么了？你怎么哭了？"

曲东喜不知道自己哭了，他把手往脸上重重一抹，手是湿的。他把手举到眼前，似乎不相信，要看个究竟，却水汪汪的什么都没看清。

后来曲东喜小腿被裹上厚厚的石膏。

后来，曲东喜再也没见到妹妹曲西米。

《作家》2016 年第 8 期

天高云淡

夏鲁平

一

早晨四点，父亲打来电话，铃声在寂静的清晨尖厉刺耳，还有些急躁，不依不饶地咆哮，我光着屁股冲出被窝，慌忙把它接起。

父亲说："户口本没了！"

我的心忽悠一晃，不是因为紧张，而是知道麻烦事来了。

现在很少有人使用户口本，父亲的户口本放在家里长年不动的抽屉里，是家里的重中之重，怎么会没了呢？

胡乱穿上衣服，赶到父亲家，看见德信和德惠先于我到了。也就是说，父亲一大早把他的三个儿女都折腾了过来。

德信闷头一句话也不说，脸上一块肌肉一抽一抽，悻悻的样子好像有很多话在心里喋喋不休。

德惠说："没我事儿吧？没我事儿我走了。"

父亲说："案子还没破呢，谁都不能走！"

除了自己家人，外人很难知道，那个抽屉是家里的核心，一切秘密所在。现在出了这么大的事，说明那个地方没什么秘密可言了。其实，母亲去世那天，德信从抽屉里翻出酱红色的户口本，去派出所为母亲注销户口，我就预感家里要出什么事。

父亲说："就因为那户口本，我昨晚一宿没睡好觉，折磨得够呛，也气个够呛，你说怎么办吧？"

我说："不会没有吧，您好好找找。"

父亲的火气终于得以发泄，他说："我找个屁，就是你们三个搞的鬼，赶快给我送来！"

还是头一次听父亲骂粗话，看来他真的生气了。

二

母亲去世三个月，父亲召集我们开了一个家庭会议，就他以后的归属问题进行严格细致的讨论。父亲退休前是国营商场经理，他对组织会议一点儿也不发愁，而且是信手拈来，反倒是应邀参加会议的我们，诚惶诚恐，生怕出现什么差错。会上，父亲先是开门见山讲了一通大道理，讲了国内外大好形势，最后落脚点是，他今后如何生活，让我们兄妹三人表个态度。

我说："爹要是孤单，可以到我那里去住。"

父亲说："临时住住可以，可时间长了，矛盾就出来了，兄弟之间拿老人踢球似的踢来踢去，我不是没见过。"

我说："我们兄妹绝不是那种人。"

父亲说："这一点，我相信。"

德信说："要不然我过来住？"

德信冷不丁冒出一句话，实属难得。在大家都不作声的时候，他伸出两手，用劲搓了一把脸，将棱角分明的皮肉搓得七拧八挣。

父亲说："我受不了你那臭脾气。"

德信跟父亲不和由来已久，两人在一起，摩擦斗嘴，是常有的事儿。

德惠说："爹到我那儿去，再合适不过了。"

我的心像照进了一缕阳光。德惠是家里最小的妹妹，心细，腿勤，每个星期跑父亲这里不少于三趟，妈在世的时候，他们的内衣内裤、外衣外裤都是她买的，是名副其实的爹妈的"小棉袄"。德惠最大的特点，是做饭做菜很合乎父亲的口味，特别是炖鸡炖鱼，那香味常常弥漫在门外走廊，惹得经此路过的人，恨不能顺着门缝钻进屋子里，坐上餐桌。只是近些日子，德惠跑过来的劲头儿减少了，也不见她热火朝天炖起香喷喷的鸡和鱼，有一种漫不经心的懈怠，偶尔来，也就在屋里看两眼，很快就走了。

究其原因，是父亲在跳广场舞。跳舞锻炼身体，放松心情，无可厚非，我们没有反对过，可跳过舞的父亲，像着魔了一般，对我们来与不来，毫不上心。也就是说，他的兴奋点不在我们身上。德信管那种舞叫僵尸行走，几百上千号人集中在一起，排成声势浩大的长队，音响声浪压过一切嘈杂，又成为另一种噪音。父亲混在那群人中，乐不可支，不到散场，绝不会捕捉到他的身影。我知道，父亲是孤单的，有一段时间非常颓废，广场舞让他心里有了明媚的阳光，重新快乐起来。

有一天，德信打来电话问："爹是不是有女人了？"

我问："怎么见得？"

德信说："昨天我回家，还没进门，看见一个老妖精挽着爹的胳膊往家里走，吓得我没敢进屋。"

我说："天黑路滑，老人之间相互搀扶也很正常。"

见我如此想法，德信不再跟我提起这件事。

父亲召集开会的最终目的是，他要独自生活，三个孩子谁都不要干涉，最好没事也少来。

父亲在外面有人了？我们似乎都有共同的疑问。

晚上，德信不辞辛苦，悄悄对父亲进行了跟踪。我劝他放弃这种行为，有点儿下作。他不以为然，好像他对跟踪一事有着天然的热爱。大黑天，东北的小北风儿像刀片似的削着脸上的皮肉，他站在雪地里打来电话说："我见到那老妖精了，起码比爹小十几岁。"

德信一再强调："人走路的两条腿，最能判断出实际年龄，没错，至少比爹小十几岁。"

父亲今年七十八岁，如此推断，那老妖精也就是六十岁出头，或者五十八九岁也未尝不可。父亲人老心不老，都这个岁数了，还遇上桃花运，实在是可以啊。德信生气地说："很明显，那老妖精是冲着爹的钱去的，我们不能坐视不管。"

父亲每月退休金四千多块，平时他省吃俭用，花不上一千，母亲去世前，家里还有十来万存款，日子挺好的。这回，那老妖精突然出现，我们都慌了神儿，有些措手不及了。德信绝望地断言，我们发现晚了，父亲很可能早已鬼迷心窍，恐怕十套马车也拽不回来。

不难看出，这几天父亲一改往日的节俭，花钱开始大手大脚，不知什么时候，厨房新添了一套德国钢锅，几只精致的花瓷碗，筷筒里还戳了一把庙香一样的新筷子，预示家里添人进口了。

德信串通德惠，向父亲提起那十来万存款的事，据说那十万块是母亲生前省吃俭用攒下来的，直到母亲去世，那笔钱也没花出去。父亲眼睛瞪得如牛，一口否认说："所有存款都给你妈看病了，还哪来的存款？"

德信让德惠打开柜底下的抽屉。德惠言听计从，却搜查无果。

走出父亲家门，我劝德信说："也许爹不会跟那老妖精怎样，他只是寂寞临时找个伙伴，说不定过几天就分手了，再说他也不至于糊涂到把所有的钱都交给老妖精。"

德信愣眉愣眼盯着我说："我查过爹的工资卡，他现在基本上是月光族！"

我说："这也许不是坏事，爹是节俭的人，他长时间这么花钱，肯定不堪重负，矛盾早晚会出现，分手是必然的。"

三

我的判断出现了严重的失误。父亲不但没有收敛，反而公然将那老妖精领回家来，一改以前的含蓄和遮掩。德信火烧腔似的打来电话问："怎么办？咱们总该干预一下，让老爷子这样胡作非为下去，我们脸都没地方放了，况且那老妖精是什么样儿的人，她抱着什么目的来咱家，我们一无所知。"

事情非同小可。我让德信沉住气，不要慌张，自己却慌张起来，心抖，手也抖。我是家中的老大，慌不得，必须稳住阵脚，才能很好地把握住弟弟德信和小妹德惠。稍作平静，我说："观察一段再说，有时间再透露透露父亲的想法。"

德信说："不用问，爹肯定是鬼迷心窍，无可救药了。据我这几天的观察，那老妖精也不是总来跳广场舞，这说明，她根本不在附近住，很可能专门为了勾引老年人，才出入广场。"

果真如此，那还了得？星期天我起个大早，带着疑惑特意去了一趟父亲家。今冬暖气烧得好，父亲在屋里穿了件崭新的白衬衫，气度不凡的衣袖恰到好处地挽起。浑身上下透着亮光，头发也梳得如同大地上细密的田垄。最扎眼的是，他白衬衫衣领上打着领带，虽然不怎么得体，但可以看出是用过心思的，只是手上的功夫差点，我想。我想的时候，他眼睛出神地打量着我，我不得不回避他目光的炙烤。

父亲满满的书架上都是过去的旧书。打开书架门，陈年纸张的辣味飘飞而出。我侧头躲闪一下，从里面抽出一本书，是满族史诗作品——《乌布西奔妈妈》，来回翻弄，以此来掩饰内心的忐忑。父亲很久之前就对萨满文化情有独钟，以此来看人、断事超乎寻常。

父亲轻手轻脚跟过来，吓了我一跳。他狐疑地问："我的事，你们都知道了？"见我没什么反应，又说："你们都长大成人，各有自己的家，我的生活也应该有个安排。"

我说："你多虑了。"

父亲说："别跟我装糊涂，你是家里的老大，他们不明白事，你总该明白，我不可能靠你们养我一辈子。"

将书塞回书堆里，转身离开书架，我必须认真跟父亲谈谈了。

我说："我支持你。"

父亲眼睛颇为意外地闪动，如火炬瞬间点燃。他抬手摸了摸领带结，往下拉了拉，好像紧绷的情绪也如释重负地松开。

我说："不过，家里这么大的事，你总该跟我们商量商量，现在那老妖精，不，是那女人……"

父亲打断道："是你阿姨。"

我的喉咙干涩地滚动，说："行，就叫阿姨。那阿姨姓什么，叫什么，以前是干什么的，家境如何，我们却一无所知。"

父亲问："这很重要吗？"

我说："很重要。"

想不到父亲说出一句："我只关注现在和未来，以前的事，我不知道，我也不想知道。"

我说："现在社会很复杂，人们的观念千种百样千差万别，我们还是慎重为好。"

父亲说："这不用你提醒！"

这时，德信的电话不合时宜地打来。

德信说："爹现在跟我们离心离德，他开始跟我们耍花招儿，你千万不能被他骗了。"

我说："你没必要把事情想得那么糟糕，我看没那么严重。"

德信说："怎么不严重？昨晚我又跟踪了那老妖精，那老妖精鬼得很，不知怎么知道我跟踪了她，她坐起公交车跟我绕了几圈大弯子，最终让我一无所获。你说，她要是正常，能害怕跟踪吗？况且她的警惕性那么高，不是一般人所能流露出的心态。"

我说："你不要过早下结论，观察观察再说。"

德信说："你别离开，我马上过去，咱们必须把这事搞个水落石出。"

放下电话，父亲问："德信要来？"

我说："来就来吧，腿长在他身上，我们谁都管不了。"

父亲说："他只会惹我生气，恨不得我早死！"

我劝道："都是您的亲儿子，他有什么想法，也都是为您好！"

父亲开始穿外衣，他是故意要躲开德信了。父亲的外衣也是新的，大方合体，穿在身上看上去至少比过去年轻了五六岁，焕然一新的。

我说："外面天冷路滑多加小心！"

父亲说:"不走远,我已跟你阿姨约好,她一会儿过来,我下楼接她,没什么事,你也早点回去。"

我说:"我等一会儿德信,他来时,我再做他的思想工作。"

父亲下楼半个小时,不多不少,正好半个小时,德信敲门来了,身上散发着户外的寒气,连嘴里的喘气,都是寒冷无比。脱掉厚重的外衣,站在门口换鞋的工夫,他往屋里张望了一下,额头堆积的抬头纹,分明在问:父亲干什么呢?

我说:"爹去接阿姨了,你没在门口看见他?"

德信一惊,问:"你说什么?"

我立马反应过来,纠正说:"去接那老妖精。"

德信的脸,口斜眼歪地扭曲着,神经麻痹后遗症形象一览无余。他说:"想不到你这么快被洗脑,你说,妈活着的时候,出外回家,爹啥时接过?犯贱了是吧!"

我说:"别说没用的,快进来。"

德信说:"接她也好,我给德惠打电话,让她也过来,咱们今天坐在一起,把话掰扯清楚,省着往后留麻烦。"

电话打过去,德惠表示一会儿就到。德信进厨房找吃的,他说:"我从早晨到现在,还没吃饭,有什么好吃的千万别客气,你省,都省给老妖精了。"

费了半天劲儿,翻出个紫皮地瓜,凉的,德信说:"凉的也吃。"

我说:"你应该热热,不然吃了胃疼!"

德信说:"顾不了那么多。爹怎么还不上楼?不会被那老妖精拐跑了吧?拐跑了不要紧,我怕那老妖精图财害命把爹害了!"

我给父亲打电话。

父亲说:"我跟你阿姨在超市,你们要走,随手带上门就是了,不要等我。"

德信说:"看看吧,那老妖精不敢见我们,躲着呢,他们不回来,我们就不走,耗,跟他们耗到底。"

我说:"算了吧,我给德惠打电话,让她不要过来了,咱们现在就走。"

德信说:"等等!"他开始抱着膀子在屋里走来走去,还抬起手,不停捏动鼻尖,贼眉鼠眼的,好像随时准备发现什么重要线索,一举攻破父亲日夜守护的防线。

我给德惠打过了电话,又跟父亲联系上,告诉他说:"我和德信走了。"

户口本大概就是在这一天失踪的,我想。

四

几天来，我总是做着同样的梦，梦里母亲出现在我跟前，我心里一阵喜悦，觉得母亲还活着，她并没有离开我们，她的脸上没有去世前的痛苦和焦灼，而是异常平静。有时她离我很近，近得我伸手能摸到她苍老的皱褶和头上的发丝；有时她又离我很远，远得我们之间如隔着一层模糊的纱幔，看不清她的面部。母亲似乎告诉我，要照顾好你父亲，你父亲这个人任性，孩子气，如果不把他看好了，说不定会惹出什么祸端。我确信母亲还活在世上，她在遥远的天边每时每刻都注视着我们。我常常因梦中的母亲，而泪流满面。

虽然那女人的身世，我无法搞清，但背后我们称她为老妖精，有些言过其实了。有一天，我在父亲家楼下，借着夜晚的路灯，终于见到了那女人。父亲没有发现我，我也没必要上前打招呼，只是愁肠百结地选择离开。那是一个普通而本分的女人，绝没有我们脑中概念化的风尘女子形象。从举止上看，她年轻时也没有被风尘感染过。

父亲跟这个女人走在一起，是偶然相遇，还是早已相识？作为国营商店经理的父亲，社交圈肯定广泛，而且不乏女营业员的崇拜和追随。记忆中，母亲早年好像跟父亲因一个长得好看的女营业员闹过一次家庭风波，但事情太小，像风吹过草尖儿，一下就刮过去，小草反倒长得更加直挺茂盛。父亲说，那纯属是母亲无中生有，胡乱猜疑。因为那个长得好看的营业员，总喜欢来我们家抱德惠，还给德惠买冰棍、糖果，一次两次还可以，来的次数多了，母亲本能地开始排斥。母亲说，那女营业员还是个姑娘，她对孩子这种亲法，很不正常，有一种想当后妈讨好孩子的意思。父亲说，净胡扯，她讨好德惠无非是想讨好你，她讨好你，无非是想讨好我，她讨好我，无非是想让我给她批两张条子，买永久、凤凰自行车，买两斤猪蹄子回家孝敬父母。

事情吵吵嚷嚷过去了，但我总觉得母亲的直觉不会错，即便那女营业员没有跟父亲发生过什么实质性的内容，但是彼此心里肯定有过心照不宣的痒痒。

这女人会不会就是当年那个女营业员？我除了听说那女营业员长得好看外，对她毫无记忆。我发现我有些无中生有了，这种想法未免可笑，当经理的父亲这一辈子不知接触过多少女性，不知要与多少女营业员促膝谈心做思想工作，我怎么偏偏盯上那个女营业员？当年父亲的经理干得实在不容易，不但要管理单位里的一大摊子事情，还要管理职工的家庭生活，有的女营业员意外怀孕、和公婆闹矛盾，父亲总要插手解决。父亲干工作很负责，往往是上班忙了一天，下班还要走访出问题的女营业员的家庭，亲自将问题解决在炕头上。第二天女营业员会欢天喜地来上班，不刁难顾客，更不与顾客吵嘴打架。

当过经理的父亲处理什么事都站位高，看人准，具有战略眼光，这种职业习惯已经深深渗透到骨子里，融化在血液中。对于这样一个人，能说是为了排遣寂寞空虚，随随便便从广场上认识一个女人，跟人家好上了？这女人会不会是父亲在某一工作阶段上相遇的、交情较好的红颜知己？

但父亲的不爽快，着实让人难以接受。假使他说出自己年轻时有过要好的女友或秘密情人之类的，反倒叫我放心了，我也许会理解父亲，以积极的态度帮助他成全这桩美事。

回到家里，我给德信打电话，他正在中医院针灸，这几天他总感觉右边半个脸有点发木，怕神经麻痹毛病再犯了，提前进入预防治疗。现在他脸上扎了十多根针，不方便接电话。

我问起那户口本。

德信供认不讳，说："的确在我这儿，我怕父亲跟那老妖精做出傻事，防患于未然。"

我说："你这样做适得其反，激化矛盾。"

德信嗫嚅了一会儿，不再表态。

我又给父亲打去电话说："德信只是使用一下户口本，明天他会给您送回去。"

父亲明显听出我在撒谎，他问："他使我户口本干吗？他的户口早就迁出去了，根本用不着我的户口本！"

我说："您就别较真儿了，明天给您送去就是了。"

放下电话，心乱得很，父亲为一个户口本发这么大脾气，像很多脑萎缩的老人，不可理喻，有什么办法？家家都有难念的经，人人都有难唱的曲儿！不想了，我早早上床睡觉。好不容易睡着，又迷迷糊糊被尿憋醒。整个晚上，我去了三四趟厕所，喝了两三杯水，加起来睡了也就四五个小时，煎熬啊！第二天头昏脑涨出门，神情恍惚得整个周身如同纸人，飘忽的当口，被地面冰冻的黄痰滑个趔趄。

父亲又打来电话："昨天我相信你的话，可户口本怎么到这时候还没送来？"

我说："我现在打电话催催。"

给德信打电话，他说他换到一家老中医诊所，昨天的针灸，不但没缓解症状，反倒嘴角歪得严重了，不得不起早跑到这里来，他的右半部脸贴满了黑乎乎的膏药，一动不敢动。我一筹莫展，父亲这边的事情正闹腾得一团糟，德信这边又出了毛病，雪上加霜了！

德信说："不凑巧，刚才户口本让德惠拿走了。"

我很生气，问："她拿走干什么？"

德信说："这不关我的事。"

事情看来要闹大，还不断地发酵，复杂得不受我掌控。头顶着早晨冰冷的细风，从农贸市场买来豆浆、油条，踩着咯咯吱吱的积雪，心想，如果我失信于父亲，以后什么事都别想沟通了。

回到家里，把买来的早餐放在桌上，还没想好怎么给德惠打电话，德惠的电话就打过来了。看来德信和德惠私下里通气儿比较勤，有点儿珠联璧合的意思。

德惠说："这户口本绝不能送回去。现在爹每月工资都被那老妖精糟蹋了，我们唯一能控制他们的，就是这户口本，假如我们不控制户口本，万一爹哪天脑袋一热，跟那老妖精登记结婚，家就不是我们的家了，这还是其次，主要是爹这一百八十平方米的房子。想想啊，那老妖精比爹小十多岁，肯定死在爹后面，爹万一哪天不行了，房子落入那老妖精手里，我们就两手空空，一分钱也捞不到。"

我说："你控制户口本，控制不住他的心，到头来都一样。"

德惠说："那我就让他们永远当野鸳鸯！"

五

在我百般劝说下，德惠答应星期六去父亲家。

星期六早晨，下起了雪，天空灰蒙蒙一片混沌，十几米之外看不清人影和车影，无论是人还是车，行进在路上都要比平时迟缓，整个世界都小心翼翼。在这样恶劣的环境里，我早早在父亲家里等候德惠，心里酸甜苦辣啥都有了。

德惠是上午十点钟来的，她的眉毛和外衣帽子毛边儿挂着不知是白霜还是雪花，因室内的温度，很快凝成一颗颗晶亮密布的小水珠。她满脸委屈地从包里拿出户口本，轻轻放在茶几上。那个酱红色的户口本，立马引起了父亲的注意，他好像不相信德惠会这么轻而易举送来。德惠看着父亲，一言不发，被牙齿咬住的下唇失去了血色。我问："你吃饭了吗？"她的牙齿微微松开，说："在家吃了。"我说："你坐下休息一会儿吧！"德惠没有坐下来的意思，好像生怕在屋里待久了，听到哪句不顺耳的话，生起气来。大家都不想生气。

父亲还不放心，他翻开户口本，一页页查看，从头查到尾，又从尾查到头，像个疑心重重的破案人员，想在上面发现点什么疑点。确定万无一失了，父亲心满意足地合上户口本，当着我们的面儿，慢吞吞解开裤腰带，脱起了裤子，还好，裤子褪下一截，被他扯住了，翻开裤腰，露出一个用粗针大线缝制的口袋。

父亲慢慢将户口本塞进那兜里，然后心安理得地提上裤子，扎紧腰带，嘴里念念有词道："我真怕哪天再被你们拿走了。"

拿到户口本的父亲，郑重宣布道："不管你们有何想法，我都要马上跟你阿姨登记结婚。"

我傻眼了。看来德信和德惠的判断不无道理，只是想不到父亲竟这么快不近情义地亮出底牌。我变得极为被动，无言以对，更不知接下来如何向德信和德惠交代。

回家冷静思考。

德信电话跟过来，也许他刚从老中医门诊那儿出来，脸上还贴着膏药，说话声别别扭扭。他问："爹刚才给我打了电话，你说我们该怎么办吧。"

我说："如果那老妖精不是别有用心，结婚不一定是坏事，我们做儿女的，照顾得再周到，也无法代替婚姻给他带来的幸福。"

德信手里的电话好像被气得东倒西歪，我真担心他面部神经麻痹的毛病再犯了。他说："你脑袋怎么长的，到现在还没转过弯来？我们根本不在一条道儿上说话。"

我知道，德信心眼多，性格急，不然不会年纪轻轻患上面部神经麻痹症。这几天因为父亲的事，我们毅然决然成了攻守同盟的人。我知道，这种状况很不牢固，像不稳定的化学物体，随时在变，好像眨眼的工夫，德信和德惠又站在了一起，我无形中成了父亲这一边儿的人。在这件事情上，我虽然左右摇摆、顾虑重重，但我相信自己还是有立场的，那就是，尽量把事情处理得周全。

有必要给德惠通个电话，听听她的声音，哪怕听到一番诉苦，也是对我心情的一种缓解。

德惠说："上午我从爹那里出来的时候，看见那老妖精了，爹肯定打电话告诉她我们在屋里，那老妖精才不肯上楼。她一直在门口徘徊，我就主动上前跟她搭话……"

我莫名其妙地紧张起来，问："你们说了什么？"

德惠说："我跟她开门见山，说能不能不登记结婚就这么过下去，咱爹每个月工资全归她支配，就当她是个全职保姆，有什么特殊情况，我们兄妹会出面。"

我急忙打断德惠的话，问："她什么态度？"

德惠说："想不到，她眼圈一红，眼睛就那么死盯盯看着我，说，孩子，我跟你爹是真感情，与钱没关系。啊呸，她竟然管我叫孩子！"

雪后的天气，格外冷，早晨窗玻璃上升起的霜花，形状如山峦沟壑，如野草花卉，这是自然界无法临摹的纹理，像来自于梦境，来自天外魔幻的世界。我听着德惠的讲述，手指不自觉地按向一块霜花，没有冰凉的感觉，倒是霜花在我手指肚里渐渐融化，有水珠，眼泪一样汩汩流淌。

德惠说："我看她是天才表演家，弄不好，我们兄妹仨都被那老妖精耍了，你猜她接下来说啥？她说，我们这一代人跟你们不同，不登记结婚就在一起，总不是那么回事，名不正言不顺。你听听，还要脸不？啊呸！"

我说："事情到了这一步，我们真应该商量商量，拿出解决问题的最佳方案。"

德惠说："没什么好商量的，一商量，你又跑到爹那边儿去了，我轻信了你一次，绝不能轻信第二次！"

德惠的脾气跟父亲一样任性，又是女人的那种任性，我无法说服她，更无法说服德信，或者说，事到如今，我谁都不想说服，只是想彻底找出解决问题的办法，化干戈为玉帛。

六

父亲的户口本又没了。

他自己缝制的那个裤兜，开了线，露出一个大窟窿。我问："是不是丢在外面了？"父亲几乎是暴跳如雷，说："不可能，这几天我根本没出屋。"我怎么劝，父亲的火气也不见消，他非让我找回户口本不可，哪怕是挖地三尺也要找回来。

我问："裤子内兜，那么保险的地方，怎么说没就没了呢？"

父亲说："肯定是那两个东西搞的鬼！"

我赶紧奔赴父亲那儿，这事就像从絮叨女人嘴里生长出来的枝枝杈杈，电话里一句两句说不完。

冬天的太阳落得早，这一天人们还没怎么忙，还忙得不够劲儿呢，天就把脸一抹，黑下来。马路上到处是奔忙的声音，拥堵的汽车灯光，像眨着无数只眼睛，聚拢在一起，将路面裹成一条首尾不见、缓慢蠕动的火龙。我站在户外二十几分钟也见不到空载的出租车，只能跑向公交站点，站了三十分钟，公交车来了，车门如两张敞开的大嘴，前门吞进一团人群的同时，后门又吐出一堆人来。站台转眼间清冷了，车厢里的人热火朝天地拧动个不停。父亲电话又打来了，问："怎么还没过来？"我的话有些不着调了，生气地说："去公安局报案。"父亲急了，说："报什么案？这肯定是内盗！"父亲的口气明显软下来，又说："这也不算是内盗，肯定是德惠拿走了，你给我要回来就行，不要兴师动众啊！"

到父亲家已是晚上八点。父亲跟那女人早已吃完饭，坐在沙发里悠闲自在地看电视。我饥肠辘辘，怨气顿生，搓起冻得麻木胀疼的手，进厨房找吃的，还好，有一盘没有被筷子动过的土豆烧牛肉，用一只搪瓷碗扣着。我将这盘土豆烧牛肉放到微波炉里稍微加热，胡乱往嘴里塞了三四口，走回大厅，发现沙发跟前摆着一只木盆。那女人双脚浸泡在木盆里，见我来到跟前，脚不好意思地从木盆里拿出来，分开，踩在盆沿上，晶莹的水滴落在地板上，花朵一样炸开。父亲赶紧递去擦脚巾，端起木盆跑向卫生间，烫脚水吼声如雷地倒入厕所，放下木盆，父亲跑回来，献媚般抢过擦脚巾，为老妖精擦起脚来。

我的心像被尖硬的物体猛刺了一下。若不是亲眼所见，真不敢相信眼前发生的一切。

父亲说："锅里有饭，你自己吃吧！"

我什么都不想吃。父亲真是变了，变得这么贱！过去母亲活着的时候，我从未见父亲对母亲这么殷勤过，也没见过他为母亲倒过一次烫脚水，他对母亲永远是领导对下属的态度，公事公办，不徇私情。倒是母亲完全接受了他的习惯，心甘情愿为他倒去每次的烫脚水。我很怀疑父亲这辈子是否真心爱过母亲，体恤过母亲，麻木不仁的字眼儿，不应该安在老夫老妻身上。

德惠来了，父亲快步跑过去，着急忙慌打开房门，把手伸了过去。不言自明，他要户口本。

德惠说："我拿走了户口本，这不假，但我怕把握不住自己，放到德信那儿了，在问题没有彻底解决之前，德信不会露面。"

父亲给德信打电话，他的手如同干巴巴冬眠的柳树枝，摇晃在冷风里。找出德信的手机号，拨了出去，德信手机居然关机。那冬眠的柳枝怎肯善罢甘休，顽强地寻找德信座机号码。

那女人去了一趟厨房，忙活了一阵儿，端出那盘土豆烧牛肉和一碗热米饭，米饭香气四溢，悠悠地飘荡在餐厅里。

那女人见父亲急得像热锅上的蚂蚁，说："你也别太难为孩子，什么事都得一点儿一点儿解决，急不得。"

德惠不客气地一屁股坐在餐桌上，摆出一种不吃白不吃的架势，狼吞虎咽起来。那女人高兴地从冰箱里拿出一瓶辣椒酱说："今天晚上刚炸的，你尝尝咋样？"

讨好德惠，也许是暂时的，说不定达到目的她马上就变脸。

我身不由己站在德惠这边，以积聚多年的经验冷眼审视眼前的一切，忽然觉得，面对父亲的变化，德惠适当闹一闹也不是不可以。父亲自从有了那女人，变得越来越飞扬跋扈，这也许是我一再妥协，一再委曲求全造成的结果。

我说："婚姻大事，不是儿戏，它涉及两个家庭，我们应该心平气和地商量一下，再做决定。"

德惠说："户口本的事好办，只要你们尊重我的意见，我立马想办法让德信把户口本送过来。"

父亲问："你啥意见，说！"

德惠放下碗筷，不紧不慢地瞥着那女人，眼睛转悠一下，好像内视到自己的心，一副刁蛮的模样，说："要想结婚可以，你们必须进行婚前财产公证，对家里的财物逐项登记，另外，我妈去世前是否有一张大额存折，必须搞个水落石出。"

父亲一跃而起，咣当当绊倒屁股底下无辜的木椅，厉声吼道："放屁！"

德惠跃起身，拉开房门跑了。父亲真动怒了，坐在我扶起的木椅上，直挺挺说不出话来。那女人慌张着取来速效救心丸，塞进父亲嘴里，又觉得不妥，伸出一根手指，将药丸重新在父亲嘴里摆布。我拿起电话打120叫救护车，父亲伸手向我阻拦。谢天谢地，看来父亲无大碍，别无打扰地让他休息一会儿吧。

这天晚上，我住在父亲家里。

把父亲搀扶到卧室，父亲对我说："你阿姨有自己的退休金，她不占我什么便宜。"我说："好，好，什么都别想，休息吧！"熄掉大厅的灯，已经是半夜十二点。我倒在沙发上，心如刀绞，家里的事儿闹大了，完全跑出我所能控制的范围。德信和德惠铁了心似的站在同一战线上，轻易不能拿出户口本。当然，父亲也不会进行什么财产公证，现在他的身体很好，还能为那女人端一木盆洗脚水，还有力量吼，争斗的日子必将要旷日持久。

这一宿，我一直处于浅睡眠状态，松软的沙发，让人很不舒服，翻个身，也要费一番力气。四周的漆黑严严实实罩住眼睛，睡意来临，窗口却揭开面纱般露出熹微的晨光。我睁开眼睛起身，轻声走向窗口，户外楼宇、树木以及林林总总的物体，瞬间梳妆一样打扮一新。我蹑手蹑脚转身走回大厅，见父亲卧室的门居然开着，我无意看向父亲的卧室，可还是看见父亲光着膀子趴在床上，贪婪享受着那女人的手从他腰椎、胸椎、颈椎，揪起一把把皮肉。按摩呢。

七

事情就这么时缓时急一天天折腾着，德信和德惠虽然同在一个阵营，但有时也互相推诿，抵赖，大家都好像无所适从。

父亲每天定时拿着一只布兜跟那女人逛早市，磨磨蹭蹭地去，磨磨蹭蹭回来，不厌其烦地跟卖菜的商贩一分一角地讨价还价，乐此不疲拎回大包小裹。每隔一段时间，我都去看看父亲，开导父亲。父亲也想开了，整天静静地趴在书桌上练习满文书法，好像什么事都无所谓，不再逼我向德信和德惠施压。父亲是为数不多懂满语的人，词汇量已达三千多，以前他很想让我们兄妹把他的满语继承下来，但我们都不感兴趣。父亲的孤独可想而知。

现在，那女人跟父亲义无反顾地生活在一起。我必须接受这个现实。那一段如临大敌的折腾，那女人不会看不明白，我有必要从中一点点儿地消除与她形成的隔阂，让父亲渐行渐远的脚步放慢速度。

鬼使神差地给他们送去一张体检卡。

父亲见到这份礼物，欢欣鼓舞，当着那女人的面夸奖我说："他从小就比那俩孩子懂事，省心。"

体检卡并没有给他们带来快乐。十多天之后，我去父亲那里，吃着那女人的拿手好菜——土豆烧牛肉，就见父亲犹犹豫豫凑到我跟前，悄声地说："你阿姨肺部长的东西已经转移到脑部了。"

黏糊糊的土豆牛肉长时间地粘在我嘴里，确切地说，是横在我腮帮子上。

父亲说："其实，这事以前我就应该告诉你。"

我用舌头费力挪动牛肉，放到牙齿部位嘎吱吱慢慢切割，惊愕于我还有很多不知道的事情。

那女人住进医院那天，外面下起了雪，雪薄薄地落在地面上，风一吹，打着旋儿漫天飞舞，搞得我们不时地左右转头，撞开一条条雪路。父亲拿起家里的棉被、暖水瓶、保温饭盒、筷子，装进了一只草绿色大编织袋里，随我们一起行动。毋庸置疑，他已做好长期奋战的准备。

这回摊上事了，像粘在手上的东西，甩都甩不掉，父亲这是自作自受。

本来一个活蹦乱跳的人，住进医院，马上就不行了，都是我那张体检卡惹的祸。那女人整天病歪歪地倒在病床上，精神头也一天天垮掉。父亲没白没夜当上了陪护。我心疼父亲，有时间就到医院替换一下，从良心和道义上讲，事到如今，我们对那女人也不能坐视不管。每次去，我都在家做好饭菜，装进保温饭盒，提到他们跟前。父亲看着我，慈眉善目地打开饭盒，将饭菜凑到鼻子前闻了闻，对她说："嗯，香！"

不管话是真是假，父亲心里肯定是香的。

父亲先是把一勺饭菜往自己嘴唇上碰一碰，极有耐心地慢慢放进她的嘴里。她张着雏鸟等食一样的口型，接住饭菜，两唇合拢，聚集细密的条纹，如同篦齿。

德信和德惠是一起来到医院的。说话间，两人不知是谁，将户口本放在她的枕头旁。也许因为心里的平静，德信脸上那块抽动的肌肉，要比以前有了明显好转。

父亲没有张罗与她进行婚姻登记。也许他们觉得没这个必要了。

我很担心父亲被拖垮。看他走路的样子，膝盖弯曲，脚掌与大理石地面摩擦的声音，如同在我的心中划过一道道疼痛的伤痕。

东北最冷的一天来到了，冷到什么程度？这么说吧，吐一口唾沫，落地就是一块冰坨。天地冻得到处硬邦邦，不时生起冰动的脆响。风，透过肉皮，一个劲儿地往骨头缝里钻，仿佛骨髓里也结满了冰碴儿。那女人不行了。接到父亲的电话，我顾不上几天来奔跑的疲惫，穿上厚重的棉衣，赶紧奔赴医院。

用了很久的氧气已经摘掉了，其他病人早已退出这间病房，整间屋子只有护士和我们家人。那女人的手紧紧握着父亲的手，嘴总是呼气，很少有吸气，人也直挺挺的。一个陌生大男孩儿哭喊："妈，您就咽气吧，没什么舍不得的，您这样我心疼，您不要遭这份罪。"那女人并没有听从那大男孩儿的召唤，时间就这么一分一秒地过去，生命的无常，在这里得到了充分的验证。那大男孩儿还在哭，他说："我求您了，妈，我的好妈妈，我知道我对不起您。"站在床边的护士说："我还很少见到这么顽强的老太太，她心里是不是有什么事啊？"父亲说："她儿子也赶来了，还能有什么事？"是啊，我们已经接纳了她，拿她当亲人对待，她应该安心、知足，不会有什么事。这时，我看见她的手动了，微微地动了，似乎把父亲的手抓得更紧。父亲侧起耳朵，贴向她的嘴边："你想说什么吗？你告诉我，你想说什么，我听着呢！"她嘴中的气流急剧地推开父亲。大男孩儿说："妈，我现在就给您跪下，我跪下了，您就咽下这口气吧！"她的手再次动了一下，好像指甲要抠进父亲的皮肤，我感觉这是她用尽了全身的力量。父亲突然喊："哎呀，我怎么这么糊涂！"用他那只没被抓住的手，使劲伸向她的枕下，摸、摸、摸，很快就摸到了他要的东西，拽出来，是两个户口本。我有点晕，考虑父亲是否还能拽出第三个户口本的时候，两本红红的结婚证书出现在我眼前。父亲牵引着她的手，触到了它，它夹在两只合在一起的手之间，缓缓地，缓缓地移向她的面前……大男孩儿忽然一头栽倒在床上，泣不成声。

她离开这个世界的方式，没什么特别之处，但最后出现的结婚证书，着实让我惊讶了，就好像我小时候看过某个电影的场景。办完丧事，父亲再次郑重其事地召开了家庭会议，这次会议多了那个大男孩儿，他始终低头摆弄手机，一言不发。父亲对我们兄妹说："今天我把话说在明处，你们谁都不要有意见，给你阿姨治病的费用都是我拿的，我们在一起生活的时候，你阿姨每个月的退休金，我们分文没用，这次全交给她的儿子。"

散会后，德惠竟然哭了。

她对我说："阿姨去世前，有一天，你们都不在跟前，她向我提出一个请求，说要再抱一次。你说，什么叫再抱一次？"

德惠又说："本来我对她从心里排斥，可我不知道为什么没有拒绝，被她抱了一下，那一抱，我好像想起了什么！"

我问："想起了什么？"

德惠赶紧把脸转开，哽咽着说："没什么，都怪我瞎猜！"

八

那女人走了一个多月，父亲的屋里还残存着她的气味。我从药店里买来消毒液，喷洒在屋里的角角落落。父亲坐在沙发里，被刺鼻的消毒液呛得不住地咳嗽，他向我摆摆手，表示阻止。我拿起抹布，擦起那些消毒液，抬起身，舒缓一下因劳累而酸痛的腰部，发现我已擦到父亲卧室衣柜跟前，下面那个抽屉，带有磁性的力量再次吸引着我的手伸向了那里。户口本规规矩矩放在抽屉左角，外面罩了一只蓝色塑料袋，我拉动了一下塑料袋，见到了户口本下面压着的那两本结婚证书，打开塑料袋，我有一种翻看的冲动。

他们到底登记了。不知是亲自去的，还是在医院里有人上门服务。

我时常来到父亲这里，鼓励他到外面走走。父亲很长时间没去跳广场舞，理由是，外面天寒地冻，不便出行。他每天在家看电视的时候，都坐成一个姿势，偶尔从沙发里起身，腰竟是弯的，他习惯于以这种姿势在屋里走路。我说："在萨满文化中，人做了坏事，是要遭受报应的！"

想不到，父亲瞪起牛一样的眼睛盯住我。

我自知言语过重，不着边际，而且不应该当着他的面儿，这样刺激他。

父亲沉吟了一下，说："你说得对，我是犯过错误的人！"

我心跳猛然加速。

父亲说："男女错误在我们那个年代不可饶恕，可我却偏偏犯了一次那样的错误，相当严重的错误。那个女人找到了我，摸到了咱家，想和你妈摊牌谈判，让我离婚。可她见到你妈，看到咱们一大家子人，她退缩了。她说，一看到你女人的那种善良，我无论如何也张不开这嘴。

"后来，那女人选择了自动离开，我没想到她是那样果断，一点儿也没拖泥带水，更没找我任何麻烦，这是我始终对她念念不忘的原因。你妈去世那年，我四处打听，寻找，终于得到了她的音信，我以为我找回了旧梦，急迫地想见到她，没想到，现实要比我预想的残酷，她刚刚被查出肺癌。"

父亲悄悄抹了一把眼泪，我赶紧递过一张餐巾纸，父亲拿着餐巾纸，擦了眼睛，再擦擦手，说："那些日子，为了让她忘掉病情，为了让她开心，我领她到处转，我们跳遍了全市几乎所有的广场舞。在频繁的接触中，她揭开一个隐瞒了我三十几年的秘密，我们有了一个共同的孩子，我却一无所知。为了孩子，她忍受着三十年的孤寂，始终未嫁。我问她，当时你为什么不找我，告诉我真相。她说，那时你正是事业高峰，我不想让你分心，更不想让你为了这事坏了名声。三十年啊——"父亲老泪纵横了。

我问："就是那天我们见到的那位大男孩儿？"

父亲说："对，就是他，他是你们的弟弟，叫德生！"

沉　香

张　忌

一

　　沙发底下有一串珠子。笤帚划过时，这串珠子便轻巧地滑了出来，抖动一阵，在深褐色的地板上蜷缩起来，像是某种狭长的软体动物。

　　老段放下笤帚，弯腰将它捡了起来。他有些纳闷，办公室里怎么会有串珠子？

　　数了数，是一百零八颗。会是和尚的念珠吗？他很快便否定了这个答案，他从来不跟和尚打交道。举起来，对着光线，材质是木头的，但看不出是什么木头。可能是在沙发底下待了很长的一段时间，珠子上满是尘土，灰扑扑的，显得脏。老段随手扯过张餐巾纸，仔细地一颗颗擦拭。擦拭一番后，这不起眼的木头珠子，竟然透出了一股沉稳而内敛的光泽。放在鼻子下闻闻，竟还有股香味。

　　老段怔了怔，这香味似乎有些熟悉。闻了闻，脑子里突然闪出一个人。会是她吗？她身上好像便是这种香味。而且，她喜欢戴珠宝，手上也总是戴着一些珠子、镯子之类的饰品。不过，他不能确定，她手上有没有戴过这样一串木头珠子。

　　正琢磨着，窗外突然传来一阵急促的铃声。老段的身子微微一震，随手将珠子戴在腕上，快步走到玻璃窗前。透过眼前的落地玻璃，能看见整个工厂。此刻，工人们就像一个巨大的鸟群，受了铃声的惊吓，纷纷从工厂各处跑出来，拥挤在工厂的门口。仅仅过了二十几分钟，这几百号工人便如泄洪一般，拥出大门，消失得无影无踪。偌大的工厂，如同被掏空了内脏的动物。落日的残光落在车间屋顶上，金黄金黄的，显得有些不真实。

　　老段忽然觉得有些难受，他不喜欢这种突如其来的空荡，就像他的工厂刚刚经受了一场洗劫。他厌恶漫长而无所事事的假期，他希望每一天都是忙碌的，一辆辆的货车在工厂门口进进出出，工人们挤在拥挤的车间里头，空气里满是机器作业时铿锵有力的金属声音。

老段转身走到沙发边，又机械地拿起那把笤帚，继续扫地。其实，地板并不脏，保洁阿姨会一天打扫两次。可他想找点事做，他显得有些焦虑。

在老段的记忆中，早些年，除了春节，他的工厂从来就没有过那么长的假期。虽然有法定假日，但在这里，一切都是他说了算。只要工厂需要，工人们就得留下来加班。如果有人不情愿，没关系，尽可以提出辞职，工厂根本就不担心招不到人。

可不知什么时候起，一切突然变了，工人越来越难招，也越来越难留。那些年轻人来工厂应聘时，除了收入，更关心的是这份工作苦不苦，休息时间能不能保障。甚至有一次，一个江西来的小孩子，居然还问工厂里有没有WiFi。老段听不懂什么叫WiFi。当他明白后，几乎摔了桌上的茶杯。

老段不知道这些年轻人的脑子里到底都装了些什么东西。要知道，以前的那些工人可不是这样的，他们都像爱惜眼珠子一样爱惜自己的工作。

二

晚上，是陈行长的麻局。心底里，老段不愿意去，陈行长的麻局，他几乎没赢过。他倒不是心疼钱，而是不喜欢输的那种感觉。可他又不能不去，银行是得罪不起的。他的一个朋友，就是因为跟银行关系没处理好，倒贷的时候被卡住，断了资金链，弄得差点破产。

因为有麻局，所以老段的晚饭吃得很匆忙，撂下筷子时，桌上的菜几乎没动。妻子吕丽有些不高兴，说，你急得逃命一样做什么。老段说，晚上有麻局，得早些去。你多吃些好了。我能吃什么？你又不是不知道，我只吃素。

老段撇了撇嘴，他不喜欢听吕丽说吃素的事。她还真把自己当成个修行的居士了。都是寺庙里的那些和尚教的，他们自己下馆子，进KTV，百无禁忌。可吕丽这样的人，却将他们当作宝，心甘情愿地上他们的当。

咦，你腕上戴的是什么？

老段一愣，发现吕丽正在看自己手腕上的那串珠子。他想起自己在办公室里将珠子随手戴上，居然一直忘了取下来。

吕丽有些疑惑，是佛珠吗？你又不信的，怎么突然会戴？

老段随口答道，哦，是下午扫地时从沙发底下扫出来的。

扫地扫出来的？吕丽嘀咕了一句，便让老段将珠子取下来让她看。她将珠子放在鼻子下闻了闻，怎么还有股香味啊？

老段皱了皱眉，知道她又在猜忌些什么了。他抬腕看了看手表，真该走了。迟到了，陈行长那张嘴，又得说半天。

老段走进卧室，打开保险柜，取出十万港币。这是专门打牌用的，都是一千的面值。十万，也就相当于人民币一万的厚度。放在皮夹里，刚刚好。

晚上的麻局有位新面孔，听陈行长介绍，这个人叫何思年，一直在外面做矿产生意，今年才回来发展。何思年看上去很年轻，面相秀气，说话轻轻腔，挺斯文的。虽然是第一次见面，但他对老段十分尊敬，开口闭口之间，谦恭得甚至有些讨好。老段觉得挺受用，他对何思年的印象不错。

打牌的时候，何思年就坐在老段的上家。他打牌的动作和他的长相一样漂亮，可技术却不行，打得松松垮垮的。何思年的牌一松，老段坐在下家，便容易吃碰，几乎副副上听。打了一阵，老段忽然有些警觉，他疑心何思年是故意放他的。可他又想不出什么理由，萍水相逢的，他凭什么这么做？

可老段还是留了心眼，分明可以吃碰的牌，他也故意不动。可这时，他的手气却似乎已经好得挡不住了，不吃碰，反而歪打正着，张张上牌。

结束的时候，老段的皮夹几乎快撑破了，估计赢了有二十多万。陈行长看了看老段的钱包，说，段总，今天是有备而来啊。老段一愣，不明白陈行长说的是什么意思。陈行长便拉过他的手腕，笑眯眯地说，你看你手上这串珠子，不会是从哪位大师那里求来护身的吧？大家听了都笑，老段也笑。

回到家里，已经很晚了，可老段却丝毫没有睡意，他依旧沉浸在赢钱的兴奋之中。他坐在沙发上，又想起了陈行长临走时的那句话，便将腕上这串珠子取下来打量。戴了一晚上，这珠子似乎变得更加乌亮，似乎香气也愈发浓郁了。

今晚那么好的手气，真会是这串珠子的缘故吗？

这时，吕丽突然从卧室走出来上厕所。她瞟了老段一眼，嘀咕了一句，一串捡来的珠子，你还真当成宝贝了。

三

早上，老段被尿给憋醒了，起来上厕所，门却关着。吕丽在里面打电话，听着，像是打给儿子的。老段有些动心，便小心地将耳朵贴近，想再听得仔细些，却不想里面一阵冲水的声音。老段赶紧跑回床上。

吕丽走进卧室的时候，老段故意问她，谁啊，这么早打电话。吕丽平静地说，一个朋友，说明天去寺里的事。老段心里不悦，分明是儿子，非睁着眼睛说瞎话。似乎儿子是她的私有财产，不能跟自己分享。儿子在上海，两年没回家了，平时也从没给他打过一个电话。想起这些，老段就不高兴。这儿子，白生了一样。

整个早上，吕丽都在书房里念经。说是书房，更不如说是一个佛堂。只要没事，她就会像只猫一样躲在里头。老段坐在客厅里，闻见书房里时不时散出的那股檀香味儿，心里便一阵烦躁。他讨厌吕丽将家里弄得跟寺庙一样。

他又想起了早上的那个电话。事实上，他有些嫉妒吕丽。他一直那样疼儿子，每次出差，就算累得像条狗，也总不忘给他带礼物。可现在，他对自己，就像敌人。儿子的事，始终是他心里的一个结。听吕丽说，他现在在上海跟别人合伙办公司，具体做什么，她也没说。他不知道吕丽是不是故意不说。每次说儿子的事，她总是说个零星，一副怀揣机密的神秘样子，似乎这样能更好地体现她跟儿子的亲密程度。

老段胡乱按了会儿电视遥控器，脑中一阵迷茫，要知道这假期才刚刚开始，可他却丝毫不知道自己该干些什么。他的日常生活很单调，基本就是家和工厂，两点一线。有时候，静下来想一想，也觉得纳闷。自己办厂不就是为了赚钱吗？赚钱不就是为了过更好的生活吗？现在，自己赚了钱，真比以前好了吗？

他不确定。

老段将身体陷在沙发里，笨拙地盘弄着手中的珠子。老段手大，细小的珠子在粗壮的骨节间滑动，显得艰难。看起来，这珠子是越来越好看了，不像刚上手那会儿，灰头土脸的。他看着珠子上那一层软熟的皮壳，忽然又想起了她。她的皮肤可真好，一点儿都不像那个年纪的人。这珠子，要是戴在她的腕上，肯定是再合适不过了。老段突然想，如果自己现在能出现在她面前，亲手将珠子给她戴上，她会怎么样？

吃过午饭，老段终于待不住了，他出了门，往足浴城的方向去。虽然他对泡脚并没有什么兴趣，但起码也是个出门的理由。他不想就这样无望地在充满檀香味的家里消耗着。

给老段做服务的技师看上去很年轻，可技术却差强人意。领班说这是他们这里最受欢迎的技师，老段相信他的话，也知道她为什么受欢迎。她一弯腰，便能看见两只圆圆的乳房钟摆一样在工作服里晃荡。他知道她是故意的，她不可能不知道自己弯腰的时候，客人会看见什么。老段不喜欢这样，他是个古板的人。足浴就是足浴，干吗搞这些花里胡哨的东西？

老段记得，足浴刚兴起来那阵儿，各家足浴店里，还真有一帮正经技师，点刮推按，轻重分寸，都拿捏得到位。可现在，技师越来越年轻，越来越漂亮，可技术却越来越不到位。都不知道这些店到底是做足浴，还是做什么。

出了足浴店，时间还早。老段又开车在街上转了一阵，依旧想不到有什么好去处。开到兴工路的时候，他索性掉了头，往自己工厂的方向开去。

老段的车子到了门口，门卫老丁显得有些意外。段总怎么来了？老段不能说自己没地方去，看见老丁手里拿着筷子，便问，怎么这个时候吃饭？老丁不好意思地笑笑，一个人没事，就喝点酒。老段的眼睛绕过老丁，看见了折叠桌上的碗盆，突然有了点喝酒的兴致。

他将车停好，走进门卫室。老丁，我陪你喝一点儿。老段突如其来的要求，让老丁有些意外。他赶紧从一旁搬出条骨牌凳，让老段坐，他有些局促地说，我这里也没什么下酒菜，要不我骑电瓶车出去买点儿？老段看着桌上的东西，有半碟子花生米，还有一盆蒸鱼鲞。不用了，这样就挺好。

老段尝了一口鱼鲞，又喝了一口酒，觉得挺落胃。老丁介绍道，酒是番薯烧，是他一个什么亲戚烧的，鲞是米鱼鲞，是他老婆自己晒的。老段点点头，看见桌上还放了一盒烟，是那种很便宜的红梅，随手拔了一根出来，在鼻子下闻了闻。老丁赶紧递过打火机，老段摆了摆手，将烟又放了回去。他已经戒了快五年了，在此之前，他从没想过戒烟，这几乎是他四十五岁以后所剩下的唯一嗜好。

那一次，他检查出来肺部有阴影，虽然后来确诊是急性肺炎，但还是把家里人吓坏了。再抽烟时，吕丽便开始唠叨，说，你把身体抽坏了，我们怎么办？她反复地念，老段心里就不高兴了。自己身体不好，她考虑的只是她和儿子。

老段拿着酒杯，扭头朝门外看。偌大的工厂，被装在那个小小的门框里，像张旧照片一样。这里，当年不过只是一片荒地。就是自己，像燕子筑巢一样，将一间间厂房搭建起来。自己活了五十多岁，想起来，似乎一辈子也就是办了这么个厂。他将所有的时光都扔到了厂子里，除了生意，几乎没有别的兴趣爱好。别的人，到了自己这个年纪，都差不多起了退休的生活，养花的养花，钓鱼的钓鱼，可自己，却还是为这个工厂劳碌个不停。有时，他也羡慕，总想着等哪天儿子接了班，自己也去学学毛笔字，种种盆景什么的，可自己那个儿子……

老段扭过头，看见老丁就着香烟，又喝了一杯酒。不知是太阳晒的，还是酒醺的，老丁的脸膛显得特别红润。老段觉得，自己还挺羡慕老丁的。

四

吕丽一早就去寺庙了，今天好像又是什么菩萨的生日，他也搞不清。反正，在老段的印象里，寺里的菩萨时常要过生日。吕丽从来都记不住他的生日，可菩萨的生日，她却记得清清楚楚。

老段躺在床上，虽然睡不着，但也懒得起来，反正起来也没事做。这又是可以预见的漫长而又乏味的一天，想起这事，他就心烦。幸好，这时来了个电话，是何思年的。起先，老段还没反应过来何思年是谁，稍微盘算一下，想起了在陈行长家见过的那个长相秀气的年轻人。何思年在电话里邀请老段去喝茶，他说他搞了一个会所，刚刚弄好，想邀请老段去体验一下。老段应了。

何思年的会所在南门溪坑的北岸，开车二十分钟的路程。算城区，但又不像城中心那么吵闹。到地方了，老段才发现会所其实是一栋从安徽拆建移过来的明清老宅子，何思年将它按原样搭建起来，弄得古香古色的，挺好看。老段四下里打量，发现这会所紧挨着溪南公园。这让他有些吃惊，公园旁边搞这么显眼的一个私家会所，可见这何思年的背景不一般。

何思年显得很热情，他将老段迎进茶室，在一张紫檀桌边坐下。何思年问老段喜欢喝什么茶。老段往桌上看了一眼，看见绸缎一般的紫檀桌上，整齐地摆着一排瓶瓶罐罐，搞得像是做道场一般。老段稍稍有些发蒙，他对茶并不内行，说，那就来杯绿茶吧。何思年却摆了摆手，段总，我建议你别喝绿茶。我有一个朋友，浙一的，非常有名的一个外科医生。他告诉我，什么茶都可以喝，就是不要喝绿茶，长年喝绿茶，胃就不能用了。

老段一愣，不知道何思年说的是真是假。自己喝了那么多年绿茶，也没见自己的胃就怎么样了。

那就随便吧，反正我也不懂这个。

何思年笑笑，便像道士炼丹一样摆弄起了桌上的那些瓶瓶罐罐。老段发现何思年的手指纤细白皙，看起来，像是从来没有干过什么粗活儿。不像自己，说是老板，一双手比车间里的工人还粗。随后，他又想着何思年说绿茶伤胃的话。他这么年轻，就开始养生了。相比较自己，什么都不讲究。他忽然有些伤感，随后又觉得可笑，自己干吗要跟何思年做这样的比较？

两个人喝着茶，扯了几句闲话，就说起了生意上的事。

段总，虽然我跟你做的行业不一样，但我想，我们的境况肯定也差不多。这办企业，人工啊，原材料啊，价钱天天涨，还得拍政府、银行的马屁，说句不好听的，我们这些人，别人一口一个老板地叫，可实际上，也就是份讨饭活儿。

说到这里，何思年突然问了一句，段总，你有没有想过把工厂卖掉啊？

老段愣了一愣，不知道何思年为什么突然这么问。

就算卖，也没人买啊。你知道，工厂的那些机器设备，买来的时候是宝贝，可要卖，不过就是一堆废钢铁。

何思年也笑，卖机器当然没人要了，我说的是土地。

老段看了眼何思年，忽然明白了何思年为什么会约自己来这里喝茶，随后，他的脑子里浮现出了那天晚上打麻将的一些场景。

段总，我想买你那块地。你别怪我说话直。我们做生意是为什么，不就为赚钱吗？你办这个厂，一年能赚多少？我们都是吃这碗饭的，大家心知肚明。现在竞争那么激烈，市场又不好，生意有多难做，段总比我有数。现在土地价格好，你卖了，趁势脱身，我也刚好可以转行，赶赶房地产的末班车，这是双赢的买卖。

老段没应声，拿着茶杯，也不喝，只是在桌上转着。

段总，我知道，你是前辈，做实业比我早，也比我内行。可是，现在做生意和以前不一样了。做产品，还有什么意思？辛辛苦苦地研发出来，刻出模具，可到头来，你刚卖了没几个，就被别人学了去，价格还比你便宜，你说，这生意还怎么做？

老段仔细听着何思年的话，其实，他说的也不无道理。这几年，他也不是第一个跟自己提卖厂这个事情的人。可他从来就没真正动心过。他是知道自己的，这个工厂是他一砖一瓦建起来的，就如同自己身体的一部分。如果真要卖了，自己这一辈子还有什么意思？那些钱，有用吗？当然，这个话，他是不会对何思年说的，他根本不会理解。

老段想心事的时候，便下意识地去摸左手的手腕。这时，他突然愣住了，那串珠子呢，怎么没有了？这可怪了，这几天他一直都将它戴在手上，甚至连睡觉都没摘下来过。这会儿，怎么突然就没有了？是掉了吗？老段努力回想早上出来时的场景，但他不确定自己出门时有没有戴在手上。会是落在车里了吗？

老段开始心神不宁起来。他坐不住了，屁股上如同安了一颗钉子。努力坐了一会儿，他突然站起身来。

何总，我得回去了。何思年一愣，说，怎么了？没什么，就是茶喝得太多了，现在我觉得我的肚子里都可以开船了。

说着，他就起身匆匆告辞，丝毫没有顾及一脸茫然的何思年。

老段快步到了自己的车里，仔细查找一番，却没有那串珠子的影子。他坐在驾驶座上，努力想了想，突然想起昨天晚上自己洗澡了。洗澡的时候，因为是木头珠子，怕被水泡了，就把珠子取了下来。好像取下来后，自己就没戴回去了。

想起这个细节，老段就像捡到了一根救命稻草，赶紧开车回家。一进门，他就跑到卫生间里一通乱找，可卫生间里没有。他又去卧室、客厅，四处翻动，依然没有。老段觉得有些烦躁，他努力让自己的脑子冷静下来，像放电影一样一帧一帧地回播画面。自己还去过哪里？难道自己洗完澡，又将珠子戴回去了？他不确定。就这样，他站在客厅里，反复地想自己昨晚洗澡后的行径，可越想，脑子却越糊涂。最后，他终于放弃了，他的脑子如同失去信号的电视，再也没有任何画面，只是一片雪花。

老段一屁股跌坐在了沙发上。他心头涌现出一阵难以抑制的感伤。那串珠子，就这样在他的世界里消失了，就像它毫无预兆的出现一样。这让他有了一种深深的无力感。他沮丧地垂下头颅，几乎就要绝望。可就在这时，他看见茶几底下，竟然躺着那串珠子。它安静而又调皮地蜷缩在地板上，散发出一阵幽幽的光。

五

她其实是他的客户，姓江，台湾人。台湾女人很有意思，只要没结婚，都称呼为小姐。其实她的年纪并不小，今年四十二岁，属虎。他不知道台湾的女人是不是都保养得那么好，虽然四十多岁了，可看上去却只有三十岁出头的样子。她喜欢戴蜜蜡，戴红珊瑚，戴翡翠，看上去很贵气，可这种贵气又不张扬，很得体，丝毫不让人觉得厌恶。看见江小姐时，老段便觉得，她就是他想象中最好看的那种女人。

每年，江小姐都会到老段的工厂来上几趟，验订单，看产品。每次来，他们都会去船上吃海鲜，然后再去南苑唱歌。老段记得，有一次，在另外几个客户的怂恿下，他和江小姐一起跳了一曲慢四。在《孔雀东南飞》的舞曲中，他搂住她的腰，就像搂住了全世界最柔软的东西。起舞的时候，老段感觉江小姐的胸时常会有意无意地顶在他的身上，很有弹性。他疑心她没有戴胸罩，想到这个，他的脑袋就一阵阵地发热。他努力控制着自己不失态。舞蹈结束，包厢里掌声一片，大家都称赞老段和江小姐合拍，又起哄着，让两个人喝了一杯交杯酒。江小姐落落大方，倒是老段，显得有些扭捏了。他担心江小姐在跳舞的时候，会察觉出他身体某些方面的反应。

想起这些，老段便觉得自己的身体有些暖和起来。他轻轻揉搓着手中的珠子，脸微微发烫。

吕丽突然从书房里走了出来。老段一阵心虚，仿佛自己正在做什么见不得人的事。他极迅速地将珠子放在了口袋里，似乎那珠子戴在腕上，会将他的心事泄露出来一样。

可吕丽并没留意什么，她倒了杯水，又回到书房去了。老段扭头看着书房的那扇门合上，松口气，又将珠子重新从口袋里取了出来。他觉得自己有些好笑，拿着一串来历不明的珠子，弄得像做贼一样。

其实，吕丽是知道江小姐的。那一次，江小姐来他的工厂。在他办公室，他挨着江小姐，看桌上摆放的一个样品。他们背对着门，丝毫没留意到有人进来。

等他发现时，转过身，便看见了站在门口的吕丽。她的神情显得诡异，站在那里，直直地看着他们。他不知道她在那里看了多久。平时，吕丽很少来他的工厂，可那一次，她却来了。后来，他也没问她为什么会来，这样的事情，他没办法开口。

后来，吕丽再也没有提过那天的事情，可他却能感觉出她心里是多么介意。她开始变得刻薄，说话总是不阴不阳的。她心里堵了东西，他知道。这并不奇怪，江小姐是那种每个女人看了都会有危机感的人。他一直忍让，到最后，终于忍不住了，因为她说起了他的工厂。她反复地提及她对工厂的贡献，甚至，还搬出了那个死去多年的岳父说事。她提醒他不要忘本，如果不是当年还在当街道书记的父亲，帮他弄到了这块土地，他根本就不可能有这个厂。那一刻，他出奇地愤怒。他可以接受她对其他女人的嫉妒，却没办法接受她对他办厂这件事的侮辱。他仰着头，说，你有本事，把你父亲叫来，把那块地拿回去。说完了，他似乎还不解气，又说，让你父亲顺便把你也领回去。事实上，说出那句话，他就后悔了。他看见她脸上的神情变得惨白，像死人一样难看。其实，那只是气话，根本就没有别的衍生的意思。

后来，她像变了个人一样，好长一段时间不跟自己说话，每日里，只往寺庙里钻。他一直很后悔自己说了那句话。但他没有解释，也没办法解释。他知道自己可能一辈子都要承担这句话所带来的后果了。她是个记仇的人。

其实，吕丽的感觉没有错，自己的确喜欢江小姐。老段想，应该不会有哪个男人不喜欢江小姐这样的女人吧？他能感觉出，她也不讨厌他。可是，那又怎么样呢？他已经过了那个年龄了，如果时光倒退二十年，或许，他会跟她好。那时，他精力旺盛，胆子也大，活得随性、张扬，完全凭着自己的性情。他喜欢女人，喜欢赌博，最大的一次是在澳门的葡京玩百家乐，输了上百万，他也毫不心疼。

想起年轻时的那个自己，老段总会觉得有些难过，似乎记忆中的人跟自己毫无关系。那样一个人，不知从什么时候起，就不复存在了。现在的他，似乎成了一台机器，除了打出一个又一个产品之外，没有任何其他的意义。

老段叹了口气，将手中的那串珠子取了下来。他扯了张餐巾纸，一颗颗仔细地擦着。擦拭一番后，刚才还有些凝滞的木头珠子，重新散发出一种沉稳而内敛的光泽。老段将珠子放在鼻翼下，细细地闻着。

其实，自己也只是在妄想。怎么可能回到年轻的时候，再说了，就算回去了，他也没办法追求她。她是他的客户，这是他的原则，生意就是生意，他不能让其他任何东西掺和进来。在这一点上，他是没有办法妥协的。

六

中午，有人送了一条东海的大黄鱼来，金灿灿的，躺在一个泡沫箱里。吕丽说，这是她托海上的捕鱼人买的。老段觉得有些奇怪，好端端的，买这么大一条黄鱼做什么？这时，他忽然发现，除了黄鱼，吕丽还买了许多的菜，放在厨房间，满满当当的。

老段问吕丽，是不是有什么客人要来？吕丽却不应声，脸上笑眯眯的。

吃过午饭，吕丽破天荒地没有去念经，早早地便钻到厨房做菜。老段觉得怪异，看这架势，像有重要的客人要来。会是谁呢？吕丽没什么重要客人啊，总不会请了庙里的和尚来吧？

老段有些纳闷，坐在沙发上，轻轻地摸着手上的珠子，忽然脑子里一闪。难道是他要来？老段觉得一阵激动。事实上，他已经有两年没见过他了。这两年，他一直住在上海，除了每月让财务给他打两万生活费以外，他和他毫无交集。他怎么会突然回来呢？

到了四点多，老段听见有人敲门。这一刻，他已经确定了，门外的那个人，就是他的儿子。他是他的种，即便隔着一座山，他也能知道是他。但他装作没听见，拿着本旧杂志，认真地翻着。最后，还是吕丽从厨房出来开的门。

儿子站在门口，叫了声妈，随后，他感觉到他从门外走了进来。他心里翻江倒海的，可手上，却依然捧着那本杂志，一动不动。

儿子站在他面前，略有些迟疑地叫了一声爸爸。他愣了一愣，儿子的举动让他有些意外。儿子跟自己很像，虽然娇生惯养，但骨子里，都是不愿意低头的人。可这一声，听上去却是那样柔软。他抬头，扫了他一眼，面无表情地应了一声。低下头时，他有些难过，儿子好像瘦了许多。

儿子站了一会儿，便钻到厨房里去了。他瞟了一眼，看见他和他妈妈靠得很近，背对着他，像是在说什么悄悄话。他怎么会突然回来？还这么顺从地叫自己爸爸。两年来，他们形同陌路，不要说回家看自己，就连一个电话也是从来没有的。

菜烧好了，摆了满满一桌。吕丽似乎忘了自己吃素的事情，拿自己的筷子挑开大黄鱼的蒜瓣肉，一个劲儿往儿子碗里夹。夹完了，似乎想起什么似的，又往老段的碗里夹了几块。吃了一阵，吕丽开口道，阿聪，你不是说有事情跟你爸爸说吗？儿子斜了吕丽一眼，似乎有些犹豫，吕丽眨了眨眼睛，似乎在鼓励他。老段忽然觉得有些好笑，吕丽就像在演小品一样。

爸爸，我想在上海开一个公司。儿子稍稍迟疑了一下，又说，我做过一些市场调研，发现眼下有一个很好的商机。虽然很多人都在网上销售国外的产品，但他们销售的品牌在国外大都没什么名气。所以，我想开一个公司，通过网络平台，把真正受外国人喜欢的品牌引进到中国来。

老段皱了皱眉，儿子的口吻听上去有些熟悉，他记得，两年前，他就这样跟自己说过。当时，他要做房地产，他说房地产的钱真是太好赚了，他的那帮朋友，无论做汽配的，还是做文具的，没有人不在做房地产。可老段却一口否决了他的想法。他觉得儿子把这一行想得过于简单了。房地产赚钱，但也不是谁都能赚，需要跟政府、银行，甚至是黑社会，方方面面打交道。这些，他是做不到的，他太嫩了。而且，最重要的是，老段不喜欢盖房子，他是个实业家，不是包工头。

老段没应声，儿子的积极性似乎受到了一点儿挫折，不再说话，只是低头吃饭。这时，吕丽却将话接了过去。网上做生意好啊，现在不都说是电商的时代嘛，做电商最吃香了。

老段忍不住在心里笑了，吕丽这话分明是儿子教的。她除了那些菩萨的生日，又知道些什么？居然还冒出电商这样的词语。再说了，什么叫电商的时代？谁规定的？他不喜欢这些花里胡哨的东西。老的商业模式不是挺好的吗？各就各位，明明白白。他就喜欢按照熟悉的节奏，按部就班地走。可儿子这一代人不同，他们似乎更喜欢革命，喜欢将一切推倒重来。

对于儿子，老段一直都有着清晰的规划。毕了业，自己再带几年，等儿子完全上了手，就把工厂交给他。一切都是顺理成章。可儿子却不肯接受这样的安排，他似乎从来就没喜欢过办工厂，这是老段最难以理解的。都说做生不如做熟，三十岁，自己就开始办这个厂。他对这一行太熟悉了，接了他的班，儿子完全可以在他的帮衬下让工厂再兴旺十年二十年。可是，儿子就是不喜欢。他认定除了用机器打出一个个产品之外，世上还会有另外一条捷径。

老段没说话，只是慢吞吞地吃着菜。他不说话，儿子和吕丽似乎也卡壳了。一时之间，有些沉默。吃完了，老段用餐巾纸擦干净嘴巴，问了一句，你告诉我，办这样一个公司要多少钱？

两千万应该够了吧。儿子说了个数字。

老段撇了撇嘴，两千万？听他说话的口气，简直就跟说两万一样轻松。老段又想起了那件夹克的事。那时，他还在国外留学，回国时，给自己带来了一件夹克。有一次，他将那件夹克穿到厂里，业务部的一个小年轻看见时，嘴巴微微卷成一个 O 形。老段问他为什么这么吃惊，他说，老板，你这衣服是 Prada 的。老段不明白什么是 Prada。小年轻就告诉他，这叫奢侈品，一件衣服要上万块钱。回到家，老段将衣服脱下来，对着那个三角形的标识看了好一会儿。他用手摸了摸衣服的料子，的确挺软。但再软，也值不了上万块钱。他觉得真不公平，这样一件衣服可以卖上万元，可自己工厂生产的一个实打实的铜配件，却只能卖它百分之一的价格。据说，这样贵得离谱的衣服，中国人还都排着队抢购。老段觉得这个世界真是有些乱套。从此，他再也没有穿过那件夹克。

见老段不作声，吕丽又开口，钱倒不是太多，就是不知道这个事情牢靠不牢靠。儿子说，当然牢靠了，现在最有前途的就是做电商了。

老段白了吕丽一眼，她也太着急了，为了帮儿子，居然敢说两千万不是什么大钱。他恨不得驳斥她，既然不是大钱，那你给他好了。但他不能这样说，他已经两年没见儿子了。

老段没答应，也没拒绝。两千万，他有，他的企业日子还算好过。但那些钱，他不能动，他得准备着。没有这些钱，他心里不安。他知道很多企业就是因为资金链断了死掉的。这些话，他没法跟吕丽说，也没法跟儿子说，他们根本就不明白办一个厂，有多艰难。

你让我考虑一下吧。儿子似乎有些不太高兴，他瞧了瞧吕丽，吕丽赶紧说，我去问过菩萨了，菩萨说，阿聪有经商的命。老段不高兴地白了她一眼，你总不能让我现在跑银行去给你取两千万出来吧？

七

老段躲在厂里。他坐在办公室的沙发上，无聊地翻动着手机。本来，今天是说好了一家人去乡下一个农庄玩的。可临了，老段却反悔了。他不愿意看到那种不真实的亲情场面，他们不过是想逼着自己应承下那两千万。

老段陷在沙发里，不知道是昨晚睡眠不足，还是什么原因，他觉得脑子昏昏沉沉的。他继续翻动着手机上的号码簿，很快，他便看见了何思年的名字。说来也怪，原本，他以为那天以后，他会继续纠缠，可这两天，他却一直没有联系自己。他能感受到他对他那块地的渴望，可他却能这样沉得住气，这让老段有些吃惊。随后，他又翻到了江小姐的号码，他稍稍停留了一下，下意识地摸了一下那串珠子，便很快划了过去。

老段在办公室里一直待到了七点钟。他一天都没有吃饭，懒得动，肚子也不饿。不知道吕丽和儿子是不是已经回家了，这是悲哀的事情。心底里，他是盼望着儿子能回家，但是真的回了，家里，却又像成了自己的禁地。

老段从冰柜里取了十条软中华烟出来。他不抽烟，但办公室里总是会备着一些烟，他这里，总有形形色色的人需要招待。这十条中华烟，是给李副市长的。

他约了老段晚上喝茶。其实，他不约老段，老段也想约他。他是市里分管工业的常务副市长，儿子的那个事情，倒是可以先问问他的。他跟他是多年的交情了，或许，这个事情，他能给他出出主意。对于电商这样的新生事物，他心里真是没有底。不管怎么样，儿子的这个事情总不能一直这样僵在那里吧？

老段到了茶馆，开好了包厢，坐在里头等。半个小时后，李副市长来了。坐下后，李副市长便问老段工厂今年的形势，老段如实说了，他们是多年的朋友，他对他没有隐瞒。最后，他又将话题引到了儿子，说起了儿子想自己干电商的事。和老段不同，李副市长倒是很赞同他儿子的想法。他说，现在政府层面也很鼓励电商，如果能将这个事情做起来，还是有前途的。接着，李副市长像是有意无意地提了一句，段总，既然你儿子想做别的，那你有没有想过改行？老段愣了一下，摇头说自己暂时还没考虑过。李副市长继续说，段总啊，这个是我们私下里以朋友的身份聊。我觉得，你应该认真考虑一下。其实啊，这个事，我觉得你儿子比你看得长远。他为什么不接你的班？我觉得，还是有道理的。你们这一代企业家，很多做生意的方式已经过时了。

老段觉得李副市长的这几句话显得有些怪怪的，说着儿子的事，怎么突然就扯到自己身上来了。

李副市长点了根香烟，慢条斯理地问了一句，段总，最近是不是有人要买你的厂啊？

老段一愣，脑中顿时浮现出何思年那张漂亮的面孔。难道李副市长？

段总，你可不要误会啊，我可不是在为谁当说客。其实啊，我觉得，如果价格真的合适，你还真得认真考虑一下。现在工业形势那么差，有个好价格，脱了身，不是很好吗？

李副市长的言辞和何思年很像。老段心里有点儿不舒服，他不明白，为什么每个人都好像不喜欢自己办厂？

李副市长似乎看出了老段的心思，又继续说，其实啊，如果你愿意继续办厂的话，你这个厂卖掉了，还可以到乡下的工业园区再造一个。土地，我给你想办法。办个规模小一点儿的，压力别那么大。李副市长顿了顿，段总，我透个底给你，其实，你这块地，卖不卖也是早晚的事。你的工厂靠城区那么紧，早就纳入了新城区的规划。现在房产还热，土地价格还好。可谁又知道几年后政策会怎么样，土地还能不能卖上那么好的价格？

老段看着李副市长的嘴唇在不停地翻动，飘散出一口漂亮的男中音。现在，他心中那种不舒服的感觉已经没有了，他只是好奇，何思年那样的一个年轻人，到底是用了什么手段，会让眼前这个跟自己打了十多年交道的副市长这么用心地帮他说话。现在的年轻人，呵。老段想，或许自己这一代连 Wi-Fi 都不懂的企业家，真是已经过时了。

段总，你手上戴的这串是什么啊？老段一愣，回过神来，发现李副市长在盯着自己手腕上的那串珠子看。他摇了摇头，我也不懂。李副市长便让老段取下来，他将珠子放在手上，细细地打量。随后，他又将它放到手心轻轻搓了搓，送到鼻子下面闻。

呦，段总，你这串东西是沉香啊，看这油线，没准还是奇楠呢。

沉香，奇楠？老段越听越糊涂。李副市长看了老段一眼，段总不会真不知道这是什么东西吧？不过，也难怪，你这样的大老板，这种东西算什么。

把玩了一阵，李副市长将一整串珠子撩起来，你看，这沉香啊，都是从沉香树上取下来的。沉香树受了伤，它里面的树脂就会流出来，保护这个伤口，这些伤口上的树脂便是沉香。有些人为了得到沉香，还会特地在沉香树上割一个伤口，为的就是让树脂流出来，能够结成沉香。这沉香可是好东西，戴在身上，对失眠啊、肾虚啊，都好。

李副市长熟练地将珠子缠在了自己的左手腕子上。他的腕上有一块劳力士的金表，老段认得这块表。有一次商会组织活动去新加坡，在金沙购物时，他注意到李副市长试戴了这块手表，他看上去很是喜欢，反复把玩，但最终还是没买。老段看在眼里，便偷偷买来送给了他。

以前，别人也送过我一串沉香珠子，不过成色可没有这么好。李副市长在珠子上比画了一阵，这串珠子好，不多不少，戴着宽松刚刚合适。

他将珠子戴在手上，就没有再解下来。

老段坐在旁边看着，发现李副市长的手跟何思年的那双手很像，纤细、苍白，这串暗沉发亮的珠子被他的肤色一衬，像打了一层极薄的蜡，竟有了些珠光宝气。的确，这珠子戴在他手上，要比戴在自己手上好看许多倍。老段又偷偷地看自己的手，他的手骨节粗大，如同竹鞭。掌心的皮肤又是那样粗糙，就像粗砂纸一般。和李副市长的手比起来，他的手显得要苍老几十岁。他忽然觉得有些难过，他说不出这种感觉。他仿佛看见自己的手开始绽裂出一个又一个伤口，一些油脂缓缓地从伤口里吐出来，但这油脂不是黑色的，而是血一样的红色。

结束时，老段去吧台买单，李副市长则径直往门口走去。老段付完钱，正好看见李副市长要出门。在那一刻，也不知道怎么回事，他突然一阵紧张，紧接着，他的嘴里就滑出了一句话，李市长，珠子。

李副市长刚要跨出门口，听了老段的话，站住了身子。他卡在门口，看上去十分尴尬。但他毕竟是个领导，稍稍怔了怔，很快便调整了过来，轻巧地将手腕上的珠子取了下来，递给老段。

段总，不好意思啊，我竟把这事给忘了。

离开茶馆，老段没有回家，而是独自去了工厂。快到工厂大门口的时候，他熄灭了车灯，将车停了下来。此时，他的心情还有些激动。想起茶馆门口的那一幕，他依然觉得有些不可思议。其实，他并不是舍不得那串珠子，什么沉香不沉香的，对他来说，那都算不了什么。但不知道为什么，那一刻，他就是不想给。这么多年来，他已经习惯了别人对自己的索取。可那一刻，他却突然那么坚定。

老段在车里坐了许久，激动的心情终于慢慢平复了下来。他安静地注视着眼前的这片工厂。工厂漆黑一片，只有大门口的门卫室还亮着灯。黑暗中的厂房，就像海里的礁石，而那个门卫室，就好像是大海里的一座灯塔。

他将口袋里的那串珠子取出来，放在鼻子下，细细地嗅着那丝若有若无的香味。她说在阿里山里有套别墅，如果老段有机会去台湾，可以住在她的别墅里看樱花，看云海和晚霞。老段眯着眼睛，仿佛眼前就出现了那些云和那些晚霞，如同梦境一般。

她身上的味道，真好闻啊。

老段叹了口气，微微欠身，将手中的这串珠子挂到了后视镜上。他用手轻轻地碰了一下，这串珠子便在微弱的灯光中微微晃动，散发出一种暗沉而又深邃的光泽。

《人民文学》2016 年第 9 期

爷爷的鬼把戏

李师江

一

爷爷临去世前，摔断了胳膊，在床上躺了半个月，臭烘烘的。那是 20 世纪 80 年代，在农村，没医没药的，盖着一床薄薄的被子，打着寒战，哼哼唧唧地等死。他的病床就摆在狭窄的厅堂角落，如果上了天大家就能及早发现。爸爸和伯伯等人每天忙忙碌碌，养家糊口，大抵也没怎么照顾他，八十来岁的老人是最不金贵的，死了比活着更受人待见。

我捂着鼻子从爷爷身边经过。爷爷像还魂般从被子里抽出手来，抓住我的手，喘息着叫道："爷爷就要死了，你想要什么？"

我一把把手抽回来，道："你死就死嘛，能给我什么！"

爷爷常年咳嗽，哮喘，嘴里吐出浓又绿的痰，苍蝇一落到上面就被粘住腿，这是在我看来他身边唯一一件有乐趣的事儿。妈妈吩咐，不要和爷爷有肢体接触，不要和爷爷靠近说话，否则就会被传染上哮喘。我心中一直以为爷爷是世界上最脏的人，跟苍蝇一般。

"爷爷很快变成鬼了，鬼可以变很多东西，船仔，你想要什么，爷爷变给你。"

爷爷死了居然有这般好处，我一下子开心极了。

我很容易相信别人的话。比如说一个卖老鼠药的老头儿，每次经过我家，都承诺下次会捉一只麻雀给我。他家的土墙上都是麻雀的洞，他说麻雀晚上还会钻进他的被窝，很听他的话，就跟他家养的一样，他一定会捉一只让我养。每一次来的时候，他总是忘记，他承诺下次一定会记得，我相信他的话超过了一百次。从小到大，我相信的人话与鬼话超过一箩筐。

我想我一定要一个妙不可言的玩具。但它是什么呢？我一时想不出来，乡下的生活太贫瘠，我想不出高级的玩意儿。如果只是一把链子枪或者一把弹弓之类的，爷爷就死得太不值当了。世界上好玩的东西肯定很多，在我没有去过的城市里，但是我实在想不出来。

"爷爷，你别急着死，等我想出来了再死。"我郑重地交代他，这时候我已经不那么害怕他传染我什么了。

他再次抓住我的小手。他的手只剩下一把皮了，在被窝里焐得又干又暖，摸着我的手心，好像想从我这里得到生命的能量。

"别想破脑袋了，我的船仔，慢慢儿想，爷爷死了，你也可以告诉死了的爷爷。"他说话已经相当吃力了，速度慢，但还要搏命地跟我说话，像个口渴的人拼命喝水。可能除我之外，再也没有人耐心地和他唠叨了。

"难道鬼可以和我说话吗？"我好奇地问。

"不。"他得寸进尺，摸着我的脑门和脸颊，"清明节的时候，你到我的墓前去烧纸钱，爷爷的鬼就会来到人间，那时候你心里想要什么，爷爷的鬼就知道了。"

"哦。爷爷，你变成鬼了不会害我吧？"在我的印象中，鬼是个坏东西，爷爷变成鬼后不知道会不会成为坏鬼。

"不，爷爷的鬼会跟爷爷一样。"他吃力地承诺道。

那我就放心了。

我的玩具箱里，东西少得可怜。最多的是烟壳折叠的"青蛙"，最可爱的是剪成动物形状的小铁片，那是买爆米花时夹带在里面的，还有钢片做成的飞刀，至于贝壳、黄花鱼脑石之类的就不上大雅之堂了。我十分渴望的东西在我脑子里只有一个模糊的印象，但实在是说不出它的样子也叫不出它的名字。等我再长大一些，可以徒步进城的时候，我就知道我要的是什么东西了。

"怎么还没死呀。"我每天起来，就是好奇地看看爷爷死了没有。

"快了。"他为能在不久的将来满足我而颇为欣慰，"爷爷死了你高兴吗？"

"嗯。"

"是因为能变成鬼吗？"

这个问题我仔细地想了想，点点头，又摇摇头。变成鬼呢，当然是一个原因，还有另外一个原因，似乎我潜意识中一直希望他死。

我在小学读书，下课的时候，爷爷时常会拿着一截甘蔗，或者一个光饼，穿着破棉袄，在追逐的孩子堆里叫道："船仔，船仔。"其他的同学就会幸灾乐祸地叫道："你爷爷又来找你啦。"我感觉莫名的羞惭，因为爷爷这副样子真的是丢我的脸。我为有一个乞丐般的爷爷而羞耻。我躲避不开，敷衍着收下他手里的东西，把他连推带拉地轰出去。我警告他，以后别来了。他耳聋，也许是故意耳聋，听了半天也没听清楚，更没明白我的意思，一而再，再而三地来学校找我，让我成为同学的笑话。我没有办法改掉他的这个毛病：只要姑姑一给他几毛零用钱了，他就非得整一些零食来讨好我。这些零食我本来是爱吃的，但是他送的，我就倒了胃口。

如果爷爷死了，我就不会继续这样丢脸了。

爸爸有一个朋友，我叫他老酒，不知从何处来也不知往何处去，大概每年有一段时间，像候鸟一样会出现一次。他一般在夏天或者夏秋之间像神一样出现，住在我们家的楼板上，随便铺个席子，他能睡得昏天黑地，日月无光。他来的目的是在村里说书，他是个职业说书人，肚子里大概藏着几百万字的故事。他说书带劲，悬念感很强，一个晚上能够收到好几块钱。白天他则是喝酒和睡觉，他一来我们家就要吃肉了。他是个豪爽之人，钱来得快去得也快，一身的江湖气。

爸爸很忙，几乎不跟爷爷说话，倒是老酒偶尔跟爷爷说几句。他喝酒的时候，看见爷爷在病床上，叫道："喝一杯？"爷爷连头都不会摇了，眼睛转了几转，意思是哪里还能喝。不过说实话，爷爷在没有病倒的时候，也是好杯中之物，只不过连粮食都不够，哪有酒喝。

老酒有钱嘛，妈妈也能给他张罗几个像样的菜，老酒喝得满脸酡红，口沫横飞。爷爷像一只刺猬发出"哦哦哦"的声音，一边无力地招了招手，示意有话对老酒说。老酒像乌龟般伸长脖子，把耳朵凑近爷爷的嘴边。

"你跟船仔妈妈的事，我可全知道。"爷爷费劲地干着嗓子道。

"不要说胡话，喝点酒，到了那边，不做饿死鬼。"老酒说着，把锡酒壶中的酒一滴一滴地滴到爷爷的嘴唇，爷爷一点儿一点儿地舔着，回味无穷。那是他一生喝的最后一次酒。

次日早晨，我像往常一样经过爷爷身边，摸一摸像蛇皮一样的手，是冰冷的。我像发现了宝藏似的，惊喜地跑出去叫道："爷爷死了。"

大人们很快得知消息，从不同的地方拥来，把他抬到后厅，把床上的东西一股脑儿扔到外面的垃圾堆。寿衣、棺材、坟墓，一切早就准备好了，他的死是一件大家期待中的隆重的事儿。

在学校里，我也骄傲地对我的同学们宣布：我爷爷死了。

"再也不会给你送零食了吧？"

"当然，再也不会来了。"我如释重负，笃定地回答。

我不会把关于鬼的秘密跟同学们分享，他们嘲笑我爷爷，却想不到我爷爷死后能有魔力。

我坚信，死是另一种有趣的生。

二

爷爷死后的第一个清明节，我如约去扫墓。

本来大人们是不愿让我去的，怕我做不了正事又捣乱，但是我筹谋已久，非去不可，爸爸也就拿我没办法了。爷爷的坟墓是新坟，坟面上长着蓬勃的苔藓，周边和缝隙里杂草挺拔，风景颇为宜人，真是可爱的鬼的居所呀。爸爸把杂草和苔藓除掉，使得坟墓变成一个光溜溜的坟包，虽然干净整洁，但我觉得总不是那么美——你说一个人光头美，还是长着头发美呢。爸爸擦了擦汗，巡视左右，叹了口气道：石灰用得有点儿少。

到了烧纸钱的环节，我接过燃烧的纸钱，然后默默地说出我的心愿。这是与爷爷约定的形式。

说来也巧，爷爷死后，我一下子就知道了我想要什么，一把水枪。本来那时候最酷的是火柴枪，高年级同学手里有火柴枪，经常啪的一声响动，一群孩子就围了过去，确实有极大的魅力。但是一个进城的同学告诉我，水枪更厉害，是可以喷水的，而且颜色很鲜艳，可以把形式简陋的火柴枪甩出几条街。如果拥有一把鲜艳的水枪，那我会受到怎样的拥戴？不敢想象。

我在爷爷坟前说，请给我变出一把水枪。当时香火弥漫，我相信爷爷的鬼能听得到。

我许下这个愿望之后，每天早上醒来，都希望枕头上多了一把鲜艳的喷水枪。我设想的情节是：鬼是夜间行动的，它趁人睡着时无声无息地潜入，把东西放下，然后悄无声息地飘走。

遗憾的是，现实与此相去甚远，不但枪没看到，连鬼的影子也没看到。如此往复，我突然明白：爷爷轻信了死后会变成鬼的说法。

可怜的爷爷，不应该去死。

这么想来，爷爷从这个世界彻底消失了。那个坟墓，或者每年的祭拜，只不过是对生者的安慰而已。

八月的一天，台风与暴雨过后，天气难得凉爽宜人，相信每个人的觉都睡得很沉。早晨，妈妈对爸爸说："昨晚梦见你爹从门口进来，左看看右看看，我当时还当你爹活着，问道，'爹，你瞧什么？'你爹说，'我房子漏水了，叫三儿去补一补吧'。醒来一想，才知道你爹已经死了，那神态、那语气都跟活着似的。"

爸爸本来拿着锄头下地，转而上了爷爷的坟头，果不其然，坟包上裂了一道缝，往里漏水呢。这可是件大事，他叫上伯伯一起，商量着取了石灰，去把缝隙牢牢补上。

这件事又让我燃起了希望。我问妈妈："鬼和人说话，只能在梦中？"妈妈说："那可不是，睡梦中灵魂出窍，才可以通灵。"妈妈对鬼神的事比人间的事更了解，鬼神世界来龙去脉她门儿清，任何东西都可以解释的。

其后刚好是中元节，在家中祭拜祖先，烧纸钱。妈妈备了一桌食物，大抵是一些家常菜，但有两盘鱼是木头的，雕刻得栩栩如生，不知道是否瞒得过鬼魂。我问："祖先真的回来吃席吗？"妈妈阻止了我的话头，道："傻孩子，不要胡说，祖先们正在吃呢，饭菜都凉了。"她的意思，鬼魂们是吃菜肴的热量，凉下来证明它们吃过了，最后会吃得冰凉。她往半杯的酒杯里又加了一次酒，朝空气中喃喃念叨："你们都吃饱喝饱哦，没事别来作乱，要保佑子孙们安康。"待祖先们吃得差不多了，便是烧纸钱，每一串纸钱上都写着名字，妈妈边烧边低声念叨："这是大爷爷的，这是大奶奶的，这些钱拿去想吃什么就买什么，别吝啬，每年都会给你们烧。这是给他爷爷的，如果房子漏了，可以雇人来修。你喜欢吃带鱼，可以多买点放在家里，咸带鱼也不会坏，猪肘子可劲儿吃，牙齿不好，可以熬烂一点儿，活着的时候没得吃，在那边就多吃点，反正给你烧的纸钱多。对了，在那边买床厚的被子，冬天就不会打摆子……"

成捆的纸钱熊熊燃烧，橘色的火舌伸来吐去，纸灰上下飞舞，好像真的有鬼魂们在抢收那些钱。我在火堆前默默念叨："爷爷，你还记得我们的约定吗？如果真的有鬼，就来我梦中吧。"

俄而，家家户户响起了鞭炮，代表祭拜仪式结束，鬼魂们起驾回到阴曹。我看着那些冰凉的菜肴和酒水，怅然若失。

那天夜里，我睡着一会儿，爷爷就来到我梦中。

"你长高了，不过还是那么瘦。"他一见面就唠叨，还是穿着一件有补丁的衣服，步伐蹒跚，好像我们的见面也在他的预料之中。

我记得场景应该是学校，他太爱到学校来找我了。

虽然一年没见，但我顾不得唠叨太多的东西，我切入主题，道："爷爷，我要那种喷水枪，城里卖的那种。"

"噢，那我得进城帮你买呀。"他还是一贯的口气，慢条斯理，说两句话就要咳嗽一下，他掏了掏破口袋，掏出几张零票，道，"钱也不知道够不够。"

"妈妈刚给你烧了纸钱，一大堆呢，说有好几万呢。"我提醒他，他在阴曹已经是个万元户了。那时候人间的万元户傲娇得不得了。

"那钱，一时半会儿到不了手里，到手里也不知道剩几个子儿。"他唠唠叨叨，我领悟力还不错，大概理解他的意思。就是烧的纸钱要通过阴间的银行统一兑换，最后汇到每个鬼的手里。当然，其间的各种手续或者名目，会扣掉很多，所以爷爷对这笔钱并不会抱太多的期望。这是妈妈烧纸钱时完全没有料到的。

"那你能变吗？你说过鬼会有魔法的。"我说。

"哎呀，其实鬼没那么厉害，规矩还多，做鬼也憋屈得很。"爷爷无奈但是很淡定道，"不过我会想想办法的，熟人那里可以借点儿，只是到城里有些路程，一时半会儿也到不了，你得耐心点儿。"

"鬼不会飞吗？"

"没你想象得那么厉害。我在生前腿脚不听使唤，变成了鬼也一样。"爷爷道，"做鬼比做人好不了多少。"

我可不想听他唠叨这些，只是催促他："你快点进城吧。"

"这就去。"他说，"让我摸一下你的手。"

由于受妈妈潜移默化，我知道人与鬼的好多知识，第一反应便是拒绝道："不行，妈妈说被鬼摸了，会生病的。"

"唉，那也是。"爷爷把手缩回去，"上次扫墓的时候，见到你爸爸手被锯齿草割出血了，我就忍不住摸了一下，想不到他第二天就发烧了。"

这我倒是有印象。爸爸扫墓之后，回来就头疼了。妈妈说是在溪水里洗手洗脚受寒了，躺了一天，吃了一服草药，第二天才好的。想不到是被爷爷摸了的原因。

这时我听见上课的铃响了，爷爷在操场上跟我挥了挥手，我急忙往教室跑，双腿一用力跳上台阶，就醒了过来，醒的时候还感觉到两只脚把床板踢了一下。我很兴奋，像找到一个宝藏，但我不想把秘密告诉别人。

三

隔了一天，爷爷就回到我梦中了。

他带来了我期望中的喷水枪，彩色的，造型特别规整，凹槽与纹路有板有眼，比我见过的所有的枪都更像枪。更可贵的是，它是塑料做的，把所有的木头枪都甩出几条街。

"是这个吗？"爷爷问。

"就是。"我坚定地回答。虽然我之前没有见过，也不能确定同学说的是不是就是这一种，但已经没有比这更完美的了，"不知道会不会喷水。"

"我已经给你装上水了，你试试。"爷爷一副豁出去好事做到底的样子。

这次爷爷见我的地点是在院子外面。我扬起枪头，扣动扳机，对着墙头草，一股强有力的水流射上去，帅极了。

这把枪要是带到学校，我分分钟就可以成为焦点人物。以前同学有一个新奇玩意儿，我总是挤上去看，人码成一圈，要摸一下也难。现在我可以成为被蜂拥的中心，叫道："慢点慢点，凡是没跟我吵过架的，都可以给你们射一枪。"

"应该很贵吧？"我问道，如果是高价，绝对可以给这把枪加分。

"是呀，城里的东西能不贵吗！"爷爷愤慨道，"还好跟你大爷爷借了点钱，他还不满意，说兔崽子，你要这么多钱不是去赌博吧。唉，我都老了他还骂我兔崽子。我说，我赌博都戒了几十年了，我给孙子买玩具呢。他边给钱边骂我，你别光顾着在人间玩，到时候回不去我看你成孤魂野鬼。哎呀，也就是说给你买东西，才能从他口袋里掏出钱来。"

阴曹地府的生活好热闹呀。

我朝天开了几枪，射出来的水流像彩虹，又像焰火，是我能控制的优美的弧线。操控的感觉妙不可言。

我抬起脚就往学校跑，迫不及待。爷爷在后面叫道："不能跑……"

那叫声跟他生前一模一样。因为我老是跑路摔倒，膝盖上布满大大小小铜钱状的伤痕，他老是责怪。

我的脚一抽，醒了过来。

梦中情景历历在目。我往枕边一摸，空空如也，又往被单里掏，只掏到一手湿漉漉的。

我相当失望，跌入冰点。我理想中的情形是：那把喷水枪应该出现在枕边。如果只是出现在梦中，管鸟用？

老酒又来了。他一来，我们全家都很开心，第一是因为他是个名人，我们家沾光，第二是因为他一来，妈妈就可以加几样菜，日子一下子就好了。

他一身酒气，从床板上醒来，吸了吸鼻子，叫道："哎哟，这个尿臊味，比我的酒味还浓哟。"

他就跟我们一块儿睡在楼板上，反正没有他不能睡的地方。据说喝过酒的人觉得哪里都是天堂。

妈妈叫了草药婆婆给我看病。妈妈说我老说梦话，夜里睡觉一惊一搐的。草药婆婆给我掐指关节，把每个手指的指关节用指甲掐，掐完就捋一遍，颇为舒服。妈妈对草药婆婆说："他六岁就不尿床了，被子没有尿臊味，我还挺不适应的，现在适应了没尿臊，这么大又尿床了。"婆婆说："受惊了会失禁的，吃了药就好。"她留下养心草，让妈妈加个银戒指，炖汤剂给我喝。

终于等到爷爷再一次来梦中，我很生气。

"拉你都拉不住。"爷爷一见面就叫道，"我要见你一次越来越难了。梦的场景是不能转移的，一转移你就醒了。"

这次梦到的地方是学校，学生一群一群地聚集在操场，不知道在玩什么，像一坨一坨蠕动的屎。

爷爷把枪递给我，指着那一坨坨的同学，道："枪给你注上水了，你可以去和他们玩了。"

啊，他不知道我憋了一肚子气。梦中的情景根本满足不了我的虚荣心。

"我不想在梦中，我想把枪带到梦外去，我要真实的枪。"我冲着爷爷喊道。

爷爷愣住了。原先他因为满足了我而一脸兴奋。

"这个，做不到。"爷爷笃定地说，"阴间与阳间，是不能相连的，我的枪你带不回去。"

"都是骗人的把戏。"我哭了起来，失望到极点，"鬼话连篇。"

我眼泪一滴一滴地掉下来，爷爷木然地看着，似乎那不是眼泪，而是珍珠。沉默许久，最后他道："我想办法，好吗？可以帮你办到。"

"你又要骗我。"

"不，爷爷跟你说的每句话，都放在心上。"

"我不信。"其实我心里是相信的，我很相信他，"如果你骗我，我就再也不给你烧纸钱了。"

爷爷的鬼愣住了，好像头上被一块巨石击中。

"唉，爷爷豁出去了。"他狠狠道，似乎下了很大的决心，又似乎在冒一个很大的险。

我心中暗自得意，爷爷不论是人还是鬼，都会满足我的。爷爷叹气道："你且睡着，爷爷走了。"我说："记住哟，不要让我把你的话当成鬼话。"

那个晚上，我的梦结束后，并没有醒来，而是继续睡着，直到次日醒来，梦境才清晰地在脑海中浮现一遍。

我记得在梦的尾巴，和爷爷还有这么一场对话。

"爷爷，你的鬼跑哪里去了，为什么到了第二年清明节才回来？"

"刚刚变成鬼，是不能出来的。阎王爷会清算鬼的罪行，一条一条地算清楚，你某年某月做过什么亏心事，对不对，还有你某年某月，做过一件善事，一条一条地对证，很麻烦。清算了几个月，那些罪孽深重的，就被投进地狱，出不来，你给它烧多少纸钱都没用；善恶能抵消的，才能做一个正常的鬼。还有善事做得比较多的鬼，那就更自由一些，可以早点去投胎。"

"爷爷，你是一个正常的鬼？"

"是呀，判官原来把爷爷的一件件坏事列出来，爷爷心惊胆战的，连小时候把你爹收拾一顿都当成罪孽，说，你打小孩儿一顿，小孩儿长大就会把别人打一顿，是很重的罪。爷爷以为要下地狱了，还好呢，爷爷做过的善事也不少，有些善事很可笑，大饥荒的时候，饿死很多人，爷爷天天去抬尸体，抬到万人坑埋了，这个在他们看来是天大的好事，得了不少分。"

"如果善恶不能抵消，到了地狱会怎样？"

"唉，你可别提这事，一提我就头疼。"

"鬼也会头疼？"

"那可不是，鬼头鬼脑也是头脑嘛。"

四

老酒喜欢逗我玩，给我变些小魔术，比如说一枚硬币从嘴里吃下去，却从屁股里跑出来，大抵如此，逗得我咯咯大笑，权且消解他的无聊。

老酒那天从楼板上醒来，还带着一身酒气，对我神秘兮兮道："船仔，来。"

"干啥去？"我问。

他掏出口袋里花花绿绿的钞票，对我说："当然是好事。"

钞票是一种有魔性的玩意儿，不论大人小孩儿都会被牵着鼻子走。我一阵惊喜，知道必有所得。他的酒似乎还没有完全醒来，走路偶有趔趄，但并不妨碍他带着我走出街尾，走到一条进城的路上。

我原来以为他会带我到街上买东西，但现在看来不是，我有点儿惶恐。除了三年级学校组织过一次去城郊的烈士墓扫墓，我既没有出过村，也没有进过城。

"去哪里呀？"我拉住他，不想再挪动脚步。

"不想买你的水枪？"他笑眯眯地问。

我跳了起来。我瞬间明白，是爷爷使了什么法子，让老酒带我去买枪。也许是爷爷在梦中交代老酒的。不管如何，爷爷想的办法真是妙极了，整个村里，可能就老酒的口袋里的现金流最丰富。

我蹦蹦跳跳地跟在老酒后面，沿着村道，穿过郑岐和四都才能到达城里，要走一个多小时。过了郑岐，走在田野之间，迎面走来了一只狗。那只狗黄毛，脸上布满沧桑，步子悠闲，显然对这一带特别熟悉，它本来很放松地走来，正常情况下跟我们擦肩而过，人畜无害，但走到近处的时候，它突然警惕起来，朝老酒叫了几声。难道它闻到老酒身上的酒味？老酒有点儿慌张，突然蹲下来抱着我哆嗦。我觉得可笑极了，我根本不怕狗，但一个大人却被狗吓成这样，简直没天理。没有等我安慰老酒，狗突然叫得更凶，并且扑了上来。狗这玩意儿就是这样，你越怕，它就越嗫瑟。老酒见狗扑上来，更是吓得一头栽倒在地。那狗也像疯了一样，还好没有过来咬，而是越过老酒，朝远处飞奔。

我想把老酒扶起来。他却眼睛紧闭，牙关紧咬，依然昏迷。没见过一个浪荡不羁、酒肉江湖的人被狗吓成这样的。我急中生智，在路边的小溪里掬了点儿清水，在他脑门上可劲儿拍。这个办法不错，一会儿，老酒就睁开眼睛了。

"我怎么在这儿？"他坐起来四处张望，好像做了一场梦。

被一只狗吓得脑子都坏了，没见过这样的男人。

"你自己带我来这儿的。"我一副无辜的样子，说实在的，我真怕他脑子坏到忘记买枪的事。

"看来昨天酒喝太多了。"他使劲儿揉眼睛，以确保自己能看清，"不过确实是好酒，有后劲儿，我们回去。"

果然，脑子坏得很彻底。

"不买枪了？"我问道。

"什么枪？"他问道，"还是回去喝酒吧。"

真的不知道是该怪那只狗，还是怪他的脑子。我可不答应，我僵在那里不动，眼泪啪嗒啪嗒地掉下来。

老酒想自己起来，试了两次，都没能起来，浑身骨头都软了。第三次他攀着路边的一株灌木站起来，还没站稳突然又倒了下去，这次他没有闭上眼睛，又一次昏睡过去了。这次我没有施救，我已经被他气蒙了，自己伤心还来不及呢。

半晌，老酒悠悠醒来，慢慢地坐起，慢悠悠道："船仔，我们走吧。"

我抹着鼻涕赌气道："臭老酒，你说话不算数，我不跟你走。"

老酒慢悠悠道："哦，我不是老酒，我是爷爷，我们买枪去吧。"

他说话是老酒的声音，却是爷爷的语气。老酒变成了爷爷，瞬间我明白了一个事实：老酒被爷爷附体了。

我有一个同学，跟我一般年龄，有时候被神附体，如痴如醉，会说我们根本听不懂的事，我相信他是代表神在说话。诸如此类的事，我了如指掌。

他说着，慢慢起身，开始往前走，动作像爷爷，但是比爷爷有力，毕竟用的是老酒的身体。

"刚才那只黄狗，那个狗眼厉害呀，能看见鬼，扑过来咬我，我吓得从老酒身上跌下来，跑到那边树林子里。那只狗走远了，我这才回来。"爷爷说道。

老酒也就四十来岁，跟爷爷比，那是年轻多了。我从未见过一个这么年轻的爷爷，太兴奋了，问七问八，爷爷说："你别问了，说话很费精力，恐怕支撑不到城里。"

于是我止住说话，拉着爷爷的手，左右端详他，无比亲热。很早我就知道，死是一种比生更精彩的生。以后我想爷爷了，就可以叫他附体在别人身上，领着我去到处玩，到处买东西。

到了城里，爷爷熟门熟路地找到卖水枪的店，可见他以前来过这里。爷爷掏出花花绿绿的票子，买了水枪还有剩余，机不可失，我还想买点其他的东西。爷爷见我磨蹭，催促道："快走，要不然撑不到家里。"我不明所以，还是收了贪心，跟爷爷回去。

我有个想法，等爷爷到家了，我会跟父母解释："这是爷爷，不是老酒，就让爷爷跟我们一起生活吧。"当然，爸爸妈妈肯定不答应，感觉爷爷活着的时候他们就不怎么待见，倒是死了后尊重多了。妈妈肯定说："鬼怎么能跟人生活在一块儿呢，绝对不行的。"我想我会说服他们："鬼可比人有意思多了。"

反正爷爷不想说话，一路上我便玩着水枪，一边就这么胡思乱想着，过了郑岐，爷爷说："你应该认识回家的路了，我撑不住，得走了。"一副似乎很着急的样子。

还没等我反应呢，爷爷就闪人了。老酒身子一歪，昏厥在地，片刻醒来，跟喝醉了酒似的，晃晃悠悠地跟我回家。

老酒一回来就生病了，在我家躺了三天。听说书的人纷纷来打听：什么时候讲下一回呀？咱们也没少给你钱呀。那时候连电视都稀罕，老酒自然是受欢迎的人物。老酒没有回答别人的话，眼神空洞，呆若木鸡。

如我所料，我在学校里受到非凡的待遇，被同班同学众星捧月了许久，包括外班的同学都慕名而来，有的就是为看一看。除了跟我有仇的，大部分同学都摸过我的水枪。直到有一天，我被一个眼红的同学揍了一顿，我的明星光环才渐渐散去。

在这些虚荣心膨胀的日子里，我几乎忘记了爷爷。过了好多天，爷爷才又一次进入我的梦里。

"这些天，想进来跟你说一声，都难。"这次梦的场景在野外，爷爷一脸惊惶。

"怎么啦？"

"你阳气太足，我进不来。"爷爷喘气道，"再说了，整天有人在追捕我，我不能明目张胆地晃来晃去。"

想想也是，这是我无比骄傲的一段时间，不过对于追捕一事，倒让我大吃一惊。

"爷爷，你犯事啦？"

"长话短说，爷爷干了坏事，犯了很大的罪，我很快就要被投进地狱了，我就是想来跟你说一声，不知道以后能不能见了，总得告个别。"

"你真是坏爷爷，怎么能干坏事呢！"我很生气，教训起他来。

"我附体人身，驱人做事，这在阴曹是极大的罪行。"爷爷边咳嗽边道。

"那你知道这是犯罪吗？"

"当然知道了，可是我真的好想看到你开心呀。"

我一时语塞，好像被塞进了一口痰。

"多大的罪？"

"爷爷没文化，对律法的事也不太清楚，现在从狱卒小鬼的动静来看，大得很，至少关个一百年，十八层地狱里至少关到九层以下吧。"

"你怕进地狱吗？"

"当然怕了，哪有鬼不怕地狱……不过，说不定地狱里也会有谈得来的朋友。"

"爷爷，我……"

"没事啦，我不是要你后悔，我是来最后看一眼你。真想摸一下你，算了，不能摸，一摸你就生病了，你听见外面的铁链声了吧，那是小鬼来铐我的，我得自首去，省得它们骂骂咧咧地问候祖宗。"

我醒来后，脑子一片迷惘。

此后，爷爷再也没有来到我的梦中。

一年又一年，我渐渐长大，每年，都跟着妈妈烧纸钱。妈妈说，有罪的鬼是不会得到这些纸钱的，但是也得烧呀，这些钱会被充公，拿去修建阴曹地府的亭台楼阁，无罪的鬼可以在其间散步健身，给有罪的鬼做榜样。

爷爷，地狱比人间更孤独吗？地狱里的一百年是多长呀？

我十岁之前，各种胡言乱语，一直被家人认为脑子有问题或者被鬼缠身。对我自己而言，十岁前的生活十分真切，也更加真实。卖老鼠药的老头儿临死也没能送只麻雀给我，但我相信他的情真意切，如果他的鬼有这能耐的话，也能抓只麻雀补上。老酒在多年后已然失散在江湖，不知死活，爸妈一提起他，始终竖起大拇哥：这人着实有义气，给我孩子买过玩具枪。

很多年后，我还是相信爷爷正在地狱里踩着恶鬼的头颅，一层一层地往上攀爬，总有一天爬到我梦中。

德馨园

杨　帆

钟夫打算写一个短的小说。他坐下来，望向窗子外的梅树，思索着昨夜的梦。都还是一个个花苞，像是唐朝仕女嘴上的那一撮小点儿。远处是河塘，水瘦成一缕青烟，这当然是钟夫打算写进小说里的句子。事实上那河塘里漂浮着树枝树叶、昆虫的尸体、塑料袋，混浊呆滞。隔得远，钟夫闻到的是园中草木在冬季特有的清苦气。更远处是山，四下里水汽弥漫，云雾环绕，眼看要下一场雨。

雨只是一种猜想。钟夫用意念揣摩上天的用意，总不得要领。雨总也没有下，云气犹豫不决，绕树三匝。这个屋子是山中住持的女儿提供的，他可以住到河水涨满的时候。钟夫并不是第一个住进来的艺术家，前些年曾住过一位大人物，20世纪80年代，他写鄱阳湖的一部小说被拍成了电影，得了百花奖。临到垂暮之年，他被邀请来这里，很是清静了一阵。事实上文学盛况不再，他在山下也是为琐事所扰。大人物鹤发童颜，不怒自威，说话声若洪钟，背着手走路疾步如飞。他与山中住持是幼年邻居，住持的女儿又是文学青年，两下里一汇总，他便施施然上来住了一个季度。中途他的老寒腿不能忍受山里湿气，也有说法是有一个妇人寻到这里，大人物不胜其扰，后搬到南方沿海一带。这园子便有了名头，叫德馨园。

九点，钟夫照例接到素总电话。这个节点，他应该起床了，再不济也在床上醒着了，接电话是没有问题。假如她打断了他的创作思路，那是不凑巧，因为她隔三天才打一个，中奖概率不高。那边有乐器声，她应该不是独处，而是在一个大众场合。她问到他的饮食，他的口腔溃疡，以及他的肠道氙气。他身上的毛病不少，来此修养很有必要。素总强调说，关键要吃素，戒烟戒酒倒可缓一步。素总没有皈依佛门，在全市开了十三家素食连锁店。全国每年数以万计的教徒来此停留，作为朝拜菩萨的中转站。在朝西房间的冰箱里，她给他留下一堆食物，当然是素食，熟食或是加工半成品。园子里还有块菜地。钟夫在此修身养性，只管等着福祉来临。素总常穿简洁的黑白套装，从来不穿那些宽袍大袖，一头青丝剪成赫本头，有时来的时候在刘海上压一个蝴蝶结发箍。她一进园子里，高挑的身材便把梅树比对得苍老下去。假如她一直不走近，没有露出她不怎么露出的笑容，额角的纹路不会出卖她的年龄。钟夫眼望梅树，跟她探讨了一会儿山里的雨意。

思路还是被打断，不过，他想不起来昨夜的梦境。仿佛是梦到了他的上司，那个长着一颗硕大脑袋、没有脖子的家伙。曾经他有意把他写进小说，仿佛陡然闯进了一个怪兽，这个诙谐、轻盈的小说瞬间被破坏掉了。他处心积虑营造的那样一堆云山雾罩般的氛围，清雅别致的遣词造句，立刻变得古怪起来。他暗中吃了一惊，没有料到时过境迁，他的内心还存有如此突兀的咆哮。他小心地将那家伙摘下来，想让这个小中篇气息连贯，首尾呼应，在预设的完整结构里得以善终。但是这个举动的结果是，这个小说随之消失了。它停止在怪兽消失的地方，再也无法往前一步。他记得那个清晨他抱着脑袋，在桌边呻吟。太阳光照进来，他把这个无望完成的中篇撕成碎片，浸在泡麦片的温水里。

他的肠胃不好，早餐吃点麦片，晚餐喝小米粥。生活变得规律，符合他现今的身份和体质。还有什么比这两样更重要的东西？在他的生活里，其他的谈不上。那个怪兽般的清早再没出现过，他安稳地写着小说，平衡着体质与身份之间的落差。评论家对他的揣摩比较一致，认定他有一种气功师的功夫。他一度对此沾沾自喜，毕竟作品的气韵连绵，是需要坚实体力做底子的。也就是说，一度病魔缠身的人不知不觉在小说里痊愈了。即便他不能断定，是小说滋养了他，还是一股神秘的气体通过小说抚摩到他，曾经脆弱多疑、狂暴忧悒的他。

总之，他的确练起了太极，远离了酒和女人。太极拳的那些个意蕴深广的弧度，能令一切排山倒海般的风暴轻轻滑落。他有了一个柔韧的护体，风暴卷起的沙砾、石块接触不到它，黯然自行凋落。山里的安静时时令他感到安慰，吹着晚风，想起他那个马路边的书房，嘈杂不堪的清晨，夜晚，一切的时辰，便有一阵酥酥的幸福感从手臂传上来。他母亲住进家里带子焉，每日看护他上下学。他狠一狠心，春节也在此度过。这不是自虐，不是对亲人的冷落，说起来不像是理由，却是实实在在的难题，他想不出令他人不感到无趣的法子。临行他安排好一切，带着隐隐的喜悦，上得山来。

这天早饭后，他在园子里散步，察看梅树和菜地。花苞还是花苞，冒出的红似乎面积大了一点儿，零零碎碎不成气候。菜地种的是芹菜，菜叶入汤，菜秆素炒，倒也吃不腻。他看到河塘上飞过几只水鸟，清寂地叫两下，便在烟灰色的天空失了踪迹。他踱到塘边，乱草丛中蜷着一朵朵积雪。阳光洒下来，相安无事。塘边有一块石头雕成的棋盘，棋盘上搁着黑白子，每次的阵势均不同，仿佛被某位高人摆弄过。每次前来察看，他都带着三分愉悦，自搏一番，也俨然同高人交过手了。他从没有遇到什么人，只有远处青山隐隐，云雾深处偶现寺庙白墙青瓦，晨钟暮鼓，被风送入沿岸一丛竹林里。前方传来活泼的水声，他一看，河心漂浮着一只活物，一摊摊偏紫红的金属色泽的油光，在它的四周打着旋儿。它向这边刨过来，猫狗样的东西，扑腾几下便到了岸边。钟夫皱着眉头，看它旁若无人地抖着水，从它三角形的脸，一撮撮湿毛下的窄条身子，看不出它是只松鼠，还是野猫。它在发抖，同时用一种尴尬或者说内疚的眼神自下而上地盯他。他蹲下来，它又把头扭到一边去。钟夫从屋里取来毛巾，它跟他到了园门口，趴在门前，温顺地由他将它裹进毛巾。毛巾里是一团散发温热和河水腥气的柔软物件，他在揉搓它的时候，觉得事情有些怪异。它身上不仅有河水的气味，还带着一股浓重的类似铁锈那种血腥味。它不停地发抖，在吹风机的暖风下眨巴着小黑眼睛，随着毛发舒展起来，它渐渐还原成一只黄毛狗。就狗的体量来说，它太小，既不能看家护院，也不能令人大快朵颐。看上去是土狗和宠物犬的杂交，它黑黑的鼻子，金子般的毛发，显示它被照顾得很好。它的主人很可能是一个不切实际的人。他剥开几根火腿，丢在它面前。它很快吃完了，大力舔着嘴巴，不时扭捏地抬眼瞟他一下。

　　附近有人家，他估摸着它是从东边来的。此前两个月里，除了鸟、素总和地鼠，德馨园里从未出现过生物。他无意于收留它，在晨光中打完一套拳，便收工回屋，专心对付那个短篇小说。他没有再把那些落在稿纸上的字浸在温水里，当早餐吃掉。他养成了早晨写小说的习惯，因为素总讲他的胃病不是真的胃病，而是一种神经上的病。素总平日结交各个领域的精英人物，其中有个民间奇人，专治各种疑难杂症。钟夫的这套自成一路的太极操，以及早睡早起等，就是他授给他的护体秘方。每天，一套拳打下来，下一盘棋，写上几页字，早早睡下，他的胃被滋养得光可鉴人，富足圆满，再没有闹过大的意见。他先写一段，在主要人物即将登场之际，开始煮麦片。燕麦是有机的，大概还没有转基因，不像大豆、大米、玉米不能大胆吃了。中餐吃点蔬菜就红薯，一碗汤，实在馋了才煮点米饭。薯类只吃本地产的黄心薯，蔬菜是园子里的番茄，没买过超市的紫薯和圣女果。此外，他每天喝一碗本地农户挤的羊奶。送奶人在清早将半公斤的袋装奶放在园门口一棵樟树的树洞里，每月收一次奶钱。按这个习惯，他每天出一次园门。次日来取奶，那只狗还趴在那里，他丢给它火腿的地方，像是一夜没挪窝。昨天写得顺利，从人物出场一直写到高潮部分，他边写边考虑着这个短篇应该能出其不意地结尾。直写到窗外一团黑，才丢手睡了。夜里也没有听到它的叫声。

　　他想过它的主人是一个游手好闲的大龄懒汉，一个行将就木的暴戾老太婆，镇长的一个相好，甚至镇长本人——一个精瘦、骨节粗大、眉头竖着川字的人，方圆百里流传着他的铁腕手段和长相。他应该想到是这么一个少女，说起来他们也很搭。她的身躯是那么壮硕、挺拔；她的姿态那么健美，甚至威风凛凛。哪怕额角挂着血串，脸上有污泥，衣衫不整，破碎的膝盖处露出她杨树皮一样的肌肤。在他端出半碗羊奶看它喝的时候，她在晨光里出现，头发直到脚踝，光脚套一双球鞋。米色长夹袄上团团水渍，显是涉水而来。她像最浓烈的一株山茶花，怒放出清冽之气，凛然之香。现在，她把下巴埋进杂种狗背上的毛里，眼睛自下而上盯着他，一点儿也不眨，不移开，这同狗是一个牌子的，里面含着类似戒备、乞求的神情。她的厚嘴唇那么嘟噜着，但不娇媚，而是一种很硬的东西砸到他头顶的感觉。

呃，他说，你在流血。

她如梦初醒地摸摸额角，顺着他的目光眼珠斜斜上翻，笑了。她那副俏皮而轻浮的神态，不亚于梦露在风口扑打裙摆的效果，让他的脸微微热了起来。那狗从她手里滑下来，一跃而起，在她身前两侧不停蹦来蹦去。不知什么时候她手里托着个柚子，躲着它越来越高的袭击。她的笑声又甜又沙。她向他走来，双手将柚子端给他。那柚子皱巴巴的，像一颗失血、蜷缩的心脏。他接过来时，心没来由跟着沉了沉。

趁着他进屋找碘酒，她跟进园子，里里外外走了一遭。等他出来，看到她蹲在菜地里拔草。她一点儿不顾夹袄后摆蹭在地上，水淋淋的裤筒沾了泥巴，两只脚灵巧地挪动着。拔到他脚边，她站起来将草扔了，把额头往他这边凑来。钟夫给她涂了紫药水，伤口不大，涂的时候她嘴里发出咝咝声。她的毛发真是茂密。她长着一对金鱼眼，含着雾气，没有睡醒一样。她看他的时候，眼睫毛一根根向肿胀的粉色眼皮扎去。他觉得她是不会说话，然而她忽然开了口，说，这瓶过期了。说完拔腿进屋，在五斗柜里翻找起来。钟夫望向她被长发覆满的背部，怀疑这是不是一个虚幻的场景。在他胡思乱想时，她扭头问他，你那些书呢？钟夫一愣。她低头找了一会儿，沮丧地转过身。你写的书没有了。钟夫说，你知道我写书？少女点头，我爱看，你都带走了。你看过哪本？我看过……少女翻起眼想着。

一只小老鼠，爱吃芋头，她嘻嘻笑着，结果偷来的是石头。钟夫皱起眉，问她，不是在找药水吗？嗯，少女说，找药水。她回身继续翻找。钟夫走到她身后，看她两只透明般的手在药箱里飞快地翻检着，仿佛对里面的药品熟悉不过。

以前来过这里？他听到自己的声音。

她回头看看他，好凶啊。是不是三宝惹你不高兴了？三宝。

三宝应声来了。它欢快地纵身扑来，一次又一次，以为主人手里拿着什么好吃的。少女咯咯笑着，拿手里的药瓶逗着狗，说，这个可不是你吃的，好吃鬼，知道他生气了吗？你知道？……他会赶我们走的。

钟夫感到屋子空旷了起来，按说多了人和狗，他该觉得拥挤才对。屋子里有风，让他后背发凉。他坐了下来，缓和了声色问，你怎么受伤的？从哪里来？脚，不冷吗？少女用手指给狗梳理毛发，我住桃花源里，跑出来跌了跤，都是这个短命鬼闹的。它知道你回来了。

你是说，你来找我？

我找的是你啊。她睁着黑白分明的眼睛看他，看得他脑袋乱了起来。

钟夫脑袋嗡嗡响，我是谁？他听见自己干巴的声音，不像是自己发出的。门外天色明亮，刚刚有太阳，这会儿阴下来。树木举起的整个天空，发出一种玫瑰金色的光。光秃秃的杨树枝发出清凌凌的声响。

你是柳先生，少女说完跑了出去。确切地说，她追着狗跑进了园子。一会儿，连人带狗不见了。木门在风中咿呀着，像从未有人经过。远处传来一两声水鸟的叫声，含着清音，如同程派传人的啼啭。钟夫举起手里的药瓶，发现上面的日期果然超过了使用期。

次日素总来电话的时候，他在樟树下。一早他就出来了，但是送奶人没有出现。他心里隐隐觉得蹊跷，把这件事同狗的出现挂上钩。他还想到，手里这个小说写得如此顺利，几乎史无前例。寻思要不要将结局逆转，好摆脱某种诅咒或厄运。问起近年有没有一位姓柳的作家，素总说她很少过问这边的事，如果不是钟老师在山上的话，她都要忘记这里还有个闲置的房子。若事情重要，她着人去查。问候的话三言两语就完了，她迟迟不挂电话。她提到年前给他代领年货，同他母亲照过一面。她昨天从他单位拿来一堆书信，有一句没一句，给他报着上面的地址或书名。下雨了，她刚从公司回来。她用土耳其大披肩包住脑袋，邻居说她像个欧洲人。泡泡，她的爱猫四只蹄子脏得不行，她真想给它一只只拔掉。她的话听来亲切，且形象。他开玩笑地说，你要允许你的爱将在春天撒撒欢儿。素总听了，说她周末上来一趟。钟夫没有像上次那样悲观，反而庆幸她上来陪他。说到底，写一个短的小说，或是打一套老拳，是无须这样清寂的山水相伴的。他并非无消受的定力，当素总在除夕夜上山的愿望被他推挡掉，他依稀看到今后要走的路。但是现在，他对此踌躇起来。

电话挂断后，雨从山下赶了上来。先是淅淅沥沥，后来密集成一片。天地闭合成一维空间，然而一股辽远的清气不时传进窗子里。午后，送奶人来了。钟夫将纸笔推开，上面没落一字。他拦下了这个青年，一边付给他下月的奶钱，一边向他打听柳先生。青年高兴地收下奶钱，抖掉安全帽上的雨水，问他住得可还习惯。他来迟是因为整个上午在新开发的地盘上帮工，这里要建一个带游乐场的温泉度假村，拆掉民宅，填平河塘，都需要人手。他是入秋时接替他爹爹的活，没听说过什么柳先生，不知道这个屋子住过些什么人。先前在东莞打工，厂子关掉了，他同那些没拿到工资的工友们拉条幅静坐、游行，后来闹得大了，被当地公安抓捕了几个领头的才散场。他老乡里面像他这样的情况不在少数，有些换个地方还想蹦跶一阵，有些像他一样认命回乡。剩下的就做了城市盲流。他爹今年七十岁，腿脚不好使，没有心力对付那些羊。现在他同他爹娘一样，一天不干活就没饭吃。至于狗，他们这里从来没有那么小的狗，他们这里都是神气的大狗。一个眼神不对，蹿上来咬断你的脚踝。小狗只能是东边王镇长家里的，镇长的小女儿早年也在沿海一带做事，后来厂房爆炸，被震坏了脑子。据说镇长为此跑广东待了两个月，同化工厂打起了官司。别看镇长在当地是威风八面的人物，到了大地方狗都不是。本地一个人在大街上见过他，夹着个资料包追的士，胡子拉碴，脸上身上皱巴巴，愁苦的样子简直不像是下过圣旨的人。镇长当年占过他家一块地，这一幕着实让他解了恨。这也是这人混得糟透了还赖着不回的原因，他讲恶有恶报，这城市给他报了仇。后来镇长领着女儿回来了，官司不知道打赢没有。这女儿看上去是个好人，实际没有用处，成天跟狗混一堆，脑子全不记事，不记吃也不记打。那狗是她从广东抱来的，不到一个月给人毒死了。那狗跟本地狗下了崽，她成天抱着狗崽晃荡，去年差点跟个人贩子走了。有人说镇长把人贩子活活打死了，埋在后山。这么些年没人敢动他女儿和他女儿的狗。

　　钟夫心里有了底。这个柳先生未必是在这屋子待过的人，也有可能是那女儿在沿海城市结识的人。那狗不是那城市带来的，而是它母亲到镇上生下的狗，但是它对他的指认完全可以来自她的臆想。他心里不踏实的感觉还在，隐隐觉得她就在园子里。时近黄昏，他出去察看，草里湿淋淋的，树枝上挂不住的水珠滴进脖子里。远山同天空融在一处，河塘上有青烟升腾。竹林里有人走动，吆喝，引爆火药，搬动木材。假如没有这场雨，估计路上会扬起尘土，火药味会更浓郁。

　　他回来一心一意对付这个小说，那些响动对他形成的干扰，反而有一种安慰的意味。完成它，结束它，这是他此时的念头。然而最初的爆发点没有了，离他而去，在河塘上蒸发了。这意味着再写下去就是行尸走肉，堕入深渊。他合上本子，眼望着窗台上那只柚子，了无生气，飘进的雨水也没让它醒过神。远处传来钟声，涟漪一般一圈圈漾开，山中越发显得静寂。

　　"轰隆"一声。钟夫吓了一跳。巨大的响声只能来自对岸，他们要填塘。一方面，他感到不适，毕竟这个河塘远看是那么宁静，人畜无害，早晚眺望一回已成习惯。塘边那块石头棋盘，沿岸竹林，都是他再三流连过的。另一方面，河塘是那狗和少女的必经之途，填平了，她们通过的成本就降低了。仿佛是为了响应这炮声，阳光出来了，云层和水汽快速向天空的四角散去。阳光一照，工地一派欣欣向荣。这气象一直持续到深夜，大吊车发出的轰鸣，像哮喘发作的病人。嘹亮的灯光把整个夜空照得红彤彤。

钟夫睡了四个小时，随之被当当声敲醒。接连三日如此。那声音在耳鼓上极具耐心地击打，不紧不慢，将一根一根钉子敲进他的太阳穴。他起身打拳。每次打完都出一身薄汗，通体舒泰，这一回未出半点汗，周身气息全无。他收拳静坐，只觉太阳穴突突轻跳，耳中出现一线金属般的鸣叫。那股气俨然消失了。在太阳升起的时候，他感到那一堆神经衰弱、肠胃紊乱、关节炎通通回到了身上，毯子一样越裹越紧。太阳仿佛在助长这些声响的传播，暖风推波助澜，春的迹象在满世界尘土里飞扬。出来取羊奶，看到三宝守在门口。钟夫心中一凛，极目张望，三宝在他身后嗒嗒跑动起来，直跑到他前边去。它一跑三回头，领他来到河塘边，直到他看到对岸王二宝拖着长发的背影。她穿一条绛色裙子，阳光下像是谁向她泼了一碗干涸的血。她用那种又沙又娇憨的嗓音向几个男人喊话，语气急促。她打着手势，头发像鲸鱼的鳍一样摆动。一开始钟夫并没有打算过去，直到她对面有个男人抓住她的头发，将她整个人提溜了起来。几个男人看着她敞开的裙摆，哈哈大笑。钟夫几乎没想什么，纵身下了水。水的冰凉在意料之中，还是咬得他打了个寒战。

钟夫阻止了那男人的下一步动作，将他搂紧她头发的那只胳膊推脱了白。另外两个张大了嘴，还没反应过来是发出笑声，还是喝问。王二宝冒着热气的身躯迅速被接管到他这边，他扶她站稳，帮她将头发、衣裙大略整理好，慢慢向那三人走去。两个搡住那个大声叫唤的，讶然看他走近。你是哪个？耍的什么邪功夫？

他向他们抱拳，得罪了。我住对岸，敢问几位为什么对这姑娘动粗？

她是个活宝！左侧浓眉小眼的男人说，不是顾及她爸爸，我们早赶得她做鸭子跳。

你是活宝！王二宝身子向前蹿去。

右侧瘦长身形的男人说，天天来捣乱，躲都来不及，谁有工夫跟她缠？加班加点累得脱形了！

不准你们拆屋子！王二宝朝对面人踢腿、吐唾沫，活宝！瘟神！亡种！

那叫疼的人抽了口冷气，分辩道，谁拆你……你……屋？三宝兴奋不已，一下蹿到那人胸口，爪子挂到了他胳膊，登时疼得他大汗淋漓，说不出一个字。

钟夫问，你们要把这塘填了？竹林也砍？

瘦长男人点头说，还有那边的桥，你住的屋也要推。

浓眉小眼说，你住不了几天了。

　　这样一来，三个男人脸上都浮出了欣慰的表情，既满意又落寞，同突如其来的春天很搭。当中那个当然变化要急遽一些，因为还要留白给痛苦。钟夫上前给他一推一送，咔嗒。那人张大嘴惨叫一声，左右两人惊惧地摆开架势，眼看同伴脸色转暖，缓过气来。中间那人吁出一口气，指着钟夫说，你，是不是前两年见过你？

　　太阳当空，钟夫打了个寒战。

　　他们拆你屋！二宝跺着脚。三宝在她脚边给她伴奏，卖力地一跳一跳。

　　中间那人定定神，说，二姑娘，你莫来为难我们，拿铁锹打我也好，用石头砸、泼粪也好，我们是奉命行事，给你爸爸打工。你有意见回家同你爸爸提。他小心地用那只好手翻起夹袄，肚子上一大块青紫的包块，露出苦笑说，莫让她再来，搞得我们办不成事，钱拿不到，还驮骂。

　　这种现世宝，不是活在世上给我们寻开心的？浓眉小眼嘟哝了句。

　　钟夫站了一会儿，转身离开工地。二宝、三宝跟在后面来了。他走几步，停住脚说，你回家吧。二宝顿住脚步，三宝也顿住，不解地抬眼看看他俩。钟夫缓声说，你回去换身衣裳。二宝闻闻自己，鼻子皱了皱，她飞奔下坡，浇水洗起手和脸来。她扭转头，映着渐渐升高的光线冲他笑。看到他无动于衷，涉水而去，她一把抄起三宝，大力踩着水花，追上来。

　　等等我，短命鬼！

　　河塘的水浅，只到膝盖。填平也不过三两天的事。他走在岸上，感到膝盖骨以下没有了知觉，那种彻骨的寒冷紧钩住他片刻后，化作一片火辣。他预感到不好，多日来护体的绵绵气流尽数散去，脾那里隐隐作痛。他转身对她和狗说，不要跟来，你爸要寻你了。他不会寻我。二宝看他时眼睛一眨不眨，他有更厉害的手段。钟夫说，听说他会杀掉把你拐跑的人。二宝想了想，说，你别害怕，他不敢寻你。我说过你死了我也死。

　　钟夫望望她，进了园子。他扫视了一下园中草木，后面两个也跟着停了一停。她的左手虎口又在流血，河水的冰冷暂时让它止了血。好在他前些天已经找到了新药水，给她做了消毒处理。她一直在微微发抖，像是余怒未消，也可能受了寒。春寒伤人体，这个道理她怎么会懂呢。永远不穿袜子，涉水而来。显然，她还沉浸在刚才的场景里，嘴唇哆嗦着，迷梦般的大眼球放出高热病人那种坚定的光：屋子在，你就在。他找出一套绒面家居服给她，甩下鞋子，套上干爽袜子，对着她进去的房门说，我不是你的那个柳先生。里面三宝嬉闹响动停了下来，有一会儿没有动静。他继续说，我长得像他吧，你们都认错了。她出来了，手里掐着自己的绛色裙子，目光凛凛地看他。两次见她，都有不同程度的伤势，她像是为了遭受这个世界的打击而生的。什么也阻挡不了她。她一次次闯入的屋子，该是她受过伤的地方吧。他摸不准她是忘记了从前的经历，还是不懂得吃一堑长一智。她个子既高，人也健壮，但套进他的衣服还是显大。这套咖色绒衣被她穿出了一种帅气。他心里暗暗赞叹一声，没料到她身上的村野气被收得如此巧妙，简直不是被制服，而是相互映射，相克相生。

然而他心里是萧条的，下了水，好像全身功力尽失。自从这场雨下来，他像那个大人物一样无法忍受寒气了。或者，雨是她带来的？带来的还有那只柚子，正在她手里旋转着，她一手握刀，灵巧地给它削皮。她削出了一个五角星般的果肉，像一颗受到重击的心脏，干缩成一团。它被扔在窗台上，她把鼻子埋进柚子皮里深嗅着。仿佛她打开它，就为了接触那些柔软的海绵体内壁。她闭上眼睛，鼓鼓的眼球撑得眼皮变成绯红色，睫毛在阳光下根根分明。雨后天晴，园子里涌进来阵阵草气，在她睁开眼的那会儿，整个屋子在光线里晃了晃。

天阴下来是因为她的全部头发覆盖住他的脸。冰凉的脚丫往他皮肤里钻，她一年四季不穿袜子。她可以说浑身冰凉，俨然记忆的盲区在她皮肤上不停闪烁。她抱住他后背嘤嘤地哭，冰凉的液体流在他背心。后半夜歇了，但那种似有若无的呜咽始终贴在背部的一块皮肤上。他鼻端彻夜萦绕一种凛冽的清香，脑子昏沉沉寻思，莫非窗外的蜡梅开了？

或许是柚子发出的香气。这么一转念，天亮了。他似乎做了梦，这些念头全穿插在各个不相干的梦里，闹得他累极了。他不知道自己睡了多长时间，多年没有这么沉的睡眠了。房间没人，他坐了起身。狗也不在。昨晚她叫他短命鬼，他很想转个身，问问有关柳先生的事情。现在，她再一次消失了，就像她第一次、必将到来的最后一次那样。他应该怅然若失，或者感到安慰。他在各个房间查看，去园子里寻了一遍。梅花果然开了两树，不，两树半。笔直的细枝条硬生生地切割天空，没有叶子，那些粉红的花朵像是单独的一个个梦，被打上一层蜡，熠熠闪光。他登上天台，看到她正朝他笑，抱着狗，两条腿挂在天台栏杆上晃。她整个人浸在暗金色的光线里，头发微微拂动，逆光之中的轮廓像一团烧着的炭。他不禁停了步子，听到自己在问，这是谁？

声音是从身后传来的。素总高挑的身形从楼道的暗处现出来，径直来到他俩中间。似乎是一根精妙绝伦的尺子，微微丈量了一下两人的间距，果断驻扎在中点的位置上。二宝反问，你是谁？哦，我认得你，你是庙里的菩萨。素总皱眉，忍受着三宝小跑过来嗅她的脚面——对主人观点的郑重确认。

你惹上她，钟老师？素总看向钟夫。

钟夫笑了一笑。这种时刻他感到了轻松，他甚至摊了摊手，带头走下了楼梯。

身后素总的鞋跟发出咬牙切齿的响声，混合在三宝欢乐的叫声里。一直跟到了厨房，显然，她已经到卧室转过一圈。他打着火，坐上半锅水，抬眼看到一张脸在微微抖动，就说，到厅里坐，素总早上没来得及吃吧？素总没动，半晌说，我上来，就为着吃你这面？该死的，也该吃得补点儿！钟夫说，我还撑得住。说过了才感到不合适，一句要惹素总动气的轻浮话。素总的眼睛也在微微扭动，压低声音说，这算什么？一个白痴！你被她破了戒。你说的那些都是场面话，你对我不落一句实话！

她走出了厨房。钟夫把面煮好，盛了两碗。端出来时，厅里没有人。园子里隐隐传来狗吠。在亮晶晶的树枝间，两个女人在对峙。素总站在梅树下，梅花开了半树，乌黑的枝条益发醒目，她透过树枝盯着王二宝，这犀利的注视不时被憨态可掬的三宝打断。三宝同二宝互动着，不同的是一个不停动，另一个不怎么动。显然，二宝感觉到了对面投来的敌意，她是迷惑不解的。这对她构不成烦恼，先是有趣，到后来才慢慢有点儿委屈。

你要跟三宝玩吗？她主动把它抱给她。素总冷眼不语，向白痴招招手。钟夫听到她开始用平日给员工讲课的语调，向二宝训话。

雨水哗哗落下来，把女人的声音淹没了。钟夫端着面出现，二宝马上飞奔过来，三宝被带得在她脚下打了个滚。她朝他做了个鬼脸，夺过碗，放低嗓音说，你赶她走吧！雨下大了，素总进了屋。钟夫跟着她进来，把碗筷搁在桌上。他在另一边椅子里坐下来，拍拍椅腿，给飞奔过来的三宝倒了半碗羊奶。素总笑说，你是上山养猫养狗了，大艺术家就是讲究个博爱呵。我有义务提醒你，趁早打发她们，惹上她的人没有好果子吃。他直起身，把碗朝她推了推。只有素总能养好猫，我们先自保。好在山上生活成本低，他扫了喝奶后仰躺脚边的三宝一眼，微笑了。

你诚心吃素吗？她讥诮地看着他。

怎么说呢，钟夫眼望窗外，说，我是无心才吃素。我躲到你这屋子来，全因为我一无所用。上不能治理国家灾害祸乱，下不能容忍民间弱肉强食，我独独还能响应你素总，不在餐桌上血流成河，大快朵颐。吃素让我心魂安宁。当然，这是我无趣的地方，也是我们两个之间的一场误会。素总嘴唇动了动，眼睛望向屋外，雨势稍减。她陡然起身，丢下一句，等我看好新地盘，我们再谈。

钟夫跟出来送她，提声说，这屋子要推倒了，素总倒瞒我。我瞒不着你！素总回身大幅度打着手势，这是发展需要，是政策，我们历来安分守法，和气生财！雨水浇在素总身上、头上，像是配合她的讲话。她对雨势的判断是错误的，这使得她十分恼怒。钟夫在檐下取了伞，赶过去架在她头顶，说，等雨停吧。屋子的事我们谈一谈。

没什么谈的了！就是拆庙也要配合！素总尖声喊道，像一只被淋湿的鸡一样惊恐。今天我是来接你的。你跟不跟我下去？

我没打算下去，钟夫看了一眼在屋门口摇着尾巴的三宝，我们的合约，还有半个月到期。

你知道我一天要摆平多少人？合约！三教九流，人鬼不分！这些吞掉我多少资源多少精力？钟老师！头顶突然炸响一个雷，素总吓一跳。雨里的身子又瘦又长又轻淡，像个魂魄。雨条更密集，伴随着远处隐隐的雷声，她的声音被冲刷得不成形状。我不信，找不到另外一块地，找不到比这牢固的房子，比你有来头的大师！

我提前收回房子！

钟夫眼前一暗，天上隆隆滚过一个闷雷。发暗是因为那闪电，等他恢复视力，二宝已经送出了那把刀。给柚子削过皮的短柄刀，正从素总体内穿过。因为闪电太亮，雷声太闷，他没有听到素总发出声音。他也没有看到二宝闪到他们中间，把刀插进素总的脖子。

二宝说了句，你不是钟老师。她望着他笑，身上被浇透了，绛色裙子像黑色的血，一直流到地面。三宝在地上的素总身上嗅着，再三确认着主人的判断。

他们把她搬到园子里的棚子下。脖子上的血被雨水冲刷得干净，没一点儿血渍，面色青白。那刀插得深，三分之二没入肉里。钟夫感到了一种绝望。假如他真的身怀武艺，就可以用气将那刀逼出来，不至于让事情到这步田地。他们把尸体卷进一床被子里，搬到素总的车上，朝后山开去。天色暗沉，有些像夏夜。远雷在低低的天际翻滚，路边的柏树像獠牙般的长枝条扫过车玻璃。关在屋里的三宝在吠叫。雨声一会儿清晰，一会儿隐去，错乱如同山路尽头隐伏的深渊。清晰时雨点如秒针在头顶盘踞，催促，割裂，犹如审判。二宝率先进了山洞。钟夫失魂落魄地停车，跟进去。这个时辰大概是下午两点，不会超过四点。雨势滂沱，以至山洞里幽暗一片。二宝在洞壁摸到什么，打着了火，一根蜡烛微弱地发出小朵光晕。山洞不大，二宝手里操了一把铁锹，铲起了土。钟夫不及细想，接过铁锹急急干了起来。二宝去角落捡来把镰刀在一旁刨。三宝不知什么时候跑来了，哀怨地叫两声，贴着洞壁刨着什么。半个时辰后，一个长方形的坑挖好了。钟夫和二宝垂手喘息，相互看对方汗津津的脸。昨天夜里，他们的脸也是汗津津的。

钟夫走出山洞时，三宝还在角落里刨。它刨出了一个不规则的圆坑，露出了什么物体。他这才看到洞壁前几根熄灭了的香，斜斜插在香盒中。一只果盘里摆放着几只苹果，一只柚子。他打了个寒噤。

是人贩子？

钟夫蹲下来，将蜡烛放到坑边一晃。那人额头塌了半边，牙床露了出来，龇牙咧嘴，显是经重击死亡又遭蚁虫啃噬。蜡烛失手跌落。钟夫一时魂飞魄散，那张脸正是他自己。

远处钟声响起，一声一声悠长。风声空空，拂过即将被斫的竹林。一线金属声在耳孔里穿过，他听到车子发动声，一阵阵涌动如松涛。四下里更加静谧。

2016 年 2 月于柴桑

《作家》2016 年第 9 期

依 旧

娜 彧

一

　　刮了一夜的风，下了一夜的雨。不是窗外。

　　这栋房子的隔音功能很好，关了窗拉上窗帘，外面的风雨怕是打搅不了王瑶瑶的清梦。这风雨都在王瑶瑶心里。她睁着眼睛在黑暗里，其实什么也看不到，但是脑子里狂风暴雨，这些天来的震惊、争吵、纠结、眼泪混成一团。而当她闭上眼睛，不久就看到自己，和他。她看到自己在收拾衣柜，将衣服一件件地扔进箱子；突然有人敲门，她看到他去开门，接着她便听到他在一味地让步，他太想赶紧出手这栋房子了。她还看到孩子，孩子坐在箱子上，顽皮地一个一个箱子轮流坐，然后躺在箱子里不肯起来，用纯正的英语天真地要妈妈将他托运到中国去。她看到自己怒火冲天，尖叫着拎起孩子要摔，然后，她醒了。

　　实际上，她一向是冷静的，冷静是她的特征。他多次说过，当初并不是由于她的容貌，而是她的冷静征服了他。他说这是大部分女人天性里没有的品质，物以稀为贵。她笑，你是说我不是女人吗？——不是，我是说你是贵重的女人。的确，在她看来，万事都是可以解决的，别先害怕或者退却，人往往是被自己乱了手脚打败的；在她的记忆中，自己确实也从未如此焦虑和乱了手脚。

　　作为一个理科女人，冷静这种特性本应该助她事业有成，但是她先冷静地放弃了自己的学业，之后又冷静地彻底放弃了自己的事业。

　　你不学可惜，你也报名吧，我们一起艰苦三年。他说，多年前。

　　她笑笑，将本科毕业证书压在了箱子底下。

　　她心里想：嘿嘿，说得跟不要学费似的。

　　她说，等你毕业之后我再上。说是这样说了，但后来有孩子了，所有的打算便都落了空。

但在美国这地方只要不违法，倒也不怕饿死，她一边照顾家庭一边做一些不影响家庭的小时工，也不算辛苦。做小时工有做小时工的好处，可以挑选自己方便的时间，她坚决地避开了接送孩子以及孩子在家的时间。那是从前。

现在她不工作也没关系，他工作稳定且薪水还算不错，并且明显越来越好。所以他们五年前买了房子，房子的区域有最好的小学、初中。但她依然还是在打零工，在孩子上学的时候。他们原是打算，至少要等到女儿上高中的时候再换房子。不过，人算不如天算。

她醒来的时候房间里依然是黑的，透过白色的落地百叶窗，她知道天还没亮，但是，快了。她准确无误地伸手拿起床头柜上的手机：四点四十八分。她感觉手机上还留着她刚才握着的温度。这已经是她这个夜里第五次看时间了。

不，不仅仅今天，这一个月以来，夜夜如此，浅睡，易醒，睁着眼睛等天亮。他不在这个房间，一星期之前，他们在一次僵持到底的谈话之后，他便自觉地每晚睡到客房。客房在西边，得穿过客厅。有一次，她有点儿怀疑是不是因为他不在身边所以睡不安稳。但很快她否定了自己，以前他常有出差的时候，她一个人，哄孩子睡了，看会儿电视，不久就困了，一夜无梦。她没有失眠的毛病，她曾经搞不懂为什么有人黑夜睡不着觉，现在，懂了。

反正睡不着了，她伸手拉亮台灯，去了趟厕所，然后站在镜子面前。最初的一瞬间，她麻木地看着镜子里的人，什么感觉也没有，跟梦游一样。可突然间，她像被噩梦惊醒一样，她被镜子里的人吓着了。这是她吗？她先是用手，然后用梳子开始使劲拉自己的头发。没用，这不仅仅是头发的问题，而似乎此刻，她才发现这几年来自己身体的变化，隔着宽大的睡衣，镜子里的身体依旧有遮盖不住的不雅。她别过脸，眼泪往下掉。倒不是为了消逝的青春，她笃信人总要老。她心痛这么多年来，似乎自己并没有认真地看过自己，也没有心疼过自己。她心疼他，心疼女儿，把自己给忘记了。而这个被自己忘记的自己，看起来终将要面对。她用手擦干眼泪，继续看镜子里的自己，她看着自己的眼睛，浮肿、血丝横竖，和梦境中那个冲着孩子尖叫的疯女人一样。

这不行！她说，咬着嘴唇，对着镜子里的女人。

天渐渐亮起来了，王瑶瑶拉开窗帘，坐在床上，看着窗外的院子。这是她十年前对他说起的梦想：一个带院子的 house，院子里有四季常青的灌木，最好，再有个游泳池，不要太大。她并不贪心不是吗？他说没问题，一定让她梦想成真。

王瑶瑶看着院子里落下飞起的鸟儿，看着不远处泳池边两张她特地买来的躺椅，看着不大但整齐的草坪，一切都像笼着雾。

　　那时候他们刚刚来美国，和人合租一个两卧室的公寓。和他们合租的是一个看起来书呆子一样的男孩儿，木讷、老实，他和他们俩平摊了房租和水电费，当然是他们俩占了便宜，既然人家没有提出来，他们俩也就不会主动说了，再说，那时候他们只有从国内带来的钱，用一分少一分。他是学生签证，她是学生家属签证，都不能打工。因为总有些过意不去，王瑶瑶便主动地打扫厨房和客厅的卫生，那男孩儿也不说什么，他平时不在家，回来就把自己关在自己的房间里，他也不大用厨房，除非烧水泡茶泡咖啡。

　　王瑶瑶每个星期都要去一趟中国超市，那时候还没有车，要转两趟车，每次都算好时间，但还是半天时间就没有了。即便这样，王瑶瑶还是每周都去，每个手拎三四个装得满满的塑料袋，重得王瑶瑶走十几步就得歇一歇，常常是回来将所有的东西整理好放进冰箱之后，王瑶瑶的手指血液循环还是没有恢复。他看着她的手指吼：你不能少买点？但因此，两个人一周既能吃得好又能省钱。一个月之后，男孩儿和他们分摊了水电费，什么也没说。王瑶瑶越加过意不去了，这厨房的水电基本都是自己用的啊，美国的灶不知道为什么不是煤气的，都是电的。后来王瑶瑶烧了红烧肉、排骨什么的，会让他去敲男孩儿的门，送一小碗，四五块这样，也不多，关键这样心理上不会总觉得欠人太多。

　　男孩儿有些怪，他不和王瑶瑶说话，也不和王瑶瑶的老公说话，照面了就点个头。平摊水电，他没说啥，看一眼王瑶瑶拿在手里的缴费单，立马付了自己的那一半；王瑶瑶给他送去好吃的东西的时候，他一开始有些惊讶，但没有推辞，后来理所当然一样，也说谢谢，不过没什么诚意的样子，吃完了洗了碗放回去，从不说好吃。时间长了王瑶瑶又觉得自己亏了，便会有阵子不给他送，他也不奇怪。即便是他们正在餐厅吃饭的时候，他拿着汉堡开门进来，他好像完全看不到他们正在吃饭，也闻不到满屋子的香味，点个头就进了自己房间。和这样的人做邻居，还是一个屋子里的，让王瑶瑶觉得有些无聊，不过也比较安全，所以当他们卧室的门锁错位而不能完全锁上的时候，他们俩也没有想到需要换个门锁。换个门锁要钱的，现在真没钱。王瑶瑶的老公想在学校找个打工的工作，他这种签证只能在学校打工，但他目前还没找到，一来他口语太差，差了就没自信，申请的时候要求都说不好，连他自己都不知道托福、GRE到底是怎么通过的，也许得益于他的单词量，但实际生活中，他就是无法将认识的单词也听得懂说得出。王瑶瑶英语口语比他好，但王瑶瑶是家属签证，更不能打工，哪儿都不能打，所以他们连换个门锁都舍不得，他们俩想修好它，捣鼓了半天，还是锁不上，便罢了。又不敢通知房东报修，因为他们租的时候没有说合租。不过是锁不上而已，平时离开家的时候，关好卧室门也跟锁着差不多，木头一样的男孩儿难道会没事推你的卧室门？

　　这会儿王瑶瑶呆看着窗外，想起来那时候，那时候他们是幸福的，他们的心是向着一个方向去的。当然那时候青春还在，王瑶瑶想起来那时候他喜欢从后面抱着她。他抱着她说，以后我们买自己的房子，每个房门上装十把锁，从上装到下。她笑到没了劲，骂他神经病。不过就是那时候，他们一起憧憬了自己将来的房子。如今她和他就在憧憬的房子里，心却不在一起了。这个家原本一向是她说了算，因为他知道，她的决定都是为了他和整个家庭，她冷静，因此比他有主见。可是这一次，他让她认识了另外一个他。

　　他怎么就如此鬼迷了心窍？

　　天越来越亮了，王瑶瑶知道不管如何，新的一天开始了。那么，好吧。有些事情，不能拖了，必须解决。

二

　　现在是清晨六点半，文章已经起床一个多小时了，他正在收信，填写一些必需的表格。其实文章根本不能集中注意力在那些表格上，一开始的激动情绪早就在她的坚决反对之下跑得干干净净。但文章得找点事情来做，既然醒了。他不想走出去打搅她，他知道最近她睡眠不好，他也知道她为什么睡眠不好，但是，他没办法改变或者说服她，只有等她自己想清楚，他确信，最终她能想清楚。他希望，越早越好，比如今天。

　　这么多年来，其实一直是他听她的，因为他知道她一心为了他和这个家，还因为，文章从内心里感觉到了她身上那种冷静的气质带来的安心，她从不感情用事，所以她不大惊慌失措，仿佛一切都在她掌控之中。

　　文章记得，他们刚刚认识的那阵子，还不是恋人，朋友的朋友，聚会的时候见过一次，后来又一次聚会，在他们共同的朋友家里。那天人很多，有十来个，朋友家并不大，几个正值青春期的男孩儿女孩儿聚在小客厅谈论最近发生的一件事情，对错是非各不相同，现在早已忘记了那时候到底谈的什么。但他记得她没怎么插嘴，后来站起来去厨房帮女主人做饭去了。因为房子不大，所以厨房实际上也就在边上，是开放式的。所以，当煤气罐的火突然比灶上的火还大的时候，所有人都看见了，一时间房间里鸦雀无声，都惊呆了，当然只惊呆了一秒钟，便有人开始惊叫，有人夺门而出，他第一时间跨进厨房关了煤气灶，将脸盆放在水龙头上准备接水灭火。而她，在反应过来之后大声地阻止了他，然后他看到她奔向另外一个房间，接着抱出了一床毛巾被，他看到她快速地将毛巾被弄湿后盖住了煤气罐，火立即灭了。当时房间里有三个男生，就她一个女生，其他女生和一些胆小的男生已经跑到楼下去了，当然，他们也没闲着，他们在楼下院子外面不断地拨打119。后来消防队的车果然来了，虽然没看到火，但是查看了煤气罐之后表扬了他们懂得消防知识。

这件事情给文章的印象太深刻了，他原先只觉得她比一般女孩儿沉静，倒并没有特别对她有感觉，但这件事情之后，他对她产生了强烈的兴趣。后来他问过她，你不怕吗，那时候？怕啊，怎么不怕？吓死了，现在想起来还后怕，要是爆炸了……怕你怎么不跑？当时没想到跑啊，只想到灭火。她说她之前正好读到过一些可以自救的急救措施，包括煤气罐着火，没想到真的用上了。再后来，她就成了他的女友了。

他果然没看错，她帮他筹划学业事业，包括来美国，如果没有遇到她，他未必会来。那时候他大学最后一学期已经被一个很不错的国企录取，只等他毕业后去上班了。他原是放弃了考GRE和托福了。她自己找了个工作，却要他试试看，她督促他背单词，帮他在网上找学校，准备申请资料。连结婚都是她提出来的，根本没等他求婚，两个人就抽空把婚结了。他只是一切照着做，在她的指导下，没想到居然一切都很顺利，甚至连签证他也是一次就过了。他实在想不通，人家全奖的被拒多次的都很多，他一个半奖怎么就过了呢？他过来半年之后，她才申请家属签证，于是，她也顺利地通过了面签，拿到签证之后，她辞职了。

这么多年来，在这件事情之前，他们几乎没有任何的分歧，不管是家庭琐事还是关于未来。他相信她，凡是她想做的，都是做好准备的。关于未来，和过去一样，交给她，他便可安枕无忧。当然，说的都是这件事情发生之前。

这些天，他最主要的任务是卖房子，是的，就是这栋房子，他们买了五年，三居室三卫生间，一个带游泳池的后院，游泳池不大。又不是国家队训练，要那么大干吗？她很喜欢这栋房子，这符合她的梦想，多年前他们和那个怪书生合租一屋的时候，她嘴里所描述的和这房子很像，甚至，比梦想中的还要大一些。

那时候因为没有收入，光出不进，所以他们活得要多窘有多窘，当然是和现在相比。她甚至每花一美分都要换算成人民币，然后再和国内的比较。比如：一磅苹果九十九美分，她就乘以汇率，再算一下一磅和一斤的差，得出这苹果是贵还是便宜。一定要比国内便宜她才会买。她买菜和水果都是在家先对每个店按时送到邮箱的广告研究半天，周边几个店比来比去之后决定，哪家折扣最大就买哪家，哪怕只是贵一美分。民以食为天，刚到美国的前两年，他们没买过任何和吃无关的东西。但国内的亲朋好友除了文章的父母以外，都以为他们在最发达的国家过着天堂的日子。文章的同学很羡慕他，说他前途无量；她的亲友羡慕她的父母，这么有出息的女儿，找了这么好的姑爷。

文章的父母是县城普通的中学老师，他们一辈子的积蓄，在那两年，有一部分变成了美国的GDP。文章不是那种理所当然的啃老族，所以，他从不诉苦，他和二老通电话，口头禅是"挺好的，钱够用的，不用寄的，真不用的"。她在一边恨得咬牙切齿，你那面子能值多少钱？够用个屁，扣了房租只能吃一星期的稀饭了。好在知子莫如母，文章还是能如期收到父母的汇票。要不，说不定，她就要去打黑工了。打黑工不是玩的，除非活不下去了，要不然太危险了，抓住了什么前途都没有了。但是如果必须，他估计她也是会去的。

她家在农村，还有个弟弟。农村总有些重男轻女，她父母，还不是有些。她基本上从父母那里得不到任何东西，他们以为她过得好得不得了，常常电话里还会有些意见，意思是她在外国过好日子，却不关照自己的弟弟。她挂了电话，咬着嘴唇不让眼泪掉下来。

文章真觉得她能吃苦，尤其是到了美国。在中国的时候，她还会撒个娇，文章今天你不但要做饭还要洗碗，文章心领神会地说好；文章你过来帮我按摩，肩膀痛死了。文章掉头看看，她俯卧在床上，似乎真是动不了了，于是就上了她的当。文章很喜欢她撒娇，她一边撒娇一边看文章一本正经地上当，偷偷地笑。

在美国呢？她一个人坐公交倒两趟车去中国超市买一个星期的菜，每只手能提二十斤的水果、蔬菜和鱼肉，公交车站虽然离他们公寓门口不远，短短五分钟，她走十几分钟，走三十秒歇一分钟，坚持到家就是胜利；她不再要求文章洗碗做饭了，从不，连玩笑都不开；拾掇完了厨房，给文章泡一杯中国带来的绿茶。不会失眠吗？怎么会？那么多的课和作业，每天都搞得文章筋疲力尽。有时候，她会帮他按摩，是真按摩。来了半年之后，文章感觉她的劲儿越来越大，可不都是买菜买的。有很长一段时间，这对三十岁不到的年轻夫妻完全没有正常的夫妻生活，就算贴着皮肉的按摩，文章感觉脖子、后背和两腿的肌肉慢慢放松，放松了就睡着了。她见他睡了，便也躺下，不久就睡着了。

这种极不正常也有可能是因为和另外一个人合租的缘故，尤其是因为房门锁不上。有几个周末，文章从心理上感觉放松便有了人的欲望，他从后面抱着她，也可能是她在国内的时候总是让他按摩后背的后遗症，总之，他喜欢从后面爱她。有一次，早晨，他醒来也弄醒了她。一切结束之后，他将她翻过来，她一双迷离的双眼尚未完全睁开，便突然一声惊叫，两眼圆睁盯着房门，看到鬼一样。文章掉头，见他们的房门开着一条比大拇指还大的缝隙，他慌张地套了短裤一步跨到门口打开门，门外什么都没有，家里一片安静。

你刚才关门了吗？他关了门，问她。

应该是关了。她说。

你确定吗?

我一般进了房门都关门的啊。她说。

我记得也关了。文章皱着眉。

他,那个,他回来了吗?她战战兢兢的。

今天周六,他没出去吧?文章看了一眼她,她脸都吓白了。

也许的确门没关好。文章安慰她。

她突然一把捂住文章的嘴,你听,她另一只手紧紧地抓住文章。

文章拍拍她,从床上爬起来,走出房间,看到厨房里的室友,他跟平时一样向他点了点头,继续自己的事情。

今天没出去啊?文章像是在打招呼。

没,刚起床。烧水泡咖啡。他说。

文章回到房间,对她说,可能的确是房门没关好,他不像……

只是从此之后,即便是周末,即便是文章兴致盎然,她也不肯即兴配合了。她需要确认那扇门是关着的,然后她必须使得自己的眼睛在整个过程中都能看到那扇门。不管是白天还是夜里,有时候明明室友出去了,她还是不放心,万一他回来了呢?

有一次两个人逛超市,无意中看到一排各种各样的锁,对啊,为什么不买把锁换了呢?但是,她仔细地看了那一排锁之后,拉着文章离开了。太贵了!再说,她非常认真地对文章说,买了锁你会换吗?就算你会换还得买工具啊。文章居然也没有坚持,因为如果不做什么的话,似乎锁也并不重要。他们现在的确不大做什么了。

当然,现在这些都已经成为过去式了,现在她自然还是每周要去中国超市的。他们俩来到美国将近十年,有很多习惯已经逐渐入乡随俗了,比如烦琐的报税程序,比如从满邮箱的广告中最快找到有用的优惠券,比如保险的选择,比如对账单的及时处理……只是,无论如何也改变不了一颗中国的胃。但现在她再也不用在烈日下转车,再也不用手指被塑料袋勒得发紫,文章认为,她可能早已忘记了初来时候的那些细节。她当然不知道,文章看着她的手指,并不是如她看起来的那么淡定,他心疼。他劝她少买点,周边又不是没有美国超市。她说,买着买着就多了,不也到周末就吃完了吗?实际上在第二年,她可以打工了。开始打工三个月后他们就买了一辆二手车,是文章坚持要买的,而且坚持要她去考驾照。果然,他们的生活在那辆二手车之后开始有了明显的改观,她去打工不用再等公交了,每天平白地多出了至少两个小时。文章记得他们俩第一次开着车去中国超市,她多么趾高气扬，结账的时候她声音很大地问文章：你记得我们的车停在哪里吗？好像全美国只有她一个人有车。

她自从拿到了打工许可，又买了车，那时候又没有孩子，一天有九个小时在打工，端盘子、洗碗、擦地。她对文章说，不管，只要他们给我钱。等你毕业了找到工作就好了。就那年，文章明显感觉压力一下子小了，也就是那年，他们才换了门上的锁，他对她说，以后买房子，每个房门从上到下装十把锁。她差点没笑死，那天，她在确信门锁上打不开之后，主动地俯卧到了床上……

在换了锁之后的好几天里，两个人都像要将从前压抑的补回来一样，而且，文章感觉到了一点儿不一样。确切地说，文章感觉到她的强壮一开始并不是从视觉上，两人在一起，尤其是只有两人长期在一起的时候，外形就是外形，司空见惯，就算她在你眼前一天天胖起来你也看不到。她的身体需要适应每天九个小时的工作，她需要更多的能量，她的饭量是从前的两倍，她的胳膊和腿都因为必须有力而变得粗壮，但文章并没有注意到，一直到那几天他才感觉到了她在房间里的变化。在他原来完全可以掌控而现在似乎有点儿力不从心的过程中，他感觉到她的力量，她不再单单以他的满足为满足，她不再仅仅被动地任由他摆弄，他感觉到了她配合中源源不断的力量。这种变化在最初的一段时间里让文章暗暗惊喜，后来有些恐惧，但那时候也顾不上想太多。实际上，这些年来一直顾不上想太多，一切都是大部分留学生都走过的路那样走着，就算文章毕业之后，在就业和跳槽之间往返，两年换了三个州，他们还是一直不那么稳定。一直到六年前，文章进入了这所大学，成为一名在职科研人员，也就是那些终身教授的助手。

三

她没有敲门，她直接推开了他的房门，然后，她经过他的桌前，扫了一眼电脑屏幕，坐到了他皱皱巴巴的床上。如果是平时，她一定会先整理好床铺再坐下来。

起来了？他问，他并没有转身，眼睛依旧盯着电脑屏幕。

嗯。她回答了。

文迪还没醒？他接着问。

这次她没有回答。

他说：我在收信填表格。

她还是不作声。

接下来的两分钟，房间像没人一样安静。

她虽然头有些痛，但比头更痛的是心，她正在权衡，是不是要下最后的决心？她不确定自己是不是孤注一掷，万一这最后的赌注输了，她能承受得了吗？她想过，在过去的一个月醒着的黑夜里，无数次地想过，可以吗？自己真的可以吗？会不会一时冲动？一直到今天，就在刚才，她确定了，她必须冷静地面对一切。

他点击鼠标的声音突然在房间里响起，简直不像是鼠标，像一只真正的老鼠在柜子里觅食。

他自己也像是吓了一跳，霍地一下站了起来，然后要去拉开百叶窗。

今天有两个人约好了来看房。他其实是不需要说这些的，他知道他说了完全没有意义，她对所有来看房的都没有好脸色。

叫他们别来了。她终于开口了。

嗯？他窗帘拉了一半，他看到一只鸟儿惊起，并且匆匆地看了他一眼。

你说什么？他以为是飞起的鸟儿让他有了错听。她虽然脸色不好，但还从没有如此断然拒绝过。

叫他们别来了，房子不卖了。她坐在混乱的床上，她显得特别整洁。她来之前认真地梳洗了，黑色的正装让她看起来冷静且全不含糊。

你什么意思？他感觉自己一下子进入了谈判的角色，但是，穿着汗衫短裤的他显然处于下风，他正如他的着装一样，因为不设防而捉襟见肘。

我不会走的，文迪也不会走，我们需要住在这里。她轻声地说。不像是在示威，不像是在打赌，她只是在解释，为什么房子不卖了，因为她和孩子需要住。

你是说，让我一个人先回去？你陪着孩子在这边？

她不作声，似乎是一种默认。

我们之前不是谈过这个吗？你不是不肯吗？你改变主意了？他不太确定，他一连串的问句表达了他完全蒙了，但这种蒙带着惊喜。

她依然不作声。

那太好了，你想通了就好，我先回去，我会将一切安排妥当，接你们回去。那房子就暂时不卖了，我打电话给他们，让他们别来了。

她深深地吸了一口气，然后重重地吐了出来。

文章，我需要跟你商量个事儿。

他说，好的，你等会儿，我先打电话给看房的人。我知道你会想通的，只要你想通了，什么都听你的，不用商量。

你先打电话，我去给女儿做早餐，送她去幼儿园回来再商量。她说，云淡风轻的口气。

四

他认为她真的想通了，这一个月，他们无数次地谈过这个问题：要么一起回国，要么暂时分开。文章说，我一定要回去的，如果我错过了这次，那么这一辈子我可能都没有自己的事业了。

什么叫没有你的事业？现在你过得不好吗？美国的科研条件没有中国好吗？

有，但我永远是为别人打工的。现在只不过安稳些体面些地打工。

你以为回国就好？你那边有人脉吗？你有事业基础吗？你不知道中国什么都是靠人情的吗？现在他们说得好听，听起来给你的条件特别好。你以为你就真的能在那个人生地不熟的地方顺利地发展下去？

你起码让我试试吧，正因为我没有人脉，所以我才相信他们是看重我的科研能力。你知道的，我不能学无所用。

你现在不是正在用吗？我们不是从前，我们现在有什么不好？你的工作正是你的专业。

不完全是！而且，现在是我在协助别人，我再怎么努力，结果都是别人的。你知道吗？我必须有自己的实验室、自己的学生、自己的基金我才能发展自己的事业。

你的老板那么看重你，他不是说如果有机会就会帮你吗？

是的，他是在帮我，他也说过我有研究才华，这五年来，我参与他的科研组，有自己的文章，他的确帮我很多了。

那你就这么走了，是不是对不起他？

我们商量过，我离开也是他的建议，他认为我回国应该对我目前的事业发展更有好处，因为我去的这所大学恰好在这个领域非常出色。而且，我们也可能在以后有更多的合作。

我真弄不懂，人家都是挤破了脑袋要来，你为什么要走？你那个副教授的头衔就那么重要？你忘记了我们当初是怎么折腾才有了今天吗？

当初的折腾恰恰是为了以后更多的选择，瑶瑶，我不是走投无路了才回去，我是学成之后回去发展我的事业。我需要自己的学生，需要更多的资源，需要自己的实验室。这一切，现在，中国都能给我。无论如何，我必须回去。我不想在人家的地方就这样寄人篱下一辈子。

那么孩子呢？你想过吗？就算我没关系，孩子呢？中国现在千方百计地将孩子送到美国来接受教育，你倒好，带着孩子回去。

中国的基础教育其实比美国好。

王瑶瑶冷笑。

文章最后提出要不他先回去，过上一年半载的没有问题她们母女再回去。可是，王瑶瑶嗤之以鼻，甚至说出了让文章无论如何都不相信是从她嘴里说出来的话：什么事业，我看你是嫌美国太无聊，不如中国的花花世界。你是不是巴不得我们娘儿俩在这儿，让你一个人在那边五子登科。

接着，她一字一句地说了不堪入耳的五子。

文章目瞪口呆。

王瑶瑶接着说，你以为我不知道，真正吸引你的哪里是什么事业。你看你朋友群里的那些同学，多么热闹，多么风光，人模狗样地到处演讲，风景区的五星酒店成了他们学术会议的根据地，嫌熊掌太硬鱼翅太腥，"80后"的老婆一转眼变成了"90后"的了，实际上这两年来你一直觉得自己很落寞对不对？你是不是巴不得和我们分开以便更加自由？

文章从来不知道王瑶瑶这么能说会道，更没想到她心中原来有那么多她之前没有说出口的念头，骂人一个脏字都没有却又字字尖刻。他自然也不知道王瑶瑶原来对他的朋友和同学是有意见的。

那次之后，文章再也没有提起过他先回去，他突然有点儿怕王瑶瑶，但也没有因此就改变主意。他不再和她谈是否回去，他只和她谈走之前需要处理的东西。她不应，他就自己做主。他要让她知道，他的决心，他的不可改变。

现在，文章觉得全身轻松，她终于想通了。他相信她最终会想通的，毕竟，从他的角度考虑的话，回到中国在不错的大学拥有自己的事业应该是他后半辈子最好的选择了。确切地说，他在这边似乎也不错，起码是这十年来找到的最好的位置。但是，当他看到同学发给他的对海外才子的"千人计划"招聘书的时候，立即有了强烈的想回去的冲动。那时候他还不是很自信，不知道自己够格不够格。要求并不低，若不是近两年他的老板让他这个助手加入到了科研的行列，若不是他因此出了两篇影响因子不低的文章，若不是老板给他写了相当牛的推荐信，他根本想都不敢想。这似乎是他和她结婚以来，第一次义无反顾地坚持自己。所以，他认为王瑶瑶应该最终能想清楚，这件事情对他的重要性。果然，她想清楚了！

五

王瑶瑶送走了女儿，叫文章吃早饭。

文章从房间里出来的时候精神非常好，这么多天来纠缠他的烦恼终于消失了，他喝着王瑶瑶磨好的豆浆和亲手做的包子，说今天准备陪王瑶瑶逛街，她想买什么就买什么，尤其是一些在中国相当受欢迎的 Coach、MK 的包包，当然，主要的目的还是为了买回到中国送七姑八舅以及同学好友的礼物，他有意奉承说王瑶瑶眼力好，有品位。

王瑶瑶笑了，笑得很开心，也很遥远，这种笑容文章这一个月来差不多都忘记了。

其实你笑起来很好看。文章说得跟拍马屁一样，此刻却是真话。

今天，文章觉得王瑶瑶特别美。实际上不是文章觉得，王瑶瑶今天确实很美。在天亮之前，她仔细地认真地将自己修饰了一番。

王瑶瑶又笑了，并且笑出了声。

王瑶瑶说，我刚才送文迪的时候遇到了朱云两口子，正好去送儿子，他们儿子今年好像跟文迪一个班。朱云的老公考到了律师执照了，朱云可开心了。

哦，那太好了，看到朱云替我祝贺一下他们。文章的心思根本不在别人身上，他接着对王瑶瑶说：其实现在中国发展真的不错，也挺重视科学的，要不然不会花那么多钱回收人才。

王瑶瑶笑，说，你也知道是回收啊？

文章说，我知道你现在心里还是有疙瘩，但是，你想想这个机会对我来说太重要了，每个男人都希望有自己的事业。你放心吧，我不会让你再受苦的。我走了之后，你别再去打工了，你想什么时候回回中国就什么时候过来，我会在一两个月之内将新家安排妥当，你回到国内也不用再去工作，我的待遇比在美国高出一倍。你暂时不想卖这边的房子，也可以，等你想好了再说。另外，什么时候回国随便你，但我还是希望你们尽快回来。

王瑶瑶说，我想给文迪买条小狗，她想了很久了。朱云说她知道哪里有卖，可以陪我去。

文章说，还是回国之后再买吧，我保证送女儿一条可爱的 Puppy。

王瑶瑶摇了摇头，笑。

文章吃完了最后一口，王瑶瑶开始收拾碗筷，文章漱了口上了厕所出来，看到王瑶瑶正襟危坐在饭桌前，显然她在等文章。

文章，我说过我有事和你商量，你坐下。她说，拍拍椅背。

文章心情很好地坐下了，他甚至暗示王瑶瑶长话短说，他和她还有些私事。

王瑶瑶没有接受暗示，她咬了咬嘴唇，让文章等会儿。

然后，她从卧室里拿出一个原本用来装茶叶的包装盒，她打开盒子，取出一本笔记本。她摊开笔记本，让文章看他们家每月的财政收入、支出以及每月的存款，这些文章的确不知道，财政一向是王瑶瑶打理的。笔记本里有一张银行卡，王瑶瑶说，这张卡里是他们所有的积蓄，她非常自然地说了一个数目，文章有点儿吃惊，他的确不知道他们有这么多储蓄；然后，她又从盒子里拿出他们在这边买房的所有票据和产权证，她说，这是我们现在住的房子，还有些贷款，大约再有两年。接着，她拿出了一张女儿的出生证，上面印着女儿的小脚印。

她将这些东西一件件让文章看了之后，又细心地一件件放好。然后，她再次取出那本笔记本，翻到最后一页，默默地推到了文章的面前。

那是一张手写的合约，字迹工整，每一行，不，每一个字都透着坚定和不容置疑。文章从头读到尾，并不长，但文章觉得自己读了大半生的时间。因为王瑶瑶已经将大半生都安排好了，她将她的和他的，以及孩子的未来都安排好了。她好像不需要经过他同意，或者，他同意不同意根本不重要。

当文章抬起头看王瑶瑶的时候，他看到王瑶瑶的眼神和那张文书一样冷静和干净。她若无其事地站起来对文章说，你收好这个，回国让律师给我寄需要我签字的材料。

你一个人决定不了！文章看得出来的愤怒。

但是王瑶瑶直视着他的眼睛，说，如果是这样的话，你一个人也决定不了。

六

后来呢？

据说文章后来还是回去了，并且在中国也发展得很好，发了不少为学校争光的高质量论文，现在已经是博导、教授了。他每年都会回家一两次，因为开会，还因为，女儿在视频电话里眼泪汪汪地说想他。他还是很忙，只能在开会之后放弃吃饭的时间开一小时车回家，王瑶瑶当然准备了更好吃的，都是他喜欢的，一家子看起来其乐融融。女儿睡着之后，文章再开一小时车回到酒店，他对王瑶瑶说，他其实很想在家里睡一晚上，第二天早上能送女儿去上学，但得熬夜准备第二天的课题演讲。王瑶瑶笑笑，说，下次吧。

王瑶瑶呢？一边带孩子一边上注册会计师的课，每周还得在一个一对一的补习机构做三天家教。收入现在对王瑶瑶来说并不是特别重要，因为她现在住的这栋房子，根据王瑶瑶的文书协议，文章走之后半年用学校给的安家费已经还完了贷款，还有那本存折里不小数目的存款，她基本上还没用。在美国，光是生活费花不了多少钱，她做家教的钱绰绰有余，还能剩下不少。除了逢年过节给父母点钱，她倒也没太多用度。她原是想着，钱放着也是放着，是不是再买一套房子租出去收房租呢？很长时间，她到处看房子，跑银行问首付和贷款，做各种准备。

但是，母亲有一次在电话里说，你弟弟想盖个新房，你能支持一点儿吗？她说可以，问需要多少。母亲说，十万左右差不多了，也就是你们两万美元不到嘛。母亲一个农村妇女，不知道什么时候这些都懂了。她没立即回话。母亲又说，文章在国内赚钱，你在美国赚钱，这点钱不会拿不出来吧。她握着话筒，咬咬嘴唇，说，好的，妈，你让弟弟给我个账号吧。

因此她打消了买房出租的念头。但不知道为什么，却忽然有一次想着等自己拿到会计师的执照之后回国一趟，带着女儿。为什么呢？是女儿的中文学得太困难了？也许是。反正有了这个念头之后，她越发地认为还是要常带女儿回中国。再说，得去见见爷爷奶奶，他们每周都打两三次电话给孙女，比她爸爸还想念她，问啥时候回来。当然还有外公外婆，孩子不姓王，又从没见过，所以他们并不太在意。但是，王瑶瑶觉得，毕竟是外公外婆，他们见到文迪还是会喜欢的，血缘关系在那儿呢。还有弟弟，她回去的时候他的新房应该差不多盖好了吧？

她将这个打算在 Email 里告诉了文章，文章很快就回复说：买好机票告诉我，我提前安排好时间去接你们。

《作家》2016 年第 10 期